विद्यापति-पदावली

के

आकर-स्रोत

विद्यापति-पदावली
के
आकर-स्रोत

डॉ. प्रमोद कुमार सिंह

प्रलेक प्रकाशन

प्रलेक प्रकाशन

PRALEK PRAKASHAN

(an Imprint of "**PRALEK PUBLISHING HOUSE PVT. LTD.**")

मुख्य कार्यालय : 702, जे-50, ग्लोबल सिटी, विरार (वेस्ट), मुम्बई, महाराष्ट्र-401303
दिल्ली एनसीआर ऑफ़िस पता : 03/सी, ज्ञान खण्ड-4 इंदिरापुरम गाजियाबाद, उ.प्र.-201014
E-mail : pralek.prakashan@gmail.com
Website : www.pralekprakashan.com
दूरभाष : +91 7021263557

विद्यापति-पदावली के आकर-स्रोत : डॉ. प्रमोद कुमार सिंह

Vidhyapati Padawali Ke Aakar Srot By Dr. Pramod Kumar Singh

ISBN : 978-93-5869-82-99

प्रथम पेपरबैक संस्करण : 2024

आवरण एवं पुस्तक सज्जा : प्रलेक स्टूडियो

(प्रलेक प्रकाशन का लोगो मिक्की पटेल की तूलिका से।)

ऋण

एक युग परिवर्तन के पश्चात् प्रस्तुत शोध-प्रबंध प्रकाशित हो रहा है। पूज्य पिता श्री वैद्यनाथ सिंह, तत्रभवान् आचार्य डॉ. श्री रमाकांत पाठक, श्रद्धेय डॉ. श्री माहेश्वरी सिंह 'महेश', डॉ. श्री सच्चिदानन्द चौधरी, आदरणीय डॉ. श्री जयमंत मिश्र आदि के स्नेह और प्रोत्साहन का मेरे जीवन में अतुलनीय महत्त्व रहा है। इनके प्रति आभार प्रकट कर भार मुक्त होने की मेरी इच्छा नहीं है।

महान् संस्कृतज्ञ दिवंगत मातुल प्रो. रामनारायण शर्मा की स्मृतियों के आलोक में मैंने पूरा ग्रन्थ लिखा था। विद्या की शरशय्या पर लेटे पितर की तरह उन्होंने मेरे मन में शास्त्रानुशासन पर्व का अवतरण कराया था।

पिताजी मेरे शोध-यज्ञ के सबसे बड़े पुरोहित रहे हैं। ग्रन्थ-प्रणयत को प्रेरणा और विशृंखल मन को स्थिरता देने के लिए वे सदैव मेरी श्रद्धा के पात्र रहेंगे।

श्रद्धेय गुरुवर डॉ. श्री रमाकांत पाठकजी का आशीर्वाद मेरा अभेद्य वर्म रहा है। उनके अदम्य पांडित्य से मैं निरंतर प्रेरित हुआ हूँ। मुझे गर्व है कि मैंने अधिकारी आचार्य के सान्निध्य में अपना शोध कार्य संपन्न किया था।

मैं राजनीति से आहत होने पर प्राय: उग्र स्वाध्याय करके अपने पीड़ित चित्त को दयनीय होने से बचाता हूँ। मुझे स्मरण है कि मैंने राजनीतिक पराजय का प्रतिकार करने के लिए भी यह पुस्तक लिखी थी। कदाचित् शोध कार्य की सिद्धि में मैंने अपने अहं की भी सार्थकता देखी थी, अत: यह ग्रन्थ परिस्थितियों के प्रति एक युयुत्सु मन की दस्तावेज है। अध्ययन और युद्ध के बीच उत्पन्न यह रचना निश्चय ही युद्ध स्तर पर लिखी गई थी। कलह के मरुकान्तार में माँ की ममता, पत्नी के प्रेम, बेटी सुधा और अनुज प्रभात की चंचलता तथा श्री रामसागर चौधरी के वात्सल्य की सजल स्मृतियाँ आज भी संदेह बनी हुई हैं। इस तरह अनुसंधान के क्रम में मैं जिन अनुकूल-प्रतिकूल परिस्थितियों के द्वारा परिचालित हुआ उन सबको महत्त्वपूर्ण मानता हूँ। मैं उन सत् और असत् दोनों

प्रकार की प्रेरणाओं को अपनी कृतज्ञता निवेदित करता हूँ।

मुझे प्रकाशक की खोज नहीं करनी पड़ी। मेरे अहं का यह सत्कार जिन बंधुवर डॉ. अवधेश्वर 'अरुण' के कारण हुआ उन्हें धन्यवाद की चोट देने की धृष्टता करने का मेरा कोई इरादा नहीं है।

बहुत कालक्षेप हो जाने के कारण अपनी इस कृति के प्रति थोड़ा-सा अनासक्त हो गया था। मुद्रण कार्य के लिए तत्पर होकर सत्येन्द्र जी ने पुनः मेरी आसक्ति को रंगीली बना दिया है, किन्तु मैं इसकी त्रुटियों का निर्देश करनेवालों का ऋणी रहूँगा।

पुस्तक का प्रकाशन विश्वविद्यालय अनुदान आयोग, बिहार विश्वविद्यालय और बिहार ग्रन्थ कुटीर के साहाय्य तथा उद्यम से हो रहा है, अतः में तीनों का आभारी हूँ। इस सिलसिले में मैं सिंहल जी का अधिक कृतज्ञ हूँ, क्योंकि जड़ मुद्रण-कार्य को अपनी साहित्य रुचि से अभिमंडित कर उन्होंने मुझे प्रभावित किया है।

मैं जानता हूँ कि श्रद्धेय गुरुवर डॉ. श्यामनन्दन किशोर और डॉ. आशा किशोर को इस पुस्तक के प्रकाशन से अत्यंत हर्ष होगा। दोनों के अमित स्नेह की पूँजी से मैं अपने को अत्यंत ऋद्ध पाता हूँ।

मित्रवर प्रो. चंद्रेश्वर प्रसाद ठाकुर मेरे अकारण प्रशंसक हैं। इस पुस्तक को देखकर यदि उनका हिन्दी प्रेम तृप्त होगा तो में अपने को कृतार्थ समझूँगा।

इस अवसर पर में मित्रवर डॉ. विमलेश कुमार श्रीवास्तव और अपने असंख्य शिष्यों के प्रेम एवं सद्भाव को भी स्मरणीय मानता हूँ।

सन् 1965 ई. के बाद मैंने महान् कवि विद्यापति को बार-बार पढ़ा है। एतद्विषयक मेरे अन्य शोध कार्य भी यथासमय प्रकाशित होंगे। मैं उन विद्वानों का अधमर्ण रहूँगा जो उन अप्रकाशित शोध-ग्रन्थों में रुचि लेंगे और मुझे अधिक-से-अधिक कार्य करने की प्रेरणा देंगे।

अंत में मैं उनका भी आभार मानता हूँ जिन्होंने बिना मुझे उल्लिखित किए इस शोध-ग्रन्थ की सामग्रियों की जुगाली की है। अर्थ-हरण के जासूस के पर में सेंध मारनेवाले शविलकों की कला का कायल हूँ।

-प्रमोद कुमार सिंह

विनीत

आमगोला,
पड़ाव पोखर पथ-1, मुजफ्फरपुर

विद्यापति पदावली के आकर-स्रोत
विषयानुक्रम

पहला अध्याय
विषय-प्रवेश या प्रस्तावना

1. विषय प्रवेश

(अ) मंगलाचरण

शशिभानुबृहद् भानुस्फुरस्त्रितय चक्षुषः।।5।।
वन्दे शम्भोः पदाम्भोजमज्ञानतिमिरद्विषः।।6।।

-(कीर्तिलता-1, वा.श. अग्रवाल का संस्करण)

(आ) प्रबंध की प्ररोचना

अक्टूबर सन् 1962 ई. में मैं जब आचार्य श्री रमाकान्त पाठक के समीप समित्पाणि होकर गया तब उन्होंने मुझे विद्यापति की काव्यशास्त्रीय धारणाओं तथा उनके आकर-स्रोतों का अनुसंधान करने की आज्ञा दी। बाद में उनका विचार हुआ कि मैं अपने शोध का क्षेत्र विद्यापति पदावली के अर्थों के आकर स्रोतों तक बढ़ा दूँ तो अच्छा है। गुरुदेव पाठक जी की इच्छा के अनुसार फरवरी सन् 1963 ई. में शोध के विषय का पंजीयन 'विद्यापति पदावली के आकर स्रोत' शीर्षक से हुआ।

इस प्रबंध में प्रमुखतः विद्यापति के द्वारा किए गए अर्थ-हरण का विवेचन किया गया है। विद्वानों ने सप्रमाण सिद्ध किया है कि आधुनिक भारतीय आर्य भाषाओं के नागर काव्यों को विद्यापति ने प्रभावित किया है, किंतु विद्यापति स्वयं अपने पूर्ववर्तियों के अधमर्ण है, इस विषय पर अद्यावधि साङ्ग विवेचन प्रस्तुत नहीं हो सका है। संस्कृत, प्राकृत, अपभ्रंश आदि भाषाओं के साहित्य को उपजीव्य मानकर विद्यापति ने अपने अर्थों का निर्माण किया था। विद्यापति की पदावली भाव-राशि के संकलन के रूप में हमारे सामने है, जिसका स्रोत-निरूपण करने का इस प्रबंध में यथामति प्रयास किया गया है। बहुपाठी साहित्यिक

विद्यापति का काव्य-परिशीलन बड़ा गहरा था। शृंगारपरक मुक्तक काव्य-परंपरा और इतर ललित काव्य ग्रन्थों का उनपर प्रभूत प्रभाव परिलक्षित किया जा सकता है। उन्होंने परंपरागत काव्य-धारा का निष्ठापूर्वक अवगाहन किया था और वे प्राक्तन काव्य-मार्गों और उनके विधि-निषेधों से पूर्णतः अवगत थे। उन्होंने अपनी पदावली में अनेकत्र प्राचीन अर्थों का हरण करके अपनी उक्तियों को निर्मित और सुसज्जित किया है। विद्वानों ने विद्यापति-साहित्य के इस वैशिष्ट्य का निर्देश-मात्र किया है या स्वल्प सदृश उदाहरणों को एकत्र करके उन्होंने विद्यापति को दूसरे कवियों से प्रभावित बतलाया है। इस प्रभाव का सम्यक अनुशीलन और अर्थ-हरण की दृष्टि से विद्यापति के पदों का समुचित विश्लेषण और मूल्यांकन किसी भी विद्वान ने नहीं किया है।

इस प्रबंध में पहली बार विशाल भारतीय साहित्य की परंपरा में विद्यापति का अध्ययन करके उनके द्वारा किए गए काव्य-हरण का आनन्दवर्धन, राजशेखर आदि आचार्यों के सिद्धान्तों और विवेचनों के अनुसार मूल्यांकन किया गया है। पंडित या बहुज्ञ कवि विद्यापति द्वारा किए गए अर्थ-हरण की गवेषणा का यह कार्य मेरे मनोनुकूल था और मैंने इस अर्थ-हरण-मीमांसा के क्रम में भारतीय काव्य-परंपरा के सातत्य को भी प्रकारान्तर से व्यंजित किया है।

इस अध्ययन का उद्देश्य विद्यापति को तस्कर कवि सिद्ध करना नहीं है अपितु भारतीय काव्य मार्ग की काव्याभ्यासपरक कवि-शिक्षा-परंपरा के अंतर्गत विद्यापति का विवेचन करना ही मेरा लक्ष्य रहा है। विद्यापति का काव्य साहित्य-ज्ञान और रचनाओं में उसके विनियोग का उद्घाटन करना ही इस प्रसंग का प्रतिपाद्य है।

विद्यापति ने अपने पदों को दूसरे कवियों के भावों से समृद्ध किया था इसका अभिप्राय यह नहीं है कि उनमें प्रतिभाजन्य नवोन्मेष नहीं है। अर्थ-हरण करने पर भी वे अनेकत्र मौलिकता के भागी हैं।

विद्यापति 'पुराण-कवि-क्षुण्ण वर्त्म' के पथिक थे और 'देसिल बयना' में उन्होंने दूसरे कवियों के भावों को अवतरित किया था, किंतु ऐसा उन्होंने काव्य-शिक्षा मार्ग के अनुरोध से और काव्याभ्यास के लिए किया था। बहुत से स्थलों पर उन्होंने उपजीव्य उक्ति में नवीन भंगिमा और वैशिष्ट्य का सन्निवेश करके अपनी प्रतिभा के प्रकर्ष का परिचय दिया है। पूर्ववर्ती कवियों की रचनाओं को आकर के रूप में ग्रहण करके भाव-रत्नों का हरण करनेवाले विद्यापति चोरी के कलंक से मुक्त है। क्योंकि उनका दृष्टिकोण 'भ्रामक' कवि की तरह श्रोताओं और भावकों को ठगना नहीं था बल्कि उन्हें लोक भाषा साहित्य की नींव रखनी

थी और प्राचीन भावों की मन्दाकिनी को लोक भाषा की उपत्यका में उतारना था। वे सुंदर उक्तियों और 'भावों की गंगा-धारा को मैथिली या हिन्दी भाषा के क्षेत्र में उतारनेवाले भगीरथ थे। इस प्रबंध में उनके कवि व्यक्तित्व के इस पक्ष का सम्यक् अध्ययन किया गया है।

भावों का हरण करने वाले विद्यापति केवल परंपरा का पिष्टपेषण करने वाले ही नहीं है बल्कि उन्होंने दूसरों के कई सामान्य या अवर कोटि के भावों को उत्कृष्ट बनाकर भी प्रस्तुत किया है अवन्तिसुंदरी और राजशेखर इस प्रकार के काव्य-हरण को 'अनुप्रास' या वांछनीय ही मानते हैं। परंपरामुक्त अर्थों का चर्वित-चर्वण करनेवाले विद्यापति कई स्थलों पर विच्छित्ति की नवीनता के कारण श्लाघ्य हैं। 'चुंबक', 'कर्मक' और 'द्रावक' कवि विद्यापति को हम अनुच्छिष्ट अर्थों की उद्भावना करते भी पाते हैं। प्राचीन उक्तियों का संस्कार कर देनेवाले और अछूत बिम्बों का नवोन्मेष करने वाले विद्यापति 'तस्कर कवि' की वचनीयता से मुक्त हैं।

विद्यापति ने जहाँ प्राचीन कवियों की रचनाओं को अपने अर्थों की योनि के रूप में ग्रहण किया है वहाँ वे कहीं तो मौलिकता रहित है और कहीं प्राचीनों की प्रतिस्पर्धा में उत्तमर्ण भी सिद्ध होते हैं। विद्यापति के द्वारा किए गए काव्य-हरण का मूल्यांकन मैंने भारतीय काव्यशास्त्र की मर्यादाओं के निकष पर किया है। इस प्रसंग में इस बात पर भी विचार किया गया है कि विद्यापति की कारयित्रि प्रतिभा को काव्याध्ययन का संस्कार कहाँ तक प्रभावित कर सका है।

विद्यापति सूक्तियों के रत्नाकर के मरजीवा हैं। उन्होंने बहुत-सी सदुक्तियों को अपने पदों में आत्मसात् कर लिया है। ये सदुक्तियाँ लोकोक्तियों के समान जान पड़ती हैं। इन सुभाषितों के साहित्यिक स्रोतों का भी अध्ययन इस प्रबंध में पहली बार किया गया है। विद्यापति पदावली के ये सुभाषित विद्यापति को एक नीति-कवि के रूप में भी प्रतिष्ठित करते हैं। श्रृंगारिक कवि विद्यापति को इस प्रबंध में नीतिकार या सूक्तिकार के रूप में भी विवेचित किया गया है।

बहुश्रुत कवि विद्यापति की बहुश्रुतता की छाप उनके गीतों पर यथेष्ट है। सत्संग, विदग्ध-गोष्ठियों तथा राजाओं की सभाओं में कवि की अनूठी उक्तियों और नीति वचनों को सुनने के अनेक अवसर मिले होंगे। सुनी और अधीत उक्तियों को उन्होंने अपने पदों में जड़-सा दिया है। नीतिपरक उक्तियों के इस स्वकीरण या हरण का भी प्रबंध में विशद विवेचन किया गया है।

विद्यापति के गीत परंपरागत वर्णन शैली के निर्मोक से भी आवृत हैं। कवि विद्यापति ने परिनिष्ठित 'वर्णकों' का भी सुचारु ढंग से हरण किया है। विद्यापति

के वर्णनों पर वर्णक-साहित्य का प्रभाव पाया जाता है। यहाँ पहली बार विद्यापति साहित्य का वर्णक-काव्य परंपरा में अध्ययन किया गया है। वस्तु वर्णनों के क्रम में विद्यापति ने वर्णक साहित्य के पांडित्य का अच्छा परिचय दिया है। वर्णक-हरण के प्रसंग में विद्यापति की मौलिकता और विशेषता के उद्‌घाटन का भी प्रयास किया गया है।

पदावली के अर्थों पर काव्य-साहित्य के ही प्रभाव नहीं पड़े हैं बल्कि विविध शास्त्रों से भी विद्यापति ने अपने अर्थो का उपबृंहण किया है। वस्तुत: इस प्रबंध का लक्ष्य ही विद्यापति की काव्यार्थ-योनियों का उद्‌घाटन और निरूपण है।

भारतीय काव्यशास्त्र के अनुसार कवियों के लिए व्युत्पत्ति या शास्त्र-नैपुण्य अपेक्षित है। विद्यापति राजाश्रित कवि थे; हम उन्हें राजपुरुष के रूप में भी जानते हैं। अपने परिवेश के अनुकूल वे बहुज्ञ थे। उनकी उक्तियों में विविध शास्त्रों के संदर्भ समाविष्ट हैं।

राजाश्रित कवि विद्यापति पर विशेषत: कामशास्त्र और काव्यशास्त्र फा प्रभाव पड़ा है। ये दोनों शास्त्र उनके अर्थों के बहुत बड़े आकर है। वे इन दोनों शास्त्रों की मान्यताओं से बहुत अधिक अभिभूत थे। पदावली के अर्थों के कामशास्त्रीय और काव्यशास्त्रीय स्रोतों का इस प्रबंध में पहली बार विवेचन किया गया है।

कामसूत्रों के दृष्टिकोण से विद्यापति के अर्थ और उनके वातावरण का अध्ययन व्यापक ढंग से करने की मैंने चेष्टा की है। विद्यापति की कामशास्त्रीय उक्तियों और कामशास्त्रीय अभिज्ञता का साङ्गोपाङ्ग विश्लेषण इस प्रबंध की एक उपलब्धि है।

काव्यशास्त्रीय सिद्धान्तों के आधार पर विद्यापति के पदों का अध्ययन न करके विद्यापति की काव्यशास्त्रीय उक्तियों का प्रथमत: इसी प्रबंध में अनुशीलन किया गया है। मैंने विद्यापति के काव्यादर्शपरक अर्थों और उनके काव्यशास्त्रीय स्रोतों पर विचार किया है। विद्यापति की उक्तियों में निहित काव्यशास्त्रीय सिद्धांतों की मीमांसा इस प्रबंध की एक उल्लेखनीय विशेषता है। इन काव्य-शास्त्रीय धारणाओं के स्रोत निरूपण-श्रम में विद्यापति के आचार्यत्व का भी आपातत: मूल्यांकन हो गया है।

अर्थ-योनियों में 'लोक' का भी महत्त्वपूर्ण स्थान है। विद्यापति पदावली के अर्थों का एक मुख्य स्रोत 'लोक' है। 'देसिल बयना' के कवि पर शास्त्र और लोक का युगपत् प्रभाव लक्षित होता है। कवि का लोक-निरीक्षण नए अर्थों के

उन्मेष का विधायक है। शास्त्रीय और परंपरा-प्रेमी कवि विद्यापति द्वारा गृहीत लौकिक अर्थों की 'स्वच्छंदता' का अध्ययन सांस्कृतिक, साहित्यिक और लोक-विज्ञान की दृष्टि से महत्वपूर्ण है। लोक-जीवन से संबद्ध विद्यापति के बिंबों, भावों और वर्णनों का अध्ययन इस प्रबंध में 'फोकलोर' की दृष्टि से भी किया गया है।

इस तरह इस प्रबंध में काव्य, शास्त्र और लोक से गृहीत अर्थों का विश्लेषण करके विद्यापति की प्रतिभा, काव्याभ्यास और व्युत्पत्ति पर प्रकाश डाला गया है। विद्यापति-पदावली के अर्थों के आकर-स्रोतों का यह अध्ययन वस्तुतः विद्यापति के काव्य शास्त्र और लोक-संबंधी विविध पांडित्य का ही अध्ययन है।

प्रस्तुत प्रबंध में पहली बार विद्यापति-पदावली के कवि-समयों पर भी स्थाली-पुलाक-न्याय से विचार किया गया है। परंपरागत कवि-प्रसिद्धियों का विद्यापति ने सुचारु ढंग से विनियोग करके नवीन अर्थ-लोक की सृष्टि की है।

मैंने इस प्रबंध में पहली बार पदावली की अप्रस्तुत योजनाओं के आकर स्रोतों का भी विवेचन किया है। विद्यापति के पदों में प्रयुक्त उपमानों के शास्त्रीय और लौकिक मूलों का उद्घाटन करके विद्यापति के परंपरा-प्रेम और उनकी स्वच्छंद मनोवृत्ति का साथ-साथ अध्ययन किया गया है।

प्रबंध के अंतिम अध्याय में पदावली पर पड़े प्रभावों का भारतीय काव्य-शास्त्र की दृष्टि से संक्षिप्त किंतु साभिप्राय मूल्यांकन किया गया है। प्रभावित करने से कम यह महत्वपूर्ण प्रभावित होना नहीं है। प्रभावित होने की योग्यता ही 'सहृदयता' है। प्राक्तन और अद्यतन काव्यधाराओं और शास्त्र तथा लोक की परिपाटियों से प्रभावित होकर ही कवि की कारयित्री प्रतिभा आढ्य होती है। इलियट ने भी अतीत ज्ञान और परंपरा को उत्तराधिकार की तरह सहज-लब्ध न कहकर उन्हें श्रमपूर्वक अर्जित करने की सलाह दी है। यह अकारण नहीं है कि कवि-मानस के प्रभावित होने की सैद्धांतिक पृष्ठभूमि को प्रबंध के पहले और दसवें अध्यायों में स्पष्ट किया गया है।

प्रबंध की विशेषताओं का ज्ञापन आत्मश्लाघा के लिए न करके प्रबंध के दृष्टिकोण को स्पष्ट करने के लिए ही किया गया है। मैंने इस प्रबंध में जिन प्रबंधों को उठाया है वे विद्यापति-साहित्य के अध्ययन-अनुशीलन के क्रम में अद्यावधि अस्पृस्ट-से थे। विद्यापति-पदावली का यह अध्ययन नवीन दिशा संधान की एक तुच्छ-चेष्टा मात्र है।

प्रबंध-लेखन के दुस्तर कर्म में यदि मैं कृतकार्य हुआ हूँ तो यह मेरी महत्ता नहीं, गुरुदेव डॉ. रमाकांत पाठक के आशीर्वाद का ही परिणाम समझना चाहिए।

इस अनुसंधान में नेपाली, तरौनी तथा रामभद्रपुर में प्राप्त विद्यापति-पदावली की प्रतियों के विविध संस्करणों को आधार माना गया है। पदावली के पाठों और अर्थों के अनुसंधान भी इस प्रबंध में यत्र-तत्र किए गए हैं जो प्रासंगिक या आनुषंगिक हैं, मुख्य लक्ष्य नहीं। ये पाठानुसंधान तथा अर्थानुसंधान अर्थ-स्रोत की समुचित मीमांसा के लिए ही किए गए हैं।

निजी पुस्तकालय, बिहार विश्वविद्यालय तथा लंगट सिंह कॉलेज के पुस्तकालयों से ही मैंने विशेष रूप से सहायता ली है। जिन विद्वानों के ग्रंथों और अनुसंधानों से मैं लाभान्वित हुआ हूँ उनका हृदय से आभार स्वीकार करता हूँ। विद्यापति-साहित्य के पूर्ववर्ती और आधुनिक अध्येताओं का भी मैं ऋणी हूँ। उन्हीं के कार्यों के आलोक में मुझे आगे बढ़ने में सुविधा हुई है।

विद्यापति का काव्य समुद्र-बहुत व्यापक और गहरा है; आजन्म तैरता रहूँ तब भी किनारा नहीं मिल सकता है। कालिदास के शब्दों को उधार लेकर कहूँ तो उचित ही कहूँगा कि अपनी अल्प विषया मति के द्वारा विद्यापति के साहित्य का विवेचन मेरे लिए काठ या क्षुद्र संबल के सहारे दुस्तर सागर को पार करने के समान ही है-"तितीषुर्दुस्तरं मोहादुडुपेनास्मि सागरम्।"-('रघुवंशम्ः।1.2) इस काव्य-समुद्र में जहाँ तक तैर सका उसे ही एक उपलब्धि मानता हूँ। सुधीजन इस संतरण को केवल हाथ-पैर मारना ही कहेंगे तो यह गलत नहीं होगा।

आलोचक-गण विद्यापति की कविताओं के सौंदर्य का अवलोकन जन्म-भर करते रहेंगे तब भी उनके नयन तृप्त नहीं होंगे। तिल-तिल नूतन होने वाली विद्यापति की कविता के आकर्षण और वैशिष्ट्य चिरस्थायी है। उसके सौंदर्य का एक पक्ष मुझे गोचर हुआ है तो आगामी व्याख्याकारों के समक्ष उसके अन्यान्य पक्ष उद्भासित होंगे। विषय-विवेचन के क्षेत्र में 'इदमित्थं' का दावा मैं नहीं करता हूँ-"हरि अनन्त हरि कथा अनन्ता"। अपने कार्य के संबंध में मुझे भी विद्यापति की तरह ही विश्वास है-"खल खेलत्तणें दूसिहई, सुअण पसंसइ सव्व।।18।।" -कीर्तिलता (1.18.-अग्रवाल)। महत्वहीन और साधारण होने पर भी सज्जन अपने परोपकारी स्वभाव के कारण मेरे कार्य की सराहना करेंगे, इसी आशा से यह रचना प्रस्तुत करने की चपलता कर रहा हूँ।

दलसिंह सराय

प्रमोद कुमार सिंह

(इ) काव्य-हेतु तथा काव्य-योनियाँ

(1) कवि मानस

काव्य-कृतियों में कवि-मानस का प्रतिफलन मिलता है और कवि-मानस का संघटन प्रतिभा, व्युत्पत्ति और अभ्यास से होता है। चेतन या अचेतन रूप से कवि के पांडित्य और जीवनानुभव उसके काव्य में मुखरित होते हैं। उसकी प्रतिभा भी लोक और शास्त्र-काव्यादि की जानकारियों से पोषिता होती है, अतः रचनाओं के सम्यक् अध्ययन का अर्थ कृतिकार की प्रतिभा, व्युत्पत्ति आदि का मूल्यांकन ही है। पाश्चात्य साहित्यालोचन में कवि कल्पना का अध्ययन कवि-व्यक्तित्व के पक्षों को विवृत करता है। उसी तरह यदि हम कवि-प्रतिभा और कवि की अध्ययन-निरीक्षण सीमाओं का पर्यालोचन करें तो कवि का वास्तविक रूप हमारे सामने स्पष्ट हो सकता है।

कवि के अर्थों के उपजीव्य क्षेत्रों का अध्ययन कवि-मानस पर प्रकाश डालता है। कवि के अर्थों में उसका व्यक्तित्व बिंबित होता है। कवि की कामनाएँ, उसकी शिक्षाएँ, उसके ज्ञान-विज्ञान और संस्कार सभी उसकी रचनाओं में सन्निहित रहते हैं। काव्यार्थों का निबंधन कवि की प्रतिभा, व्युत्पत्ति और उसके अभ्यास के द्वारा ही होता है।

कवि-कृति में कवि व्यक्तित्व के अंकन, प्रकाशन और प्रक्षेपण का अभिप्राय उसके मानस का स्थापन है और कवि-मानस का अर्थ कवि का समग्र आवेष्टन अध्ययन आदि है। काव्यार्थों या कवि-कल्पनाओं का अध्ययन कवि-व्यक्तित्व के अध्ययन की दृष्टि से बहुत रोचक है।

काव्य की चित्रमयता कल्पना-जन्य ही होती है और कल्पना जीवन-जगत् के निरीक्षण तथा अध्ययन से आढ्य होती है। आँखों के लिए बिहारी ने 'मलंग' की कल्पना प्रस्तुत की है जिसमें मौलिकता है, किंतु यह लोक-निरीक्षण-जन्य अर्थ है। यहाँ कवि-प्रतिमा की मौलिकता और लोक-ज्ञान से उसका पोषण पाया जाता है। प्रयोगवादी अर्थों की नवीनता में प्रतिभा का वैशिष्ट्य है किन्तु प्रयोगवादी कवियों की प्रतिभाओं पर लोक और शास्त्र के ऋण भी पाए जाते हैं। कवि-प्रतिभा जीवन, जगत् और शास्त्र से निस्संग और निरपेक्ष नहीं है। संपूर्ण सृष्टि कवि कल्पना की क्रीड़ा की रंगस्थली है। कवि नवीन अर्थों को भी विश्व के विविध क्षेत्रों से ही हरण करके काव्य-चित्रों के रूप में प्रेषित करता है। कल्पना की संपन्नता लोक, शास्त्र और काव्यादि को अभिज्ञता से होती है। बिंब-योजना की नवीनता और उसके वैविध्य व्युत्पत्ति-निर्भर हैं, अतः प्रतिभा के

लिए व्युत्पति की सदैव अपेक्षा रहती है। कवि-मानस के चेतन-अचेतन बिंब काव्यार्थों में उतरते हैं और वे कवि की शिक्षा और उसके 'परिचय' को द्योतित करते हैं।

संस्कृत-काव्यशास्त्र में जिसे अभिनवगुप्त आदि ने कवि-प्रतिभा कहा है उसका पाश्चात्य आलोचना शास्त्र और मनोविज्ञान में निर्दिष्ट 'कल्पना' से साम्य-प्रतिपादन किया जा सकता है। कुमार विमल लिखते हैं-"अतः आधुनिक सौंदर्यशास्त्र या पाश्चात्य कला-चिन्ता की कल्पना को हम भारतीय काव्य-शास्त्र की 'प्रतिभा' कह सकते हैं। इस 'प्रतिभा' का अंगरेजी पर्यायवाची है-'जिनियस'। फिर भी, अनेक आंग्ल आलोचकों ने भी प्रतिभा (जिनियस) को कल्पना के अर्थ में स्वीकार किया है।"

कवि प्रजापति प्रतिभा या कल्पना के द्वारा ही अभिलषित अर्थों को रूपायित करता है। अग्नि पुराणकार ने ठीक ही कहा है -

अपारे काव्यसंसारे कविरेय प्रजापतिः।
नथास्म रीचतै विश्वं तथेद परिवर्तते।

कल्पना का कल्पवृक्ष कवि के अभिस्पित को मूर्त कर देता है। प्रतिभा की निर्माण अग्रता कल्पना में भी है; 'क्लृप' धातु की अर्थ सृष्टि करना ही है और उसी से कल्पना शब्द निष्पन्न है।

कवि-कल्पना विविध क्षेत्रों से अर्थों का चयन करती है। यह अर्थ चयन काव्य, शास्त्र, लोक आदि के क्षेत्रों से होता है। कवि वस्तुतः मधुकर होता है, ऊर्णनाम नहीं। उसकी प्रतिभा एकाकिनी ही अर्थोत्पत्ति नहीं कर सकती। उसे शास्त्र, लोक या काव्य से संपृक्त होना ही पड़ता है। नवीन अर्थों के आधार भी कहीं-कहीं रहते ही हैं। अर्थों को 'अयोनि' बतलाना मैं उचित नहीं समझता हूँ। दूसरे कवियों की छाया नहीं लेने पर भी कवि को लोक और शास्त्रों से अर्थों का हरण करना ही पड़ता है।

प्रतिभाशाली प्रपद्यवादी कवि श्री नलिन विलोचन शर्मा की यह कल्पना यद्यपि नयी है किंतु इसे भी 'अयोनि' नहीं कहा जा सकता है-

बालू के दूह हैं जैसे बिल्लियाँ सोई हुई,
उनके पंजों से लहरें दौड़ भागतीं।
सूरज की खेती चर रहे मेघ-मेमने
विश्रब्ध, अचकित।

('सागर-संध्या', 'नकेन के प्रपद्य' से)

सागर-तटवर्ती बालू के टीलों के लिए सोई हुई बिल्लियों की कल्पना

सर्वथा नयी है। इन बिल्लियों के पंजों से त्रस्त लहरों के दौड़कर भाग जाने की कल्पना की व्यंजना यह है कि लहरों के साथ चूहों की समता है। तट तक आकर भाग जानेवाली लहरों और बालू के ढूहों का निरीक्षण करके कवि ने बिल्ली और चूहे के लौकिक चित्र का यहाँ सन्निवेश कर दिया हैं।

'विश्रब्ध' और 'अचकित' मेघ-मेमनों के द्वारा सूरज की खेती चरने की कल्पना अस्पृष्ट है किंतु यहाँ भी अर्थ का स्रोत लोक ही है। मेघ आकाश को ढँक रहे हैं, सूर्य की किरणों पर छाए जा रहे हैं, इस बात को कवि ने मेमनों के द्वारा खेती चरने के लौकिक चित्र से प्रकट किया है, लेकिन कवि के इस चित्र पर उसके काव्याध्ययन का संस्कार भी अप्रत्यक्षतः पड़ा है। उसकी प्रतिभा को परोक्ष ढंग से नाटककार भास ने प्रभावित किया है-

विस्रब्धं हरिणाश्चरन्त्यचकिता देशागत प्रत्यया
वृक्षाः पुष्पफलैः समृद्धविटपाः सर्वे दयारक्षिताः।
भूयिष्ठं कपिलानि गोकुलधनान्यक्षेत्रवत्यो दिशो
निस्सन्दिग्धमिदं तपोवनमयं धूमो हि बह्वाश्रयः।। 12.।

-(*'स्वप्नवासवदत्तम्'*, 1.12)

'तपोवन के हरिण 'विस्त्रब्ध' और 'अचकित' होकर घूम रहे हैं तथा गाएँ चर रही हैं। "-इस अर्थ का संस्कार नलिन जी के मन पर था जो अनायास ही मेघ-मेमनों के चित्रण के अवसर पर उनकी रचना में नये ढंग से संक्रामित हो गया है। 'विस्त्रब्ध' और 'अचकित' इन दोनों शब्दों के हरण तो स्पष्ट ही हैं। काव्याध्ययन से पोषित नलिन जी की कल्पना बड़ी ही अनूठी है।

काव्य-हेतुओं के सिद्धान्त के प्रकाश में कवि-मानस का अच्छी तरह अध्ययन किया जा सकता है। रचनाकार का कल्पक मन अपने चित्रों की सामग्रियाँ विविध काव्य-ग्रन्थों, शास्त्रों, पुराणों और लोक-जीवन से खोज-खोजकर लाता हैं और उन्हें सुनिश्चित रूपों में ढालता है। कवि-मानस के अध्ययन की दृष्टि से प्रपद्यवादी कवि श्री केसरी कुमार की 'साँझ' शीर्षक कविता भी बहुत रोचक है। कवि अपह्नुति की शैली में साँझ के अनेक मौलिक चित्र उपस्थित करता है, किंतु उसकी प्रतिभा पर काव्य, शास्त्र और लोक का पूरा प्रभाव देखा जा सकता है-

नहीं,
साँझ
एक असभ्य आदमी की
जम्हाई है,

जो भरी सभा में
आँखें मींच लेता,
नसें सीधी करने को
नंगी बांहों को
तनों-सी ऊपर उठाता
और नीड़ों के भूखे उद्ग्रीव
शावक-सी ऊँगलियों को
चटखाता है
टुट्- टुट्।

कवि के मन पर पंत और बच्चन के संध्या-वर्णनों के संस्कार हैं, किन्तु उसने बिल्कुल अछूते चित्र का निर्माण किया है। 'टुट् टुट्' ध्वन्यर्थ-व्यंजना पर पंत की इन पंक्तियों का प्रभाव देखा जा सकता है-

बांसों का झुरमुट-
संध्या का झुटपुट-
हैं चहक रही चिड़ियाँ :
टी.वी-टी टुटू-टुट्।

केसरी कुमार जी भी नीड़ों के भूखे उत्कंठित शावकों की बोलियों के लिए 'टूट्-टूट्' शब्द का प्रयोग करते हैं। पंत ने जहाँ चहकने वाली चिड़ियों को चित्रित किया है वहाँ केसरी जी ने भूखे और प्रतीक्षाकुल-नीड़ों से गर्दन निकालते पक्षियों के बच्चों की 'टुट् टुट्'-ध्वनियों का वर्णन किया है। संध्या काल के भूखे और उद्ग्रीव पक्षि-शावकों के चित्र पर 'निशा-निमंत्रण' के इस वर्णन का संस्कार लक्षित किया जा सकता है-

बच्चे प्रत्याशा में होंगे
नीड़ों से झांक रहे होंगे-
यह ध्यान परों में चिड़ियों के भरता कितनी चंचलता है!
दिन जल्दी-जल्दी ढलता है।

-('निशा-निमंत्रण'-1)

लेकिन इन प्रभावों को आत्मसात् करके केसरी जी ने बिल्कुल नया ही चित्र 'खींचा है। भरी सभा में विजृंभण करनेवाले और कसकर अंगड़ाई लेकर अंगुलियों को चटखाने वाले किसी असभ्य आदमी का चित्र प्रस्तुत करके वे पूरे वर्णन में नवीनता ला देते हैं। टुट्-टुट्' अंगुलियों के चटखाने का ही स्वर बतलाकर वे अपहरण के दोष से मुक्त हो जाते हैं। जम्हाई लेनेवाले और अंगुलियों

को चटखाने वाले व्यक्ति का चित्र लोक-निरीक्षण से प्रसूत है।

संध्याकालीन बादलों और उनकी खामी का चित्रण करते हुए केसरी जी ने जीवन से बिल्कुल अछूते अर्थ का हरण किया है-

नहीं,
साँझ
एक शरीर लड़की है
जो लिखे सफों की तितलियाँ उड़ाती है
बादल-शैली में,
कलम के माथे से उड-कट बनाती है
और रन्ना से निकली
लाल आँखों को देख
धूसरित फ्रॉक में मुँह छिपा
रोने लगती है।

तितलियाँ उड़ानेवाली, 'उड-कट' बनानेवाली और मैले फ्रॉक में मुँह छिपाकर रोनेवाली लड़की से साँझ की तुलना एक नयी कल्पना है जिसका स्रोत लोक-जीवन है।

घिरती शाम के लाल-काले बादलों और शाम के रंगों का चित्रण करते हुए कवि ने 'ब्लॉटिंग पेपर' की अछूती कल्पना करके अपनी मौलिकता का परिचय दिया है। साँझ को एक रद्दी स्याही-सोख बतलाना, जिसपर अनेक लाल-काले अक्षर काकपद-समेत उगे हैं, लोक-जीवन या स्कूल-कॉलेज और कार्यालय के जीवन से प्रभावित हैं-

नहीं,
साँझ
एक रद्दी स्याही-सोख है
जो काले मूल पर लाल संशोधनों को,
लाल संशोधनों पर काले मूल को-
उलटा लेता है, काकपद समेत
और समन्वय के द्वंद्व में
स्वयं बेकाम हो जाता है।

संध्याकालीन लाल बादलों का रूपांकन करते हुए केसरी जी ने 'मेघदूत' के संदर्भों को अपनी कविता में समाविष्ट कर दिया है। हाथियों के समान

रामगिरि के मेघों का प्रसंग यहाँ आया है---

किरण होगी
अभी गोलार्द्ध पर,
गिरिशृङ्ग पर
कंचन जंघा पर,
आसपास
पश्चिम पीछे
रामगिरि पर हस्तीव।

'रामगिरि पर हस्तीव'-यह कल्पना 'मेघदूत' की इन पंक्तियों से प्रभावित है-

आषाढस्य प्रथमदिवसे मेघमाश्लिष्ट सानु
यप्रक्रीडापरिणतगजप्रेक्षणीय ददर्श।। 2.।

('पूर्वमेघ' 2)

संध्याकालीन लाल बादलों में शोणित टपकते गजाजिन का भ्रम और शंकर के तांडव का प्रसंग 'मेघदूत' में आया है जिसका प्रभाव केसरी जी की कविता पर देखा जा सकता है।

यक्ष मेघ से कहता है कि संध्या की किरणों से जब उसका शरीर नये जपा पुष्प के समान रक्त वर्ण का हो जाएगा और वह शंकर के भुजा-रूपीतरु-वन पर मंडल बनाकर छा जाएगा तब स्वल्प काल के लिए भवानी उद्विग्न हो उठेंगी, क्योंकि उनके सामने गजासुर को मारकर उसकी खाल ओढ़कर ताण्डवनृत्य करने वाले शंकर का अतीतकालीन चित्र साकार हो जाएगा। आर्द्र नागाजिन ओढ़ने से शंकर के संहारक तांडव नृत्य की स्मृति हो आती है। संध्याकालीन लाल मेघ रक्त से लथपथ गजाजिन के समान है जो शंकर की भुजाओं में लिपटकर उनकी तांडवकालीन मुद्रा का द्योतक हो जाता है-

पश्चादुच्चैर्भुजतरुवनं मण्डलेनाभिलीनः
सान्ध्यं तेजः प्रतिनवजपापुष्परक्तं दधानः।
नृत्यारम्भे हर पशुपतेरार्द्रनागाजिनेच्छा
शान्तोद्वेगगस्तिमितनयनं दृष्टभक्तिर्भवान्या।। 36.।

('पूर्वमेघ' 36)

केसरी जी के अधोलिखित प्रसंग में 'मेघदूत' के उपर्युक्त संदर्भ का सन्निवेश देखा जा सकता है-

नहीं,

मैं मरने की मनोदशा में
नहीं
हूँ।
नाचो शंकर,
नाचो कै-
लाश पर।

('नफेन के प्रपद्य' से)

शंकर का तांडव मृत्युवाहक है, लेकिन यहाँ मृत्यु को काम्य नहीं कहा गया है। अतः शंकर का तांडव यहाँ 'मेघदूत' के नृत्य जैसा ही भ्रमात्मक है। बादल-रूपी गजाजिन को जब शंकर ओढ़ लेते हैं तब पार्वती को तांडव मुद्रा का भ्रम हो जाता है, किंतु सांध्य मेघ को पहचानकर वे आश्वस्त हो जाती हैं। केसरी जी ने भी शंकर से नृत्य का प्रस्ताव किया है। 'कैलाश' को 'कै'-'लाश' के रूप में लिखने की व्यंजना यही है कि इससे 'कैलास' पर्वत और रक्त-वमन-कारी गजासुर के 'शव' का साथ-साथ चित्रण होता है। मेघ को 'हस्तीव' कहा ही जा चुका है, अतः गज के रक्तः स्रावी शव के रूप में उसकी कल्पना उचित ही है। संध्याकालीन रक्तिम मेघों का यह चित्र 'मेघदूत' के अध्ययन से प्रभावित है।

इस तरह हमने देखा कि कवि-मानस में अनेक संबद्ध-असंबद्ध बिंब एकत्र रहते हैं जिन्हें कवि अपनी प्रतिभा से एक व्यवस्था देकर उपस्थित करता है।

अनेक नवीन समझी जानेवाली कल्पनाओं का भी विश्लेषण करने पर उनके आधार आवेष्टन और कवि के ज्ञान भंडार में ही मिलते हैं। अधोलिखित नवीन अर्थों पर विचार करने से 'प्रतिभा' पर 'लोक' या 'शास्त्र' का प्रभाव मानना ही पड़ता है-

9. शाम काले तेजाब में घुल गयी है,

समन्दर सूरज को बिस्कुट की तरह खा रहा है....
अनन्त कुमार पाषाण 'बम्बई का क्लर्क शीर्षक'

कविता, 'नयी कविता'-2, 1955 ई., पृ. 63

यहाँ बिस्कुट की कल्पना घरेलू जीवन से ली गई है।

2. गुड्डी के कटने और बच्चों द्वारा उसके लूटने के लौकिक दृश्य से प्रभावित यह नया अर्थ बड़ा ही सुंदर है-

चाँद कटे पतंग-सा
दूर उस झुरमुट के
पीछे गिरता जाता...

किलकारी भर-भर खग
दौड़-दौड़ अम्बर में
किरण-डोर लूट रहे

(कुँवर नारायण; 'तीसरा सप्तक', पृ. 335)

3. 'व्युत्पत्ति' के आधार पर 'प्रतिभा' का नवोन्मेष नरेश मेहता की इस कल्पना में द्रष्टव्य है-

साबुन की झाग-सी नरम
किन् किन् किन्
झिम् झिम् झाँझें।
टेशो कोटो के सुरों-सी हल्की
जापान के किसी गीत को टाइप करती लहरें...

-('बनपाखी सुनो!!! पृ. 17)

'टेशो कोटो' एक प्रकार का जापानी तन्तुवाद्य है।

लहरों के द्वारा टाइप करने की कल्पना नयी और दफ्तर के जीवन से संबद्ध है।

4. शेक्सपीयर का संस्कार लेकर नरेश मेहता कहते हैं-

अपने बीमार जले पंख लिये
नारियल पेड़-
मैकबेथ की चुड़ैलों की तरह
बीमार सांझ के सिरहाने चुप हैं।

('बनपाखी! सुनो!!' पृ.17-18)

5. टी. एस. इलियट से प्रभावित होकर कवि अस्पताल के जीवन से संबद्ध कल्पना को यों प्रस्तुत करता है -

पश्चिम की गगन खिड़की के उन नील घुले शीशों पर
आज की बीमार, बुझी
सांझ की ये रोशनियाँ-
पीले टिंचर की तरह
फैल रही, फैल गयीं।
आज तो बीमार सभी,
बेहोश सभी,
सबके दिमागों में भरा
क्लोरो फार्म की महक की तरह तेज
यह अंधेरा, वो अंधेरा-

वो अंधेरा-

(बनपाखी! सुनो!!' पृ. 18)

प्राचीन और नवीन कवियों की कल्पनाओं के अध्ययन से उनके 'मानस' के विविध पक्ष उजागर होते हैं। कवि-मानस अनेक प्रकार के चिह्नों का 'अलबम ' और 'स्टुडियो' दोनों ही होता है। संबद्ध, असंबद्ध सब तरह के बिंब कवि के मन में एकत्र रहते हैं जो उसकी रचनाओं में अवसर पाकर अभिव्यक्त होते हैं। इलियट का यह कहना ठीक ही है कि मनुष्य के मन में सूअर के पके माँस की गंध, दाँते के काव्य का बिंब और प्रणयानुभूति के चित्र एक साथ अनुभूत हो सकते हैं। कवि और भावक दोनों के मन में अनेक स्मृति-चित्त सन्निहित रहते हैं। कवि-मानस में संगृहीत अर्थ ही काव्य में रूप-वैविध्य के साथ उतरते हैं। कवि-मानस के अध्ययन की दृष्टि से काव्य-हेतुओं का अध्ययन उपादेय है। प्रतिभा, लोकशास्त्र-ज्ञान, अभ्यास-जन्य मार्जन आदि का कवियों के लिए महत्व और मौलिकता के अभिप्राय को काव्य-हेतुओं के सिद्धांत के आधार पर ही समझा जा सकता है।

(2) काव्य-हेतु

भामह से पंडितराज जगन्नाथ तक संस्कृत काव्यशास्त्र में काव्य-हेतुओं पर अटूट चिंतन मिलता है। 'प्रतिभा' या 'शक्ति, "व्युत्पत्ति' या 'निपुणता' तथा 'अभ्यास' को काव्य हेतु माना गया है। इनके आपेक्षिक महत्व पर तो विवाद है किंतु हेतुओं में गणना इन्हीं तीनों की होती है।

1. भामह

'काव्य हेतु' शीर्षक देकर भामह ने इस विषय पर विचार नहीं किया है, किंतु उनके ग्रंथ 'काव्यालङ्कार' में 'प्रतिभा' 'व्युत्पति' और 'अभ्यास' का समर्थ संकेत मिलता है। वे 'प्रतिभा' को उच्चतम स्थान देते हैं। उनका विचार है कि मंद बुद्धिवाले गुरुपदेश से शास्त्राध्ययन कर लेते हैं लेकिन कविता-रचना की शक्ति किसी प्रतिभाशाली को ही कभी-कभी होती है। 'प्रतिभा' की दुर्लभता और महत्ता का ज्ञापन इस कारिका से होता है-

गुरुपदेशादध्येतु शास्त्रं जडधियोऽप्यलम्।
काव्यं तु जायते जातु कस्यचित् प्रतिभाव:।।1.5.।

– (काव्यालङ्कार')

काव्य-रचना प्रतिभाशाली से ही संभव है, यह भामह का वक्तव्य है। भामह के 'जातु' तथा 'कस्यचित' प्रयोग विचारणीय हैं। 'अग्निपुराण' की इस बहुधा

उद्धृत उक्ति में भी 'प्रतिभा' को दुर्लभता ज्ञापित की गई है-

नरत्वं दुर्लभं लोके विद्या तत्र सुदुर्लभा।
कवित्वं दुर्लभं तत्र शक्तिस्तव च दुर्लभा।। 337.3.।

आनंद वर्धन भी 'प्रतिभा' की अलोक-सामान्यता का वर्णन करते हैं-

सरस्वती स्वादु तदर्थवस्तु निःष्यन्दमाना महतां कविनाम्।
अलो कसामान्यमभिव्यनक्ति प्रतिस्फुरन्तं प्रतिभाविशेषम्।।

-('ध्वन्यालोक,' 1.6.)

बुभूषु कवि या कवि यशः-प्रार्थी के लिए भामह विविध विषयों के ज्ञान-लाभ की व्यवस्था देते हैं। काव्य-प्रणयन के इच्छुक व्यक्ति को शब्द, छंद, कोश, इतिहासी गाथा, लोक-व्यवहार, युक्ति तथा कलाओं का ज्ञान प्राप्त करना चाहिए। भामह लोक-शास्त्र-नैपुण्य या व्युत्पत्ति का पक्ष स्पष्ट करके 'काव्य-साधन' का उल्लेख इस प्रकार करते हैं–

शब्दश्छन्दीऽभिधानार्थां इतिहासाश्रया: कथाः।
लोकोयुक्तिः कलाश्चेति मन्तव्याः काव्यगैर्ह्यामी।।छ9.।

अध्ययन और 'अभ्यास' का साथ-साथ संकेत अधोलिखित कारिका में मिलता है–

अतोऽभिवाञ्छता कीर्ति स्थेयसीमाभुवः स्थितेः।
यत्नो विदितवेद्येन विधेयः काव्यलक्षणः।।1.8.।

यहाँ काव्य-रचना को यत्न-साध्य बतलाकर 'अभ्यास' का ही प्रसंग उपस्थित किया गया है। 'यत्न' अभ्यास' का बोध है तथा 'विदित विद्येन' ज्ञातव्य विषयों की ज्ञान-प्राप्ति का निर्देश करने के कारण व्युत्पत्ति का संकेतक है। कारिका-1.9 में तो भामह ने ज्ञातव्य विषयों की सूची ही दी है।

अघोलिखित कारिका में भामह प्रकारान्तर से 'अभ्यास' की ही चर्चा करते हैं–

शब्दाभिधेये विज्ञाय कृत्वा तद्विदुरासनाम।
विलोक्यान्यनिबन्धांश्च कार्यः काव्यक्रियादरेः।। 1. 10.।

काव्य-मर्मज्ञ की उपासना का अभिप्राय काव्यज्ञ के निकट रहकर उससे परामर्श और पथ-प्रदर्शन प्राप्त करना है। यह काव्य-गुरु से दोष-मार्जन करवाना तथा सत्परामर्श-प्राप्ति है। दूसरे काव्यकारों को कृतियों का अवलोकन अध्ययन भी 'अभ्यास' का ही रूप है। कवियों को विविध काव्य रचनाओं का परिशीलन और काव्यज्ञ की उपासना करके काव्य प्रणयन के लिए सचेष्ट रहना चाहिए। इस तरह भामह ने 'अभ्यास की व्यवस्था दी है।

2. दण्डी

दण्डी भी हेतु-त्रय का उल्लेख करते हैं। उनके द्वारा निर्दिष्ट 'प्रतिभा, 'श्रुत' और 'अभियोग' ही क्रमशः 'प्रतिभा', 'व्युत्पत्ति' और 'अभ्यास' हैं। उनके अनुसार स्वाभाविक प्रतिभा, निर्मल ज्ञान और अमन्द अभ्यास ये तीनों काव्य के कारण हैं–

नैसर्गिकीच प्रतिभा श्रुतं च बहु निर्मलम्।
अमन्दश्चाभियीगोऽस्याः कारणं काव्यसम्पदः।।

('काव्यादर्श' 1.103.।)

लेकिन दण्डी का दृष्टिकोण वैशिष्टयपूर्ण है, कि 'प्रतिभा' के रहने पर भी काव्य-प्रणयन संभव है। 'प्रतिभा' के अभाव में भी ज्ञान और सतत अभ्यास से कवित्व-सिद्धि मिलती है। दंडी 'प्रतिमा' को ही अनिवार्य न मान कर 'श्रुत' और 'यत्न' की महिमा का भी कथन करते हैं। बहुतेरे राजाश्रित कवि 'व्युत्पत्ति और 'अभ्यास' के द्वारा भी विदग्धगोष्ठियों में खप जाते थे– कवि-रूप में स्थापित हो जाते थे। दरवारी काव्य सदैव प्रतिभा प्रसूत ही नहीं, व्युत्पत्ति-आश्रित और अभ्यास निर्भर भी होता था। कविशिक्षा-ग्रंथों भी यही उद्देश्य था कि प्रतिभाहीन लोगों के द्वारा भी काव्य-प्रणयन हो सके। दण्डी का यह दावा नहीं है कि' 'व्युत्पत्ति' और 'अभ्यास' पर आधारित काव्य सर्वश्रेष्ठ होते हैं, अपितु उनका कथ्य इतना ही है कि ज्ञान और अभ्यास के बूते पर भी कविता हो सकती है। प्राचीन युग में बहुतेरी ऐसी रचनाएँ हुई थी जिनमें ज्ञान और अभ्यास के आधिक्य से कवित्व लाया गया था। उन रचनाओं में 'प्रतिभा' की दीप्ति न होकर 'व्युत्पत्ति' की धार मिलती है। यद्यपि वैसी रचनाओं को उत्तम नहीं माना गया, किंतु उन्हें काव्य ही कहा गया, अकाव्य नहीं। वैसे ही श्रुत यत्नसाध्य काव्यों को दृष्टिपथ में रखकर दण्डी ने 'प्रतिभा' की अनिवार्यता का प्रतिपादन नहीं किया है। अधोलिखित कारिकाओं में दण्डी का वक्तव्य है कि 'श्रुत' और 'यत्न' के द्वारा भी कवित्व-सिद्धि की वांछा वाले पूर्ण काम होते हैं–

न विद्यते यद्यपि पूर्ववासनागुणानुबन्धि प्रतिभानमदभुतम्।
श्रुतेन यत्नेन च वागुपासिता ध्रुवं करोत्येव कमप्यनुग्रहम्।। 104
तदस्मतन्द्रैरनिशं सरस्वती क्रमादुपास्या खलु कीर्तिमीप्सुभिः।
कृशे कवित्वेपि जनाः कृतश्रमा विदग्धगोष्ठीषु विहर्तु मीशते। 105.।

–('काव्यादर्श',। 104. तथा 1. 105.।)

दण्डी संस्कृत के एक मात्र आचार्य हैं जिन्होंने 'व्युत्पत्ति' और 'अभ्यास' को इतना महत्वपूर्ण स्थान दिया है। दण्डी के इस मतपर तात्कालिक पांडित्यपरक

काव्य प्रवृत्ति का प्रभाव देखा जा सकता हैं। प्रो. देवेन्द्रनाथ शर्मा ने ठीक ही लिखा है– "दंडी के कथन का अभिप्राय प्रतिभा की तुच्छता बताना नहीं, बल्कि व्युत्पत्ति और अभ्यास का महत्त्व प्रमाणित करना है।।।

दण्डी के मत का विरोध हेमचंद्र ने किया है। वे 'व्युत्पत्ति' तथा 'अभ्यास को प्रतिभा उपकारक मानते हैं, काव्य के साक्षात् हेतु नहीं। प्रतिभाहीन के लिए 'व्युत्पत्ति और 'अभ्यास' बेकार हैं।

3. वामन

वामन का काव्य-हेतु-निरूपण न तो परंपरागत है, न सूक्ष्म ही। वामन ने काव्याङ्गों में सबसे पहले लोक ज्ञान, तब शास्त्र-ज्ञान और अंत में 'प्रकीर्ण' की गणना की है। उनका वक्तव्य इस प्रकार है-

काव्याङ्गान्युपदर्शयितुमाह–
लोको विद्या प्रकीर्णञ्च काव्याङ्गानि। 1, 3, 1.

–(*काव्यालङ्कार-सूत्र'*)

वामन ने 'प्रकीर्ण' में हो 'अभ्यास' और 'प्रतिभा' को अंतमुक्त कर दिया है। 'लोक और विद्या' दोनों मिलाकर 'व्युत्पत्ति' या लोकशास्त्र निपुणता हैं। लोक-व्यवहार ज्ञान और विद्या ज्ञान ये दोनों 'पुण्य' हैं। क्रम की दृष्टि से वामन ने सबसे पहले 'नैपुण्य' को ही रखा है। उन्होंने पहले लोक फिर शास्त्र को स्थापित किया है।

'लक्ष्यशत्व' 'अभियोग, 'वृद्धसेवा' 'अवेक्षण' 'प्रतिभान' और 'अवधान' ये छ बातें 'प्रकीर्ण' में गतार्थ हैं। इनमें प्रतिभान' प्रतिभा वाचक है, शेष बातें 'अभ्यास' या 'यत्न' से संबद्ध हैं।

दूसरों के काव्य से परिचय या काव्यानुशीलन 'लक्ष्य' कहलाता है। यया रचित काव्य-ग्रंथों का ज्ञान ही 'लक्ष्यज्ञत्व' है। कविताओं के परिशीलन से बुभूषु कवि तदनुकूल 'अभ्यास' करता है। वह लक्ष्यानुरूप काव्य-रचना के लिए सचेष्ट होता है। यद्यपि 'लक्ष्यज्ञत्व' 'अभ्यास' का अंग है किन्तु इसे भी एक प्रकार की 'व्युत्पत्ति' ही कहना चाहिए। यह 'लोक' या 'शास्त्र' की 'व्युत्पत्ति' न होकर परंपरागत काव्य-धारा या रचना प्रवाह की व्युत्पति है। प्रत्येक कवि अपनी काव्य-परंपरा से प्रभावित होता है। यह पूर्ववर्ती और समसामयिक रचनाओं का अध्येता होता है और दूसरों की रचनाओं के प्रकाश में अपनी रचनाओं का स्वरूप संघटन और परिष्कार करता है, अतः 'लक्ष्यज्ञत्व' या काव्य-परिचय को 'अभ्यास' की प्रक्रिया के साथ-साथ 'नैपुण्य' भी मानना चाहिए।

'अभियोग' 'यस्त' या 'अभ्यास' के लिए प्रयुक्त हुआ है।

बुभूषु कवि काव्यज्ञों के निर्देशन में काव्य-रचना के अभ्यासी होते हैं और गुरु-सेवा करते हुए गुरुपदेश से उनकी रचनाएँ मार्जित होती हैं। 'वृद्धसेवा' का अभि-प्राय शिक्षार्थियों का काव्यज्ञ गुरुओं के सन्निकट रहकर उन्हें तुष्ट करके कवित्व-सिद्धि करना है। पहले जानकारों के निर्देशन में रहकर काव्य रचने की परिपाटि थी किंतु कालान्तर में कवि-शिक्षा-ग्रंथों या काव्यशास्त्रीय पुस्तकों के सहारे ही कविगण काव्य-रचना में प्रवृति होने लगे।

'अवेक्षण' भी 'अभ्यास' का ही एक अंग है। उपयुक्त पद-विवेक और समुचित पद की विचिकित्सा को ही 'अवेक्षण' कहना चाहिए। इसमें स्वीकार-तिरस्कार की प्रक्रिया सन्निहित है। जब तक वित्त किसी प्रयोग को लेकर आंदोलित रहता है तब तक मार्जन की अपेक्षा बनी ही रहती है। 'शब्दपाक' के बाद ही कवि का विकल्प भाव तिरोहित होता है। 'शब्दपाक' वैसे परिनिष्ठत प्रयोग को कहते हैं जहाँ पुनः परिवर्त्तन अनपेक्षित होता है। अतः 'अवेक्षण' अभ्यास प्रक्रिया का 'उचितानु-चित-विवेक' ही जान पड़ता है।

वामन ने यद्यपि प्रकीर्ण' के अंतर्गत प्रतिभा की चर्चा की है, किंतु उसे कवित्व का बीज कहकर उचित गौरव दिया है। ऐसा समझना ठीक न होगा कि वामन ने 'प्रतिभा' के काव्यहेतुत्व का सम्यक् मूल्यांकन नहीं किया है। वे कवित्व के लिए 'प्रतिभा' की अपरिहार्यता पर बल देते हैं। उसके बिना काव्य-रचना संभव नहीं है। प्रतिभाविहीन कवित्व कवित्व ही नहीं है या उपहासास्पद कवित्व है। वामन भी 'प्रतिभा' को 'जन्मान्तरागत संस्कार' ही मानते हैं। 'प्रतिभा को 'प्रकीर्ण' मे फेंककर भी वे उसके महत्व के प्रति उदासीन नहीं है।

'अवधान' या चित्त की एकाग्रता भी काव्याभ्यास के लिए अपेक्षित है। 'अवधान' ही तन्मयता की सृष्टि करता है। रचनाकार का ध्यान न बँटे इसके लिए देश-काल या पर्यावरण की अनुकूलता चाहिए-निर्जनता चाहिए। 'ध्यान' 'अभ्यास का अभिन्न अंग है।

इस तरह हमने देखा कि वामन ने लोक-शास्त्र-ज्ञान या 'व्युत्पत्ति' 'अभ्यास' और 'प्रतिभा' तीनों काव्य-हेतुओं का विशद वर्णन किया है। 'लोक' 'विद्या' और 'प्रकीर्ण' में परंपरागत हेतु-त्रय का अंतर्भाव हो जाता है।

वामन काव्य हेतु को 'काव्यांग' कहते हैं और राजशेखर उसे ही 'काव्य-माता' की संज्ञा देते हैं।

4. रुद्रट

रुद्रट ने भी 'शक्ति', 'व्युत्पत्ति' और 'अभ्यास' तीनों को काव्य-हेतु माना है। 'शक्ति' की स्फुरणशीलता का संकेत देते हुए वे उसे काव्योन्मेष हेतु मानते हैं। इसी 'शक्ति' की संज्ञा 'प्रतिभा भी है जिसके 'सहजा' और 'उत्पाद्या' ये दो भेद-रुद्रटोक्त हैं। 'सहजा' जन्मजात ओर श्रेष्ठ हैं। सहजा 'प्रतिभा' 'उत्पाद्या' की हेतु है। 'उत्पाद्या' कष्टसाध्या है। 'सहजा' जन्मजात 'प्रतिभा' हैं और 'उत्पाद्या' उपार्जिता। हेमचंद्र भी 'प्रतिभा' को द्विधा विभक्त करके 'सहज' और औपाधिक' नामों का कथन करते हैं।

रुद्रट का व्युत्पत्ति-निरूपण भी युक्ति संगत है। विविध विषयों के विशिष्ट ज्ञान और उस पर आधारित उचितानुचित-ज्ञान को समासतः 'व्युत्पत्ति' कहकर रुद्रट राजशेखर के प्रेरणा-स्रोत सिद्ध होते हैं, जो 'उचितानुचित-विवेक' को ही 'व्युत्पत्ति' मानते हैं। शास्त्रज्ञान का अभिप्राय युक्त अयुक्त की पहचान ही है। रुद्रट ने 'सर्वज्ञता' को 'विस्तर व्युत्पत्ति' बतलाया है। लोक और शास्त्र के पुष्कल भंडार की समस्त जानकारी को ही पांडित्य या नैपुण्य कह सकते हैं। त्रुटियों से बचा जाए अतः रुद्रट ने 'युक्तायुक्त विवेक' को 'व्युत्पत्ति' कहा है और ज्ञान भंडार अपरिमेय है इसलिए 'व्युत्पत्ति' को 'सत्व' कहा गया है।

रुद्रट का मंतव्य हैं कि प्रतिभा शाली और व्युत्पन्न कवि को भी काव्यज्ञ अर्थात् सुजन तथा सत्कवि के सन्निकट रहकर काव्याभ्यास करना अपेक्षित है। इस तरह वे काव्य-रचना के लिए 'अभ्यास' का महत्त्वाख्यान करते हैं।

5. आनंदवर्धन

'आनंद 'प्रतिभा' को 'अलोकसामान्य' बतलाते हैं। वे 'शक्ति' को व्युत्पत्ति से थेष्ठ मानते हैं। शक्ति से अव्युत्पति-जन्य दोष के आवृत किया जा सकता है, ऐसी उनकी मान्यता है।

6. भट्टतोतया भट्टतीत

ये अभिनवगुप्त के गुरु थे। इनका प्रतिभा-विवेचन महत्वपूर्ण है "प्रज्ञा नवन वोन्मेषशालिनी प्रतिमामता" यह भट्टतौत की ही प्रसिद्ध उक्ति है। नयी-नयी सूझ से युक्त प्रज्ञा ही 'प्रतिभा' कहलाती है। काव्यरचना के लिए इस नवोन्मेष का पर्याप्त महत्व है। नवीन भावों, बिंबों और रूपों का उन्मेष करनेवाली प्रज्ञा ही 'प्रतिभा' है। नवीनता या मौलिकता तथा स्फुरणशीलता या सूझ 'प्रतिभा' की विशेषताएँ हैं।

7. अभिनव गुप्त

अभिनव का प्रतिमा-विवेचन भी पर्याप्त वैशिष्ट्यपूर्ण है। उनके अनुसार अपूर्व वस्तु का निर्माण कर सकने वाली प्रज्ञा को 'प्रतिभा' कहते हैं-" प्रतिभा अपूर्व वस्तुनिर्माणक्षमा प्रज्ञा।" यह 'प्रतिभा' अद्वितीय वस्तु की उत्पादिका -शक्ति है। इसी के द्वारा काव्य में नवीनता का सर्जन किया जाता है। कवि रमावेश की दशा में नवीन रूपों का उन्मीलन करता है। अभिनव 'प्रतिभा' को प्रज्ञा का ही एक भेद और अपूर्व रूप-निर्मात्री मानते हैं। कवि-प्रतिभा रसात्मक अपूर्वता का उद्योतन करती है।

दण्डी 'प्रतिभा' को पूर्ववासना कहते हैं। वामन भी 'प्रतिभा को 'जन्मान्त-रागत संस्कार' कहते हैं। अभिनव के अनुसार भी प्रतिभा' प्राक्तन संस्कार ही है।

8. राजशेखर

राजशेखर भी 'प्रतिभा' को ही मुख्य काव्य-हेतु मानते हैं। उन्होंने विस्तार से मत-मतान्तरों का संकलन करते हुए 'प्रतिभा की वरिष्ठता तथा 'व्युत्पत्ति, "अभ्यास' और 'समाधि' आदि काव्य-हेतुओं का प्रसंग उपस्थित किया है। सर्वप्रथम वे श्यामदेव सम्मत 'समाधि' का वर्णन करते हैं। श्यामदेव का अभिमत है कि काव्य-रचना के लिए 'समाधि' अत्यंत अपेक्षित है। मन की एकाग्रता को ही 'समाधि' के 'नाम' से पुकारते हैं। समाहित चित्त या समाधिस्थ प्रज्ञा में ही अर्थ उतरते हैं– काव्य-छवियाँ प्रतीयमान होती है। 'समाधि' या एकाग्रता से ही काव्य-रचना संभव है। वामन ने इसे ही 'अवधान' कहा है। राजशेखर की धारणा है कि 'समाधि' आभ्यन्तरिक यत्न या अभ्यास है तथा 'अभ्यास' वाह्य प्रयत्न है ये दोनों कवित्व-शक्ति के कारण है, उसके उत्पादक है।

राजशेखर 'अभ्यास' के संबंध में मंगल का मत उपस्थित करते हैं। मंगल 'अभ्यास' की प्रधानता के पक्षपाती है। सतत प्रयास ही 'अभ्यास' है। यह 'अभ्यास' सर्वविषयोपयोगी है तथा इससे परमोच्च नैपुण्य या कौशल प्राप्त होता है। राजशेखर 'अभ्यास' को नेपुण्य' या 'व्युत्पत्ति' का भी कारण कहते हैं। 'समाधि' आंतरिक प्रयास है और 'अभ्यास 'बाहरी यत्न है। ये दोनों 'शक्ति' के उत्पादक हैं। राजशेखर का निश्चित मंतव्य है कि 'शक्ति' ही काव्यरचना के प्रमुख हेतु के रूप में है।

'काव्य-मीमांस' के पाँचवें अध्याय में यद्यपि 'शक्ति' का अर्थ 'प्रतिभा' ही माना गया है किंतु चौथे अध्याय में 'शक्ति' को 'प्रतिभा, और 'व्युत्पत्ति' से

पृथक माना गया है। 'प्रतिभा' और 'व्युत्पत्ति' को कर्मरूप तथा 'शक्ति' को कर्तृ रूप प्रतिपादित करते हुए कहा गया है कि शक्तिवान में 'प्रतिभा' पैदा होती है तथा शक्तिवान को ही 'व्युत्पत्ति' होती है।

इसके बाद राजशेखर ने 'प्रतिभा' का महत्त्व आस्फालन किया है। पशब्द, अर्थ, अलंकार, उक्ति तथा विविध रूपों को 'प्रतिभा' ही कवि चित में प्रतिभासित किया करती है। प्रतिभाहीन के लिए गोचर पदार्थ भी दृश्यभान नहीं है और प्रतिभा संपन्न के लिए अगोचर पदार्थ भी मूर्तिमान हो जाते हैं। मेघाविरुद्र, कुमारदास जैसे जन्मान्ध किंतु प्रतिभा संपन्न कवियों ने अपनी प्रतिभा के बल से ही अदृष्ट का दृश्यवत् वर्णन सफलतापूर्वक किया है। अनजानी, छिपी और अप्रत्यक्ष वस्तुओं का भी रूपांकन 'प्रतिभा' से ही हो पाता है।

'प्रतिभा' का स्तवन कर लेने के उपरान्त राजशेखर उसके भेदों की गणना इस तरह करते हैं-

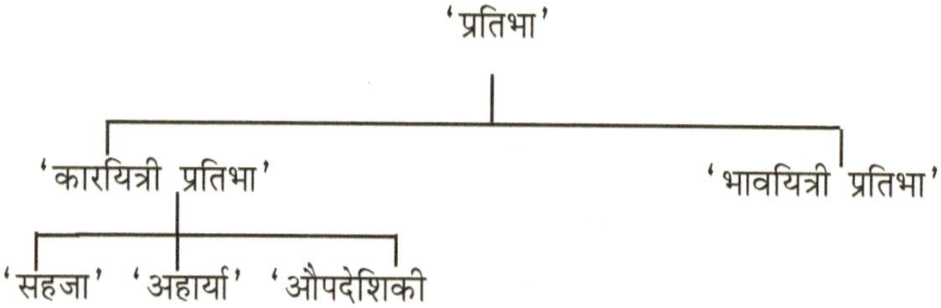

'कारयित्री प्रतिभा' 'भावयित्री प्रतिभा'

कवि 'कारयित्री प्रतिभा का धनी होता है। 'कारयित्री प्रतिभा' से कवि उपकृत होता है। 'सहजा' जन्मजात या नैसर्गिकी होती है। वह पूर्व जन्म के संस्कारों से प्राप्त होती है। 'आहार्या' अध्ययन और अभ्यास जन्य होती है। तंत्र-मंत्र, देवकृपा, गुरु-आशीर्वाद, वरदान, उपदेश आदि से लब्ध प्रतिभा' को 'औपदेशिकी' कहते हैं। 'सहजा' जन्मजात है और स्वल्प चेष्टा से ही उसका स्फुरण हो जाता है। 'आहार्या' के लिए 'अभ्यास' और संस्कार का आधिक्य अपेक्षित होता है। 'औपदेशिकी' वर्तमान जन्म से ही संबद्ध और विश्वासमूलक है। 'सहजा' प्रतिभा संपन्न कवि 'सारस्वत', 'आहार्या' प्रतिभा संपन्न 'आभ्यासिक' 'और 'ओपदेशिकी' प्रतिभा संपन्न 'औपदेशिक' कहलाते हैं।

बहुतेरे आचार्यों का मत है कि 'सारस्वत' तथा 'आभ्यासिक' कवियों को मंत्र-तंत्र देवानुग्रह, उपदेश आदि की अपेक्षा उसी तरह नहीं होती है जिस तरह

प्रकृति-मधुरा द्राक्षा को अतिरिक्त मिठास की आवश्यकता नहीं होती है। लेकिन राज-शेखर के मतानुसार 'सहज' और 'आहार्या' प्रतिभा संपन्न कवि यदि 'औपदेशिकी प्रतिमा' को भी पा लेता है तो यह लाभदायक ही है। एक उद्देश्य के लिए दो प्रयत्न दूने फलदायक होते हैं।

'भावयित्री प्रतिभा' आलोचनात्मक होती है।

राजशेखर बुद्धिमत्ता काव्य और उससे संबद्ध विद्याओं का अभ्यास तथा देवी शक्ति के दुर्लभ एकत्रीकरण की चर्चा करते हैं। व्युत्पत्ति, बुद्धि, अभ्यास, मंत्र-अनुष्ठान आदि के द्वारा कवित्व-सिद्धि होती है, ऐसा राजशेखर का विश्वास है। 'वे 'प्रतिभा' या 'व्युत्पत्ति' इन दोनों में से किसी एक की विद्यमानता में ही काव्य-प्रणयन को संभव बतलाते हैं। नैसर्गिकी प्रतिभा और शास्त्र ज्ञान-विहीन व्यक्ति काव्य-रचना नहीं कर सकता है। 'प्रतिभा' हो या 'व्युत्पत्ति' हो, अन्यथा काव्य रचना नहीं हो सकती है।

राजशेखर ने 'प्रतिभा' और 'व्युत्पत्ति' पर तुलनात्मक ढंग से भी विचार किया है। उनके विचारों में अंतर्विरोध भी देखा जा सकता है। कहीं तो वे काव्य-रचना के लिए 'प्रतिमा' और 'व्युत्पत्ति' दोनों में से किसी एक की विद्यमानता का कथन करते हैं, तो कहीं दोनों की आवश्यकता पर बल देते हैं। वस्तुतः वे सिद्धान्त-स्थापन न कर विविध विचारों का संकलन ही कर पाते हैं।

राजशेखर 'प्रतिभा' और 'व्युत्ति' दोनों को समवेत रूप से काव्य-प्रणयन के लिए महत्त्वपूर्ण मानते हैं। सुंदर रूप के लिए लावण्य वांछनीय है तथा लावण्य के लिए रूप-संपत्ति अपेक्षित है। वे स्पष्टतः 'प्रतिभा' और 'व्युत्पत्ति' को समानरूपेण आवश्यक घोषित करते हैं तथा इन दोनों से मंडित व्यक्ति को ही कवि मानते हैं।

राजशेखर ने आनंदवर्धन के इस मत को उद्धृत किया है कि 'प्रतिभा' 'व्युत्पत्ति' से बड़ी है, क्योंकि 'प्रतिभा' से कवि की अव्युत्पत्ति-जन्म त्रुटि ढँक जाती है।

लेकिन मंगल का मत इसके प्रतिपक्ष में है। वे 'व्युत्पत्ति को 'प्रतिभा' से श्रेष्ठतर मानते हैं। 'व्युत्पत्ति से' कवि की अशक्ति ढँकी जा सकती है, ऐसा मंगल का विचार है।

'काव्यमीमांसा' में 'व्युत्पत्ति' का स्वरूप-निर्देश भी मिलता है। प्राचीन आचार्यों के अनुसार बहुज्ञता ही 'व्युत्पत्ति' है। लोक और शास्त्र की अधिक-से-अधिक जानकारियों और विविध विषयों की अभिज्ञता को ही 'व्युत्पत्ति' कहते हैं। कवि

के लिए जीवन-जगत् का समूचा क्षेत्र वर्णनीय है, अतः उसके लिए बहुज्ञता वांछनीय है।

राजशेखर 'उचितानुचित-विवेक' को 'व्युत्पत्ति' कहते हैं। दोष-गुण, उपयुक्तता-अनुपयुक्तता की पहचान ही 'व्युत्पत्ति' है केवल शास्त्र-ज्ञान और विषय परिचय को 'व्युत्पत्ति' न मानकर राजशेखर ने अपनी सूक्ष्म विवेचन-शक्ति का परिचय दिया है।

6. कुंतक

कुंतक मे काव्यहेतुओं पर अलग से विचार न करके काव्य-मार्ग और कवि-स्वभाव के वर्णन क्रम में 'शक्ति' 'व्युत्पति' और 'अभ्यास' आदि परंपरागत काव्य-हेतुओं का उल्लेख किया है। वे कवि-स्वभाव को महत्त्वपूर्ण मानकर तदनुकूल कवि-प्रतिभा, कवि-ज्ञान और कवि के अभ्यास को निरूपित करते हैं। कवि अपनी रुचि के अनुसार ही ज्ञानार्जन और काव्याभ्यास करता है और उसकी 'प्रतिभा' का भी संघटन उसकी रुचि पर निर्भर है।

10 क्षेमेंद्र की कवि शिक्षा में काव्य हेतु निरूपण

क्षेमेंद्र ने काव्य हेतु का विवेचन नहीं करके कवि शिक्षा की व्यवस्था की है। ये कवित्वाप्ति के लिए दिव्य उपायों और मानवीय प्रयासों की चर्चा करते हैं। दिव्य उपायों के अंतर्गत मंत्र-तंत्र, देवानुग्रह आदि हैं। 'ऊँ ऐं क्लीं सौं ऊँ सरस्वत्ये नमः' जैसे मंत्रों के जपने से वाणी का अनुग्रह प्राप्त होता है। कदाचित् 'औपदेशिकी' प्रतिभा-प्राप्ति का इंगित है।

क्षेमेंद्र ने मानवीय प्रयत्नों की दृष्टि से अल्पप्रयत्न साध्य, कष्टसाध्य कोटि के शिक्षार्थियों की चर्चा की है। मानवीय प्रयत्न काव्याम्यान के संकेत हैं। पौरुष प्रयत्नों के क्रम में काव्यज्ञ-सामीप्य अभ्यास और ज्ञानार्जन आदि के सभी बातें आती हैं जो 'अभ्यास' और 'व्युत्पत्ति' से संबद्ध है।

'कवि-कंठाभरण' में जिस 'छायोपजीवन' की चर्चा है वह काव्य-रचना का 'अभ्यास' ही है। इतर कवियों को आदर्श मानकर उनका अनुकरण करके स्वकीय काव्य-प्रणयन ही 'छायोपजीवन' है। राजशेखर ने भी 'सेविता' कवि की चर्चा की है-"यः प्रवृत्तवचनः पौरस्त्यानामन्यतमच्छायामभ्यस्यति स सेविता।"- काव्य-साधना का प्रारंभ करनेवाला जो कवि किसी कवि को अपना आदर्श मानकर उसकी छाया लेकर काव्य-रचना करता है उसे 'सेविता' कहते हैं।

'सेविता' आभ्यासिक कवि ही होता है जो 'छायोपजीवन' को आधार मानता

है। राजशेखर ने अर्थ-हरण का भी विवेचन किया है। अर्थ-हरण करनेवाला कवि 'लक्ष्यज्ञत्वं' का प्रदर्शन करता हुआ काव्याभ्यास ही करता है। आनंदवर्धन ने भी 'ध्वन्यालोक' के चौथे उद्योत में अर्थ-सादृश्य किंवा काव्यहरण का विश्लेषण किया है।

'कवि-कंठाभरण' की द्वितीय संधि में शिक्षार्थी कवि को छायोपजीवी 'पदोपजीवी, या 'सकलोपजीवो' बनने का जो आदेश दिया गया है उससे प्रकट होता है कि क्षेमेंद्र काव्यानुशीलन और तदनुसार काव्याभ्यास का पक्ष समर्थन करते हैं। हेमचंद्र ने भी 'काव्यानुशासन में काव्यानुशीलन की शिक्षा देकर काव्याभ्यास या रचनाभ्यास के लिए 'छायोपजीवन' का औचित्य पूर्वक ग्रहण विहित बतलाया है। अर्थ-हरण यद्यपि काव्याध्ययन पर अवलंबित है और यह कवि का अभ्यास-कर्म ही है, किंतु इसमें भी कवि-प्रतिभा का वैशिष्ट्य देखा जा सकता है। भावों के हरण में भी मौलिकता के लिए अवकाश है।

'कवि-कंठाभरण' की दूसरी संधि में ही सौ कवि शिक्षाओं का वर्णन है जिसमें व्रत, यज्ञ, पूजा आदि दिव्य प्रयत्नों की भी चर्चा है जिनसे 'औपदेशिकी प्रतिभा' में परिष्कार आता है। लोक-शास्त्र-जन्य 'व्युत्पत्ति' 'अभ्यास' 'प्रतिभा' आदि से संबंधित कई बातें क्षेमेंद्र-निर्दिष्ट शिक्षाओं में उपलब्ध होती हैं। ये शिक्षाएँ काव्याभ्यास-संबद्ध हैं। आचार्य अभ्यास संबंधी तेइस उपायों का कथन करते हैं। दूसरे काव्य कारों के वक्तव्यों और भावों को अपनी भाषा में और अपनी रचनाओं में ग्रहण करना अभ्यास-सम्मत ही है। क्षेमेंद्र की शिक्षाओं में व्युत्पत्ति-वर्धन और ज्ञानार्जन का भी यथेष्ट स्थान है। 'कवि-कंठाभरण' की पंचम संधि में जिसे 'परिचयचारुता' कहा गया है वह वस्तुतः कवि का ज्ञान या उसकी व्युत्पत्ति' ही है। क्षेमेंद्र ने 'कवि साम्राज्य व्यंजन' का उल्लेख करके कवियों के लिए परिचय-प्राप्ति की व्यवस्था दी है। तर्क, शब्दानुशासन, नाट्य शास्त्र, नीतिशास्त्र, कामशास्त्र, महाभारत, रामायण, मोक्षशास्त्र, आत्मज्ञान, धातुवाद, रत्नपरीक्षा, वैद्यक, ज्योतिष धनुर्वेद, गज-तुरंग-पुरुष-लक्षण, धूत, इंद्रजाल तथा अन्यान्य विषयों से कवियों का परिचय रहना चाहिए, यह क्षेमेंद्र की मान्यता है।

क्षेमेंद्र ने काव्ययध्ययन, लोक-शास्त्र-परिचय, रचनाभ्यास और प्रतिमा-परिष्कार का प्रसंग उपस्थित करके वस्तुतः काव्य-हेतुओं का ही वर्णन किया है।

11. मम्मट

मम्मट का काव्य हेतु निरूपण बहुत ही व्यवस्थित और वैज्ञानिक है–

शक्तिर्निपुणता लोक-शास्त्र काव्याद्यवेक्षणात्।

काव्यज्ञशिक्षणाभ्यास इति हेतुस्तदुद्भवे।।1.।

-(*'काव्यप्रकाश'*)

'शक्ति' 'शब्द' 'प्रतिभा' का वाचक है और मम्मट ने इसे कवित्व का बीजभूत संस्कार-विशेष कहा है। इसके बिना काव्य निर्माण नहीं होता है या होने पर भी उपहासास्पद होता है। 'निपुणता' का स्वरूप 'लोक,' 'शास्त्र' और 'काव्य' के अध्ययन या परिचय से घटित होता है। 'लोक' चल-अचल जगत् के आचार-व्यवहार का संकेत है। छंद व्याकरण, अभिधान कोश, कला; धर्म, अर्थ, काम और मोक्षादि के शास्त्र तथा हाथी, घोड़ा एवं खंगादि के लक्षण ग्रंथों की गणना 'शास्त्र' में होती है। कवियों के लिए ज्ञातव्य शास्त्र और कवि-शिक्षा ग्रंथों में निर्दिष्ट परिचय पाने योग्य सभी सैद्धांतिक ग्रंथ और विषय 'शास्त्र' के आभोग में आते हैं। 'काव्य' के अंतर्गत महाकवियों की उत्तमोत्तम और ललित रचनाएँ आती हैं जिनका अवलोकन बुभूषु कवि के लिए विहित है। काव्य-ग्रंथों के अध्ययन से साहित्य-परंपरा की अवगति होती है। 'आदि' से इतिहास आदि इतर वाङ्मय संकेतित होते हैं। इस तरह 'निपुणता' का अभिप्राय लोकवृत्त ज्ञान, शास्त्र ज्ञान काव्य-ज्ञान, और इतिहास-पुराणादि का ज्ञान है। यह 'निपुणता' ही 'व्युत्पत्ति' है। इसके बाद 'अभ्यास' का प्रसंग उपस्थित है। 'कारयित्री' और 'भावयित्री' प्रतिभाओं से संपन्न काव्य के निर्देशन में काव्यरचना का 'अभ्यास' अपेक्षित होता है। काट-छाँट 'छायोपजीवन,' परिष्कार सतत प्रयत्न आदि और काव्यज्ञ-परामर्श 'अभ्यास' के अंग है। 'शक्ति' 'निपुणता' और 'अभ्यास' की चर्चा करके मम्मट अपने इस विशेष दृष्टिकोण को स्पष्ट करते हैं कि ये तीनों काव्य के पृथक-पृथक् हेतु न होकर समन्वित रूप में एक ही काव्य-कारण का रूप ग्रहण करते हैं। 'शक्ति', 'पुण्य' और 'अभ्यास' का समवाय या समुच्चय ही काव्य-कारण है। 'काव्य प्रकाश' की तीसरी कारिका की वृत्ति में 'हेतुर्न तु हेतवः' का एकवचनात्मक प्रयोग मम्मट के इसी दृष्टिकोण का मापन करता है। वे 'हेतवः' 'नहीं 'हेतु' का प्रतिपादन करते हैं।

मम्मट ने काव्याध्ययन को भी 'व्युत्पत्ति' के अंतर्गत ही मानकर उचित किया है। बहुतेरे आचार्य काव्यानुशीलन को रचनाभ्यास की प्रक्रिया ही मानकर चले है। वे लोग छायोपजीवन तथा ग्रहण-त्याग और रचना के 'अभ्यास' के लिए ही काव्याध्ययन की अपेक्षा मानते रहे हैं, लेकिन काव्य-कृतियों का अनुशीलन भी वस्तुतः 'व्युत्पत्ति' का ही अंग है। इसे हम काव्य परंपरा या काव्यकृतियों की 'व्युत्पत्ति' कह सकते हैं। यह 'व्युत्पत्ति' 'अभ्यास' के लिए भी उपयोगी है तथा प्रतिभा प्रदर्शन के लिए भी एक कसौटी और चुनौती है। साधारण कवि तो

चर्वित-चर्वण, अपहरण, रूढ़ि आदि के स्तर से ऊपर नहीं उठ पाते हैं, किंतु महत्त्वाकांक्षी कविगण 'पुराणक विक्षुण्ण वर्त्म' के पथिक होकर भी उच्छिष्ट को ही नहीं बटोरकर 'प्रतिभा' की दीप्ति फैलाते हैं। काव्याध्ययन उन्हें पुराने भावों को यथावत् दुहराने से रोकता है। काव्याध्ययन से प्रतिभाशाली कवि अपहरण के दोष और गतानुगतिक उक्तियों की राशि एकत्र करने से बचते हैं तथा साधारण कवि अपने कवित्व के लिए खाद्य सामग्री पा लेते हैं। आभ्यासिक कवियों के लिए काव्याध्ययन एक आधार हो जाता है।

वामन ने जिसे 'लक्ष्यज्ञत्व' कहा है वह काव्य-साहित्य का ज्ञान ही है।' छायोपजीवन' और 'अर्थ-हरण' का यही आधार है। काव्यहरण करके कवित्व-सिद्धि करने वाले कवि काव्याध्ययन पर ही अवलंबित रहते हैं। कवि-शिक्षा-परिपाटी में 'हरण' रचनाभ्यास के लिए विहित था। कविगण दूसरों की रचनाओं से अपनी रचनाओं के लिए स्फूर्ति पाते हैं। भावापहरण की वचनीयता से मुक्त रहने के लिए और प्राचीन भाव के प्रतिपक्ष में नवीन उक्ति का विधान कर प्रतिभा को प्रदर्शित करने के लिए काव्याध्ययन अत्यावश्यक है। कवियों को समस्त काव्य-परंपरा का अनुशीलन करना चाहिए। ऐसा करने पर ही वे साहित्यिक इतिहास में अपने व्यक्तित्वों को स्थापित कर सकते हैं। टी. एस0 इलियट ने भी काव्य-परंपरा की अवगति को यत्न-साध्य कहा है तथा कवियों के लिए अतीत की आलोचनात्मक चेतना को अनिवार्य बतलाया है। बिना ऐतिहासिक चेतना के परिज्ञान के कवि का कवित्व स्थापित ही नहीं हो सकता है। कवि-परंपरा और काव्य-परंपरा की कड़ी में ही किसी कवि का महत्त्व होता है। परंपरा की इस 'व्युत्पत्ति' के बिना उसकी 'प्रतिभा' का वैशिष्ट्य नहीं है। मौलिकता लाने के लिए कवि को काव्य-परंपरा और काव्य-ग्रंथों का व्युत्पन्न होना ही पड़ता है। काव्य-परंपरा के ऐतिहासिक सातत्य का ज्ञान और प्राक्तन साहित्य की शव-साधना कवि तांत्रिक के लिए अपेक्षित है। "प्राचीनता का अध्ययन उत्तम शव साधना है।" प्राचीन साहित्य के अध्ययन से कवि का मानस संघटित होता है। यही कारण है कि साहित्य-प्रथों की 'व्युत्पत्ति' को आवश्यक बतलाया गया है।

कविगण विविध शास्त्रों, काव्यग्रंथों और लोकवृत्तों से अपनी प्रतिभा का परिष्कार, उपबृंहण और विकास करते हैं। विविध ज्ञातव्य विषयों के लिए राजशेखर ने 'काव्य-योनियाँ' जैसे नाम की उद्‌भावना की है। अनेक आचार्यों ने अध्ययन-जन्य 'व्युत्पत्ति' को वांछनीय बतलाया है और शास्त्र काव्याध्ययन के लिए ज्ञातव्य विषयों और ग्रंथों की सूचियाँ निर्धारित की है। कविशिक्षा का यह अनिवार्य अंग है। कवि शिक्षा का अभिप्राय ही 'व्युत्पत्ति' और 'अभ्यास' के द्वारा कवित्व सिद्ध करता है। कवियों के लिए सुशिक्षा, बहुश्रुतता और आभ्यासिकता

पर बल देने का अर्थ 'इल्म से शायरी' के आजाने का पक्ष समर्थन है। कवि जन्मजात ही नहीं होते हैं, बनते भी हैं, ऐसा दण्डी और कवि-शिक्षा-ग्रंथों का दृष्टिकोण जान पड़ता है। भारत के सभा-कवियों ने 'नैपुण्य' और अभ्यास' के बल पर भी काव्य-सिद्धि की है, अतः अंग्रेजी की इस उक्ति को सर्वथा सत्य ही मानना ठीक नहीं है-"Poets are born not made." 'प्रतिभा' रहे तब तो ठीक ही है, न तो 'व्युत्पत्ति' और 'अभ्यास' से भी प्रयत्न साध्य कविता लिखी जा सकती है। प्रतिभाशाली के लिए भी ज्ञान और 'अभ्यास' की बहुत उपयोगिता है, ऐसा अन्य आचार्यों और मम्मट की धारणा है।

12. प्रथम वाग्भट

'वाग्भटालंकार' में प्राचीनों के अनुसार ही 'प्रतिभा' 'व्युत्पत्ति' और 'अभ्यास' को काव्य हेतु माना गया है। तीनों के तारतम्य पर भी बागभट ने विचार किया है। 'प्रतिभा' की वरिष्ठता उन्हें भी मान्य है। उनके अनुसार 'प्रतिभा' काव्य-हेतु है, 'व्युत्पत्ति' काव्य का विभूषण है और 'अभ्यास' से काव्य-प्रणयन में वृद्धि होती है। वे 'प्रतिभा' की सर्जनात्मकता तथा स्फुरणशीलता की भी चर्चा करते हैं। विविध शास्त्रों में असाधारण अभिनिवेश ही 'व्युत्पत्ति' है। गुरु के समीप स्थित होकर उनके परामर्शनुसार रचना प्रयत्न ही 'अभ्यास' है। इस तरह बाग्भट 'प्रतिभा' को ही मूल काव्य-हेतु और 'व्युत्पत्ति' तथा 'अभ्यास' को प्रतिभा-संस्कारक मानते हैं।

13. हेमचंद्र

हेमचंद्र भी वाग्भट की ही भांति 'प्रतिभा' को वरिष्ठता देते हैं। और शेष दो हेतुओं को संस्कारक मात्र मानते हैं। साक्षात् हेतु प्रतिभा ही है, उसके बिना शेष दोनों महत्त्वहीन और बेकार हैं।

14. द्वितीय वाग्भट

इनकी भी धारणा हेमचंद्र की ही तरह है-"व्युत्पत्त्यभ्यास-संस्कृता प्रतिभास्य हेतुः।'-(काव्यानुशासन, पृ.2)। उनके अनुसार 'नैपुण्य,' अभ्यासादि प्रतिभा संस्कारक हैं; 'प्रतिभा' ही मूल काव्य-हेतु है-

प्रतिभैव च कवीनां काव्य करण कारणं। व्युत्पत्यभ्यासौ तस्या एव संस्कार-कारकौ न काव्य हेतु।।"

15. जयदेव

चंद्रालोककार ने 'श्रुत' या 'व्युत्पत्ति' तथा अभ्यास-संयुक्त 'प्रतिभा' को ही काव्य हेतु कहा है। बीज का लता-रूप विकास मिट्टी और जल के साथ होता है। विकास बीज का ही होता है मुख्यता उसी की है, किंतु उसके विकास में मिट्टी और जल का कम योगदान नहीं है। बीजभूत प्रतिभा के लिए श्रुताभ्यास परमावश्यक हैं।

16. काव्य-हेतु-संबंधी विद्यापति का विचार

विद्यापति लक्षण-ग्रंथकार या आचार्य नहीं हैं, किंतु उन्होंने काव्य हेतु संबंधी अपनी धारणा को 'पुरुष-परीक्षा' में इस तरह उपस्थित किया है–

आसङ्गोऽतिरभ्मासो देवताशक्तिरेव च।
चत्वारो मुनिभिः प्रोक्ता विद्योपायाः पुरातनैः।।7.।

विद्यापति प्राचीनों के अनुसार सत्संग या साहचर्य, अध्ययन और देवता के प्रसाद से प्राप्त 'प्रतिभा' पर 'शक्ति' को 'विद्या' के चार उपाय बतलाते हैं 'आसङ्ग' से बहुश्रुतता की ही प्राप्ति होती है। 'अध्ययन' 'व्यत्पत्ति' का ही साचक है। 'अभ्यास' प्रसिद्ध काव्यहेतु ही है 'शक्ति' 'प्रतिभा' के लिए पहले मान्य शब्द है। इसके लिए विद्यापति देव प्रसाद को अपेक्षित बतलाते हैं। 'विद्या' के इन चार उपायों को 'काव्य' के उपाय ही समझना चाहिए क्योंकि 'विद्या' के रूप में 'काव्य' को प्रसिद्ध भारतीय परंपरा में पुराकाल से ही है। विद्यापति भी 'काव्य' को विद्याओं में गिनते हैं। 'पुरुष-परीक्षा' की इक्कीसवीं कथा में कविता की गणना 'उपविद्याओं' में की गई है। अतः 'विद्या' के उपायों को उपलक्षण से 'उपविद्याओं के भी उपाय मानकर 'काव्यविद्या' के लिए उपर्युक्त हेतुओं को ही स्वीकृत करना चाहिए।

विद्यापति सिद्धान्ततः दैवी 'प्रतिभा के भी कायल है। विद्यापति के जोवन को कुछ किंवदन्तियाँ भी ऐसी हैं जिनसे यह प्रकट होता है कि वे दैवी प्रतिभासंपन्न कवि थे और अदृष्ट वर्णन में समर्थ थे राजा शिवसिंह को मुसलमान सुलतान से मुक्त कराने के लिए दिल्ली पहुँचकर अपनी ईश्वरीय प्रतिभा से विद्यापति ने बादशाह को चमत्कृत किया था। 'कामिनी करए सनाने' तथा 'सजनी निहुरि फुकु आगि' जैसे पद विद्याति की दैवी 'प्रतिभा' से ही प्रसूत माने जाते हैं। कई ने इस प्रसंग का उल्लेख किया है।

वस्तुतः (विद्यापति 'सहजा' 'आहार्या' और 'औपदेशिकी' तीनों ही प्रकार की "कारयित्रि प्रतिभा' के अधिकारी थे। अर्थात् वे जन्मजात 'प्रतिभा,' अध्ययन

मूलक 'प्रतिभा' और देवता विषयक 'शक्ति' तीनों से संपन्न थे। कदाचित् 'औपदेशिकी' को ही उन्होंने 'देवताशक्ति' और 'हेतु' को उपाय' कहा है। 'आसङ्ग' विदग्ध-संग या पंडित-गोष्ठी का ही संकेतक है इससे बहुश्रुतता या 'व्युत्पत्ति' की प्राप्ति होती है।

17. 'कवि-शिक्षा' और 'काव्य-हेतु'

कवि शिक्षा की परिपाटियाँ काव्य निर्माण का राजपथ दिखलाती रही है। भामह (1. 10) ने शास्त्र ज्ञान, काव्याध्ययन और 'अभ्यास' का प्रतिपादन किया है। वामन (1, 3, 1, 11) ने भी ज्ञानार्जन और 'अभ्यास' का पक्ष समर्थन किया हैं। राजशेखर ने 'कवि-शिक्षा' का विस्तृत विवेचन किया है। 'व्युत्पत्ति' शास्त्र-ज्ञान, 'काव्यार्थ योनि,' 'कवि समय,' 'देशविभाग,' काल 'विभाग' आदि का वर्णन करके उन्होंने कवियों के लिए ज्ञान या नैपुण्य' की व्यवस्था की है। दोष परिहार और विषय स्थापना के लिए 'ज्ञान' परमावश्यक है। कविशिक्षा' में 'व्युत्पत्ति' को बहुत ही महत्त्वपूर्ण स्थान मिलता है।

रचनाभ्यास के लिए सन्नद्ध शिक्षार्थी को विद्याओं-उपविधाओं का अध्ययन 'करना चाहिए। यह ज्ञान काव्योपयोगी होता है। व्याकरण, कोश, छंद तथा अलंकार या काव्य शास्त्र को 'काव्यविद्या' कहते हैं। चौंसठ कलाएँ काव्य की उपविद्याओं में परिगणित होती है। इनके अतिरिक्त अन्य उपजीव्य विषयों का भी वर्णन हुआ है। उच्चश्रेणी के विषयों के साहचर्य देश-विदेश की वार्ताओं, विदग्ध-कथनों या विदग्ध जनों की उक्तियों या उनके सुभाषितों लोक व्यवहारों, विद्वानों की गोष्ठियों तथा पुराने कवियों की रचनाओं को भी काव्य स्रोतों में परिगणित किया गया है। राजशेखर ये इन्हें 'काव्यमातर:' कहा है। अन्यत्र उन्होंने "व्युत्पत्ति' को 'काव्य की जननी' कहा है। अपने व्यापक पांडित्य से ही कवि काव्य विषयों का चयन, परिष्कार और उपबृंहण करता है। कवि-चर्चा' में ज्ञानार्जन का महत्त्व सर्वोपरिलक्षित होता है।

राजशेखर ने कवित्व की आठ माताजों की चर्चा भी की है जिनमें व्युत्पत्ति' और अभ्यासगत बातों के साथ-साथ 'प्रतिभा' तथा कवि के स्वास्थ्य, उसकी स्मृति-दृढ़ता तथा उसके उत्साह आदि की भी गणना है। स्वास्थ्य, 'प्रतिभा' 'अभ्यास,' भक्ति, विद्वत्कथा, बहुश्रतता, स्मृति-दृढ़ता तथा अनिर्वेद को कवित्व की आठ माताओं में गिना गया है।

राजशेखर ने कहा है कि कवि के व्यक्तित्व के अनुरूप ही उसकी रचनाएँ भी होती हैं। कवि व्यक्तित्व आनुवंशिक ही नहीं, वातावरण और शिक्षा-दीक्षा से

भी निर्मित होता है। कुंतक ने भी हेतु के प्रसंग में कवि स्वभाव की चर्चा की है। स्वभावानुसार ही कवि के अध्ययन, अभ्यास और ग्रंथ-प्रणयन होते हैं। कवि की जैसी प्रकृति होती है वैसी ही उसकी रचना भी होती है; कल्पक जैसा होता है, चित्र भी वैसा ही बनता है।

यह ठीक है कि राजशेखर 'प्रतिभा' को ही काव्य की मुख्य सहायिका मानते हैं। किंतु 'अभ्यास' के महत्व के प्रति वे उदासीन नहीं हैं। वे काव्य की विधाओं के अनुशीलन या 'अभ्यास' की शिक्षा कवियों को देते हैं तथा उनका निश्चित मंतव्य है कि 'प्रतिमा' के मार्जन, विकास और संस्कार के लिए 'अभ्यास' के अलावा अन्य उपाय नहीं है। उन्होंने स्पष्टः कहा है कि काव्य शास्त्रीय अभिज्ञता प्राचीन कवियों की सूक्तियों के अध्ययन आदि तथा काव्याभ्यास के बिना काव्य-रचना में प्रवृत्त नहीं होना चाहिए। बिना पोत के समुद्र-संतरण कौन कर सकता है? काव्य-समुद्र को पार करने के लिए ज्ञान और अध्ययन अनिवार्य पोत-साधन है। 'श्काव्यमीमांसा' में 'पदवाक्य विवेक' 'काव्यपाक' काव्यहरण आदि से जो प्रसंग है वे काव्याभ्यास के लिए उपयोगी ठहरते हैं।

क्षेमेंद्र ने भी 'अभ्यास', अध्ययन, निरीक्षण आदि के संबद्ध शिक्षाओं को प्रतिपादित किया है। वाग्भट कृत 'वाग्भटालङ्कार' में भी अध्ययन, 'अभ्यास' आदि को कवि-शिक्षाएँ दी गई है। निरर्थक जोड़-तोड़ और 'अभ्यास' का जिस तरह क्षेमेंद्र न आदेश दिया है. उसी तरह वाग्भट ने भी रचनाभ्यास के लिए उसका उल्लेख किया है। क्षेमेंद्र ने पौरुष प्रयत्न के अंतर्गत अर्थ-शून्य पद-रचना तथा छंद निर्माण के 'अभ्यास' का निर्देश किया है। 'वाग्भटालङ्कार' में भी 'अभ्यास' का यथेष्ट पक्ष-समर्थन मिलता है। वाग्भटालङ्कार' में कवि समय वर्णन भी मिलता है। हेमचंद्र के काव्यानुशान' तथा द्वितीय वाग्भट (12 वीं शता. -(उत्तरार्द्ध) के 'काव्यानुशासन' में भी कवि शिक्षा का प्रतिपादन है।

इन कवि-शिक्षा-ग्रंथों में अध्ययन और अभ्यास-संबंधी चर्याएँ वर्णित हुई है। काव्य-स्रोत, काव्यहरण या 'छायोपजीवन,' 'कवि समय' आदि बातें इन पाँचों की वक्तव्य वस्तु हैं। काव्यविषय वर्णन-विधि, ज्ञातव्य शास्त्र, लोक-निरीक्षण आदि से संबद्ध 'व्युत्पत्ति' की शिक्षा देना ही कवि-शिक्षा-ग्रन्थों का लक्ष्य है।

(3) काव्यार्थ-योनियाँ

राजशेखर ने 'काव्याआतरः' की चर्चा के अतिरिक्त 'काव्यार्थ-योनियों' की भी की हैं। कविगण जिन-जिन स्रोतों से अर्थ-हरण या भाव ग्रहण करते हैं, उन्हीं

का विश्लेषण इस प्रकरण में हुआ है। प्राचीनों ने जिन बारह काव्यार्थ स्रोतों का निर्देश किया है वे वस्तुतः कवि के लिए ज्ञातव्य विषय या 'व्युत्पत्ति' के क्षेत्र ही है। श्रुती, स्मृति, इतिहास, पुराण, प्रमाणविद्या, अर्थशास्त्र, नाट्यशास्त्र तथा काम शास्त्र अर्थात् राज सिद्धान्त त्रयी, लोक, विरचना अर्थात् दूसरे साहित्यकारों की रचनाएँ, प्रकीर्णक अर्थात् चौंसठ कलाएँ, आयुर्वेद, ज्योतिष वृक्षशास्त्र, गज-तुरंग-लक्षण आदि प्राचीनों के द्वारा प्रतिपादित काव्यार्थ-योनियाँ हैं ये काव्यर्थ स्रोत 'काव्य-हेतु' के प्रसंग में निर्दिष्ट ज्ञातस्य लोक-शास्त्र काव्यादि को सूचियों से तुलनीय हैं। जिन विषयों की 'व्युत्पत्ति' अपेक्षित बतलाई गई है प्रायः उन्हें ही यहाँ काव्यार्थ स्रोतों के रूप में विवेचित किया गया है। इससे सिद्ध होता है काव्यार्थों का उपजीव्य हुआ करता है। क्षेमेन्द्र ने इसे ही 'परिचय चारूता' के अंतर्गत विवेचित किया है।

राजशेखर ने बारह प्राचीन काव्यार्थ स्रोतों की तालिका में उचित संयोग, योक्तृ-संयोग, उत्पाद्य-संयोग तथा संयोग-विकार नामक चार और स्रोतों के नामों को जोड़ दिया है। ये चार भी 'व्युत्पत्ति' से ही संबद्ध है। राजशेखर का कहना है कि अर्थोत्पति के इन स्रोतों की अभिज्ञता प्राप्त कर लेने पर कवियों को अर्थों की कमी नहीं रहती है।

इन विविध स्रोतों से कविजन अपनी काव्य-वस्तु का चयन-मंडन करते हैं। यहाँ प्रकारान्तर से अध्ययन या बहुज्ञता को अनिवार्य बतलाया गया है। 'काव्य-हेतु' के प्रसग में भी 'व्युत्पत्ति' को प्रमुख 'काव्य हेतु' के रूप में माना हो गया है। 'काव्य-योनि' का अभिप्राय काव्य की माता या काव्य के आकर स्रोत ही है। बहुतेरे कवि शिक्षा ग्रंथकारों ने भी काव्य-रचना की इन योनियों को अपने ढंग से निरूपित किया है। 'काव्यार्थ योनियाँ' कवि की अभिज्ञता को ही प्रकट करती है। और अर्थ निर्माण के आकर-स्रोतों के रूप में ग्रहण की जा सकती हैं।

इन स्रोतों में जिसे 'विरचना' कहा गया है वह अन्यान्य काव्यकारों की कृतियों नाटकों, महाकाव्यों, कविताओं आदि के लिए ही प्रयुक्त है। दूसरों की रचनाओं को भी कविगण प्रेरणास्रोत के रूप में ग्रहण करते रहे है 'अर्थहरण की यही पृष्ठ भूमि है।

'विरचना' का अभिप्राय कवि-प्रतिभा से उत्पाद्य अर्थ भी है। इस दृष्टि से 'प्रतिभा' को भी अर्थ स्रोत मानना चाहिए। वास्तविकता तो यही है कि व्युत्पत्ति मात्र से काव्यार्थ का स्फुरण नहीं हो सकता है। लोक, शास्त्र और काव्यादि के स्रोतों से 'प्रतिभा' ही अर्थ का हरण करती है। मम्मट का दृष्टिकोण बहुत ही

संतुलित है कि 'प्रतिभा' 'व्युत्पत्ति' और 'अभ्यास' तीनों मिलकर एक ही 'काव्यहेतु' का रूप घटित करते हैं। काव्यार्थ के मुख्य स्रोत दो ही है-श्प्रतिभा' और 'व्युत्पत्ति'। अभ्यास' से अर्थों को परिष्कृत करते हैं। 'प्रतिभा' स्वयं एक अर्थ-स्रोत है, किंतु वह दूसरे स्रोतों से भी अर्थों को बटोर लाती है। यहाँ यह भी ज्ञातव्य है कि 'प्रतिभा' पर पूर्वजन्म के संस्कार के रूप में ही नहीं है, वह अर्जिता भी होती है। उसपर पर्यावरण का प्रभाव पड़ता है तथा यह अध्ययन, निरीक्षण आदि के समृद्ध होती है। जिस तरह कवि-कल्पना लोक, शास्त्र और काव्यादि के विविध स्रोतों से प्रभावित हुआ करती है उसी तरह 'प्रतिभा' भी नितांत 'अयोनि' अर्थो का उन्मेषन करके आवेष्टन और अध्ययन के प्रभाव को स्वीकार करती है, किंतु इसके बाद भी मौलिकता कविनिष्ठ या प्रतिभानिष्ठ होती है। प्रतिभा की दीप्ति से ही काव्य में नवीनता का सन्निवेश होता है।

(4) निष्कर्ष

कवि विविध काव्य ग्रंथों, शास्त्रों, लोक-वृत्तांतों और अनेकानेक विषयों से अपने वक्तव्यों या अर्थों का हरण करता है। 'व्युत्पत्ति' के अतिरिक्त 'कवि-प्रतिभा' भी काव्यार्थों की 'योनि' है। यह भी तथ्य है कि 'कवि-प्रतिभा' 'व्युत्पत्ति' से भी प्रभाव ग्रहण करती है। अर्थों के उत्सों और काव्यहेतुओं के अध्ययन से यही सिद्ध होता है कि 'प्रतिभा' और 'व्युत्पत्ति' को ही काव्यार्थों के आकर स्रोतों में गिना जा सकता है। 'प्रतिभा' और 'व्युत्पत्ति' दोनों एक दूसरे से प्रभावित भी हुआ करती हैं।

किसी कवि की रचनाओं के अनुशीलन का अर्थ उसके मस्तिष्क का अध्ययन है। कवि के अर्थों के आकर-स्रोतों के अध्ययन से उसके रचनाकार वाले व्यक्तित्व को भली-भांति परखा जा सकता है। 'शक्ति' और 'व्युत्पत्ति' का अध्ययन इसीलिए वांछनीय हो जाता है।

(ई) अर्थ-हरण और मौलिकता

(1) अथातो पुराण-कवि-क्षुण्ण-वर्त्म-जिज्ञासा

प्रस्तुत प्रबंध की प्रतिज्ञा है कि विद्यापति 'पुराण-कवि क्षुण्ण-वर्त्म' के पथिक हैं। इस वाक्य को प्रमाणित करने के पहले 'पुराण' को समझ लेना आवश्यक है।

पुराने कवियों ने भावलोक को जूठा करके रख दिया है। परवश कवि प्रायः उक्तियों के उच्छित चुनते रहे हैं। सारे के सारे विषय स्पृष्ट ही है। इसीलिए

काव्य-जगत् में भाव-सादृश्य का बाहुल्य देखा जाता है। आचार्य के एकवर्ग का मत है कि काव्य जगत् में भावगत नवीनता शेष नहीं है, क्योंकि प्राचीन रचनाकारों ने काव्य-मार्ग पर चलकर उसे पूर्णत: क्षुण्ण कर दिया है। प्राचीन कवियों ने भाव में कुछ भी नया कहने का अवकाश नहीं रहने दिया है, अत: विषय और अर्थों की दृष्टि से मौलिकता नहीं आ सकती है। उन आचायों ने व्यवस्था दी है कि ऐसी स्थिति में प्राचीन उक्तियों का ही संस्कार करके काव्य-प्रणयन करना चाहिए।

लेकिन प्राकृत कवि वाक्पतिराज उपर्युक्त मंतव्य का प्रत्याख्यान करते हैं। वाणी स्रोत निरंतर प्रवहमान, चिर नवीन तथा कवियों के लिए सदैव प्रेरणादायक है। वाक्पतिराज वाणी के स्रोत को अपरिमेय मानते हैं। उनके अनुसार भावों की नवीनता प्रत्येक परिस्थिति में संभव है। सरस्वती का कोष कभी रिक्त नहीं होता है। नव्य विषयों की प्राप्ति निरन्तर होती रहती है।

कवियों के लिए काव्य-साहित्य का अध्ययन विहित बतलाया गया है। यही अध्ययन भाव-सादृश्य का कारण है। राजशेखर काव्याध्ययन का पक्ष समर्थन करते हैं क्योंकि इससे 'प्रतिभा' को दिशा-निर्देश मिलता है।

दूसरे कवियों की रचनाओं के अध्ययन से स्पृष्ट-अस्पृष्टभावों का परिज्ञान होता है। काव्याध्ययन इस प्रकार अर्थगत पुनरुक्ति की संभावना को कम भी करता है। लेकिन कुछ विचारकों के मतानुसार काव्यानुशीलन से कवियों की रचनाओं में समान भावों की ही प्रकारान्तर से अभिव्यंजना होती है। इस तरह काव्याध्ययन कवियों की कारयित्री प्रतिभा' पर अपनी छाप छोड़कर उसे सर्वथा नयी उक्ति रचने में बाधा उपस्थित करता है।

एकमत यह भी है कि काव्याध्ययन से कवियों को रचनाभ्यास और काव्य-प्रणयन के आधार प्राप्त होते हैं। दूसरों के अर्थों की छाया पर काव्य-रचना की जा सकती है। वामन ने भी 'छायायोनि अर्थों' को चर्चा की है तथा कालान्तर में क्षेमेंद्र तथा दूसरे कवि-शिक्षा-ग्रंथकारों ने 'छायोपजीवन' का प्रसंग निरूपित किया है। राजशेखर ने भी 'सेविता' कवि का उल्लेख किया है। दूसरे के अर्थों पर आधारित काव्य-रचना करने की परिपाटी भारतीय काव्य शास्त्र में मान्यता प्राप्त है।

कुछ विचारकों के अनुसार समानधर्मा काव्यकारों के चित्तों में स्वतंत्र रूप से भी समान अर्थ प्रतिभासित हो सकते हैं, अत: इस अनजाने भाव सादृश्य के परिहार और नवीन अर्थों की योजना के लिए काव्य-साहित्य का अध्ययन कवियों के लिए अपेक्षित होता है। राजशेखर ने कदाचित् आनंदवर्धन के मत का

ही यहाँ उल्लेख किया है।

पूर्वपक्ष के रूप में उपर्युक्त मतों को उपस्थित करके राजशेखर सभी का प्रतिवाद करते हैं। उनका मत है कि महाकवि-ज्ञान चक्षुओं से उच्छिष्ट-अनुच्छिष्ट भावों को पहचान लेते हैं। अपने मत के समर्थन में वे कवि की अलौकिक शक्ति के संबंध में प्रचलित अनुमतियों का उल्लेख करते हैं। कहा जाता है कि दूसरों के कहे अर्थों के प्रति महाकवि अंधे या विरत रहते हैं, किंतु अनुच्छिष्ट अर्थों के प्रति उनकी दिव्यदृष्टि हो रहती है। महाकवि सदैव नये अर्थों का ही विधान करते हैं। वे विनयन और सहस्राक्ष से भी अधिक क्षमतापूर्वक अज्ञात और नये विषयों का अवलोकन कर लेते हैं। उनके मतिदर्पण में संपूर्ण संसार प्रतिच्छायित रहता है। लेकिन कवियों की मौलिकता के संबंध में इन विचारों के रहते हुए भी काव्य जगत् में भाव सादृश्य का बाहुल्य प्राप्त होता है। प्राचीन साहित्य के अध्ययन का लाभ कविगण सदैव उठाते रहे हैं। 'अर्थ हरण' वस्तुतः प्राचीन काव्य-मार्ग के अनुवर्तन के क्रम में किया जाता है।

(2) 'अर्थ हरण' या भाव-सादृश्य

वामन ने 'अयोनि' अर्थात् उद्‌भावित और 'छायायोनि' अर्थात् अपहृत अर्थों की चर्चा की है। आनंदवर्धन ने भाव-सादृश्य के लिए 'संवाद' शब्द का प्रयोग किया है। दो रचनाओं का अर्थ-सादृश्य ही 'संवाद' है। यह सादृश्य तीन प्रकारों का होता है-देहियों के प्रतिबिंबवत्, आलेख्याकारवत् और तुल्यदेहिवत्। 'प्रतिबिंब कल्प' साम्य में रचना का मौलिक स्वरूप एकदम नहीं रहता है। शरीर और उसके प्रतिबिंब में एकता ही होती है। दर्पण में प्रतिच्छायित बिंब शरीरी से मौलिक नहीं होता है। चित्रगत रूप और वास्तविक रूप भी एक ही हैं, किंतु उनमें एकदम अभेद भी नहीं है। शरीर के चित्र में और शरीरी में स्वल्प अंतर होता है। चित्रगत रूप में स्वकीय वैशिष्ट्य तुच्छ रूप में ही सही रहता है अवश्य। लेकिन एक शरीर से दूसरे शरीर की तुलना की जा सकती है, उन्हें अभिन्न नहीं कहा जा सकता है। दोनों के स्वतंत्र वैशिष्ट्य होते हैं, हाँ उनमें कतिपय साम्य भी पाए जा सकते हैं। शरीर का आकार-प्रकार दूसरे के शरीर से मिलता-जुलता हो सकता है, किंतु उसकी अपनी मौलिकता भी होती है। इस तरह आनंद प्रतिबिंबवत्, चित्रवत् और समान शरीरवत् विविध भाव-सादृश्य की उद्‌भावना करते हैं।

आनंद मौलिकता विहीन 'प्रतिबिंबकल्प' सादृश्य के त्याग की व्यवस्था देते हैं। वे 'आलेख्यप्रख्य' की तुच्छता का प्रतिपादन करके उसे भी त्याज्य ही घोषित करते हैं। तुल्यदेहिवत् सादृश्य या हरण को वे स्वीकार्य मानते हैं।

दूसरे के भाव को ले लेना 'हरण' कहलाता है। राजशेखर ने कहा है कि कवि और बनिया बिना चोरी किए रह ही नहीं सकते हैं। चोरी को छिपा लेने की क्षमता जिसमें रहती है और जिसकी चोरी पकड़ में नहीं आती है वही श्लाघा का पात है। राजशेखर मौलिक अर्थ रचनावाले को 'उत्पादक' कहते हैं। अर्थापहरण करनेवाले कुछ कवि 'परिवर्तक' होते हैं, कुछ 'आच्छादक' कुछ 'संवर्गक' भी होते हैं। इनमें कोई नौसिखुआ तस्कर है तो कोई दक्ष।

राजशेखर दूसरों के भावों को विशेष भंगिमा के साथ ले लेने में हरण-जन्य दोष नहीं मानते हैं। यह चोरी छिप जाती है। प्राचीन अर्थ में वैशिष्ट्य का सन्निवेश करना श्रेयस्कर ही है, लेकिन चुराई हुई उक्तियों का अपहरण निंद्य होता है।

'चिंतामणि' कवि तो अनुच्छिष्ट काव्य का सर्जक होता है, लेकिन 'भ्रामक', 'चुंबक', 'कर्षक' और 'द्रावक' ये चारों परोपजीवी कवि होते हैं। 'भ्रामक' कवि निंदनीय होता है, किंतु अन्य कवि अर्थ-हरण करने पर भी अपनी प्रतिभा की विशेषता के कारण समादृत और प्रशंसित ही होते हैं। 'चिंतामणि' कवि पूर्णतः मौलिक होता है। 'अयोनि' अर्थों का विधाता होता है। 'भ्रामक' 'प्रतिबिंबकल्प अर्थ-हरण' करता है। 'चुम्बक' 'आलेख्यप्रख्य अर्थ-हरण' करता है। 'कर्मक' 'तुल्य देहि तुल्य अर्थ हरण' करता है और 'द्रावक' कवि 'परपुरपरप्रवेश सदृश हरण' किया करता है।

राजशेखर ने अर्थों के तीन प्रकारों-'अन्ययोनि' 'निह्नुत-योनि' और : अयोनि का निर्देश किया है। 'योनि' मौलिक अर्थ की संज्ञा है तथा शेष दोनों प्रभावित अर्थ हैं। 'अयोनि' कवि-प्रतिभा जन्य अर्थ है। 'अन्ययोनि' दूसरे कवि का अर्थ है तथा 'निह्नुतयोनि' अर्थ का असली रचयिता अज्ञात-सा रहता है। राजशेखर के अनुसार 'अन्ययोनि' अर्थ के दो भेद है– 'प्रतिबिंबकल्प' और 'आलेख्यप्रख्य' तथा 'निह्नुतयोनि' अर्थ के भी दो भेद है 'तुल्यदेहितुल्य' तथा 'परपुर-प्रवेश-सदृश' उन्होंने 'अयोनि' अर्थ को एकलौता ही बतलाया है। इन भेदों के द्वारा राजशेखर ने अर्थ-हरण के प्रकारों को ही प्रतिपादित किया है। विस्तार–प्रपंच-रसिक इस आचार्य ने अर्थ-हरण के अनेक भेद दर्शित किए हैं जो इस तालिका में प्रस्तुत हैं–

अर्थ

अन्ययोनि विह्नुत-योनि अयोनि प्रतिबिम्बकल्प आलेख्यप्रख्य तुल्यदेहितुल्य परपुर-प्रवेश-सदृश

1. व्यस्तक,	1. समक्रम	1. विषय-परिवर्त	1. हुडुयुद्ध
2. खण्ड,	2. विभूषण-मोष,	2. द्वन्द्व-विच्छित्ति,	2. प्रतिकंचुक,
3. तैल-बिन्दु,	3. व्युत्क्रम,	3. रत्नमाला,	3. वस्तु-संचार
4. नट-नेपथ्य,	4. विशेषोक्ति,	4. संख्योल्लेख,	4. धातुवाद,

5. छन्दो-विनिमय,	5. उत्तंस	5. चूलिका,	5. सत्कार,
6. हेतु-व्यत्यय,	6. नट-नेपथ्य,	6. विधानापहार,	6. जीवं-जीवक,
7. संक्रान्तक,	7. एक परिकार्य,	7. माणिक्य-पुंज,	7. भावमुद्रा,
8. सम्पुट।	8. प्रत्यापत्ति।	8 कन्द।	8. तद्विरोधी।

अर्थ-हरण के इन बत्तीस प्रकारों को राजशेखर ने युक्तिसंगत ढंग से प्रतिपादित किया है।

राजशेखर भी आनंद की तरह 'प्रतिबिम्बकल्प' हरण को समस्त भाव का यथावत् हरण ही मानते हैं। कवि जब प्राचीन अर्थ को हू-ब-हू ग्रहण कर लेता है तब उसे 'प्रतिबिम्बकल्प' हरण कहते हैं।

प्राचीन अर्थ को किंचित् परिवर्तित रूप में ग्रहण करने से 'आलेख्यप्रख्य' अर्थ-हरण दिखलाई पड़ता है। इनमें कवि का उपजीव्य प्राचीन भाव ही रहता है। लेकिन उसमें थोड़ा-सा संस्कार दिया जाता है। यह हरण भी स्पष्टतः प्रत्यभिज्ञेय ही होता है।

विषय-भेद रहने पर भी जब उत्कट समानता के कारण दो अर्थों में अभेद जान पड़ता है तब वहाँ 'तुल्यदेही तुल्य अर्थ-हरण' की स्थिति रहती है।

'परपुरप्रवेशप्रतिभा' हरण में दो अर्थों में मूलकी एकता तो रहती है, किंतु रचनाओं में पूरा अंतर रहता है, सुकविजन भी इस हरण को ग्राह्य मानते हैं।

राजशेखर के सभी हरण-प्रकारों का विश्लेषण अनावश्यक है। विद्यापति के अर्थों के मूल्यांकन प्रसंग में इन भेदों का परिचय दिया ही जाएगा, क्योंकि मैंने विद्यापति के अर्थ हरण का अध्ययन मुख्यतः राजशेखर के आधार पर ही करने की चेष्टा की है।

मौलिकता की दृष्टि से क्षेमेन्द्र ने छः प्रकार के कवियों की चर्चा की है-

छायोपजीवी पदकोपजीवी, पादोपजीवी समतोपजीवी
भवेदय प्राप्तकवित्वजीवी स्वोन्मेषतो वा भुवनोपजीव्यः।।

-(कविकंठाभरण)

अपने उन्मेष से काव्य-रचना करनेवाला ही मौलिक कवि होता है दृप्त प्रतिभाशाली कवि उच्छिष्ट उक्तियों से बचा करते हैं। कस्तूरी पैदा करने में सक्षम मृग पुष्प-गंध की प्रत्याशा नहीं करता है, किंतु सभी कवि इतनी प्रतिभा नहीं रखते हैं कि सर्वथा नवीन अर्थों की ही अवतरण करें, इसी लिए काव्यजगत में 'छायोपजीवन' और उक्ति-हरण की परंपरा दृष्टिगत होती है। साहित्यिक चोरी प्रत्येक युग के कवि करते रहे हैं। 'हरण' को कवि-शिक्षा ग्रथों में एक काव्य-मार्ग के रूप में विहित ही कर दिया गया है। भावों के हरण को एक

प्रकार का औचित्य मिल जाने के कारण भारतीय साहित्य में भाव-सादृश्य के भूरिशः दृष्टान्त मिलते हैं। 'वज्जालग्गं' की गाथाओं में भी कवि और चोर के वर्णन का साथ-साथ मिलना इस विश्वास को व्यक्त करता है कि कवि भी चोर के समान ही आचरण करता है। अर्थ-हरण की ओर ही संकेत करते हुए प्राकृत कवि ने कहा है– चोरो व्व कई अर्त्थ घेत्तूण...।

'अर्थ-हरण' भारतीय साहित्य की एक प्रत्यभिज्ञेय परिपाटी है जिसका पालन प्राचीन कवियों ने निश्शंक होकर किया है। भारतीय कविगण पुराने अर्थों में नवीन अर्थवत्ता भर देने या नवीन मोड़ पैदा कर देने को भी एक उपलब्धि ही मानते थे। आचार्यों के अनुसार 'पुराण-कवि-क्षुण्ण-वर्त्म' पर नये ढंग से चलना भी मौलिकता ही है।

आनंदवर्धन ने प्राचीन अर्थों में भी ध्वनि के सन्निवेश से नवीनता आ जाने की बात कही है। व्यंग्य के आ जाने से प्राचीन भाव भी मौलिक होकर दमक उठते हैं। भाव-जगत् सान्त नहीं है। रसभावादि के वैशिष्ट्य के आश्रय से काव्यार्थ का अनन्त्य दृष्टिगोचर होता है। आनंद रसादि के वैशिष्ट्य से सीमित काव्य-पथ की अनन्त्या का प्रतिपादन करते हैं। उनके मतानुसार असंख्य पुराने कवियों द्वारा बहुत तरह से क्षुण्ण और सीमित काव्यपथ में भी प्रशस्तता या मौलिकता लाई जा सकती है।

आनंद का अभिमत है कि रस-वैशिष्ट्य से पृष्ठ और सात अर्थ भी मधुमास के पेड़ों के समान नूतन जान पड़ने लगते हैं। अतिपरिचित विषयों में भी 'प्रतिभा' अपूर्वता का संचार कर देती है। 'प्रतिमा' रहने पर व्यंग्य के आश्रय से काव्यार्थों में विराम नहीं आता है। वाणी रूपी कामधेनु का अर्थ-क्षीर कभी घटता नहीं है। काव्यार्थ असीम है। जय की पुनरुक्ति को सदैव पुनरुक्ति ही नहीं मानना चाहिए। प्रियाओं के विभ्रम जिस तरह पुनरुक्त होने पर भी पुनरुक्त नहीं होते हैं उसी तरह सुकवियों की कविताओं के भाव भी चिर-नवीन ही रहते हैं। पुराने काव्यार्थों में भी उक्ति-वैचित्य से नवीनता लाई जा सकती है। भाव-सादृश्य होने पर भी यदि नवीनता, चमत्कृति आदि दृष्टिगत हो तो इस प्रकार के अर्थ-हरण को निंद्य नहीं कहा जा सकता है। दूसरों के अर्थों की छाया ले लेने पर भी यदि उक्तियों में नवीनता का सन्निवेश कर दिया जाता है तो काव्यकारों को अपहरण का दोष नहीं लगता है।

काव्यहरण परंपरागत साहित्य के अध्ययन पर अवलंबित है। तस्कर को कोषागारों और रत्नाकरों का यदि पूरा पता रहता है तब वह महार्घ रत्नों और धातुओं को ठीक से चुरा पाता है। उसी तरह अर्थ-हरण करने वाले कवि को

यदि मूल्यवान प्राचीन अर्थों की जानकारी रहती है तब यह मनोनुकूल भाव रत्नों और उक्तियों के आभूषणों को सफलतापूर्वक चुराकर पचा लेता है। चोर और कवि दोनों के लिए सर्वप्रथम अर्थागारों का संधान होना आवश्यक है। काव्य-नैपुण्य के बिना 'छायोपजीवन' संभव नहीं है। काव्य-परंपरा का आलोड़न कवि-प्रतिभा का व्यायाम है। कवि-प्रतिभा उक्तियों के रत्नाकर में गोता लगाकर जिन भाव-मुक्ताओं को बटोरती है उन्हें पिरोकर नवीन माता का निर्माण करती है। प्रतिभा दूसरों के भाव रत्नों को तराशकर नया रूप देकर ग्रहण करती है। तस्कर कवि दूसरों के भाव-रूपी गहनों को अपनी 'प्रतिभा' की भट्टी में गलाकर नये अलंकारों के रूप में गढ़ता है। इसमें उसका चौर्य-कर्म गोपन ही रहता है। उसे हम तस्कर नहीं धनाढ्य महाजन कहते हैं।

कवि दूसरों के अर्थों में नवीन भंगिमा ला देता है। वह पुराने वक्तव्य के निर्मोक को उतारकर उसे नवीन परिच्छेद पहनाता है। वह केवल अपने ग्रथन-कौशल के कारण भी मौलिक ही माना जाता है। परोपजीवी कवि अपनी शैलीगत विशेषता के कारण ही नवीन अर्थों का विधायक कहा जाता है-

त एव पदविन्यासा ता एवार्थ विभूतयः।
तथापि नव्यं भवति काव्यं ग्रथन कौशलात्।।

-(आनंदवर्धन)

दूसरा अध्याय
विद्यापतिपदावली के भावों के साहित्यिक आकर-स्रोत

(क) काव्य-भारती के सार-पदों का संचय और गीतों में उसका निबन्धन

विद्यापति की पदावलियों में प्राचीन कवियों की उक्तियों का ग्रहण अपहरण और उपबृंहण पाया जाता है। काव्य विषयों की प्राप्ति के लिए विद्यापति अपने पूर्ववर्ती मुक्तककारों और कवियों के अधमर्ण है। प्राचीन मुक्तक-साहित्य और भारतीय श्रृंगार-नीति-परंपरा को हम विद्यापति पदावली के अर्थों के आकर-स्रोत के रूप में पाते हैं।

विद्यापति के गीतों में प्राचीन कवियों की भावराशि का संकलन मिलता है। विद्यापति के परवत्ती कवि गोविंददास का साक्ष्य है कि जंग के चित्त को चुराने वाले विद्यापति प्रणीत गीत प्राचीन साहित्य के ललित अंशों को उपजीव्य मानकर रखे गए हैं-

कवि पति विद्यापति मतिमान।
जाक गीत जग चित्त चोरायल गोविंद गौरि सरस रस गान।
भुवने छलि जत भारती बानि।
ताकर सार सार-पद संचए बांघल गीत कतहुँ परिमानि।।
आनन्दे नारद ने धरि थेहा
से आनन्द रस जग भरि बरिसल सुखमय विद्यापति रस मेहा।।
जत जत रस पद कएलन्हि बन्धे।
कोटिहि श्रवण फल पाइय सुनइत आनन्द लागल धन्धे।।

-(गोविन्द दास)

महामहोपाध्याय श्री हरप्रसाद शास्त्री ने भी विद्यापति के भावों पर प्राचीन कवियों के प्रभाव का उल्लेख इस प्रकार किया है :-

हाल सप्तशती आर्यासप्तशती, अमरूशतक, शृंगारशतक प्रभृति संस्कृत एवं प्राकृत आदिरसेर कविता गुच्छ हइते विद्यापति आपनार गानेर यथेष्ट भाव संग्रह

करियाछेन। अनेक समय पड़िते-पड़िते सुपरिचित संस्कृत 'लोक मने पड़े। अनेक समय बोध हय, एइ सफल संस्कृत कवितार उपर विद्यापति रङ चढाइयाछेन। ताहाँ देर भाव लइया वेशी करिया फुसइयाछेन।"

दूसरे विद्वानों ने भी विद्यापति के पदों पर दूसरे कवियों के प्रभाव का संकेत दिया है। लेकिन अर्थ-हरण के विविध प्रकारों के दृष्टिकोण से विद्यापति पर पड़े प्रभावों का अध्ययन नहीं हुआ है।

प्राचीन युग में रचनाभ्यासी कवि प्राचीन काव्यधारा का आलोड़न करके अपने कवित्व का संस्कार करते थे। विद्यापति ने भी पुराणक विक्षुण्ण वर्त्म' पर चलकर प्राचीन कवियों के अर्थों को 'देसिल बयना' में निबद्ध करके अपने रचनाभ्यास का तो परिचय दिया ही है, लेकिन अनेकत्र उन्होंने प्राचीन अर्थों को अपनी प्रतिभा से परिष्कृत भी किया है।

इस प्रसंग में हम विद्यापति के काव्य-पांडित्य या 'लक्ष्यत्व' से परिचित होते हैं। उनके अर्थों के एक महत्त्वपूर्ण उत्स के रूप में हम प्राचीन काव्य साहित्य से पाते हैं।

(ख) विद्यापति पदावली में 'प्रतिबिंबकल्प अर्थ-हरण के उदाहरण

1. खंड' प्रतिबिंबकल्प अर्थ-हरण के दृष्टान्त

राजशेखर ने 'प्रतिबिम्बकल्प' को इस रूप में परिभाषित किया है-

अर्थः स एव सर्वो वाक्यान्तरविरचनापरं यत्र।
तदपरमार्थ विभेदं काव्यं प्रतिबिम्बकत्वं स्यात्।।

-('का. मी.', अ.12, पृ. 154)

वस्तु और दर्पण में प्रतिच्छायित उसके बिम्ब में अभेद ही रहता है। कवि के अर्थों पर यदि दूसरे कवि के अर्थों के प्रतिबिम्ब दिखलाई पड़ते हैं तब वहाँ प्रतिबिम्ब-कल्प अर्थ-हरण की स्थिति रहती है। रचनाभ्यासी कवि प्रायः दूसरे के अर्थों को यथावत् लेकर ही अपनी काव्य-शिक्षा का अभ्यास पूर्ण करते हैं। आभ्यासिक कवि अपनी आरंभिक रचनाओं में दूसरों के आदर्श पदों के भावों को ही ले लिया करते हैं। यह भावापहरण अच्छा तो नहीं माना जाता है, किंतु कवि के काव्याध्ययन परिचायक होता है। राजशेखर ने इस 'हरण' के आठ प्रकारों की उद्भावना की है, जिनमें से दूसरे की संज्ञा 'खंड' है। किसी रचना के बृहत् अर्थ को खंडित करके ले लेना 'खण्ड प्रतिबिम्बकल्प है। राजशेखर ने लिखा है-

"बृहतोऽर्थस्यार्द्ध प्रणयनं खण्डम्"

('का.मी.', अ. 12, पृ. 161)

जब काव्यार्थ पर दूसरे के अर्थ का आंशिक प्रतिबिम्ब दृष्टिगोचर हो तो वहाँ

'खण्ड प्रतिबिम्बकल्प' नामक अर्थाहरण समझना चाहिए। विद्यापति पदावली में इसके कई उदाहरण प्राप्त होते हैं जिनमें से कुछ इस प्रकार हैं-

पहला उदाहरण

राजशेखर ने अमरुक के एक पद्य को 'काव्यमीमांसा' में विज्जका या विज्जिका नामक कवयित्री के उपजीव्य के रूप में उद्धृत किया है। उन्होंने रचनाकारों के नामों का कथन नहीं किया है किंतु 'प्रतिबिम्बकल्प' अर्थ-हरण के 'छन्दोविनिमय भेद को स्पष्ट करते हुए अमरुक के शार्दूलविकीडित छंद में निबद्ध भाव को विज्जका के वसंततिलका-निबद्ध पद्य में छन्दान्तरित बतलाया है। राजशेखर के अनुसार दो पद्यों के अभिन्नभाव में यदि छंद-परिवर्तन मात्र हो तो वहीं प्रतिबिंबकल्प का 'छंदों विनिमय' भेद पाया जाता है।

अमरुक के पद्म को राजशेखर ने इस रूप में उद्धृत किया है-

कान्ते तल्यमुपागते विगलिता नीवी स्वयं बन्धनात्
तद्वासः श्लथमेखलागुणाधृतं किश्चिन्नितम्बे स्थितम्।
एतावत्सखि वेद्मि केवलमहं तस्याङ्गसङ्गे पुनः
कौऽसी कास्मि रतं नु किं कथमपि स्वल्पापि मे न स्मृतिः।।

-('काव्य मीमांसा', पृ. 164)

विविध सुभाषित-संग्रहों में भी यह पद्य दूसरे-दूसरे कवियों के नाम पर या नाम रहित ढंग से प्राप्त होता है।

वस्तुतः यह अमरुक का ही पद्य है जिसे सहृदयों ने सम्मानित किया है। इसके पाठान्तर भी मिलते हैं। उद्धृत पद्य के रेखांकित पदों में ही पाठान्तर हैं।

अमरुक के पद्य में स्वकीया प्रगल्भा नायिका सखी से रात्रिकालीन सुरत का अनुभव बतला रही है। दशरूपककार ने इस नायिका को 'रतप्रगल्भा' कहा है। पिछली रात में नायक के शय्या पर जाते ही नायिका की नीवी की गाँठ आप-से-आप खुल गई तथा शिथिल करधनी में वह किंचित् फँसी रही। यहाँ तक तो नायिका को अपनी दशा की स्मृति रही, लेकिन नायक के अंग का संग होने के बाद तो उसकी समस्त चेतना ही डूब गई– तदीयता-मदीयता का भाव याद ही नहीं रहा। रति क्या है, कैसे उसे संपन्न किया गया-आदि बातें भी नायिका को याद नहीं रह सकीं। अमरुक के इस भाव को विज्जका ने भी ग्रहण किया है :-

धन्यास्तु याः कथयथ प्रियसङ्गमेऽपि
विश्रब्धचाटुकशतानि रतान्तरेषु।

नीवीं प्रति प्रणिहितश्च करः प्रियेण
सख्यः शपामि यदि किश्चिदपि स्मरामि।।

–('काव्य मीमांसा' अ. 12; पृ. 164 पर उद्धृत)

विज्जका का यह मुक्तक किंचित् पाठान्तर के साथ 'काव्यप्रकाश' में भी उद्धृत है। केवल रेखांकित पदों में ही पाठान्तर मिलते हैं।

विज्जका के पद्य की नायिका भी सखी से सुरतकाल की चर्चा करती है। वह कहती है कि हे सखी, तुम धन्य हो जो प्रिय समागम तथा रति-काल में प्रियतम से तरह-तरह का मधुर आलाप और चाटुकारिता की वार्ताएँ कर लेती हो; लेकिन मैं शपथ खाकर कहती हूँ कि प्रियतम ने जैसे ही मेरी नीवी की ओर हाथ बढ़ाया मैं आत्मविस्मृता हो गई–उसके बाद की कोई भी बात मुझे याद नहीं रही।

नायिका अपनी सखी को धन्य बतलाती है कि वह सुरत-काल में भी अपने होशो-हवास कायम रखती है– प्रियतम से प्रीतिवार्ता करती है और उस समय की बातों को सुनाती है, लेकिन नायिका शपथपूर्वक अपने संबंध में बतलाती है कि उसे तो प्रियतम के द्वारा नीवी-स्पर्श के अनन्तर की बातें बिल्कुल ही याद नहीं रहती है।

अमरुक की नायिका की नीवी अपने आप विगलिता हो जाती है, लेकिन विज्जका की नायिका की नीवी की ओर प्रियतम हाथ बढ़ाता है। ' शपामि' कहकर विज्जका की नायिका अपने कथन में एक चारुता ले आती है, जबकि अमरुक की नाविका केवल रतिकालीन आत्मविस्मरण की ही बात कहती है। सखी को धन्य कहकर विज्जका की नायिका वस्तुतः उसे अधन्य बतलाती है क्योंकि सुरतकाल में पूर्णतः चैतन्य रहना रति-साफल्य के विपरीत है। सुरत-कालीन विभोरता और विस्मृति ही सच्चे दांपत्य को व्यंजित करती है। निज और पर के भाव को भुला देने में ही रति-केलि की सच्ची सफलता है। अमरुक का साक्ष्य है–

कोऽयं काहमिति प्रवृत्तसुरता जानाति या नान्तरं
रन्तुः सा रमणी स एव रमणः शेषौ तु जायापती।।

–('अमरुशतकम्'।142.।)

यही कारण है कि नीवी-मोचन के बाद विज्जका के पद्य की नायिका आत्म-विस्मृता हो जाती है-सुध-बुध खो देती है।

मम्मट ने विज्जका के पद्य को स्वतः संभवी वस्तु से अलङ्कार-व्यंग्य के उदाहरण के रूप में प्रस्तुत किया है। वे यहाँ व्यतिरेक अलंकार को व्यंग्य मानते

हैं। नायिका के कहने की व्यंजना यह है कि सखी धन्य नहीं है, नायिका स्वयं ही धन्य है। यहाँ सखी की अपेक्षा नायिका का आधिक्य व्यंजित है अतः व्यतिरेक अलंकार व्यंग्य है। इस व्यंजना के कारण ही इस मुक्तक में अमरूक से अधिक वैशिष्ट्य निष्पादित हो गया है। आनन्द वर्धन का अभिमत है कि अपहृत उक्ति में भी व्यंजना से प्रशंसनीय विशेषता आ जाती है, अतः अमरुक के भाव का हरण करके भी विज्जका ने अपने पथ में अभिनव चारुत्य का सन्निवेश कर दिया है।

रुद्रट के 'शृंगारतिलक' में भी इसी भाव धारा में स्नात एक पद्य मिलता है। इस पद्य पर अमरुक और विज्जका दोनों के प्रभाव लक्षित होते हैं–

धन्यास्ताः सखियोषितः प्रियतमे सर्वाङ्गग्नेऽपि याः
प्रागल्भ्यं प्रथयन्ति मोहनविधावालम्ब्य धैर्यं महत्।
अस्माक तु तदीयपाणिकमलेऽप्युन्मोचयत्यंशुकं,
कोऽयं का वयमत्र किं च सुरतं नैव स्मृतिर्जायते।।

–(शृंगारतिलकः रुद्रट 1.75)

अमरुक और 'शृंगारतिलक' के पथ की अंतिम पंक्तियों में उत्कट सादृश्य है, किंतु 'श्रृगारतिलक' के पद्य में अमरुक की अपेक्षा विज्जका के पद्य का अधिक प्रतिबिंब है। सखी को धन्य बतलाने वाली बात अमरुक में नहीं है, किंतु विज्जका और शृंगारतिलक' के पद्यों में यह अर्थ सादृश्य मिलता है।

विद्यापति के अधोलिखित पद पर केवल अमरुक का प्रभाव देखा जा सकता है–

पहिलहि परसए करे कुय कुम्भ
अधर पिवए के कर आरम्भ।
तखनुक मदन पुलके भरि पूज
निवीबन्ध बिनु फोएले फूज।।
ए सखि लाजे करव की तोहि
कान्हक कथा पुछह जनु मोहि।
धम्मिल भार हार अरुझाव
पीन पयोधर नख कत लाबद्य
बाहु वलय आकम भरे भाग
अपनि आइति नहि अपना आङ्ग।।

–(विद्यापतिपदावली, भाग 1, रा. भा.प. पद संख्या 105)

विद्यापति की नायिका भी अमरूक की नायिका की तरह सखी से अपने

सुरत-विहार का वर्णन करती है। पद्य में नायक के शय्या पर आने का प्रसंग व्यंग्य है, अमरुक की तरह वाच्य नहीं। अमरुक की नायिका की नीवी का बन्धन कान्त के तल्य पर आते ही स्वयमेव त्रस्त हो जाता है और वस्त्र-स्खलन के बाद के अंग-संग की क्रियाएँ नायिका को याद नहीं रहती है। विद्यापति की नायिका की नीवी का बंधन भी बिना खोले ही खुल जाता है, किन्तु उसे जूड़े में हार का उलझाया जाना पीन स्तनों पर नखक्षतों का पड़ना, आलिंगन से चूड़ियों का तड़कना और अपने अंगों पर अपना अनधिकार आदि बातें याद हैं। नीवी बंध के खुलने के पहले की क्रियाओं का वर्णन भी विद्यापति के पद्य में मिलता है जो अमरुक के पद्य में नहीं है। कुच-कुंभ के स्पर्श, अधरपान और कामजन्य पुलक आदि का वर्णन विद्यापति में है, किंतु अमरुक में नहीं है।

अमरुक की नायिका की तरह विद्यापति की नायिका अपनी विस्मृति की चर्चा नहीं करती हैं, लेकिन अमरुक की नायिका की तरह वह भी अपने-आप नीवी-बंध का खुल जाना सखी के समक्ष स्वीकार करती है। विद्यापति ने इस पद में अमरुक के पद्य की केवल पहली पंक्ति का अर्थ-हरण किया है, पूरे पद्य के भाव का नहीं। अमरुक के अर्थ का आंशिक या खंडात्मक हरण यहाँ द्रष्टव्य है। "कान्ते तल्यमुपागते विगलिता नीवी स्वयं बन्धनाद्वासो" ('अमरुशतक' 101)-ही विद्यापति का 'निवी बन्ध बिनु फोएले फूज' है। यहाँ प्रतिबिम्बकल्प अर्थ-हरण का 'खंड' नामक भेद है। अमरुक के पद्य का समस्त अर्थ न लेकर उसका आंशिक भाग विद्यापति ने इस पद में ग्रहण किया है। 'नीवी-बन्ध का स्वयमेव खुल जाना' पद्य का इतना ही अर्थांश विद्यापति ने ले लिया है। समागम के समय की बातें अमरुक की नायिका को याद नहीं हैं, किंतु विद्यापति की नायिका अपने आत्मविस्मरण का उल्लेख नहीं करती है। रतिकालीन विस्मृति वाले अर्थ का हरण विद्यापति के एक दूसरे पद में प्राप्त होता है।

विद्यापति के अधोलिखित पद्य में नायिका सखी से संगमकालीन दशाओं की विस्मृति की चर्चा करती है-

कि कहब है सखि आजुक विचार।
से सुपुरुष मोहे कएल सिंगार।।2.।
हँसि हँसि पहु आलिंगन देल।
मनमथ अंकुर कुसुमित भेल।।4.।
आँचर परसि पयोधर हेरु।
जनम पंगु जनि भेटल सुमेरु।।6.।
जब निवि-बंध खसाओल कान।

तोहर सपथ हम किछु जदि जान।।8.।
रति चिन्हे जानल कठिन मुरारि।
तोहर पुने जीअलि हम नारि।।10.।
कह कवि रंजन सहज मधुराई।
न कह सुधामुखि गेल चतुराई।।12.।

-('विद्यापति की पदावली', बेनीपुरी, पद-सं. 95)

विद्यापति की नायिका सखी से सुरत-विहार का वर्णन करती हुई अमरुक की नायिका की भांति ही कहती है कि नीवी-मोचन के बाद की दशाओं की जानकारी उसे नहीं है। अमरुक की नायिका की नीवी का बंधन स्वयं खुल जाता है, किंतु विद्यापति के इस पद की नायिका का नीवी-बंध नायक गिराता है। अमरुक की नायिका सखी से जहाँ विस्तार पूर्वक यह कहती है कि नीवी-शैथिल्य के बाद न यह अपने संबंध में कुछ जानती है, न कांत संबंध में, न केलि-विहार के संबंध में, वहाँ विद्यापति की नायिका संक्षेप में कह देती है तोहर सपथ हम किछु जदि जान।"

अमरुक की अपेक्षा विद्यापति की नायिका समागम-पूर्व की दशाओं का विस्तृत वर्णन करती है। नायक नायिका का मंडन करता है, हँस-हँसकर उसक आलिंगन करता है, आंचल छूकर पयोधरों को सस्पृह देखता है और वह इतना उद्विग्न, प्रफुल्ल और गद्‌गद्‌ है मानों जन्मजात लँगड़े को आशातीत ढंग से सुमेरु पर्वत पर चढ़ने का सौभाग्य मिल गया हो। पयोधर' के प्रसंग में 'सुमेर-प्राप्ति' की चर्चा साभिप्राय और संगत है। इतनी बातों को कह लेने के बाद विद्यापति नीवी-मोचन और तदनन्तर विस्मृति का हाल बतलाते हैं। इतिपीड़ा के काठिन्य का वर्णन अमरुक में नहीं है, किंतु विद्यापति की नायिका कृष्ण के कठोर समागम की बात कहकर पुण्यवश ही अपनी जीवन रक्षा होने का कथन करती है-तोहर 'पुने जीअलि हम नारि।"

विद्यापति अमरुक के अध्येता थे अतः इस पद में अमरुक से भाव ग्रहण की बात सोचना असंगत नहीं है। अमरुक की तुलना में यहाँ विद्यापति ने विस्तृत वर्णन किया है। अमरुक के बीज-भाव को उन्होंने फैलाकर चित्रित किया है। यहाँ यदि अमरुक से भाव-ग्रहण है, तो इसे 'तैलबिन्दु प्रतिबिम्बकल्प' अर्थ-हरण मानना होगा।

रमणकालीन विभोरता, विस्मृति और अंग चेतना के लोप का संकेत 'कुट्टनीमतं काव्यम्' में भी मिलता है-

कि रमणी रमणोऽविशदुत रमणी रमणमिति न जानीमः।

स्वावयवावगमस्त्व प्रकाशमगमत्तयोस्तदा निपुणम्।।

-(दामोदर गुप्त, 'कुट्टनीमतं काव्यम्' 386.।)

कवि का कथन है कि प्रिया ने प्रिय में प्रवेश किया या प्रिय प्रिया में प्रविष्ट हुआ, यह मालूम नहीं है। उन्हें उस समय अपने अंगों का ज्ञान ही नहीं रह गया था। समागम काल के बेसुध भाव का ज्ञापन यहाँ हुआ है। अमरुक और विद्यापति की नायिकाओं का भी अंग ज्ञान रमण-काल में खो जाता है।

अमरुक दामोदर गुप्त के पूर्ववर्ती हैं, अतः उक्ति का मूल स्रोत अमरुक को ही मानना होगा। कश्मीरी अमरुक का प्रभाव कश्मीरी दामोदर गुप्त पर पड़ना स्वाभाविक ही है। विद्यापति के पद पर अमरुक के साथ-साथ दामोदर गुप्त का भी प्रभाव माना जा सकता है, क्योंकि विद्यापति के प्रस्तुत पद की एक लोकोक्ति या सूक्ति में भी 'कुट्टनीमतं काव्यम्' की एक सूक्ति का 'तुल्यदेहि तुल्य' सादृश्य देखा जा सकता है। दामोदर गुप्त ने लिखा है-

भगिनि न मुंचति वेश्म क्षणामपि मेक्षपटराजपुत्रोऽसौ।
भग्नान्यरावसरो नग्नेनाधिष्टितं यथा तीर्थम्।।

-('कुट्टनीमतं काव्यम्'। 366.।)

एक वेश्या दूसरी वेश्या से कहती है कि जैसे नंगे को आवासीय ढंग से तीर्थ मिल जाने के बाद वह उसे नहीं छोड़ता है- वहीं अड़ जाता है, उसी तरह अक्षपट-राज का पुत्र वेश्यालय से उठता ही नहीं है। अपात्र को यदि एकाएक कोई अलभ्य वस्तु मिल जाती है तो वह उसको पल-भर के लिये छोड़ना नहीं चाहता है-उस वस्तु के प्रति उसकी बलवती स्पृहा बनी रहती है। जन्म का लंगड़ा यदि सुमेरु-जैसे पर्वत पर पहुँच जाता है तो हर्षातिरेक में उसे वह छोड़ना नहीं चाहता है।

'जनम पंगु जति मेटल सुमेरू'-इस लोकोक्ति को हम 'नग्नेनाघिष्ठितं यथा तीर्थम्' का 'तुल्य देहि तुल्य' स्वरूप मान सकते हैं। 'नंगे को तीर्थ मिल गया' और 'जन्मजात लँगड़े को सुमेरू मिल गया इन उक्तियों में विषय का भेद स्पष्ट है, लेकिन मूल भाव की एकता देखी जा सकती है। भाव-सादृश्य होते हुए भी विद्यापति की उक्ति में निजत्व है। यह सादृश्य दो शरीरियों का सादृश्य है। 'विद्यापति एक 'कर्षक' कवि के रूप में दामोदर की उक्ति के अर्थ का कौशलपूर्वक कर्षण कर लेते हैं। यहाँ 'विषय परिवतं तुल्यदेहि तुल्य' सूक्ति-हरण दृष्टिगत होता है जो ग्राह्य और रुचिर है।

विद्यापति के प्रस्तुत पद के मूल उत्स के रूप में तो अमरुक का मुक्तक ही है, किंतु नायिका की समागमकालीन क्रियाओं की विस्मृति वाली उक्ति और

'जनम पंगु जनि भेटत सुमेरू' इस लोकोक्ति पर 'कुट्टनीमतं काव्यम्' का भी प्रभाव माना जा सकता है। विद्यापति ने इस ग्रंथ का अध्ययन किया था और उनके अन्य पदों पर भी इस ग्रंथ के अर्थों की छाया देखी जा सकती है।

लेकिन विद्यापति के इस पद (बेनीपुरी, पद-95) पर अमरुक की अपेक्षा विज्जका के मुक्तक का अधिक प्रभाव पड़ा है। अमरुक के भाव को विज्जका ने किंचित परिष्कार के साथ ले लिया है और विद्यापति ने विज्जका के भाव को यथावत् अपना लिया है।

अमरुक की नायिका की नीवी स्वयं शिथिल हो जाती है, लेकिन विज्जका की नायिका का प्रियतम नीवी-प्रयि की ओर हाथ बढ़ाता है। विद्यापति की नायिका का भी नायक कृष्ण ही नीवी-बंधस्खलन करता है। विज्जका की नायिका सखी के समक्ष शपथ खाती है, तो विद्यापति की नायिका भी सौगन्ध खाती है "तोहर सपथ हम किछु जदि जान" विद्यापति ने 'धन्यता' वाली व्यंजना छोड़ दी है, लेकिन उनकी मुखरा नायिका नीवी-मोचन के पहले की काम क्रियाओं का विवरण विशदता से सुनाती है। वह रति-कष्ट की भी सूचना देती है जो विज्जका को नायिका नहीं देती है। विद्यापति की नायिका व्यंजना से अपनी धन्यता और सखी की अधन्यता न बतलाकर केवल नीवी-स्पर्श के अनन्तर की आत्मविस्मृति की शपथ खाती है।

विद्यापति के पद में विज्जका के पद्य की समस्त व्यंजना नहीं, आंशिक कल्पना ली गई है। विज्जका के प्रशस्त अर्थ को विद्यापति खंडित करके ग्रहण करते हैं, अतः यहाँ 'खंड प्रतिबिम्बकल्प' अर्थ हरण है।

सुरतकालीन जड़ता को व्यंजना 'अमरुशतक' के मुक्तक, विज्जका के पद्य 'श्रृंगार तिलक' के 'लोक और विद्यापति के पद में एक समान है। अमरुक का नायक नीवी-मोचन नहीं करता है, नीवी स्वयं खुल जाती है। विज्जका और विद्यापति के नायक नीवी-मोचन करते हैं। 'श्रृंगार तिलक' का नायक नीवी नहीं, वस्त्र-मोचन करता है। विज्जका और 'श्रृंगार तिलक' की नायिकाएँ सखियों को उनकी सुरतकालीन प्रगल्भता और आत्म चेतना की स्थिरता के कारण धन्य कहकर अपनी एतद्विषयक जड़ता को बतलाती हैं, लेकिन अमरुक और विद्या-पति की नायिकाएँ सखियों को व्यंजनात्मक ढंग से अधन्या नहीं बतलाती है।

दूसरा उदाहरण

अमरुक के एक प्रसिद्ध मुक्तक में नायक को सर्वत्र प्रेमिकामय विश्व की

प्रतीति होती है–

प्रासादे सा दिशि दिशि च सा पृष्ठतः सा पुरः सा
पर्यंकेसा पथि पथि च सा तद्वियोगातुरस्य।
हंहो चेतः प्रकृतिरपरा नास्ति मे कापि सा सा
सा सा सा सा जगति सकले कोऽयमद्वैतवादः।।

–(*'अमदशतकम्'*।।102.।)

अमरुक का वियोगी नायक उन्माद काम दशा में सर्वदिक् अपनी प्रिया का ही प्रत्यक्षीकरण कर रहा है। सृष्टि के अंग-अंग में उसे प्रियतमा ही दिखलाई पड़ रही है। प्रासाद में दिशाओं में, सम्मुख, पीठ के पीछे पलंग पर पत्रों में-सर्वत्र वियोगातुर नायक को अपनी नायिका ही दृष्टिगता हो रही है। उसे संपूर्ण विश्व में नायिका ही रमी जान पड़ती है। नायक को एक विचित्र अद्वैतवाद की अनुभूति होती है।

भवभूति के 'मालती माधव' नामक नाटक में भी माधव अपनी प्रेमिका को ही यत्र-तत्र, आगे-पीछे सर्वत्र देवता है। नायिका ही उसे भीतर-बाहर-चतुर्दिक संचरण करती-सी प्रतीत होती है। माधव पुष्पित, मुग्ध, स्वर्णकमलवत् मुखवाली और तिर्यक् दृष्टिवाली प्रियतमा को ही सब तरफ विद्यमान पाता है–

माधवः-(स्वगतम्)

पश्यामि तामित इतःपुरतश्च पश्चाद्
अन्तर्बहिः परित एवं विवर्तमानाम्।
उद्बुद्धमुग्धकनकाब्जनिभं वहन्तीं,
आसंगतिर्यक्प्रवर्तित दृष्टिवक्त्रम्।।

–(*'मालतीमाधव', 1.43.*।)

विल्हण के 'विल्हणचरित' या 'चीर पंचाशिका' नामक काव्य में भी इस आशय का पद्य मिलता है। आज भी नायक पुष्पित स्वर्णकमल के समान मुखमाली, सुंदर चलायमान नेत्रों वाली प्रिया को इधर-उधर, आगे-पीछे बाहर-भीतर सभी ओर देख रहा है। सब तीर प्रिया-छवि का ही अनुभव करनेवाला यह नायक 'मालतीमाधव' के माधव से अभिन्न जान पड़ता है। अंतर इतना ही है कि माधव जहाँ सद्यः-विरही है वहाँ विल्हण का नायक आज भी नायिका का स्मरण कर रहा है और उसे ही सर्वत्र व्याप्त भी पा रहा है–

अद्यापि तामितरश्च पुरश्च पश्चादन्तर्बहिः परित एवं परिभ्रमन्तीम।
पश्यामि फुल्लकनकाम्बुजसंनिभेन वक्त्रेण चारुपरिवेर्तितलोचनेन।।

–(*'बिल्हणचरित'*।।93.।)

'विल्हणचरित' के एक और पद्य में यह भाव उपलब्ध होता है। 'विल्हण चरित' का नायक भी अमरुक के नायक की ही भांति अपनी नायिका को संपूर्ण विश्व में परिव्याप्त पाता है। वह कुछ और देखता ही नहीं है। प्रासाद में, पथ में, सम्मुख, पीछे, पलंग पर, दिशाओं में, ऊपर, नीचे, हृदय में, बाहर-संपूर्ण त्रिभुवन में नायिका ही दिखलाई पड़ती है-

प्रासादे सा पथि पथि च सा पृष्ठतः सा पुरः सा,
पर्य के सा दिशि विदिशि सा चोर्ध्वतः सा ह्यधः सा।
हृद्यन्तः सा बहिरपि च सा नास्ति दृश्यं द्वितीयं,
सा सा सा सा त्रिभुवनगता तन्मयं विश्वमेतत्।।

-('विल्हणचरित' 1132.1)

यहाँ विल्हण के द्वारा अमरुक का भाव-ग्रहण स्पष्ट ही है। अमरुक की तरह ही राजशेखर-रचित 'विद्धशालभञ्चिका' नामक रूपक (अंक 1) में भी सर्वत्र परिव्याप्त प्रिया के प्रत्यक्षी करण का प्रसंग मिलता है। अमरुक ने जिस शृंगारी अद्वैतवाद की प्रतिष्ठा की थी उसका आकलन परवर्त्ती साहित्य में धड़ल्ले से मिलता है।

मथुरादास कायस्थ-रचित 'वृषभानुजा' नाटिका में भी विरही कृष्ण संपूर्ण सृष्टि को राधामयी देख रहे हैं। स्वर्णचंपक वर्णा और मृग-शिणु के समान नेत्रवाली प्रिया को वे अपने पार्श्व में खड़ी, सामने, पीछे तथा दसों दिशाओं में परिव्याप्त देखते हैं-

तां हेमचम्पकरुचि मृगशावकाक्षीं
पार्श्वे स्थितां च पुरतः परिवर्तमानाम्।
पश्चात्तथा दशदिशासु परिस्फुरन्तीं
पश्यामि तन्मयमहो भुवनं किमेतत्।।

-('वृषभानुजा'। 3.11.1)

विद्यापति ने भी अपने एक पद में अमरुक के भाव को खंडशः ग्रहण किया है। कृष्ण की दूती राधा से कृष्ण की उत्कंठा और उनके उन्माद की चर्चा इस प्रकार करती है-

आसा मन्दिर बैस निसि गमावए
सुखे न सूत सयान।
जखने जतने जोहि निहारए
ताहि ताहि तुम भान।।
वन उपवन कुज कुटीरहि

सबहि तोर निरूप।
तोहि बिनु पुनु पुनु मुरुछए
अइसन पेम सरूप।।

–('विद्यापति पदावली,' प्रथमभाग, रा. मा. प., पद संख्या-18 नेपाल-पांडुलिपि का पाठ)

नेपाल-पांडुलिपि के विद्वान् अध्येता डॉ. श्री सुभद्र झा के पाठ में 'भान' की जगह 'मान' और 'तोहि बिनु (हरि) पुन पुन मुरुछए-ये ही पाठान्तर मिलते हैं, लेकिन इससे प्रसंग के अर्थ में कोई विशेष अंतर नहीं आता है। (द्रष्टव्य: 'सांग्स ऑफ विद्यापति', पद-18)। नगेन्द्रनाथ गुप्त (पद-104), बेनीपुरी (पद-57) आदि के पाठों में 'ताहि ताहि शुभ भान' के बाद 'मालति! सफल जीवन तोर" वाली अन्योक्तिमयी दूती-उक्ति संग्रथित है और फिर बीच में 'वन उपवन कुंज कुटीरहि' वाली उक्ति मिलती है। राष्ट्रभाषा परिषद् से प्रकाशित विद्यापति-पदावली के संपादकों ने नेपाल-पांडुलिपि के अष्टादश संख्यक पद का जो पाठ-निर्धारण संपादकीय अभिमत से किया है उसमें मालति! सफल जीवन 'तोर' वाली अन्योक्ति बीच में ही रखकर तब वन उपवन कुंज कुटीरहि' वाला पाठ दिया गया है। (द्रष्टव्य पृ. 27)। लेकिन मेरी समझ से नेपाल पद लिपि का मूल पाठ ही ग्राह्य और निर्भ्रान्त है। जिस जिस को कृष्ण निहारते हैं उसमें प्रिया का ही उन्हें भान होता है'-

इस अर्थ के साथ ही वन-उपवन, कुंज, कुटीर सर्वत्र प्रिया को ही निरूपति करके देखनेवाला अर्थ संलग्न है। नेपाल-पांडुलिपि के मूल पाठ को ही उचित मानने का आधार यह है कि यहाँ अमरुक से भाव-ग्रहण किया गया है और वह भाव मूल पाठ को ही मानने पर एक क्रम से लिया गया जान पड़ता है। 'मालति! सफल जीवन तोर' वाली उक्ति बाद की है। यहाँ अर्थ के जाकर-ग्रंथ 'अमरुशतकम्' के दृष्टिकोण से नेपाल-पांडुलिपि का पाठ ही संगत और स्पष्ट है।

नेपाल-पदावली के अष्टादश संख्यक पद का जो भाग ऊपर उद्धृत किया गया है उसपर 'पुराणकविक्षुण्णवर्त्म' की धूलि पड़ी है। विद्यापति का प्रतीक्षाकुल विरही नायक मिलन की आशा में घर में बैठकर ही रात गँवा देता है। वह शय्या पर सुखपूर्वक सो नहीं पाता है। वह जब जिसको देखता है तब उसमें नायिका की ही उसे प्रतीति होती है। वन, उपवन, कुंज, कुटीर सभी पदार्थों में वह नायिका को ही आरोपित करता है। वह नायिका के विरह में बार-बार मूर्च्छित हो जाता है। दूती नायिका से नायक के प्रेम के ऐसे स्वरूप का कथन करती

है।

यहाँ सर्वत्र नायिका को ही देखनेवाला पुराना अर्थ अपने बीजरूप में ग्रहण किया गया है। अमरुक के अर्थ को खंड-रूप में लेने के कारण यहाँ 'खंड प्रतिबिंबकल्प' अर्थ हरणा है। नायक के मूर्च्छित आदि होने का वर्णन तथा उसके प्रतीक्षातुर होने का चित्रण विद्यापति का अपना अर्थ है। एक अन्य पद में भी विद्यापति ने खंड रूप में अमरुक के इसी अर्थ को ले लिया है। पद इस प्रकार है-

तोहे कुलमति रति कुलमति नारि
बाडके बाँके दरसने भुलल मुरारि।
उचितहु बोलइते अबे अवधान
संसय मेलल‍ह तन्हिक परान।।
सुन्दरि की कहब कहइते लाज
तोरे नामे परहु सजो बाज।
थावर जङ्गम मनहि अनुमान
सबहिक विषय तोहर होअ भान।।

-('विद्यापति पदावली,' रा. भा. प., पद-144)

दूती नायिका के समक्ष कृष्ण की विरहावस्था का वर्णन करती हुई कहती है। कि उनके प्राण संशय में पड़ गए हैं। वे नायिका का नाम लेकर ही दूसरों से बातें करती है। उन्हें सर्वत्र नायिका का ही भान होता है। स्थावर और जंगम का भी उन्हें विवेक नहीं रह गया है। ठीक ही है, कामदशा में आर्त निरही जन चेतन-अचेतन के भेद को भी भूल जाते हैं। कालिदास का बिरही यक्ष भी 'प्रकृतिकृपण' हो जाता है-

"कामार्ता हि प्रकृतिकृपणाश्चेतनाचेतनेषु।।"

-('मेघदूत' पूर्वमेघ 5।।)

सर्वत्र नायिका को ही देखना उन्माद कामदशा है। अमरुक के वृहत् अर्थ के इसी खंड को लेकर विद्यापति ने अपने पद में रख लिया है, अतः यहाँ प्रतिबिम्बकल्प अर्थ-हरण का 'खंड' संज्ञक भेद दृष्टिगत होता है।

तीसरा उदाहरण

विद्यापति के इस विरह-संबंधी पद पर घटकर्पर काव्य' का प्रभाव देवा जा सकता है-

दासम लागि पुजए निते काम

अनुखन जपए तोहरि पए नाम।
अवधि समापल मास अषाढ
अबे दिने दिने हे जीवन भेल गाढ।।
कहब समाद बालभु सखि मोर
सब तह समय जलद बड़ घोर।
एके अबला हे कुपुत पञ्चबान
मरम लखिए कर सर सन्धान।।
तुअ गुण बान्धल अछए परान
परवेदन देख पर नहि जान।।

–('वि. प.,' रा. भा. प., पद–75)

कोई विरहिणी सखी को अपनी दशा बताकर प्रियतम से निवेदित करने के लिए बहती है। सखी को वह दूती के रूप में भेजना चाहती है क्योंकि मेघों का उद्दीपक मौसम आ गया है। प्रियतम के आने की अवधि आषाढ़ में ही समाप्त हो गई है। नायिका प्रियतम के दर्शन के लिए प्रतिदिन काम पूजन करती है तथा अनुक्षणनायक का नाम जपती रहती है। आषाढ़ में ही विरहावधि व्यतीत हो गई. किंतु प्रियतम नहीं आया है अब दिन–दिन जीवन भारी हो रहा है। विरहिणी के लिए सबसे घोर समय वर्षा का होता है।

नायिका अबला है और पंचशर उसे पीड़ित कर रहा है उसके मर्मस्थान में शर–संधान कर रहा है। नायिका अबतक मर गई होती, लेकिन नायक के गुण से उसके प्राण बँधे हैं, इसी से वह जीवित है। नायिका सखी से नायक को उपालंभ देने के लिए कहती है कि यहाँ तो नायिका को मर्मान्तक पीड़ा पहुँच रही है किन्तु नायक को कुछ भी अनुभूति नहीं होती है– दूसरे की वेदना को दूसरा नहीं जान पाता है।

विद्यापति के इस पद में 'घटकर काव्य' के अर्थ का प्रतिबिंब दृष्टिगत होता है। जैकोबी की धारणा है कि घटकर्पर कालिदास से पूर्व के कवि हैं। 'घटकर्पर काव्य' में केवल बाईस पद्य मिलते हैं। यह वस्तुतः दूत–काव्य या संदेश–काव्य है।' इसमें नायिका अपने देशान्तर स्थित प्रियतमा को बादल के द्वारा संदेश भेजती है। 'मेघदूत' का यक्ष बादल को प्रिया के पास संदेशवाहक बनाकर भेजता है, किंतु घटकर इसके विपरीत प्रिया को ही "मेघदूत" की नियुक्ति करते दिखलाते हैं।

घटकर्पर बादल के प्रभाव की चर्चा करते हुए कहते हैं, कि वह मानिनियों का मान–र्मोचन करके उन्हें प्रियतमों से आश्लिष्ट करवा देते हैं, पथिकों को 'घरमुँहा ' कर देते हैं––उत्कण्ठित बना देते हैं और विरहिणी वनिताओं को

पीड़ित कर देते हैं– उनमें शोक का उद्रेक कर देते हैं–

क्षिप्रं प्रसादयति सम्प्रति कोपितानि,
कान्तामुखानि रतिविग्रहकोपितानि।
उत्कण्ठयन्ति पथिकाञ्जलदा: स्वनन्त:,
शोक: समुद्भवति तद्वनितास्वनन्त:।।

–('घटकर्पर काव्य'। 5।।)

विद्यापति की नायिका भी दूती को नियुक्त करके कहती है, कि जलदकाल सबसे घोर और विरहोद्दीपक होता है। बादलों को देखकर विद्यापति की विरहिणी भी व्यथिता हो जाती है।

एक दूसरे पद्य में घटकर्पर की नायिका संदेश देती है, कि हे प्रिय, क्या प्रिया पर तुम्हारी कृपा नहीं है? उसके कपोल पीले हो गए हैं जिनपर अलक लटके हुए हैं। प्रिया शोकसागर के जल में गिर गई है लेकिन प्रियतम के गुणों की याद करके ही अपनी जीवन-रक्षा कर रही है। यहाँ शोक-सागर के रूपक से "गुण" शब्द का 'लेष संबद्ध है और इस भाव की व्यंजना हो रही है कि शोक-समुद्र में गिरकर भी प्रियतम के गुणों से या गुणों की रस्सी से ही नायिका, जल-समाधि लेने से बच जाती है। पद्य में यमक का चमत्कार भी दर्शनीय है–

किं कृपाऽपि तव नास्ति कान्तया,
पाण्डुगण्डपतितालकान्तया।
शोकसागरजलेऽद्य पातिताम्
त्वद्गुणस्मरणमेव पाति-ताम्।।

–('घटकर्पर काव्य'।।11।।)

विद्यापति की नायिका भी संदेश देती है कि अबला के मर्मस्थान पर काम शर-संधान करता है, किंतु वह नायक के गुणों से बँधी होने के कारण ही जीवित है। लेकिन घटकर्पर शोकसागर जल में पड़ी विरहिणी के लिए 'गुण' का प्रयोग करके जो सौंदर्य ले आते हैं यह विद्यापति में नहीं है। घटकर्पर में समुद्र और गुण-संबंधी बिम्ब औचित्यपूर्ण है। विद्यापति शोकसागर वाली कल्पना को छोड़ देते हैं और प्राण के गुण-बंधनवाली कल्पना का हरण करते हैं। घटकर्पर के अर्थ का खंड हरण होने के कारण यहाँ 'खंड प्रतिबिम्बकल्प' अर्थ-हरण है।

चौथा उदाहरण

नेपाल-पांडुलिपि में एक पद का पाठ इस प्रकार मिलता है-

कठे घटी अनुगत केम

नागर लखत हृदयगत पेम।।

–('वि. प. रा. भा. प., पद–126, मूलपाठ।)

रामभद्रपुर-पदावली (पद-सं. 28) में पहली पंक्ति का पाठ इस प्रकार है– "काच घटी अनुगत जल जेम।" नेपाल-पदावली के विद्वान् संपादक और विशेषज्ञ डॉ. सुभद्रा झा ने (काचे घटी अनुगत जल जेम' पाठ की संभावना का संकेत दिया है।

राष्ट्रभाषा-परिषद् से नामित विद्यापति पदावली' के संपादकों ने इस पद पाठ-संशोधन ठीक ही किया है। उनके अभिमत से ऊपर की पंक्तियों का पाठ इस प्रकार है–

काच घटी अनुगत जल जेम।
नागर लखत हृदयगत पेम

–('परिषद पदावली पद–126 स पृ. 166)

डा. सुभद्र झा इस प्रसंग का अर्थ यह करते हैं, कि शीशे के पात्र में स्थित वस्तु जिस तरह बाहर से दृष्टिगत होती है, उसी तरह प्रेमी के हृदय का प्रेम दिखलाई पड़ता है, किंतु परिषद्-पदावली का अर्थ इससे अच्छा जान पड़ता है–

"काच के घड़े का अनुगामी जल जैसे (देखा जाता है, वैसे ही) नागर हृदयगत प्रेम को देखता है।"

वस्तुतः यहाँ कवि का वक्तव्य यह है कि कांच के घड़े या पात्र में स्थित जल प्रत्यक्षतः दिखलाई पड़ जाता है: काच घटी आभ्यन्तरिक जल को भी सबको दिखला देती है। पद की व्यंजना है कि हृदय भी काँच के पात्र के समान है जिसमें स्थित प्रेम रस या प्रेम-जल को नागर अनायास ही देख लेता है। यहाँ काच घटिका का जल-प्रदर्शक वैशिष्ट्य चित्रित हुआ है। इस अर्थ की पुष्टि गोवर्धनाचार्य की एक आर्या से भी होती है। वस्तुतः विद्यापति ने काच घटी वाले अर्थ को 'आर्यासप्तशती' से ही ले लिया है। गोवर्धन ने लिखा है–

आन्तरमपि बहिखि हि व्यञ्यितुं रसमशेषतः सततम्।
असती सत्कविसूक्तिः काचघटीति त्रयं वेद।।

–(आर्यासप्तशती' आकार व्रज्या–1)

आर्या का अभिप्राय है कि भीतरी रस को भी बाहरी की तरह ही बराबर व्यक्त करना बसती नारी, सत्कवि की सूक्ति या सदुक्ति तथा कांच घटिका ये तीनों जानती है। काच घटी का भीतर-बाहर समान ही है, उसमें रखा 'रस' या जल बाहर से देखा जा सकता है।"

आर्या में असती के भीतरी प्रेम-रस को भी सदैव व्यक्त और व्यंजित कहा

गया है। इसकी व्यंजना यह है कि सती का भीतरी भाव बाहर से देखा नहीं जा सकता है, वह पारदर्शी शीशे से झाँकने वाले जल की भाँति नहीं है। कल्पना की जा सकती है कि कोई रस को निगूढ़ रखने वाली सती यह वक्तव्य दे रही है। लेकिन विद्यापति की नायिका जानती है कि नागर के लिए नारियों का हृदय (चाहे वह सती का हो चाहे असती का) काच घटी के समान ही पारदर्शी है। नागर से प्रेम-रस को छिपाना संभव ही नहीं है। विद्यापति ने आर्या के 'काचघटी' वाले अर्थ को ही लिया है, असती, सत्कवि मुक्ति आदि के अर्थ को छोड़ दिया है, अतः यहाँ 'खण्ड' नामक प्रतिबिंबकल्प अर्थ-हरण है।

पाँचव उदाहरण

भवभूति के 'मालतीमाधव' में प्रेम को आंतरिक बतलाते हुए उसे बाह्य साधनों से निरपेक्ष कहकर सूर्य और कमल तथा चंद्र और चंद्रकांत मणि के प्रेम के उदाहरण दिए गए हैं। सूर्य के उगने पर कमल पुष्पित होता है तथा चाँद के उगने पर चंद्रकांत मणि द्रवित होती है, अतः प्रेम को बाह्य साधनों पर निर्भर न मानकर किसी आभ्यंतरिक कारण को ही पदार्थों का योजक मानना चाहिए। 'मालती माधव' का मकरन्द कहता है-

व्यतिषजति पदार्थावान्तरः कोऽपि हेतुः
न खलु वहिरुपाधीन्प्रीतयः संश्रयन्ते।
विकसति हि पतंगस्योदये पुण्डरीकं,
द्रवति च हिमरश्मावुद्गते चन्द्रकान्तः।।

-('मालती माधव, 1.27.।)

भवभूति के इस पद्य से विद्यापति की इन पंक्तियों की तुलना की जा सकती है-

जल-मध कमल गगन-मध सूर
आँतर चान कुमुद कत दूर।।8.।
गगन गरज मेघ सिखर मयूर।
कस जन जानसि नेह कत दूर।।10.।

-('विद्यापति की पदावली, बेनीपुरी, पद-159)

विद्यापति कहते हैं कि कमल का निवास जल के मध्य है और सूर्य गगन में है। चाँद और कुमुद में कितना अंतर है-कितनी दूरी है! मेघ आकाश में घहराते हैं और पर्वत के शिखर पर मोर मुदित होते हैं। प्रेम में दूरी कुछ भी नहीं है। आकाशस्थित सूर्य से कमल खिलता है। दूर स्थित चाँद से कुमुद का विकास

होता है। मोर और मेघ भी परस्पर प्रेम करते हैं। प्रेम में दूरी का कुछ भी अर्थ नहीं है।

'मालतीमाधव' में दृष्टान्त तो कमल और सूर्य का है, लेकिन दूरीवाली बात की उसमें चर्चा नहीं है। विद्यापति का उपर्युक्त पद 'मालती माधव' से वस्तुतः उतना प्रभावित भी नहीं है जितना दूसरे कवियों का ऋणी है।

'वज्जालग्गं' की 'नेहवज्जा' की कई गाथाओं में चंद्र और कुमुद तथा सूर्य और कमल के प्रेम की कवि-प्रसिद्धि का उल्लेख करते हुए प्रेम में दूरी की अवमानना वाले विचार का प्रतिपादन किया गया है। प्राकृत-कवि ने कहा है कि चंद्र और कुमुद दूरस्थित होते हुए भी दूर नहीं है–

पडिवन्नं जेण समं पुव्वनिओएण होइ जीवस्स।
दूरट्ठिओ न दूरे जह चंदो कुमुयसंडाणं।।

–('वज्जालग्गं' (नेहवज्जा)। 76.।)

इससे विद्यापति की इस पंक्ति की तुलना की जा सकती है-"आँतर चान कुमुद कत दूर।" गाथा की केवल दूसरी पंक्ति का अर्थ ही विद्यापति ने ग्रहण किया है। गाथा की उक्ति के प्रथमा को उन्होंने छोड़ दिया है। 'वज्जालग्गं' की दूसरी गाथा में भी कहा गया है कि गगन स्थित चाँद कुमुद को विकसित करता है। वे दूर होकर भी दूर नहीं हैं-

दूरठ्ठिया न दूरे सज्जमचित्ताण पुव्वमिलियाणं।
मयणट्ठिओ वि चंदो आसासइ कुमुयसंडाई।।

('वज्जालग्गं' (नेहवज्जा)। 77।)

'वज्जालग्गं' में ही पुनः कहा गया है कि बिना अंग-संग के दर्शन मात्र से भी प्रेमीजन सुख पा लेते हैं। दूर रहकर भी चाँद कुमुद को हर्षित करता है–

दिट्ठे वि हु होइ सुहं जइ विन पावंति अंगसगाइं।
दूरट्ठिओ वि चंदो सुणिण्वुइं कुणइ कुमुयाणं।।

('वज्जालग्गं।78।)

सूर्य और कमल के प्रेम के संबंध में भी 'वज्जालग्गं' में कहा गया है, कि सूरज को देखकर ही कमल विकसित हो जाते हैं-

एमेव कह वि कस्स वि केण वि दिट्ठेण होइ परिओसो।
कमलायराण रइणा कि कज्जं जेण वियसंति।।

–('वज्जालग्गं'। 79.।)

इसी क्रम में प्राकृत कवि ने कहा है कि हाँ सूर्य है और कमल कहाँ विकसित होते हैं! सज्जनों के प्रेम में दूरी से कुछ नहीं होता है–

कत्तो उग्गमइ रवी कत्तो बियसंति पंकयवणाई।
सुयणाणं जत्थ नेहो न चलइ दूरट्ठियाणं पि।।

–('वज्जालग्गं'।80.)

विद्यापति के पदपर वज्जालग्गं' की उक्तियों की छाया स्पष्ट ही है।

नयनंदी के 'सुदंसण चरिउ' नामक अप्रकाशित अपभ्रंश-काव्य में भी दूरस्थित वस्तुओं के प्रेम की चर्चा मिलती है। नयनदी ने कहा है कि सूर्य आकाश में है किन्तु धरती पर नलिनी हर्षित होती है–

अमिलंताण व दीसइ णेहों दूरे वि संठियाणं पि।
जइविहुं रवि गयणयले इह तहवि हुलइ सुहु णलिणी।।

–(सुदंसण चरिउ 84)

हेमचंद्र के व्याकरण में संकलित एक दोहो में भी इस प्रकार की भाव-धारा मिलती है–

कहिँ ससहरु कहिँ मयरहरु कहिँ बरिहिणु कहिँ मेंहू।
दूर-ठिआहँ वि सज्जणहँ होइ असड्ढलु' नेहु।।

–('अपभ्रंश-व्याकरण'।4.। 422।7।)

अपभ्रंश-कवि कहता है कि कहाँ चाँद है, कहाँ सागर! कहाँ बर्ह या मोर है, कहाँ मेघ! दूर होते हुए भी इनमें बहुत प्रेम है। दूरस्थित होते हुए भी-सज्जनों में असाधारण प्रेम हुआ करता है। विद्यापति के उद्धृत पद पर इस दोहे का प्रभूत प्रभाव पड़ा है। 'नीतिद्विशतिका' (पद्य 107) के एक सुभाषित में कहा गया है कि दुर्जन साथ रहकर भी अलग ही रहते हैं, जैसे पानी और कमल साथ रहकर भी अलग ही हैं, लेकिन कुमुद और चाँद के समान अलग-अलग और दूरस्थित होकर भी-सज्जनों में प्रेम रहता है–

सह वसतामप्यसतां जलरुहजलवद भवत्य संश्लेषः।
दूरेऽपि सतां वसतां प्रीतिः कुमुदेन्दुवद भवति।।

–(सुंदर पाडण्य)

'चाणक्य नीति दर्पण' में भी कहा गया है कि जो जिसके मन में रहता है वह दूर रहकर भी दूर नहीं है और जिसके मन में नहीं रहता है वह निकट रहकर भी दूर ही रहता है–

दूरस्थोऽपि न दूरस्थो योयस्य मनसि स्थितः।
यो यस्य हृदये नास्ति समीपस्थोपि दूरतः।।

–('चा. नी. दर्पण'।14.9।)

'ढोला मारु रा दूहा' के "घणे पुराणे दूहों" में से एक दोहे में भी कुमुदनी

और दूरस्थित चाँद के प्रेम को बतलाया गया है-

जलमँहि वसइ कमोदणी, चंदउ वसइ अगासि।
ज्यउ ज्याँहीकज्ञ मनि वसई, सउ त्याँही कइ पासि।।

-('ठोला-मारू रा वृहा', दूहा सं. 210, ना. प्र. (स)

'विद्यापति के विवेच्य पद पर इन सभी प्राचीन उक्तियों का प्रभाव जमा सकता है, किंतु 'वज्जालग्गं' और हेमचंद्र के व्याकरण के अर्थों का ही अधिक ऋण इस पर दृष्टिगत होता है।

मोर और मेघ के दृष्टान्त को विद्यापति ने हेमचंद्र से लिया है, लेकिन चाँद और सागर वाला अर्थ नहीं लिया, अतः हेमचंद्र के अर्थ का यहाँ 'खंड प्रतिबिम्बकल्प हरण है।

विद्यापति के पद में कमल और सूर्य तथा कुमुद और चाँद के दृष्टान्त 'वज्जालग्गं' से लिए गए हैं और उसे मोर तथा मेघ के दृष्टान्त से फैलाया गया है, अतः 'वज्जालग्गं' के अर्थ का यहाँ तेल बिन्दु प्रतिबिम्बकल्प' हरण है।

विद्यापति का यह पद 'पुराण कवि-क्षुण्ण वर्त्म' की यात्रा की स्मृतियों से पूरित है। इसी भावधारा के प्रसंग में विद्यापति की ये पंक्तियाँ भी द्रष्टव्य हैं-

प्रणवि मनमय करहि पाएत
मनक पाछे देह जाएत।
भूमि कमलिनि गगन सूर
पेम पन्था कतए दूर।।

-('वि. प.', रा. भा. प., पद 194)

यहाँ प्राचीन अर्थों को खंडशः ग्रहण करने के कारण 'खंड प्रतिबिम्बकल्प' हरण है।

विद्यापति की निम्नलिखित लोकोक्ति के पीछे भी इसी साहित्यिक स्रोत को लिया जा सकता है-

जकरा जासओ रीति
दुरहुक दुर गेले यो गुन पिरीति।

-(वि. प.', न. गु. सं. 507)

विद्यापति की अधोलिखित सदुक्ति के मूल में भी इन्हीं प्राचीन नीति वचनों को माना जा सकता है–

जकर हृदय जतए रहल
धसि पए ततहि जाए।
जैअओ जतने बान्धि निरोधिअ

निमन नीर समाए।।

-(रा. भा. प. की पदावली 18, मूल पाठ)

इसका संशोधित पाठ इस रूप में भी मिलता है-

जकर हृदय जतए रतल से धसि ततहि जाए।
जइअओ जतने बाँधि निरोधिअ निमन नीर थिराए।

-('वि. प.', रा. भा. प., पद-18, सं. अ. से, पृ. 27)

"जकर हृदअ जतए रतल से धसि ततहि जाए" की तुलना 'चाणक्य नीति दर्पण' (1419) की उद्धृत उक्ति से की जा सकती है। 'ढोला मारू रा दूहा' की इस पंक्ति से भी इसका सादृश्य स्थापित किया जा सकता है "ज्यउ ज्याँही कइ मनि वसइ, सउ त्याँही कइ पासि।" ('ढोला 0'।201.।)। प्रेमजन्य इस व्यक्तिगत रुचि के संबंध में भर्तृहरि ने भी ठीक ही लिखा है कि जो वस्तु जिसको अच्छी नहीं लगती है, मनोज्ञा रहते हुए भी उसकी यह इच्छा नहीं करता है-

यद्यस्य नास्ति रुचिरं तस्मिन्नतथा स्पृहा मनोज्ञेऽपि
रमणीयेऽपि सुधांशौ न मनःकामाः सरोजिन्य।।

-(शृंगार शतक'।100.।)

नयनन्दी ने भी कहा है कि जो जिसे रुचता है वही उसके लिए भला होता है-

"जं जसु रुच्चइ तं तसु भल्लउ।"

-(सुदंसण चरिउ'।7.5.)

दिव्यदृष्टि धाहिल-रचित अपभ्रंश-काव्य 'पउमसिरी चरिउ' में भी कहा गया है कि जो जिसका इच्छित होता है उसी में वह निरत रहता है; भौंरा केतकी को त्यागकर बकुल के फूल पर चला जाता है-

"अलि वचेवि केयइ वज्रले लग्गु ज जसु मणिटठु तं तासु लग्गु।"

कालिदास के 'कुमारसंभवम्' में इस आशय की उक्ति मिलती है कि अभीप्सित के लिए सन्नद्ध मन तथा निम्नाभि मुख जल को कौन रोक सकता है?-इ

इति ध्रुवेच्छा मनशासती सुतां शशाक मेना न नियन्तुमुद्यमात्।
क ईप्सितार्थस्थिरनिश्चयं मनः पयश्च निम्नाभिमुखं प्रतीपयेत्।।

-('कुमारसंभवम्' 5.5.।)

कालिदास की इस उक्ति का प्रतिबिम्ब विद्यापति की अधोलिखित पंक्ति में देखा जा सकता है–

"जइअओ जतने बाँधि निरोधिअ निमन नीर थिराए।"

निम्नगामी नीर का निरोध नहीं किया जा सकता है। अभीप्सित प्रेमी में संलग्न चित्त को हटाया नहीं जा सकता है। हेमचंद्र के व्याकरण की एक उक्ति में भी कहा गया है कि स्नेह पूर्ण नेत्रों को कौन रोक सकता है?–

"को सक्कइ संवरेवि दड्ढ-नयणा नेहिं पलुट्टा।"

–('अपभ्रंश व्याकरण।। 4।।422।5.।)

'जकर हृदअ जतए रतल से धसि ततहि जाए' की भावधारा विद्यापति के एक दूसरे पद में भी मिलती है। जिससे जिसका मन मिला रहता है, उसीसे उसका परितोष होता है। आचार्य शुक्ल ने ठीक ही कहा है कि प्रेम भी लोभ ही है पर विशेषोन्मुख।' प्रेम में भाव की एक निष्ठता रहती है। जायसी ने भी कहा है–'जाकर जीउ बसे जेहि तेहि पुनि ताकर टेक।' 'जो जेहि मन सो तेहि मन बसा।।'

भौंरा मालती में आसक्त है, इसीलिए उसके बिना उसे कहीं भी शांति नहीं मिलती है। दूसरे फूलों में वह रम नहीं पाता है। प्रेमी जन समान हृदयवाले को ही खोजते हैं। जिसका मन जहाँ अनुरक्त रहता है वहीं उसकी स्थिति होती है–

उगमल जग भम काहु न कुसुम रम
परिमल कर परिहार।
जकरि जतए रीति ते बिनु नहीक थिति
नेह न विषय विचार।।
मालति तोहि विनु भमर सदन्द
बहुत कुसुम वन सबही विरत मन
कतहु न पिव मकरन्द।।
विमल कमल मधु सुधा सरिस विधु
नेह न मधुप विदार।
हृदय सरिस जन न देषिअ जति षन
तति खन सयर अन्धार।।

–('वि. प.', रा. भा. प., पद–45, मूलपाठ)

अनुरक्ति व्यक्तिगत रुचि पर निर्भर है। प्रेम सर्वथा आत्मनिष्ठ होता है राजशेखर ने भी प्रेम में व्यक्तिगत रुचि के प्राधान्य का संकेत दिया है––

'विदूषक :–जइ चित्तगदं प्पेममणुराअमुप्पादेदि, ता किं
कज्जदि मंडणाडंबरबिडंबनाए?"

(कर्पू रमञ्जरी'।3।पृ. 129)

XXXXX
कि गेअणिट्ठबिहिणा? किमु बारुणीए?
धूबेण किं अगुरुणा? किमु कुंकुमेण?
मिठ्ठत्तणे महिदलम्मि ण किं वि अण्णं
रुच्चीअ अत्थि सरिसं उण माणुसस्स?।।3.14.।

–(कर्पूरमञ्जरी')

छठा उदाहरण

विद्यापति के एक पद में कहा गया है कि विरहिणी के प्राण आशा के पाश में बँधे हैं। मिलन की आशा ही विरहिणी के मरणोन्मुख प्राण को रोक लेती है–

कि कहब खेदं भेद जनि अन्तर घन घन उतपत साँस।
भनइ विद्यापति सेहो कलावति जीव बँधल आस-पास।।

–(विद्यापति की पदावली, बेनीपुरी, पद-216)

विरह में आशा के प्राण-बंधन की कल्पना भारतीय साहित्य में सुविदित है। कालिदास ने इसकी चर्चा करते हुए कहा हैं कि अंगनाओं के फूल के समान कोमल हृदय को आशा का बंधन ही बिखरने से रोकता है-

आशाबन्धः कुसुमसदृशं प्रायशो ह्यङ्गनानां
सधःपाति प्रणयि हृदयं विप्रयोगे रुणद्धि।

–(मेघदूत, पूर्वमेघ 10।।)

विद्यापति ने कालिदास के 'आशाबन्ध' को ही ग्रहण किया है, 'अंगनाओं के कुसम सदृश हृदय के बिखर जाने का अर्थ उन्होंने छोड़ दिया है अतः यहाँ कालिदास के अर्थ का खंड प्रतिबिम्ब कल्प हरण है। दोनों ही कवियों ने वियोग में आशा-बंधन की उपादेयता का समान वर्णन किया है, किंतु कालिदास ने जहाँ हृदय के लिए आशा बंधन की चर्चा की है वही विद्यापति ने जीव या प्राण के लिए आशा-रूपी पाश का प्रसंग उपस्थित किया है।

'वज्जालग्गं' की एक माया में भी प्रिय के देशान्तर जाने पर आशा-बंध को ही, जीव का अवलंबन कहा गया है-

दूरयरदेस परिस-ठियस्स पियसङ्गमं महन्तस्स।
आसाबन्धो च्चिय माणसस्स अवलम्बए जीवं।।

–('वज्जालग्गं (प्रियोल्लासवज्जा), 786.।)

गुणपाल मुनि के जंबू चरित' में भी यह गाथा स्वरूप परिवर्तन के साथ मिलती है–

दूरयरदेसपरिसंठियस्स पियसंगमं महंतस्त
आसाबंधो च्चिम माणुसस्स परिरक्खए जीवं।।

प्राकृत-कवि महेश्वर सूरि की 'णाणपंचमी कहा" में भी आशा को जीव-रक्षक कहा गया है-

आसा रक्खइ जीयं सुट्ठ वि दुहियाण एत्थ संसारे।123
होइ निरासाण जओ तक्खणमित्तेण मरणं पि।।

"इस संसार में दु:खी लोगों के जीव को आशा ही रखती है। निराश होने पर तत्क्षण मृत्यु हो जाती है। इस उक्ति में आशा की जीव-रक्षिणी विशेषता का कथन हुआ है।

'संदेशरासक' की विरहिणी भी आशा के द्वारा ही प्राण-रक्षण की बात करती है-

तुह विरह पहरसंचूरिआइँ विहडंति जंन अंगाई।
तं अज्ज-कल्ल-सघंडण-ओसहे (आसहे?) णाह तग्गति।।

-('संदशरासक', प्रक्रम। 2.72.1) 124

डॉ. हजारी प्रसाद द्विवेदी ने 'संदेशराशक' (2.72) के उदधृत पद के संबंध में 'लिखते हुए 'ओसहे' पाठ को भ्रांत बतलाकर 'आसहे' पाठ की प्रतिष्ठा की है और उन्होंने 'विरह में मिलन की आशा ही रक्षा करती है' इसे ही अद्दहमाण का अभिप्रेत अर्थ बतलाया है। 125

'संदेशरासक' की विरहिणी एक दूसरे प्रसंग में अपने को आशा जल से संसिक्त तथा विरह-ताप से दग्ध अवस्था वाली बतलाती है।

आसाजलि संसत्ति विरह उन्हत्त जलंतिय,
णहु जीवउँ णहु मरउँ पहिय अच्छउँ धुक्खत्तिय।
इत्थंतरि पुण पुणारवि पहिय धरेवि मणु,
फुल्लउ मणियउ दीहरच्छिणियणयण फुसेविणु।।

('संदेशरासक, 2.107)

अगले पद्य में कहा गया है कि स्वर्णकार जिस तरह धातु को पहले अग्नि में तापित करके पुन: जलसिक्त करता है उसी तरह नायिका का हृदय प्रिय की कामना उत्पन्न कर विरह की आग में नायिका को जलाता है और तब आशा के जल से सिंचित करता है-

सुन्नारह जिम मह हियउ पिय उक्किंरव करेइ।
विरह हुयासि दहेवि करि आसा जल सिंचेइ।।

-('संदेशरासक', 2.108।)

इस तरह हम देखते हैं कि विरह में आशा के प्राण-बंधन की बात भारतीय काव्य-परंपरा में स्वीकृत है जिसका प्रतिबिंब विद्यापति के पद में दिखाई पड़ता है। विद्यापति के पद में आशा-संबंधी उक्तियों के अंश विशेष का ही हरण हुआ है, अतः उनके पद में 'खंड प्रतिबिम्बकल्प' अर्थ-हरण है। एक दूसरे पद में विद्यापति ने विरह-काल में आशा के महत्त्व का संकेत नाविक-जगत् से संबद्ध अप्रस्तुत योजना के द्वारा दिया है-

विरह पयोधि काम नाव तहि
आस धरए कडहार।।

-('वि. प.,' रा. भा. प., पद 37)

नायिका आशा-रूपी पतवार से ही काम-रूपी नाव को विरह-रूपी सागर में खे रही है। विरह के दुस्तर सागर को आशा-रूपी पतवार के सहारे ही पार किया जा सकता है।

सातवाँ उदाहरण

विद्यापति की अधोलिखित उक्ति के पीछे नीति वचनों की एक पुष्ट परम्परा है -

हरि हरि के इह दैब-दुरासा।
सिन्धु निकट जदि कंठ, सुखाएव के दुर करव पियासा।।4।।

('विद्यापति की पदावली, बेनीपुरी', पद-205)

सिंधु जल से पिपासा-शमन की बात सोचना दुराशा-मात्र है। सिंधु-तीर पर शुष्क कंठ होकर पहुँचने पर प्यास नहीं मिट सकती है। समुद्र का खारा जल प्यासे के लिए निष्प्रयोजन है, अतः समुद्र से जल की याचना करना व्यर्थ है।

'सुभाषित रत्न -भांडागार' का वक्तव्य है कि कभी-कभी छोटे जन भी जो उपकार कर देते हैं वह महान् व्यक्ति करने में समर्थ नहीं होते हैं। प्रायः देखा जाता है कि कुआं ही प्यास मिटाता है, जलनिधि नहीं-

उपकर्तुं यथा स्वल्पः समर्थों न तथा महान्।
प्रायः कूपस्तृषां हन्ति सततं न तु वारिधिः।।

-('सुभाषित-रत्न-भांडागार, पृ. 175)

विद्यापति ने केवल समुद्र की निष्फलता वाले अर्थ को ही लिया है। कूप वाले दृष्टान्त और पहली पंक्ति के नीतिपरक भाव को उन्होंने छोड़ दिया है। सुभाषित के अर्थ का विद्यापति में खंडशः हरण दिखलाई पड़ता है।

'सुभाषित-रत्न-भांडागार' से प्रभावित होकर रहीम ने भी एक दोहा लिखा

है। 126

'सुभाषित रत्न-भांडागार' की एक दूसरी सदृक्ति में तरंगित, हवा द्वारा उल्लसित और गर्जमान सागर को धिक्कारा गया है क्योंकि उसके तीर पर आकर यात्री को पानी के लिए कूप का संधान करना पड़ता है–

वातोल्लसित कल्लोल धिकते सागर गर्ज्जितम्।
यस्य तीरे तृषाकांतः पान्थः पृच्छति वापिकाम्।।

–('सुभाषित रत्न मांडागार')

इस उक्ति से विद्यापति की उक्ति की तुलना करने पर हम देखते हैं कि विद्या-पति ने समुद्र के विशेषणों, उसके धिक्कार और वापिका वाले अर्थों को छोड़ कर सागर के तृष्णाशामक न होने के अर्थ मात्र को ग्रहण किया है। संपूर्ण अर्थ को न लेकर उन्होंने उसके खंड मात्र को लिया है, अतः यहाँ 'खंड' नामक प्रतिबिम्बकल्प अर्थ-हरण है।'

दीनदयाल गिरि की एक कुंडलिया पर 'सुभाषित रत्न मांडागार' की इसी सदुक्ति का प्रभाव जान पड़ता है। 127

'पंचतंत्र' में भी समुद्र का दोष-निर्देश करके कूप की प्रतिष्ठा की गई है। देने वाला छोटा होने पर भी सेव्य होता है, कृपण महान् और धनाढ्य होने पर भी सेव्य नहीं है। थोड़े पानी वाला तृष्णाशामक कूप ही प्रीतिकर है, समुद्र नहीं-

दाता लघुरपि सेव्यो भवति, न कृपणो महानपि समृद्धया।
कूपोऽन्तः स्वादुजलः प्रीत्यै लोकस्य न समुद्रः।।

–(पंचतंत्रम् 2. 75.1)

विद्यापति की उक्ति में केवल समुद्र का दृष्टान्त ही मिलता है; 'पंचतंत्र' का पूरा अर्थ विद्यापति के पद में प्रतिबिम्बित नहीं है।

'काव्यप्रकाश' में उद्धृत एक प्राकृत मुक्तक में भी समुद्र के प्यास न बुझा सकने पर अफसोस प्रकट किया गया है। ब्रह्मा ने सागर को गहरा, रत्नाकर तथा निर्मल तो बनाया लेकिन वैसा ही उसके जल को पेय क्यों नहीं बनाया? इस मुक्तक का भी यही भाव है कि समुद्र से प्यासे की प्रत्याशा-पूर्ति नहीं होती है–

जह गहिरो जह रअणणिव्भरो जहअ णिम्मलच्छाओ।
तह किं विहिणा एसो सरसवाणीओ जलणिहीण किओ।।

–('काव्यप्रकाश', मम्मट, उल्लास 10, उदाहरण 573)

विद्यापति पर प्राकृत-मुक्तक के अर्थ के खंड मात्र का ही प्रतिबिंब लक्षित होता है। समुद्र-संबंधी प्रशस्तियाँ विद्यापति के पद में अनुपलब्ध है।

देवसेन के 'सावयधम्म दोहा' में भी यह कहा गया है कि कृपण के घर

की बहुत-सी संपत्ति का कोई अर्थ नहीं है। समुद्र में खारा पानी भरा हुआ है, उसे कोई भी नहीं पीता है-

काइँ बहुत्त संपयई, जइ किविणहँ घर होइ।
उयहि-णीरु खारें भरिउ, पाणिउ पियदन कोइ।।

-(सावयधम्म दोहा।89.।)

विद्यापति की उक्ति में कृपण वाला अर्थ नहीं है, केवल उदधि-नीर वाला अर्थ उसमें प्रतिबिम्बित है। देवसेन के अर्थ का खंडित रूप विद्यापति के पद में प्राप्त होता है।

राजशेखर सूरि के 'प्रबंधकोप' 128 में भी उस छोटी-सी वापिका को अच्छा कहा गया है जहाँ चुल्लू से घूट भरकर जल पिया जा सकता है। सागर में बहुत पानी है लेकिन उस खारे पानी से पिपासा का शमन नहीं हो सकता है।

वरि वियरा जहि जणु पियइ छुट्टग्धु टट्टु चुलुएहिं।
सायरि अत्थि बहुत जलुछि खारा किं तेण।।

-(प्रबंधकोष, प. 111)

विद्यापति में केवल सागर वाला अर्थ मिलता है। वापिका वाला अर्थ पद में छोड़ दिया गया है।

हेमचंद्र के व्याकरण में संकलित एक दोहे में पानी की पुकार मचानेवाले चातक को रटने से मना किया गया है क्योंकि सागर जल उसका प्राप्तव्य नहीं है। समुद्र विमल जल से पूर्ण है लेकिन चातक उससे एक भी बूँद नहीं पा सकता है-

बप्पीहा कइँ बोल्लिएण निग्घिण वार इ वार।
सायरि भरिअइ विमल-जलि लहहि न एक्कइ धार।।

-(अपभ्रंश व्याकरण।।4.। 383।2.।)

हेमचंद्र के दोहे से विद्यापति की तुलना करने पर स्पष्ट है कि दोहे का विषय दूसरा है। दोनों उक्तियों के सादृश्य को 'विषय-परिवर्त्त तुल्यदेहितुल्य' सादृश्य कहा जा सकता है।

'वज्जालग्गं' की गाथाओं में समुद्र की तरह ही ताड़ की भी कदर्थना की गई है। एक गाथा में कहा गया है कि ऊंचे ताड़ का ऊँचापन व्यर्थ है क्योंकि भूखे-प्यासे बटोही उससे लाभ नहीं उठाते हैं-

किं ताल तुज्झ तुंगत्तणेण गयणद्धरुद्धमग्गेण।
छुहजलतावियेहि वि उवहेप्पसि जन पहिएहिं।।

-('वज्जालग्गं' (तालवज्जा)।736।)

दूसरी गाथा में ताड़ को छायाहीन, आश्रयत्वहीन तथा दूर स्थित फलवाला कहकर उसकी ऊँचाई को बेकार बतलाया गया है-

छायारहियस्स निरा-सयस्स दूरवरदावियफलस्स।
दोसेहि समा जा का वि तुङ्गिया तुज्झ रे ताल।।

-('वज्जालग्गं' (तालवज्जा)।737।)

बहुश्रुत कबीर ने भी इसी तरह खजूर को फटकारा है। 129

'सुभाषित रत्न-भांडागार' में भी ताड़ के पेड़ की ऊंचाई की निन्दा की गई है, क्योंकि यह छायाहीन, फलहीन आदि है। इससे अच्छा केला को कहा गया है। क्योंकि उसके फलों से जगत् तृप्त होता है-

अये ताल! व्रीडां व्रज, गुरुतया भाति न भवान्।
फलं न च्छांया नो, कठिन-परिवारो हि भवतः।
इयं धन्या-धन्या सरल कदली सुन्दर-दला।
परात्मानं मन्ये सुखयति फलेनामृतवता।

-('सुभाषित-रत्न-भांडागार, पृ. 241)

समुद्र और तालवाली उक्तियों का सादृश्य 'तुल्यदेहितुल्य' है।

बहुपठित और बहुश्रुत कवि विद्यापति की उक्ति पर इन समाम्नातपूर्व उक्तियों की छाया स्पष्ट ही है। विद्यापति की उक्ति नीति-काव्य धारा की तरंगों से स्नात प्रतीत होती है।

आठवाँ उदाहरण

विद्यापति की एक सदुक्ति है– पेमक कारन जीउ उपेखिए जग जन के नहि जाने।।10.।"-(बेनीपुरी, पद-144)-अर्थात कौन नहीं जानता कि प्रेम के कारण प्राण की भी उपेक्षा कर दी जाती है। प्रेम में उचित-अनुचित प्राण-नाश आदि को कोई चिन्ता नहीं की जाती है। प्रेम की दुनिंवार लहर में मनुष्य जीवन को तिनके की तरह बहा देता है। प्रेम की दशा में ऊँचा-नीचा, अच्छा-बुरा कुछ भी नहीं सूझता है-

झाँपल कप देखहि नहि पारल आरति चललहु धाई।
तखन लघु गुरु किछु नहि गूनल अब पछताबक जाई।।6.।

-(बेनीपुरी, पद-144) 130

'पेमक कारन जीउ उपेखिए जग जन के नहि जाने'-इस सदुक्ति में लोकोक्ति, बनने की शक्ति विद्यमान है। इसका सादृश्य 'संदेशरासक' की इस उक्ति से स्थापित किया जा सकता है-

तणु दिज्जइ रसियह रसह लोहि"

-('संदेशरासक', 3.206.।)

'संदेश रासक' में वसंत-वर्णन के क्रम में बिधे, और तीक्ष्ण कांटों की भी उपेक्षा करके रसपान करनेवाले भौंरो का वर्णन किया गया है। अद्दहमाण ने कहा है कि रसिक जन रस-लोभ में तन दे देते हैं तथा प्रेम-मोह में पाप या अनौचित्य को भी नहीं गिनते हैं-

विज्झंति परुप्पर त लिहंति,
कंटग्ग तिक्ख ते णहु गणंति।
तणु दिज्जइ रसियह रसह लोहि,
णहु पाउ गणिज्जज्ञ पिम्ममोहि।।

('संदेशरासक', 3.206।)

विद्यापति की 'पेमक कारन जीउ उपेखिए' तथा अंधे कुएँ में गिरना और लघु-गुरु की कुछ भी चिंता न करना आदि बातों पर 'संदेशरासक' का प्रभाव दृष्टिगत होता है। विद्यापति ने 'संदेश रासक' के 'भ्रमर' वाले अर्थ को छोड़कर केवल सुभाषित मात्र ग्रहण किया है, अतः यहाँ 'खंड प्रतिबिंबकल्प' अर्थ-हरण है।

विद्यापति के एक-दूसरे पद में 'संदेशरासक' की ही तरह प्राण की उपेक्षा करके भी मधुपान करने की उत्कट आकांक्षा वाले भौंरे का चित्र आया है-

कंटक माझ कुसुम परगास।
भमर बिकल नहिं पाबए पास।।2।।
भमरा भेल धुरए सबे ठाम।
तोहे बिनु मालति नहि विसराम।।4.।
रसमति मालति पुन पुन देखि।
पिबए चाह मधु जीव उपेखि।6.।

-(बेनीपुरी, पत्र-47)

भौरा काँटों के बीच खिले कूल के पास जाना चाहता है लेकिन कृतकार्य नहीं होकर इर्द-गिर्द ही घूमता रहता है। रसयुक्ता मालती को देख-देख कर वह प्राण देकर भी उसका मधु पीना चाहता है। मालती 'मधुराशि' है और यह भौंरा 'मधुजीवी' या रसिक है-

उ मधुजीवी तोजे मधुरासि
साँचि धरसि मधु मने न लजासि।।8।।

-(बेनीपुरी, पद-47)

संदेश रासक में कष्ट सहकर भी मधुपान करते हुए भौरों का वर्णन है लेकिन विद्यापति के पद में (बेनीपुरी, पद-47) सकाम भौंरे की दुर्निवार लालसा का चित्रण है। कांटों का वर्णन तथा रस के लिए तन या प्राण भी दे देना आदि बातें दोनों ही रचनाओं में है।

विद्यापति के पद में अन्योक्ति है लेकिन 'संदेश रासक' के भ्रमर-वर्णन में स्वभावोक्ति है। उभयत्र सूक्तिगत भाव में अभिन्नता है। यह अभिन्नता प्रतिबिम्बवत् ही है। "पेमक कारन जीउ उपेखिए" की तरह ही "पिबए चाह मधु जीव उपेखि" पर संदेश रासक' की इस पक्ति का प्रभाव जान पड़ता है–

''तणु दिज्जइ रसियह रसह लोहि''।

पद में 'संदेशरासक' की संपूर्ण उक्ति का नहीं, उसकी सूक्ति-मात्र का हरण हुआ है, अतः यहाँ 'संदेश रासक' की उक्ति (3.206) का आंशिक या खंडात्मक प्रतिबिंब ही देखा जा सकता है। परस्पर-विद्ध, कांटों से क्षत विक्षत और प्रेम-मोह में पाप कर्मों की भी अवमानना करनेवाले भौरों का पूरा वर्णन पद में नहीं है।–पद का भोरा तो कांटों के मध्य खिले फूल को देखकर चतुर्दिक विकल होकर घूमता-भर है और अपने प्राणों की उपेक्षा करके भी मधु-पान करना चाहता है। इस अंतिम अर्थ में ही 'संदेशरासक' का प्रतिबिंब उपलब्ध होता है।

2. 'तैलबिन्दु' प्रतिबिम्बकल्प अर्थ-हरण के दृष्टान्त

पहला उदाहरण

विद्यापति का आधोलिखित पद 'गाहासत्तसई', 'आर्यासप्तशती' और विकट नितम्बा के मुक्तकों की परंपरा में आता है। मूल उचित तो 'गाहासत्तसई' की ही है किन्तु परवर्ती मुक्तककारों ने उसका हरण कर लिया है। विद्यापति की भ्रमर और फूल-संबंधी अन्योक्ति इस रूप में है-

जाबे न मालति कर (पर) गास
ताबे न ता (चा) हि मधु (प) विलास।
लोभ परिहरि सूनहि राँक
धके कि कलह खूब बि पाक।।ध्रु.।।
तेज मधुकर ए अनुबन्ध
कोमल कमल लीन मकरन्द।
एखने इछसि अहेन सङ्ग
ओ अति सैसवे न बुझ रङ्ग।।

कर मधुकर दिढ गेआँन
अपने आरति न मिल आन।।

(वि. पं. रा. भा. प. पद 101) 131

पद के प्रारंभ में यह नीति कही गई है कि जबतक मालती प्रस्फुटित नहीं होती है, तबतक मधुप को उसके साथ विलास नहीं करना चाहिए-

जावे न मालति कर परगास
तावे न त चाहि मधुप विलास।

पूरे पद में भ्रमर को अविकसित फूल से समागम न करने की जो शिक्षा दी गई है उस संदर्भ में पद के इस पहले अंश का उपयुक्त अर्थ ही मुझे अभीष्ट जान पड़ता है। डॉ. सुभद्र झा और परिषद् पदावली' के अर्थों को मान लेने से पद का यह पहला अंश पूरे पद से मेल नहीं रखता। उनके अर्थों में अविकसित मालती के साथ भर विलास नहीं करता है-नहीं चाहता है, यह आशय प्रतिपादित है। 132

'चाहि' का अर्थ मैंने 'चाहिए' किया है। कोई सखी या कवि स्वयं अविकसिता मालती के प्रति विलासोत्सुक और स्मरातुर मधुकर का वर्जन कर रहा है। इस प्रसंग में 'चाहिए' वाला अर्थ ही संगत जान पड़ता है।

विद्यापति मोरे को लोभ छोड़कर सत्पराशर्म सुनने के लिए कहते हैं कि बल प्रयोग करने से वह बाला क्या दलदल में डूबेगी? अर्थात् जबरदस्ती वह आफत में नहीं फंसेगी। इसका यह भी अर्थ लिया जा सकता है कि जान बूझकर कोई क्या विपत्तियों में फँसता है? पाठान्तरों के कारण इस पंक्ति की व्याख्याएँ भिन्न-भिन्न ढंगों से की जा सकती हैं-

'धके कि कतहु डूब बि पाक'।

हे दीन भौंरे, लोभ का परिहार करके सदुपदेश सुनो! जानबूझकर कोई कूप में गिरकर विपत्ति मोल नहीं लेता! भौंरे को अपना हठ या विचार छोड़ने की शिक्षा दी जा रही है, क्योंकि फूल अभी पूर्णातः प्रस्फुटित नहीं है-मकरन्द कोमल कमल में ही छिपा हुआ है। विद्यापति ने मालती से चर्चा शुरु की थी, किंतु वे अंत में उस कमल-कली का दृष्टान्त ले आते हैं जो अभी मधुप-विलास के योग्य नहीं है, क्योंकि उसके मकरन्द अभी निःसृत नहीं हुए हैं। कमसिन नायिका के साथ नायक को संग की कामना नहीं करनी चाहिए, यही यहाँ ध्वनित है। बालिका शैशव के कारण काममुख को नहीं जानती है अतः उससे समागम की इच्छा ठीक नहीं है।

विद्यापति अधीर भौंरे को अपना ज्ञान सुस्थिर करने का उपदेश देते हैं। भौंरा,

अतीव आतुर है लेकिन अपनी आतुरता और व्यग्रता से दूसरा भी उतना ही व्यग्र नहीं हो जाता है– सहज ही नहीं प्राप्त हो जाता है। दोनों की व्यग्रता से ही समागम हो सकता है, एकपक्षीय आतुरता से लक्ष्य सिद्धि नहीं होती है। यहाँ यह व्यंजना है कि भौंरे को प्रतीक्षा करनी चाहिए, कि मालती सयानी हो जाए और उसमें भी उत्कंठा-रूपता आदि के भाव जगे जिससे दोनों का मिलाप और विलास हो सके। केवल अपनी ही आतुरता से नायिका नहीं मिला करती है।

अपनी अन्योक्ति में विद्यापति ने अविकसिता मालती के प्रति सोलुप और सकाम भौंरे का वर्जन किया है, क्योंकि शैशव के कारण उसमें सभी भाव नहीं जगे हैं। मधुकर को आतुर नहीं होना चाहिए, उसे अपना चित दृढ़ बनाना चाहिए। दूसरे की इच्छा की उसे प्रतीक्षा करनी चाहिए, यह व्यंग्य है।

विद्यापति के पद पर 'गाहा सत्तसई' की इस गाथा का प्रचुर प्रभाव पड़ा है–

जावण कोसविकासं पावइ ईसीक मालईकलिआ।
मअरन्द-पाण-लोहिल्ल भमर तावच्चिअ मलेसि।।

('गाथा सत्तसई' 5/44.1)

यहाँ भी मालती-कली के कोप का विकास नहीं हुआ है किन्तु मकरन्द-पान के -लोभी भौरे ने उसका सदन आरंभ कर दिया है। इस अन्योक्ति में उपदेश व्यंजित है। और परिहास का स्वर भी स्पष्ट है।

मकरन्द-पान का लोलुप, अधीर भौंरा अविकसिता मालती कली को ही मसलने लगता है। यहाँ किसी कामातुर नायक की वह व्यग्रता स्पष्ट होती है जिसमें वह अप्रस्फुटिता नायिका को ही मर्दित करने लगता है। गाथा में नायक से परिहास-सा किया गया है। यहाँ उपदेश यदि है तो व्यंजित ही है। उक्ति में नायिका का बचपन, कामातुर नायक आदि व्यंग्य ही है।

गाथा का 'जावण' ही विद्यापति का' जावे न' है। 'कोसविकासंण पावइ ईसीस मालई कलिआ' ही 'न मालति कर परगास' है। 'तावच्चिअ' ही विद्यापति का 'ताबे' है। 'मअरन्द-पाण' ही 'विलास' है। 'लोहिल्ल भमर' का 'लोभ' विद्यापति ने भी वर्णित किया है। 'भ्रमर' ही विद्यापति का 'मधुप' या 'मधुकर' है। 'मधुप-विलास' को यदि 'मधु-विलास' ही मानें तो वह 'मअरन्द-पाण' है। विद्यापति भी पुष्प के मकरन्द की चर्चा करते हैं किन्तु उनका यह वर्णन मालती के प्रसंग में न होकर कमल के प्रसंग में है-"कोमल कमल लीन मकरन्द।" गाथा का मलेसि' ही विद्यापति के 'इच्छसि अद्द न सङ्ग' 'अनुबंध' और 'विलास' के रूप में है। गाथा का भौंरा कलिका के मर्दन का अपकर्म कर डालता है। किन्तु विद्यापति का भौंरा ऐसे संग की इच्छा ही करता है। पद में

उसकी इस प्रवृत्ति का वजन भी किया जाता है। विद्यापति ने भौंरे को लोभ परिहार का स्पष्ट आदेश दिया है और उसे ऊँचा-नीचा समझाया भी है।

गाथा में 'मालई कलिआ' कहकर नायिका के शैशव को ध्वंनित किया गया है, किन्तु अप्रकाशित मालती और कमल-कली का चित्र देते हुए भी विद्यापति नायिका के शैशव को वाच्य कर देते हैं' 'ओ अति सैसवे न बुझ रङ्ग।"

गाथा में स्थिति का निस्संग चित्र है या अधिक से अधिक उसमें नायक से परिहास किया जाना मान सकते हैं। उसमें व्यंजना से ही उपदेश निकाल सकते हैं कि कमसिन नायिका या बाला के साथ समागम न करना चाहिए। विद्यापति इस उपदेश को स्पष्टतः कह देते हैं ताबे न ता चाहि मधुप विलास" तथा "कर मधुकर दिढगे आन।' विद्यापति ने गाथा के प्रसंग को ही फैलाकर उपस्थित किया है। उनके पद का आधार गाथा का अर्थ ही है किन्तु उन्होंने उसकी व्यंजना को स्पष्ट करके वर्णित किया है। पद में उपदेश की वाच्यता है। इसमें भौरे को तबतक प्रतीक्षा करने का परामर्श है जब तक मालती प्रस्फुटिता और सकामा न हो जाए। पद की व्यंजना यह है कि केवल भौंरे की आतुरता पर्याप्त नहीं है, इससे समागम न होना—नायिका की भी आतुरता चाहिए।

विद्यापति ने 'गाथा सप्तशती' के अर्थ का हरण किया है। इस पद के निर्माण में उनकी मौलिक प्रतिभा दृष्टिगत नहीं होती है। उन्होंने गाथा की उक्ति को भाषान्तर और वाक्यान्तर में पल्लवित किया है-परिवर्तित किया है। वे 'उत्पादक' नहीं 'परिवर्तक' कवि के रूप में दिखलाई पड़ते हैं। गाथा के साथ विद्यापति के पद का 'संवाद' स्पष्ट ही है। पद में गाथा के अर्थ का प्रतिबिम्बकल्प हरण है। पद में प्राकृत-पद्यका संपूर्ण अर्थ प्रतिच्छायित है। ऐसा लगता है कि पद के दर्पण में गाथा के अर्थ का प्रतिबिम्ब ही उतर गया है। दोनों ही रचनाओं में अर्थ की दृष्टि से कोई तात्त्विक अंतर नहीं है। वाक्यान्तर में गाथा का भाव ही पद में लाया गया है।

कुछ विद्वान् यहाँ प्रतिबिम्बकल्प अर्थ-हरण के चौथे भेद 'नट-नेपथ्य' की स्थिति मान सकते हैं। अन्यभाषा में निबद्ध रचना के भाव को जब दूसरी भाषा में कोई कवि बदल देता है तो उसे 'नट नेपथ्य प्रतिबिम्बकल्प' अर्थ-हरण कहा जाता है–

"अन्यतमभाषानिबद्ध भाषान्तरेण परिवर्त्यत इति नटनेपथ्यम्।"

–(काव्य-मीमांसा', अ. 12, पृ. 163)

विद्यापति ने प्राकृत-भाषा में निबद्ध अर्थ को मैथिली भाषा में यथावत् परिवर्तित कर दिया है, अतः इसे 'नटनेपथ्य प्रतिबिम्बकल्प' अर्थ-हरण कहा जा

सकता है, किन्तु भाषान्तर वाली बात अर्थ विवेचन के क्षेत्र में उतनी तात्विक नहीं है। भाषा और छंद का अन्तर उतना पारमार्थिक नहीं है जितना अर्थ-हरण या अर्थ-निरूपण का स्वरूप। भाषान्तर के दृष्टिकोण को यदि अपनाया जाए तो हम देखते हैं कि विद्यापति ने लोक भाषा मैथिली में प्राचीन साहित्य से अनेक भावों को यथावत् ले लिया है तो क्या सब को 'नटनेपथ्य प्रतिबिम्ब-कल्प' के अंतर्गत रखा जा सकता है?

'प्रतिबिम्बकल्प' को छोड़कर किसी दूसरे हरण-भेद में भाषान्तर के भाव-हरण की चर्चा नहीं है। दूसरे भेदों में भी भाषान्तर के अर्थ-हरण की व्यवस्था दी जा सकती है प्रतिबिम्बकल्प के अतिरिक्त दूसरे हरण-भेदों में भी विद्यापति दूसरी भाषाओं के कवियों के ऋणी हैं। मेरी धारणा है कि अर्थ-हरण के विश्लेषण क्रम में बाहरी भाषा-भेद में न उलझकर हरण की प्रकृति देखनी चाहिए उसके आभ्यंतरिक रूप की परीक्षा करनी चाहिए, अतः विद्यापति के प्रस्तुत अर्थ-हरण को 'नटनेपथ्य प्रतिबिम्ब कल्प' के अंतर्गत विवेचित नहीं किया जा सकता है।

विद्यापति के प्रस्तुत पद में वस्तुतः प्रतिबिम्बकल्प का 'तैलबिन्दु' नामक भेद दृष्टिगत होता है। दूसरे कवि के संक्षिप्त भाव को विस्तृत ढंग से वर्णित करना 'तल बिन्दु' कहलाता है। इस हरण प्रकार में बीज भाव तो आकर काव्य-रचना से लिया ही जाता है, लेकिन उसे ही फैलाकर, खोलकर वर्णित किया जाता है। इसमें प्रतिबिम्ब वृद्धाकार होकर सामने आता है यह तो दर्पण के कोण की विशेषता है कि प्रतिच्छाया को बढ़ाकर दिखलाया जा सकता है। पानी पर एक बूंद तेल जिस तरह फैल जाता है उसी तरह बीज भाव को कवि जब यथावत् ग्रहण करके उसे ही संक्षेप से विस्तार दे देता है तब वह 'तैलबिन्दु' नामक प्रतिबिम्बकल्प' कहलाता है-

"संक्षिप्तार्थविस्तरेण तैलविन्दुः।"

-('काव्यमीमांसा', अ. 12, पृ. 162)

गाथा के भौंरे की आतुरता और मालती के कली-भाव का जो संक्षिप्त व्यंजना-प्रधान अर्थ था उसे विद्यापति ने और भी विस्तार से प्रस्तुत किया है। पद में खोलकर भौंरे को उपदेश दिया गया है। इसमें मालती के अविकास के साथ-साथ मकरन्द-हीन कमल-कली का भी चित्र सामने आया है। फूल के शैशव को भी स्पष्ट कहा गया है। धके कि कतहु डूबबि पाक' तथा 'अपने आरति न मिल आन' जैसी उक्तियों से कथ्य को और भी प्रशस्त किया गया है। गाथा की भावना और कल्पना की कली की पंखुड़ियाँ पद में आकर खुलगई

है-खिल गई हैं। पद में गाथा के सीमित अर्थ को विस्तार प्राप्त हुआ है। 133

'गाथा सप्तशती' में एक और लोभी और अज्ञ भौंरे का चित्र आया है जो फूल के प्रथमोद्भिन्न रस पान का लोभी है लेकिन कली को विकसित करने का हाल उसे नहीं मालूम है और यह कली के मुख के जोड़ को बिना विभक्त किए ही खंडित कर देता है-

अविहत्त संधिबन्धं पढम रसुब्भेअपाणलोहिल्लो।
उव्वेलिउं ण जाणइ खण्डइ कलिआमुँहं भमरो।।

('गाहा सत्तसई', 7.13.1)

रेखांकित पदों के पाठ इस प्रकार भी मिलते हैं-आणाह, मुंह।

भ्रमर की लोलुपता, अधीरता और अज्ञता का चित्र इस गाथा में भी है। भ्रमर और कली-संबंधी ऐसी अन्योक्तियाँ मुक्तक काव्य परंपरा में भूरिशः प्राप्त होती हैं। विद्यापति के मन पर यद्यपि ऐसी अन्योक्तियों के अध्ययन का संस्कार अवश्य था किंतु 'गाथा सप्तशती' (5/44) का अर्थ ही उनके प्रस्तुत पद का उपजीव्य है।

'आर्या सप्तशती' में भी इस जाति की अन्योक्ति मिलती है। 'आर्या' की रचना भी 'गाहा सत्तसई की परम्परा में ही हुई है। गोवर्धनाचार्य ने प्राकृत-भाषा के मुक्तकों के समान ही संस्कृत में भी मुक्तकों की रचना की है। उन्होंने प्राकृत-भाषा के भावों को देवभाषा की स्वर्गंगा में अवभृथ स्नान कराया है। प्राकृत की रसाप्लुत काव्य-धारा को उन्होंने संस्कृत में बलात् अवतरित कर दिया है। उनका यह प्रयत्न धरती पर बहने वाली यमुना को गगनतल में ले जाने के समान है-

वाणी प्राकृतसमुचितरसा बलेनैव संस्कृतं नीता।
निम्ना रूपतीरा कलिदकन्यके गगनतलम्।।

-('आर्या सप्तशती' 1.52.1)

'गाथा सप्तशती' के ऐहिकतापरक मुक्तकों का प्रभाव गोवर्धनाचार्य और परवर्ती मुक्तककारों पर देखा जा सकता है। 134

'आर्या सप्तशती' के इस प्रसंग की तुलना 'गाथा सप्तशती' की गाथा (5. 44) और विद्यापति के पद (101-प. प.) से की जा सकती है-

पिब मधुप! बकुल-कलिकां, दूरेरसनाग्रमात्रमाधाय।
अधरविलेपसमाप्ये मधुनि मुधा वदनमर्पयसि।।

-('आर्यासप्तशती', 397.1)

यहाँ भी भ्रमर और फूल-संबंधी शृंगारिक अन्योक्ति ही है किन्तु इसमें

मालती की जगह 'बकुल-कलिका' का चित्र आया है तथा भौंरे को रसपान के तरीके की शिक्षा दी जा रही है। गाथा के भाव का यह 'तुल्यदेहि तुल्य' हरण है। आर्या का भाव विद्यापति के पद का स्रोत नहीं है, किन्तु भ्रमर-कली-संबंधी अन्योक्ति के कारण दोनों की समानता प्रतिपादित की जा सकती है।

विद्यापति के पद से कवयित्री विकटनितम्बा का यह पद भी तुलनीय है जो अवश्य ही 'गाथा सप्तशती' की उल्लिखिता गाथा (5.44) से अनुप्राणित है-

अन्यासु तावदुपमर्दसहासु भृङ्ग!
लोलं विनोदय मनः सुमनोलतासु।
मुग्धामजातरजसं कलिकामकाले
व्यर्थं कदर्थयसि किं नयमल्लिकायाः।।

-(विकटनितम्बा) 135

यहाँ भ्रमर और नवमल्लिका या चमेली की कली की अन्योक्ति है। यह कली मुग्धा है-रज-रहिता है। भ्रमर असमय में ही इस कली को बेकार कदर्थित कर रहा है, यह स्पष्टतः कहा गया है। भौंरे को मर्दन-पीड़न सहने में समर्थ पुष्प-लतिकाओं के पास जाकर अपने चंचल मन का विनोदन करने का उपदेश या परामर्श दिया जा रहा है। अप्रस्फुटिता चमेली की मुग्धा और रज-हीन कली को पीड़ा पहुँचाने वाले भौंरे को उसके कृत्य की व्यर्थता कहकर उसे पूर्णतः विकसिता और पीड़ा सहने की क्षमता वाली पुष्पलताओं के सान्निध्य में जाकर अपने चंचल मन को बहलाने की राय दी गई है। कली को 'मुग्धा' और 'अजातरजसं' कहकर नायिका के शैशव को द्योतित किया गया है। यहाँ अकाल-समागम की व्यर्थता भी कही गई है।

गाथा की 'मालई कलिओ' यहाँ 'नव मल्लिकायाः' है। गाथा का भौंरा एक कली के प्रति आतुर है, किंतु पद्य का भौंरा चंचल हैं और अनेक कलियों से समागम कर रहा है। गाथा का भौंरा 'मअरंद-पाण-लोहिल्ल' है, लेकिन पद्य का भौंरा 'लोल मन' वाला है। 'ण कोसविकासं पावइ' ही 'मुग्धामजातरजसं' है। 'मलेसि' ही पद में 'कदर्थयसि' है। गाथा में भौंरे का कोई ठिकाना नहीं बतलाया गया है, किन्तु पद में उसे रमण-योग्य 'पुष्पलतिकाओं' के पास जाकर चपल मन का विनोदन करने का प्रस्ताव दिया गया है। कलियों को मुक्ति दिलाकर कवयित्री भौंरे के विलास की व्यवस्था करना चाहती है। पद्य में समझाकर भौंरें को कलियों से विरत करके दूसरे फूलों और दूसरी लताओं की ओर प्रेरित किया जा रहा है।

विकटनितम्बा का पद भी 'गाथा सप्तशती' को ही उपजीव्य मानकर रचा

गया है, किंतु यह अर्थ-हरण किंचित वैशिष्ट्य के साथ है! पद्य के गाथा के अर्थ का 'आलेख्यप्रख्य' हरण है। प्राचीन अर्थ की छाया लेकर यदि उसमें कुछ परिष्कार कर दिया जाता है तो वह उक्ति प्राचीन उक्ति से किंचित् पृथक् जान पड़ने लगती है और उसे ही 'आलेख्यप्रख्य' अर्थ-हरण कहते हैं–

कियताऽपि यत्र संस्कारकर्मणा वस्तु भिन्नवद्भाति।
तत्कथितमर्थचतुरैरालेख्यप्रख्यमिति काव्यम्।।

– *(राजशेखर)*

विकटनितम्बा ने गाथा के भाव को लेकर ही स्वल्प मार्जन कर दिया है कि भौंरे को अन्यत्र प्रस्फुटिता नायिकाओं के पास जाना चाहिए। पद का भौंरा मालती की कली नहीं, चमेली की कलियों से बलात् समागम कर रहा है।

विद्यापति और विकटनितम्बा की तुलना करने पर हम पाते हैं कि भौंरे को अन्यत्र जाने का परामर्श कवयित्री की तरह विद्यापति नहीं देते हैं। विद्यापति मालती और कमल की कली की चर्चा करते हैं किंतु पद्य में चमेली की कलियों का प्रसंग है। दोनों के उपदेशों में स्पष्टता है-'अकाले' 'व्यर्थ कदर्थयसि' जैसे प्रयोगों तथा 'तावे न ता चाहि मधुप विलास', 'कर मधुकर दिढ गेयान' जैसे कथनों की तुलना से यह बात स्पष्ट है। कवयित्री का कथन 'मुग्धामजातरजसं' ही विद्यापति का 'ओ अति सैसवे न बुझ रङ्ग' है, लेकिन यहाँ विद्यापति की अपेक्षा कवयित्री का प्रयोग ही अधिक चमत्कारयुक्त है।

विद्यापति का भौंरा कामातुर है और कवयित्री का भृङ्ग चंचल मनवाला है। इसीलिए विद्यापति लोभ परिहार की बात करते हैं, किंतु कवयित्री भृंग को दिल-बहलाव या मनोविनोद करने की राय देती है।

विद्यापति का आधार वस्तुतः गाथा का भाव ही है। पद के भाव में गाथा के भाव का प्रतिबिम्ब ही दिखलाई पड़ता है। यहाँ विद्यापति के कवित्व में मौलिकता नहीं है, क्योंकि दर्पण में उतरने वाला रूप मूल शरीर से भिन्न नहीं होता है–

पृथक्त्वेन न गृह्णन्ति वस्तु काव्यान्तरस्थितम्।
पृथक्त्वेन न गृह्णन्ति स्ववपुः प्रतिबिम्बितम्।।

--*('काव्य-मीमांसा', अ. 12, पृ. 167)*

आनन्दवर्धन और राजशेखर दोनों ही इस प्रकार के अर्थ हरण को परित्याज्य बतलाते हैं। 136

इस पद में विद्यापति 'परिवर्तक' कवि के रूप में दृष्टिगत होते हैं। 127

राजशेखर के विवेचन के अनुसार कुछ लोग इस पद के कारण विद्यापति

को 'भ्रामक' कवि सिद्ध कर सकते हैं। 138

'भ्रामक' कवि वह है जो प्राचीन भाव को स्वनिर्मित कहकर श्रोताओं को सुनाता है। अपहृत अर्थ को भी वह मौलिक कथन के रूप में ज्ञापित करता है। वस्तुत: वह समझता है कि प्राचीन उक्ति या तो अप्रसिद्ध हैं, या अज्ञात है अत: उसे अपना कहकर प्रचलित कर देने से चोरी पकड़ी नहीं जा सकती है। ख्यात कवि भी 'भ्रामक' हो सकता है क्योंकि उसको धारणा होती है कि उसके जैसे प्रसिद्धि-प्राप्त कवि को ही लोग आप्त मान लेंगे और उसके द्वारा अपहृत अर्थ को भी मौलिक ही मानेंगे। वह कवि ऐसा भी सोचता है कि दूसरी भाषा के भाव को अपनी भाषा में रूपान्तरित करने से उसकी चोरी कोई समझ नहीं सकेगा। वह इतर देशों के कवियों की रचनाओं को भी अपनी कहकर चला देता है, क्योंकि जन-साधारण दूसरा भाषाओं और दूसरे देशों की काव्य-रचनाओं से परिचित नहीं होता है। 139

'भ्रामक' कवि प्रतिबिम्बकल्प अर्थ-हरण करके लोगों को ठगता है। वह श्रोताओं को भ्रमित करना चाहता है कि अपहृत भाव उसका ही है। अब यह भावक की क्षमता की बात हैं कि वह चोरी को ताड़ ले या नहीं।

विद्यापति के प्रस्तुत पद में प्रतिबिम्बकल्प अर्थ सादृश्य रहते हुए भी हम विद्यापति को 'भ्रामक' कवि नहीं कह सकते हैं। उन्होंने दूसरी भाषा की प्रसिद्ध पुस्तक के प्रसिद्ध भाव को ही ग्रहण किया है। उनके भावक राजसभा के समधीत सदस्य ये दरबारों में गाथासप्तशती' का पूरा प्रचार था, अत: कवि विद्यापति न तो अपने भावकों को भ्रमित करना चाहते थे, न कर सकते थे। ज्ञाताओं के बीच वे ठगने की नीयत से अपनी रचना लेकर न पहुँचे थे, अपितु गाथा के भाव को लेकर उन्होंने रचनाभ्यास किया था-'मश्क' किया था। वे कवित्व-सिद्धि के लिए दूसरे के भावों को लेकर रचनाभ्यास करने की कवि शिक्षा के कायल थे। क्षेमेंद्र ने भी 'छायोपजीवन' को अभ्यासियों के लिए विहित बतलाया है। वे छायोपजीवी, पदोपजीवी, पादोप-जीवी तथा सकलोपजीवी होने की शिक्षा कवियों को देते हैं

-(द्रष्टव्य: कवि-कंठाभरण, द्वितीय सन्धि)

क्षेमेन्द्र ने कवियों के छह प्रकारों की चर्चा की है-

छायोपजीवी, पदकोपजीवी, पादोपजीवी सकलोपजीवी।
भवेदथ प्राप्तकवित्वजीवी स्वोन्मेषतो वा भुवनोपजीव्य:।।

-(कवि-कंठाभरण)

प्रतिभाशाली कवि तो विश्व भर के लिए उपजीव्य हो जाते हैं लेकिन

आभ्यासिक कवि दूसरों की उक्तियों की छाया लेकर अपनी कविताएँ रचते हैं। दरबारी कवियों को राजसभाओं में अवसर-अनवसर पर काव्यपाठ के लिए प्रस्तुत रहना पड़ता था। हर समय मौलिक अर्थों से संपन्न कविताएँ ही नहीं सुनाई जा सकती थीं, अतः दरबार की आवश्यकताओं को पूरा करने के लिए कविगण 'रेडीमेड' भावों को भाषान्तर में डालकर प्रस्तुत रखते थे। यही कारण है कि दरबारों की छाया में रचे गए मुक्तकों में गतानुगतिकता मिलती है। दूसरों की उक्तियों के सहारे भी प्राचीन युग में कविगण अपना प्राप्य पा लेते थे। शीघ्रता में रचकर कुछ सुनाने के अवसर पर सभा कवि पुराने भावों का ही अवतरण कर देते थे और इसे अनुचित भी नहीं समझा जाता था। इसे 'हरण' से अधिक काव्य-ज्ञान का परिचायक समझा जाता था।

विद्यापति का यह अर्थ-हरण चोरी से अधिक वामनोक्त 'लक्ष्यज्ञत्व' को सूचित करता है। 'लक्ष्यज्ञत्व' काव्य-अवेक्षण ही है जो वस्तुतः 'व्युत्पत्ति' का ही एक प्रकार है। इस प्रकार की 'व्युत्पत्ति' 'अभ्यास' के लिए उपादेयता रखती है। विद्यापति इस पद में गाथा सप्तशती विषयक अपने ज्ञान को प्रकट करते हैं और उस ज्ञान का उपयोग वे अपने रचनाभ्यास में 'कवि-शिक्षा' और दरबारी वातावरण के अनुरोध से करते हैं।

प्राचीन युग में कवित्व को माँजने के लिए अर्थ-हरण एक लाभप्रद परिपाटी के रूप में स्वीकृत था। ढीठ कवि ही 'भ्रामक' हुआ करते थे विद्यापति जैसे शालीन कवि को 'भ्रामक' न कहकर रचनाभ्यासी कवि कहना चाहिए।

श्रृंगार-काव्य-परंपरा के पालन के लिए भी रुढ़ि-प्रेमी विद्यापति को चर्वित-चर्वण करना पड़ा होगा जिस तरह कबीर ने साधकों और पुराने अर्थों की 'साखी' भरी है इसी तरह विद्यापति ने प्राचीन भावों को भाषान्तरित और वाक्यान्तरित करके ' श्रृंगार-साहित्य' के प्रति अपनी निष्ठा व्यक्त की है। गोवर्धनाचार्य ने लोकभाषा प्राकृत के भाव को देवभाषा में प्रतिष्ठित किया था, किन्तु विद्यापति ने उसे पुनः लोकभाषा में उतार दिया है। भावों की कालिन्दी को विद्यापति जीवन की धरती पर ही रखने के पक्षपाती थे, अतः प्राकृत, संस्कृत आदि भाषाओं की रस-प्रवण उक्तियों को सर्वजन-संवेद्य बनाने के लिए उन्होंने उनके अर्थों को जन-भाषा मैथिली में निबद्ध किया था। साधारण जनता 'क्लासिकल' साहित्य के अध्ययन से वंचिता थी। उसे अनूठी उक्तियों से परचित कराने के लिए उन्होंने मैथिली में पुराने कवियों के भावों का संचय-सा कर दिया है। प्राचीन भाषाओं के ललित काव्यांशों को उन्होंने लोकभाषा की भागारथी में तैरा-सा दिया है।

विद्यापति के इस दृष्टिकोण से तो हम परिचित ही है-

सक्कअ याणी बहुम ण भावइ।। 33.।
पाउस रस को मम्म न पावइ।। 34.।
देसिल' वयणा सब जन मिठ्ठा।।35।।
तें तैसन जम्पउ अवद्दट्टा।।36।।

'कीर्तीलता', 1, वासुदेव शरण अग्रवाल, पृ. 14-15)

'संस्कृत बहुतों को अच्छी नहीं लगती है-यह कहकर विद्यापति जन-जीवन से असंपृक्ता संस्कृत भाषा की चर्चा करते हैं। हर प्रसाद शास्त्री के 'बुहअन' पाठ से भी यही सूचित होता है कि संस्कृत बुधजनों या पंडितों को ही अच्छी लगती है, सामान्य जनता से उसका लगाव नहीं रह गया है। दोनों ही अर्थों से यह ज्ञापित है कि विद्यापति के युग में संस्कृत सर्वसाधारण की भाषा नहीं रह गई थी।

'पाउँअ रस को मम्म न पावई' का यह अर्थ संगत नहीं है कि प्राकृत भाषा में रस नहीं है या उसमें रसात्मक रचना नहीं हो सकती है, 140 क्योंकि 'गाथा सप्तशती' वज्जालग्गं', 'कर्पूरमंजरी' आदि के अध्येता विद्यापति यह जानते थे कि रसात्मक रचनाएँ तो प्राकृत में ही अधिकतर है। ऐहिकतापरक श्रृंगार-धारा का उद्‌गम प्राकृत की पुस्तक 'गाथा सप्तशती' से ही माना जाता है। प्राकृत की सरस उक्तियों के अध्येता और ग्राहक विद्यापति यह नहीं कह सकते थे कि प्राकृत भाषा में रस का मर्म नहीं है। विद्यापति का अभिप्राय यह है कि संस्कृत बहुतों की समझ में नहीं आती है, केवल पंडित लोग ही उसे समझ पाते हैं, किंतु प्राकृत को तो समझने वाले और भी कम लोग हैं। प्राकृत के रस का मर्म लोग नहीं पाते हैं, क्योंकि यह दुरूह है– जनबोध्य नहीं है। विद्यापति का वक्तव्य इतना ही है कि प्राकृत में वर्णित रस के मर्मज्ञ नहीं है–भावक नहीं है। उस अप्रचलित और दुरूह भाषा में निबद्ध रस के मर्म को लोग नहीं समझ पाते हैं। 141 यही कारण है कि वे 'सबजन मिट्ठा' देशी भाषा का महत्त्वाख्यान और प्रयोग करते हैं।

विद्यापति देशी भाषा में प्राचीन सरस उक्तियों का निरूपण करने के लिए प्रतिश्रुत हुए थे। लोकभाषा मैथिली के धरातल पर वे श्रृंगार-काव्य-गंगा का अवतरण कराने वाले अभिनव भगीरथ है। उनके प्रतिबिम्बकल्प अर्थहरणों का लक्ष्य यह भी था कि जनभाषा में अन्य भाषाओं के अर्थ रत्नों को भरकर उसे ऋद्ध और आढ्य किया जाए। लोकभाषा-साहित्य के अन्यतम प्रवर्तक के दायित्व के निर्वाह के लिए भी उन्हें प्रतिबिंबकल्प अर्थ-हरण करना पड़ा था। वे कलंकी भ्रामक नहीं, अवतरक कवि भगीरथ ही कहे जा सकते हैं।

दूसरा उदाहरण

'सुभाषित सुधा रत्न भांडागार' में वाल्मीकि की उक्ति के रूप में यह 'लोक मिलता है-142

हारो नारोपित: कण्ठे मया विश्लेषभीरुणा।
इदानीमन्तरे जाता: पर्वता: सरितो द्रुमा:।

वाल्मीकि के विरही राम स्मरण काम-दशा में 'क्षीरनीरक आलिंगन की याद करते हुए कहते हैं कि मुझसे अलग रहने के भय से जिस सीता ने कंठ में हार नहीं धारण किया था, आज वही मुझसे कितनी दूर हो गई है! हम दोनों के बीच आज पर्वत, नदी और पेड़ों का व्यवधान आ गया है।

उपगूहन काल में सीता आलिंगन की प्रगाढ़ता को विनष्ट होने से बचाने के लिए तथा स्वल्प अन्तर को भी नहीं आने देने के लिए हार तक नहीं पहनती थी; उतना क्षुद्र-सा व्यवधान भी उसे असह्य था, लेकिन आज वही सीता पर्वतों, नदियों और पेड़ों के पार चली गई है। वियुक्त राम पुराने संयोग का स्मरण करते हुए वर्तमान वियोग से उसकी तुलना करते हैं।

उपर्युक्त 'लोक 'हनुमन्नाटक में स्वल्प पाठान्तर के साथ उपलब्ध होता है-

हारो नारोपित: कण्ठे मया विश्लेष-मीरुणा।
इदानीमावयोर्मध्ये सरित्सागरभूधरा:।।

-('हनुमन्नाटक' 5.24) 143

'सुभाषित-रत्न-भांडागार' और 'हनुमन्नाटक' की उक्ति में कोई तात्त्विक अन्तर नहीं है। वाल्मीकि की उक्ति में पर्वत, नदी और पेड़ों के अंतर की बात कही गई है और 'हनुमन्नाटक' में प्रेमी-प्रेमिका के बीच नदी, समुद्र और पहाड़ों का व्यवधान कहा गया है। दूरी को बचाने के लिए हार को भी न धारण करने की बात उभयत्र समान है। वस्तुत: दोनों उक्तियाँ एक ही हैं और दोनों स्थानों पर वक्ता विरही राम ही हैं।

अद्द हमाण के 'संदेशाराक' की विरहिणी भी इसी भाव को व्यक्त करती है-

तइया निवडंत णिवेसियाई संगमइ जत्य णहु हारो।
इन्हिं सायर-सरिया-गिरि-तरु-दुग्गाई अंतरिया।।

-('संदेश रासक' 2.93।)

'संदेश रासक' की नायिका निविड़ या प्रगाढ़ उपगूहन के पुराने अवसर की याद करती हुई प्रियतम के पास संदेश-प्रेषण करती है कि उस मिलन-काल में हमारे बीच हार तक को प्रवेश नहीं प्राप्त था हम दोनों के मध्य हार का भी अन्तर

नहीं रहता था, लेकिन अब हम दोनों के बीच सागर, सरिता, पहाड़, पेड़ तथा दुर्गों का अन्तर हो गया है।

संस्कृत-श्लोक में वक्ता पुरुष राम हैं किन्तु 'संदेशरासक' में विरहिणी पथिक से प्रिय को संदेश भेज रही है। वाल्मीकि और 'हनुमन्नाटक' में वर्णित दूरी मापक सभी पदार्थों को 'संदेश रासक' में ले लिया गया है और एक नवीन पदार्थ 'दुर्ग' को भी तालिका में जोड़ दिया गया है। शेष सभी बातों में सादृश्य ही है।

'संदेशरासक' में संस्कृत 'लोक का प्रतिबिम्बकल्प अर्थ-हरण ही हैं। इसे भाषान्तरित अपहरण या नटनेपथ्य प्रतिबिम्बकल्प अर्थ-हरण कह सकते हैं क्योंकि संस्कृत भाषा में निबद्ध भाव को अपभ्रंश भाषा में परिवर्तित कर दिया गया है।

विद्यापति ने भी अपने विरह-वर्णन में इस समाम्नातपूर्व उक्ति का हरण किया है-

चिर चन्दन उर हार न देला।
सो अब नदि गिरि अंतर भेला।।

-(मित्र-मजु., 'विद्यापति', पृ. 476)

विरहिणी आश्लेषण-काल का स्मरण करती हुई कहती है कि 'क्षीर-नारक' आलिंगन के मध्य हृदय पर प्रेमी युगल वस्त्र, अंगराग या चंदन और हार भी नहीं रहने देते थे। उस मिलन में ऐसा ही गहन एकीकरण था। लेकिन हाय! वही प्रियतम अब नदियों और पहाड़ों के अन्तर पर चला गया है। विद्यापति की उक्ति की यह विशेषता ध्यान देने योग्य है कि मिलन-काल में वृक्ष पर पड़ा हुआ हार और कपड़ा ही नहीं, चंदन का अनुलेपन भी अन्तर-सा डालता था जिसके कारण प्रेमीजन उन वस्तुओं को बिल्कुल हटा देते थे।

पुरानी उक्ति में जहाँ केवल हार-धारण न करने की बात कही गई है वहाँ विद्यापति ने हार के साथ-साथ कपड़ा जैसा पतला और उससे भी विरल चंदन-लेप जैसे पदार्थ का अंतर भी न रहने की बात कहकर उक्ति में सौंदर्य का सन्निवेश कर दिया है।

विरहकालीन दूरी के भापक पदार्थों की तालिका को विद्यापति ने संक्षेप में ग्रहण किया है। 'संदेशरासक' तक पहुँचकर जो तालिका सागर, सरिता, पहाड़, पेड़ और दुर्गों की हो गई थी वह विद्यापति के पद में केवल नदी और पहाड़ की ही है। 'लोक के वक्तता विरही राम हैं किन्तु 'संदेशरासक' और विद्यापति के पद में यह अर्थ विरहिणी के कथन के रूप में है।

विद्यापति का यह अर्थ-हरण प्रतिबिम्बकल्प के 'तैल बिन्दु' नामक भेद के अंतर्गत आता है। पुरानी उक्ति के संक्षिप्त अर्थ को उन्होंने अपनी प्रतिभा से थोड़ा विस्तृत करके ग्रहण किया है। पुरानी उक्ति में केवल हार न पहनने की बात थीं, किन्तु विद्यापति ने कपड़े और चंदन-लेप के व्यवधान की भी असह्यता बतलाकर उक्ति में विस्तृति और मार्मिकता ला दी है। संक्षिप्त अर्थ में विस्तार लाकर उन्होंने पुरानी उक्ति का ही प्रतिबिम्ब उपस्थित किया है अतः यहाँ प्रतिबिम्बकल्प का 'तैल बिन्दु' संज्ञक हरण-भेद है।" संक्षिप्तार्थविस्तरेण तैलबिन्दुः।"

इस अर्थ से अनुप्राणित रचनाएँ हिन्दी काव्य-क्षेत्र में भूरिशः प्राप्त होती हैं। वाल्मीकि से लेकर रीतिकाल तक के कवि इस परंपरागत अर्थ को दुहराते रहे हैं। 144

विद्यापति का एक दूसरा पद भी के अर्थ को ही उपजीव्य मानकर लिखा गया है-

तिल एक सयन ओत जिउ न रहए न सहएदुहु तनु भीन।
माँझे पुलक गिरि अन्तर मानिए अइसन रह निस-दीन।।2।।
सजनी कोन परि जबए कान।
राहि रहल दुर हम मथुरापुर एतहु सहए परान।।4।।

-(बेनीपुरी, पद-219)

राधा-विरही कृष्ण किसी दूती से या किसी दूसरी स्त्री से अपने विरह और संयोग की तुलना कर रहे हैं। यहाँ ऐसा प्रकरण भी समझा जा सकता है कि मथुरा-स्थित कृष्ण राधा के विरह में वाल्मीकि या 'हनुमन्नाटक' के राम के समान स्मरण काम दशा में संयोगकालीन उत्कट सान्निध्य के संबंध में उद्गार प्रकट कर रहे।

राधा दूर हैं और कृष्ण के प्राण मथुरा में विरह पीड़ित हैं। कृष्ण को उस संयोग की स्मृति हो आती है जब उनके प्राण एक निमेष के लिए भी तल्प पर शयितावस्था में करवट की ओट बर्दाश्त नहीं कर पाते थे। दोनों के शरीर सदैव अभिन्न बने रहते थे। प्रेमी युगल सदैव प्रगाढ़ 'क्षीर-नीरक' आलिंगन में बँधे रहते थे। आलिंगन-जन्य स्पर्श-मुख से रोमांचित शरीर के कंटकित रोम का भी व्यवधान उन्हें पहाड़ के अंतर के समान प्रतीत होता था। पुलकित शरीर के कंटकित रोएँ की दूरी भी युगनद्ध दम्पति को पर्वत की असह्य दूरी जान पड़ती थी। वे अहनिश एकाकार थे। पल-भर का भी विश्लेष उनके प्राण को असह्य था। 145

राजशेखर ने कहा है कि जिस तरह एक अभिनेता अनेक प्रकार के रूप और वेश-विन्यास को बनाकर विविध पात्रों के रूप में पृथक्-पृथक् प्रतीत होता है उसी तरह एक ही अर्थ उक्ति-वैचित्य के छल से दूसरे-दूसरे रूपों में दीखता और अनुरंजित करता है। 146

यह उक्ति 'आलेख्यप्रख्य' अर्थ–हरण की प्रशस्ति के क्रम में कही गई है, किंतु यह सभी प्रकार के अर्थहरणों के लिए सत्य है। प्रभावित होने पर भी यदि उक्ति में नवीन भंगिमा है तो वह मौलिक ही कही जाएगी। इस दृष्टिकोण से विद्यापति के प्रस्तुत अर्थ पर विचार करने से हम देखते हैं कि प्राचीन उक्ति का आधार लेकर भी विद्यापति ने एक चमत्कार पैदा कर दिया है। प्राचीन उक्ति में हार का व्यवधान भी दु:सह था लेकिन विद्यापति के कृष्ण कंटकित रोम के व्यवधान को भी दु:सह और पहाड़ के समान दूरस्थ बतलाते हैं। विद्यापति के पद में राम के विरह का प्रसंग न होकर कृष्ण के विरह का वर्णन है। वाल्मीकि के अर्थ का विद्यापति के इस पद में 'तुल्य देहि-तुल्य' हरण है। 147

विद्यापति के प्रस्तुत पद में 'तुल्यदेहि-तुल्य' के दो भेदों का संदेह होता है। यहाँ "विषय-परिवर्त्त' या 'रत्नमाला' नामक दो प्रकार के हरणों की संभावना जान पड़ती है।

वस्तु के एक होते हुए भी यदि उसकी विषयान्तर में योजना की जाए और उससे दूसरा रूप निष्पन्न हो तो 'तुल्यदेहितुल्य' का 'विषय-परिवर्त्त' संज्ञक भेद घटित होता है। 148 राजशेखर ने इसका जो उदाहरण दिया है उसमें शिव-पार्वती के विरह-वर्णन का राधा-कृष्ण के विरह-वर्णन के रूप में विषय-परिवर्तन है। 149 विद्यापति के पद में भी राम के विरह का कृष्ण के विरह के रूप में विषय-परिवर्तन एक नवीनता के साथ है। 'लोक के राम हार के व्यवधान को असह्य मानते हैं, किंतु पद के कृष्ण शयन की ओट और आलिंगन से उत्पन्न रोमांच को भी 'सरित्सागरभूघर' और 'द्रम' के अन्तर की चर्चा करते हैं जिसका विद्यापति के पद में उल्लेख नहीं है। पद में कृष्ण यही कहते हैं कि राधा अब दूर है और वे मथुरा में मर्मान्तक विरह-दाह सह रहे हैं। इस तरह 'लोक और पद में 'विषय परिवर्त तुल्यदेहिदुल्य' सादृश्य प्रतीत होता है।

प्राचीन अर्थ में नवीन अर्थ का सन्निवेश 'रत्नमाला' कहलाता है। इसमें पुराने भाव में अर्थान्तर को घटित किया जाता है। 150 विद्यापति के पद का आधार यद्यपि संस्कृत 'लोक ही है किन्तु उसके अर्थ का विद्यापति ने प्रतिबल प्रस्तुत किया है। पद में 'हार' वाले प्रसंग की जगह रोमांच या पुलक के अंतर की असह्यता वाले अर्थ का सन्निवेश किया गया है अत: यहाँ 'रत्नमाला' नामक

हरण की भी प्रतीति होती है। 'लोक की तुलना में नवीन प्रतीत होते हुए भी विद्यापति का अर्थ वस्तुतः 'जयदेव के 'गीत गोविन्द' से प्रभावित है। राधा-कृष्ण की रति-क्रीड़ा का वर्णन करते हुए जयदेव ने कहा है कि उस निविड़ आलिंगन की दशा में रोमांच भी अप्रिय जान पड़ता था, क्रीड़ापरक पलक-पात भी बाधाजनक मालूम होता था और अधर-पान के अवसर पर केलि-कथा भी अच्छी नहीं लगती थी-

प्रत्यूहः पुलकाङ्करेण निविडाश्लेषे निमेषेण च
क्रीडाकूतविलोकितेऽधरसुधापाने कथांकेलिभिः।
आनन्दाधिगमेन मन्मथकसा युद्धेऽपि यस्मिन्नभू-
दुद्भूतः स तयोर्बभूव सुरतारम्भः प्रियं भावुकः।।
-('गीत गोविन्द काव्यम् द्वादशः सर्गः 10 64, 1, 'इन्दु')

विद्यापति ने जयदेव के समस्त अर्थ को न लेकर निविड़ आलिंगन कालीन पुलकाडर की अप्रियतावाले अर्थ का हरण कर प्राचीन 'लोक की अर्थ-परंपरा में उसे जोड़ दिया है। "माझे पुलक गिरि अन्तर मानिए "-यह जयदेव के अर्थ का 'खंड प्रतिबिम्बकल्प' हरण है। वाल्मीकि के 'लोक और जयदेव के पद्य के आधार पर विद्यापति ने अपनी अर्थ-योजना की है।

तीसरा उदाहरण

'अमरुकशतक' के एक पद्य में एक मुग्धानायिका को सखियों मान करने की शिक्षा देती है लेकिन प्रियतम के समक्ष नायिका सखी शिक्षा को भूल जाती है उसका मान टिक नहीं पाता है। मुग्धा अपनी सखी से अपने मान की विफलता का वर्णन करती है। प्रिय से विमुख होने की बहुत चेष्टा करने पर भी उसके प्रति नायिका की उत्कंठा व्यक्त हो ही जाती है। सम्मुख खड़े नायक को देखकर वह अपने मुख को नीचे कर लेती हैं तथा नेत्रों को पैरों की ओर गड़ा लेती है। वह प्रिय की बातों को सुनने के लिए उत्कंठित श्रवण-युगल को मूंद लेती है। प्रिय को देखकर वह नायिका पुलकिता हो जाती है और अपने इस भाव के गोपन के लिए वह गालों पर आए स्वेद तथा रोमहर्ष को हाथों से हटा देती है- पोंछ देती है। इतना करने के बाद भी वह मुग्धा विवश ही है। वह क्या करे? भावों के आवेग से उसकी चोली सौ-सौ जगहों से मसक उठती है और उसके मन के आतुर भाव व्यंजित हो जाते हैं। इस तरह नायिका सखी से अपनी लाचारी का हाल बतलाती हुई मान की विफलता और प्रियतम के प्रति अपने गाढ़ प्रणय को सूचित करती है-

तद्ववत्राभिमुखं मुख विनमितं दृष्टिः कृता पादयो-
स्तस्यालाप कुतुहलाकुलतरे श्रोते निरुद्ध मया।
पाणिभ्यां च तिरस्कृतः सपुलकः स्वेदोद्गमो गण्डयोः
सख्यः किं करवाणि यान्ति शतधा यत्कचुके सन्धयः।।

-('अमरुकशतक'।99.।-मित्र प्र. प्रा. लि., प्रयाग)

विद्यापति के एक पद में अमरुक के इस भाव का हरण मिलता है-

अवनत आनन कए हम रहलिहुँ बारल लोचन चोर।
पिया मुख-रुचि पिबए धाओल जनि से चाँद चकोर।।2।।
ततहुँ सँय हठ हटि मो आनल धएल चरनन राखि।
मधुर मातल उड़ए न पारए तइअओ पसारए पाँखि।।। 4।।
माधव बोलल मधुर बानी से सुनि मुँदु मोयें कान।
ताहि अवसर ठाम बाम भेल घरि धनू पंचवान।। 6.।
तनु पसेब पसाहनि भासलि पुलक तइसन जागु।
चूनि चूनि भए काँचुअ फाटलि बाहु बलआ भाँगु।।8।।
भन विद्यापति कम्पित कर हो बोलल बोल न जाय।
राजा सिबसिंघ रूपनारायन साम सुन्दर काय।।10।।

-(विद्यापति की पदावली' बेनीपुरी, पद-38)

विद्यापति की नायिका कहती है कि प्रियतम के पास आते ही उसने अपने मुख को अवनत कर लिया और नेत्र-रूपी चोर का वारण किया-उसे कहीं भागने से रोका लोचन को चोर कहना बहुत साभिप्राय है। घोरी-चोरी से नेव प्रियतम की ओर भागना चाहते थे अतः उन्हें कहीं जाने से नायिका ने रोकने का प्रयत्न किया, लेकिन वे लोचन चोर रुके नहीं। चाँद की मुख शोभा देखने के लिए जैसे चकोर चला जाता है उसी तरह प्रियतम की मुख शोभा का पान करने के लिए वे नेत्र दौड़ भागे। प्रियतम के मुख पर टिकी हुई निगाहों को नायिका ने सप्रयास पैरों पर टिका दिया। लोचन चोर के लिए उपयुक्त स्थल चरण ही है जहाँ उसे क्षमादान मिल सकता है, लेकिन मधुमत्त भौंरा जैसे उड़ने में समर्थ न होते हुए भी उड़ने के लिए पंखों को पसारता है उसी तरह फिर ये नेत्र अन्यत्र जाने के लिए चेष्टाशीत ही रहे।

विद्यापति ने नायिका के नेत्रों की चेष्टाओं का साङ्ग विवरण प्रस्तुत किया है। जो अमरूक के पक्ष में अनुपलब्ध है। लोचन के लिए चोर की कल्पना भी साभिप्राय, संगत, नवीन और अमरुक के अर्थ की तुलना में मौलिक उद्भावना है।

विद्यापति की नायिका अपनी दूसरी विवशताओं का लेखा प्रस्तुत करती हुई कहती है कि नायक उसी समय मधुर स्वर में कुछ बोल उठा उसे सुनकर नायिका ने अपने कानों को मूँद लिया, लेकिन उसी समय पुष्पधन्वा पंचशर धनषहस्त होकर नायिका के विपक्ष में हो गया। ऐसे महान् धनुर्धर को देखकर नायिका का पसीने-पसीने और रोमांचित होना और उचित ही है।

कामदेव के विपरीत हो जाने का वर्णन अमरुक में नहीं मिलता है। बहे हुए पसीने से विद्यापति की नायिका के प्रसाधन बह गए थे, किंतु प्रसाधनों के बह जाने का वर्णन अमरुक के पक्ष में नहीं है। लगता है कि विद्यापति की नायिका के शरीर से बहुत पसीना चला था। अमरुक की मुग्धा ने पसीने के उद्‌गम को हाथों से पोंछ कर छिपाया था, लेकिन विद्यापति की नायिका ने ऐसा कुछ भी नहीं किया।

विद्यापति की नायिका के शरीर में पुलक का प्रचंड उद्‌गम हुआ और इसी के कारण उसकी चोली चर्र-चर्र करके फट गई और उसके बाहु-वलय भी टूट गए। कञ्चुकी के फटने का वर्णन तो अमरुक ने किया है किंतु उनके पथ में विद्यापति की तरह पुलक के कारण चूड़ी के तड़क जाने का वर्णन नहीं मिलता है। पुलक से चूड़ी के फूट जाने का वर्णन हेमचंद्र के व्याकरण के एक अपभ्रंश-मुक्तक में मिलता है-

वायसु उड्डावन्तिअए पिउ दिट्ठउ सहसत्ति।
अद्धा वलया महिहि गय अद्धा फुट्ट तडत्ति।।

-(*'अपभ्रंश-व्याकरण।।4.। 352.1.।*

अपभ्रंश के इस दोहे की विरहिणी प्रियतम के आने के शकुन के लिए कौए को उड़ा रही थी तभी उसका प्रियतम आ गया और उसे देखकर उसकी आधी चूड़िया विरह-जन्य कार्श्य के कारण सरक कर धरती पर गिर गई और आधी जो कलाइयों में रह गई थीं वे प्रियदर्शन-जन्य पुलक के कारण कृशता के एकाएक तिरोभाव से तड़तड़ाकर फूट गई।

पुलक से अमरुक की नायिका की केवल चोली ही शतधा मसक जाती है किंतु विद्यापति की नायिका की चोली तो चरचरा कर फटती ही है, साथ-साथ बाहु-वलय भी भग्न हो जाते हैं। विद्यापति को नायिका के कर ही कंपित नहीं होते हैं.-उसका वाग्रोध भी हो जाता है।

सात्त्विक भाव के उद्रेक का जैसा विस्तृत वर्णन विद्यापति के पद में मिलता है वैसा अमरुक के मुक्तक में नहीं है।

अमरुक के अर्थ को ही लेकर विद्यापति ने उसे फैला दिया है। अमरुक के

पद्य का ही प्रतिबिम्ब विद्यापति के पद में दृष्टिगोचर होता है, किन्तु विद्यापति ने अमरुक के भाव को और भी विस्तार से निबद्ध किया है, अतः उनके पद में अमरुक के अर्थ का 'तैल बिन्दु प्रतिबिम्बकल्प' हरण है।

अमरुक के एक अन्य मुक्तक में भी मुग्धा मानवती प्रियतम के सामने जाते ही अपने मान को स्थिर नहीं रख पाती है। उसकी आँखों में उत्कंठा छा जाती है, मुख में स्थिति आ जाती है तथा तन पुलकित हो जाता है-

भ्रूभंगरचितेऽपि दृष्टिरधिकं सोत्कण्ठमुद्वीक्षते
रुद्धायामपि वाचि सस्मितमिदं दग्धाननं जायते।
कार्कश्यं गमितेऽपि चेतसि तनू रोमाञ्चमालम्बते
दृष्टे निर्वहणं भविष्यति कथ मानस्य तस्मिञ्जने।।

-(अमरुशतक', 26) मित्र प्र. प्रा. सि.)

'गाथा सप्तशती' की भी एक नायिका अपनी सखी से इसी प्रकार की अपनी विवशता का वर्णन करती है, कि प्रियतम को देखने पर आँखें तो हाथों से ढँकी जा सकती हैं किन्तु कदम्ब कुसुम के समान पुलकित शरीर को कैसे ढँका जा सकता है? यह पुलकित शरीर तो समस्त रहस्यों को उजागर कर देता है-

अच्छीइँ ता थइस्सं दोहिँ विहत्थेहिं तस्सिं दिट्ठे।
अङ्गं कलम्बकुसुमं व पुलइअं कहँणु ढक्किस्तं।।

-('गाहासत्तसई, 4.14.।)

विद्यापति के इस पद (बेनीपुरी-38) से इन मुक्तकों की भी तुलना की जा सकती हैं, किन्तु विद्यापति ने 'अमरुशतक' के ग्यारहवें पद्य के अर्थ को ही अपने पद में पल्लवित किया है, यह ज्ञातव्य है।

'गाहा सत्तसई' को नायिका मान-शिक्षा देनेवाली सखी से कहती है कि प्रियतम के दृष्टिगत होने पर उसने दोनों हाथों से दोनों आँखों को तो ढँक लिया लेकिन कदम्ब के फूल की तरह पुलकित अंगों को नहीं ढक सकी। आँखों को मूँदा जा सकता है किन्तु पुलकित शरीर को छिपाना संभव नहीं है। प्रियतम के समुपस्थित होते ही अंग-अंग पुलकित होने लगे और मान-रक्षा नहीं हो पाई।-('गाथा.', 4.14)।

अमरुक ने गाथा के भाव को और भी विस्तृत करके उपस्थित किया है। मान-धारण करने में विवशता का अनुभव करने वाली मुग्धा अपनी सखी से कहती है कि प्रियतम को देखते ही शरीर अवश हो जाता है और मान-धारण के सारे प्रयास विफल हो जाते हैं। वह जब भौं को तिर्यक करके कोप प्रकट

करना चाहती है तो नेत्र और भी अधिक उत्कंठित होकर प्रियतम को निहारने लगते हैं। मुँह फुला लेने पर-वाग्रोध कर लेने पर कमबख्त मुँह जला मुँह मुस्कान से खिल जाता है। मन को कड़ा कर लेने पर शरीर हर्षित और पुलकित हो जाता है। सचमुच प्रियतम के समुपस्थित होने पर मान-निर्वाह बड़ा दुष्कर है।-('अमरुशतक', 28)।

विद्यापति के एक अन्यपद में अमरुक के इस पद के अर्थ का हरण देखा जा सकता है-

दुरहि रहिब करिअ मन आन
नअन पिआसल हँटल न मान।।
हास सुधारस तस मुख हेरि
बाँध लेआ बाँध निबी कत बेरि।।
कि सखि करब घरब कि जोय
करबि मान जनो आइति होय।।
धसमस करय रहयो हित जाँति
सगर सरीर धरव कत भाँति।।
गोपहि न पारिअ हृदय उलास
मनुलओ बदन बकेत होअ हास।।

विद्यापति की नायिका दूर ही रहकर मन को नायक से हटाकर अन्यत्र ले गई लेकिन उसके प्यासे नयन हटाए भी न हटे। वे नेत्रनायक का रूप-दर्शन करना चाहते थे, अतः वारण करने पर भी न मानते थे। नायक के मुख के हास्य-सुधारत को देखकर नायिका का नीवी-बंध बार-बार त्रस्त हो जाता था जिसे वह कितनी बार बाँधती रही। वह क्या करती? कैसे छिपाती? नायिका अपनी असमर्थता जतलाती हुई कहती है कि यदि वह स्ववश रहती तो मान-धारण कर पाती, किन्तु उसका संपूर्ण शरीर ही अवश हो गया था। धड़कते हृदय को तो उसने किसी तरह दबाकर रखा लेकिन भाव पूर्ण समूचे शरीर को कैसे दबाया जाता? हृदयोल्लास-गोपन का प्रयास सफल नहीं हुआ। मुख को ढंकने पर भी हँसी व्यक्त ही हो गई।

विद्यापति की नायिका नायक से दूर ही रहती है तथा मन को भी अन्यत्र मोड़ देती है। विद्यापति के द्वारा वर्णित नायक का हास्य और उससे भाव श्लय नायिका का नीबी-शौथिल्य अमरूक के पद में नहीं है। अमरुक की नायिका जब मुँह फुलाने का प्रयास करती है तब उसका 'दग्धानन' सस्मित हो जाता है, किन्तु विद्यापति की नायिका मुँह नहीं फुलाती है, उसे ढँक लेती है, फिर भी

उसकी हँसी व्यक्त हो जाती है। इस हँसी के प्रकटीकरण के साथ-साथ मान के रहने का कोई प्रश्न ही नहीं रहा जाता है, वह स्वतः भंग हो जाता है।

विद्यापति के इस पद में भी बिन्दु प्रतिबिम्बकल्प अर्थ-हरण है, क्योंकि कवि ने 'गाहासप्तसई' (4.14) और विशेषतः 'अमरुशतक' (पद्य-28) के प्रसंग को सुविस्तृत और फैले हुए ढंग से निबद्ध किया है।

काव्यप्रकाश में उद्धुत एक प्राकृत मुक्तक में भी प्रियतम के दर्शन के बाद धैर्य और मान के डगमगाने और तिरोहित हो जाने का वर्णन किया गया है-

सहिविरइऊण माणस्स मज्झ धीरतणेण आसासम्।
पिअदंसणा विहखंलखणम्मि सहसत्ति तेण ओसरिअम्।।

-('काव्यप्रकाश', उ.सू.54 हरण 69)

विद्यापति के अर्थ से इस प्राकृत पद के भाव की भी तुलना की जा सकती है।

चौथा उदाहरण

'गाथा-सप्तशती' की अधोलिखित गाथा का भी प्रभाव विद्यापति के एक पद पर पड़ा है-

दढरोसकलुसिअस्स वि सुअणस्स मुहाहिँ विप्पिय कन्तो।
राहुमुहम्मि वि ससिणो किरण अमअं विअ मुअन्ति।।

-('गाथा सप्तशती', 4.19)

गाथा का भाव है कि अत्यंत उग्र क्रोध से आक्रान्त रहने पर भी सुजन के मुँह से अप्रिय कथन नहीं निकलता है। राहुग्रस्त चंद्रमा की किरणें भी अमृत-वर्षण ही करती है। विषम परिस्थिति में भी सुजन अपने स्वभाव का परित्याग नहीं करते हैं। सज्जन और चाँद की यह तुलना उचित ही है। राहु-मुख में पढ़कर भी चाँद की किरणों अमृत का ही उद्गीरण करती हैं बुरी दशा में भी चाँद अपना स्वाभाविक शील नहीं छोड़ता है। इसी तरह सज्जन भी बुरी परिस्थिति में न तो कटु-भाषी बनते हैं न अपने शील-गुण को ही छोड़ते हैं। 151

'कीर्तिलता' की एक सदुक्ति पर उपयुक्त गाथा का प्रभाव देखा जा सकता है-

सुअण पसंसइ कव्यमझु, दुज्जन बोलइ मन्द।
अवसओं विसहर विस बमइ, अमिञ विमुक्कई चन्द।

-('कीर्तिलता', 1, सक्सेना, पृ. 4)

सुजन काव्य प्रशंसक हैं किंतु दुर्जन दोष बतलाते हैं। विद्यापति की निदर्शना

है कि विषघर अवश्य विष-वमन करता है और चंद्रमा अमृत-वर्षण किया करता है। अपना-अपना स्वभाव है। 'सुअण पसंसई' तथा 'अमिय विमक्कई चंद, की प्रेरणा उदधृत गाथा से ही कवि को मिली होगी, लेकिन विद्यापति को अपेक्षा प्राकृत-कवि की उक्ति अधिक काव्यात्मक है। 'कीर्तिलता' में 'माया-सत्तशती' के अर्थ का 'खंड प्रतिबिम्बकल्प' हरण है।

विद्यापति के एक पद में भी कहा गया है कि चंद्रमा जब पूर्ण हो जाता है उस समय बुभुक्षित-पिपासित राहु आ धमकता है। चंद्रमा अपनी देह उस राहु को दे देता है और राहु उसका ग्रास कर लेता है, लेकिन चंद्रमा प्रशंसनीय है क्योंकि वह उस समय भी म्लान नहीं होता है। वैभव की समाप्ति होने पर भी विवेक दृढ़मूल रहे, ऐसा चरित्रवाला व्यक्ति लाखों में विरला ही होता है-

जपने क (ला) निधि निज तनु पाव
तहि बने राहु पिआसल आब।।
ओहओ देअ तनु से कर पान
तेअओ सराहिअ न होअ मलान।
वैभव गेला रहत विवेक
तैसन पुरुष लाख मह एक।।

-('विद्यापति पदावली', रा. भा. प., पद-149)

वस्तुतः वैभव के विष्ट हो जाने पर भले आदमी की भी मति भ्रष्ट हो जाती है, 1 52 किंतु बुरी दशा में भी चाँद और सत्पुरुष अपने शील से व्यभिचरित नहीं होते हैं। विभव-नाश होने पर भी सत्यपुरुष का विवेक नष्ट नहीं होता है और राहुग्रस्त चंद्र भी अम्लान ही रहता है।

यहाँ विद्यापति ने चंद्रमा के शील की स्थापना की है कि राहु के द्वारा पराभव पाने पर भी वह म्लान नहीं होता है। विपत्ति के समय भी सत्पुरुष और चाँद अपने वैशिष्ट्यों को नहीं छोड़ते हैं अतः उनके व्यक्तित्व अद्वितीय हैं। विद्यापति राहु-मुखस्थ जिस अम्लान चंद्र को प्रशंसनीय बतलाते हैं उसे ही गाथा में अमृत-उद्गारी कहा गया है।

यहाँ 'तैलबिन्दु प्रतिबिंबकल्प' अर्थ-हरण जान पड़ता है क्योंकि विद्यापति ने गाथा के प्राचीन अर्थ को विस्तृत करके वर्णित किया है। विद्यापति के इस पद की तुलना एक संस्कृत सुभाषित से भी की जा सकती है जिसमें कहा है कि चंदन का कटा हुआ पेड़ भी अपनी गंध नहीं छोड़ता है, बूढ़ा हाथी भी अपनी मतवाली गति नहीं छोड़ता है, यंत्र में निष्पेषित ऊँख भी माधुर्य का परित्याग नहीं करता है और विपन होने पर भी कुलीन व्यक्ति अपने शीलगुणों का नहीं छोड़ता

है-

किन्नोपि चन्दनतरुर्न जहाति गंधं वृद्धोऽपि वारणपतिर्न जहाति लीलाम्।
यंत्रापितो मधुरतां न जहाति चेक्षुः क्षीणोऽपि न त्यजेति शीलगुणान्कुलानः।।
-('चाणक्य नीति-दर्पण', 15/18.।)

'चाणक्य-नीति-दर्पण' के पद और विद्यापति के पद में 'तुल्यदेहि तुल्य सादृश्य है।

इस पद में विद्यापति एक नीति-कवि के रूप में दिखलाई पड़ते हैं।

विद्यापति की "खार न बरिए चंदा" जैसी लोकोक्ति के मूल में भी उद्धृत गाथा ('गा. स.', 4.19) को ही मानना होगा। अधोलिखित पद में वह लोकोक्ति प्राप्त होती है-

कोप सञो यदि समदि पठाबह
वचने न बोलह मन्दा।
तोर वदन सन तोते वदन पए
खार न बरिसए चन्दा।।

-(परिषद्-पदावली, पद-171)

सखी नायिका को शिक्षा दे रही है कि यदि वह क्रोध-पूर्वक भी नायक को उपालम्भ भेजना चाहती है तो उसे मंद या कटुवचन नहीं बोलना चाहिए। नायक का मुख अपने ही समान है। चाँद कभी भी क्षार वर्षण नहीं किया करता है। चंद्रमा अमृत की ही वर्षा करता है। कोप में भी नायिका को 'मन्द वचन' नहीं बोलना चाहिए। सज्जन कोपावस्था में भी अप्रिय नहीं बोलते हैं और राहु-मुख में भी पढ़कर चाँद क्षार नहीं अमृत की ही वर्षा करता है, यह गाथा का वक्तव्य है। विद्यापति 'अमिञ विमुक्कई चंद की उद्घोषणा अन्यत्र भी कर चुके हैं।

इस तरह हम देखते हैं कि विद्यापति के प्रस्तुत अर्थ पर भी गाथा सत्तशती" की छाया पड़ी है।

3. 'नटनेपथ्य प्रतिबिम्बकल्प' अर्थ-हरण के दृष्टन्त

पहला उदाहरण

'गाथा सप्तशती' की अधोलिखित गाथा के भाव का विद्यापति ने अविकल अनुवाद-सा कर दिया है-

तुह मुहसारिच्छंण लहइ त्ति संपुण्णमण्डलो विहिणा।

अण्णमअं व्व घडइउं पुणो विखण्डिज्जइ मिअङ्को।

–('गाथा-सप्तशती', 3.7.1)

कवि नायिका के मुख की प्रशंसा करता हुआ कहता है कि है सुन्दरी, चाँद तुम्हारे मुख का सादृश्य न पा सका उसके समान नहीं हो सका इसीलिए विधाता पूर्णचंद्र को अन्य तरह से बनाने के लिए खंडित कर देता है। पूर्णचन्द में भी कोई न कोई त्रुटि रह ही जाती है जिसके लिए ब्रह्मा उसे फिर से खंडित करके नयी तरह से नायिका के मुख के समान गढ़ना चाहता है। आकार-प्रकार की असमता के अतिरिक्त लाञ्छन का चंद्र-दोष भी गाथाकार ने 'मिनङ्क' (मृगाङ्ग) कहकर व्यंजित किया है। चाँद के पूरा हो जाने के बाद पुनः खंडित हो जाने के कारण के संबंध में कवि ने एक नयी सूझ दी है कि चाँद नायिका के मुख की बराबरी नहीं कर पाता है इसी से ब्रह्मा उसे फिर से दूसरी तरह से बनाने के लिए खंडित कर देता है।

विद्यापति ने गाथा के भाव को ही भाषान्तरित कर दिया है–

तोहर बदन सम चान होअथि नहि
जाइओ जतन बिहि देला।
कए वेरि काटि बनाओल नव कय
तइओ तुलित नहि भेला।।3।।

–('विद्यापति की पदावली, बेनीपुरी, पद-220)

विद्यापति सुन्दरी नायिका की श्लाघा करते हुए कहते हैं कि विधाता ने बहुत यत्न किया किंतु चाँद सुन्दरी के मुख के समान नहीं हो सका। ब्रह्मा ने कई बार चाँद को काटकर नये रूप में गढ़ा लेकिन वह सुन्दरी के मुख की तुलना में नहीं आ सका। नायिका के मुख की तुलना में न ठहर सकने वाले पूर्ण चंद्र को विधाता इसलिए खंडित कर देता है कि वह पुनः उसे नये सिरे से त्रुटिहीन और सुन्दरतर गढ़ना चाहता है–ऐसा गाथाकार का भी वक्तव्य है। विद्यापति ने भी विधाता के प्रयत्नों के आधिक्य और उसकी विफलता को व्यक्त किया है कि कई बार नयी तरह से काटकर बनाने पर भी चाँद मुखवत् नहीं हो पाया।

विद्यापति ने प्राकृत भाषा के भाव को मैथिली भाषा में यथावत् निबद्ध कर दिया है। दोनों उक्तियों का भाव एक ही है, केवल भाषा-भेद है, अतः विद्यापति के पद में 'गाथा सप्तशती' के अर्थ का 'नटनेपथ्य प्रतिबिम्बकल्प हरण है। 153

दूसरा उदाहरण

विद्यापति का एक विरह-वर्णन इस प्रकार है–

माधव देखलि बियोगिनि बामे।
अधर न हास विलास सखी संग अहोनिस जप तुअ नामे।।2।।
आनन सरद सुधाकर सम तसु बोलद मधुर धुनि बानी।
कोमल अरुन कमल कुम्हिलायल देखि मन अइलहुँ जानी।। 4.।
हृदय क हार भार भेल सुबदनि नयन न होय निरोधे।
सखी सब आय खलाओल रँग करि तसु मन किछुओन बोधे।। 6.।
रगड़ल चानन मृगमद कुकुल सम तेजलि तुअ लागी।
जनि जसहीन मीन जक फिरइछ अहोनिस रहइछ जागी।। 8.।

–(बेनीपुरी, पद–209)

कोई सखी या दूसी कृष्ण से राधा की विरह व्यथा का वर्णन कर रही है कि इसके अधर हास हीन हैं, उसने सखियों से परिहास बन्द कर दिया है तथा वह बराबर कृष्ण का नाम जप रही है। उसके हृदय का हार भार हो गया है सखियाँ उसे बहलाना चाहती है किन्तु वह कुछ समझती ही नहीं है। शीतलोपचार की सामग्रियों को भी उसने त्याग दिया है। वह केवल कृष्ण की कामना करती है। जैसे जलहीन मछली तड़पती है वैसे ही वह अहर्निश जगी रहती है–तड़पती रहती है।

'हृदयक हार भार मेल सुबदनि'–दूती का कृष्ण से राधा के संबंध में यह कथन 'गीत गोविन्द' की प्रतिच्छविमात्र है। जयदेव ने लिखा है :-

स्तनविनिहितमपि हारमुदारम्।
सा मनुते कृशतनुरतिभारम्।।

राधिका विरहे तब केशव माधव वामन विष्णो।।ध्रु0 1।।

–('गीत गोविंद काव्यम्' चतुर्थ सर्गः, अष्टपदी '9' 'इन्दु' टीका, पृ. 23)

विद्यापति ने जयदेव के इस अर्थ को लोक भाषा में अनूदित ही कर दिया है, अतः यहाँ 'नटनेपथ्य' नामक प्रतिबिम्बकल्प अर्थ–हरण है।

विद्यापति के उद्धृत पद के इस अर्थ रगड़ल चानन मृगमद कुंकुम सम तेजलि तु लागी पर 'कुट्टनीमतं काव्यम्' के अधोलिखित पद्य का प्रभाव दृष्टिगत होता है–

अपसारय धनसारं कुरुहार दूर एव कि कमलैः।
अलमलमासि मृणालैरिति वदति दिवानिशं वाला।।

–('कुट्टनीमतं काव्यम्,' दामोदर गुप्त) 154

पद्य का अभिप्राय है कि विरहिणी के विरह–ताप के शमन के लिए जब सखी शीतलोपचार की सामग्रियों का विधान करती है तब नायिका उससे इन

पदार्थों को अलग कर देने को कहती है। वह इन शामक और शीतल पदार्थों को भी अपने लिए लाभप्रद नहीं बतलाती है। वह कपूर को हटाने, हार तथा निष्प्रयोजन कमलों को दूर करने और मृणाल को भी छोड़ देने के लिए अहर्निश कहती है।

दामोदर गुप्त की नायिका की ही तरह विद्यापति की विरहिणी की चंदन, कस्तूरी, कुंकुम आदि सभी शीतल पदार्थों को छोड़ देती है। दोनों कवियों की शीतलोपचार सामग्रियों की तालिकाओं में अन्तर है किन्तु भावैक्य दोनों की ही उक्तियों में है। विद्यापति की पंक्ति में दामोदर गुप्त के अर्थ का 'विषय-परिवर्त्त' तुल्यदेहि तुल्य' हरण जान पड़ता है।

विद्यापति के पद में विरहिणी के जलहीन मीन की भांति तड़पने का चित्र भी परंपरागत ही है। "जनि जलहीन मीन जक फिरइछ अहोनिस रहइछ जागी " विद्यापति के इस अर्थ पर अधोलिखित अपभ्रंश मुक्तक का प्रभाव देखा जा सकता है-

पिय! हउँ थक्किय सयलु दिणु, तुह विरहग्गि किलंत।
थोडइ जलि जिम मच्छलिय, तल्लोबिल्लि करत।। 86.।

-('कुमार पाल प्रतिबोध' सोमप्रभ 'हिन्दी काव्यधारा' राहुलजी, पृ. 416)

सोमप्रभ की नायिका प्रियतम के प्रति कहती है कि वह उसके विरह की आग में उसी तरह जल रही है जिस तरह थोड़े जल में मछली तड़पती है। सोमप्रभ की तड़पती हुई विरहिणी अपनी थकावट का भी कथन करती है।

सोमप्रभ थोड़े जल की मछली का संकेत देते हैं, किन्तु विद्यापति बिल्कुल जलहीन मछली की छटपटाहट का चित्र खींचते हैं। विद्यापति की पंक्ति में सोमप्रभ की तरह 'विरहाग्नि' का भी कथन नहीं है। विद्यापति में अपभ्रंश मुक्तक का प्रतिबिंब देखा जा सकता है, किंतु यह खंडशः प्रतिबिम्ब ही है। सोमप्रभ के समूचे अर्थ का नहीं, अर्थांश का हरण पद में हुआ है, अतः यहाँ 'खंड प्रतिबिम्बकल्प' हरण है।

छिछले जल में तड़पती हुई मछली की अप्रस्तुत योजना 'ढोला-मारूरा दूहा' में भी मिलती है-

ढाढी गाया जिसह भरि, सुणियउ साल्ह सुर्जाण।
ओछइ पाँणी मच्छ ज्यउँ वेलत थयउ विहाँणा।।

-(ढोला. 192)

ढाढियों के गीत सुनते हुए ढोला रात भर छिछले जल में तड़पती हुई मछली की तरह विकल रहा-सो नहीं सका।

यहाँ भी सोमप्रभ की ही तरह छिछले जल की तड़पती मछली की कल्पना है, किंतु विद्यापति जलहीन मछली की छटपटाहट का चित्र सामने रखते हैं।'

4. 'सम्पुट प्रतिबिम्बकल्प' अर्थ-हरण के दृष्टान्त

पहला उदाहरण

विद्यापति के निम्नलिखित पद में उनका काव्याध्ययन प्रतिबिंबित हुआ है।। अनेक स्रोतों से अर्थ-ग्रहण करते हुए भी विद्यापति यहाँ प्रमुखतः 'गाथा सप्तशती' के ऋणी है-

कमलिनि एड़ि केतकि गेला हे सौरभ रहु घूरि।
कण्टके कवलु कलेवर हे मुख माखल धूरि।।
अबे सखि! भमरा भेल हे रति-रभसे सुजान।।
परिमल के लोभे धाओल हे पाओल नहि पास।
मधु पुनु डिठिहुँ न देखल हे आबे जन-उपहास।।
भल भेल (जग) भमि आबथु हे पाबथु मन खेद।
एकरस पुरुषा नहि बुझ हे गुण-दूषण भेद।।

-('विद्यापति पदावली,' रा. भा. प., पद-184, सं. अ. से)

प्रस्तुत पद की प्रारंभिक दो पक्तियों का पाठ नगेन्द्र नाथ गुप्त के संकलन में अधोलिखित प्रकार से मिलता है, जो अर्थ की दृष्टि से मुझे अधिक सुन्दर जान पड़ता है-

कमलिनी एड़ि केतकी गेला बहु सौरभे हेरि।
कण्टके पिड़ल कलेवर मुख माखल धूरि।।

-(न. गु., पद-430)

यहाँ भ्रमर परकीया-प्रेमी नायक का द्योतक है जो कमलिनी को छोड़कर उसकी उपेक्षा करके केतकी के पास चला जाता है और उसके सौरभ पर टूट-टूट पड़ता है या मँडराता है।

गुप्त के पाठ के अनुसार इस संदर्भ का अर्थ यह होगा कि वह भ्रमर कमलिनी-जैसी प्रेयसी को केतकी का बहुत-सा सौरभ देखकर छोड़ देता है और केतकी के प्रति ही अनुरक्त हो जाता है तथा उसका रसपान करना चाहता है, किंतु वह अपने इस प्रयास में मुँह की खाता है। उसके शरीर में केतकी के काँटे गढ़ जाते हैं। उसका शरीर क्षत-विक्षत हो जाता है और उसके मुख में धूलि लग जाती है। दूसरी प्रेयसी के पास जाकर वह भौंरा असत्कृत और ताड़ित ही होता

है।

भौंरे की इसी तरह की दुरवस्था का चित्र "भ्रमराष्टक' में भी प्राप्त होता है। 'भ्रमराष्टक' का भौंरा बहुत सौरभवाली केतकी के पास पद्म के भ्रम में जा गिरा है और पीड़ित हुआ है-

गन्ध्याढ्वासी भुवनविदिता) केवकी स्वर्ण वर्णा
पद्मभ्रान्त्या क्षुधितमधुषः पुष्पमध्ये पपात।
अन्धीभूतः कुसुमरजसा कण्टकैश्छिन्न पक्षः
स्वातुं गन्तुं द्वयमपि सखे नैव शक्तो द्विरेफः।।

विद्यापति का भौंरा जहाँ कमलिनी को छोड़कर अपमानित करके सौरभ बहुला केतकी के पास जाकर संकटापन्न होता है वहाँ 'भ्रमराष्टक' का भूखा भौंरा पद्म की भ्रांति में केतकी पर गिरकर विद्यापति के भौरे की भाँति ही दुर्दशा ग्रस्त होता है। काँटों से आहत होना, धूलि-धूसरित होना आदि बातों की चर्चा दोनों ही रचनाओं में है। पद के भौंरे की विपत्ति का चित्रण 'भ्रमराष्टक' से ही अनुप्राणित है, किंतु विद्यापति ने 'भ्रमराष्टक' के वर्णन का विनियोग परकीया-रसिक भौंरे के दुरवस्था वर्णन में किया है। पद में खण्ड प्रतिबिम्बकल्प नामक अर्थ-हरण है क्योंकि इसमें 'भ्रमराष्टक' के अर्थ का वहीं भाग लिया गया है जो भौंरे की दुरवस्था से संबद्ध है। 'भ्रमराष्टक' के अर्थ का पद में आंशिक हरण मिलता है।

विद्यापति के पद के मध्य और उत्तरार्ध में नायिका अपनी सखी से अन्यासक्त पुरुष की लम्पटता, अपने प्रति की गई उपेक्षा और नायक की विफलता तथा विपत्ति पुरुष का वर्णन करती है, कि भौंरा केतकी के पास गंध-लुब्ध होकर गया किंतु उसके साथ समागम नहीं कर सका, उल्टे कांटों से उसका शरीर क्षत-विक्षत हो गया और चेहरा धूलि से आच्छन्न हो गया। भौंरा बदनाम हुआ और मधुपान भी नहीं कर सका। कमलिनी को छोड़कर केतकी के पास जाना उसके लिए लाभप्रद नहीं रहाः उसकी शारीरिक दुर्दशा हुई और लोक में उपहास भी हुआ।

भौंरे के व्याज से उपेक्षिता स्वकीया सखी से अपने पति की करतूतों पर टिप्पणी करती है। अन्त में उसका वक्तव्य हैं कि यह अच्छा ही हुआ; पतिदेव सब तरफ से घूम आएँ, सारी गलियों को छान आएँ और अन्त में खेद का अनुभव करें। अच्छे-बुरे का उन्हें अनुभव होना आवश्यक है। दूसरी जगह का अनुभव होने से ही उन्हें स्वकीया का महत्त्व मालूम होगा। एकरस पुरुष गुण-दोष का भेद नहीं जान पाता है।

यहाँ पद की नायिका अपने प्रेमी या पति के लिए दूसरी नायिका का भी अनुभव करना विहित बतलाती है, क्योंकि "एकरस पुरुषा नहि बुझ हे गुण-दूषण भेद" -यह सिद्ध तथ्य है। 'गाथा सप्तशती' का भी साक्ष्य है-

अन्णमहिलापसङ्ग दे देव करे अह्म दइअस्स।
पुरिसा एक्कन्तरसाण हु दोषगुणे विआणन्ति।।

-('गाथा-सप्तशती', 1.48)

गाथा की नायिका अपने देवता से प्रार्थना करती है कि उसके दयित या प्रियतम को वह दूसरी महिला से भी मिलने का अवसर दे, क्योंकि एक ही नारी का रस जानने वाले 'एकरस पुरुष' किसी नारी के गुण-दोष को नहीं जानते हैं।

गाथा की नायिका भी कदाचित् इस बात से खिन्न है कि उसका दयित उसके नारीत्व का उचित मूल्यांकन नहीं कर पाता है। वह अपने एकरस पुरुष के लिए दूसरी नारी की व्यवस्था इसलिए करवाना चाहती है कि उसका प्रियतम तुलनात्मक ढंग से अनुभव करके उसकी महत्ता को समझ ले। एकरसास्वादी व्यक्ति अच्छे-बुरे पर साधिकार कहने का पास नहीं होता है इसीलिए गाथा की नायिका बिना ईर्ष्या किए अपने पति को प्रबुद्ध बनाने के लिए दूसरी नायिका के साथ उसके समागम की कामना करती है।

इस विवेचन से स्पष्ट है कि विद्यापति ने गाथा के अर्थ का हरण कर लिया है। उन्होंने भ्रमरवाली रुढ़ अन्योक्ति के सहारे गाथा के भाव को पल्लवित किया है किन्तु पद का निष्कर्ष गाथा की सूक्ति से अभिन्न है।

पद की भ्रमरवाली अन्योक्ति का आधार भी 'गाथा सप्तशती' की एक अन्य गाथा में मिल जाता है-

केसरअर्विच्छड्ड मअरन्दो होइ जेत्तिओ कमले।
जइ भमर तेन्तिओ अण्णहि पि ता सोहसि भमन्तो।।

-(' गाथा-सप्तशती', 4.87.1)

यह नायिका-कथित उक्ति ही जान पड़ती है। गाथा की नायिका भौंरे को चुनौती देती है कि अरे भौंरे, कमल के केसर-रज-समूह में जितना मकरन्द है यदि उतना रस दूसरे फूलों में हो तो तुम्हारा वहाँ जाना ठीक है। नायिका को अपने रस पर भरोसा है। वह जानती है कि उसके पास जो वैशिष्ट्य है वह नायक को अन्यत्र नहीं मिलेगा, इसीलिए भ्रमर के व्याज से वह नायक को कहती है, कि है। अनुभवी, यदि मुझ-जैसा मकरन्द-माधुर्य तुम्हें अन्यत्र उपलब्ध हो, तो तुम वहाँ जाने के लिए स्वतंत्र हो।

विद्यापति की नायिका भी जानती है कि केतकी के द्वारा अपमानित,

प्रताड़ित और अनुभवी भौंरा पुनः उसके पास लौटेगा "भल भेल (जग) भूमि आबथु हे पाबथु मन खेद।"

स्वकीया या पूर्व प्रेयसी से ऊबकर कभी-कभी नायक अन्यत्र भी लुब्ध हो जाता हैं, इसका उल्लेख दामोदर गुप्त ने भी किया है–

अनुकूलवरपुरंध्रिषु पुरुषाणां बद्धमूलरागाणाम्।
नयति मनो दुःशील कुसुमास्त्रो हीनपात्रेषु।।

–('कुट्टनीमतं काव्यम्'।710.।)

अच्छी युवतियों में आसक्त व्यक्ति का मन भी कामदेव बुरी नायिकाओं में बाँध देता है। कमलिनी को छोड़कर विद्यापति का भौंरा काँटों भरी केतकी के पास जाकर पराभव सहता है और निंदित होता है। किसी दूसरे कवि की नायिका तो अपने दुराचारी पति को टोक देती है कि मालती के सहज-लब्ध होते हुए भी रे भौंरे, तुम कंटक-युक्ता केतकी पर मँडराते हो!-"कि भृंग। सत्यां मांलत्यां केतक्या कंटकेद्धया।" 155-किन्तु विद्यापति की नायिका अपनी सखी से भौंरे की दुर्गति का वर्णन करती है और नायक से उसके स्वैराचार के संबंध में कुछ नहीं कहती है। 'कुट्टनीमतं काव्यम्' में भी परकीया के पास जानेवाले प्रियतम के प्रति मौन का नाट्यधर्म पालन करनेवाली विदग्धाओं की चर्चा मिलती है–

सावरणं व्रजतोऽन्यां कौतुकदृष्ट्या प्रसङ्गतो दयिताम्।
बुद्धवापि विदग्धधियो वर्तन्ते नाट्यधर्मेण।।

–('कुट्टनीमतं काव्यम्।711।)

प्रियतम की अन्यासक्ति यद्यपि पत्नी के लिए बहुत मर्मान्तक होती है, फिर भी नायिका को यह विश्वास रहता है कि स्वच्छंद भाव से यत्र-तत्र रमण करता हुआ प्रियतम अपनी दयिता के गुण को समझाकर अवश्य प्रत्यावर्तित होता है। दामोदर गुप्त ने भी कहा है कि भौंरा स्वच्छंद रूप से वन-वन घूमकर पुष्परस पान करता है, किन्तु अपनी मालती के गुण-विशेष को स्वानुभव से समझकर उसके पास अवश्य लौटता है –

स्वच्छन्दं पिवतु रसंभ्रान्त्वा भ्रान्त्वा वनानि कुसुमेष।
अनुभूतगुणविशेषः पुनरेष्यति मालती मधुपः।।

–('कुट्टनीमतं काव्यम्'। 173)

'गाथा सप्तशती' की तरह ही 'कुट्टनीमतं काव्यम्' में भी पुरुष के लिए अनेक-रसास्वादी होने की बात की पुष्टि की गई है। भौंरा जब दूसरे पुष्प के संगम का स्वाद अनुभूत कर लेता है तभी वह मालती के गुणों को अच्छी तरह से जान पाता है–

मालत्या गुणवत्तां तो सम्यग्वेत्ति मधुकरस्तावत्।
अनुभवमेति न यावत् सुमनोन्तरसङ्गमास्वादे।।

–('कुट्टनीमतं काव्यम्।।714.।)

एकरसास्वादी भौंरा मालती के गुण-गौरव का सम्यक् रूप से ज्ञाता नहीं हो सकता है अत: उसे दूसरे फूलों का रस भी लेना चाहिए, 'कुट्टनीमतं काव्यम्' का यह अर्थ वस्तुत: 'गाथा सप्तशती' (1.48) के अर्थ का 'तुल्यदेहितुल्य' हरण है।

विद्यापति का पद 'भ्रमराष्टक', 'गाथा सप्तशती' और 'कुट्टनीमतं काव्यम्' तीनों के अध्ययन का लाभ उठाकर रचा गया है। मूल अर्थ गाथा सप्तशती का ही है–"एकरस पुरुष गुण-दोष का भेद नहीं जानता है" जिसको विद्यापति ने नायिका-सखी-आलाप, भ्रमर-अन्योक्ति आदि के आधार पर पसारने का प्रयत्न किया है। विद्यापति की नायिका दुराचारी और अन्यासक्त नायक की दुर्दशा से तुष्ट भी है। पद में परकीया प्रीति के संकटों का विवरण भी उपलब्ध होता है।

गाथा की नायिका को स्वयं पर आस्था है अत: वह अपने दयित के लिए अन्य महिला प्रसङ्ग की अनिवार्यता पर बल देती है। विद्यापति की नायिका में ऐसी आस्था नहीं जान पड़ती है; वह लौकिक बाधाओं के कारण नायक के पूर्णकाम न होने की बात कहती है और ऐसा सोचती है कि दस जगहों से आनदृत होकर लाचार 'भौंरे' को पुन: 'जहाज का पंछी' बनना पड़ेगा। नायिका जानती है कि दूसरी नायिका की आसक्ति में पड़कर उसकी कटुता का अनुभव करके नायक को पुन: स्वकीया के पास आना ही पड़ेगा।

गाथा में प्रस्ताव मात्र है, किंतु पद में यायावर भौंरे की विफलता का साङ्ग वर्णन है। गाथा की नायिका रस-रस के अन्तर को सूचित करती है और पद की नायिका प्रत्यावर्तित भ्रमर के 'वेद' और तज्जन्य 'बोध' की भी चर्चा करती है। अंतत: गाथा की नायिका असामान्या है जो कदाचित् तत्कालीन रीति-नीति के अनुकूल ही अपना वक्तव्य देती है। 156

किंतु विद्यापति की नायिका में स्त्रियोचित सहज असूया भाव है। नायक का रस-लम्पट होना उसे भीतर से भाता नहीं है। वह जन-उपहास की भी चर्चा करती है। अन्य नाविकाओं के प्रतिपक्ष में सहज-लब्ध होते हुए भी वह गाथा की नायिका की तरह ही अपनी महत्ता को ध्वनित करती है।

'भ्रमराष्टक', 'गाथा सप्तशती' और 'कुट्टनीमतं काव्यम्' के अर्थों को विद्यापति ने इस पद में एकत्र संचित कर दिया है। पद में भौंरे की दुर्गति का वर्णन 'भ्रमराष्टक' से लिया गया है। "एकरस पुरुषा नहि बुझ हे गुण-दूषण भेद'

में गाथा का भाव प्रतिबिंबित हुआ है 157. गाथा के आधार पर 'कुट्टनीमतं काव्यम्' के रचित पद्य (714) के अर्थ से विद्यापति ने मालती के पास से अन्यत्र जाने वाले भौंरे और अन्य कुसुमों के संगम में उसकी आस्वादन क्षमता को वृद्धि और गुण-विवेक होने की बात ने ली है, लेकिन उन्होंने मालती की जगह 'कमलिनी' का उल्लेख किया है।

विद्यापति के प्रस्तुत पद में 'संपुट' नामक प्रतिबिम्बकल्प अर्थ-हरण है, क्योंकि पद में भिन्न-भिन्न अर्थों को प्रतिबिंबवत् ले लिया गया है। किसी रचना में जब दूसरे-दूसरे के अर्थप्रतिच्छायित होते हैं, तब 'संपुट' नामक प्रतिबिम्बकल्प अर्थ-हरण की स्थिति होती है-

"उभयवाक्यार्थोपादानं सम्पुटः"

-('काव्यमीमांसा' अ. 12. पृ. 166)

विद्यापति ने एक ही रचना में एक से अधिक अर्थों के प्रतिबिंबों को ग्रहण कर लिया है अतः यहाँ 'संपुट' संज्ञक प्रतिबिंबकल्प अर्थ-हरण की ही संभावना जान पड़ती है।

दूसरा उदाहरण

विद्यापति का एक पद है-

तिन तुल अरु ता तह भए लहु मानिअ गरुवि आहि।
अछइते जे बोल नही अछए से लहु सवहु चाहि।।
साजनि फइसन तोर गेंआन।
जउवन रतन तोर सोआधिन कके न करसि दान।।

-(नगेन्द्र नाथ गुप्त, पद-443)

यह पद मित्र-मजुमदार (पद 262) के संकलन में भी मिलता है। राष्ट्रभाषा-परिषद् की पदावली के संपादकीय अभिमत में यह वंश नेपाल-पांडुलिपि के एक पद में संलग्न कर दिया गया है। नेपाल के मूल पाठ में ये पंक्तियाँ नहीं हैं। परिषद्-पदावली के संपादकीय अभिमत में ये पंक्तियाँ इस रूप में उद्धृत पाई जाती हैं-

तिन तूल अरु तातह भए लहु मानिय गरुबि आहि।
अछइते जे बोल नही अछए से लहु सबहुँ चाहि।।
साजनि! कइसन तोर गेआन।
जउबन सम्पद तोर सोआधिन कके न करसि दान।।
-('विद्यापति पदावती' रा मा प, 194, सं. अ. से, पृ. 265-266)

युवती यौवन-संपत्ति का दान नहीं करती है, अत: दूती या सखी उसे नीति की बात कहती है कि संपत्ति के रहने पर जो देने से इनकार करता है यह लघुता को प्राप्त करता है। परिषद् पदावली में इस प्रसंग का अर्थ इस प्रकार मिलता है-

"हाय! तृण और तुल-उनसे भी लघु होकर (तुम अपने को) श्रेष्ठ मानती हो? (किसी वस्तु के) रहते हुए भी जो कहता है (कि) नहीं है, वह सभी से लघु है।

"हे सखी! तुम्हारा ज्ञान कैसा है? यौवन रूपी संपत्ति तुम्हारे अधीन है, (फिर) क्यों नहीं दान करती हो?" 158

ऊपर की दो पंक्तियों के प्रतिपादित अर्थ से मैं सहमत नहीं हूँ। विद्यापति ने यहाँ परंपरागत नीति-काव्य से उक्ति-हरण किया है। याचक और दीन-संबंधी तथा अदाता-विषयक प्राचीन उक्तियों की छायाएँ इन दो पंक्तियों पर दिखलाई पड़ती हैं। उपजीव्य उक्तियों के प्रकाश में ही इन पंक्तियों का सच्चा पाठानुसन्धान और अर्था-लोचन किया जा सकता है।

इस प्रसंग का एक अर्थ इस प्रकार लिया जा सकता है कि संपत्ति के रहने पर भी याचना का अनादर करने वाली नायिका से सखी कहती है कि हे गर्वीली नारी, तुम ऐसा मानो कि तुम तृण, तुल और उससे भी लघु हो, क्योंकि रहते हुए भी जो याचक को 'नहीं' कहता है वह सभी से छोटा है। किंतु मेरी धारणा है कि यहाँ अधोलिखित पाठ होना चाहिए-

तिन तूल अरु तावह भए लहु
माँगिय गरिबि आहि।

इस पाठ का अर्थ यह होगा कि हाय! तृण, तूल और उससे भी लघु होकर गरीब माँगता है- याचना करता है। 'आहि' का अर्थ क्रिया सूचक 'है' मानकर पूरे प्रसंग का अर्थ यह भी किया जा सकता है कि तृण, तूल और उससे भी लघ होकर गरीब माँगता है। मेरी समझ से यहाँ सखी दीन या गरीब की विवशता पूर्ण याचना के संबंध में नायिका को बतला रही है कि गरीब बहुत गिरकर छोटा होकर माँगता है। 'गरुबि' का पाठ 'गरिब' और उसका अर्थ 'गरीब' मानना असंगत भी नहीं है। 'कीर्तिलता' के कवि विद्यापति फारसी, तुर्की आदि भाषाओं के शब्दों के प्रयोक्ता के रूप में विदित ही हैं अत: 'गरीब' जैसा सामान्य विजातीय शब्द यदि विद्यापति के पद में मिलता है तो इसे आश्चर्यजनक नहीं समझना चाहिए। इस पाठ और अर्थ की पुष्टि के लिए 'वज्जालग्गं' के इस प्रसंग को प्रमाण के रूप में लिया जा सकता है-

तिणतूलं पि हु+लुहुयं दीणं दइवेण निम्मियं भुवणे।

वाएण किं न नीयं अप्पाणं पत्थणभएण।।

–('वज्जालग्गं' (दीणवज्जा)।135.।) 159

इस प्राकृत-पद्य का भाव यह है कि इस धरती पर देव ने तृण और तुल से भी दीन को लघुतर बनाया है। इस प्रकार के हल्के दीन को हवा भी इसलिए अपने साथ उड़ा कर नहीं ले जाती है कि यह कहीं कुछ याचना न कर बैठे। यहाँ दीन को याचक और तृण तथा तुल से भी लघुतर कहा गया है। विद्यापति भी तृण, तूल, याचना आदि का प्रसंग उपस्थित करते हैं अतः 'गरुबि' का पाठ 'गरिवि' और उसका अर्थ 'गरीब' या 'दीन' ही लेना समीचीन प्रतीत होता है, क्योंकि विद्यापति उद्धृत प्राकृत पद्य से निश्चय ही प्रभावित है।

'मृच्छकटिकम्' के दीन चारुदत्त का सखा मैत्रेय विदूषक जब अपनी गरीबी के संबंध में कहता है तब वह भी अपने को तूल के समान हीनतर बतलाता है–

"अधवा मए वि मित्तेएण परस्स जामन्तण आहं
भक्खिदव्वाइं। हा अवत्थे। तुलीअसि।..." आदि 160

इस प्रसंग के प्रकाश में विद्यापति की पहली पंक्ति का संकेत दीन की लघुतर दशा की ओर है, यह स्पष्ट हो जाता है। वह गरीब बहुत गिरकर छोटा बनकर किसी से माँगता है। उसका आत्म-सम्मान विनष्ट हो जाता है। उसका सारा गौरव माँगने के साथ ही चला जाता है। 'वज्जालग्गं' में ही कहा गया है कि जब तक कोई याचना नहीं करता है तभी तक रूपवान, गुणवान, लज्जाशील, सच्चा, कुलोन और अभिमान वाला है याचना के साथ ही मनुष्य में लघुता आ जाती है–

ता रूवं ताव गुणां लज्जा सच्च कुलस्कमो ताब।
तावच्चिय अहिमाणो देहि त्ति न भण्णए जाव।।

–('वज्जालग्गं' (दणवज्जा)।134.।)

माँगने वाले की दशा बड़ी बुरी हो जाती है। बहुत कातर और विवश होकर उसे माँगना पड़ता है। उनका हृदय थरथराने लगता है, जबान सूखने लगती है तथा उसके मुख की शोभा और कांति नष्ट हो जाती है–

थरथरथरेइ हिययं जीहा घोलेइ कंठमज्झमि।
नासइ मुहलावण्णं देहीति परं भणतस्स।

–('वज्जालग्गं' (दोणवज्जा) 136।।)

विद्यापति की पहली पंक्ति पर 'वज्जालग्गं' के दीन-प्रसंग की छाया देखते हुए मुझे अपना संशोधित पाठ और अर्थ उचित जान पड़ता है। विद्यापति के पद की सखी नायिका को समझाती है कि गरीब बहुत गिरकर माँगता है–तृण-तूल

से भी लघु होकर वह याचना करता है अतः उसकी प्रार्थना सुननी चाहिए और उसे दान देना चाहिए।

'माँगने वाला बहुत छोटा होता है-इस आशय की उक्तियाँ प्राचीन साहित्य में बहुत मिलती है। एक संस्कृत सुभाषित में कहा गया है कि याचना पुरुष का महत्त्व नष्ट कर देती है माँगने पर भगवान् विष्णु को भी वामन हो जाना पड़ा था-छोटा बनना पड़ा था-

याचना हि पुरुषस्य महत्त्वं नाशयत्यखिलमेव तथा हि।
सद्य एवं भगवानपि विष्णुबमिनो भवति याचितुमिच्छत्।।

-('सुभाषित रत्नाकर', पृ. 71.24.।)

हेमचंद्र के संकलित मुक्तकों में भी एक दोहा इसी अभिप्राय का है कि मधुमथन विष्णु भी बलि से जब माँगने गए तो लघु हो गए। यदि बड़प्पन की अभिलाषा है तो देना चाहिए, किसी से माँगना नही चाहिए। माँगने में लघुता है, देने में महत्ता-

बलि अब्भत्थणि महु-महणु लहुई हूआ सोइ।
जइ इच्छहु बड्डतणउं देहुम मग्गहु कोइ।।

-('अपभ्रंश व्याकरण।।4.।384.।1)

संस्कृत की एक उक्ति में भी कहा गया है कि नीच जनो से मान की हानि करने वाली याचना नहीं करनी चाहिए। बलि से माँगने जाकर विष्णु छोटे हो गए थे -

कुर्यान्नीचजनाभ्यस्तां न याञ्चा मानहारिणीम्।
बलिप्रार्थनया प्राप लघुतां पुरुषोत्तमः।।

रहीम और वृन्द के दोहों में भी याचकता की लघुता का साक्ष्य प्राचीनों के अनुसार दिया गया है। 165

'पंचतंत्र' की एक उक्ति में भी याचना को ही दरिद्रता का साक्षात् स्वरूप बतलाया गया है। द्रव्य की अल्पता दरिद्रता नहीं है, याचना ही दरिद्रता है। एकमात्र धन के रूप में बूढ़े बैल को रखनेवाले शिव परमेश्वर ही है, क्योंकि वे याचक नहीं, दाता है-

दारिद्रस्य परा मूर्तिञ्चा, न द्रविणाऽल्पता।
जरद्गवनः शर्वस्तथाअपि परमेश्वरः।।

-('पंचतंत्रम्', 2.167।।)

इस समस्त विवेचन का निष्कर्ष यही है कि गरीब बहुत लघु होकर माँगता है। विद्यापति की पहली पंक्ति-

"तिन तुल अरु तातह भए लहु मानिय गरुबि आहि"

का बिना पाठ-संशोधन किए भी उसका यह आशय निकाला जा सकता है, लेकिन उस हालत में भी 'ग' का अर्थ 'गरिब' या 'गरीब' ही करना होगा। पूरे प्रसंग का अर्थ-संगति इस प्रकार बैठाई जा सकती है कि सखी कहती है कि तृण, तूल और उससे भी लघु गरीब को मानना चाहिए, लेकिन रहते हुए भी जो इनकार करता है वह उससे भी लघु है। यहाँ ' मानिअ' की जगह 'माँगिय' पाठ को बिना प्रतिष्ठित किए भी समान अभिप्राय ही निकल आता है कि तृण, तुल और उससे भी लघु जिसे मानते हैं वह गरीब है, लेकिन रहते हुए भी जो 'नहीं' कहता है यह सबसे लघु है।

'वज्जालग्गं' की उक्ति को ध्यान में रखते हुए विद्यापति की पहली पंक्ति में दीन याचक की चर्चा ही अभिप्रेत माननी होगी। पहली और दूसरी पंक्ति के अर्थों की संबद्धता के लिए भी यही समीचीन है। पूरे प्रसंग का वक्तव्य यही है कि याचक दीन तो तृण, तूल और उससे भी लघु है लेकिन संपत्ति रखकर भी नहीं देने वाला तो उससे भी अधिक लघु है। 'वज्जालग्ग' की एक गाथा से विद्यापति ने यह पूरा भाव से लिया है। प्राकृत कवि कहता है-

परपथ्यणापन्न मा जणणि जणेसु एरिस पुत'।
उयरे वि मा धरिज्जसु पत्थणमंगो कओ जेण।।

-('वज्जालग्गं' (वीणवज्जा)।133.।) 162

इस पद्य का आशय यह है कि कोई व्यक्ति अपनी माँ से कहता है कि है माँ, ऐसे पुत्र को पैदा न करो जो दूसरों से याचना करे और ऐसे को भी अपनी कोख में धारण न करो जो दूसरे की याचना को भंग कर देता है।

'वज्जालग्गं' की इस गाथा में याचक को बुरा बतलाकर याचना भंग करनेवाले को और भी बुरा और अवांछनीय कहा गया है—उसे तो गर्भ में भी नहीं रखने का प्रस्ताव है, जब कि याचक को केवल पैदा न करने की बात कही गई है।

'वज्जालग्गं' की इस गाथा के अर्थ का विद्यापति के पद में प्रतिबिम्बकल्प हरण दिखलाई पड़ता है। दीन को तृण, तुल और उससे भी लघु कहने का आधार भी 'वज्जालग्गं' का ही एक मुक्तक (135) है। 'वज्जालग्गं के एक सौ पैंतीसवें पद के उस अर्थ को विद्यापति ने छोड़ दिया है जिसमें कहा गया है कि हवा भी याचना के भय से परम लघु दीन को उड़ाकर नहीं ले जाती है। पद में प्राकृत-उक्ति (135) के खंडित भाव को लेने के कारण खंड प्रतिबिम्बकल्प' अर्थ-हरण की प्रतिति होती है, किंतु इसी पद में विद्यापति ने 'बज्जलग्न' की

एक सो तीसवीं गाथा का भाव भी सन्निविष्ट कर दिया है कि माँगनेवाला तो लघु है ही, किंतु नहीं देनेवाला तो परम लघु है, अतः इस प्रकार दो अलग-अलग उक्तियों के अर्थों को एक ही रचना में प्रतिबिम्बवत् ग्रहण कर लेने के कारण विद्यापति के पद में 'संपुट' नामक प्रतिबिम्बकल्प अर्थ-हरण की स्थिति है। 163

इस प्रसंग में विद्यापति के काव्याध्ययन को इस प्रकार विश्लेषित किया जा सकता है कि पद की पहली पंक्ति में गरीब को तृण-तुलादि से भी जो निकृष्ट कहा गया है उसपर 'वज्जालग्गं' की एक सौ पैंतीसवी गाथा का खंडात्मक प्रतिबिम्ब पड़ा है। 'वज्जालग्गं' की उक्तियों, संस्कृत-सूक्तियों और अपभ्रंश के दोहे के आधार पर पद में इस अर्थ की निष्पत्ति की गई है कि माँगनेवाला लघु होता है। 'वज्जालग्गं' की एक सौ तैंतीसवीं गाथा में वाचक की लघुता और इनकार करनेवाले को परम लघुता का अर्थ-प्रतिपादन मिलता है जिसे लेकर विद्यापति ने तृण तुलवाने प्रकरण में जोड़ दिया है। इस तरह दो रचनाओं के अर्थों को एक ही रचना में पिरो दिया गया है और वे भाव प्रतिबिंबवत् प्रत्यभिज्ञेय हो जाते हैं अतः पद में 'संपुट' संज्ञक प्रतिबिम्बकल्प अर्थ-हरण का ही निश्चय होता है।

पालि-भाषा की एक उक्ति में भी उपर्युक्त भाव मिलता है-

याचनं रोदनं आहु पञ्चालानं रथे सभ।
यो याचनं पच्चक्खाति तमाह पटिरोदनं।। 164

सूक्तिकार ने कहा है कि याचना रुदन है-बुरी चीज़ है, लेकिन याचना को खंडित करना प्रतिरुदन ही कहलाएगा यह प्रार्थनाभंग भी अच्छा नहीं है।

इस पालि-सुभाषित से भी विद्यापति के पद की तुलना की जा सकती है, किंतु विद्यापति का उपजीव्य ग्रंथ वस्तुतः 'वज्जालग्गं' ही है। 'वज्जालाग्गं' के नीति-काव्य को विद्यापति ने अपने श्रृंगारिक प्रसंग में नियोजित कर दिया है। नायिका को नायक की याचना पूरी करनी चाहिए, यही विद्यापति की सखी का वक्तव्य है।

यह भाव रहीम के द्वारा भी गृहीत हुआ है 165. इसी पद के उपसंहार में विद्यापति ने जो पंक्तियाँ लिखी हैं वे भी भाव की दृष्टि से मौलिक नहीं है-

तोर धन धनि तोराहि रहत निधन होएत ज्ञान।
दानक धरम तोराहि होएत कवि विद्यापति भान।।

-(विद्यापतिपदावली', रा. मा. प., पद-195, सं. अ. से)

विद्यापति यौवन-धन का दान नहीं करने वाली नायिका को सुझाव देते हैं

कि उसका धन तो उसके पास ही रहेगा। याचक ही निर्धन होगा देनेवाला नहीं पाने वाला दूसरा व्यक्ति ही निर्धन होगा, यह पद की विरोधात्मक व्यंजना है। दान देनेवाली युवती को तो दान का धर्म प्राप्त होगा, माँगने वाला ही निर्धन और लघु हो जाएगा। 'वज्जालग्गं' की एक सुन्दर गाथा में भी यही अर्थ ध्वनित होता है।

किसिणिज्जंति लयंता उदहिजलं जलहरा पयत्तेण।
धवलीहुंति हु देंता देंतलयंतंतरं पेच्छ।

–('वज्जालग्गं' (दोणवज्जा)। 137.।)

प्राकृत कवि ने वाचक और दाता के अंतर को ठीक ही चित्रित किया है। प्रयत्नपूर्वक सागर से मेघ जब पानी लेता है तब काला हो जाता है, किंतु वही जब वर्षा का दान देता है तब धवल हो जाता है। याचक ही दूषित होता है, दाता को तो दान के पुण्य से उज्जवलता प्राप्त होती है। 'वज्जलग्गं' की उक्ति में जो सौंदर्य है वह विद्यापति की पंक्तियों में नहीं है, किंतु दोनों का भाव-सादृश्य द्रष्टव्य है। 'माँगनेवाला ही निम्न और निर्धन सिद्ध होगा, किंतु दाता को दान का धर्म मिलेगा-विद्यापति का यह अर्थ 'वज्जालग्गं' के अर्थ का 'तुल्यदेहितुल्य' हरण है। यहाँ विषय-भेद होने पर भी अत्यन्त साम्य के कारण अर्थ सादृश्य प्रतीत होता है। बादल के दृष्टान्त के द्वारा 'वज्जालग्गं' में जो अर्थ ध्वनित किया गया है वही विद्यापति के पद में अभिधेय है। स्पष्ट ही विद्यापति की अपेक्षा 'वज्जालग्गं' में अधिक काव्यत्व है।

'पंचतंत्र' के एक प्रसंग में भी शिलष्ट शैली में माँगने वाले को निम्न और दाता को श्रेष्ठ तथा वंद्य बतलाया गया है–

सदा दानपरिक्षीण: शस्त एव करीश्वर:।
अदान: पीनगात्रोऽपि निन्द्य एव हि गर्दभ:।।77।।
सुशीतोऽपि सुवृत्तोऽपि वात्यदानादधो पट:।
पुन: कुब्जाऽपि, काणाऽपि, दानादुपरि कर्करी।।78।।
यच्छज्जलमपि जलदो वल्लभतामेति सकललोकस्य।
नित्यं प्रसारितकरो मित्रोऽपि न वीक्षितं शक्य:।। 79.।

–('पंचतंत्रम्' 2)

(ग) विद्यापति पदावली में 'आलेख्य-प्रख्य' अर्थ-हरण का उदाहरण

मदन-दहन के अनन्तर रति-विलाप वाले प्रसंग में कालिदास ने रति के द्वारा कामदेव की परोपकार-वृत्ति की चर्चा यों करवाई है कि उसके न रहने से वर्षाकालीन रातों में गहरे अंधेरे से अच्छा पथों में बादल और बिजली की कठोर

ध्वनि से त्रस्ता अभिसारिकाओं को प्रियतम के वास स्थान तक पहुँचाने में अब कौन समर्थ होगा? अर्थात् कामदेव के निधन के बाद वर्षाकालीन रातों में तमसाच्छादित रास्तों और धनशब्द से भीता अभिसारिकाओं को प्रियतम तक पहुँचाने वाला सहायक नहीं रहा, यही कालिदास का वक्तव्य है -

रजनीति मिराऽवगुण्ठिते पुरमार्गे धन शब्दविक्लवाः।
वसति प्रिय! कामिनां प्रियास्त्वदृते प्रापयितुं ईश्वरः।।

-('कुमारसंभवम्', 4.11.।)

यहाँ कालिदास ने प्रकारान्तर से कामदेव को वर्षाकालीन कृष्णा भिसारिकाओं के मार्गावलम्ब और मिलन सहायक के रूप में स्थापित किया है। उस उक्ति की व्यंजना यही है कि घनघोर बरसाती रातों में भी 'काम' -भाव के कारण ही अभिसारिकाएँ प्रियतम तक बिना किसी भय के पहुँच जाती हैं। काम के देहान्त से अब उनका अभिसार न हो सकेगा, यही रति के कहने का अभिप्राय है।

कदाचित् कालिदास के इसी 'लोक से अनुप्रमाणित होकर अमरुक ने यह पद्य रचा होगा–

क्व प्रस्थितासि करमोरु! धने निशीथे?
प्रांणाधिको वसति यत्र जनः प्रियो मे।
एकाकिनी बत कथं न विभेषि बाले!
नन्वस्ति पुङ्खितशरो मदनः सहायः।। 71.।

-('अमरुशतकम्।71।-मित्र प्र. प्रा. ति., प्रयाग) 166

अभिसारिका नायिका और सखी के प्रश्नोत्तर के रूप में कवि ने इस पद्य को रचा है। सखी अभिसारिका से प्रश्न करती है कि हे करभोरु, निविड़ अंधेरी रात में तुम कहाँ चल पड़ी हो? अभिसारिका उत्तर देती है कि जहाँ उसका-प्राणाधिक-प्रिय प्रेमी है वहीं वह जा रही है। सखी सवाल करती है कि तुम तो एकाकिनी हो, क्या तुम्हें भय नहीं लगता है? अभिसारिका इसका खंडन करती हुई उत्तर देती है कि ऐसी बात नहीं है कि वह अकेली है और उसे भय लग रहा है, क्योंकि धनुर्धारी कामदेव बाण चढ़ाए हुए उसके सहायक है। कामदेव जैसे सशस्त्र अंगरक्षक के रहते अभिसारिका को अंधेरी रात में भय क्यों होगा? वह अकेली नहीं है, तीर चढ़ाए हुए कामदेव उसके संगी हैं, अतः वह प्रगाढ़ अँधेरी रात में भी 'अभिसार करने में विभीषिका का अनुभव नहीं करती है।

घनी अँधेरी रात, सहज ही डरपोक नारी, फिर भी अकेली अभिसार करने में वह क्यों नहीं डरती है, यह सखी के लिए अवश्य ही आश्चर्य का विषय है।

अभि-सारिका प्राणों से भी अधिक प्रियनायक के पास जाने की इच्छा कहकर सखी का कदाचित यह समाधान करती है कि वह प्राण देकर भी अभिसार करेगी, क्योंकि प्राणों से भी प्रिय पुरुष से उसे मिलना है। प्राण जाने का भी अभिसारिका को डर नहीं है, यह भाव यहाँ ध्वनित है। पुनः नायिका अपनी सुरक्षा के संबंध में भी सखी को आश्वस्त कर देती है कि यह अनन्य धनुर्धर कामदेव के साथ अभिसार-पय पर अग्रसर हो रही है-सहायक मदन तीर चढ़ाकर उसके साथ चल रहा है, अतः मार्ग को बाधाहीन ही समझना चाहिए-खतरों से मुकाबला करने के लिए कामदेव सन्नद्ध ही है। इस तरह हम देखते हैं कि अमरुक ने काम प्रेरिता अभिसारिका के दुस्साहसपूर्ण संकल्प का चित्र उपस्थित किया है।

कालिदास की उक्ति का सर्वधा मनोहारी और मौलिक स्वरूप अमरुक ने संघटित-किया है। कालिदास का कामदेव अभिसारिकाओं को प्रेमियों तक अंधेरी वर्षा रात्रियों में भय मोचन करते हुए पहुँचाता है और अमरुक का मदन भी अंधेरी रात में अभिसारिका को प्रेमी तक पहुँचाता है, किन्तु यह शरहस्त स्मर है सशस्त्र सहायक। कालिदास का कामदेव वर्षा-रात्रियों में 'घन शेर से भीता अभिसारिकाओं का सखा है, किंतु अमरुक का मदन केवल अंधेरी रात में अभिसार करने वाली का रक्षक और सहायक है।

अमरुक के पद्म में प्रश्नोत्तर अलङ्कार है। कवि ने नायिका-सखी-संवाद के रूप में, कालिदास की तुलना में, अपनी उक्ति की मौलिकता ही सम्पादित की है। विद्यापति के एक पद में अमरुक के अर्थ का हरण देखा जा सकता है-

निसि निसिअर भ्रम भीम भुअङ्गम
जलधरे बिजुरि जोर।
तरुण तिमिर राति तैअओ चलि जासि
बड सखि साहस तोर।।
साजनि कमन पुरुष धन जे तोर हरल मन
जाहेरि उसे अभिसार।।
अँगा तञो जञुन नरि से कइसे जएबह तरि
आरति देवह झापे।।
तोरा अछ पचसर तें तोहि नहि डर
मोर हृदय बरु कापे।

-(*'विद्यापति पदावली', रा. भा. प., पद-163*)

अमरुक की नायिका जैसे ही अभिसार के लिए प्रस्थान करने लगती है, कि

सखी टोक देती है। लोक-विश्वास के अनुसार यह टोकना अपशकुन है-यात्रा की असिद्धि का सूचक है, किंतु विद्यापति के पद को पढ़कर ऐसा प्रतीत होता है कि सखी भी नायिका के साथ चल रही है और गंतव्य आदि से संबंधित प्रश्न नहीं पूछती है।

सखी अभिसारिका के साथ कुछ दूर तक चलती हैं, किंतु वातावरण की भयानकता और मार्ग की बाधाओं से डर कर अपने हृकम्पक को स्पष्टतः कह देती है। वह अभिसारिका के साहस की सराहना करती है तथा यह कहती है कि उसके पास पाँच तीर है-शस्त्र हैं, अतः वह भीता नहीं है। सखी के हृदय में कम्पन हैं, किन्तु 'पंच' वाली अभिसारिका को किसी प्रकार की भीति नहीं है।

अमरुक के अभिसारिका सखी प्रश्नोत्तर को हटाकर विद्यापति ने सखी के मुख से ही वातावरण की दारुण विभीषिका, पथ-बाधा और साहसी नायिका के संगी 'पंचशर' की चर्चा करवाई है। अमरुक की नायिका मुखरा हैं, किन्तु विद्यापति की सखी ही मुखरा है, नायिका, मौन है। अमरुक के भाव को लेकर ही विद्यापति ने उसकी प्रतिकृति खींच दी है।

विद्यापति को सखी नायिका के साथ चलती-चलती कहती है, कि रात में निशाचर घूम रहे हैं। भयानक साँप है। बादलों में बिजली कौंध रही है। रात का अँधेरा अपने यौवन में है। ऐसी दशा में भी हे अभिसारिके, तुम अभिसार-पथ पर बढ़ती ही जा रही हो! तुम बहुत साहस वाली हो। जिसके उद्देश्य से तुम अभिसार के लिए जा रही हो, तुम्हारे मन को हर लेनेवाला वह भाग्यशाली कौन है?

पुरुष अभिसारिका से सखी अभिसार-पथ के अवरोधों की चर्चा करती हुई आगे पढ़ने वाली यमुना नदी की बात उठाती है। उस नदी को नायिका कैसे तैर सकेगी?-अपने आपको वह आपत्ति में डाल देगी। 167

सखी कहती है कि हे अभिसारिके, तुम्हारे पास तो पंचशर है इसलिए तुम्हें कोई डर नहीं है, किन्तु मेरा हृदय भय से विकम्पित है। यहाँ 'पंचशर' जैसे शब्द का प्रयोग करके सखी 'लेष से सूचित करती है कि नायिका के पास पाँच तीर हैं-हथियार हैं तथा उसके साथ पुष्पधन्वा कामदेव है जिसके कारण वह किसी से भी नहीं डरती है।

अमरुक की तरह विद्यापति की नायिका एकाकिनी नहीं है-उसके साथ-साथ सखी भी चल रही है। अमरुक की नायिका सहज करभोरु' है, किंतु विद्यापति के पद की सखी ही 'करभोरु' है, नायिका तो अतीव साहसी है, विद्यापति की

नायिका भयानक बरसाती रात में विघ्न बाधाओं के बीच अभिसार कर रही है, किंतु अमरुक की अभिसारिका केवल अँधेरी रात में प्रियतम से मिलने के लिए चल पड़ी है। भीषण रात और पथ-बाधा का आमरुक की अपेक्षा विद्यापति ने विशद वर्णन किया है।

अमरुक की सखी केवल प्रश्न करती है, यात्रा के समय टोकती है, लेकिन विद्यापति की सखी अभिसारिका के साथ चलती है, उसे टोककर यात्रा का अपशकुन नहीं करती है और पथ-बाधाओं का वर्णन तथा रात्रिकालीन भीषणता की चर्चा करके स्वयं को भीता बतलाती है। अमरुक की सखी न तो इतनी क्रियाशीला हैं न वह अपने डर का कथन करती है। विद्यापति के इस प्रसंग की व्यंजना यह भी हो सकती है कि अपने डर को प्रकट करके और अभिसारिका को शस्त्र-सज्जित बतलाकर विद्यापति के पद की सखी अभिसारिका का संग छोड़कर उसे अकेली ही अभिसार करने को प्रेरित कर रही है। सखी कबाब में हड्डी नहीं बनना चाहती है। वह अभिसारिका को एकान्त में ही नायक से मिलने का मौका देना चाहती है, इसलिए अपने हृत्कम्प को स्पष्टत: कहकर रुक जाना चाहती है।

अमरुक की नायिका 'पुंखितशर मदन' को सहायक बतलाती है, किन्तु विद्यापति की सखी 'तोरा अछ पचसर' कहकर भयंकर रास्ते पर चलनेवाली नायिका को हथियर से लैस बतलाती है। अमरुक की नायिका सशस्त्र अंगरक्षक के साथ है, किन्तु विद्यापति की साहसी अभिसारिका स्वयं भी पाँच तीरों के साथ अर्थात् प्रशस्त्र-सज्जिता है और कामदेव तो उसके साथ है ही।

अमरुक ने प्रश्नोत्तर अलंकार के द्वारा परिस्थिति का संकेत दिया है, किन्तु विद्यापति ने प्रश्नोत्तर की पद्धति का मोचन कर दिया हैं। विद्यापति की सखी स्वयं ही सारी स्थितियों का वर्णन कर देती हैं। अमरुक की तरह विद्यापति के पद में सखी और नायिका के प्रश्न तथा उत्तर नहीं हैं।

विद्यापति की नायिका अमरुक की नायिका की तरह नहीं, कालीदास की वर्षा-कालीन निशाभिसारिकाओं की तरह मिलन-पथ पर आगे बढ़ती है।

विद्यापति ने अमरुक का ही अर्थ-हरण किया है, किन्तु अपनी ओर से उसमें कुछ परिष्कार और परिवर्तन करके रंग भी भर दिया है। पद में अमरुक के अर्थ का प्रतिबिम्ब नहीं, उसकी प्रतिकृति प्राप्त होती है। चित्रकार के चित्र में प्रतिबिम्ब की अपेक्षा कुछ वैशिष्ट्य अवश्य ही होता है। पार्श्वभूमि के अंकन, रंग, रेखा, कोण आदि के वैशिष्ट्य के कारण प्रतिबिम्ब से आलेख्य अधिक मौलिक और हृदयावजक होता है। विद्यापति ने अपने पद में अमरुक के भाव का चित्र उपस्थित

किया है। उन्होंने प्राचीन अर्थ में रंगों को भरकर वैशिष्ट्य-निष्पादन की चेष्टा की है। पुरानी उक्ति की कथन-भंगिमा में उन्होंने परिवर्तन ला दिया है। इस तरह हम देखते हैं कि यहाँ अमरुक के अर्थ का 'आलेख्यप्रख्य' हरण है। 168

'अमरुशतकम्' के पद में प्रश्नोत्तर अलंकार है। 169 पद में सखी के प्रश्न है और अभिसारिका के स्पष्ट उत्तर हैं। इसी प्रश्नोत्तर शैली में समूचा मुक्तक निर्मित है। प्रश्नों का उत्तर व्यक्त हैं, अतः यहाँ व्यक्त उत्तरवाला प्रश्नोत्तर अलंकार निष्पन्न होता है। लेकिन पद्य के भाव को लेकर भी विद्यापति ने उसकी शैली का परित्याग कर दिया है। उन्होंने अमरुक का अभिव्यंग्य ले लिया है, किंतु अभिव्यक्ति का प्रसाधन छोड़ दिया है– हटा दिया है। पद में प्रश्नोत्तर का विधान न करके सखी के द्वारा ही भावों का वर्णन करा दिया गया है। इस तरह हम देखते हैं कि अमरुक के अलंकृत वर्णन को विद्यापति ने अनलंकृत करके ग्रहण किया है, अतः उनके पद में अमरुक के अर्थ का 'विभूषण-मोष आलेख्यप्रख्य' हरण है। 'विभूषणमोष आलेख्य-प्रख्य' में पुरानी रचना के अलंकृत अर्थ का अलंकार हटाकर हरण किया जाता है। अर्थ की अलंकृत भंगिमा को हटाकर मूलभाव को इसमें ले लिया जाता है। 170

विद्यापति के पद में अमरुक की उक्ति के प्रश्नोत्तर अलंकार को हटाकर भाव-हरण किया गया है, अतः इसमें 'विभूषण-मोष आलेख्यप्रख्य' अर्थ-हरण की स्थिति है।

(घ) विद्यापति पदावली में 'तुल्यदेहितुल्य' अर्थ-हरण के उदाहरण

1. विषयपरिवर्त्त तुल्यदेहितुल्य' अर्थ-हरण के दृष्टान्त

पहला उदाहरण

'अभिज्ञान 'शाकुन्तलम् 'के अधोलिखित प्रसंग की छाया विद्यापति में दिखलाई पड़ती है-

अमिमुखे मयि संवृतमीक्षितं हसितमन्यनिमित्तकथोदयम्।
विनयवारितवृत्तिरतस्तया न विवृतो मदनो न च संवृतः।।12.।

राजा–सखीम्यां मिथः प्रस्थाने पुनः सलीलया तत्त्रमवत्या मयि भूयिष्ठमाविष्कृतो भावः। तथाहि-

दर्भांक रेण चरणः क्षत इत्यकाण्डे
तन्वी स्थिता कतिचिदेव पदानि गत्वा।
आसीद्विवृत्तवदना च विमोचयन्ती

शाखासु वल्कलमसक्तमपि द्रुमाणाम्।।13.।

-('अभिज्ञानशाकुन्तलम्, अंक 2, पद्य 12-13)

'अभिज्ञान शाकुन्तलम्' का दुष्यन्त शकुन्तला की उस चेष्टा का वर्णन करता है जिसमें दुष्यन्त को देखने के लिए वह कपट पूर्ण व्यवहार करती है। शकुन्तला दुष्यन्त पर प्रकटतः दृष्टि-निक्षेप नहीं करती है। दुष्यन्त जब उसके सामने रहता है तब वह उसे स्पष्टतः नहीं देखकर दृष्टि फेर लेती है। सखियों के साथ जाते समय वह कपट का सहारा लेकर दुष्यन्त को भरपूर नेत्रों से देखती है। सखियों के साथ चलते हुए वह चरण में दर्भांकुर के गढ़ जाने की झूठ बात कह कर बैठ जाती है। तदनन्तर द्रम-शाखा में फँसे वल्कल वस्त्र को छुड़ाने के छल से वह दुष्यन्त को ही देखती रहती है।

कालिदास के इस प्रसंग को विद्यापति ने मनोरम ढंग से ग्रहण किया है-

नहाए उठल तीर राइ कमलमुखि समुख हेरल वर कान।
गुरुजन संग लाज धनि नत-मुखि कइसन हेरब बयान।2.।
सखि है, अपरुब चातुरि गोरि।
सब जन तेजि कए अगुसरि संचरि आड़ बदन तँह फेरि।।4.।
तँहि पुन मोतिहार तोरि फेंकल कहइत हार टुटि गेल।
सब जन एक-एक चुनि संचरु स्याम दरस धनि लेल।।6।।
नयन-चकोर कान्हु-मुख ससि-बर कएल अमिय रसपान।
दुहु-दुहु दरसन रसह पसारब कवि विद्यापति भान।।6.।

-('विद्यापति की पदावली, बेनीपुरी, पद्य 26)

स्नानोपरान्त राधा जब नदी-तीर पर आती है तो हठात् कृष्ण के दर्शन करती है। गुरुजन भी साथ हैं अतः वह प्रकटतः कृष्ण का रूप नहीं निहार सकती है। लज्जावनत आननवाली राधा गुरुजनों के साथ चलती हुई कृष्ण को देखने के उपाय सोचने लगती है। चतुरा नायिका सबसे आगे बढ़कर, शरीर को तिर्यक् करके अपने मुक्ताहार को तोड़कर फेंक देती है और बोल उठती है कि उसका हार टूट गया है। सभी लोग उस हार की बिखरी हुई मुक्तागों को चुनने लगते हैं। राधा को यथेष्ट अवसर मिलता है और यह छककर कृष्ण की रूप-माधुरी का पान करती है। कृष्ण और राधा दोनों एक-दूसरे के रूप को जी भर कर देखते हैं। दोनों के हृदयों में रस का उन्मेष होता है।

शकुन्तला जहाँ दर्भाङ्कर के गड़ने और बाल के छुड़ाने का बहाना करके नायक को देखने का अवसर पाती है, वहाँ विद्यापति की राधा मुक्ताहार को तोड़कर संग के गुरुजनों को व्यस्त बनाकर प्रियतम को देखती है। शकुन्तला के

साथ तो सखियाँ है लेकिन राधा के साथ गुरुजन है, अतः उनके सामने कृष्ण को प्रकटतः देखना राधा के लिए कष्टसाध्य सा है, जिसका उचित उपाय चतुरा राधा निकाल ही लेती है।

यहाँ कालिदास और विद्यापति के प्रसंगों का तुल्यदेहित्व स्पष्ट ही है। दोनों ही प्रसंगों में विषय-भेद रहने पर भी उत्कट सादृश्य के कारण अभिन्नता जान पड़ती है, किंतु यह सादृश्य समान शरीर वालों का सादृश्य है। इस सादृश्य में दोनों की निजी मौलिकताएँ भी दृष्टिगत होती हैं। 171

विद्यापति के पद में कालिदास के बस का 'विषयपरिवर्त तुल्यदेहितुल्य' हरण है। 172

विद्यापति ने कालिदास के शकुन्तला वाले प्रसंग को राधा के प्रसंग में इस मौलिकता के साथ परिवर्तित कर दिया है कि उनके पद में कालिदास की अपेक्षा अन्य रूप की स्थिति आ गई है। कालिदास की वस्तु का विषयान्तर में सन्निवेश करके विद्यापति ने एक पृथक् भाव जगत् का विधान कर दिया है।

दूसरा उदाहरण

'अभिज्ञान शाकुन्तलम्' में हंसपादिका की नेपथ्य-गीति के रूप में जो अन्योक्ति दी गई है वह आम्र-मंजरी को चूमकर, उसका रस लेकर पुनः उसे भूलकर कमल-वास में ही रहनेवाले भौंरे से संबद्ध है। वह भौंरा अवश्य ही दुष्यन्त है जो शकुन्तला को राजधानी आकर भूल गया है–

अभिनवमधुलोभभावितस्तथा परिचुम्ब्य चूतमञ्जरीम्।
कमलवसतिमात्रनिर्वृतो मधुकर! विस्मृतोऽस्येनां कथम्।।
(अहिणव-महु-लोह-भाविदो तह परिचुम्बिअ चूअमञ्जरिं।
कमलवसदिमेत्तणिव्बुदो महुअर विह्मरिदोसिणं कहं।।)

–('अभिज्ञान शाकुन्तलम्, अंक 5.8।)

भौंरे को उपालम्भ दिया गया है कि रसाल-मञ्जरी का रस ले लेने के बाद है जब वह कमल-कोष में चला आया तब वह रसाल-मञ्जरी को विस्मृत क्यों कर बैठा है।

इस पद्य को सुनकर दुष्यन्त बहुत ही उत्कण्ठित हो जाता है।

विद्यापति के अधोलिखित पद पर उपर्युक्त भाव का प्रभाव देखा जा सकता है–

सिनेह बढ़ाओल सुपुरुस जानि
दिने (दिने) कएलह आसा हानि।

कत न जगत अछ रसमति फूल
मालति मधु मधुकर पए भूल।

–(विद्यापति पदावली, रा. भा. प., पद–77)

विद्यापति की नायिका भी भूल जाने वाले–उपेक्षाशील प्रियतम को उलाहना देती है कि तुम्हें अच्छा व्यक्ति समझ कर तुमसे प्रेम-भाव बढ़ाया था लेकिन तुमने अंततः आशा भंग ही किया। संसार में तो बहुत-से सरस पुष्प हैं, किन्तु उनका रसपान करता हुआ भी भ्रमर क्या मालती के रस को भूल जाता है? बहुत-से फूलों का रसपान करते हुए भी भौंरा मालती की उपेक्षा नहीं करता है–उसे भूलता नहीं है।

'शाकुन्तलम्' के प्रसंग से विद्यापति के पद का सादृश्य 'तुल्यदेहिवत' है। रसालमंजरी को भूलकर कमल-कोष में आ बसने वाला कालिदास का भौंरा विद्यापति के पद में दूसरे-दूसरे फूलों का रसपान करता हुआ मालती को भूल जाता है। 'शाकुन्तलम्' का भौरा आम्रमञ्जरी को भूलकर कमल-कोष में आकर स्थित हो जाता है और मंजरी को भूला देता है, किन्तु पद का भौंरा संसार के विविध रसमय फूलों पर घूमता है और मालती को भुला देता है। 'अभिज्ञान शाकुन्तलम्' की विस्मृता रसाल मंजरी अर्थात् शकुन्तला स्वयं भौंरे अर्थात् दुष्यन्त को उलाहना नहीं देती है, किन्तु विद्यापति के पद की उपेक्षिता और विस्मृता नायिका स्वयं भौंरे या नायक को उपालम्भ देती है।

विद्यापति के पद में कालिदास के प्रसंग का 'विषयपरिवर्त तुल्यदेहितुल्य' हरण जान पड़ता है। कालिदास का ही भाव विषयान्तरित होकर अन्य रूप में विद्यापति के पद में योजित हुआ है। इसे हम भाव साम्य कह सकते हैं, अपहरण नहीं। इसी भावधारा का निर्वाह विद्यापति ने अन्यत्र भी किया है। अगले उदाहरण में भी इसी प्रसंग की छाया देखी जा सकती है।

तीसरा उदाहरण

विद्यापति की विरहिणी भूल जाने वाले नायक को ठीक ही उपालम्भ देती है–

हरि हरि काहे कइ ब इह संवाद
सुमरि सुमरि नेह खीन भेल मुझ देह जीवने आछय किए साध।
पुरुब पियारि नारि हम आछल अब दरशनहुँ सन्देह।
भमर भमए भमि सबहु कुसुमे रमि न तजय कमलनि नेह।।
आश नियर करि जिउ कत राखब अबहि से करत पयान।

विद्यापति कह धैरज धर धनि मिलब तुरतहि कान।।

विरहिणी गोपिका प्रेम की याद करके कृशतन हो गई है। वह पहले कृष्ण की प्राण-वल्लभा थी, किन्तु अब तो कृष्ण के दर्शन भी दुर्लभ हैं-मिलने की कोई उम्मीद नहीं जान पड़ती है। हाँ, एक आशा है कि सभी फूलों में रमण करता हुआ भी भ्रमर कमलिनी के प्रेम को नहीं भूलता है– नहीं छोड़ता है। बहुवल्लभ होकर भी भौंरा कमलिनी का अनादर नहीं करता है। लेकिन इस आशा से भी प्राण-रक्षा करने में कठिनाई जान पड़ती है, क्योंकि प्राण तुरंत ही प्रयाण कर देना चाहते हैं।

विद्यापति के भ्रमर वाले अर्थ की तुलना 'युद्धनीत काव्यम्' की उस उक्ति से की जा सकती है जिसमें भ्रमर के स्वभाव का चित्रण किया गया है, कि कमल-रस-पान में ही उसकी तृप्ति है और यह दूसरे फूलों के साथ समागम केवल बुभक्षा-शमन के लिए करता है-

यदि नामोदरभरणाप्राप्त्यै कुरुतेऽन्यपुष्पसंश्लेषम्।
तदपि न पुष्टिर्मृग्या अपिबन्त्या अरविन्दमकरन्दम।।

-(कुट्टनीमतं काव्यम्।।726.।)

दामोदर गुप्त का वक्तव्य है, कि भ्रमर उदर-भरण के लिए दूसरे फूलों के पास भी जाता है, किन्तु उसे तृप्ति तभी मिलती है जब वह कमल का रसपान करता है।

विद्यापति का भी यही अभिप्राय है कि भौंरा सभी फूलों पर रमता हुआ भी पुष्पविशेष पर हृदय से लुब्ध होता है, उसे भूलना उसके लिए शक्य नहीं है।

दामोदर गुप्त के अर्थ का प्रतिबिम्ब विद्यापति के पद में देखा जा सकता है।

हेमचन्द्र के व्याकरण में संकलित एक दोहे में यह अर्थ उपनिबद्ध है कि कुंजर का मन सल्लकी में ही बँधा रहता है– दूसरे पेड़ों के साथ तो वह क्रीड़ा-मात्र करता है-

कुञ्जरू अन्नहं तरुअ रहं कुड्डेण घल्लइ हत्थु।
मण पुणु एक्कहिँ सल्लइहिं जइ पुच्छह परमत्थु।

-('अपभ्रंश व्याकरण'।।4.। 422.8.।)

कुंजर दूसरे पेड़ों से सम्पर्क रखता हुआ भी सल्लकी को नहीं भूल सकता है। वह दूसरे पेड़ों पर तो क्रीड़ा-मात्र के लिए अपना हाथ या शुष्ड घिसता है, लेकिन वस्तुतः उसका मन सल्लकी के पेड़ में ही रमता है–उसे सल्लकी से ही विशेष स्नेह है, दूसरे पेड़ों से नहीं।।

हेमचंद्र के दोहे में जिस अर्थ को सल्लकी और कुञ्जर के द्वारा अभिव्यक्त

किया गया है वही विद्यापति के पद में कमलिनी और भ्रमर के द्वारा अभिव्यंजित है। पद में कुज्जर और सल्लकी से संबद्ध प्रेम को भ्रमर और कमलिनी के प्रेम में परिवर्तित करके विषयान्तर लाकर अपभ्रंश मुक्तक के सदृश भाव का निष्पादन किया गया है। दोनों उक्तियों में विषय-भेद है, किन्तु अर्थ का सादृश्य प्रतीत होता है, अतः हेमचंद्र के व्यर्थ का पद में विषय-परिवर्त्त' पुत्यदेहितुख्य' हरण देखा जा सकता है। यह हरण-हरण न होकर सादृश्य-मात्र है।

बहुवल्लभ प्रियतम् के विशेषानुराग का प्रसंग हेमचन्द्र के व्याकरण की एक अन्य उक्ति से भी प्राप्त होता है-

एकमेक्कउं जइ वि जोएदि हरि सुट्ठु सव्वायरेण।।
तो विद्रोहि जहिं कहिं वि राही।।
को सक्कइ संवरेवि दड्ढ-नयणा नेहिं पलुट्टा।।

-('अपभ्रंश व्याकरण'।4।422।5.।)

कृष्ण यद्यपि सभी गोपियों को समादृत करते हैं किन्तु उनकी दृष्टि बराबर राधा पर ही लगी रहती है। राधा के प्रति उनका विशेषानुराग है। ' स्नेहपूर्ण नेत्रों को रोका नहीं जा सकता है। कृष्ण की तरह भौंरा भी सर्वत्र घूमने के बाद पुष्पविशेष के प्रति ही विशेष स्नेह रखता है। जब वह अपने इस विशेष प्रेम के प्रति उदासीन हो जाता है तब उपालम्भ का पात्र बनता हैं।

चौथा उदाहरण

'आर्यासप्तशती' की एक सुंदर आर्या है-

अन्यमुखे दुर्वादो यः प्रियवदने स एव परिहासः।
इतरेन्धनजन्मा यो धूमः सोऽगुरुभवो धूपः।। 13.।

-(अकारव्रज्या, 13)

स्थान-स्थान का वैशिष्ट्य होता है। "ठामे गुण काजल, ठामे दोष कालिख" वाली लोकोक्ति बिल्कुल सत्य है। दूसरे के मुख से निकली हुई जो बात बुरी होती है वही प्रिय के मुख से निकलने पर परिहास की संज्ञा पाती है। दूसरे ईंधन के जलने से जो धुआं पैदा होता है वही अगुरु के जलने से धूप कहलाता है। धुआँ और धूप में आधार के कारण अंतर होता है।

गोवर्धनाचार्य ने उचित ही कहा है कि दूसरे के मुख का दुर्वाद प्रिय के मुख का परिहास होता है तथा दूसरी लकड़ी का धुआँ-धुआँ है, किन्तु अगुरु का धुआँ 'धूप' है- वैशिष्ट्य समन्वित है।

विद्यापति के एक पद में उपयुक्त आर्या के भाव को बहुत ही सुन्दरता से

लिया गया है–

सुजन वचन षोटि न लाग
जनि दिढ कठु आलक दाग।

–('विद्यापति पदावली, रा. भा. प., पद–91)

विद्यापति का वक्तव्य हैं कि दूसरों के वचन में खोटापन रह सकता है किन्तु सज्जनों के वचन में बुराई नहीं रहती है– सज्जन–वचन बुरा नहीं मालूम होता है। जिस तरह आल का कठोर धब्बा बुरा नहीं मालूम होता है। कवि का आशय है। कि सज्जनों के कठोर वचन में भी दोष नहीं है। वही वचन जो दूसरे के मुख से कठोर और दुष्ट जान पड़ता है सज्जन के मुख से निकलकर बुरा नहीं ज्ञात होता है। आलते का बिन्दु नारियों के ललाट पर शोभता ही है। आल का धब्बा कठोर होता है और वह अंततः दाग ही है, लेकिन रम्य जान पड़ता है। उसी तरह सज्जन का कठोर वचन भी अच्छा ही लगता है।

यहाँ विद्यापति ने अपनी मौलिकता की रक्षा करते हुए आर्या का भाव–ग्रहण किया है। अपने काव्याध्ययन को उन्होंने प्रतिभा से पैना बनाकर प्रस्तुत किया है। आर्या और पद के भाव में मूलतः सादृश्य है, किन्तु गोवर्धनाचार्य 'अगुरु' के दृष्टान्त को सामने लाते हैं और विद्यापति 'आल' का उदाहरण प्रस्तुत करते हैं। विद्यापति सुजन के कथन को दोष मुक्त मानते हैं, किन्तु गोवर्धन प्रिय के मुख की बुरी बात को 'परिहास' कहते हैं। आर्या में कहा गया है कि अगुरु का धुआं धूप है, किन्तु दूसरे पदार्थों का धुआँ धुआ है– कटु है। विद्यापति भी कहते हैं कि दूसरा दाग–दाग ही है, लेकिन आल का धब्बा कठोर होकर भी दोष–हीन है। अलक्तक का धब्बा, धब्बा नहीं, नारी के आनन पर अंकित होकर रमणीय तिलक है यह विद्यापति के पद की व्यंजना है।

'कर्षक' कवि विद्यापति ने अपनी प्रतिभा के द्वारा आर्या के भाव को अपनी रम्य रचना में खींच–सा लिया है और उसका अभिनव व्यक्तित्व दिया है। वे इस काव्य–हरण को छिपाने में सक्षम प्रमाणित हुए हैं। 'आच्छादक' कवि विद्यापति ने हम अर्थ–हरण को पचा लिया है। हरण को आत्मसात् कर लेने वाला निद्य नहीं बंध है-

सनन्दति विना वाच्यं यो जानाति निगूहितुम।।" विद्यापति का अपना सभी सिद्धान्त है की 'तत करिये जत फाबए चोरि।।

आर्या और पद में विषय–भेद है, किन्तु तात्पर्य का सादृश्य है। दोनों के अर्थों में अभेद है, किन्तु दोनों के विषय पृथक–पृथक हैं। इस तरह हम देखते हैं कि पद में आर्या के अर्थ का 'तुल्यदेहितुल्य' हरण किया गया है।

दोनों ही रचनाओं के अर्थों में समान शरीरत्व की प्रतीति होती है और अगुरु तथा आल एवं प्रियजन तथा सज्जन का विषय-भेद स्पष्ट है, अतः विद्यापति के पद में आर्या के अर्थ का 'विषय-परिवत्तं तुल्यदेहितुल्य' हरण है। राजशेखर के अनुसार यदि दो उक्तियों का भाव एक हो किन्तु उनमें विषयान्तर योजना से अन्य रूपों की प्राप्ति हो तो उस अर्थ-सादृश्य को 'विषय-परिवत्तं तुल्यदेहितुल्य' कहा जाता है।

2. 'रत्नमाला तुल्यदेहितुत्य अर्थ-हरण के दृष्टान्त

पहला उदाहरण

'गाथा सप्तशती' की एक वासकसज्जा नायिका राजमार्ग की ओर अपने नयनोत्पलों को टाँगकर तथा अपने दोनों कुचों को मंगल कलशों की भांति घर के द्वार पर ही स्थित करके प्रियतम के जाने की प्रतीक्षा कर रही है-

रत्थापइण्णणअणुप्पता तुमं सा परिच्छए एन्तं।
दारणिहिएहि दोहिं वि मङ्गलकलसेहिं व थणेहि।।

-गाथा सप्तशती' 2।40।

प्रियतम के आने का समाचार सुनकर नायिका उसके स्वागत में घर के दरवाजे पर ही खड़ी होकर अपने इन्दीवर-नयनों से उसके मार्ग में पाँवड़े बिछाती है अर्थात् उसके स्वागत में कमल बिछाती है तथा शीघ्रता में मंगल कलश का आयोजन न करके अपने स्तनों को ही मंगल कलशों के रूप में गृह-द्वार पर अधिष्ठित कर देती है।

कदाचित् इसी गाथा को ध्यान में रखकर डॉ. हजारी प्रसाद द्विवेदी ने यह टिप्पणी लिखी है-" उन दिनों पूर्ण कुंभ-स्थापना की प्रथा इतनी व्यापक थी कि कवियों ने उपमा के लिये उसका व्यवहार किया है। हाल ने प्रेमिका के हृदय-मंदिर में पधारनेवाले प्रेमी के लिए सुसज्जित पूर्ण कुंभ की जो कल्पना की थी वह इसी प्रथा के कारण।" 173

परवर्त्ती काल में यह गाथा बहुत लोकप्रिय हुई और अमरुक ने इसी का आधार लेकर एक पद्य रचा है जिसमें परदेश से आनेवाले प्रियतम का स्वागत करनेवाली बासकसज्जा नापिका अपने ही अंगों को स्वागत सामग्रियों के रूप में प्रस्तुत करके नायक का मंगल करती है, ऐसा वर्णन मिलता है-

दीर्घावन्दनमालिका विरचिता दृष्ट्यैव नेन्दीवरैः
पुष्पाणां प्रकरं स्मितेन रचितो नो कुन्दनात्यादिभिः।

दत्तः स्वेदमुचा पयोधरभरेणार्घो कुम्भाम्भसा
स्वैरेवावयवैः प्रिथस्य विशतस्तन्व्या कृतं मङ्गलम्।।45।।

–(*'अमरुशतकम्'।45।–मित्र प्र.प्रा. लि., इलाहाबाद 174*

अमरुक की नायिका अपने कमल-नयनों से बन्दनवार सजाती है। उसने नील कमलों का प्रयोग न करके नेत्र कमलों का प्रयोग किया है। कुन्द, जाती आदि फूलों को मार्ग में न बिखेरकर अपनी स्मिति के फूलों को ही उसने पथ में विकीर्ण कर दिया है। घड़े के पानी से नहीं, अपने स्वदेपूर्ण पयोधरों से वह नायक को अर्घ्य देती है। इस तरह अपने ही अवयवों से नायिका आगत प्रियतम का मंगलाचार पूरा करती है।

विद्यापति की नायिका भी अपने ही अंगों से आनेवाले का मंगल करने की अभिलाषा व्यक्त करती है–

पिया जब आओब ई मझु गेहे।
मंगल जतहु करब निज देहे।2।
कनअ कुम्भ करि कुच जुग राखि।
दरपन धरब काजर देइ आंखि।।4.।
वेदि बनाओव हम अपन अंक में।
झाड़ करब ताहे चिकुर बिछीने।।6.।
कदलि रोपब हम गरुअ नितम्ब।
आम पल्लव ताहे किंकन सुझम्प।8.।
दिसि दिसि आनब कामिनि ठाट।
चौदिस पसारव चाँदक हाट।10.।
विद्यापति कहे पुरव आस।
दुइ एक पलक मिलब तुअ पास।।12।।

–(*'विद्यापति की पदावली', बेनीपुरी, पद–224)*

गाथा और अमरुक की नायिकाओं की अपेक्षा विद्यापति की नायिका का मंगल-समारोह कार्यक्रम अधिक भव्य और बृहद् है। वह कहती है कि उसका प्रियतम जब घर आएगा तब वह अपने शरीर से ही सभी प्रकार के माँगलिक अनुष्ठानों को पूरा करेगी। वह मंगल-घट के रूप में मृत्पात्र नहीं, कुच द्वय रूपी स्वर्ण-कुम्भ रखेगी। दर्पण के रूप में वह कज्जल-रंजित आँखों को प्रस्तुत करेगी। वह अपने अंक में ही वेदी बनाना चाहती है। 175 अपने केशों को वह झाड़ के रूप में लटकाएगी। अपने नितम्ब को ही वह कदली के रूप में रोपेगी और झंकृत किंकिणी या रणित रशना को ही उस नितम्ब कदली पर आम्रपल्लव के रूप

में रखेगी। वह सब तरफ से स्त्रियों के झुण्डों को लाएगी और चतुर्दिक् चाँद का बाजार सजा देगी।

विद्यापति गाथाकार और अमरुक की तुलना में मंगल आयोजन का विस्तृत वर्णन करते हैं, किन्तु उनकी नायिका मंगल-संबंधी अपनी अभिलाषा ही व्यक्त करती है, जब कि पूर्ववर्त्ती मुक्तकों की दोनों नायिकाएँ मंगलाचार पूर्ण करती चित्रित की गई है।

विद्यापति का "मंगल जतहु करब निज देहे" ही अमरुक का "स्वैरेवावयवैः प्रियस्य विशतस्तन्व्या कृतं मंगलम्" है। कुच द्वय रूपी कुम्भ या मंगल कलश की बात 'गाथा सप्तशती', 'अमरुशतक' और विद्यापति के पद-तीनों ही स्थानों पर समान है, किंतु "दोहिं वि मङ्गल कलसेहिं व थणेहिं गाथा की इस उक्ति का ही विद्यापति पर अधिक प्रभाव है-"कनक कुम्भ करि कुच जुग राखी।" यहीं विद्यापति की यह विशेषता द्रष्टव्य है कि ये सोने के कुम्भ की चर्चा करते हैं। अमरुक पयोधर कुम्भ की तो बात करते हैं किंतु उनकी नायिका स्वेदोद्गारी पयोधरद्वय से अर्ध्यदान देती है, जो विद्यापति का वक्तव्य नहीं है। विद्यापति इन्दीवर-नयनों के बन्दनवार वाली अमरुक की कल्पना को ग्रहण नहीं करते हैं, अपितु वे दर्पण के रूप में कज्जल पूर्ण नेत्रों को रखने की कल्पना प्रस्तुत करते हैं। नेत्र को दर्पण के रूप में अधिष्ठित करने की यह उद्भावना नयी है। मंगलाचार के क्रम में दर्पण-स्थापना की चर्चा तो अमरुक की परंपरा के एक अन्य संस्कृत-मुक्तक में मिलती है, किन्तु वहाँ नैन नहीं, मुख के ओप को दर्पणवत् रखने का अर्थ उपलब्ध होता है-

दृष्टिवंन्दनमालिका स्तनयुगं लावण्यपूर्णौ घटौ
शुभ्राणां प्रकरं स्मितं सुमनसां वक्त्रप्रभा दर्पणः।
रोमाचोद्गम एव सर्षपकणाः पाणी पुनः पल्लवौ,
स्वाङ्गैरेव गृहं प्रियस्य विणतस्तन्व्या कृतं मङ्गलम्।।

-('सरस्वतीकण्डाभरण' परिच्छेद तीन 'समाहित' के उदाहरण के रूप में उद्धृत)

विद्यापति के पद में दर्पण, वेदी, भाड़, कदली, आम्रपल्लव आदि की कल्पनाएँ नयी हैं। इस तरह हम देखते हैं कि गाथा सप्तशती' और 'अमरुशतक' का आधार लेकर भी विद्यापति ने अपनी मौलिकता अक्षुण्ण रखी है। विद्यापति ने पूर्व के अर्थों में दूसरे अर्थों की योजना की है। पुराने अर्थों को नये अर्थों द्वारा व्यवहित करने से 'रत्नमाला तुल्यदेहि तुल्य' भाव-सादृश्य दिखलाई पड़ता है।

विद्यापति के पदमें 'रत्नमाला तुल्यदेहि तुल्य' अर्थ-हरण की स्थिति है, क्योंकि पूर्वा को यहाँ अन्य अर्थों से व्यवहित किया गया है।

दूसरा उदाहरण

हेमचंद्र के 'सिद्धहेमशब्दानुशासन' में प्रोषिपतिका नायिका की दिवस गणना से संबंधित एक दोहा मिलता है जिसमें यह अर्थ उपस्थापित है कि प्रियतम के आने के दिनों को गिननेवाली नायिका की अंगुलियाँ नखों से जर्जरिता हो गई है–

जे महु दिण्णा दिअहडा दइएँ पवसन्तेण।
ताण गणन्तिए बङ्गलिउ जज्जरिआउ नहेण।।

–('अपभ्रंश व्याकरण।4.। 333।1.।)

अवश्य ही दोहा के नायक का प्रवास चिरकालिक है। प्रोषित-पतिका का आत्मोदगार बड़ा मर्मस्पर्शी है कि प्रियतम ने जाते समय जो आगमन की अवधि बतलाई थी उसे गिनते-गिनते नखों से मेरी अंगुलियाँ जर्जरिता होने को आई, किन्तु प्रियतम नहीं आया, न दिन ही बीत पाए 'प्रियतम नहीं आया' यह अर्थ अभिधेय नहीं, व्यंजित है। दोहा का चमत्कारिक अर्थ इतना ही है कि विरहिणी की दिवस गणना दीर्घ कालीन है और अंगुलियों की पोरों पर आने के और बीते दिनों को गिनते-गिनते नायिका के नखों से उसकी अंगुलियाँ क्षत-विक्षत हो गई हैं। अभी भी इस नायिका की विरहा वधि नहीं बीत सकी है।

विद्यापति के एक पद की विरहिणी भी अपनी सखी से कुलिशहृदय प्रियतम के नहीं आने की सूचना देकर कहती है, कि दिवस लिखते-लिखते उसने अपने नख खो दिए हैं और प्रियतम की बाट जोहते जोहते उसकी आँखें पथरा गई है–अंधी हो गई हैं लेकिन पाषण हृदय प्रवासी प्रियतम अब भी नहीं आया है–177

सखि मोर पिया।
अब न आओल कुलिस-हिया।2.।
नखर खोआओलुँ दिवस लिखि-लिखि।
नयन अँधाओलुँ पियापथ देखि।।4.।

–('विद्यापति की पदावली, बेनीपुरी, पद-194)

हेमचंद्र की नायिका दिवस-गणना करनेवाली अंगुलियों के नख-जर्जर होने की बात कहती है, लेकिन विद्यापति की विरहिणी नखों से दिनों को अंकित करती करती अपने नखों को ही खो बैठी है। हेमचंद्र की नायिका की प्रतीक्षा केवल दिवस-गणना तक है, किन्तु विद्यापति की विरहिणी बाट जोहने वाली

आँखों की ज्योति के विनष्ट होने की बात भी कहती है।

अपभ्रंश-मुक्तक की नायिका की अंगुलियाँ दिवस-गणना करती है जिससे वे नखों से जर्जरिता हो जाती हैं किन्तु विद्यापति की नायिका नखों से दीवार या भूमि पर दिवस गणना की सूचना देनेवाली रेखाएँ अंकित करती है जिससे उसके नख ही नष्ट हो जाते हैं। हेमचंद्र की नायिका केवल दिवस-गणना क्रम में अंगुलियों की चर्चा करती है, किन्तु विद्यापति की नायिका नखों और आँखों की दुर्दशा को सूचित करती है इसके अतिरिक्त वह अपनी सखी से स्पष्टत: अपने दीर्घकालव्यापी विरह, कठोरहृदय प्रियतम के अनागमन और अपने तरुणी हो जाने की चर्चा भी करती है। वह जब बाला थी तभी प्रियतम उसे छोड़कर चले गये थे। उस समय वह यौवन के विकारों से अनभिज्ञ थी–उसे गुण-दोष का पता नहीं था। लेकिन अब तो वह युवती हो गई है– रस को समझने लगी है, फिर प्रियतम उसके पास क्यों नहीं आता है? प्रियतम ने शीघ्र आने का वादा किया था, लेकिन वे आए नहीं–उन्होंने पूर्व-परिचित सभी गुणों को भुला दिया–

जब हम बाला परिहरि गेला।
किए दोस किए गुन बुझइ न भेला।।6.।
अब हम तरुनि बुझव रस-भास।
हेन जन नहि मोर काहे पिया पास।8.।
आबए हेन करि पिया मोरा गेला।
पुरबक जत गुन बिसरित भेला।।10.।

(बेनीपुरी, पद-194)

विद्यापति के पद में अपभ्रंश दोहा के सदृश अर्थ की प्रतीति तो होती है, किन्तु दोनों ही रचनाओं में पार्थक्य भी स्पष्ट ही है। दिवस गणना और विरह-पीड़ा उभयत्र है किन्तु दोहे में नख से अंगुलियों का जर्जर होना कहा गया है और पद में दिवस गणना के लिए रेखांकन करने वाले नखों का ही नष्ट होना बतलाया गया है, अत: विद्यापति के पद में अपभ्रंश मुक्तक के अर्थ का 'तुल्यदेहितुल्य' हरण है। इसके अतिरिक्त विद्यापति ने पूर्वकवि-रचित अर्थ में दूसरे अर्थों को ला दिया गया है। पद में आँखों का बंधा होना, कुलिश-हृदय प्रियतम, बाल्यकाल से ही उत्पन्न विरह, नायिका का तरुणी हो जाना आदि नये अर्थ ही हैं जो दोहा में नहीं है, अत: यहाँ 'रत्नमाला तुल्यदेहितुल्य' अर्थ हरण लक्षित होता है।

विद्यापति के एक दूसरे पद में भी दिवस-गणना-लेखन के क्रम में नखों के नष्ट होने की बात कही गई है–

कत दिन माधव रहब मथुरापुर कबे घुचव विहि वाम।
दिवस लिखि लिखि नबर खोआएल बिसरल गोकुल नाम।।

विरहिणी गोपिका मथुरा-प्रवासी प्रिय के आने के दिनों को नवों से लिखते-लिखते अपने नखों को ही खो बैठी है, किन्तु प्रियतम नहीं आया है।

दिवस-गणना-सम्बन्धी कई मार्मिक पद्य मुक्तक साहित्य में उपलब्ध है गाथा सप्तसती की एक नायिका घर की दीवार को दिवस गणना की रेखाओं से आधे दिन के भीतर ही भर देती है। 'प्रिय आज ही गया है, आज ही गया है, इसी की सूचना देने के लिए वह दिन के आधा बीतते न बीतते घर की भित्ति को गणना-रेखाओं से चित्रित कर देती है-

अज्जं गओत्ति अज्जं गओत्ति अज्जं गओत्तिं गणरीए।
पढम व्विन दिअहद्धे कुड्डो रेहाहिँ चित्तलिओ।।

-('गाथा सप्तशती', 3.8.1)

डॉ. शशिभूषण दास गुप्त ने उपयुक्त गाथा से विद्यापति के अधोलिखित पद की तुलना की है-

कालिका अवधि करिअ पिया गेल।
लिखइते कालि भीत भरि गेल।।
भले प्रभात कहत सबहिँ।
कह कह सजनि कालि कबहिँ।।

-(श्री राधा का क्रम विकास' पृ. 151)

'प्रियतम कल आने की बात कहकर देशान्तर जाता है और विद्यापति की नायिका दिवस गणना की रेखाओं से, कि 'प्रियतम कल आएगा, कल आएगा', समूची दीवार भर देती है।

गाथा की नायिका जहाँ जाने के दिन की रेखाओं से दीवार को चित्रित कर देती है वहाँ विद्यापति की नायिका आने के दिन 'कल' के सम्बन्ध में उत्सुका है और दीवार को रेखाओं से भर देती है। विद्यापति के पद में गाथा के अर्थ का "समक्रम' नामक 'आलेख्यप्रख्य' हरण है। 'समक्रम' में सदृश अर्थ का संक्रमण होता है-

"सदृशसञ्चारणं समक्रमः। "-('काव्यमीमांसा', अ. 13, पृ. 168)।

राजशेखर ने इस प्रकार के हरण का जो उदाहरण दिया है उसमें अस्तोन्मुख चाँद के वर्णन क्रम को उदयोन्मुख चाँद के वर्णन क्रम में समायोजित होते दिखलाया है। इसी तरह पद की विरहिणी 'कल' के सम्बन्ध में औत्सुक्य से भरी है और गाथा की नायिका 'आज' के सम्बन्ध में व्यग्र है। गाथा के वर्णन क्रम

को ही पद के वर्णन क्रम में देखा जा सकता है।

प्राचीन साहित्य में दिवस गणना से संबद्ध अनेक रचनाएँ मिलती हैं। 178

हत्थेस अ पाएसु अ अङ्गलिगणणाइ अइगआ दिअहा।
एण्हिं उण केण गणिज्जउ त्ति भणेउ रुअइ मुद्धा।।

–('गाथा सप्तशती', 4.7.।)

दिवस गणना की रेखाओं का वर्णन 'गाथा सप्तशती' के इस प्रसंग में भी है जिसमें नायिका की सखियाँ कुछ रेखाओं को मिटा डालती हैं–

ओहिदिअहागमासंकिरीहिं सहिआहि कुड्डुलिहि आओ!
दोतिण्णि तहिं विअ चोरिआएँ रेहा पुसिज्जन्ति।।

–('गाथा सप्तशती', 3.6।।)

प्रियतम का आगमन समीप है। सखियों ने चुपके से दो–तीन रेखाओं को मिटा दिया है।

कालिदास का यक्ष भी 'दिवसगणनातत्परा' प्रिया का संकेत देता है–

तां चावश्यं दिवसगणनातत्परामेकपत्नी–
–मव्यापन्नाम विहतगतिर्द्रक्ष्यसि भ्रातृजायाम्।

–('मेघदूत' (पूर्वमेघ।।10।।)

दिवस गणना की एक मनोरम पद्धति–पुष्पों के द्वारा दिन गिनने की प्रक्रिया–का भी कथन 'मेघदूत' में हुआ है–

शेषान्मासान्विरहदिवसस्था पितस्यावधेर्वा
विन्यस्यन्ती भुवि गणनया देहलीदत्तपुष्पैः।

–(उतरमेघ।24.।)

3. 'चूलिका तुल्यदेहितुल्य' अर्थ–हरण के दृष्टान्त

पहला उदाहरण

'मेघदूत' में कालिदास ने संयोग काल का एक मादक चित्र उपस्थित किया है–

नीवीबन्धोच्छ्वसित शिथिलं यत्र बिम्बाधाराणां
क्षौमं रागादनिभृतकरेष्वाक्षिपत्सु प्रियेषु।
अचिस्तुङ्गानभिमुखमपि प्राप्य रत्नप्रदीपान्
ह्रमूढानां भवति विफलप्रेरणा चूर्णमुष्टिः।।

–(उत्तरमेघ।5।)

बिम्ब के समान अधरवाली नायिका की श्लथ नीवी और उसके वस्त्र का हरण जब प्रियतम अपने हाथों से करता है तो लज्जा में डूबी हुई नायिका रत्नदीप को बुझाने के लिए कुंकुम और पुष्प पराग को मुठ्ठी में भर-भर कर उसपर फेंकती है किन्तु कृतकार्य नहीं हो पाती है। केलि-कक्ष का रत्नदीप बुझाने में वह विफला रह जाती है।

गोवर्धनाचार्य ने भी एक नायक को संयोगकालीन ऐसे ही दृश्य को याद करते हुए चित्रित किया है-

पतितेंऽशुके स्तनापितहस्तां तां निबिडजधनपिहितोरुम्।
रद्रपदविकलितफूत्कृतिशतधुतदीपां मनः स्मरति।।

-('आर्या सप्तशती', पकार व्रज्या, 368)

प्रकाशित केलि कक्ष में अंशुक के गिर जाने पर नायिका हाथों से स्तनों को आवृत कर लेती थी और वस्त्रापहृता होने के कारण वह जांघों से जांघों को कसकर ढँक लेती थी-दबा लेती थी। दन्तक्षत से विकल ओंठों से वह सैकड़ों बार दीप को फूंककर बुझाने का प्रयत्न करती थी लेकिन उसकी सी कंपित होकर रह जाती थी। दन्त क्षत विकल ओंठ से फूंकने का काम ठीक से नहीं हो पाता था इसलिए केलिकल का दीप बुझ नहीं पाता था। ऐसी वस्त्रापहृता, लज्जा को ढँकने के लिए चेष्टाशीला और दंत क्षत-विकल ओंठो से दीप को फूँकने वाली प्रिया नायक को याद आ रही है।

विद्यापति के एक पद में भी ऐसा ही भाव मिलता है-

जखन लेल हरि कँचुअ अछोड़ि।
कत परजुगति कएल अंग मोरि।।2.।
तखनुकं कहिनी कहल न जाय।
लाजे सुमुखि धनि रहलि लजाय।4.।
कर न मिझाए दूर जर दीप।
लाजे न मरए नारि कठजीब।6.।

-(बेनीपुरी, पद 80)

नायक नायिका की कंचुकी उतार लेता है और मुग्ध भाव से उसे देखने लगता है। केलिकक्ष में दीप जल रहा है। विवस्त्रा नायिका प्रकाशित कक्ष में नायक के समक्ष बहुत सज्जिता हो जाती है। वह अनेक प्रकारों से अपने अंगों को मोड़कर अपनी लज्जा छिपाने का प्रयत्न करती है। दीपक दूरस्थित होकर जल रहा है। नायिका अपने हाथों से उसे बुझाने का प्रयास करती है, किन्तु कृतकार्य नहीं हो पाती है। दीप की उस रोशनी मे नायिका लाज से मरी जा रही

है।

तीनों ही प्रसंगों पर विचार करने से हम देखते हैं कि कालिदास नीवी-शिविल विवस्त्रा नायिका की कल्पना करते हैं जो रत्नदीप को कुसुम-रेणुओं की मुठ्ठी से बुझाना चाहती है और गोवर्धन की नायिका के वस्त्र गिर गए हैं और वह स्तनों को हाथों से ढँकती है एवं जांघ को जांघ से ढँककर लाज को छिपाती है तथा दंत-क्षत-विकल ओंठों से दीप को फूंकती है। विद्यापति की नायिका की चोली उतार ली गई है। वह अंगों के गोपन का अनेकविध प्रयत्न करती है। अंगों के छिपाने का यह प्रयास कालिदास की नायिका नहीं करती है, किन्तु गोवर्धन की नायिका करती है। गोवर्धन की नायिका स्तन और जघन दोनों को ढंकती है, लेकिन विद्यापति की नायिका केवल कंचुकी-विहीना है, अतः यह उरोजों को ही ढँकने की चेष्टा तरह-तरह से शरीर को मोड़कर करती है।

दीपक बुझाने की क्रिया का सबसे सुंदर वर्णन गोवर्धन का ही है। दंत-क्षत-विकल ओंठों से फूँकने पर दीप नहीं बुझ रहा है, यह बहुत सरस अर्थ है। कालिदास की नायिका मुट्ठी में भर-भरकर दीप पर पुष्पपराग फेंकती है। विद्यापति की नायिका के कक्ष में दीप दूरस्थित होकर जल रहा है, अतः वह हाथ से बुझता नहीं है।

विद्यापति ने यहाँ कालिदास और गोवर्धन के अर्थों को खंडशः और साधारण ढंग से से लिया है अतः पद में 'खंड प्रतिबिम्बकल्प' अर्थ-हरण की स्थिति है।

एक अन्य पद में विद्यापति ने दीप जलाकर विलास करने वाले और अनावृत अंगों को देखनेवाले नायक को फटकारने वाली नायिका का चित्रण किया है-

निबि-बंधन हरि किए कर दूर
रहो पए तौहर मनोरथ पूर।।2.।
हेरने कओन सुख न बुझ विचारि।
बड़ तुहु ढीठ बुझल बनमारि।।4.।
हमर सपथ जौं हेरह मुरारि।
लहु लहु तब हम पारब गारि।।6.।
बिहर से रहसि हेरने कौन काम।
से नहि सहबहि हमर परान।।8.।
कहूँ नहि सुनिए एहन परकार।
करए बिलास दीप लए जार।।10.।

-(बेनीपुरी, पद-83)

नायक ने नीवी-बन्धन दूर कर दिया है। नायिका कहती है कि हे हरि, ऐसा

क्यों किया? अगर ऐसा किया भी तो इसी से तुष्ट हो जानो। उघरे अंगों को देखने में कौन-सा सुख तुम्हें मिलता है? हे बनमाली, तुम बहुत धृष्ट हो। तुम्हें मेरी शपथ है, जो मुझे टकटकी लगाकर देखो। यदि तुम मुझ विवस्त्रा को देखोगे तो मैं तुम्हें गाली दूँगी। विहार करो, शरारत से देखने की क्या आवश्यकता है? तुम्हारा यह देखना मुझे बड़ा असह्य लग रहा है। कहीं भी ऐसा नहीं सुना, कि दीप जलाकर विलास किया जाता है।

विद्यापति की नायिका केलि कक्ष में दीप के जलने और अपनी नग्नता के नायक द्वारा देखे जाने का विरोध करती है। विद्यापति का यह प्रसंग कालिदास और गोवर्धनाचार्य से पृथक कोटि का है।

विलास-कक्ष में दीप का जलना, नीवी बन्धन का खुलना, लज्जा-वर्णन, नायक का घूरना आदि बातें पुरानी उक्तियों और विद्यापति के पद में भी हैं, लेकिन पद में दीप बुझाने का प्रयास वर्णित नहीं है और नायिका नायक को गाली देने की धमकी तथा प्रकाशहीन स्थिति में केलि करने का आमंत्रण देती है। ये बातें पूर्व वर्णित पद्यों में नहीं हैं। इन अधिक बातों का उपन्यास करने से विद्यापति के पद में 'संवादिनी चूलिका' अर्थ-हरण की प्रतीति होती है। 179 यहाँ तुल्य अर्थ से अधिक अर्थ का निबन्धन है।

दूसरा उदाहरण

'अमरुशतकम्' की खंडिताओं और गीतगोविन्द' की बंदिता की परम्परा में ही विद्यापति की खंडिताएँ आती हैं। शठ नायक के रति-चिह्नों को पहचानकर उपालम्भ और डांट-फटकार सुनाने वाली नायिकाओं के चित्र मुक्तक-साहित्य में भूरिशः प्राप्त होते हैं।

अमरुक की एक नायिका अन्य स्त्री के साथ नायक के मिलन चिह्न देखकर उलाहना दे रही है-

अज्ञानेन पराङ्मुखीं परिमवादाश्लिष्य मां दुःखितां
किं लब्धं शठ! दुर्नयनैनयना सौभाग्यमेतां दशाम्।
पश्यैतद्दयिताकुचव्यतिकरोन्मृष्टाङ्गरागारुणं
वक्षस्ते मलतैलपङ्शबलैर्वेणीपदैरङ्कितम्।।

-('अमरशतकम्'।17।)

खंडिता का आलिंगन उसका शठ नायक अनजाने ही कर लेता है, इस पर नायिका उलाहना देती है कि उसका (नायक का) रागारुण वक्ष दूसरी नायिका के स्तनोलिंगन से अपना राग मिटा बैठा है और उस पर अब मल तैलपङ्क से

उपचित वेणी की छाप लगी हुई है।

अमरुक के मुक्तक की नायिका नायक के वक्ष को देखकर दूसरी नायिका को किया गया उसका आलिंगन समझ लेती है, क्योंकि उसके वक्ष का राग मिट गया है और उस पर तेल चुपड़ी हुई नायिका की वेणी अंकित हो गई है।

'अमरुशतक' के एक दूसरे पद्य में शठ नायक जब खंडिता के चरण छूने और प्रणिपात करने के छल से दूसरी नायिका के स्तनालिंगन के चिह्न से अंकित अपना वक्ष छिपाने की चेष्टा करता है तब नायिका इसे ताड़ लेती है और स्पष्टतः नायक को टोक देती है, लेकिन पाठ नायक यह सुनते ही इसका निषेध करता है। और खडिता का आलिंगन कर लेता है। इस समाश्लेषण के सुख में खंडिता भी सब-कुछ विस्मृत कर देती है-

तस्यां सान्द्रविलेपनस्तनयुगप्रश्ले षमुद्राङ्कित
किं वक्षश्चणानतिव्यतिकव्याजेन गोपाय्यते।
इत्युक्ते क्व तदित्युदीर्य सहसा तत्सम्प्रमार्ष्टुं मया,
साश्लिष्टा रमसेन तत्सुखत्तन्व्यास्तु तद्विस्मृतम्।।

-('अमरुशतकम्'/26.1)

अमरुक के एक अन्य पद्य में एक प्रचण्ड शठ का चित्रण मिलता है जो जब खंडिता के समक्ष पहुँचता है तब उसका प्रत्येक अंग दूसरी नायिका के साथ उसके रति-विलास की कथा कहता है। दूसरी नायिका के पांवों पर प्रणति करने का प्रमाण उसके ललाट पर लगा महावर है। उसके गले पर केयूर की छाप लगी हुई है जिससे कंठालिंगन का द्योतन होता है। उसने नायिका के नेत्रों को चूमा था जिसके कारण उसके मुख में काजल की कालिमा लगी है। नायक के नेत्रों में पान की लाली ताम्बूल रचित ओंठों से नायिका के द्वारा उसके नेत्र चुम्बन की सूचना देती है। शठ नायक के इस क्रोधोत्पादक मण्डन को सुबह में देखकर वंदिता कुछ कहती नहीं है लीला कमल को झूठ-मूठ यूँ कर अपने भाव को छिपाने लगती है उसकी साँस लीला कमल में ही समाने लगती हैं-

लाक्षालक्ष्म ललाटपट्टमभितः केयूरमुद्रा गले
वक्त्रे कज्जलकालिमा नयनयोस्ताम्बूलरागोऽपरः।
दृष्ट्वा कोपविधायि मण्डन मिदं प्रायश्चिरं प्रयसो
लीलातामरसोदरे मृगशः श्वासाः समाप्ति गताः।।

-('अमरुशतकम्'/60।)

जयदेव ने भी शेठनायक को खंडिता नायिका के द्वारा इस प्रकार उपालम्भ दिलवाया है-180

रजनि-जनित-गुरु-जागरराग-कषायितमलसनिमेषम्।
वहति नयनमनुरागमिव स्फुटमुदितरसाभिनिवेशम्।
हरि-हरि याहि माधव याहि केशव मा वद कैतववादम्।
तामनुसर सरसीरुहलोचन या तव हरति विषादम्।। 1.।
कज्जलमलिन विलोचन चुम्बन-विरचित-नीलिमरूपम्।
दशनवसनमरुणं तव कृष्ण ततोति तनोरनुरूपम्।।2।।हरि0.।
वपुरनुहरति तव स्मरसङ्गरखरनखरक्षतरेखम्।
मरकतशकलकलितकलधौतलिपेरिव रतिजयलेखम्।। 3।। हरि0.।
चरणकमल गलदलक्तकसिक्तमिदं तव ह्यदयमुदारम्।
दर्शयतीव बहिर्मदनद्रु मनवकिसलयपरिवारम्।। 4.। हरि0.।
दशनपदं भवदधरगतं मम जनयति चेतसि खेदम्।
कथयति कथमधुनाऽपि मया सह तव वपुरेतदभेदम्।। 5.। हरि0.।
बहिखि मलिनतरं तव कृष्ण मनोऽपि भविष्यति नूनम्।
कथमथ वंचयसे जनमनुगतमसमशरज्वरदूनम्।। 6।। हरिव।।

-('गीतगोविन्द काव्यम', सर्ग 8, अष्टपदी 17 'इन्दु' टीका, पृ. 44-45)

'गीत गोविन्द' की खंडिता भी कृष्ण के शरीर के रति-चिह्नों को देखकर उपालम्भ देती है, कि हे कृष्ण आपकी आँखें रात्रि जागरण से लाल है। ये आँखें किसी अन्य नायिका के अनुराग से भरी हैं। हे माधव, आप उसी प्रिया के यहाँ जाएँ जो आपके विपाद को हरती है। हे कृष्ण, आप मुझसे झूठ-मूठ बहाना न करें-छल पूर्ण बाते न कहें।

हे कृष्ण, दूसरी नायिका की कज्जल-मलिन आँखों का चुंबन करने से आपके लाल ओंठ नीले हो गए हैं तथा वे आपके शरीर के वर्ण के अनुरूप जान पड़ते हैं।

हे कृष्ण, रतिरण में उस नायिका ने प्रखर नखों से आपके शरीर में क्षत दे दिए थे। वे नखक्षत ऐसे जान पड़ते हैं मानों पन्ने पर सोने के अक्षरों में रति-जय-लेख लिखा गया हो। विदग्धा नायिका नायक के नख क्षतों से भरे शरीर को देखकर उसके रात्रिकालीन रति-रण का अनुमान लगा लेती है।

सुवर्णनाभोक्त 'उत्पीडितक' संवेशन प्रकार-विशेषज्ञ पाठ कृष्ण के सुरत को 'गीत गोविन्द' की खंडिता भांप लेती है। नायिका के पाँवों में लगे महावर से कृष्ण का वक्ष प्रदेश सिक्त-सा है। नायिका के चरण कमल में लगे महावर की छाप देखकर नागरी खंडिता सुरत-बंध का सही अनुमान लगा लेती है। 181

कृष्ण के ओंठों पर के दंत-क्षत खंडिता को कलेश पहुँचाते हैं।

खंडित कृष्ण को कहती है कि उनका हृदय भी शरीर की तरह ही काला है। कृष्ण ने खंडिता के साथ छल किया है, अतः खंडिता उन्हें उसी नायिका के पास जाने को कहती है जिसके पास उन्होंने रात्रि व्यतीत की है।

जयदेव ने अमरुक से प्रभाव-ग्रहण करके भी अपने इस प्रकरण में वैशिष्ट्य ला दिया है। अमरुक की खंडिताँ उतनी मुखरा नहीं है जितनी जयदेव की खंडिता प्रगल्भा है।

विद्यापति के अधोलिखित पद में अमरुक के खंडिता-प्रसंग की अपेक्षा जयदेव का प्रतिबिम्ब अधिक लक्षित होता है-

लोचन अरुन बुझल बड़ भेद।
रयनि उजागर गरु निवेद।। 2।।
ततहि जाह हरि न करह लाथ।
रयनि गमओलह जन्हि के साथ।।4।।
कुच कुंकुम माखल हिय तोर।
जनि अनुराँग रागि करु गोर।। 6.।
आनक भूषण तोर कलङ्क।
चलो भेद मन्द ओ परसङ्ग।। 8.।

-(बेनीपुरी, पद-133)

विद्यापति के शठ नायक की चोरी व्यक्त हो जाती है ('लओले लाथ बेकत भेल चोरि।।10।। वही) और वह ऐसा बड़ा अपराध करके चुप्पी साध लेता है ('बड़ अपराध मौन पए साध।।12।।-वही)।

विद्यापति के पद के दूसरे और नीचे जयदेव की "रजनि जनित-गुरु-जागर-राग ....आदि पंक्तियों के अनुवाद से प्रतीत होते हैं। जयदेव की इन चार पंक्तियों (गो.मी. 8. अष्टपदी 17.1.।) के ही प्रतिबिंब विद्यापति के पद की आरंभिक चार पंक्तियों पर प्रतिच्छायित है।

विद्यापति के पद में ऐसा वर्णन है कि नायिका के स्तनालिंगन से कृष्ण के हृदया में कुच-लिप्त कुंकुम लग जाता है, किंतु यह वर्णन 'गीतगोविन्द' में नहीं है स्तनालिंगन का ऐसा प्रसंग अमरुक के पद्यों में मिलता है। विद्यापति की खंडित जयदेव की खंडिता की ही तरह नायक के सुरतबन्ध को भी ताड़ लेती है। पद में ऐसा वर्णन आया है, कि नायिका के पैर के राग ने नायक के वक्ष या हृदय को भी रंजित कर दिया है। पद की पाँचवीं छठी पंक्तियों में जयदेव के उद्धरण के चौथे पद की भाँति हो 'उत्पीडितक सुरत-बन्ध का संकेत है जिसका चिह्न नायक के वक्ष पर दृष्टिगत होता है, क्योंकि इस बन्ध में नायिका के पाँव नायक

के वक्ष पर टिकाए जाते हैं। नायिका के महावर रजित चरणों से नायक का वक्ष रागारुण-सा हो गया है। जयदेव के कृष्ण का वृक्ष भी नायिका के महावर-लिप्त पाँवों की छाप लिए हुए है। 182

विद्यापति के पद में उल्लेख है कि परकीया के मंडन आदि के चिह्न नायक के कलंक के समान जान पड़ते हैं अर्थात् नायक के शरीर में वे पुँछे से जान पड़ते हैं। विद्यापति की पंडिता भी नायक के उस मन्द प्रसंग को जयदेव की खंडिता की ही भाँति जान जाती है।

जयदेव का पूरा अर्थ नहीं, आंशिक अर्थ ही विद्यापति ने प्रस्तुत पद में ग्रहण किया है, अतः यहाँ खण्ड प्रतिबिम्बकल्प' अर्थ-हरण है। 'अभिनव जयदेव' विद्यापति के एक अन्य पद में भी जयदेव के खण्डिता-प्रसंग की छाया दृष्टिगोचर होती है-

नयन काजर अधरे चोराओल नयने चोराओल रागे।
वदन वसन नुकाओब कतिखन तिला एक कैतव लागे।।
माधव कि आबे बोलब अस ताहे।
जाहि रमणी सङ्गे रयनि गमओलह ततहि पलटि पुनु जाहे।।
सगर गोकुल जिनि से पुनमति धनि कि कहब ताहेरि विभागे।
पदयावक रस जाहेरि हृदय अछ आओ कि कहब अनुरागे।।

-('विद्यापति पदावती' राधा.प. 178)

पद के शठ नायक ने नायिका का नेत्र-चुम्बन किया था जिससे उसके अधर कज्जल-रंजित हो गए हैं। ऐसा वर्णन अमरुक और जयदेव दोनों ने भी किया है। पद के नायक के नेत्रों ने लाली चुरा ली है अर्थात् जागरण के कारण उसके नेत्र लाल है। जयदेव भी रागारुण नेवों का वर्णन करते हैं। पद के इस प्रसंग का दूसरा अर्थ यह भी लिया जा सकता है कि नायिका ने पान-रचे ओंठों से नायक के नेत्रों को चूमा था जिससे वे राग-रंजित जान पड़ते हैं। यह दूसरा अर्थ अमरुक के अर्थ ('अमरुशतक '। 60) की याद दिलाता है। विद्यापति का नायक वस्त्र से अपना मुख ढंकता है, कि जिससे उसके रति चिह्न उजागर न हो पाएँ। उसके इस कृत्य पर नायिका उसे टोक देती है, कि कपट बहुत देर तक नहीं टिकता है। अमरुक का भी शठनायक अपने वक्ष पर के चिह्नों को चरण-प्रणति के छल से छिपाना चाहता है। ('अमरुशतक। 26) जिसे खंडिता समझ जाती है।

जयदेव की खंडिता की तरह विद्यापति की खंडिता भी नायक को दूसरी नायिका के पास ही जाने को कहती है-"जाहि रमणी सङ्गे रयनि गमओलह

ततहि पलटि पुनु जाहे।" यह उक्ति 'गीत गोविन्द' की इस पंक्ति "तामनुसर सरसीरुह लोचन या तव हरति विषादम्" -से ही अनुप्रमाणित है।

विद्यापति की नायिका में अपनी सोत के प्रति सहज ही असूया भाव है। सौत के सौभाग्य के प्रति उसके मन में अवश्य ही जलन है। वह जयदेव की खंडिता की ही तरह 'उत्पीडितक' सुरतबन्ध-सूचक नायिका के अलक्तक-रंजित चरण-चिह्न को नायक के वक्ष देश पर देखकर उसका निर्देश कर देती है-"पदयावक रस जाहोरि हृदय अछ"। यहाँ स्पष्टत: जयदेव के अर्थ का प्रतिबिम्ब दृष्टिगत होता है। पद में जयदेव का संपूर्ण भाव तो नहीं, लेकिन उसका खंड मात्र अर्थ लिया गया है, अत: यहा 'खंड प्रतिबिम्बकस्य' अर्थ-हरण है।

ऐसा प्रतीत होता है कि विद्यापति के मन में इस प्रकार का खंडिता-प्रसंग मूल होकर बैठ गया था, कदाचित इसी से अनेक उन्होंने इस जाति के अर्थों का निबन्धन किया है। अधोलिखित पद में उन्होंने जयदेव के भावों को किंचित वैशिष्ट्य के साथ ग्रहण किया है-

आध आध मुदित भेल दुहु लोचन वचन बोलत आध आधे।
रति आलस सामर तनु झामर हेरि पुरल मोर साधे।।2।।
माधब, चल चल चलतिन्हि ठाम।
जसु पद-जावक हृदयक भूषण अबहु जपत तसु नाम।।4।।
कत चंदन कत मृगमद कुंकुम तुल कपोल रहु लागि।
देखि सौति अनुरूप कएल बिहि अतए मानिए बहुभागि।। 6.।

-(बेनीपुरी, पद-135)

खंडिता परदारगामी शठ के रति-चिह्नों और उसकी दशा को देखकर उसपर व्यंग्य करती है। नायक के दोनों नेत्र अर्द्ध-मुद्रित और तंद्रिल है तथा उसकी वाणी-स्खलिता है। उसे रति-आलस्य हो गया है–उसका शरीर थका है। नायिका नायक से कहती है कि उसकी सारी साधें पूरी हो गई। यहाँ वह वक्रोक्ति से कहती है, कि उसकी इच्छा नायक से पूरी नहीं हुई नायक ने उसकी भावनाओं को कुचल दिया है। पदे का यह वर्णन अमरुक और जयदेव के प्रसंगों में नहीं मिलता है।

पद के चौथे चरण में विद्यापति में जयदेव के अर्थ का सन्निवेश किया है। नायिका नायक को उसी रमणी के पास जाने के लिए कहती है जिसके पाँव का महावर उसके हृदय का शृंगार बना हुआ है। यहाँ जयदेव की अपेक्षा एक नयी बात का संकेत विद्यापति ने किया है कि शठ अभी भी परकीया का ही नाम ले रहा है। उसके इस गोत्र-स्खलन से नायिका और भी झुंझला जाती है।

नायक के शरीर पर अनेक प्रकार के मिलन-चिह्न हैं। उसके गाल पर लगे हुए चंदन, कस्तूरी और कुंकुम के चिह्न नायिका के विशेषक, तिलक और अंगराग के पुछे हुए अंत है। नायिका व्यंग्य करती है कि विधाता ने नायक को मौत के समान ही मंडित करके अच्छा ही किया है। मंडन-लेपन आदि से अंकित कृष्ण ही सौत के रूप में बदल गए हैं। 'मानिए बहुभागि' का व्यंग्य बड़ा ही मार्मिक है।

जयदेव के खंडिता-प्रसंग के समान ही विद्यापति का भी प्रसंग है किन्तु समान भाव का निबन्धन करते हुए भी विद्यापति ने इसमें नवीन और विशेष भाव का कथन किया है। रति-शिथिल नायक की दशा, उसका गोत्रस्खलन तथा उसका सपत्नीवत् रूप-विन्यास आदि का वर्णन जयदेव से अधिक है। समान अर्थ को निबद्ध करके फिर उससे अधिक या विशेष अर्थ का उपन्यास करना 'चूलिका तुल्यदेहितुल्य' अर्थ हरण कहलाता है, अतः विद्यापति के पद में जयदेव के अर्थ का 'चूलिका तुल्यदेहितुल्य' हरण है। यहाँ संवादिनी चूलिका की ही प्रतीती है। 183

विद्यापति के एक अन्य पद में शठ नायक रति-चिह्नों का गोपन करके खंडिता के समक्ष आता है फिर भी नागरी खंडिता उसके अपराध को समझ जाती है-

कुंकुम लओलप नख-खत गोइ।
अधरक काजर अएलह धोइ।।2।।
तइओ न छपल कपट-बुधि तोरि।
लोचन अरुन बेकल भेल चोरि।।4।।
चल चल कान्ह बोलह जनु आन।
परतख चाहि अधिक अनुमान।। 6.।
जानओ प्रकृति बुझओं गुनसीला।
जस तोर मनोरथ मनसिज-सीमा।8.।
वचन नुकाबह बेकतओं काज।
तोय हँसि हेरह मोय बड़ लाज।। 10.।
अपथहु सपथ बुझाबह राधे।
कोन परि खेओम सठ अपराधे।। 12.।

-('बेनीपुरी, पद-134)

नायक अपने नख-क्षतों पर कुंकुम-लेप करके उनको छिपाकर नायिका के समक्ष आता है। वह अपने ओंठों पर लगा काजल धो लेता है लेकिन इतना करने

पर भी उसकी लाल आँखें उसके अपराध का रहस्य खोल देती है।

विद्यापति का यह प्रसंग अमरुक और जयदेव से भाव ग्रहण करके भी सर्वथा एक नवीन अर्थ-योजना का द्योतक जान पड़ता है। विद्यापति का खंडिता वर्णन जयदेव के विसदृश है। विद्यापति ने प्रकारान्तर से पुराने भावों के विसदृश भावों का निबन्धन किया है, अतः उनके पद में 'पर पुर प्रवेश सदृश' अर्थ-हरण का 'प्रतिकच्चुक' नामक भेद दृष्टिगत होता है। किसी पुरानी उक्ति में निबद्ध भाव को प्रकारान्तर से वर्णित करना 'प्रतिकञ्चुक पर पुर-प्रवेश-सदृश' अर्थ-हरण कहलाता है। 184

तीसरा उदाहरण

'प्राकृत पैंगलम्' में बब्बर का एक मुक्तक इस प्रकार मिलता है–

सुरअरु सुरही परसमणि, णहि वीरेस समाण।
ओ वक्कल अरु कठिण तणु, ओ पसु ओ पासाण।।

–('हिंदी काव्यधारा', राहुलजी, पृ. 324 पर उद्धृत)

यहाँ वीरेश की प्रशंसा करते हुए कहा गया है कि कल्पवृक्ष, कामधेनु और पारसमणि आदि विशिष्ट पदार्थ भी उसकी समानता नहीं कर सकते हैं, क्योंकि कल्पवृक्ष वल्कल है– लकड़ी है, कठोर है और कामधेनु पशु है तथा पारस तो पत्थर ही है। 'चाणक्य नीति दर्पण' के एक पद्य में भी राम का प्रशंसा इसी तरह की गई है–

काष्ठं कल्पतरुः सुमेरुरचलश्चिन्तामणिः प्रस्तरः।
सूर्यस्तीव्रकरः शशीक्षयकरः क्षाखेहि वारान्निधिः।।
कामोनष्टतनुर्बलिदितिसुतो नित्यं पशुः कामगौः।
नैतांस्तेतुलयामि भो रघुपते! कस्योपमा दीयते।।

–('चाणक्य नीति दर्पण', 12.16.1) क

कल्पतरु काठ है, सुमेरु अचल है-स्पन्दनहीन, चिंतामणि पत्थर ही है, सूर्य की किरण तीक्ष्ण है, नींद की किरण क्षयिष्णु है, वारिधि खारा है, कामदेव नष्ट शरीर वाला है, बलि दैत्य ही है और कामधेनु पशु है। हे रघुपति, इनमें से किसी के साथ आपकी तुलना नहीं की जा सकती, क्योंकि सब में कोई-न-कोई त्रुटि है। यह एक समस्या है कि किससे आपको उपमित किया जाए।

इस जाति की उक्तियाँ परंपरागत जान पड़ती हैं। 'कुट्टनीमतं काव्यम्' में भी इस प्रकार की अर्थ-योजना प्राप्त होती है–

सरसिजमस्थिरशोभं विभ्रमरहितं च मण्डलं शशिनः।

केन समेतु समत्वं हृदयप्रिय मालतीवदनम्।।

–('कुट्टनीमतं काव्यम्'।110)

दामोदर गुप्त कहते हैं कि कमल की शोभा अस्थिर है। चंद्र मंडल विलास-विभ्रम-रहित है। मालती के मुख को किसके समान कहा जाए?-कोई भी तो उपयुक्त नहीं है।

विद्यापति के सामने भी समस्या है कि कृष्ण को किससे उपमित किया जाए–

माधव कत तीर करब बड़ाई।
उपमा बाहर कहब ककरा हम कहितहुँ अधिक लजाई।।
जौं श्रीखण्ड सौरभ अति दुरलभ तौं पुनि काठ कठोर।
जौं जगदीस निसाकर तौं पुनि एकहि पच्छ इजोर।।
मनि समान औरो नहि दोसर तनिकर पाथर नामे।
कनक कदलि छीट लज्जित भए रह की कहु ठामहि ठामे।।
तोहर सरित एक तीहँ माधब मन होइछ अनुमान।
सज्जन जन सों नेह कठिन थिक कवि विद्यापति भान।।

–(बेनीपुरी, पद–252)

कवि किसी भी वस्तु से कृष्ण की उपमा देते लज्जित होता है। कितनी बड़ाई की जाए। श्री खंड चंदन दुर्लभ सौरभवाला होता है लेकिन वह अंतत: कठोर काष्ठ ही है। चाँद से भी कृष्ण की तुलना नहीं की जा सकती है। क्योंकि उसके एक ही पक्ष में उजाला और उज्ज्वलता है। मणि अनन्य है किन्तु यह भी पत्थर हीहै। सोने की कदली भी छोटी है अपने ही स्थान पर निश्चल है, अत: वह भी कृष्ण से लज्जित ही है। अन्त में विद्यापति कहते हैं कि हे माधव अपने समान तुम स्वयं हो, ऐसा अनुमान होता है।

'कुट्टनीमतं काव्यम्' में मालती का, 'प्राकृत पैंगलम्' में वीरेश का तथा 'चाणक्य नीति-दर्पण' में राम का वर्णन है, किन्तु विद्यापति के पद में कृष्ण का वर्णन हुआ है।

विद्यापति कल्पवृक्ष की जगह श्री खण्ड को कठोर काष्ठ कहते हैं। प्राकृत कल्पवृक्ष 'मंगलम्' में सुरतरु को वल्कल और कठोर कहा गया है तथा 'चाणक्य-नीति-दर्पण' के पद्य में भी कल्पतरु को ही काठ कहा गया है। चाँद के एक हो पक्ष में उजाला है, वह विद्यापति का उद्भावित अर्थ है।

'प्राकृत पैंगलम्' में पारसमणि को पाषाण कहा गया है और 'चाणक्य नीति-'दर्पण' में चिन्तामणि को प्रस्तर कहा गया है तथा विद्यापति भी मणि को

पत्थर ही कहते हैं। कनक कदली वाला अर्थ विद्यापति द्वारा उद्भावित है।

विद्यापति का यह अनन्वय उपजीव्य उक्ति में नहीं मिलता है, कि माधव के समान माधव ही हैं। विद्यापति के पद में व्यतिरेक-शैली में उपमानों की त्रुटियों को बतलाना उपजीव्य उक्तियों के सदृश है, किंतु उसमें अनन्वय के द्वारा जिस अर्थ की स्थापना की गई है यह पूर्व के पद्यों से भिन्न है।

विद्यापति के पद में व्यतिरेक के रूप में प्राचीन अर्थों की छाया ली गई है, किंतु अनन्वय के रूप में प्राचीनों से अधिक अर्थ को निबद्ध किया गया है।

समान अर्थ का निबन्धन करके अधिक अर्थ का उपन्यास करने के कारण विद्यापति के पद में 'संवादिनी चूलिका तुल्यदेहितुल्य' अर्थ-हरण की प्रतीति होती है।

4. 'कन्द तुल्यदेहितुल्य' अर्थ-हरण के दृष्टान्त

पहला उदाहरण

पउमचरिउ' में स्वयंभू ने वसंत को राजा के रूप में उपस्थित किया है-'

पंकय वयणउ कुवलय णयणउ केयइ केसर सिर सेहरु
पल्लव-कर-यलु-कुसुम-महुज्जलु पइसरइ वसंत णरेसरु।।

('पउमचरिय' 14.1)

स्वयंभू का वसन्तराज कमल के मुखवाला, कुवलय के लोचनवाला, केतकी के केसर का सेहरा बाँधे, पल्लवों के करतलवाला तथा कुसुमों के उज्जवल नखवाला है।

स्वयंभू की तरह ही विद्यापति का वसन्त भी राजा के रूप में ही चित्रित हुआ है। स्वयंभू ने वसंत राजा का वर्णन किया है। उसके अभिषेक, रूप, पराक्रम आदि का साङ्ग वर्णन विद्यापति के पद में उपलब्ध होता है। विद्यापति के इस वसंत वर्णन में हम सामंतीय कल्पना का प्राचर्य पाते हैं-

आएल रितुपति राज बसन्त।
धाओल अलिकुल माधबि-पन्थ।। 2.।
दिनकर-किरन भेल पौगंड।
केसर कुसुम धएल हेमदण्ड।। 4।।
नृप आसन नव पीठल पात।
कांचन कुसुम छत्र धरु माथ।। 6.।
मौलिक रसाल मुकुल भेल ताय।

समुखहि कोकिल पच्चम गाय।।8.।
सिखिकुल नाचत अतिकुल यंत्र।
द्विजकुल आन पढ़ आसिख मंत्र।। 10.।
चन्द्रातप उड़े कुसुम पराग।
मलय पवन सह भेल अनुराग।। 12.।
कुन्दबल्ली त/ धएल निसान।
पाटल तू न असोक दल बान।। 14.।
किंसुक लवँग-लता एक संग।
हेरि सिसिर रितु आगे दल भंग।। 16.।
सैन साजल मधु मखिका कूल।
सिसिरक सबहु कएल निरमूल।। 18.।
उधारल सरसिज पाओल प्रान।
निज नव दल करु आसन दान।। 20.।
नव वृन्दावन राज बिहार।
विद्यापति कह समयक सार।।22।।

-(बेनीपुर, पद-175)

ऋतुराज वसन्त आया है। भौंरा के झुण्ड माधवी की दिशा में दौड़ पड़े है। सूर्य किरणें कुछ तीक्ष्ण हो गई हैं। केसर के फूल स्वर्ण दण्ड के समान जान पड़ते हैं। (राजा के हाथ में सोने का राजदण्ड रहना भी चाहिए, अत: विकसित केसर कुसुम सुनहले हेमदण्ड-सा ज्ञात होता हैं, ऐसी कल्पना की गई है।) पीठल का नया पत्ता राजा का आसन है। चम्पा के फूल का छत्र वसन्तराज के माथे पर है। रसाल का फूल उसका मुकुट है। कोकिल संगीत छेड़ रहा है। मोर नाच रहे हैं। और भरे वाद्य यंत्र बजा रहे हैं। पक्षीगण ही ब्राह्मणों की तरह आशीर्वाद के मंत्र उच्चरित कर रहे हैं। पुष्प-पराग का चँदोवा उड़ रहा है। मलय पवन बह रहा है। कुन्दवल्ली का पेड़ ही पताका है। पाटल ही तूणीर है तथा अशोक के दल बाण हैं। पलाश और लवंग-लता एक साथ हैं। पलाश धनुष है और लवँग-लता ज्या है।)

इस आयोजन को देखकर शिशिर ऋतु का सैन्य-भंग हो गया है। मधुमक्खियों के झुन्ड की सेना सजाई गई है। शिशिर की समस्त सत्ता निर्मूल कर दी गई है। कमलों का उद्धार हुआ है और उन्हें नवजीवन मिला है। कमलों ने अपने नवीन पत्तों का आसन राजा वसन्त को दिया है। वृन्दावन में नया राजा बसन्त विहार कर रहा है।

विद्यापति के इस ऋतु वर्णन में वसन्त का मानवीकरण पूरे कौशल के साथ किया गया है।

स्वयंभू के वसन्त राज की तुलना में विद्यापति का वसन्त राज अधिक स्पष्ट, बृहदाकार और सुन्दर ढंग से चित्रित हुआ है। स्वयंभू के वसंत नरेश वाले कंदभूत अर्थ को विद्यापति ने अंकुरित रूप में विशेष ढंग से चित्रित और पल्लवित किया है, अतः दोनों कवियों की रचनाओं में 'कंद तुल्यदेहि तुल्य' अर्थ सादृश्य दिखलाई पड़ता है। 185

लेकिन विद्यापति पर स्वयंभू को अपेक्षा जयदेव का अधिक प्रभाव दृष्टिगत होता है। 'गीतगोविन्द' के वसंत वर्णन में 'मदन महीपति' की कल्पना की गई है। उसी कल्पना का समाहार विद्यापति ने वसंत तूप के वर्णन में कर दिया है। इसमें कदाचित् कवि का यह दृष्टिकोण रहा हो कि वसंत और कामदेव अभिन्न ही हैं, अतः ऐसा चित्रण असंगत भी नहीं है। वसंत और कामदेव की एकता और मित्रता की अनुश्रुतियाँ भारतीय वाङ्मय में अनेकत मिलती हैं।

विद्यापति ने 'मदन महीपति' के वर्णन से अनुप्राणित होकर भी 'वसंत राज' का चित्रण किया है। "मदनमहीपतिकनकदण्डरुचिकेसरकुसुमविकासे 186 वाली कल्पना ही विद्यापति में इस रूप में मिलती है-"केसर कुसुम धएल हेमदण्ड।।"

गीत गोविन्द की इस पंक्ति का प्रभाव भी विद्यापति पर परिलक्षित होता है- "मिलितशिलीमुखपाटलिपटलकृतस्मरतूणविलासे।" 187 विद्यापति का प्रभावित अर्थ इस प्रकार है-

"पाटल तून असोक-दल बान।।" जयदेव ने पराग के पटवास को उड़ानेवाले गन्धवाह का चित्रण इस प्रकार किया है-

दर विद लितमल्ली वल्लि चञ्चत्पराग-
प्रकटितपटवा सैर्वासयन्काननानि।
इह हि दहति चेतः केतकीगन्धबन्धु : 188
प्रसरदसमबाणप्राणवद्गन्धवाहः।।

इसी वर्णन को विद्यापति ने राजा के पराग निर्मित चँदोवे के अर्थ रूप में ढाल लिया है-

चन्द्रातप उड़े कुसुम पराग।
मलय पवन सह भेल अनुराग।।

माधविका, मधुकर, कोकिल, रसाल-मञ्जरी, अशोक, किंशुक, लवंग आदि के जो वर्णन विद्यापति के पद में मिलते हैं वे 'गीत गोविन्द' के वसन्त-वर्णन में भी हैं, लेकिन इस दृष्टि से दोनों कवियों में सादृश्य-स्थापन

तात्विक नहीं है।

विद्यापति का वंसत राजा दावत में विहार कर रहा है-"नव वृन्दावन राज विहार।"- किन्तु जयदेव के कृष्ण वसंत में वृंदावन विहार कर रहे हैं -

स्फुरदतिमुक्तलतापरिकभणमुकुलितपुलकित चूते।
वृन्दावनविपिने परिसरपरगतंय मुनाजलपूते।
विहरति हरिरिह सरस वसन्ते

-(गीत-गोविन्द, 1.2.7.।पृ 8)

जयदेव कामदेव राजा का वर्णन वसंत के क्रम में करते हैं, किंतु विद्यापति जयदेव की कुछ कल्पनाओं को ग्रहण करके वसंत राजा का वर्णन करते हैं। विद्यापति की 'वसंत राज' वाली कल्पना पर स्वयंभू का प्रभाव पड़ा है, किन्तु स्वयंभू और जयदेव से प्रभावित होकर भी विद्यापति ने मौलिक अर्थों की योजना की है। वसंत राज के अभिषेक, वेशविन्यास, पराक्रम आदि के चित्र विद्यापति के द्वारा ही उद्‌भावित हैं।

जयदेव और विद्यापति के इन तुल्य वर्णनों को दृष्टिपथ में रखकर यह स्थापना की जा सकती है कि 'मदन महीपति' के अर्थ का जयदेव से हरण करके 'वसंत राजा' के वर्णन को पल्लवित करने के कारण विद्यापति के पद में जयदेव के अर्थ का 'कन्द तुल्यदेहि तुल्य' हरण है।

दूसरा उदाहरण

'गीत गोविन्द' के कामपीड़ित कृष्ण कामदेव से निवेदन करते हैं-

हृदि विलसते हारो नायं भुजङ्गम नायकः
कुवलयदलश्रेणी कण्ठे न सा गरलद्युतिः।
मलयजरजो नेदं भस्म प्रियारहिते मयि
प्रहर न हरभ्रान्त्यानङ्ग क्रुधा किमु धावसि।।3।11.।

-('गीत गोविन्द', 'इन्दु' टीका, पृ..19)

प्रिया विरही कृष्ण कामदेव से निवेदन करते हैं कि वे शिव नहीं है, अतः सहज वैर वश शिव समझकर कामदेव उन पर व्यर्थ प्रहार न करे। कृष्ण का वेश विन्यास कदाचित् कामदेव के मन में शंकर का भ्रम पैदा कर रहा है, अतः उसका स्पष्टीकरण करते हुए कृष्ण कहते हैं, कि हे अनंग, मेरे हृदय पर माला लोट रही है -शोभा पा रही है, इस हार को शिव का सर्पराज न समझो। 189

कृष्ण कहते हैं कि उनके कंठ में नील कमल की पंक्ति है, उसे नीलकंठ का कंठस्थ हलाहल न समझना चाहिए। प्रिया विरही कृष्ण ने शरीर में चंदन का

जो अनुलेपन कर रखा है उसी का चूर्ण उनके शरीर पर दिखलाई पड़ता है। उसे शिव के शरीर पर पुता हुआ भस्म नहीं समझना चाहिए। विरही कृष्ण ने शीतलोपचार के लिए इन सामग्रियों का प्रयोग किया है अतः शिव के भ्रम में कामदेव का उन पर शर-प्रहार और आक्रमण करना ठीक नहीं है।

यहाँ शंकर और कामदेव के वैर का आधार लेकर जयदेव ने उक्ति-वैचित्य से काम प्रहार से पीड़ित विरही कृष्ण द्वारा कामदेव का प्रबोध किया जाना वर्णित किया है।

डॉ. शशिभूषण दास गुप्त जयदेव के इस पद्य में काव्यरीति का पालन बतलाकर इसमें निश्चयालङ्कार की शैला का अनुर्वत्तन मानते हुए विक्रमोर्वशीयम्' के अधोलिखित पद्य से इसकी तुलना करते हैं-

नवजलधरः सन्नद्धोऽयं न दृप्तनिशाचरः
सुरधनुरिदं दूराकृष्टं न तस्य शरासनम्।
अयमपि पटर्धारासारो न बाणपरम्परा-
कनकनिकषस्निग्धा विद्युप्रिया न ममोर्वशी।। 190

लेकिन काव्यरीति का अनुवर्त्तन करते हुए भी जयदेव ने अपनी उक्ति में हृदयावर्जक चमत्कार उत्पन्न किया है। जयदेव की इस उक्ति का अर्थ-हरण विद्यापति के अनेक पदों में हुआ है। विद्यापति का एक पद जयदेव की छाया लेकर इस प्रकार निबद्ध किया गया है-

कत न बेदन मोहि देसि मदना।
हर नहि बला मोहि जुवति जना।।2.।
बिभुति-भूषन नहि चाननक रेनू।
बघछाल नहि मोरा नेतक बसनू।।4.।
नहि मोरा जटाभार चिकुरक बेनी।
सुरसरि नहि मोरा कुसुमक स्त्रोनी।।6.।
चाँदक बिन्दु मोरा नहि इन्दु छोटा।
ललाट पाबक नहि सिन्दुरक फोटा।।5.।
नहि मोरा कालकूट मृगमद चारु।
फनपति नहि मोरा मुकुता-हारु।10.।
भनइ विद्यापति सुन देव कामा।
एक पए दूखन नाम मोरा बामा।।12.।

-(बेनीपुरी, पद-42) 191

विद्यापति की कामपीड़िता विरहिणो कामदेव से निवेदन करती है कि हे

मदन, तुम मुझे बहुत पीड़ा पहुँचा रहे हो, किंतु मैं शिव नहीं, युवती हूँ। कामदेव को नायिका का वेश-विन्यास कदाचित् शंकर के वेश-विन्यास-सा प्रतीत होता है जिससे वह उसे सहज ही कष्ट पहुँचा रहा है। अपह्नुति की शैली में युवती अपने वेश-विन्यास और शृंगार-प्रसाधनों की व्याख्या करके काम को बतला देती है कि उसे शंकर समझना ठीक नहीं है।

शंकर से अपने साम्य का निराकरण करती हुई युवती कहती है कि उसके शरीर पर विभूतिभूषण की तरह भस्म का भूषण नहीं चंदन-अनुलेपन की धूल है। नायिका ने शायद' व्याघ्रचर्म के वर्ण का कपड़ा पहन रखा है जिसके संबंध में उसका कथन है कि यह तो उसके नित्य व्यवहार में आनेवाला वस्त्र है, शंकर का व्याघ्रचर्म नहीं। शंकर की लटकी जटाएँ नहीं हैं, यह तो नायिका के केशों का वेणी-विन्यास है। 192 नायिका ने केशों में 'वेत फूल गूँथ रखे हैं, उसे शंकर के सिर की गंगा न समझना चाहिए। वह फूलों की श्रेणी है, गंगा धारा नहीं। नायिका ने बाल चंद्राकार विशेषक की रचना माथे पर कर रखी है, वह शिव के माथे का अर्द्धचन्द्र नहीं है। नायिका के ललाट में शिव के तीसरे नेत्र की रक्तिम आग नहीं है, सिन्दूर का दीप्त टीका है। नायिका ने अपने कंठ में कस्तूरी-लेपन किया है, यह शिव के कंठ का काल कट नहीं है। नायिका ने मुक्ताओं का हार पहन रखा है, यह शिव की ग्रीवा में लिपटा हुआ सर्पराज नहीं है।' नायिका शिव नहीं है, अतः कामदेव उसे पीड़ा क्यों दे रहा है? हाँ, नायिका यह अवश्य कहती है कि उसमें एक दोष है कि उनका नाम 'वामा' है। 'वामदेव' संज्ञक शिव के साथ युवती का केवल नाम साम्य ही हो सकता है। अपना यह दोष कह कर नायिका कामदेव के समक्ष स्थिति स्पष्ट कर देती है और काम की इच्छा पर ही यह छोड़ देती है कि वह नाम साम्य के कारण यदि युवती को पीड़ित करता है, तो करे।

जयदेव के विरही कृष्ण अनंग की इस भ्रांति का निराकरण करते हैं कि वे शिव नहीं हैं, अतः उनपर काम क्यों शर-प्रहार करता है! विद्यापति की सजी-धजी नायिका अपने रूप-विन्यास की व्याख्या करके मदन को समझाना चाहती है कि उसे शंकर समझकर वह पीड़ा न दे, लेकिन वह शंकर से अपने एक सादृश्य की भी चर्चा करती है, कि वह 'वामा' है और शंकर 'वामदेव' हैं। दोनों के नामों में एकता जान पड़ती है। इस तरह जयदेव का आधार लेकर भी विद्यापति ने अपने काव्य में उक्ति सौंदर्य और नवीनता की प्रतिष्ठा की है।

जयदेव हृदय-हार और सर्पराज की बात करते हैं, विद्यापति भी फणिपति और मुक्ता-हार का प्रसंग उठाते हैं। जयदेव नील कमल दल से नीले कण्ठ और

गरल की आभा से नीले कंठवाले शिव का चित्र देते हैं, लेकिन विद्यापति कस्तूरी और काल कूट के वर्ण-साम्य का आभास देते हैं। जयदेव चंदन-रज एवं भस्म की भ्रांति को चित्रित करते हैं और विद्यापति भी विभूति तथा चंदन रेणु को ही सामने लाते हैं, किंतु विद्यापति साम्य की संभावना का विस्तृत चित्र खींचते हैं। व्याघ्रचर्म और वस्त्र,' जटाजूट' और 'वेणी', गंग-धारा और पुष्प-पंक्ति, बाल चंद्र और चाँद-तिलक, तीसरे नेत्र की आग और सिन्दूर का टीका आदि युवती और शिव के साम्य जन्य वर्णनों का विस्तार विद्यापति में जयदेव से अधिक मिलता है। जयदेव के कन्दभूत अर्थ का वितन्वन विद्यापति के पद में देखा जा सकता है। इसके अतिरिक्त विद्यापति 'वामा' और 'वामदेव' के नाम साम्य की उद्भावना करके उक्ति में सौष्ठव ला देते हैं जो जयदेव में नहीं है।

जयदेव के कृष्ण प्रिया-विरही हैं, अतः शीतलोपचार की सामग्रियों से देह को भूषित किए हुए हैं, किंतु विद्यापति की नायिका अपने सहज अलंकरण-मंडन के साथ है 'हर' की भ्रांति और उसके निराकरण की बात उभयत्र समान है।

जयदेव का काम 'अनङ्ग' है जिसका स्वारस्य यह है कि वह शिव का सहज शत्रु है, क्योंकि शिव ने ही उसे दग्ध कर दिया था, अतः जयदेव का 'अनङ्ग' यदि शिव के भ्रम में कृष्ण से प्रतिशोध लेता है तो उचित ही है। लेकिन विद्यापति के पद की युवती पीड़क 'मदन' को समझाना चाहती है-"कसन वेदन मोहि देखि मदना। " कैसा विरोध है, तुष्ट करने वाला-आह्लादित करने वाला ही पीड़ा पहुँचा रहा है! 193

विद्यापति ने अर्थ का उच्छिष्ट मात्र नहीं ग्रहण किया है, बल्कि पुरानी उक्ति का विषय-परिवर्तन उसका विस्तार और उसमें नवीन प्राण-प्रतिष्ठा करके उन्होंने अपनी प्रतिभा का नवोन्मेष प्रदर्शित किया है। दोनों कवियों में विषयभेद स्पष्ट ही है। जयदेव में कृष्ण-संबंधी प्रसंग है और विद्यापति में नायिकासंबंधी प्रसंग है। पुरानी उक्ति के कंदभूत अर्थ को अंकुरित और विस्तृत करने के कारण विद्यापति के पद में 'कंद तुल्य देहितुल्य' अर्थ-हरण की संभावना जान पड़ती है। उक्ति के बीजभाव को विशेषतः अंकुरित पल्लवित करना 'कंद' कहलाता है और हम देखते हैं कि 'गीत गोविन्द के पुराने प्रसंग के मूल भाव में विद्यापति ने विशेष भंगिमा के साथ विस्तार ला दिया है, अतः पद में 'कंद' अर्थ-हरण की स्थिति ही जान पड़ती है। शिव के साथ जयदेव के कृष्ण का जो भ्रांतिमय सादृश्य था जिससे अनंग कुपित था, उसको विद्यापति ने अपनी नायिका के प्रसंग में बढ़ा-चढ़ाकर विशेषता समन्वित ढंग से चित्रित किया है।

विद्यापति के इस पद में 'पर पुर प्रवेश-सदृश' अर्थ-हरण के 'जीवजीञ्वक' नामक भेद को भी विवेचित किया जा सकता है। शुरू में सदृश और अंत में किसी अर्थ को भिन्नतः चित्रित करना जीवजीवक कहलाता है। 194 इसमें किसी उक्ति का आरंभिक अंश तो ने लिया जाता है, किन्तु अंत में पुरानी उक्ति से भिन्न अर्थ योजित करके उक्ति में नवीन जीवन भर दिया जाता है। विद्यापति ने जयदेव के भाव को अपनी रचना के आरंभ में तो ग्रहण किया है, किन्तु एक पए दूखन नाम मोर बामा' कहकर अंत में पुरानी उक्ति से भिन्न अर्थ की योजना करके अपनी उक्ति में नव्य जीवन का संचार कर दिया है, अतः यहाँ 'जीवजीञ्वक पर पुर प्रवेश' अर्थ-हरण की भी संभावना जान पड़ती है, लेकिन वस्तुतः यहाँ पर पुर प्रवेश-सदृश अर्थ-हरण है ही नहीं, क्योंकि यह हरण वहाँ समझा जाता है जहाँ मूल वस्तु के एक रहने पर भी रचना में बिल्कुल अंतर रहता है और हम देखते हैं कि विद्यापति और जयदेव की उक्तियों में एकदम अंतर की बात नहीं सोची जा सकती है।

डॉ उमेश मिश्र ने विद्यापति के प्रस्तुत पद के स्रोत के रूप में संस्कृत के एक प्राचीन पद्य को उद्धृत किया है-

जटा नेयं वेणी कृतकचकलापो न गरलं
गले कस्तूरीयं शिरसि शशिरेखान कुसुमम्।
इयं भूतिर्नाङ्गे प्रियविरहजन्मा धवलिमा,
पुरारातिभ्रान्त्या कुसुमशर! किं मां प्रहरसि। 195

यह भी किसी काम पीड़िता विरहिणी की ही उक्ति है। जयदेव के कृष्ण काम को संबोधित करते हैं, किंतु इस प्राचीन पद्य और विद्यापति के पद में नायिकाएँ काम देव को अपह्नुति-पद्धति से निवेदन करती है। इस दृष्टि से जयदेव की अपेक्षा यह पद्य विद्यापति के पद के प्रत्यक्ष उपजीव्य के रूप में जान पड़ता है।

इस पद्य की नायिका जटा और वेणी के सदृश्य को उपस्थित करती है और विद्यापति को नायिका भी जटाजूट और चिकुर-वेणी की ही चर्चा करती है। कंठ की कस्तूरी और गरल के सादृश्य की उद्भावना भी इसी पथ की है जिसे विद्यापति ने अपह्यत कर लिया है-"नहि मोरा कालकूट मृगमद चारु।"

पद्य की नायिका फूल और बालचंद्र के साम्य की भ्रांति का उल्लेख करती है, किंतु विद्यापति की नायिका गंगा और पुष्पपंक्ति के सादृश्य का निषेध करती है। विद्यापति की नायिका 'चंद्र विशेषक' और शिव के चाँद की बात कहती है। पद्य में भस्म-संबंधी अछूती कल्पना मिलती है जिसका हरण विद्यापति ने नहीं

किया है। पद्य की नायिका प्रियतम के विरह में उजली हो गई है उसकी देह कांतिहीन और धूसर हो गई है। उसे देखकर शिव के शरीर पर पुते हुए भस्म की संभावना करना ठीक नहीं है।

संस्कृत-पद्य से अनुप्राणित होते हुए भी विद्यापति के पद में विस्तार और नवीनता है। 'एक पए दूखन नाम मोर बामा' विद्यापति का मौलिक अर्थ है।

विद्यापति के एक दूसरे पद में भी यह भावधारा मिलती है। इस पद में जयदेव की अपेक्षा विषय परिवर्तन और विस्तार तो है, लेकिन तय नहीं है। अपह्नुति शैली में सुन्दरी नायिका तन को जलाने वाले कामदेव से कहती है-

कतिहुँ मदन तनु दहसि हमारि।
हम नहि सङ्‌कर हूँ बर नारि।।
नहि जट इह बेनिविभंग।
मालतिमाल सिरे नह गङ्‌ग।।
मोतिम-बन्ध मौलि नह इन्दु।
भाले नयन नह सिन्दुर बिन्दु।।
कण्ठे गरल नह मृगमद-सार।
नह फनिराज ओरे मनिहार।।
नील पटाम्बर नह बाघछाल।
केलिकमल इह नह ए कपाल।।
विद्यापति कह एहन सुछन्द।

अङ्‌गे भसम नह मलयज पङ्‌क।।

पिछले पद की अपेक्षा इसमें कुछ नवीन साम्यों का अवतरण किया गया है। यहाँ कुसुम श्रेणी को मालती माला का निश्चित रूप दे दिया गया है और उसे गंगा न मानने को कहा गया है। चंद्र मौलि की समानता में जूड़े में ग्रथित मोतियों की बात कही गई है। पिछले पद का मुक्ताहार और संर्पराजवाला प्रसंग यहाँ मणियों के हार और सर्पराज के प्रसंग में मणिधर सर्प के विशिष्ट अर्थ की सूचना देता है। "कपाली शंकर के हाथ का कपाल नहीं यह तो मेरा लीला कमल है" यह वक्तव्य एक नवीन साम्य को प्रस्तुत करता है।

प्रस्तुत पद में नारी की साज-सज्जा के एकाध विशेष उपकरण को कवि ने उपस्थित किया है, अन्यथा पहले पद की अपेक्षा इसमें चमत्कार थोड़ा भी नहीं है। श्री उमेश मिश्र द्वारा उद्धृत पद्य का यहाँ 'तैलबिन्दु प्रतिबिम्बकल्प' अर्थ-हरण जान पड़ता है, किन्तु जयदेव की तुलना में यहाँ अवश्य ही नवीनता

और मौलिकता है। जयदेव के पदार्थ का विद्यापति के इस पद में कन्द तुल्यदेहितुल्य' हरण देखा जा सकता है।

सूरदास के भी एक पद में इस भावधारा का आकलन मिलता है। 196

(ङ) विद्यापति पदावली में 'पर पुर प्रवेश-सदृश' अर्थ के उदाहरण

1. 'जीवजीव्वक पर पुरप्रवेश-सदृश' अर्थ-हरण का दृष्टान्त

'श्रृंगारतिलक' का एक चमत्कार-पूर्ण मुक्तक इस प्रकार है-

झटिति प्रविश गेहूं मा बहिस्तिस्ठ कान्ते!
ग्रहण समयवेला वर्तते शीतरश्मेः।
तब मुखमकलंकं वीक्ष्य नूनं स राहु-
सति तव मुखेन्दु पूर्णचन्द्र विहाय।।

कालिदास ने चंद्रमुखी नायिका को चंद्र ग्रहण के समय में घर के बाहर रहने से मना किया है, और उसे शीघ्र ही घर में चले जाने का सुझाव दिया है, क्योंकि उसके कलंकहीन मुख को देखकर राहु पूर्णचंद्र को न ग्रसकर नायिका के ही मुख चंद्र को ग्रस लेगा।

कवि नायिका के अकलंक मुखचंद्र का वर्णन करता हुआ उसके लिए राहु-बाधा की संभावना व्यक्त करता है। राहु कलंकी चाँद को छोड़कर अकलंक चाँद को ग्रस लेने का उपक्रम करने लगेगा, अतः नायिका को ग्रहण बेला में घर से बाहर न रहना चाहिए।

विद्यापति ने 'श्रृंगार तिलक' के भाव को पूरी चातुरी के साथ ग्रहण किया है-

लोलुअ वदन सिरी अछि धनि तोरि।
जनु लागहि तोहि चाँदक चोरि।।2।।
दरसि हलह, जनु हेरह काहू।
चाँद भरम मुख गरसत राहु।।4।।
धबल नयन तोर जनि तरुआर।
तीख तरल तेहि कटाखक धार।।6।।
निरबि निहार फास गुन जोलि।
बाँधि हलब तोहि खंजन बोलि।।8।।
सागर-सार चोराओल चंद।
ता लागि राहु करए बड़ दंद।।10।।
भनइ विद्यापति होउ निरसंक।

चाँद की किछ लांगु कलंक 12.।

:-(बेनीपुरी, पद-102)

नायिका की लावण्य-युक्त बदन -श्री को देखने से ऐसा प्रतीत होता है कि जैसे उसने चाँद को चुरा लिया है-चाँद की चोरी का आरोप नायिका पर मढ़ा जा सकता है। विद्यापति नायिका को परामर्श देते हैं कि वह किसी को अपने दर्शन न दे-उसे कोई न देखे, ऐसा प्रयास होना चाहिए, क्योंकि राहु चाँद के भ्रम में उसके मुखको ग्रस लेगा।

नायिका के उज्जवल नेत्र काजल से काले हैं और उसके कटाक्ष की धार तीक्ष्ण-तरल है। उन्हें देखकर खंजन के भ्रम में बहेलिया फँसाकर रस्सी में बाँध लेगा।

चंद्रमा ने समुद्र के सार अमृत को चुरा लिया था, अतः राहु ने उसके लिए चाँद से बहुत द्वन्द्व किया था। अब यहाँ चंद्रमुखी नायिका से भी राहु के झगड़ने की संभावना जान पड़ती है, लेकिन विद्यापति उसे आश्वस्त करते हैं कि उसे निश्शंक ही रहना चाहिए क्योंकि चंद्रमा कलंकयुक्त है और राहु उसे पहचानता है। नायिका के कलंकहीन आनन को राहु चाँद के भ्रम में पड़कर ग्रसित नहीं कर सकता है।

कालिदास ग्रहण बेला में नायिका से इसलिए घर में चले जाने के लिए कहते हैं कि उसके कलंकहीन मुख को देखकर राहु पूर्णचन्द्र को छोड़कर उसके मुखचन्द्र को ग्रसित कर लेगा कालिदास के कथन की व्यंजना यह है कि राहु आकाश के पूर्णचन्द्र से भी सुन्दर और निर्मल को देखकर उन मुखचन्द्र को ही अपना आहार बना लेगा, लेकिन विद्यापति के मुख को देखकर चाँद की चोरी कर लेने का उसपर आरोप लगाए जाने की संभावना करते हैं। 'राहु मुखचन्द्र को देखकर चाँद के भ्रम में उसपर आक्रमण कर देगा यह विद्यापति की कल्पना का वैशिष्ट्य है। पुनः विद्यापति चाँद और राहु के द्वन्द्व की कवि-प्रसिद्धि का उल्लेख करते हैं, परन्तु नायिका को आश्वासन भी देते हैं कि उसे शंका नहीं करनी चाहिए : बाद में और उसके मुख में भेद है-चाँद में कुछ कलंक लगा है किन्तु मुखचन्द्र निष्कलंक है, अतः राहु उसे दलित नहीं करेगा।

विद्यापति के पद में नेत्र-खंजन के प्राण-बंधन की कल्पना कालिदास से अधिक है। कालिदास केवल राहु-बाधा का चित्रण करते हैं किन्तु विद्यापति राहु-बाधा का चित्रण करते हुए अंत में उसका निराकरण करके नवीन अर्थ की योजना करते हैं। इसी तरह वे व्याघ्र बाधा की भी कल्पना करते हैं।

कालिदास और विद्यापति के अर्थ प्रारम्भ में सदृश हैं, किन्तु अंत में 'चाँद की किछु लागु कलंक' कहकर विद्यापति ने अपने पद में नवीन अर्थ का

सन्निवेश कर दिया है। इस प्रकार हम देखते हैं कि विद्यापति ने प्राचीन अर्थ में नवीन जीवन का संचार कर दिया है। राजशेखर के मतानुसार पहले सदृश किन्तु बाद में भिन्न अर्थ का निबन्धन 'जीवजीवक पर पुरप्रवेश सदृश' अर्थ-हरण कहलाता है-("पूर्वं सदृशः पश्चाद्भिन्नों जीवञ्जीवकः।") अतः विद्यापति के पद में कालिदास के अर्थ का 'जीवञ्जीवक पर पुरप्रवेश सदृश' हरण दृष्टिगत होता है।

चाँद की चोरी की चर्चा विद्यापति ने एक अन्य पद में भी की है–

अम्बरे वदन झँपावह गोरि।
राज सुनइ छिअ चान्दक चोरि।।
घरें-घरें पहरी गेल अछ जोहि।
अबही दूषन लागत तोहि।।
कतए नुकाओब चान्दक चोरि।
जतहि नुकाओब ततहि उजोरि।।

-(परिषद-पदावली, पद-215, सं. अ. से, पृ. 299)

पिछले पद में भी कहा गया है–

लोलुअ बदन सिरी अछि धनि तोरि।
जस लागि तोहि चाँदक चोरि।।

'लोरिक' कथागीत-जैसे प्राचीन लोक-काव्य 198 में भी चाँद की चोरी वाला अर्थ मिलता है-

सुनिले, सुनिले मोचनि राजा! वचन प्रमान
चोरी कै क किया आनलक दुतिया क चान
तरवा के नइ धोइनि हैतो, तोहर रानी सात।
कमलक फूल झमान करइ छइ, जानथि बैजनाथ! 199

किन्तु यहाँ नायिका को ही द्वितीया का चाँद कहकर उसकी चोरी होने की बात कही गई है, अतः विद्यापति का अर्थ स्पष्टतः 'लोरिक' से पृथक् और मौलिक है।

2. भावमुद्रा परपुर प्रवेश सदृश अर्थ-हरण का दृष्टान्त

अमरुक के निम्नलिखित श्रृंगारिक मुक्तक का प्रभाव विद्यापति के एक पद पर देखा जा सकता है-

आलोलामलकावलीं विलुलितां बिभ्रच्चलत्कुण्डलं,
किञ्चन्मृष्टविशेषकं तनुतरैः स्वेदाम्भसां शीकरैः।

तन्व्या यत् सुरतान्ततान्तनयनं वक्त्रं रतिव्यत्यये,

तत्त्वां पातु चिण्य किं हरिहरस्कन्दादिभिर्दैवतैः।।3।।

–('अमरुशतकम्'।3.। मित्र प्र. प्रा. लि.) 200

यहाँ विपरीत रति और उसके सुरतान्त का वर्णन है। नायिका की चंचल अलकावली 'खुल गई है-बिखर गई है। उसके कुंडल भी डोल रहे हैं-आंदोलित हैं। पसीने की बूँदों से उसका विशेषक थोड़ा मिट गया है। कवि कहता है कि विपरीत रति के सुरतान्त शिथिल नयन वाली उस नायिका का मुख तुम्हारी रक्षा करे!–हरि, हर, कार्तिकेय आदि देवताओं से क्या प्रयोजन है! कवि का अभिप्राय है कि विपरीत रति संलग्ना नायिका में आनन ही रक्षा करे–उसके रहते विष्णु, शिव, स्कन्द आदि देवताओं की कोई अपेक्षा नहीं है। कामिनी का विपरीत रतिवाला मुखड़ा ही रसिक की रक्षा करे, यह कवि का आशीर्वाद है

आचार्य क्षेमेंद्र के मतानुसार इस पद्य में आशीर्वचन का प्रोचित्य नहीं है। 'रक्षा करें', यह उचित आशीर्वचन नहीं है, 'आनन्द दे' 'अभिलाषा पूर्ण करे, ये सब कहना अधिक उचित होता।

पुरुषायित रति में संलग्ना नायिका, उसका सुरतान्त, उसके मुख की रक्षिका-शक्ति तथा विष्णु, शिव, स्कन्द आदि देवों की अनावश्यकता–ये ही इस पद्य के मुख्य अर्थ हैं।

विद्यापति ने बहुत सुंदर ढंग से अमरुक के भाव को ग्रहण करके उसे अपनी प्रतिभा के स्पर्श से संवार-सा दिया है–

बिगलित चिकुर मिलित मुखमंडल चाँद बेड़ल घनमाला।
मनिमय कुंडल स्रवन दुलित मेन धाम तिलक बहि गेला।।2।।
सुन्दरि तुअ मुख मङ्गल-दाता।
रति-बिपरीत समर जदि राखवि किरव हरि हर धाता।4.।
किंकिन किनिकिनि कंकन कनकन धनधन नूपुर बाजे।
रति-रन मदन पराभव मानल जय जय डिमडिम बाजे।। 6।।
तिल एक जघन सघन रब करइत होअल सैनक भंग।
विद्यापति कवि इ रस गावए जामुन मिलली गंग।8।

–(बेनीपुरी, पद-171)

अमरुक की 'विलुलित लोल अलकावली' ही विद्यापति का 'विगलित चिकुर' है। 'केशों ने मुखमंडल को ढंक लिया है चाँद को मेघों ने आवृत कर लिया है'--विद्यापति के इस अर्थ का अमरुक में अभाव है। अमरुक का 'विभ्रच्चलत् -कुण्डलम्', ही विद्यापति का 'मनिमय कुंडल स्रवन दुलित भेले

है। विद्यापति ने कुंडल को मणिमय कह कर उसकी विशेषता का और कान में उसके डोलने की कहकर उसका विस्तृत वर्णन किया है जो अमरुक से अधिक है।

अमरुक स्वेद-बिंदुओं से विशेषक के कुछ-कुछ मिट जाने का वर्णन करते हैं और विद्यापति भी धाम से तिलक के बह जाने का चित्रण करते हैं। अमरुक के वक्तव्य 'रक्षाकरे' में आर्शीवचन का अनौचित्य है, अतः विद्यापति ने अमरूक के इस दोष का परिहार करके एक नयी कल्पना ही कर डाली है कि सुदरी का मुख मंगलदायक है। विद्यापति का यह अभिप्राय संगत ही है कि इस मुख को यदि विपरीत रति के रण में रखा जाए तो अवश्य ही सिद्धि मिलेगी जय-लाभ होगा। इस मंगलमय मुख के रहने पर विपरीत रति-रण में हरि, हर और ब्रह्म की क्या आवश्यकता है!-मुख ही सारी सफलता देगा, समर विजयी बनाएगा, अतः इन देवताओं के अनुग्रह की आवश्यकता नहीं है। विद्यापति इन देवताओं से भी -अधिक प्रभावशाली और सिद्धिदायक नायिका के विपरीत रति संलग्न मंगल दाता मुखड़े को ही मानते हैं।

विद्यापति ने 'धाता' या 'विधाता' की चर्चा की है, स्कन्द की नहीं। अमरुक के पद्य के पाठान्तर में स्कन्द की जगह 'ब्रह्म' भी प्राप्त होता है। वेमभूपाल ने ब्रह्मावाला पाठ दिया है-"हरि हर ब्रह्मादिभिर्देवतःष किन्तु रति-रण के प्रसंग में 'विधाता' के स्थान पर सेनापति स्कन्द का ही चित्र विद्यापति यदि रहने देते तो उनकी उक्ति और भी सप्राण हो जाती।

विद्यापति ने रति-रण के प्रसंग की उद्‌भावना करके अमरुक के प्रसंग में नवीनता और विशेषता ला दी है। इस रति रण में मंगल दाता मुखड़े के कारण मदन पराजित हो जाता है और नायिका की इस जीत पर विजय वाद्य बज रहे हैं। किंकिणी, कंगन, नूपुर आदि स्वरित हो रहे हैं। विपरीत रति करने बाली सुन्दरी के जघन-संचालन से मेखला या करधनी बजने लगती है। 201 अंततोगत्वा इस रण में सेना का भंग हो जाता है और इस सैन्य-भंग के बाद रति-रण से विरति होती है। 'हो अल सैनक भंग' के सैनक' शब्द में 'लेष की प्रतीति होती है। 'सेना का भंग' और 'शयन का भंग' ये दोनों ही अर्थ यहाँ कवि को अभिप्रेत हैं।

अमरुक और विद्यापति के पद्यों में मूल वस्तु की एकता होते हुए भी दोनों की रचनाओं में पूरा भेद है, अतः विद्यापति के पद में 'पर पुर प्रवेश सदृश' अर्थ-हरण लक्षित होता है। 202

विद्यापति ने अमरुक के ही पद्य को संस्कृत और त्रुटिहीन करके ग्रहण

किया है तथा उसमें रति रणवाली नवीन कल्पना जोड़ दी। पुराने अर्थ को चित्रित करते हुए भी विद्यापति ने पुराना उक्ति को सुंदरतर और 'उपपत्ति-युक्त' कर दिया है। उन्होंने अमरुक के वाक्यों और अभिप्रायों का निबन्धन तो किया है, किंतु उनका ढंग अमरुक से रम्यतर और मौलिकता समन्वित है। पद का कुछ पंक्तियों में अमरुक का प्रतिबिंब देखा जा सकता है, किंतु इसे प्राक्तन वाक्यों का निबंधन ही कहना चाहिए अतः यहाँ पर पुर प्रवेश सदृश' अर्थ-हरण का 'भावमुद्रा' नामक भेद प्रतीत होता है। राजशेखर के अनुसार 'भाव मुद्रा' में प्राचीन वाक्य या अभिप्राय का निबंधन होता है-

"प्राक्तनवाक्याभिप्रायनिबन्धो भावमुद्रा।"

-('काव्यमीमांसा', (अ. 13, पृ. 187)

तीसरा अध्याय

पदावली की सूक्तियों और लोकोक्तियों के साहित्यिक स्रोत

(क) स्थापना

विद्यापति प्राचीन उक्तियों के रत्नाकर के मरजीवा हैं। उन्होंने प्राचीन साहित्य की सूक्तियों का भी सन्निवेश अपने काव्य में किया है। उनके ये सुभाषित एक ओर तो प्राचीन साहित्य से उनकी अभिज्ञता प्रकट करते हैं, तो दूसरी ओर उन्हें हिन्दी नीति काव्य के प्रतिष्ठापक कवियों में अन्यतम सिद्ध करते हैं। 'पुरुष-परीक्षा' में तो विद्यापति की नीति शास्त्रीय धारणाओं का प्रकटीकरण हुआ ही है, किंतु पदावली में भी वे एक नीतिकार के रूप में दिखलाई पड़ते हैं। भारतीय नीति-काव्य की भावधारा से उनका संबंध सहज ही योजित किया जा सकता है।

विद्यापति की सूक्तियों में चमत्कार और काव्यत्व की उपलब्धि होती है। जीवों से बंध्वक सुभाषितों में उन्होंने लोकोक्ति बनने की क्षमता भर दी है। या तो प्राचीन लोकोक्तियाँ ही हैं या उनमें लोकोक्तियों के रूप में लोक-जिह्वा पर चढ़ने की शक्ति आ गई है। लोक-ज्ञान व्यवहार-ज्ञान और जीवन के मार्मिक सत्यों का आकलन विद्यापति इन सूक्तियों में देखा जा सकता है।

प्रस्तुत अध्याय में विद्यापति की सूक्तियों का नीति काव्य की दृष्टि से मूल्यांकन किया गया है। विद्यापति के पदों में कामशास्त्रीय और काव्यशास्त्रीय धारणाओं का भी ध्वनन करने वाली सूक्तियाँ मिलती हैं जिनका विवेचन और स्रोत परिशीलन यथास्थान दूसरे अध्यायों में हुआ है।

नीति काव्य और लोकोक्तियों का गहरा संबंध है। बहुत-सी लोकोक्तियो वस्तुत: कवियों की उक्तियाँ ही हैं जिन्हें जीवनगत सत्यों की अभिव्यक्ति के लिए नीति-कवियों या इतर भावधारा के कवियों ने रचा था और जिन्हें जनता की जीभ ने अपना लिया है। प्राय: ऐसा भी देखा जाता है कि कविगण जन-प्रचलित उक्तियों की सहायता से भी अपने वक्तव्यों को स्पष्ट करते हैं।

भारतीय मुक्तक काव्य-परंपरा में केवल श्रृंगारिक रचनाएँ ही नहीं मिलती हैं। बल्कि नीतिपरक रचनाएँ भी बड़े परिमाण में प्राप्त होती हैं। श्रृंगारी कवि नीति-परक पद्य भी रचते रहे हैं या अपनी श्रृंगारिक कविताओं में वे लोकोक्ति, अर्थान्तर न्यास आदि अलंकारों के व्याज से चमत्कार-प्रवण सूक्तियों के भी पुरस्कर्त्ता होते रहे हैं। संग्रह ग्रथों में भी नीतिपरक रचनाओं की संख्या कम नहीं है। प्राचीन काव्य-गोष्ठियों में भावकों को चमत्कृत और आत्मादित करने में सुभाषितों की पूरी सहायता ली जाती थी। विद्यापति की सूक्तियों में नीतिकाव्य की उपदेशात्मकता तो है किन्तु उनमें सौष्ठव, चारुत्व और लालित्य भी कम नहीं है।

प्राचीन और समाम्नातपूर्व सदुक्तियों को विद्यापति ने कहीं तो यथावत ले लिया है और कहीं-कहीं उन्हें माजित करके भी ग्रहण किया है। उनका सूक्ति-हरण सदैव और सर्वत 'प्रतिबिम्बकल्प' ही नहीं है, यत्र-तत्र सूक्तिकार विद्यापति की मौलिकता भी दृष्टिगत होती है।

लोकोक्तियों के विशाल मौखिक साहित्य से भी विद्यापति प्रभावित हुए थे और अनेक लोकोक्तियों में जन-संस्कृति रूपायित हुई हैं किंतु इस अध्याय में उनकी लोकोक्तियों का लोकसात्त्विक अध्ययन मेरा प्रतिपाद्य नहीं है। उनकी लोकोक्तियों का एक प्रमुख स्रोत 'लोक' या लोक-साहित्य है किन्तु इस अध्याय में उसकी सूक्तियों और लोकोक्तियो के स्रोतों का अनुसंधान प्राचीन शिष्ट साहित्य की रचनाओं में किया गया है।

(ख) सूक्तियों का स्रोत-निरूपण

इस प्रसंग में विद्यापति की कतिपय सूक्तियों का प्राचीन सूक्तियों के साथ तुलनात्मक अध्ययन अभीष्ट है।

1. पहला उदाहरण

'अनकर दुख दारुन रे जग के पतिआय'

यह लोकोक्ति विद्यापति के पदों में इन रूपों में प्राप्त होती है-

(क) सखि अनकर दुख दारुन रे जग के पतिआय।। 4.।

-(बेनीपुरी, पद-203)

(ख) हृदयक वेदन बान समान।
आनक दुःख आन नहिं जान।।8।।

-(बेनीपुरी, पद-197)

(ग) तुअ गुण बान्धल अद्यए परान
परवेदन देख पर नहि जान।।

-(परिषद्-पदावली, पद-75)

विद्यापति ने इन लोकोक्तियों में अपना यह जीवनानुभव व्यक्त किया है कि दूसरे के दुःख को लोग विश्वसनीय नहीं मानते हैं तथा दूसरे के दुःख को दूसरा न तो जान पाता है, न उसकी अनुभूति कर पाता है। विद्यापति का वक्तव्य इतना ही है कि दूसरा दूसरे की पीड़ा को नहीं समझता है।

इस लोकोक्ति का व्यवहार कालिदास ने भी किया है। 'विक्रमोर्वशीयम्' में कहा गया है कि दूसरों के बड़े दुःख को भी लोग छोटा ही या कम समझते हैं। विपत्तिग्रस्त नायक के दुःख की ओर कोकिल ध्यान न देकर जामुन फारस प्रिया-अधर-रस की तरह पीने में संलग्न है। ठीक ही है, लोग दूसरे के दुःख को थोड़ा ही मानते हैं-

महदपि परदुःखं शीतलं सम्यगाहुः
प्रणयमगणयित्वा यन्ममापद्गतस्य।
अधरमिव मदान्धा पातुमेषा प्रवृत्ता।
फलमभिमुखपाकं राजजम्बूर्दु मस्य।।

-(विक्रमोर्वशीयम्' अंक 4)

2. दूसरा उदाहरण

'अपन मूँड अपने हम चाँछल'

'जान-बूझकर अपना अपकार स्वयं करने के अर्थ में यह लोकोक्ति विद्यापति के पदों में इन रूपों में प्राप्त होती है-

(क) अपन मुँड़ अपने हम चाँछल दोख देब गए काहि।।8।।

-(बेनीपुरी, पद-144)

(ख) कुल-कामिनि छलौ कुलटामए गेलौं तिनकर बचन लोमाई।
अपने कर हम मूड़ मुड़ाएल कानु से प्रेम बढ़ाई।।6।।

-(बेनीपुरी, पद-302)

'अपना माथा स्वयं मुड़ना या अपने हाथ से मूड़ना'-विद्यापति की यह लोकोक्ति 'पंचतंत्र' और 'अमरुशतक' की लोकोक्तियों से प्रभावित है। 'पंचतंत्र' में इस लोकोक्ति का रूप 'अपने हाथ से अंगार उठाना' है-

तत्वयैथ शाष्पमोजी स्वामिनः सकाशमानीतः।
तत्स्वहस्तेनाङ्गाराः कर्षिताः।' मदनक आह–'सत्यमेतत्।

ममायं दोषः न स्वामिनः।,

–('पंचतंत्र', 1/172.। के नीचे का गद्यांश)

अपने हाथ से आग उठाने में यह भाव है कि स्वयं पाँव में कुल्हाड़ी मारना जैसा होता है वैसा ही हाथ में अंगार उठाना भी होता है। इसमें दूसरे का दोष नहीं होता है, अपना ही दोष होता है। 'पंचतंत्र' की लोकोक्ति और विद्यापति की लोकोक्तियों में 'विषय-परिवर्त्त तुल्यदेहि तुल्य' सादृश्य है।

'अमरुशतक' में यह लोकोक्ति 'अंगारों को अपने ही हाथों से भड़काना'-इस रूप में मिलती है–

अनालोच्य प्रेम्णः परिणतिमनादृत्य सुहृद–

स्त्वयाकाण्डे मानः किमिति सरले! संप्रति कृतः।

समांकृष्टा ह्येते प्रलयदहनोद्भासुर शिखाः

स्वहस्तेनाङ गारास्तदलमघुनारण्यरुदितैः।80।।

–('अमरुशतक'। 80)

यहाँ सखी किसी मानवती नायिका को फटकारती हुई कह रही है कि उसने, अपने ही हाथों से आग लगाई है, अतः अब अरण्य रोदन क्यों कर रही है?–नायिका ने स्वयं मान–धारण किया है तो अब विकला क्यों होती है?

'पंचतंत्र' और अमरुक की लोकोक्तियाँ वस्तुतः एक है।

अपभ्रंश कवि योगीन्दु के 'परमप्पयासु' या 'परमात्मप्रकाश' में भी इस आशय की लोकोक्ति प्राप्त होती है–

"भुल्लउ जीव में वाहि तुहुँ अप्पण कंधि कुहाडि" (2.138)

"हे भूले हुए प्राणी, अपने कंधे पर कुल्हाड़ी मत चलाओ'-यह लोकोक्ति 'पाँव में स्वयं कुल्हाड़ी मारना' इस लोकोक्ति का पूर्व रूप ही है।

'पंचतंत्र' अमरुक, योगीन्दु, विद्यापति आदि सभी की लोकोक्तियों में 'विषय-परिवर्त्त तुल्यदेहि तुल्य' सादृश्य है।

3. आगि जारि पुनि आगिक काज

प्रियतम कष्ट देता है, फिर भी वह त्याज्य नहीं, ग्राह्य ही होता है, इसी आशय की पुष्टि के लिए विद्यापति ने इस सूक्ति या लोकोक्ति का प्रयोग अपने पदों में किया है--

(क) आगि जारि पुनि आगिक काज।।12।

–(बेनीपुरी, पद–74)

(ख) आग जारिये पुन आगिक काज।।14.।

–(बेनीपुरी, पद–96)

आग जला दिया करती है लेकिन उसका प्रयोग बन्द नहीं किया जाता है। जला देने के बाद भी आवश्यकतावश लोग उसका प्रयोग करते ही हैं। आग के जलाने वाले दुर्गुण के कारण लोग उसे छोड़ नहीं देते हैं। उससे काम पड़ता ही है और लोग उससे विमुख नहीं होते हैं। विद्यापति ने जिस शृंगारिक प्रसंग में इस सूक्ति का निबन्धन किया है उसमें लाग की तरह ग्राहक प्रियतम से नायिका तस्त्र है, उसे परामर्श दिया जाता है कि कष्टदायक होने पर भी प्रियतम की आवश्यकता होती ही है। आग से अंग जल जाते हैं किन्तु अवसर पर आग से काम लेते ही हैं।

यह सूक्ति लोक प्रचलित रही होगी किंतु विद्यापति ने इसे साहित्य से ग्रहण किया है। 'गाथा-स्प्रशती', 'प्राकृत पैंगलम्', हेमचंद्र के अपभ्रंश व्याकरण और 'ढोला-मारू रा दूहा' में भी यह सूक्ति प्राप्त होती हैं। विद्यापति इन ग्रंथों से परिचित थे अतः स्वाभाविक है कि इस सुन्दर सूक्ति को उन्होंने इन्हीं स्रोतों से ग्रहण किया होगा।

'गाथा स्प्रशती' में राहो या रोधा नामक कवयित्री की एक गाथा में इसी भाव की सूक्ति मिलती है-

जेण विणाण जिविज्जइ अणुणिज्जइ सो कआवराहो वि।
पत्तो वि णअजरदाहे भण कस्स ण वल्लहो अग्गी।।

-('गाथा' सप्तशती', 2.63।)

नायक पर क्रुद्ध किसी कलहान्तरिता नायिका को उसकी सखी समझाती हुई कहती है कि कृतापराध नायक को भी मनाना चाहिए, उसका अनुनय करना चाहिए क्योंकि उसके बिना जीवित नहीं रहा जा सकता है। कहो तो, नगर के जल जाने पर भी आग किसे प्रिय नहीं है? आग से शहर के जल जाने पर भी आग को लोग अप्रिय नहीं मानते हैं। आग से क्षति पहुँचने पर भी लोग उससे प्रेम करते हैं, क्योंकि वह उपयोगी वस्तु है।

'गाथा सप्तशती, की यही गाथा 'प्राकृत पैंगलम् में भी संकलित है 203 हेमचन्द्र के अपभ्रंश-व्याकरण के एक दोहे में भी यह उक्ति प्राप्त होती है-

विप्पिन-आरउ जइवि पिउ तो वि तं आणहि अज्जु।
अग्गिण दद्ढा जइवि धरु तो तें अग्गिं कज्जु।।

-('अपभ्रंश-व्याकरण'।।4.।343.।2.)

कोई नायिका अपनी सखी से प्रियतम को बुलाने के लिए कहती है। उसका वक्तव्य है कि यद्यपि प्रिय अप्रिय करने वाला है तो भी आज सखी को उसे ले आना है क्योंकि यद्यपि अग्नि से घर दग्ध हो जाता है लेकिन उससे काम लिया

ही जाता है। घर जलाने वाली आग का भी परित्याग नहीं किया जाता है क्योंकि उससे काम पड़ा ही करता है।

गाथा की नगर दाहिका आग दोहे में गृहदाह करने वाली कही गई है। विद्यापति ने उसे केवल ज्वलनशीला, किन्तु ग्राह्य कहा है। विद्यापति की सूक्ति में इन्हीं उक्तियों के प्रतिबिम्ब देखे जा सकते हैं।

अपभ्रंश के दोहा में प्रिय को 'विप्रियकारक' कहने में विरोध का चमत्कार है जो दूसरी उक्तियों में नहीं मिलता है।

'ढोला-मारूदा दूहा' के निम्नलिखित दोहा के संबंध में यदि डॉ. माता प्रसाद गुप्त का अर्थ-संशोधन मान लिया जाए तो यहाँ उपर्युक्त भाव का ही द्योतन होता दिखलाई पड़ता है-

आसालुब्धी हूँ न मुइय सज्जन-'जंजालेइ'।
मारू सेकई हथ्थड़ा झीणे अंगारेइ।।206।।

-('ढोला-मारूरा दूहा'।206.।)

डॉ. गुप्त ने 'ढोला-मारूरा दूहा' (ना. प्र. सभा) के संपादकों के अर्थ को इस प्रसंग में स्वीकार नहीं किया। इस दूहा का वक्तव्य यह है कि स्वजन जला रहा है किंतु मिलन की आशा में लुब्धा मारवणी मरती नहीं है। जलने पर भी वह जी रही है, यह विरोधाभास है। विरहाग्नि में मारवणी का जीना वैसा ही जान पड़ता है जैसा उसका झीने या कम प्रखर अंगारों से अपने हाथों को सेंकना। आग जला दिया करती है किंतु उसका परित्याग नहीं किया जाता है, यही भाव इस दूहा में भी संपुटित है। आग यदि दाहक और दु:खद है तो अवसर पर सुखद भी है अंगारों से हाथ सेंकने में सुख ही मिलता है। 204

इस तरह हम देखते हैं कि विद्यापति की यह सूक्ति साहित्य-समुद्र में गोता लगाकर निकाली गई है। मरजीवा कवि ने साहित्य रत्नाकर से इस उक्ति-रत्न को चुन लिया है।

4. 'आगिक बहने आणि प्रतिकार'

-(न. गु., पद-179)

इस सूक्ति का आशय है कि आग से जलने पर उसका प्रतिकार आग से ही होता है। आग की जलन का उपचार आग से ही होता है।

'पंचतंत्र' में भी कहा गया है कि आग से जले अंग पर आग से सेंकना ही लाभप्रद होता है-

धर्मार्थं यततामपीह विपदो दैवाद्यदि स्यु: क्वचित्
तत्तासामुपशान्तये सुमतिभि: कार्यों विशेषान्नय:।

लोके ख्यातिमुपागतान सकले लोकोक्तिरेषा यतो
दग्धानां किल वह्निना हितकरः सेकोऽपि तस्योद्भवः।।

-('पंचतंत्र', 1.402)

इस तरह हम देखते हैं कि आग की दवा आग ही है। 'पंचतंत्र' और विद्यापति की उक्तियों में 'प्रतिबिम्बकल्प' सादृश्य दिखलाई पड़ता है।

इस आशय की दूसरी लोकोक्तियाँ भी भारतीय साहित्य में प्राप्त होती हैं। 'विषस्य विषमौषधम्', 'आयसैः आयसं छेद्यम्', 'शठे शाठ्यं समाचरेत', 'कंटकेनैव कंटकम्', तीव्रां तीव्रेण', 'दुष्टे दुष्टमाचरेत' या 'दुष्टे दुष्टं समाचरेत' आदि लोकोक्तियों में यही भाव है कि जो जैसा है उसके साथ वैसा ही व्यवहार करना चाहिए। विष की औषधि अमृत नहीं विष ही है; आग से जलने पर आग के द्वारा ही उसका प्रतिकार होता है। इन लोकोक्तियों और विद्यापति की लोकोक्ति में 'तुल्यदेहि तुल्य' सादृश्य है।

'यजुर्वेद संहिता' में इस जाति की लोकोक्ति का पुराना प्रयोग मिलता है-"तीव्र तीव्रेण।" 205 इसका आशय है कि तीव्र को तीव्र से ही ठीक करते हैं। विषका शमन विष से ही होता है। 'काँटे को कोटे से निकालने की नीति 'पंचतंत्र' में भी कही गई है-

शत्रुमुन्मूलयेत्प्राज्ञस्तीक्ष्णं तीक्ष्णेन शत्रूणा।
व्यथाकरं सुखाऽथयि कण्टकेनैव कण्टकम्।।

-(पंचतंत्र', 4.191)

'आर्या सप्तशती' में भी खल का संहार खल के द्वारा कराने नीति बतलाई गई है। वाणासुर पर विजय पाने के लिए विष्णु ने भी ज्वर से मैत्री की थी-उसका सहारा लिया था-

विशुनः खलु सज्जनानां खलमेव पुरो विधाय जतेव्यः।
कृत्वा ज्वरमात्मीयं जिगाय वाणं रणे विष्णुः।।

'जैसे को तैसा' वाली नीति 'पंचतंत्र' में एक और स्थान पर मिलती है-

कृते प्रतिकृतं कुर्याद्धिसिते प्रतिहिंसितम्।
न तत्र दोषं पश्यासि, यो दुष्टे दुष्टमाचरेत्।।

-(पंचतंत्र', 5.801)

यह सूक्ति किंचित् पाठ-भेद के साथ 'चाणक्य नीति दर्पण' में भी मिलती है। 206

5. 'आगु गुनि जे काज न करए पाछे हो पचताआ'

-(वि. प. राष्ट्र भा. परि0 पद-5 तथा वही, पद-34.)

इस लोकोक्ति का आशय है कि आगे सोचकर जो कार्य नहीं करता है उसे बाद में पछतावा होता है। 'बिना सोचे-विचारे जो काम किया जाता है उसमें पछताना ही पड़ता है इस भाव की लोकोक्ति प्राचीन कवियों के द्वारा भी प्रयुक्त हुई है।

'पंचतंत्र' में कहा गया है कि सोच-समझकर काम करने वाला सुखी होता है– शोभित होता है, किन्तु जो सोच-समझकर कार्य नहीं करता है वह पश्चाताप करता है–

अनागतं यः कुरुते स शोभते स शोच्यते, यो न करोत्यनागतम्।
वनेऽत्र संस्थस्य समागता जरा, बिल्स्य वाणीन कदाऽपि मेश्रुता।।

–(पंचतंत्र', 3.212।।, यही 'लोक 'पंचतंत्र', में अन्यत्र (3.214।) भी)

'चाणक्य-नीति-दर्पण' में कहा गया है कि पछतावा होने के बाद जो बुद्धि होती है वह यदि पहले ही हो जाती तो बहुत ही उन्नति हो जाती–

उत्पन्नपश्चाचात्तापस्य बुद्धिर्भवति यादृशी।
तादृशी यदि पूर्ण स्यात्कस्य न स्यान्महोदयः।।

–(चा. नो. दर्पण', 14.7.।)

इस उक्ति को भी पंचतंत्र वाली लोकोक्ति की जाति की मानना चाहिए।

मुंज के एक अपभ्रंश-दोहा में भी इस प्रकार की नीति परक सूक्ति मिलती है–

जा मति पच्छइ सम्पज्जइ सा मति पहिली होइ।
मुञ्ज भणइ मुणालवइ विधन न बेढइ कोइ।। 207

मुञ्ज का कथन है कि जो बुद्धि पीछे पैदा होती है यदि वह पहले ही हो जाए तो भी विघ्न नहीं ग्रस्त कर सकता है-नहीं घेर सकता है।

विद्यापति की सूक्ति इन्हीं उक्तियों की परंपरा में है और इन सभी कथनों में सोच-समझकर कार्य करने का उपदेश सन्निहित है। अन्य उक्तियों की अपेक्षा 'पंचतंत्र' की उक्ति का अधिक प्रत्यक्ष प्रभाव विद्यापति पर प्रतीत होता है।

6. 'आदरे जानिअ आ गिल काज'

–(न. गु., पद–334)

विद्यापति की इस लोकोक्ति का अभिप्राय यह है कि यदि कहीं आदर मिले तो सोचना चाहिए कि यहाँ कार्यसिद्धि अवश्य होगी। किसी के पास जाने पर वह यदि आदर का प्रदर्शन करे तो ऐसा मानना चाहिए कि उसके यहाँ अभीष्ट कार्य की पूर्ति अवश्य होगी।

विद्यापति ने भास के नाटक चारुदत से यह लोकोक्ति– लेली है। भास ने

वह लोकोक्ति–इस रूप से प्रस्तुत की है –

संवाहक :-(स्वगतम्) पूआविसेसेण जाणामि कय्यंत्ति।

(पूजाविशेषण जानामि कार्यमिति।)। 208

'चारुदत्त' नाटक में जुआड़ी से त्रस्त संवाहक जब गणिका वसन्तसेना के यहाँ शरणागत होता है तब गणिका उसे आसन पर बैठने का अनुरोध करती है। इस आवभगत को देखकर संवाहक आत्मालाप करता है कि वह पूजा-विशेष के द्वारा कार्य सिद्धि को अनुमित करता है।

संवाहक पूजाविशेष से ही काम के हो जाने की संभावना व्यक्त करता है और विद्यापति भी आदर-प्रदर्शन से इष्ट कार्य की सिद्धि को संभावित बतलाते हैं। दोनों सूक्तियों की एकता स्पष्ट ही है।

7. 'कउन मुगुधि आलिंगति आगी'

-(न. गु., पद-391) 209

'कौन मूर्खा अग्नि का आलिंगन करेगी?'-इस लोकोक्ति का भाव यह है कि कोई भी अनुभवी और विवेकी व्यक्ति आग का आलिंगन नहीं करेगा।

विद्यापति की उपयुक्त लोकिक्ति पर 'पंचतंत्र की अधोलिखित उक्ति का प्रभाव पड़ा है-

वद्धवामा अम्बरचरमार्ग व्यपगतधूमं सदा महद्भयदम्।

मन्दमतिः कः प्रविशति हुताशनं स्वेच्छया मनुजः।।

-('पंचतंत्र', 1.338)

श्कौन मंदमति मनुष्य अपनी इच्छा से आग में प्रवेश करेगा?'-'पंचतंत्र' की इस उक्ति का प्रतिबिम्ब विद्यापति की लोकोक्ति पर स्पष्टतः देखा जा सकता है।

विद्यापति ने 'अग्नि प्रवेश' करने की बात की जगह 'आलिंगन' करने की बात रखदी है किंतु दोनों ही उक्तियों में समान आशय का निबन्धन मिलता है।

8. 'कतए सुनल अछ जुड़ि हो आगी'

-(न. गु., पद-512) 210

'अकुलीन के हृदय में शील नहीं रहता है– मुरौव्वत नहीं होती है, इसी तथ्य की व्यंजना के क्रम में विद्यापति ने यह सुभाषित कहा है कि 'कहाँ सुना है कि आग शीतल होती है?' उनका वक्तव्य है कि आग ज्वलनशील पदार्थ है-उसे शीतल मानना भ्रांति है। आग का स्वभाव जलाने वाला है, शीतलता देने वाला नहीं।

विद्यापति की इस लोकोक्ति का स्रोत भी 'पंचतंत्र' ही है-

यदि स्यात्पावकः शीतः, प्रोष्णो वा शशलाञ्छनः।

स्त्रीणां तदा सतीत्वं स्याद्यदि स्याद् दुर्जनो हितः।।

-(पंचतंत्र', 3.193)

'पंचतंत्र' में कहा गया है कि यदि आग शीतल हो, चाँद उष्ण हो तथा दुर्जन हितैषी हों तो स्त्रियाँ भी सती हो सकती हैं। इस उक्ति में मुख्यतः स्त्रियों का सती होना असंभव कहा गया है, किन्तु इसी क्रम में यह भी बतलाया गया है कि आग का भी शीतल होना असंभव ही है। इसी आशय को 'पंचतंत्र' में ही पुनः एक अन्य प्रसंग में दुहराया गया है-

यदि स्याच्छीतलो वह्निश्चन्द्रमा दहनाऽऽत्मकः।
सुस्वादः सागरः, स्त्रीणां तत्सतीत्वं प्रजायते।।

-('पंचतंत्र', 5.93।)

'जल्हण के 'मुग्धोपदेश' (काल 1150 ई.) में भी 'अग्नि शीतल नहीं है, यह आशय प्राप्त होता है-

कालश्चेत्करुणापरः कलियुगं यद्यद्य धर्म प्रियं,
निस्त्रिंशो यदि पेशलो विषधरः संतोषदायी यदि।
अग्निश्वेदतिशीतलः खलजनः सर्वोपकारी सचे-
दायुष्यं यदि वा भविष्यति विषं वेश्यापि तद्रागिणी।। 211

पद्य का आशय है कि यदि यम करुणा करने वाला, कलिधर्म प्रिय, तलवार कोमल, साँस संतोष देने वाला, बाग शीतल, खल उपकारक तथा विष आयुष्यवर्द्धक हो जायेगा तो वेश्या भी प्रेम करने वाली हो जाएगी।

9. 'कुदिना हित जन अनहित रे थिक जगत सोभाव'

विद्यापति कहते हैं कि यह जगत् का स्वभाव है कि विपत्ति में या बुरे दिनों में हितैषी भी अहितकारक हो जाते हैं। विपत्ति में दोस्त भी दुश्मन हो जाते हैं-

पिय पिय रटए पपिहरा रे हिय दुख उपजाब।
कुदिना हित जन अनहित रे थिक जगत सोभाब।। 6।।

-(बेनीपुरी, पद-207 न. गु., पद-720)

विद्यापति के इस प्रसंग पर भतृहरि के एक पद्य की छाया देखी जा सकती हैं-

मधुरयं मधुरैरपि कोकिला-कलकलैर्मलयस्य वायुभिः।
विरहिणः प्रणहन्ति शरीरिणो विपदि हन्त सुधापि विषायते।।

-('शृंगारशतक' 34।)

भर्तृहरि कहते हैं कि विरह-काल में वसंत कोयल की मधुर कूक, मलयपवन आदि से विरहिजनों को दुःख दे रहा है। हाय, विपत्ति से सुधा भी

विष हो जाती है!

एक अन्य पद में भी विद्यापति का वक्तव्य है कि अवसर पाकर भला भी बुरा हो जाता है-

साजनि की कहब कहहि न जाए
भलेओ मन्द होअ अवसर पाए।

-(परिषद् पदावली, पद-110)

विद्यापति और भर्तृहरि की सूक्तियों में 'विषय-परिवर्त्त तुल्यदेहि तुल्य' सदृश्य की स्थिति है।

विद्यापति के एक अन्य पद में भी कहा गया है कि बुरे दिनों में विपत्ति को पहचानकर-देखकर-भले भी मंद हो जाते हैं-

मृगमद चानन परिमल कुंकुम के बोल सीतल चंदा।
पिया बिसलेख अनल जो बसिए विपति चिन्हिए भल मंदा।। 6।।

-(बेनीपुरी, पद-192
न. गु., पद-729, 212

हेमचंद्र के व्याकरण के एक दोहा में भी इस लोकोक्ति का स्रोत ढूँढ़ा जा सकता है-

जामहिं विसमी कज्ज-गइ जीवहँ मज्झे एइ।
तामहिं अच्छउ इयरु जणु सुअणु विअंतरु देइ।।

-('अपभ्रंश व्याकरण'।4.। 406.3।)

दोहा का अभिप्राय है कि जब जीवों में विषम कार्य गति आ जाती है-उनके बुरे दिन आ जाते हैं, तब इतर लोगों की क्या चर्चा, स्वजन या सुजन भी अंतर देते हैं- कतराते हैं। बुरे दिनों में स्वजन या अच्छे लोग भी साथ नहीं देते हैं।

एक संस्कृत सुभाषित में भी यह भाव अभिव्यक्त किया गया है--

येनांचलेन सरसीरूहलोचनाया
स्त्रातः प्रभूतपवनादुदये प्रदीपः।
तेनैब सोऽस्तसमयेऽस्तमवं वीनीतः
ऋद्धे विधौ भवति मित्रममित्रभावम्।।

प्रस्तुत पद्य मैं कहा गया है कि दैव के कुपित हो जाने पर मित्र भी अमित्र हो जाता है। युवती ने अपने अंचल की ओट में जिस दीपक की रक्षा हवा के थपेड़ों से की थी, बुझाने के समय उसी आँचल की हवा से उस दीपक को बुझा भी दिया। हितकारक अंचल ही दीपक का दुश्मन हो गया 213

विद्यापति ने भी एक स्थान पर लिखा है कि समय बिगड़ने पर हितैषी

अहित करने लगता है और पानी आग उगलने लगता है-"समयक दोषे आणि बम पानि।" 214

'भास के 'चारुदत्त' नाटक में भी व्यावहारिक जगत् के इस पीड़क सत्य की स्वीकृति मिलती है-

सत्यं न मे धनविनाशगता विचिन्ता
भाग्यक्रमेण हि धनानि पुनर्भवन्ति।
एतत्तु मां दहति नष्टधनश्रियों मे
यत् सौहृदानि सुजने शिथिलीभवन्ति।।5.।

-('चारुदत्तम्', 1।5.।)

भास का चारुदत्त इसलिए अधिक व्यक्ति है कि दरिद्र हो जाने के कारण उसके सुहृद लोग भी उससे पराङ्, मुख और उसके विपरीत हो गए हैं। धननाश से भी अधिक यही बात उसे सालती है।

चारुदत्त निर्धनता रूपी विपत्ति के दुष्परिणामों की चर्चा करता हुआ कहता कि उस दशा में बाँधवगण भी विपत्तिग्रस्त निर्धन के वचन में विश्वास नहीं है रखते हैं और बिना वैर के ही सुहृद गण विमुख हो जाते हैं-

दारिद्यात् पुरुषस्य बान्धवजनो वाक्ये न सन्तिष्ठते
सत्त्वं हास्यमुपैति शीलशशिनः कान्तिः परिम्लायते।
निर्वेरा विमुखीभवन्ति सुहृदः स्फीता भवन्त्यापदः
पापं कर्म च यत् परैरपि कृतं तत्तस्य सम्भाव्यते।।6।।

-(चारुदत्तम्', 1.6।)

भास के चारुदत्त की ही तरह 'मृच्छकटिकम्' का भी चारुदत्त ये ही बातें कहता है-

सत्यं न मे विभवनाशकृताऽस्ति चिन्ता
भाज्यक्रमेण हि धनानि भवन्ति यान्ति।
एतत्त मां दहति नष्टधनाश्रयस्य
यत् सौहृदादपि जनाः शिथिलीभवन्ति।।

-('मृच्छकटिकम्', 1.13.।)

दारिद्रयात् पुरुषस्य बान्धवजनो वाक्ये न सन्तिष्ठते,
सुस्निग्धा विमुखीभवन्ति सुहृदः स्फारीभवन्त्यापदः।

-(मृच्छकटिकम्', 1.36.। का अंश)

XXXXXX

एक दूसरे प्रसंग में भी 'मृच्छकटिक' का चारुदत्त कहता है कि बुरे दिनों

या दरिद्रता की हीनावस्था में मित्र भी अमित्र तथा चिर-अनुरक्त भी विरक्त हो जाते हैं-

यदा तु भाग्यक्षयपीड़ितां दशां नरः कृतान्तोपहितां प्रपद्यते।
तदाऽस्य मित्राण्यपि यान्त्यमित्रतां चिरानुरक्तोऽपि विरज्यते जनः।।

-('मृच्छकटिकम्', 1.53.1)

'मृच्छकटिकम्' के एक अन्य प्रसंग में भी ठीक ही कहा गया है कि सहज और संपन्नावस्था में दूसरे भी अपने बन्धु हो जाते हैं लेकिन विषम स्थिति में मित्र भी अपना नहीं होता है-

अभी हि वस्त्रान्तनिरुद्धवक्त्राः प्रयान्ति मे दूरतरं वयस्याः।
परोऽपि 'बन्धुः समसंस्थितस्य मित्र न कश्चिद्विषमस्थितस्य।।

-(मृच्छकटिकम् 10.16.1)

''पंचतंत्र' में कहा गया है कि स्वजन भी दुर्गति ग्रस्त व्यक्ति को जीवितावस्था में ही मृत मानने लगते हैं। यह दुर्गति दुःख और अपमान देनेवाली है-

दौर्गत्यं देहिनां दुःखमपमानकरं परम्।
येन स्वजनैरपि मन्यन्ते जीवन्तोऽपि, मृता इव।

-('पंचतंत्र', 2.103)

'पंचतंत्र' के एक दूसरे प्रसंग में कहा गया है कि धनहीन व्यक्ति से सरोकार रखने में बांधवजन लजाते हैं और उससे अपने संबंध पर पर्दा डालते हैं। ऐसे दुरवस्था-ग्रस्त व्यक्ति के मित्र भी अमित्र हो जाते हैं-

लज्जन्ते बान्धवास्तेन सम्बन्धं गृहयन्ति च।
मित्राण्यमित्रतां यान्ति, यस्य न स्युः कपर्दकाः।।

-(पंचतंत्र' 2.105.1)

विद्यापति की सूक्ति इन्हीं उक्तियों की परंपरा में है।

10. 'कुसुमित कानन मधुकर सङ्गे 215
विद्यापति ने ठीक ही लिखा है-
पर वित्ते पति न रङ्गे
कुसुमित कानन मधुकर सङ्गे।।

-(परिषद् पदावली, पद-128)

जब तक कानन कुसुमित या हरा-भरा रहता है तभी तक उस का भौरे से संग रहता है। भौरा निष्पत और सूबे कानन के साथ नहीं रहता है, रस-गंधपूर्ण संपन्न कानन के साथ रहता है। श्री-हीन के साथ प्रेमी और प्रशंसक नहीं रहते

हैं।

विद्यापति की इस सूक्ति का स्रोत भासकृत 'चारुदत्त' नाटक है। दरिद्र चारुदत्त के प्रति अनुरक्ता वसंत सेना से चेटी कहती है कि मंजरी वाले सहकार की ही उपासना मधुकर किया करते हैं, अर्थात् संपन्न की ही सेवा की जाती है, विपन्न की नहीं। इस पर गणिका का वक्तव्य है कि मंजरित रसाल की ही उपासना करने वाला मधुकर इसीलिए तो निंदित होता है। उसकी इसी स्वार्थपरता और अवसरवादिता के कारण उसकी वचनीयता मधुहारक या धनहारक के रूप में है-

''बेटी-अज्जुए! उद्धूदपुप्फं सहआरं महुअरा उवासन्ति।
गणिका-हञ्जे! एवं, उवासन्ति। दे महुअरा त्ति पुच्छीअन्ति।'' 216

मृच्छकटिककार शूद्रक ने भी इस प्रसंग को निबद्ध किया है। वसंत सेना हनर्धन चारुदत्त पर आसक्त है। उससे मदनिका कहती है कि मंजरी-विरहित सहकार की सेवा मधुकरियाँ नहीं करती हैं। गणिका इसमें 'मधुकरी' की निन्दा बतलाती है-

''मदनिका-अज्जए! कि हीणकुसुमं सहआरपादवं महुअरीओ उण सेवन्ति?
वसन्त.-अदी ज्जेव ताओ महुअरीओ वुच्चन्ति।'' 217

विद्यापति ने मंजरित आम्रवृक्ष की उपासना करनेवाले मधुकर की जगह कुसुमित कानन का संग करनेवाले मधुकर का प्रसंग उपस्थित किया है, किंतु उनकी सूक्ति का मूल स्रोत 'चारुदत्त' नाटक ही है। 'चारुदत्त' की उक्ति को ही उन्होंने स्वल्पमेव के साथ अपने पद में रखा है। 'चारुदत्त' का अर्थ ही यहाँ परिवर्तित वेश में है, अतः इस सूक्ति में नटनेपथ्य नामक 'आलेख्यप्रख्य' अर्थ-हरण की प्रतीति होती है 218

यह सुपरीक्षित सत्य है कि मतलबी मधुकर श्री-संपन्न वस्तु पर ही घूमता है और उद्देश्य पूर्ति के बाद उड़ जाता है। फूलों से भौरों के स्वार्थ पूर्ण संबंध की चर्चा 'श्रीमद्भागवत' में भी मिलती है-

अन्येष्वर्थकृता मैत्री यावदर्थविडम्बनम्।
पुम्भिः स्त्रीषु कृता यद्वत् सुमनस्सिवव षट्पदैः।। 219

विद्यापति की एक दूसरी उक्ति में कहा गया है कि संगी-साथी, इष्ट मित्र आदि भी तभी तक साथ देते हैं सम्मान देते हैं, जबतक मनुष्य के हाथ में धन रहता है-

जाबे रहइ धन अपना हाथ।
ताबे से आदर कर संग साथ।। 8.।

-(बेनीपुरी, पद-198)

भौंरे हरे-भरे जंगल के ही साथी होते हैं, तो इष्ट मित्र भी संपन्न व्यक्ति का ही साथ देते हैं। 'श्रीमद्भागवत' में भी कहा गया है कि वेश्याएँ निःस्व को छोड़ देती हैं तथा अशक्त राजा को प्रजा छोड़ देतो है। अध्ययन कर लेने के बाद शिष्य आचार्य को त्याग देते हैं और दक्षिणा पाकर ऋत्विज चल देते हैं। इसी तरह फल हीन पेड़ पर से पक्षी उड़जाते हैं और खाकर अतिथि गृहस्थ का घर छोड़ देते हैं। जंगल में आग लगते ही पशु जंगल से निकल भागते हैं। इसी भांति अनुरागवती-स्त्रियों का भी उपयोग करके जार उनसे पराङ्मुख हो जाता है 220

'श्री मद्भागवत' में पेड़ और पक्षी वाला जो दृष्टान्त आया है वह स्वयभूके 'पउमचरिउ' में भी मिलता है-

फलु जाव ताव बंधव संयण,
आवासिय पायवि जिह सउण।

-(पउम चरिउ, 39,11.

''स्वयंभू का वक्तव्य है कि जब तक संपन्नता है तभी तक बांधव और स्वजन 'स्वजन' हैं। पेड़ पर पक्षियों का वास जैसा अथिर है वैसा ही बन्धुओं का साथ भी मानना चाहिए। 'कुमारपाल प्रतिबोध' में भी इस आशय की उक्ति मिलती है -

रिद्धि विहुणह् माणुसह न कुणइ कुवि सम्माणु।
सउणिहि मुच्चइ फल रहिउ तस्वर इत्थु पमाणु।।221

-(सोमप्रभाचार्य)

'कुट्टनीमतं काव्यम्' में भी जग की इस रीति का उल्लेख मिलता है कि निर्धन के प्रति उसकी पत्नी की भी निष्ठा नहीं रहती है, वेश्याओं या पण्यस्त्रियों की उनके प्रति उपेक्षा का रहना स्वाभाविक ही है। नादान पक्षी भी जिस फूल या फल क रस चूस लेते हैं उसका परित्याग कर देते हैं। 222

'चाणक्य नीति दर्पण' में भी कहा गया है कि मित्र, द्वारा, मृत्य, सुहृद आदि निर्धन व्यक्ति का साथ छोड़ देते हैं। वह व्यक्ति जब पुनः संपन्न हो जाता है तब वे उसका साथ फिर पकड़ लेते हैं। संसार में धन ही मनुष्य का बंधु है। 223

विद्यापति के मन पर इन सभी सदुक्तियों का संस्कार अवश्य ही रहा होगा।

11. 'कूप न आबए पथिकक पास'

विद्यापति का पद है-

पुरुषक चञ्चल सहजे सभाव
कए मधुपान दहओ दिस धाब।।

एकहि बेरि तने दुर कर आस
कूप न आबए पथिकक पास।

-(परिषद्-पदावली, पद-62, न. गु., पद-444)

दूती या सखी नायिका से कहती है कि उसे इस आशा में न रहना चाहिए कि नायक उसके पास आएगा। उत्कंठिता और बेचन नायिका को ही उसके पास जाना पड़ेगा। कूप तृषार्त्त बटोही के पास नहीं आता है, बटोही को ही प्यास बुझाने के लिए कुएँ के पास जाना पड़ता है।

यह लोकोक्ति बहुत प्राचीन है। इसका प्रयोग वैदिक साहित्य में ही हो चुका है। डॉ. ओमप्रकाश गुप्त ने 'सामवेद संहिता' (उत्तराचिक) के प्रथम प्रपाठक में इस लोकोक्ति को ढूँढ़ निकाला है। वहाँ यह इस रूप में है-"तृषाण: ओक: "

(अ. 4 ख0 3: 12)। 224

इसका अभिप्राय है कि तृषात्त कूप के समीप या जल के समीप जाता है।

यह लोकोक्ति ' अथर्ववेद संहिता' में इस रूप में मिलती है– तृषाण: ओक: आगम:।"

-(कां. 20 सू. 33: 1)। 225

प्यासा पानी के पास आता है, यही उक्ति कूप-युग में बदलकर इस रूप में हो गई– 'प्यासा कुएँ के पास आता है।' वैदिक युग में नदी-तीर की सभ्यता थी; उस युग में कूप खनन का प्रचलन नहीं था। उस समय प्यासे नदी के पास पहुँचते थे, कूप के पास नहीं। 'तृषाण: ओक: आगम:' ही कालान्तर में इस रूप में हो गया-'कुआँ प्यासे के पास नहीं आता है।' विद्यापति ने तृषार्त्त' के रूप में पथिक की चर्चा की है क्योंकि यात्रारूढ़ पथिक प्राय: पिपासा कुल हो ही जाते हैं।

'तृषाण: ओक: आगम:' को ही विद्यापति ने उक्तिवश विपरीत ढंग से निबद्ध किया है– 'कूप न आबए पथिकक पासे।' विद्यापति के पद में पुरानी उक्ति परिवर्तित वेश में है। 'ओक:' की जगह 'कूप' का वेश है और 'तृषाण:' की जगह 'पथिक' का रूप है। दोनों ही उक्तियों में कथन की भिन्नता है किन्तु मूल भाव उभयत्र एक ही है, अत: यहाँ 'नटनेपथ्य' नामक 'आलेख्यप्रख्य' अर्थ-हरण है। 226

इस आशय की लोकोक्तियों का प्रयोग कालिदास और दामोदर गुप्त ने भी किया है।

कालिदास के 'कुमारसंभवम्' का ब्रह्मचारी (शिव) पार्वती से कहता है कि पति-प्राप्ति के लिए उसका तपस्या करना ठीक नहीं है। पार्वती की तपश्चर्या को

ब्रह्मचारी निरर्थक बतलाता है क्योंकि रत्न ग्राहकों को नहीं खोजते हैं, वे रत्न ही दूसरों के द्वारा खोजे जाते हैं।

कालिदास ने लिखा है-

दिवं यदि प्रार्थयासे वृथा श्रमः पितुः प्रदेशास्तव देवभूमयः।
अथोपयन्तारमलं समाधिना न रत्नमन्विष्यति मृग्यते हि तत्।।

-('कुमार संभवम्' 5.45)

'रत्न रत्नेच्छुकों की खोज में नहीं जाता है, रत्नाभिलाषी ही रत्न का अन्वेषण करते हैं'-कालिदास की यह लोकोक्ति बहुत ही सुष्ठु और हृदय वर्जक है।

कालिदास ने 'अभिज्ञानशाकुन्तलम्' में भी इस लोकोक्ति का प्रयोग किया है-

अयं स यस्मात् प्रणयावधीरणामशङ्कनीयां करभोरु! शङ्कसे।
उपस्थितस्त्वां प्रणयोत्सुको जनो न रत्नमन्विष्यति मृग्यते हि तत्।।

-('अभिज्ञानशाकुन्तलम् 3.17।।)

नारी रत्न की खोज इच्छुक प्रेमी ही करते हैं, वे ही उसके पास पहुँचा करते हैं क्योंकि रत्न दूसरों को नहीं ढूढ़ता है, लोग ही उसे ढूँढ़ते हैं।

श्न रत्नमन्विष्यति मृग्यते हि तत' तथा 'कूप न आबए पथिक पास' इन दोनों। लोकोक्तियों में 'विषय-परिवर्त्त तुल्यदेहितुल्य' सादृश्य है।

श्कुट्टनीमतं काव्यम्' (पद्य 278 से 280 तक) में किसी पुरुष के प्रति अत्यधिक बावली वेश्या को समझाया गया है कि सुन्दर पुरुष के प्रति भी बिना किसी अर्थ-लाभ के वेश्या का अनुराग करना ठीक नहीं है; पुरुष स्वयं उसपर अनुरक्त होंगे दामोदर गुप्त ने ठीक ही कहा है कि आम की मंजरी भौरों को नहीं खोजती है-

तेऽवश्यं स्वयमेव त्वामनुबन्धंति मदनशरभिन्नाः।
नहि मधुलिहः कृशोदरि मृग्यन्ते चूतमंजर्या।।

-('कुट्टनीमतं काव्यम्।। 280।)

रसाल-मंजरी पर भौरे स्वयं दौड़ते हैं, मंजरी भौरों के पास न तो जाती हैं, न उनको खोजती है। दामोदर गुप्त की लोकोक्ति की कालिदास और विद्यापति की विवेचित लोकोक्तियों से तुलना करने पर पता चलता है कि इनमें परस्पर 'विषय-परिवर्त्त' तुल्यदेह्तितुल्य' अर्थ सादृश्य है।

दामोदर गुप्त की इस सूक्ति से विद्यापति की निम्नलिखित सूक्ति की भी तुलना की जा सकती है-

तोह मने नहि लाज
कतए देषल मधु अपने जा मधुकर समाज।।

('वि.प.' रा. भा. परिषद्, पद-2)

दूती नायक को फटकारती है कि नायिका उसके पास नहीं आ सकती है, नायक को ही उसके पास जाना चाहिए। कहाँ देखा है कि मधु स्वयं मधुकरों के पास जाता है? भौंरे को ही मधु के पास आना पड़ता है, मधु उसके पास नहीं जाता है। यहाँ दामोदर गुप्त की उक्ति का प्रतिबिंब विद्यापति पर देखा जा सकता है। दामोद आम्रमंजरी के भ्रमर के पास न जाने की बात कहते हैं और विद्यापति मधु के भौंरे के पास न जाने का उल्लेख करते हैं। वैदिक उचित और कालिदास की तुलना में विद्यापति की यह सूक्ति 'विषय-परिवर्त्त तुल्यदेहितुल्य' अर्थ-हरण का उदाहरण प्रस्तुत करती है, किंतु दामोदर की उक्ति का 'प्रतिबिम्बकल्प' हरण यहाँ द्रष्टव्य है।

12. 'खतखरिआ दए सीचसि खार'

-(परिषद-पदावली, 89)

'क्षत या कटे पर क्षार या नमक छिड़कना-यह प्राचीन लोकोक्ति या मुहावरा है जिसका प्रयोग विद्यापति ने सुन्दर ढंग से किया है। 'तलवार से क्षत देकर क्षार से सींचना' निर्ममतापूर्वक पीड़ित करने के अर्थ में प्रयुक्त हुआ है। कटे पर नमक या क्षार छिड़कना जलन उत्पन्न करता है। प्राचीन साहित्य में भी 'कटे पर नमक छिड़कना'-यह उक्ति ही मिलती है। आजकल हिन्दी में प्रमादवश 'जले पर नमक का भी प्रयोग होता है, किंतु उक्ति मूलतः 'कटे पर नमक छिड़कना ही है। 'मृच्छकटिक' उत्तररामचरित' 'कर्पूरमञ्जरी' 'सदुक्ति कर्णामृत' 'संदेश रासक'। 'ढोला मारूरा दूहा, ' 'विद्यापति पदावली' आदि में 'क्षत पर क्षार' वाला ही प्रयोग मिलता है। 227

मीरा के साहित्य में कटे पर नमक' और जले पर नमक' ये दोनों ही रूप प्राप्त होते हैं। 228. तुलसी ने 'जले पर नमक का प्रयोग किया है जो भ्रांत है-अति कटु वचन कहति चौकेई। मानहु लोन जरे पर देई।।"

मेरी धारणा है कि मीरा और तुलसी के युग में ही 'जले पर नमक वाले रूप का विकास हुआ होगा। तुलसी के समय में कदाचित् लोक-जिह्वा कटे' और 'जले' में अंतर नहीं मानकर नमक को निर्ममता और पीड़ा का वर्द्ध के समझकर 'जले पर नमक छिड़कना-इस उक्ति का ही प्रयोग करती थी। इस तरह मूल उक्ति में विकास आता है भले ही यह विकास भ्रान्त अर्थ का वाहक ही

क्यों न हो।

प्राप्त साहित्य के आधार पर इस लोकोक्ति का इतिहास यही है कि विद्यापति तक इसका 'क्षत पर क्षार' वाला रूप ही बना रहा, किंतु मीरा-तुलसी युग में इसका रूप-परिवर्त्तन घटित हुआ और आधुनिक युग में तो 'जले पर नमक छिड़कना' निर्वाध रूप से लोक-जिह्वा के द्वारा समर्थित प्रयोग हो गया है।

श्री रामचंद्र वर्मा ने भी राजशेखर और भवभूति का उल्लेख करते हुए 'क्षत पर क्षार' की ही पुष्टि की है और उन्होंने 'जले पर नमक' के प्रयोग को भ्रांरेसद्ध किया है। 229

वे 'जले पर नमक' प्रयोग को उचित नहीं मानकर तुलसी की भी आलोचन करते हैं और 'कटे पर नमक' तथा जले पर नमक को पृथक्–पृथक् प्रयोग भी नह मानकर 'जले पर नमक' को गलत प्रयोग सिद्ध करते हैं। 230

डॉ. ओमप्रकाश गुप्त भी 'जले पर नमक' प्रयोग को अशुद्ध मानते हैं और प्रकारान्तर से रामचंद्र वर्मा के ही वक्तव्य को दुहरा देते हैं। 231.

विद्यापति ने अपने पद में शुद्ध वाग्धारा का ही प्रयोग किया है और उनका यह प्रयोग परंपरागत साहित्य सम्मत हैं।

13. 'जुबति चरित बड बिपरीत बुझए केबहु पार'

विद्यापति युवती चरित्र को अबूझ मानते हैं "जुबति चरित बड बिपरीत बुझए केदहु पार। बुझए चेतन गुन निकेतन भुलल रह गमार।।"-(न. गु., पद -77)। उनका वक्तव्य है कि नारी का अंतर बड़ा रहस्यमय है, दुर्ज्ञेय है -

मकल काज हम बुझल बुझाएल
न बुझल अन्तर नारि

-(न. गु., पद-95 तथा बेनीपुरी पद-68)

संस्कृत की इस विश्रुत उक्ति से विद्यापति के भाव की तुलना की जा सकती है–"त्रिया चरित्रं पुरुषस्व भाग्यं दैवो न जानाति कुतो मनुष्यः।" अपभ्रंश के कवि नयनंदी ने भी कहा है कि त्रिया चरित्र को देवता भी नहीं देख पाते हैं-"देवहं वि दुलक्खउ तिय चरित।" ('सुदंसण चरिउ', 9.18)। 232

वज्जालग्गं की 'महिलावज्जा' की गाथाओं में भी नारी चरित्र की दुर्बोधता, कपटता आदि की चर्चा मिलती है–

गहचरिय देवचरियं ताराचरियं चराचरे चरियं।
जाणन्ति सयलचरियं महिलाचरियं न याणन्ति।। 668।।
बहुकूड कवड भरिया मायारुवेण रज्जए हिययं।

महिलाए सबंभावं अज्ज वि बहवो न याणन्ति।। 669.।।
घेप्पई मच्छाण पर आयासे पक्खिणो य पयमग्गो।
एक्कं नवरिन घेपप्प दुल्लक्खं कामिणीहिययं।।670.।

-('वज्जालग्गं', 668-670)

कहा गया है कि विविध चरित्रों के जानकार भी नारी चरित को नहीं जानते हैं। कपटचारिणी और मायाविनी नारी के स्वभाव को आज भी बहुत से लोग नहीं जानते हैं। पानी की चटुल मछलियों को पकड़ लिया जाता है, गगनविहारी पक्षी भी कब्जे में आ जाते हैं, लेकिन दुर्लक्ष्य कामिनी-हृदय पकड़ में नहीं आता है। तुलसीदास भी पकड़ में न आनेवाले नारी चरित्र की चर्चा करते हैं 233.

नारी चरित्र की अबूझ पहेली से संबंधित उक्तियों के अतिरिक्त 'यत्र नार्यस्तु पूज्यन्ते रमन्ते तत्र देवताः' के प्रतिपक्ष में नारी-निन्दा-संबंधी कई उक्तियाँ भी भारतीय साहित्य में मिल जाती हैं जिनसे नारी-संबंधी पूर्वग्रह ग्रस्त दृष्टिकोण का पता चलता है। 234

14. टूटइत नहि टुट प्रेम अद्‌भुत
जइसन बढए मृनालक सूत।। 6.।

-(बेनीपुरी पद-51)

विद्यापति का वक्तव्य है कि प्रेम बहुत अद्‌भुत वस्तु है। तोड़ने पर भी प्रेम नहीं टूटता है। जिस तरह मृणाल को भग्न कर देने पर भी इसके सूत्र बढ़ते ही जाते हैं उसी तरह प्रेम को तोड़ने पर भी वह वस्तुतः टूटता नहीं है उसके सूत्र अविच्छिन ही रहते हैं।

विद्यापति की यह सूक्ति 'हितोपदेश' (मित्रलाभः) की अधोलिखित उक्ति से प्रभावित है-

स्नेहच्छेदेऽपि साधूनां गुणा नाऽऽयान्ति विक्रियाम्।
भङ्गेऽपि हि मृणालानामनुबध्नन्ति तन्तवः।।

-(हितोपदेश मित्रलाभः। 146.।)

इस सुभाषित में कहा गया है कि साधुओं का स्नेह टूटने पर भी उसके गुणों का नाश नहीं होता है। कमल की नाल टूटकर भी अपने अंतमार्ग के रेशों या तन्तुओं से .... प्राचीन साहित्य में कदाचित् गोरखनाथ ने ही इस लोकोक्ति का सर्वप्रथम प्रयोग किया है किंतु उन्होंने 'लोक' से ही इसे ग्रहण किया है। संभव है विद्यापति गोरख-वाणी से परिचित रहे हों किंतु अधिक संभावना इसी बात की है कि उन्होंने भी इस उक्ति को सीधे लोक-जीवन से ही उठा लिया होगा। जो भी हो, इतना सिद्ध है कि विद्यापति के पहले गोरखनाथ ने इस लोकोक्ति का

साहित्य में प्रयोग कर दिया था।

19. 'बड़हु भुखल नहि दुहु कर खाए'

विद्यापति का एक पद है-

प्रथम समागम भुखल अमंग।
धनि बल जानि करब रतिरङ्ग।।2.।
हठ न करब अति आरति पाए।
बड़हु भुखल नहि दुह्‌ कर खाए।।4.। 270

सखी नायक को शिक्षा दे रही है कि बहुत व्यग्रता और उग्रतापूर्वक रति के लि वह नहीं करे, यही उचित है। प्रथम समागम के अवसर पर यद्यपि कामदेव बहुत बुभुक्षित रहता है किंतु हठपूर्वक रति-रंग का आधिक्य ठीक नहीं है। बहुत भूखा व्यक्ति भी दोनों हाथों से नहीं खाता है, धैर्यपूर्वक एक ही हाथ से कोर निगलता है। विद्यापति ने यह सूक्ति महामहोपाध्याया लखिमा ठकुराइन की इस रचना से ले ली है-

जागर्त्ति लोको ज्वलति प्रदीपः सखीजनः पश्यति कौतुकेन।
क्षणोकमात्र कुरु धीर धैर्य बुभुक्षितः किं द्विकरेण भुङ्क्ते।। 271

इस पद्य में अपने कामातुर प्रियतम को जल्दबाजी नहीं करने के लिए एक नायिका समझा रही है। लोग जगे हुए हैं, दीपक जल रहा है और नायिका की सखियाँ कौतुक से देख रही हैं अतः नायिका नायक को रति क्रिया में उतावली नहीं करने के लिए कह रही है। नायक को थोड़ी देर तक धैर्य रखना चाहिए। भूखा व्यक्ति क्या दोनों हाथों से खाता है?

डॉ. उमेश मिश्र की धारणा है कि लखिमा ठकुराइन राजा शिवसिंह की पत्नी ही हैं। शिवसिंह की पत्नी लखमा को ही लखिमा ठकुराइन मानकर उन्होंने महामहोपाध्याया लखिमा ठकुराइन की रचनाओं को रानी की रचनाओं के रूप में बतलाया है, 272 लेकिन डॉ. मिश्र ने अपने ग्रंथ के पृ. 22 से लेकर

16. 'देले पाइअ के नहि जान' तथा

'जे किछु करिअ भुजिअ सोए

''जैसी करनी वैसी भरनी''-इस आशय को व्यक्त करने वाली लोकोक्तियाँ विद्यापति के पदों में अनेकत्र प्रयुक्त हुई हैं-

(क) हरि अनुरागी त उमठ जाह
से आबे अपन मनोरथ चाह।

लघु कहिनी भल कहइते आन
देले पाइअ के नहि जान।।

-(परिषद्-पदावली, पद-89)

'कौन नहीं जानता कि दिया हुआ ही पाते हैं'-यह लोकोक्ति वस्तुतः 'जैसा देना वैसा पाना' वाली लोकोक्ति ही है। 'जैसा करना वैसा भोगना' भी इसी भाव का वहन करने वाली लोकोक्ति है।

(ख) आओर बोलब कत बोलइते लाज
फल उपभोगीअ जैसन काज।।

-(परिषद् पदावली, पद-96)

'जैसा कार्य वैसा फल-भोग'-यह लोकोक्ति धर्म-प्रवण लोगों की जीभ पर रहती है।

(ग) हृदय वेदन राखिअ गोए
जे किछु करिअ भूजिअ सोए।।

-(परिषद् पदावली, पद-30)

(घ) अधोलिखित वाणिज्य-कल्पना के द्वारा भी विद्यापति ने इसी भाव को प्रकट किया है कि जो जैसा वाणिज्य करता है वैसा लाभ प्राप्त करता है-

इ संसार हाट कए मानह सबो नेक बनिजेआर।
जो जस बनिजए लाभ तस पाबए मुरुष मरहि गमार।।

-(परिषद्-पदावली, पद-131)

(ङ) किछु दिन कर निबास।
हन पूजल गे सेहे पए भुंजब राखथु पर उपहास।।6।।

-(बेनीपुरी, पद-187)

(च) अपन करम अपनहि भूजिअ
बिहिक चरित नहि बाध लो।

-(परिषद् पदावली पद-174)

(छ) भनइ विद्यापति कलिजुग परिनति
चिन्ता जनु कर कोई।
अपने करम अपने पए भुञ्जिअ
जनो जन्मान्तर होई।।

-(परिषद् पदावली, पद-167, स0 अ. से)

यह लोकोक्ति बहुत प्राचीन है और लोक-व्यवहार तथा धर्म-नीति के अनुकूल है। 'महाभारत' में इसका रूप इस प्रकार मिलता है-

"यथा कर्म तथा लाभ इति शास्त्र निदर्शनम्।"–

(शांतिपर्व 279.20)।

अर्थात् जैसा कर्म, वैसा लाभ, यह शास्त्रों का सार है।

भर्तृहरि ने भी कहा है–

कर्मायत्तं फलं पुंसां बुद्धिः कर्मानुसारिणी।
तथापि सुधिया भाव्यं सुविचार्यैव कुर्वता।।

–('नीतिशतक'/ 90.)

इस पद्य में 'कर्मानुसार फल-प्राप्ति' की बात कही गई है।

'जैसा कर्म, वैसा भोग'-यह लोकोक्ति पंचतंत्र' में भी है–

यस्मिन्देशे च, काले च, वयसा यादृशेन च।
कृत शुभाशुभं कर्म, तत्तथा तेन भुज्यते।।

–(पंचतंत्र' 2.83।)

यहाँ 'जैसी करनी वैसा भोग, स्पष्टत कथित है। 'बिना दिए कुछ प्राप्त नहीं होता'-यह नीति शास्त्रीय सूक्ति 'चाणक्य नीति-दर्पण' के अधोलिखित पद्य में भी प्राप्त होती है–

पिता रत्नाकरोयस्य लक्ष्मीर्यस्य सहोदरी।
शंखोमिक्षाटनं कुर्यान्निदत्तमुपतिष्ठते।।

–('चा, नी, दर्पण,' 17/5.।)

यह लोकोक्ति धनपाल-रचित अपभ्रंश-ग्रंथ 'भविसयत्त कहा' में भी प्राप्त होती है–

जहा जेण दत्तं तहा तेण पत्तं' इमं सुच्चए सिलोएण वुत्तं।
सु पायन्नवाकोट्टवा जत्त माली कह सो नरो पावए तत्थ साली।। 237

धनपाल कहते हैं कि जो जैसा देता है वह वैसा ही पाता है।' जो माली कोदो रोपेगा वह शाली कैसे पा सकता है? 'जैसा रोपना वैसा काटना' वाली लोकोक्ति का पुराना प्रयोग 'मृच्छकटिकम्' में भी देखा जा सकता है–

न पर्वताग्रे नलिनी प्ररोहति न गर्द्दसा वाजिघुरं वहन्ति।
यवाः प्रकीर्णा न भवन्ति शालयो न वेशनाताः शुचयस्तथाऽङ्गनाः।।

('मृच्छकटिकम्, 4/17.।)

इस उक्ति का आशय है कि पहाड़ की चोटी पर नलिनी की उत्पत्ति नहीं होती है, गदहे घोड़ा गाड़ी का वहन नहीं करते हैं तथा जौ बोने से धान की पैदावार नहीं होती है। इसी तरह वेश्या के घर में उत्पन्न नारी में शुचिता नहीं रहती है।

'जौ रोपने से धान पैदा नहीं होता है यह वस्तुतः 'जैसा करना वैसा पाना"

या 'जैसा रोपना वैसा काटना' आदि लोकोक्तियों की ही परम्परा की उक्ति है।

'देले पाइअ के नहि जान' के भाव की लोकोक्ति देवसेन के 'सावयधम्म दोहा" में भी मिलती है–

जं दिज्जह तं पाविअइ एउण वयण विसुद्ध।
गाइ पण खडमुसई किण पयच्छइ दुद्ध।।238

देवसेन कहते हैं कि जो देते हैं वही पाते हैं। गाय को तृण-भूसा या खली-भूसा खिलाते हैं तो क्या वह दूध नहीं देती है?

जयदेव मुनि-कृत 'भावना संधिप्त करण' नामक अपभ्रंश ग्रंथ में भी 'जैसा बोना वैसा काटना' वाली लोकोक्ति मिलती है-

धंमु न करेसि बंछेसि सुट्ट मुत्तिए
चणय विक्केसि बंछेसि बर मुत्तिए।
जं जि वाविज्जए तं जि (ति) खलु लुज्जए
भुज्जए जं जि उग्गार तस्स किज्जए।। 52.। 239

पद्य का आशय है कि धर्म नहीं करना और मुक्ति-सुख चाहना संभव नहीं है। चना बेचकर सुन्दर मोती की वांछा पूरी नहीं हो सकती है। जैसा बोया जाता है वैसा ही काट जाता है। जैसा भोजन वैसा 'उसका उद्‌गार भी होता है। 240 विद्यापति ने यहाँ इन्हीं परम्परागत लोकोक्तियों से प्रभाव-ग्रहण किया है।

17. धनिक क आदर सब तहँ होय।
निरधन बापुर पुछय न कोय।।10।।

-(बेनीपुरी, पद-198)

तथा संपन्नता-विपन्नता-सम्बन्धी विद्यापति के अन्य सुभाषित 'धनी सर्वत्र समादृत होते हैं लेकिन बेचारे निर्धन को कोई भी नहीं पूछता है'-यह संसार का अनुभूत सत्य है जो लोकोक्ति के रूप में अभिव्यंजित हुआ है। विद्यापति का जीवनानुभव इस लोकोक्ति में प्रतिबिंबित हुआ है। प्राचीन साहित्य में भी धन की महिमा, धनियों के आदर और निर्धनों की तुच्छता एवं उपेक्षा से संबंधित अनेक उक्ति मिलती हैं।

'महाभारत में कहा गया है कि धन ही सबसे बड़ा धर्म है, उसी में सब कुछ सन्निहित है। जगत् में धनी ही जीवित है। दरिद्र तो मृत ही है। 241

भर्तृहरि का वक्तव्य है कि धन के बिना सभी गुण तुच्छ हैं। 242 वे कहते हैं कि धनी ही कुलीन है, वहीं विज्ञान, शास्त्र-वेत्ता, गुणज्ञ, वक्ता, दर्शनीय आदि सभी कुछ है, क्योंकि सभी गुण सोने या धन में ही हैं। 242

'पंचतंत्र' में कहा गया है कि निर्धनता मूर्तिमान् लघुता, तिरस्कार और मृत्यु

का पर्याय है। 244

उसी के एक अन्य पद्य का वक्तव्य है कि सभी समर्थ के ही सखा होते हैं, कृश का कोई भी मित्र नहीं होता है। दावाग्नि का सहायक पवन है, किन्तु वही पवन दीपक की आग को बुझा देता है। 245

'मृच्छकटिक' में निर्धनता को पंच महापातकों के अलावा छठा महापातक कहा गया है। दरिद्र का साथ कोई भी नहीं करता है। उससे कोई भी आदरपूर्वक बातचीत नहीं करता है। धनियों के उत्सव में निर्धन की अवज्ञा और अवहेलना ही होती है। वह लज्जा के कारण बड़े लोगों से अलग ही रहता है। 246

'वज्जालग्गं' की एक गाथा में कवि ने दरिद्रता को प्रणाम किया है क्योंकि उसके कारण उसमें ऐसी अलौकिक शक्ति आ गई है कि वह सबको देखता है लेकिन लोग उसे नहीं देखते हैं। निर्धन तो सबको देखता है किन्तु उसकी ओर कोई ध्यान नहीं देता, इसी तथ्य को प्राकृत कवि ने चमत्कार पूर्ण ढंग से कहा है। 247 दूसरी गाथा में दरिद्रता के 'योग' से लोगों की दृष्टि से एकदम अदृश्य रहने वाले दरिद्र की चर्चा है जो योग-सिद्धि करने वाले चमत्कारी योगियों और अंजन-सिद्ध करने वाले रासायनिकों से भी अधिक लोक दृष्टि से छिपा या अदृष्ट रह सकता है। योगी और रासायनिक भी कभी-कभी अपनी समस्त शक्तियों के बावजूद दृश्यमान हो जाते हैं, किन्तु 'दारिद्र योग' को सिद्ध करने वाला निर्धन लोगों को कभी भी दिखलाई नहीं पड़ता है। अभिप्राय यह है कि निर्धन पर किसी की भी निगाह नहीं पड़ती है। 248

'पंचतंत्र' में भी कहा गया है कि सामने रहकर भी निर्धन व्यक्ति दूसरे लोगों को नहीं दिखलाई पड़ता है। जल के बुलबुले पैदा होते हैं और फूट जाते हैं लेकिन उनपर किसी का ध्यान नहीं जाता है, उसी तरह निर्धनों का अस्तित्व भी लोगो के लिए महत्त्व हीन अथच उपेक्षणीय है। 249

नेमिचन्द्र सूरि के 'अनन्तनाह चरिय' में 'वज्जालग्गं' के भाव से अनुप्राणित एक निर्धनता सम्बन्धी श्लोक प्राप्त होता है। 250

'पंचतंत्र' के एक श्लोक में कहा गया है कि दरिद्रता-रूपी अंधकार से आवृत व्यक्ति दिन में भी चेष्टापूर्वक आगे खड़ा रहने पर भी किसी को दृष्टिगत नहीं होता है। दरिद्र किसी को नहीं दीखता है, यही इस प्रसग का प्रतिपाद्य है। 251

'वज्जालग्गं' की एक गाथा में कहा गया है कि कुल, विनय, रूप आदि का कोई अर्थ नहीं है। धनरहित नरों का आदर कौन करता है? निर्धन को कौन पूछता है? 252

निर्धन के विडंबनामय जीवन की ओर संकेत करते हुए 'पंचतंत्र' में कहा

गया हैं कि दरिद्रता में प्रतापहीनता होती है और दरिद्र व्यक्ति का पात हो जाता है। वह यदि दूसरे का उपकार करने भी उसके पास जाए तो लोग उसको याचक ही समझ लेते हैं। लोग दरिद्र को छोड़कर चल देते हैं। 253

'मृच्छकटि' में कहा गया है कि निर्धन व्यक्ति के लिए कुछ सूना-ही-सूना है। 254

'मृष्छकटिक' का 'चारुदत्त दरिद्रता से मृत्यु को ही अच्छा ही मानता है क्योंकि मृत्यु का कष्ट तो क्षणिक है, किन्तु निर्धनता का कष्ट दीर्घकालीन होता है। 255

'चाणक्य नीति दर्पण' के एक पद्य में कहा गया है कि धनी व्यक्ति ही मित्र और बांधव वाला है तथा वही पुरुष एवं पंडित भी है। 256 दूसरे पद्य का वक्तव्य है कि धनी ही वस्तुतः जीवित रहता है। 257

'हितोपदेश' में भी अनेकत्र धन की महिमा कही गई है। संसार में धन से ही शक्तिवान हुआ जाता है और उसी से पंडित की पदवी भी मिलती है। 258 धनी के पास ही मित्र और बान्धव रहते हैं तथा वही श्रेष्ठ व्यक्ति और पंडित है। 259 'पंचतंत्र' में कहा गया है कि निर्धनों के गुण उजागर नहीं होते हैं। लक्ष्मी ही वस्तुतः गुण प्रकाशिका हैं। 260

प्राकृत-कवि महेश्वर सूरि ने कहा है कि मिष्टभाषी दरिद्र को भी लोग उसी तरह दूर से ही वर्जित करते हैं जिस तरह मीठे पानी वाला भी चांडाल-कूप दूर से ही त्याज्य और वर्जित होता है। 261

एक प्राकृत कवि ने कहा है कि निर्धन सब तरह से कष्ट में रहता है। उसकी मति बिगड़ जाती है, उसका यश मैला हो जाता है, अपने लोग भी उसका आदर नहीं करते हैं तथा वह आलसी, बेचैन और अनुत्साही हो जाता है। उसके सर्वाङ्ग में महादाह हो जाता है। 262

भास के 'चारुदत्त' का नायक दरिद्रता को मनस्वियों का उच्छ्वास युक्त मरण बतलाता है। 263

'मृच्छकटिकम्' में दरिद्रता को सभी आपदाओं का मूल कहा गया है। 264 नाटककार शूद्रक ने निर्धन के जन्म को ही बेकार कहा है। 265

इन परम्परागत उक्तियों के अध्येता और जीवनानुभवों से पूर्ण कवि विद्यापति ने ठीक ही कहा है "निरधन आदर के कर कहा।"

-(परिषद-पदावली, पद-255)

निर्धनता की व्यंजना के क्रम में विद्यापति ने यह लोकोक्ति भी प्रस्तुत की है–

अब मेल झाल कुसुम रस छूछ।

बारि बिहून सर केओ नहिं छ।।4।।

-(बेनीपुरी, पद-198)

रसहीन फूल की और वारि-विहीन सरोवर की कोई पूछ नहीं होती है। यहाँ जलविहीन तालाब निर्धन व्यक्ति के प्रतीक के रूप में उपस्थित किया गया है। यह प्रतीक प्राचीन साहित्य में भी प्राप्त होता है। भास के 'चारुदत्त नाटक' में 'शुष्क सरोवर' का प्रतीक व्यवहृत हुआ है -

स मद्विधानां प्रणयः कृशीकृतो
न तस्य कश्चिद् विभवैरमण्डितः।
निदाधसंशुष्क इव ह्रदो महान्
नृणां तु तृष्णामपनीय शुष्येति।।26।।

'चारुदत्तम्', अंक 1/26.।)

यहाँ विट दानशील किन्तु निर्धनता को प्राप्त चारुदत्त के सम्बन्ध में कहता है कि वह सबकी प्यास बुझा कर गर्मी में सूखे महान् तालाब की तरह हो गया है। याचकों को अवाप्तकाम करके वह स्वयं रिक्त हस्त हो गया है। यहाँ दरिद्र चारुदत्त की तुलना निदाध में सुखे सरोवर से ठीक ही की गई है।

'मृच्छकटिकम्' में भी 'चारुदत्त' का उपर्युक्त भाव प्राप्त होता है। दरिद्र चारुदत्त की तुलना यहाँ भी गर्मी में सूखे तालाब से की गई है-

सोऽस्मद्विधानां प्रणयः कृशीकृतो न तेन कश्चिद्विभवैविमानितः।
निदाघकालेष्विव सोदको ह्रदो नृणां स तृष्णामपनीय शुष्कवान्।।

-('मृच्छ0" 1/46।)

'मृच्छकटिक' में अन्यत्र भी दरिद्र की तुलना जलहीन सरोवर, पंख से वंचित पक्षी, शुष्क पेड़, दाँत तोड़े गए साँप आदि से की गई है। जिस तरह इन निःसत्त्व पदार्थों के अस्तित्व का कोई अर्थ नहीं है उसी तरह निर्धन का जीवन भी बेकार ही है-

पक्षविकलश्च पक्षी, शुष्कश्च तरुः सरश्च जलहीनम्।
सर्पश्चीदधृतदंष्ट्रस्तुल्यं लोके दरिद्रश्च।

('मृच्छ0', 5/41।।)

'मृच्छकटिक' में निर्धन को पुनः सूने घर जलरहित कूप और सूखे पेड़ों के समान कहा गया है जिन्हें पहले के परिचित व्यक्ति भी विस्मृत कर देते हैं क्योंकि ये लोगों की कामनाओं को तुष्ट नहीं कर सकते हैं-

शून्येगृहैः खलु समाः पुरुषा दरिद्राः
कूपैश्व तोयरहितैस्तरु मिश्च शीर्णैः।

यददृष्टपूर्व जन सङ्गम-विस्मृताता-
मेवं भवन्ति विफला: परितोषकाला:।।

'मृच्छ0' 5.42।।)

निःसत्त्व पदार्थ परिचितों के द्वारा भी भुला दिए जाते हैं और यह भी सत्य है कि 'बारि बिहून सर केओ नहिं पूछ।' 'मृच्छकटिक' के चारुदत्त को यह बात बहुत सालती है कि उसे धनहीन देखकर अतिथियों ने भी आना छोड़ दिया है। ठीक ही है, जब हाथी के गंडस्थल पर मदजल नहीं बहता-सूख जाता है, तब भौंरे भी वहाँ आना छोड़ देते हैं-

एतत्तु मां दहति यद् गृहमस्मदीयं
क्षीणार्थमित्यतिथय: परिवर्जयन्ति।
संशुष्कसान्द्रमदलेखमिव भ्रमन्त:
कालात्यये मधुकरा: करिण: कपोलम्।।12.।

-('मृच्छ0', 1.12।)

दक्षिणी मिथिला में इस सत्य से संबद्ध एक लोकोक्ति भी प्रचलित है-"छुच्छा के केओ न पुच्छा।" विद्यापति ने भी कहा है-

जाबे रहइ धन अपना हाथ।
तावे से आदर कर संग साथ।।
XXX
निरधन बापुर पुछयन कोय।।10.।

-(बेनीपुरी, पद-198)

निर्धनता-जन्य रिक्तता की व्यंजना 'पंचतंत्र' में इस प्रकार प्राप्त होती है-

गगनमिव नष्टतारं, शुष्कमिवसर:, श्मशानमिव रौद्रम्।
प्रियदर्शनमपि रूक्षं भवति गृहं धनविहीनस्य।।

-('पंचतंत्र', 5.6।)

इसका आशय है कि निर्धन का घर तारा-रहित आकाश की तरह विश्री, सूखे सरोवर की तरह रिक्त और 'मशान की तरह भयानक जान पड़ता है।

'चाणक्य नीति-दर्पण' की एक सूक्ति में भी 'वारि-विहीन जलाशय' का प्रतीक देखा जा सकता है-

यत्रोदकं तव वसंति हंसास्तथैव शुण्कं परिवर्जयंति।
न हंसतुल्येन नरेणभाव्यं पुनस्त्यजत: पुनराश्रयंते।।

-(चा. नी. द0', 7.13।)

इस उक्ति में यह भाव है कि जहाँ पानी रहता है वहीं हंस रहते हैं। वे सूखे

जलाशय का परित्याग कर देते हैं। पानी आ जाने पर हंस जाते हैं और उसके सूख जाने पर वे उड़ जाते हैं। लोगों को इस के समान स्वार्थी और अवसरवादी नहीं होना चाहिए।

'पंचतंत्र' में रिक्त हस्त दरिद्र को दंत-रहित सर्प और मद रहित हाथी से उपमित किया गया है। 'लोक में कहा गया है कि अर्थ-विहीन मनुष्य केवल नाम का ही पुरुष होता है। 266

'पंचतंत्र' की एक उक्ति में गर्मी की सूखी सरिताओं से अर्थ-विहीन व्यक्ति की तुलना की गई है। 267

सबका निष्कर्ष इतना ही है कि धन रहित व्यक्ति की रिक्तता सूखे जलाशय और सामर्थ्यहीन तथा सत्वहीन पदार्थों की तरह होती है और निर्धन को कोई भी नहीं पूछता है। इस नीतिपरक सूक्तियों में जीवन के इसी कटु सत्य की अभिव्यक्ति की गई है। 268

18. पढ़ल गुनल सुग बिराडे खाएब'

-(परिषद् पदावली, पद-36)

'पढ़े-लिखे सुग्गे को भी बिडाल खा ही लेता है'-इस आशय की लोकोक्ति पूर्वमध्यकाल में प्रचलित थी। आधुनिक मैथिली में यह उक्ति प्रचलित हैं--"बिलाई माने सरकारी दही!"

अवश्य हो गुणज्ञा शुक भी विडाल का आहार हो जाता है। विडाल क्रूरता का प्रतीक है। वह सुंदर पदार्थ की भी जान ले लेता है। दुर्जन किसी को भी तरजीह नहीं देता है।

गुरु गोरखनाथ ने भी इस लोकोक्ति का प्रयोग किया है-

कहणि सुहेली रहणि दुहेली कहणि रहणि बिन थोथी।
पढ्या गुँण्या सूवा बिलाई षाया, पंडित के हाथि रह गई पोथी।।

गोरख का वक्तव्य है कि कहना सरल है किन्तु आचरण दुष्कर है। 'कथनी' आचरण के बिना व्यर्थ है। पंडित और गाल बजाने वाला पोथियों का अध्येता भी काल का आहार बन जाता है : पढ़े-गुने शुक को भी बिल्ली खा ही लेती है। 269

विच्छिन्न नहीं हो जाती है, जुड़ी ही रहती है। कमलों के टूटने पर भी उनके तंतु विकीर्ण नहीं होते हैं: टूटा हुआ मृणाल भी रेशों से बंधा रहता है।

'हितोपदेश' में साधुओं या सज्जनों के स्नेह की चर्चा है और विद्यापति भी इस पद में सुजन के प्रेम का ही प्रसंग उपस्थित करते हैं-

सुजनक प्रेम हेम समतल।

दहइन कनक दिगुन होय मूल।।4।।

–(बेनीपुरी, पद–51)

विद्यापति की इस सूक्ति पर 'हितोपदेश' की सूक्ति का प्रतिबिम्ब दिखलाई पड़ता है, अतः यहाँ 'प्रतिबिम्बकल्प' सूक्ति-हरण है।

15. 'तत करिअए जत फाबए चोरि

–(न. गु., पद–261' परिषद-पदावली, पद–235)

विद्यापति कहते हैं कि चोरी उतनी ही करनी चाहिए जो छिप सके, पच सके। 'पंचतंत्र' में भी कहा गया है कि जो पच सके वही वस्तु खानी चाहिए–

यच्छक्यं ग्रसितुं ग्रस्तं शस्तं परिणमेच्च यत्।
हितं च परिणामे यत्तदाधं भूतिमिच्छता।। 75.।
तत् सर्वथा तदेव भुज्यते, यदेव परिणमति।–('पंचतंत्र' 4.75।)

'सुदंसण चरिउ' में भी यह उक्ति मिलती हैं कि जो पच सके वही खाओ–"त खज्जइ जं परिणइ पावइ।"–

–('सुदंसण चरिउ' (नयनंदी)।8.5.)। 235

इन उक्तियों और विद्यापति की उक्ति में विषय-परिवर्त्त तुल्यदेहितुल्य सादृश्य है।

काव्यमीमांसाकार राजशेखर ने काव्य-हरण के विवेचना क्रम में एक सुभाषितः लिखा है जिससे विद्यापति के इस सुभाषित की तुलना की जा सकती है–

नास्त्यचीरः कविजनो नास्त्यचीरो वणिग्जनः।
स नन्दति विना वाच्यं यो जानाति निगूहितुम्।। 236

चोरी को पचा लेने वाला या छिपा लेने वाला ही अभिनन्दनीय होता है। विद्यापति भी उतनी ही चोरी की सलाह देते हैं जितनी फबे या पच सके।

पृ. 24 तक जिन संस्कृत-पद्यों को रानी लखिमा-कृत कहकर उद्धृत किया हैं वे वस्तुतः चंद्रेश्वर ठाकुर की पत्नी महामहोपाध्याया लखिमा ठकुराइन के पद्य हैं। खिमा ठकुराइन विद्यापति की पितामही थीं।

पं. श्री शशिनाथ झा ने उमेश मिश्र के मत का खंडन करते हुए बतलाया है कि लखिमा ठकुराइन अंतिम कर्णाट राजा हरि सिंह देव के मंत्री चंद्रेश्वर ठाकुर की धर्मपत्नी थीं। 273 ठाकुर की पत्नी को ही ठकुराइन कहा जाता है। शिव-सिंह का आस्पद सिंह' है 'ठाकुर' नहीं, अतः उनकी स्त्री ठकुराइन नहीं कहला सकती हैं। रानी लखिमा को ठकुराइन लखिमा मानना ठीक नहीं है। लखिमा ठकुराइन और रानी लखिमा मिथिला की दो विश्रुत नारियाँ हैं। 274

शिव सिंह एक गाँव के मालिक नहीं थे अतः वे ठाकुर नहीं कहला सकते

हैं। उनकी पत्नी को ठकुराइन मानना भी समीचीन नहीं है। 275

महामहोपाध्याया लखिमा ठाकुराइन विद्यापति की पितामही थीं और वे संस्कृत भाषा की विदुषी तथा कवयित्री थीं। उनकी कृतियों को रानी लखिमा के नाम से जोड़ने का प्रयत्न ठीक नहीं है। 276

इस तरह हम देखते हैं कि उपर्युक्त लोकोक्ति विद्यापति ने अपनी पितामही लखिमा ठकुराइन की रचना से ग्रहण की है।

20. 'बोललि बोल पलटि नहि आव'

विद्यापति ने लिखा है–

(क) 'जो छल से नहि रहले भाव
बोललि बोल पलटि नहि आव।

–(परिषद् पदावली, पद–246)

कही हुई बात नहीं पलटती है। धनुष से छूटा तीर वापस नहीं आ सकता है और मुख से निकली बात लौटाई नहीं जा सकती है। इसी तरह गए दिन भी वापस नहीं लौटते हैं–

(ख) कएल मञे उचित मेल अनुचित आबे मन पचतावे।
आवे की करब सीर पए धूनब गेल दीन नहि आवे।।

–(परिषद् पदावली, पद–125)

(ग) गेल दीन पुनु पलटि न आब।
अवसर बहला रह पचताब।।

–(परिषद पदावली, पद 77)

'बोली हुई बात और गए दिन पलटकर नहीं आते हैं' विद्यापति की इन दोनों लोकोक्तियों की तुलना सिद्ध टेंटणपा या ढेण्ढन पा की लोकोक्ति "दुहिल दुधु कि वेन्टे समाअ" से की जा सकती है। 277

टेंट पा कहते हैं कि "क्या दुहा हुआ दूध 'मेंटुआ' या थेनों में पुनः समा सकता है?" दुहा हुआ दूध जिस तरह 'मेंटुआ' 278 में नहीं लौट सकता, उसी तरह कही हुई बात और बीते हुए दिन भी नहीं लौट सकते हैं। टेंटणपा वाली लोकोक्ति मिथिला और मगध में अभी भी प्रचलित है।

टेंटणपा और विद्यापति की लोकोक्तियों में 'विषय-परिवर्त्त तुल्यदेहि तुल्य' सादृश्य है।

यहाँ प्रसंगतः 'सिर धुनना' मुहावरे के प्रयोग पर भी विचार कर लेना चाहिए। उपर्युक्त उद्धरण (ख) में इसका विद्यापति द्वारा किया गया प्रयोग देखा जा सकता

है। विद्यापति ने अन्यत्र भी इस मुहावरे का प्रयोग किया है। 279

यह मुहावरा पछताने के अर्थ में प्राचीन काल से ही प्रयुक्त होता रहा है। 'वज्जालग्गं', 'भविसयत्त कहा' और 'ढोला-मारू रा दूहा' में भी यह मुहावरा मिलता है। 280

21. अमर भरे कि माजर भागए देषल कतहुँ केंहुँ

विद्यापति के कई पदों में यह शृंगारिक सूक्ति प्राप्त होती है-

कोमल तनु पराभवेपाओब तेजि न हलबि तेहूँ।
भमर भरे कि माजरि भागए देषल कतहुँ केहूँ।। 281

यहाँ नायक को काम-शिक्षा दी जा रही है कि कोमलांगी नायिका को पीड़ा होगी, यह विचार कर उसके साथ रति-रंग को छोड़ना नहीं चाहिए। भौंरे के भार से मंजरी टूटती है, किसी ने ऐसा कहीं देखा है? अत्यंत मृदुला मंजरी भी भौंरे के भार से नहीं टूटा करती है।

सिरिस कुसुम जनि अति सुकुमारि धनि
आलिंगब दृढ़ अनुरागे
निर्भय करब केलि केह नहि बूझे गेलि
भोर भरे माँजरि न भाँगे।। 4।। 282

नायिका शिरीष-पुष्प के समान अत्यन्त सुकुमार है, फिर भी उसका गाढ़ालिंगन करने में कोई क्षति नहीं है। बिना किसी डर के केलि की जा सकती हैं। कौन नहीं जानता है कि भौंरे के भार से कोमल मंजरी भग्न नहीं होती है।

सहजहि तनु खिनि माँझ बेबि सनि
सिरिसि कुसुम-सम काया।।
XXX
भनइ विद्यापति मन दए सुन दुति!
दुरकर सबे अनुतापे।
जइओ अति कोमल तइअओ न ढरिपल
कबहुँ भमर-भरें कापे।। 283

तन्वंगी नायिका शिरीष के फूल के समान काया वाली है। वह बहुत कोमला है, फिर भी डर की कोई बात नहीं है। शिरीष का अत्यन्त कोमल फूल भी भौंरे के भार से भहराता नहीं है—अग्न नहीं होता है।

यहाँ 'कापे' का अर्थ 'कपीतन' या 'शिरीष' किया गया है। विद्यापति ने अन्यंत भी कोमलांगी नायिका के लिए शिरीष पुष्प का उपमान प्रयुक्त किया है—

1. सिरिस कुसुम जिनि तनु। थोरि सहब फुल-धनु।।14.। 284
2. सिरिसि कुसुम कोमल ओ धनि तोहहु कोमल कान्ह।

इङि्गत उपर केलि जे करब जे न पराभव जान। 285

3. भनइ विद्यापति कोमल कांति।

कौसल सिरिस-सुमन अलि भाँति।।16.। 286

यहाँ कोमलांगी नायिका के साथ उसी तरह समागम करने का उपदेश दिया गया है जिस तरह भौंरा शिरीष के फूल के साथ केलि करता है। इस पद में शिरीष की कोमलता से नायिका की कोमलता व्यंजित हुई है और उसके साथ भौंरे की भाँति समागम करने की बात से इस तथ्य की ध्वनि निकलती है कि भौंरे के भार से शिरिष का फूल क्षतिग्रस्त नहीं होता है।

शिरीष कोमलता और मसृणता के प्रतीक के रूप में संस्कृत साहित्य में प्रख्यात है। कवि-प्रसिद्धि है कि यह कोमल कमनीय पुष्प केवल भौंरों के पाँवों का मंजुल दबाव ही बर्दाश्त कर सकता है। भौंरों के बोझ से यह टूटता नहीं है। कालिदास के साहित्य में भी शिरीष की कोमलता के साक्ष्य मिलते हैं। शिरीष-सम्बन्धी कालिदासीय कवि-प्रसिद्धि का संकेत देते हुए डॉ. हजारी प्रसाद द्विवेदी ने लिखा है–"शिरीष का फूल संस्कृत साहित्य में बहुत कोमल माना गया है। मेरा अनुमान है कि कालिदास ने यह बात शुरु-शुरु में प्रचार की होगी। उनका कुछ इस पुष्प पर पक्षपात या (मेरा भी है)। कह गये हैं, शिरीष पुष्प केवल भौंरों के पदों का कोमल दबाव सहन कर सकता है, पक्षियों का बिलकुल नहीं-पदं सहेत भ्रमरस्य पेलवं शिरीष पुष्पं न पुनः पतत्रिणाम्'। " 287

इस तरह स्पष्ट है कि भौंरे के भार से न शिरीष क्षतिग्रस्त होता है, न मंजरी टूटती है।

'भ्रमर के भार से मंजरी नहीं टूटती है' 288

विद्यापति की इस सूक्ति का स्रोत लखिमा ठकुराइन के एक संस्कृत-मुक्तक में ढूँढ़ा जा सकता है। विद्यापति ने अपनी पितामही की रचना से ही इस सूक्ति का हरण किया है--

तन्वी वाला मृदुतनुरियं त्यज्यतामत्र शङ्का
दृष्ट्वा क्वापि भ्रमरभरतो मञ्जुरी भज्ज्यमाना।
तस्मादेषा रहसि भवता निर्दयं पीडनीया
मन्दाक्रान्ता विसृजति रसं नेक्षुयष्टिः समग्रम्।।

-(लखिमा ठक्कुराज्ञ्य) 289

22. 'मान बेची यदि प्राण जे राषीअ ताते मरण मला'

तथा

मानी कवि विद्यापति की अन्य मान-सूक्तियाँ

मान-सम्बन्धी सूक्तियों में स्वाभिमानी कवि विद्यापति के व्यक्तित्व का ही प्रकारान्तर से प्रकाशन हुआ है। ये उक्तियाँ विद्यापति की नीति शास्त्रीय धारणाओं पर प्रकाश डालती हैं और इनकी परम्परा प्राचीन भारतीय नीति-साहित्य में देखी जा सकती है।

'पदावली', 'कीर्त्तिलता' और 'पुरुष-परीक्षा' में अनेकत्र विद्यापति की मान-सूक्तियाँ प्राप्त होती हैं। 290

दीनवचन नहीं बोलने के सम्बन्ध में विद्यापति की जो सूक्तियाँ हैं उनकी तुलना 'वज्जालग्गं' की अधोलिखित गाथा से की जा सकती है-

अहवा मरंति गुरुवसणपेल्लिया खंडिऊण नियजीहं।
नो गंतूण खलाणं चवंति दीणक्खरं धीरा।।

-('वज्जालग्गं' (धीरवज्जा) 97.।)

गाथा का भाव है कि धीर जन मर जाना पसन्द करेंगे-अपनी जिह्वाओं को खंडित कर देना अच्छा समझेंगे, किन्तु दुष्टों के समीप जाकर दीनाक्षर नहीं बोलेंगे।

एक अन्य गाथा में कहा गया है कि सुजन निर्धन हो जाने पर जंगल चले जाते हैं किन्तु दूसरों से याचना नहीं करते हैं। वे मरना पसन्द करते हैं, किन्तु अपने मान-माणिक्य को बेचते नहीं हैं--

झीणविहवो वि सुयणो सेवइ रण्णं न पत्थए अन्नं।
मरणे वि अइमहग्धं न विक्किणइ माणमाणिक्कं।।

-('वज्जालग्गं' (धीरवज्जा)।94.। 291

किसी प्राकृत-कवि ने कहा है कि मानी पुरुषों के दो ही मार्ग हैं-या तो वे श्री प्राप्ति करते हैं या घूमते हुए समाप्त हो जाते हैं। 292 भर्तृहरि ने भी कहा है। कि कुसुम-स्तवक के समान मनस्वी व्यक्ति की भी दो ही दशाएँ हैं-सब के सिर पर बैठना या जंगल में ही बिखर जाना समाप्त हो जाना। 293 भर्तृहरि ने एक दूसरे पद्य में भी कहा है कि मालती की तरह मनस्वी को भी दो ही दशाएँ हैं-या तो सबके माथे पर बैठना या जंगल में ही शीर्ण हो जाना। 294

'वज्जालग्गं' में कहा गया है कि खल-चरणों पर झुककर त्रिलोक को प्राप्त करना अवांछनीय है किन्तु मानपूर्वक तिनके की प्राप्ति भी श्रेयस्कर है। 295

एक अन्य गाथा का वक्तव्य है कि वे धन्य, प्रणम्य, महान् मानी और दृढ़ हैं जो महान् आपत्तियों में पड़कर भी दूसरे से याचना नहीं करते हैं। 296

'वज्जालग्गं' में कहा गया है कि मानी जन मृत्यु को गले लगाते हैं, अपमान को नहीं। वे अपमान से मृत्यु को ही श्रेष्ठ समझते हैं। हाथी और सिंह दोनों जंगल

में पैदा होते हैं लेकिन हाथी फँसाए जाते हैं, सिंह नहीं। सिंह बंधन में नहीं पड़ता है, किंतु हाथी फँसकर सेवक हो जाता है-

बेण्णि वि रण्णुप्पन्ना बज्झंति गया न चेव केसरिणो।
संभाविज्जइ मरणं न गंजणं धीरपुरिसाणं।।203।।

-('वज्जालग्गं' (सीहवज्जा) 203.1) 297

अपभ्रंश के प्रसिद्ध कवि 'अभिमान-मेरू' पुष्पदन्त भी मानभंग से मृत्यु को ही श्रेयस्कार मानते थे-"माणभंगु वर मरण ण जींविउ" ('महा पुराण' या 'तिसद्वि महापुरिस गुणालंकार', 16/21.8.)।

पुष्पदन्त ईसा की 10वीं शताब्दी के प्रचंड स्वाभिमानी कवि थे। वे दुर्जनों की वक्र भौं को देखना पसंद नहीं करते थे। वे गुफाओं में घास या कसेरु खाकर रह जाना ठीक मानते थे लेकिन अपमानित होना नहीं। वे कानन में ही शीर्ण हो जाना या शरण लेना उचित समझते थे, न कि अपने अभिमान को नष्ट करना-

तं सुणिवि भणई अहिमाणमेरु।
वरि खज्जइ गिरिकन्दरिकसेरु।
णउ दुज्जण-भउंहा-बंकियाइं।
दीसन्तु कलुस-भावंकियाइं।
चमराणि स उड्डाविय गुणइं।
अहिसेय धोय सुयणत्तणाइं।
संपइ जण णीरसु णिविव्सेसु।
गुणवन्तउ जहि सुर-गुरू विवेसु।
तहं अहमइ काणणु जि सरणु।
अहिमाणे सहुँव वरि होउ भरणु।

-(पुष्पदन्त)

हेमचंद्र के व्याकरण के एक दोहा में कुंजर-संबंधी अन्योक्ति मिलती है जिसमें कहा गया है कि भाग्यवश जो कुछ प्राप्त हैं उनसे ही संतुष्ट रहना चाहिए, मान को नहीं छोड़ना चाहिए। कुंजर को सल्लकी के ग्रास की अप्राप्ति के लिए ठंडी साँस नहीं भरनी चाहिए, उसे अपना मान रखना चाहिए। 298

हेमचंद्र के व्याकरण के एक अन्य दोहा में कहा गया है कि मान-भंग के बाद यदि मृत्यु नहीं हो जाती तो उस देश को ही छोड़ देना चाहिए जहाँ अपमान हुआ है। दुर्जन ऊँगली उठाएँ और अवहेलना करें, इससे पहले ही देश त्याग कर देना चाहिए। 299

एक सुभाषित है कि अधम कलह कामी होते हैं, मध्यम संधि के इच्छुक

होते हैं, किंतु उत्तम जन मानाभिलाषी होते हैं मान ही महान् धन है। 300 इसी उक्ति को 'चाणक्य नीति दर्पण' में इस प्रकार कहा गया है कि अधम धन की इच्छा करते हैं, मध्यम धन तथा मान दोनों चाहते हैं, किंतु उत्तम जन मान की ही इच्छा करते हैं। महान् जनों का धन मान ही है। 301

'चाणक्य नीति दर्पण' के एक अन्य पद्य में यह भाव मिलता है कि अपमानित होकर जीने से प्राण का परित्याग कर देना अच्छा है। मरने का दुःख तो क्षणिक होता है, किंतु मानभंग से तो प्रतिदिन कष्ट पहुँचता है। 302

महाकवि माघ ने कहा है कि मौन भाव से अपमान पी लेनेवाले से धूलि ही महान् है जो पाँव से ठोकर खाने पर माथे पर चढ़ जाती है-प्रतिकार करती है। 303

सामंत-युग और वीर युग में 'मान' की बहुत बड़ी महिमा थी। यही कारण है कि प्राचीन साहित्य में 'मान' का इतना अधिक महत्त्वाख्यान हुआ है। 'मान-रक्षा' सामंती शौर्य का आदर्श है।

विद्यापति की मान-संबंधी धारणाओं पर प्राचीन उक्तियों को छाया तो पड़ी ही है किंतु उनपर सामंतीय वातावरण का भी कुछ कम प्रभाव नहीं पड़ा है लेकिन यहाँ यह भी ज्ञातव्य है कि विद्यापति, रहीम 304 आदि हिन्दी कवि वैयक्तिक दृष्टि से भी मानी कवि थे अतः उनकी मान-सूक्तियों को केवल परंपरागत नीति-काव्य का पिष्टपेषण मात्र न मानकर उनके व्यक्तित्वों की प्रकाशिका भी समझना चाहिए।

23. रोपि न काटिए विषहुक गाछ

-(बेनीपुरी -पद-157)

'विष-वृक्ष को भी रोपकर नहीं काटना चाहिए'-यह लोकोक्ति प्राचीन है और 'कुमारसंभवम्' तथा 'पंचतंत्रम्' में उपलब्ध होती है।

'कुमार संभवम्' में ब्रह्मा देवताओं को कहते हैं-

इतः स दैत्यः प्राप्तीश्रीर्नतएवार्हति क्षयम्।
विषवृक्षोऽपि संवर्ध्य स्वयं छेत्तु मसांप्रप्तम्।।25।।

-('कुमारसंभवम्, 2.55)

ब्रह्मा अपने द्वारा वरदान प्राप्त करने वाले दैत्य को स्वयं नहीं मारना चाहते हैं क्योंकि अपने से लगाया गया विष-वृक्ष भी स्वयं नहीं काटना चाहिए।

कालिदास की यह उचित 'पंचतंत्र' (1.268) में यथावत् उद्धृत मिलती है। विद्यापति ने संस्कृत के इन दोनों ही ग्रंथों को पढ़ा था अतः इन्हीं से प्रभावित

होकर उन्होंने अपनी इस सूक्ति का निबन्धन किया था। संस्कृत-युक्ति में जहाँ विषवृक्ष को बढ़ाकर उसे स्वयं न काटने की बात कही गई है वहाँ पद में विष-वृक्ष को रोपकर उसे अपने से न काटने की नीति निरूपित की गई है।

विद्यापति ने यहाँ कालिदास की सूक्ति का प्रतिबिम्बकल्प' हरण किया है।

24. 'लाभक लागि मूल डुबि गेल'

'लाभ उठाने गया लेकिन मूलधन भी डूब गया'-यह और इस आशय की वाणिज्य परक सूक्तियाँ विद्यापति पदावली में अनेकत मिलती है। 305

यह लोकोक्ति प्राचीन है और अपभ्रंश-साहित्य में इसका प्रयोग दृष्टिगत होता है। धनपाल-रचित 'भविसयत्त कहा' में इस लोकोक्ति का रूप इस प्रकार है- ''जंतहो मूलु वि जाइ लाहु चिंततहो''-(3,11.5.) --अर्थात् 'लाभ की चिंता करते हुए मूल भी चला जाता है।'

यह लोकोक्ति सुन्दरतर रूप में अद्दहभाग के 'संदेशरासक' में मिलती है। वहाँ इस जन प्रचलित सूक्ति का 'तुल्यदेहि तुल्य' हरण किया गया है। 'संदेश-रासक' में इस सूक्ति का रूप इस प्रकार प्राप्त होता है-

'सिंगत्थि गइय बाडव्वणी पिक्ख हराविय णिअसवण।"

-('संदेश रासक,, 3.199.। ; ह. प्र. द्विवेदी तथा वि. त्रिपाठी का सं.)

अर्थात् 'खच्चरी, सींगों के लिए गई लेकिन कानों को भी खो आई।'

'संदेश रासक' की विरहिणी ने गहन दु:ख सहकर प्रियतम के पास मनोदूत भेजा लेकिन न तो प्रियतम आए, न दूत आया। प्रियतम ने दूत को भी अपने ही पास रख लिया। इस तरह प्रिय के सामीप्य-लाभ की कामना वाली विरहिणी का मूल भी नष्ट हो गया। नायिका इससे बहुत व्यथिता हुई। उसने हृदय दे दिया, लेकिन उसे प्रिय की प्राप्ति नहीं हुई। यह कैसी बात हुई? खच्चरी सींगों को पाने के लिए गई किंतु कानों को भी खो आई। 306

दूसरे टीकाकारों ने 'खच्चरी' की जगह 'गर्दभी' के अर्थ का प्रतिपादन किया है और 'वाडव्वणि' नहीं 'उवाडयणि' पाठ को प्रस्तुत किया है-"सिंगत्थ गइय उवाडयणि" किंतु डॉ हजारी प्रसाद द्विवेदी 'संदेश रासक' के इस प्रसंग में 'वाडव्वणी' पाठ की स्थापना करके इसका अर्थ 'खच्चरी' बतलाते हैं। 307 लेकिन यहाँ चाहे 'गर्दभी' का प्रसंग हो या 'खच्चरी' का, उक्ति का मूल भाव बाधित नहीं होता है। 'गदही या खच्चरी सींगों के लिए गई, किंतु कानों से भी हाथ धो बैठी'-यह वस्तुत: लाभ के लिए जाने पर मूल की भी हानि की द्योतिका स्थिति है।

'रास और रासान्वयी काव्य' में 'सिंगत्थि गइय' का अर्थ 'सींगों के लिए जाना' न करके 'शृंगार के लिए जाना' यह किया गया है। इसके अनुसार उक्ति का अर्थ यह होगा–"मैंने हृदय दे दिया पर प्रिय को न प्राप्त कर सकी। यह उपमा कहो किसके समान हुई? इस पर कहा गर्दभी शृंगार के लिए गई, दोनों कानों से हाथ धो बैठी।" 308.

अर्थ के इस अंतर के बाद भी उक्ति का मूल आशय अव्याहत है। 'फायदे के लिए जाकर घाटा उठाना'–यहीं भाव 'राम और रासान्वयी काव्य' के उपर्युक्त अर्थ–प्रतिपादन से भी प्राप्त होता है।

मूल लोकोक्ति का रुचिर प्रयोग 'संदेश रासक' में दृष्टिगत होता है, किन्तु विद्यापति ने मूल लोकोक्ति सीधे ग्रहण कर ली है। अद्दभाण की उक्ति विद्यापति से अधिक मनोरम है, किंतु दोनों की सूक्तियों में भावगत एकता है। यहाँ दोनों का अर्थ सादृश्य 'तुल्यदेहि तुल्य' है।

25. 'सकल समय नहिं रीतु बसन्त'

तथा

इस जाति की अन्य सूक्तियाँ

विद्यापति ने प्रेम की दुर्लभता और अच्छी वस्तुओं की विरलता से संबंधित यह नीति वचन कहा है कि सभी हाथियों में गज–मौक्तिक नहीं होता है, सभी कंठों में कोकिल की काकली नहीं होती है, सभी समय वसंत नहीं होता है तथा सभी नारी और पुरुष गुणवान नहीं होते हैं–

सबहु भतंगज मोति नहिं मानि।
सकल कंठ नहिं कोइल बानि।।8.।
सकल समय नहिं रीतु बसन्त।
सकल पुरुष–नारि नहिं गुनबन्त।।10.।
भनइ विद्यापति सुन बर नारि।
प्रेमक रीत अब बुझह बिचारि।।12।।

–(बेनीपुरी, पद–51)

विद्यापति का अभिप्राय है कि प्रेम भी क्वचित कुत्रचित् ही प्राप्त होता है। वस्तुतः प्रेम की दुर्लभता की व्यंजना के लिए ही उन्होंने अनेक दुर्लभ पदार्थों के दृष्टान्तों का निबन्धन किया है।

विद्यापति की इस नीतिपरक रचना के स्रोत के रूप में 'चाणक्य नीति दर्पण' में संकलित यह पद्य उद्धृत किया जा सकता है–

शैले शैले न माणिक्य, मौक्तिकं न गजे गजे।
साधवो न हि सर्वत्र चन्दन न वने वने।।

('चा. नी. दर्पण; 2.9)

दुर्लभ पदार्थों का निर्देश करते हुए पद्य में कहा गया है कि सभी पहाड़ों पर माणिक्य नहीं होते, सभी हाथियों में मौक्तिक नहीं होते, साधु सर्वत्र नहीं मिलते और न सभी वनों में चंदन ही होते हैं।

विद्यापति ने मतंगजवाला तो उदाहरण 'चाणक्य नीति-दर्पण' के 'लोक से लिया है किंतु उनके शेष उदाहरण और अर्थ कल्पित ही हैं। दोनों ही रचनाओं के आशय में समानता है। संस्कृत-पद्य के माणिक्य, साधु और चंदन के दृष्टान्तों को छोड़कर विद्यापति ने कोकिल कंठ वसंत ऋतु गुणवान व्यक्ति आदि के उदाहरणों को, उपन्यस्त किया है। इस तरह हम देखते हैं कि संस्कृत सुभाषित के एक खंड मात्र को लेकर विद्यापति ने अपनी प्रतिभा से नवीन उदाहरणों का भी चयन करके अभिनव सूक्तियों का विधान किया है। विद्यापति की रचना में संस्कृत-पद्य के अर्थ का 'रत्नमाला तुल्यदेहितुल्य' हरण है क्योंकि विद्यापति ने प्राचीन अर्थ को दूसरे नवीन अर्थों से व्यवहित कर दिया है-

"पूर्वार्थानामर्थान्तरैरन्तरणं रत्नमाला।"-'काव्य-मीमांसा', अ. 13, पृ. 176.)

परवर्ती हिंदी-काव्य में भी इस आशय की सूक्तियाँ मिलती हैं। हिन्दी-नीति काव्य के परिशीलन के क्रम में इस भाव के प्रयोग सातत्य पर ध्यान जाना स्वाभाविक है। इस अर्थ के निबन्धन की दृष्टि से हिन्दी के नीति-कवियों में भी विद्यापति का अन्यतम ऐतिहासिक स्थान है। यह एक तथ्य है कि विद्यापति एक महान् शृंगारिक कवि ही नहीं, अग्रगण्य नीतिकार भी हैं। वे सहज ही पूर्ववर्ती और परवर्ती नीति-कवियों से तुलनीय हैं, जिसका एक नन्हा सा प्रमाण प्रस्तुत है जिसमें संस्कृत के एक नीति वचन का प्रयोग विद्यापति से लेकर दीनदयाल गिरि तक प्राप्त होता है।

कबीर, जायसी, मंझन, दीनदयालगिरि आदि परवर्ती कवियों ने भी संस्कृत-सुभाषित के अर्थ का हरण किया है। 309

26. 'सब तह गुनिअ अधिक बेबहार'

-(परिषद् पदावली, पद-170)

विद्यापति व्यवहार को सबसे बड़ी चीज़ समझते थे। यहाँ व्यवहार लोकाचार का व्यंजक है।

विद्यापति की यह सूक्ति पंचतंत्र' से अनुप्राणित है। पंचतंत्र' की एक कथा

में लोक व्यवहार के ज्ञान से रहित कोरे शास्त्र-ज्ञानवाले चार पंडितों की विडंबना की गई है। उस कथा के वे लोक-ज्ञान विरहित पंडित वस्तुतः मूर्ख ही प्रमाणित होते हैं-(द्रष्टव्य: 'पंचतंत्र 5, कथा 4)।

'पंचतंत्र' की उक्ति है कि लोकाचार से अनभिज्ञ शास्त्रकुशल पंडित उपहासास्पद ही होते हैं-

अपि शास्त्रेषु कुशला, लोकाऽऽचारविवर्जिताः।
सर्वे ते हास्यतां यान्ति, यथा ते मुर्ख पण्डिताः।।

-(पंचतंत्र 539।)

विद्यापति-जैसे 'लोकविद्य' कवि व्यवहार-ज्ञान को महत्व देते हैं, यह स्वाभाविक ही है।

27. 'हाथक काँगन अरसी काज'

-(न. गु., पद-444; प. प., पद-62)

इस लोकोक्ति का आशय है कि सुविदित तथ्य के लिए किसी साक्ष्य या प्रमाण की आवश्यकता नहीं होती है। प्रकट वस्तु को बतलाने के लिए कोई दूसरा उपाय नहीं करना पड़ता है।

विद्यापति ने यह सूक्ति लोक प्रवाह तथा साहित्य प्रवाह दोनों से ली है। 'कर्पूर मंजरी' सट्टक के चेटी-विदूषक-विवाद में यह लोकोक्ति मिलती है। 310 सरहपा ने भी इस लोकोक्ति का प्रयोग किया है। 311

'ज्ञानपंचमी कथा' तथा पक्खारणमणि कोस' में भी इस सूक्ति का प्रयोग पाया जाता है। 312

नयनंदी के 'सुदंसणचरिउ' में भी यह लोकोक्ति मिलती है। 313

विद्यापति ने यहाँ समाम्नातपूर्व सूक्ति को यथावत् ले लिया है।

चौथा अध्याय
पदावली के वर्णकों के आकर-स्रोत

(क) 'वर्णक', 'वर्णक-साहित्य' और विद्यापति

'पदावली' के वस्तु-वर्णनों का अध्ययन करने से पता चलता है कि उनमें अधिकांशतः परिपाटी-पालन ही है। वर्णक साहित्य के अध्ययन का प्रभूत प्रभाव विद्यापति पर देखा जा सकता है।

वर्णक ग्रंथों का उद्देश्य रचनाभ्यासियों के लिए आदर्श वर्णनों को प्रस्तुत करना था जिनसे वे अपनी काव्य वस्तुओं को उपबृंहित, अलंकृत और मांसल बनाते थे। वर्णक-ग्रंथ वस्तुतः कवि-शिक्षा ग्रंथ थे जिनके परिनिष्ठित वर्णनों को नये कविगण अपनी रचनाओं में लेकर रचनाभ्यास किया करते थे। कविगण को यथावत् भी ले लेते थे या अपनी मौलिकता का प्रदर्शन करने के लिए उनमें नवीन कल्पनाओं का सन्निवेश करते थे। परंपरागत पद्धति के नमूनों के रूप में ये साहित्यिक वर्णन कवियों के लिए आकर सिद्ध होते थे।

संस्कृत महाकाव्यों, गद्यकाव्यों आदि में वस्तु-वर्णन की रूढ़ पद्धतियाँ मिलती हैं। संध्या, सूर्येन्दु, वन, पर्वत, नदी, नगर, नायिका आदि के अलंकृत और भव्य वर्णन उनमें प्राप्त होते हैं। प्राकृत-साहित्य में भी वस्तु वर्णन की रूढ़ियाँ देखी जा सकती हैं। अपभ्रंश और नव्य भारतीय आर्य भाषाओं के प्रबंध काव्यों और गीतों में भी परिपाटी विहित वर्णनों का बाहुल्य देखा जा सकता है। इन ग्रंथों के परस्पर-सदृश वर्णनों को देखकर कभी-कभी ऐसा लगता है कि ये अर्थ-हरण हो हैं, किंतु वस्तु-वर्णन संबंधी लक्षण-ग्रंथों या आदर्श ग्रंथों के रूप में जो साहित्य लिखा गया था उनके अनुशीलन से यह स्पष्ट होता है कि कवियों ने इस तरह "वर्णक साहित्य' की अपनी अभिज्ञता का परिचय दिया है--परंपरा-पालन किया है, अर्थ-हरण नहीं।

'वर्णक' का अर्थ वस्तुतः प्रतिनिधि या आदर्श चित्र है। 'वर्णक' एक नमूना या दृष्टान्त है-मॉडल' है, जो दूसरों के लिए अनुकरणीय है। 'कुट्टनीमत काव्यम्'

के हारलता-आख्यान्तर्गत पाटलिपुत्र नगर-वर्णन के क्रम में 'वर्णक' शब्द का प्रयोग मिलता है--

त्रिभुवनपुर निष्पादन कौशलमिव पृच्छतो विरिंचस्य।
दर्शयितुं निजशिल्पं वर्णकमिव विश्वकर्मणा विहितम्।।

-('कुट्टनीमतं काव्यम्'।176.)

इस पद्य में कहा गया है कि विधाता ने जब त्रिभुवन के पुरों के निर्माण-कौशल की इच्छा विश्वकर्मा से की, तब विश्वकर्मा ने अपने शिल्प के प्रदर्शन के लिए इस नगर का निर्माण एक 'वर्णक के जैसा किया। यहाँ 'वर्णक' का अभिप्राय 'आदर्श' या 'मॉडल' ही है।

साहित्य में भी नगर आदि के वर्णन 'वर्णक' या मॉडल' के समान ही होते हैं। जो दूसरे साहित्यकारों के लिए अनुकरणीय हुआ करते हैं। स्थापत्य या भास्कर्य कला के 'वर्णकों' की भाँति ही काव्यकला में भी प्राचीन युग में 'वर्णक' हुआ करते थे। वर्णक कारों ने अपने ग्रंथों में नामरूपों के प्रतिनिधि नमूनों का संकलन किया था। इनमें यदि नगर का वर्णन है तो एक बंधा बंधाया शब्द चित्र है, नायिका का वर्णन है तो एक निश्चित प्रकार का रूपांकन है और इसी तरह विविध वस्तुओं के रूढ़ वर्णनों को इनमें एकत्र कर दिया गया है। इस तरह वर्णक-ग्रंथकारों ने आदर्श वस्तु वर्णनों के कोशों का निर्माण किया है। ये परिनिष्ठित वर्णन कथा वाचकों, गद्यकारों और कवियों के लिए समान रूप से उपयोगी होते थे।

भारतीय साहित्य में वर्णक रचनाएँ बहुत मिलती हैं किंतु मैथिली साहित्य का तो उद्भव ही ऐसे वर्णक साहित्य से होता है। 'बोद्ध गान ओ दोहा,' 'डाक वचन' और मौखिक लोक-साहित्य को छोड़ दें तो ज्योतिरीश्वर कृत 'वर्ण-रत्नाकर' ही साधु मैथिली भाषा की प्रथम महत्त्वपूर्ण गद्य-रचना है जिसे वर्णक साहित्य की अग्रगण्य रचना होने का भी श्रेय प्राप्त है। ज्योतिरीश्वर ने 'वर्ण-रत्नाकर' के रूप में गद्य-काव्य न लिखकर कवियों के उपयोग के लिए कवि-शिक्षा ग्रंथ या ग्रंथ लिखा था। नगर, कुट्टनी, नायिका ऋतु, 'मशान आदि विविध वस्तुओं के चटकीले संक्षिप्त और संप्राण रेखाचित्र 'वर्ण-रत्नाकर' में मिलते हैं।

'वर्ण-रत्नाकर' नाम में 'वर्ण' शब्द को 'वर्णन' का वाचक तो मानना ही चाहिए, लेकिन ऐसा सोचना ठीक नहीं है कि 'वर्णन' ही गलती से 'वर्ण' के रूप में लिख दिया गया है। ग्रंथकार ने पूरे ग्रंथ में वर्णनों को उपनिबद्ध किया है, लेकिन ग्रंथ को 'वर्ण-रत्नाकर' ही कहा है। सुनीति बाबू की धारणा है कि 'वर्ण' शब्द का अर्थ 'वर्णन' नहीं होता है, 314 किंतु हेमचंद्र, हलायुध और

मल्लिनाथ के अनुसार वे 'वर्ण' का अर्थ 'गीत क्रम' स्वीकार करते हैं और 'वर्ण-रत्नाकर' को उचित क्रम और उचित निबन्धन-युक्त वर्णनों का व्यापक शिक्षा ग्रंथ बतलाते हैं। उनके अनुसार इस ग्रंथ का उद्देश्य मैथिली में वर्णनात्मक काव्य-रचना नहीं है और न वस्तु वर्णन करना ही रचनाकार का लक्ष्य है। डॉ. चटर्जी के अनुसार विषय वर्णन क्रम में उनके उचित क्रमोल्लेख के लिए वस्तुओं की तालिका तैयार करना ही ज्योतिरीश्वर का अभीष्ट है। यह तालिका दूसरों का मार्गदर्शन करे, कदापि ज्योतिरीश्वर यहीं चाहते थे, अतः उन्होंने गीत-क्रम का तो नहीं वर्णन क्रम का प्रतिपादन किया है। 315

सुनीति बाबू का यह मंतव्य मुझे उतना सा नहीं प्रतीत होता है। उन्होंने 'वर्ण' का अर्थ 'वर्जन' न मानकर 'पीत-क्रम' वाले जिस अर्थ की स्थापना की है वह उतनी प्रासंगिक नहीं जान पड़ती है। वस्तुतः 'वर्ण' का अर्थ 'वर्णक' ही है। डॉ. वासुदेव शरण अग्रवाल की धारण है कि गुप्तकाल में ही 'वर्ण' 'वक' के बाचक के रूप में उद्धृत होता था। उन्होंने मूल 'सर्वास्तिवाद विनयपिटक' की 'प्रवज्यायस्तु' शीर्षक पुस्तक का उद्धरण देकर इसकी पुष्टि की है। 'वर्ण' 'वर्णक' का ही बोधक है, इसका समर्थन तेरहवीं शताब्दी में रचित 'संगीत रत्नाकर' से भी होता है। उसमें वर्ण कवि' का प्रसंग आया है जिसकी 'वर्णना कवि' के रूप में टीकाकार मल्लिनाथ ने व्याख्या की है। शार्ङ्गदेव का अभिमत है कि 'वस्तु कवि' उत्तम और 'वर्ण-कवि' मध्यम होता है। ज्योतिरीश्वर ने भी 'वर्ण' का प्रयोग वर्णन', 'वर्णना' अथवा 'वर्णक' के लिए किया है। अद्दहमाण और विद्यापति जैसे अवहट्ठ-कवि 'वर्ण-कवियों' की पंक्ति में भी गिने जा सकते हैं। वर्ण कवि का अभिप्राय वर्णक प्रयोक्ता कवि ही है। 316

वर्णक साहित्य अखिल भारतीय स्तर पर प्राप्त होता है और उसमें 'वर्ण-रत्नाकर' का अन्यतम स्थान है। 317 'वर्ण रत्नाकर' वस्तुतः वस्तु-वर्णनों का विश्वकोश ही है। यह वर्णन रत्नाकर ही है। (हर प्रसाद शास्त्री ने इसे 'वर्ण-रत्नाकर' न कहकर 'वर्णन-रत्नाकर' ही कहा है।) यह काव्य पुस्तक नहीं, काव्योपजीव्य ग्रंथ है। यत्र-तत्र आचार्य ज्योतिरीश्वर के कवित्व का उन्मेषः भी उनके वस्तु-वर्णनों और काव्य चित्रों में देखा जा सकता है। रूढ़ वर्णनों को उपस्थापित करते हुए भी ज्योतिरीश्वर ने नयी कल्पनाओं, निजी निरीक्षण शक्ति आदि का परिचय देकर अपने को नितान्त गतानुगतिक कह लाने की वचनीयता से रक्षित कर लिया है।

ज्योतिरीश्वर के ग्रंथ में ग्रंथ-प्रणयन का उद्देश्य स्पष्टतः कथित नहीं है। ग्रंथ की एकलौती पांडुलिपि के सभी अंश प्राप्त भी नहीं हैं, अतः रचनाकार के

उद्देश्य की अवगति उसके विषय चयन, उसके निर्वाह और निबन्धन से ही हो सकती है। ग्रंथ में विषय-वैविध्य मिलता है और ये वर्णन रचनाभ्यासियों के मार्ग-दर्शन और उनको वर्णना-नैपुण्य देने के लिए प्रस्तुत किए गए प्रतीत होते हैं। इस ग्रंथ को शब्द-सूची-पत्र मात्र मानना ठीक नहीं है। इसमें अप्रस्तुत योजनाओं, काव्य परिपाटियों आदि के द्वारा वस्तुओं के सुंदर शब्दचित खींचे गए हैं।

सुनीति बाबू का विचार है कि 'वर्ण-रत्नाकर' में या तो शब्दों की सूचियाँ हैं या वर्णनों के परिच्छेद में उपमाएँ और काव्य-परंपराएँ हैं। इस संबंध में मेरी धारणा यह है कि इस की शब्द सूचियों से भी विषय का वर्णन ही प्राप्त होता है। वस्तुओं के नाम-परिगणन के तारतम्य से भी विषय-विशेष की ही प्रतीति होती है। वस्तुतः पूरे ग्रंथ में सादे और अलंकृत वर्णन ही प्राप्त होते हैं। समुन्नत गद्य के अभाव में अभी वर्णन साङ्ग और स्पष्ट न होकर सांकेतिक, संक्षिप्त और सूचना-परक जान पड़ते हैं। 318

भारतीय साहित्य में वस्तु-परिगणन और रूप-वर्णन, की जो रूड़ परिपाटियाँ हैं वे वर्णक साहित्य के अध्ययन की दृष्टि से महत्त्वपूर्ण हैं। नगरों, रूपों, पदार्थों, ऋतुओं आदि के रूढ़ वर्णनों के इन परंपरागत स्वरूपों का विकास संस्कृत-महाकाव्यों, गद्यकाव्यों, जैन आगम साहित्य और क्षेत्रीय लोक भाषा-साहित्यों में देखा जा सकता है।

सुनीति बाबू 'कादम्बरी', 'हर्षचरित', 'तिलक-मंजरी' प्रभृति गद्य काव्यों के वर्णनों को वर्णक रचनाओं के प्रेरणा स्रोत के रूप में स्वीकृत करते हैं। डॉ. पी. एल. वैद्य, पं. सुखलाल जी, मुनि जिनविजयजी जैसे प्राकृत-साहित्य के विद्वानों से प्राप्त सूचनाओं का उल्लेख करते हुए वे जैनागमों के वर्णकों की चर्चा करते हैं। आगमों के 'वण्णा' सदैव पूर्णतः उद्धृत ही नहीं मिलते हैं, संकेतित भी रहते हैं और ऐसा समझा जाता है कि पाठक को वे कंठस्थ हैं, किंतु न लिखे रहने पर भी पाठ करते समय उनको पूर्णतः पढ़ना पड़ता है। कई आगमों, जैसे 'भगवती' तथा "उवावैया सुत्त' में ये वर्णक पूर्णतः लिखे भी मिलते हैं। मुनि जिनविजयजी के अनुसार ये वर्णक पालि रचनाओं तथा संस्कृत और प्राचीन गुज़राती कृतियों में भी प्राप्त होते हैं। कथावाचक, पंडित, पुराण बाँचनेवाले और निबंध वाचक ऐसे आदर्श वर्णनात्मक संदर्भों को कंठस्थ कर लेते थे और उपयुक्त अवसरों पर वस्तु-वर्णनों के प्रसंगों में उनका सन्निवेश कर देते थे। 320

डॉ. वासुदेवशरण अग्रवाल ने न0व0 वैद्य के एक लेख 'ए नोट ऑन दी वर्णाकाज (वर्णाकों पर एक टिप्पणी) ऑल इण्डिया ओरियंटल कानफ़रेन्स,

काशी अधिवेशन लेख संग्रह, भाग 2, पृ. 472-473) के आधार पर एक उदाहरण 'देकर जैन आगमशास्त्र के वर्णकों और उनकी लेखन-विधि का परिचय निरूपण करते हुए कहा है कि प्राकृत में उन्हें 'वण्णओं' कहते हैं और वस्तु-वर्णन के 'क्रम में 'वण्णओं' लिख देने से ही पाठक या वाचक उस रूढ़ वर्णन का अनुमान कर लेता था और पाठ के समय उस बँधे बंधाए 'वर्णक' को धारा प्रवाह दुहरा देता था। वर्णकों को लिखना उतना आवश्यक नहीं था लेकिन उनका पाठ या वाचन अवश्य होता था। डॉ. अग्रवाल ने सी. जी. काशीकार के लेख 'ॠग्वेद पाठ में गलन्त की समस्या' (ओरियन्टल कानफ़रेन्स, नागपुर अधिवेशन लेख संग्रह पृ. 39) का हवाला देते हुए वर्णक निर्देश की इस जैनागम-पद्धति की तुलना वैदिक साहित्य की गलन्त-पद्धति से की है, जिसमें एक गोल बिन्दु के द्वारा पढ़े जानेवाले उन पाठों का द्योतन किया जाता है जो वहाँ लिखित नहीं है और जिन्हें वाचक कंठस्थ ही रखता है। 321

'वर्णकों' की पृष्ठभूमि को समझ लेने के बाद जब हम 'वर्ण-रत्नाकर' पर दृष्टिपात करते हैं तो पाते हैं कि यह काव्यात्मक बिम्बों, विषय-वर्णनों आदि की पथ-दर्शिका पुस्तक है। कथावाचकों, कवियों, कथकों आदि के उपयोग के लिए यह बिल्कुल तैयार परंपरागत वर्णनों का ग्रंथ है। इन ललित और परंपरागत वर्णनों से पेशेवर भाट, चारण, कथक, कवि आदि अपने वक्तव्यों का मंडन कर सकते थे।

'वर्ण-रत्नाकर' के वर्णन उस परंपरा के 'वर्णक' हैं जिन्हें कवि, चारण आदि कंठस्थ कर लेते थे और अवसरोचित ढंग से अपने वक्तव्यों के अंगों के रूप में उपस्थित करते थे नगर, नायिका आदि के वर्णनों के अवसरों पर बने बनाए वर्णनों को ही दुहरा दिया जाता था। पेशेवर चारण, कथक आदि की परंपरा -समूचे भारत में रही है। डॉ. दिनेश चन्द्र सेन ने बंगाल के कथकों के वर्णन ग्रंथों का उल्लेख किया है जिनसे सुनीति बाबू 'वर्ण-रत्नाकर' की तुलना करते हैं। 322 सुनीति बाबू ने कथकों की कथावाचन शैली के संबंध में डॉ. सेन के 'हिस्ट्री ऑफ बंगाली लैग्वेंज एंड लिटरेचर' से जा उद्धरण प्रस्तुत किया है उससे यह प्रकट होता है कि 'वर्ण-रत्नाकर' और कथकों के 'वर्णकों में प्रवृत्तिगत साम्य है। 323

कथा कहनेवाले कथकों के बीच मौखिक 'वर्जक' प्रचलित रहे होंगे, किंतु कथकों का लिखित वर्णक-साहित्य भी प्राप्त हुआ है। आधुनिक काल में भी बंगला में 'कथकता शिक्षा' नामक वर्णक ग्रंथ मिलता है। 324

इन कथकों की परंपरा भी प्राचीन जान पड़ती है। स्वयं ज्योतिरीश्वर ने

राजाश्रित कथकों की चर्चा की है। 325

वस्तु-वर्णन के क्रम में कथकगण परंपरागत रूढ़ वर्णनों को दुहरा दिया करते थे। ये प्रसंगानुकूल 'वर्णकों को उद्धृत करके अपने प्रसंगों को मंडित और पल्लवित करते थे। राजस्थानी 'बातों' के वाचक भी इस शैली का प्रयोग करते थे। 'बाल-साहित्य' में अनेक परिनिष्ठित वर्णक प्राप्त होते हैं। इस प्रकार के वर्णक साहित्य से भाट और चारणों की शैली ('वार्डिक ट्रैडीशन') का पता लगता है।

नरोत्तम दास स्वामी के द्वारा संपादित 'राजस्थानी साहित्य संग्रह, भाग एक (राजस्थान पुरातत्त्वोन्वेषण, प्राच्यविद्या प्रतिष्ठान, जोधपुर) में 'खीची गंगेव नींबावतरो रो दोपहरौ, तथा 'राजान राउतरो बात बणाव' नामक कृतियाँ प्रकाशित हुई हैं। इनका रचयिता कोई चारण था। इनमें अच्छे 'वर्णक' प्राप्त होते हैं। 'बात बणाव' वस्तुतः बात बनाने की कला का दृष्टान्त है। 'वर्णकों' में बात बनाने की क्षमता का ही निदर्शन होता है। प्राचीन युग में बात बनानेवाले कथक, कथावाचक, भाट, चारण, कवि आदि अपने कथन कौशल की ही कमाई खाते थे, और समादृत होते थे। अपने पेशे की आवश्यकता के कारण इन्हें बने बनाए 'वर्णकों' को कंठस्थ करने और समय पर उन्हें दुहरा देने तथा उनके आधार पर नयी रचनाएँ प्रस्तुत करने की तैयारी रखनी ही पड़ती थी। 326

बँधे-बँधाए भावों या आदर्श वर्णनों को लेकर किसी प्रसंग को सज्जित करना मौखिक और लिखित दोनों प्रकारों के भारतीय साहित्य के लिए परिचित बात है।

तरह-तरह के वाणी-व्यवसायियों के बीच विकसित होने के कारण 'वर्णक-साहित्य' का स्वरूप मौखिक या श्रुति परंपरा-सा रहा है।

कथावाचक अपने वक्तव्यों में परंपरागत वक्तव्यों में परंपरागत वर्णनों, अनुतियों आदि को भी पचा लेता है। मौखिक वर्णनों को वाचकों द्वारा आत्मसात् करने की इस प्रवृत्ति का संकेत श्री चंद्रधर शर्मा गुलेरी ने भी दिया है। 327

गुलेरीजीने 'कुमारपाल प्रतिबोध' की कथाओं में अनुस्यूत दोहों और पद्मों को भी परंपरागत वर्णन शैली के निर्वाह और स्वीकार का लक्षण बतलाया है। 328 वे इस प्रवृत्ति की तुलना 'ऐतरेय' और 'शतपथ ब्राह्मणों में उदधृत नाराशंसी गाथाओं के स्वीकरण की प्रवृत्ति से करते हैं। 329

तेरहवीं चौदहवीं शताब्दियों में 'वर्णक साहित्य' का भारत में अभूतपूर्व विकास हुआ और परवर्ती क्षेत्रीय साहित्यों पर भी वर्णक शैली का पुष्कल प्रभाव परिलक्षित होता है। 'संदेशरासक' और 'कीर्तिलता' के वस्तु-वर्णनों पर वर्णक-शैली

का ऋण देखा जा सकता है। जायसी के वस्तु वर्णनों पर भी वर्णक-सूचियों की छाया लक्षित की जा सकती है।

ज्योतिरीश्वर का ग्रंथ 'वर्ण-रत्नाकर' वर्णक परंपरा का पहला ग्रंथ न होकर एक प्रवहमान साहित्य धारा का आकलन करने वाला आकर ग्रंथ है जिसे कवियों और कथावाचकों के उपयोग और मार्ग निर्देशन के लिए एक शिक्षा ग्रंथ के रूप में लोकभाषा में निबद्ध किया गया था। ज्योतिरीश्वर के द्वारा निरूपित वर्णन परंपरागत ही है, किंतु 'वर्ण-रत्नाकर' में यत्र-तत्र आंचलिक और व्यक्तिगत वैशिष्ट्य के भी दर्शन होते हैं

विद्यापति पर यद्यपि अन्य स्रोतों के 'वर्णकों' का भी प्रभाव पड़ा था, किंतु उनपर सबसे अधिक प्रभाव 'वर्ण-रत्नाकर' का ही पड़ा है। विद्यापति ने 'कीर्तीलता' और 'पदावली' के अनेक वर्णनों को 'वर्ण-रत्नाकर' की छाया लेकर प्रस्तुत किया है। वर्ण-रत्नाकर' की अनेक पंक्तियाँ और कल्पनाएँ विद्यापति-साहित्य में मिल जाती हैं। अनुशीलन से यह सिद्ध हो जाता है कि विद्यापति ने 'वर्ण-रत्नाकर' को अपने 'वर्णकों' के आकर-ग्रंथ के रूप में प्रयुक्त किया था। अपने क्षेत्रीय वर्णक-कार ज्योतिरीश्वर के वर्णनों को स्वीकार करके विद्यापति ने अपने रचनाभ्यास का कार्य किया है और 'वर्णक साहित्य' से अपना परिचय भी प्रदर्शित किया है।

'कीर्तिलता' के नगर-वर्णन प्रयाण वर्णन, युद्ध-वर्णन, अश्व-वर्णन, वेश्या वर्णन, भवन वर्णन आदि 'वर्ण-रत्नाकर' के आदर्श वर्णनों के अनुकरण में रचे गए हैं। 'पदावली' के भी नायिका सौंदर्य वर्णन, कुट्टनी-वर्णन, प्रभात-वर्णन, वर्षा-वर्णन, रात्रि वर्णन आदि पर 'वर्णरत्नाकर' के वर्णनों की छाप दृष्टिगत होती है।

'वर्णक कवि' के रूप में विद्यापति का अध्ययन एक स्वतंत्र विषय है; यहाँ मैं विद्यापति के 'वर्णकों' के आकर स्रोत के उद्घाटन के क्रम में केवल कतिपय उदाहरणों को ही स्थाली-पुलाक-न्याय से प्रस्तुत कर सकूँगा।

(ख) विद्यापति-साहित्य में 'वर्णक-हरण' के दृष्टान्त

(1) रूप-वर्णन

व्यतिरेक-शैली के 'वर्णक' रूप वर्णन या नखशिख-वर्णन के क्रम में बहुत मिलते हैं। अपभ्रंश कवियों का यह एकप्रिय 'वर्णक' है।

पुष्पदन्त ने अपने 'महापुराण' में सीता के रूप की प्रशंसा करते हुए लिखा है कि सीता के दाँतों की प्रभा से मोती विजित और तिरस्कृत हुए हैं, नहीं तो

वे विद्ध क्यों होते? उसके मुखचंद्र की ज्योत्स्ना से दिशाएँ उज्ज्वल हो गई हैं, नहीं तो चंद्रभा क्यों क्षीण हो गया है? 330

अपभ्रंश की अप्रकाशित कृति 'जंबुसामि चरिउ' में भी वीर कवि ने इस जाति का 'वर्णक' प्रस्तुत किया है। कवि का वक्तव्य है कि रमणियों के बदन के तुल्य होने का अभिलाषी पूर्णचंद्र चांद्रायण व्रत का आवरण करता है। युवतियों के चरणों की छवि के इच्छुक कमल आकण्ठ जलमग्न होकर सूर्य की किरणों के ताप का सहन 'करते हुए नित्य तपस्या करते हैं। 331

अपभ्रंश की अप्रकाशित कृति 'सुदंसण चरिउ' 332 में मनोरमा का जो नख-शिख वर्णन प्राप्त होता है वह वर्णक शैली का ही है।

कवि नयनंदी वर्णन करता है कि मनोरमा लक्ष्मी जैसी है उसका सादृश्य स्थापन सहज नहीं है। उसकी गति से पराजित लज्जित हंस-दम्पति मानसरोवर भाग गए। उसके कोमलारूण चरणों को देख रक्तोत्पल जल में प्रवेश कर गए। उसके चरण-नखों की ज्योति से पराजित नक्षत्र आसमान में चले गए।

मनोरमा की जाँघों की समता में कदली वृक्ष निस्सार हो स्थित रहा। उसके नितम्ब बिम्ब को न पाकर कामदेव अनंग हो गया– उसने अपनी देह भस्मसात हो जाने दी।

नायिका की नाभि की गंभीरता ने गंगा के भंवर या जलावर्त को जीत लिया है अतः वह आवर्त्त नित्य भ्रमित और अस्थिर है। उसकी कटि को देखकर कदाचित् सिंह तपस्या करने के लिए गिरि-गहवर में चला गया है। उसकी रोमावली से पराभूत होकर लज्जिता नांगिनी विवर में घुस गई है। ब्रह्मा यदि रोमावली की लौहश्रृंखला न बनाता तो मनहर और भारी पयोधरों के बोझ से नायिका का कटि-भग अवश्य ही हो जाता।

नायिका की कोमल बाँहों से हारकर मृणाल गुण-रहित हो गया है (?)। उसके पाणिपल्लवों के सुलालित्य के अशोक भी अभिलाषी है। उसके मीठे स्वर को श्रवण करके कोकिला काली हो गई है। उसके कंठ की रेखाओं से हारकर लजाया हुआ शंख सागर में डूब गया है। उसके अधर की लाली से हारा हुआ विद्रुम कठिनवपु हो गया है। उसके दाँतों की कांति ने निर्मल मोतियों को जीत लिया है जिससे वे सीपियों में प्रवेश कर गए हैं।

नायिका की साँस की सुरभि की बराबरी न कर पाने के कारण पागल पवन इधर-उधर दौड़ा करता है। उसके मुखेन्दु की तुलना में चाँद खप्पर-जैसा जान पड़ता है।

नायिका के नयनों का अवलोकन करके विस्मिता मृगियाँ बन्धन चाहने लगी

हैं। उसकी भौं के टेढ़ेपन से हारकर सुरधनु 'निर्गुण' हो गया है। (यहाँ "निर्गुण" शब्द का 'लेष ध्यान देने योग्य है। डोरी-रहित और गुण रहित दोनों अर्थ यहाँ अभिप्रेत हैं।) उसके आनन से जीत लिया गया कृष्णपक्ष की अष्टमी का चाँद क्षीण हो जाता है तथा आसमान में निवास करता है। उसके केशोंने भौंरों को जीत लिया है जिससे वे चतुर्दिक गुंजार करते हुए घूमते हैं और कहीं भी निश्चिंत नहीं रहते हैं। 333

नयनन्दी के इस वर्णन को हम नायिका के रूप का एक 'वर्णक' मानेंगे। यहाँ रूढ़ उपमानों के प्रयोग चातुर्य से कवि ने चमत्कार उत्पन्न कर दिया है।

अपभ्रंश के 'सुकुमाल चरिउ' में भी श्रीधर कवि ने ऐसा ही 'वर्णक' उपस्थित किया है। 334 रानी का वर्णन करते हुए कवि कहता है कि उसकी दंत पंक्ति ने मुक्तावली को जीत लिया है। उसके मुख कमल की समानता न पाकर चाँद आज भी क्षीण हो जाता है। उसके अधर प्रवाल को पराभूत कर देते हैं। और उसके केशों की बराबरी नहीं कर पाते हैं। उसके नयनों से मृग शिशु हार जाते हैं। 335

देवसेनगणि-कृत अप्रकाशित अपभ्रंश-काव्य 'सुलोचना चरिउ' 336 में भी चेल्लना महादेवी का वर्णन करते हुए कहा गया है कि रानी की मुख शोभा ने चंद्रमा की शाभा जीत ली है जिससे चाँद सकलंक है और लज्जा के कारण दूर जा बसा है। 337

सोमप्रभाचार्य के 'कुमारपाल प्रति बोध' 338 के अंगर्गत 'स्थूलिभद्र कथा' आती है जिसमें कोशा नामक वेश्या के रूप वर्णन के प्रसंग में भी उपयुक्त वर्णक-शैली लक्षित होती है।

कोशा के बदन से विजित शशाङ्क निशा में अपने को सात दर्शित करता है। उसके नयनों की कांति से विजित और लज्जित हरिणी ने वनवास ले लिया है।

कोशा के सघन कृष्ण केश मुखकमल पर घूमने वाले भ्रमरों के समान जान पड़ते हैं। उसकी भौं काम के धनुष की भी विडंबना कर देती है।

कोशा के अधर विद्रुम के सौभाग्य-सार का हरण कर लेते हैं। अत: विद्रुम समुद्र के खारे जल में रहने लगे हैं। इसी तरह कोशा के दाँत, करपल्लव, भुजा आदि के भी वर्णन हैं। उसकी कटि की क्षीणता का वर्णन इस प्रकार है कि सघन भारी और उन्नत पयोधर-भार को ढोने के कारण शरीर का मध्य भाग दुर्बल और मुष्टिग्राह्य हो गया है। 339

हेमचंद्र के व्याकरण में संकलित कतिपय दोहों में भी इस प्रकार के

'वर्णकों' से प्रभाव-ग्रहण किया गया है। एक दोहा में कहा गया है कि चाँद तीक्ष्ण किरणों से बहुत छीले जाने पर युवती के मुख की समानता पाए तो पाए, अन्यथा वह दो रमणी-मुख के समक्ष कुछ टिकता ही नहीं है, जँचता ही नहीं है। 340

एक अन्य दोहे में कहा गया है कि कंचन वर्णवाला कर्णिकार रमणी के मुख या शरीर से विजित होकर वनवास कर रहा है। 341

एक और दोहा का वक्तव्य है कि गोरी के मुख से विजित होकर चाँद बादल में लुक गया है। दूसरे हारे हुए पदार्थ भी निश्शंक होकर नहीं घूम सकते हैं, उन्हें भी छिपना होगा। 342

विद्यापति के प्राग्भावी ज्योतिरीश्वर के मैथिली वर्णक-ग्रंथ 'वर्णरत्नाकर' में भी रूप वर्णन की इस रूढ़ परिपाटी का आँकलन देखा जा सकता है। नायिका के रूप का ही वर्णन ज्योतिरीश्वर ने इस प्रकार किया है कि विधाता और विश्वकर्मा की अपूर्व सृष्टि इस नायिका का रूप अतुलनीय है। इस त्रिभुवन मोहिनी के सुन्दर अंग सभी उपमानों को पराजित कर देते हैं। इसके मुख की शोभा देखकर कमल जल में प्रवेश कर गया। इसकी आँखों की शोभा देखकर हरिण वन में चला गया। केशों की शोभा देखकर चमरी पलायन कर गई। दाँतों की शोभा देखकर दाड़िम का हृदय विदीर्ण हो गया। अधरों की शोभा देखकर प्रवाल या मूँगा द्वीपान्तर चला गया। कानों की शोभा देखकर बौद्ध ध्यान में डूब गया।

(यह उक्ति नवीन भी है और सांस्कृतिक दृष्टि से महत्त्वपूर्ण भी। ज्योतिरीश्वर के मन पर उन ध्यानावस्थित बुद्ध प्रतिमाओं का संस्कार है। जिनके कान सुदीर्घ घटित होते थे। बुद्ध प्रतिमाओं के लंबे कान भारतीय मूर्तिकला के जानकारों के लिए सुविदित हैं। ज्योतिरीश्वर का वक्तव्य यही है कि नायिका के कान बुद्ध से भी बड़े हैं, अतः उनसे हारकर बुद्ध ध्यानमग्न मूर्ति-मुद्रा में आ गए हैं।)

नायिका के कंठ की शोभा देखकर शंख समुद्र में प्रविष्ट हो गया है। स्तनों की शोभा देखकर चक्रवाक उद्विग्न या परस्पर-उच्छिन्न अर्थात् विलग हो गए। दोनों बाहों की शोभा देखकर पद्मनाल पंक-निमग्न हो गया। हाथों की शोभा देखकर कमल या अशोक (?) का पल्लव पराजित या भीत (?) हो गया। दोनों जाँघों की शोभा देखकर कदली ने विपरीत गति धारण कर ली चरणों की शोभा देखकर स्थल कमल ने निकुञ्ज में आश्रय ले लिया। 343

ज्योतिरीश्वर के इस 'वर्णक' की तुलना पूर्व-विवेचित 'वर्णकों' से की जा

सकती है। विद्यापति के एक पद में भी इस वर्णक का निर्वाह देखा जा सकता है।

विद्यापति नायिका का रूप-वर्णन करते हुए कहते हैं कि नायिका की कबरी के भय से चमरी गाय गिरि-कन्दरा में भाग गई है और मुख के भय से चाँद आकाश चला गया है। नायिका के नयनों के भय से हरिण ने, स्वर के भय से कोकिल ने तथा उसकी गति के भय से हाथी ने बनवास ले लिया है। सुन्दरी के डर से सब-के-सब दूर भाग खड़े हुए हैं। उसके कुचों के भय से कमल की कलियाँ जल में मुद गई हैं और घड़े ने हुताशन में प्रवेश कर लिया है अर्थात् वह जल मरा है। स्तन के भय से दाड़िम और बेल आकाश वासी हो गए हैं और शिवने काल कूट पी लिया है। भुजाओं के भय से मृणाल पंक छिप रहा है और हथेली के भय से किसलय कंपित हो गया है। 344

इस पद (बेनीपुरी-20) की भणिता में विद्यापति ने अपनी 'कविशेखर' उपाधि का जान-बूझकर प्रयोग किया है क्योंकि यहाँ वे 'कविशेखराचार्य' ज्योतिरीश्वर के 'वर्णक' की प्ररम्परा में एक 'वर्णक' उपस्थित कर रहे हैं।

यहाँ हम देखते हैं कि परम्परागत 'वर्णक' का हरण करके विद्यापति ने यत्किंचित् अपनी कल्पना का भी सन्निवेश कर दिया है, किन्तु इस स्थल पर वे तत्वतः पूर्ववर्ती वर्णककारों के ऋणी सिद्ध होते हैं। विद्यापति के इस 'वर्णक' पर दूसरों के ऋण का लेखा इस प्रकार प्रस्तुत किया जा सकता है-

विद्यापति	अन्य
1. कबरी-भय चामरी गिरि-कन्दर	2. हरिन नयन भय ... बनवासे--
3. भुजभयपंक मृनाल नुकाएल -	4. कर भय किसलय काँपे
	5. मुख-भय चाँद अकासे-

1. (क) केशक शोभा देषि चमरी पलायन कएल। (ज्योतिरीश्वर)
   (ख) 'गिरि-कन्दरा' में जाने वाली बात कटि और सिंह के प्रसंग में "सुदंसण चरिउ' में वर्णित है।
2. (क) जसु णयण-कंति-जिय-लज्ज भरिण
   वण-वासु पवन्नय नाइ हरिण।।8.। ('स्थूलिभद्र कथा')
   (ख) आँषिक शोभा देषि हरिण वण भेल (वर्ण-रत्नाकर')।
3. वाहुँ युगलक शोभा देषि पजुक नाल पङ्ग निकग्न भेल।
   -('वर्ण-रत्नाकर')
4. हाथक शोभा देषिक पल्लव ग्रस्त (?त्रस्त) भेल। -('वर्ण-रत्नाकर')
5. (क) जाहे भालहिउ किण्हठ्ठमिससि, हवाइं खीणु अज्जुवि खेयहीँ बसि।

-('सुदंस चरिउ')।

(ख) ('सुलोचनाचरिउ' ।3।1।12।-द्रष्टव्य' पा. टि. 337 पर उद्धृत)

(ग) ('स्थूलिभद्र कथा' -।।8।।

--द्रष्टव्य-पा. टि. 339 पर उद्धृत)

(घ) ओ गोरी-मुह-निज्जिअउ वछलि
लुक्कु मियङ्कु।-(अप, व्या.।4.।401.2)

चाँद और मुख का यह व्यतिरेक-भाव विद्यापति के एक अन्य पद में भी देखा जा सकता है-

वदने जीनि कह करसि मन्दा।
लग न आओत लाजे चन्दा
तेहि संकिअ पथ उजोर
गमन तिमिरहि होएत तोर।।

-(परिषद् पदावली, पद-194)

यहाँ विद्यापति की सखी एक अभिसारिका से कहती है कि नायिका ने अपने मुख से चाँद को जीतकर उसे मंद कर दिया है, अतः लाज से वह उसके निकट नहीं आ सकता है। यही कारण है कि अभिसार-पथ में चाँद का उजाला नहीं छाएगा और नायिका का अभिसार अंधकार में ही होगा।

6. 'सर-भर कोकिल गति भय गज बनवासे' (विद्यापति) की तुलना 'सुदंसण-चरिउ' के इस प्रसंग से की जा सकती है-"जाहि सट्टु णिसणेवि अहिह वियए, णं किण्हतु धरिउ माहवियए!" तथा" जाहे गइए सकलत्तइं। णिरु णिज्जियई, णं लज्जियइं हंसइं माणसे पत्तइं।।-(सुंदसण चरिउ')।

इस प्रसंग में कुच के अप्रस्तुतों या उपमानों को विद्यापति ने सुन्दर ढंग से वर्णित किया है। यहाँ भी पद्धति तो वर्णक साहित्यवाली ही है, किंतु प्रयोग विद्यापति का स्वकीय है।

रूप-वर्णन के ऐसे 'वर्णक' विद्यापति में और भी मिलते हैं-

लोचन तूल कमल नहि भए सक
से जग के नहि जाने।
से फेरि जाए लुकाएल जल भए
पंकज निज अपमाने।।6।।

-(बेनीपुरी, पद-220)

यहाँ विद्यापति कहते हैं कि लोचनों की तुलना में कमल नहीं ठहर सका

इसीलिए वह भय से जल में अपने अपमान के कारण जा छिपा है। 'पंकज' कहकर विद्यापति कमल की त्रुटि को भी ध्वनित करते हैं।

विद्यापति के एक अन्य पद में नायिका के कुच-मंडल की श्री देखकर कनक-गिरि के लज्जित होकर दिगन्तर में चले जाने का वर्णन है–

कुच-मंडल सिरि हेरि कनक-गिरि
लाजे दिगन्तर गेल।

–(बेनीपुरी, पद–22)

उपयुक्त पद में ही मध्यभाग की क्षीणता और रोमसमूह का ललित वर्णन मिलता है–

माझ खीनि तनु भरे भाँगि जाय जनु
बिधि अनुसए भल साजि।
नील पटोर आनि अति से सुदृढ़ जनि
जतन सिरिजु रोमराजि।।7।।

–(बेनीपुरी, पद–22)

यहाँ कवि का वक्तव्य है कि नायिका का क्षीण मध्यभाग शरीर के भार से टूट जाएगा, इस आशंका से ब्रह्मा ने रोमराजि-रूपी नीला रेशम यत्न पूर्वक बनाकर मध्यभाग को सुदृढ़ करने के लिए सज्जित कर दिया है। रोमराजि के नीले रेशम की डोर से बँधा रहकर मध्यभाग टूट नहीं सकेगा, यह कवि के कथन का आशय है।

विद्यापति के इस प्रसंग की तुलना 'सुदंसण चरिउ' के उस वर्णन से की जा सकती है जिसमें कहा गया है कि यदि ब्रह्मा रोमावली की लोह शृंखला नहीं बनाता तो भारी स्तनों के भार से नायिका का मध्यभाग अवश्य ही टूट जाता–

अहमई कलिय रोमावलिय, जइ णवि विहि विरयंतउ
तो मणहरेण गुरू थनभरेण, मज्झु अवसु भज्जतउ।।

–('सुदंसण चरिउ'।4.2.)

'सुदंसण चरिउ' के भाव को ग्रहण करते हुए भी विद्यापति ने रोम-समूह के 'नील पटोर' की कल्पना की है, लौहशृंखला की नहीं।

इस तरह हम देखते हैं कि विद्यापति पर वर्णक-साहित्य का गहरा प्रभाव पड़ा है।

(2) कुट्टनी-वर्णन

'वर्ण-रत्नाकर' में ज्योतिरीश्वर ने कुट्टनी का इस प्रकार विशद चित्र खींचा है।

।। अथ कुट्टनीवर्णना। वर्ष सए तीनि भितर वएस-पाण्डुर भयुह शङ्खावदात

केश-सङ्कुलित त्वच-उन्नति शिरा निर्म्मांस काप-भाङ्गल कपोल-झलल दाँत। (41क) वले जीनल वएस-वएसे जीनल वल-वोल वोलइते जहहि ओठहिँ लगा रागी हस्तक साने मेलापक रोआव मार्क्कण्डेक सहोदर जेठि वहिनि। अइसन लोभक वेटी अइसनि-बुद्धिक माजुसि अ (इ) सनि-कुटिलमति नारदक सहोदर अइसन घटक-विष्णुमाया अइसनि संघटक-सतीहुक सत्यभाँग-कुलवधुहु कुटिलकर कुटनी देषु।। मृत्यु सयो कलकल करइतें अछ-मृत्यु वोल-मयो तोहि। लए जायो से बोल वरष एक कट देहमयि नगरक सौष सोहर देषिजायो-अखलु कइसन कामदेवक रसनाये फीटि गेल। तें वासनाये जनि यौवनक परित्याग कए हलल-यद्यपि सुषाएल सरावे (र) अइसन शरीर भए गेलइक तहु दशा रेखटीप अञ्जन शरी। रन (हा) उ ◦ अइसनि पर जाति प्राणहारिणी कुटनी देषु।।"

-('वर्णरत्नाकर' चतुर्थकल्लोल, पृ. 27-28)

वर्णरत्नाकरकार कहते हैं कि कुट्टनी की आयु एक सौ तीन वर्षों की है या वह सौ वर्षों के तीन भागों को पार कर चुकी है अर्थात् पचहत्तर वर्षों की है। उसकी भौं पांडुर हो गई है। केश शंख के समान उजले हो गए हैं। त्वचा सिकुड़ गई है। नसें उभर गई हैं। काया मांसल नहीं रही: शरीर माँस से रहित हो गया है। कपोल सिकुड़े हुए हैं। दाँत झर गए हैं। बलने आयु को जीत लिया है तथा आयु ने बल को जीत लिया है। कुछ कहते समय ओंठों में लाली लगा लेती है अर्थात् ओंठों को रागाङि्कत कर लेती है या बोलते समय उसके ओंठों में राल लग जाती है। ('हस्तक साने में लापक रोआव' का अर्थ स्पष्ट नहीं है।)

वह कुट्टनी मार्कडेय ऋषि की भी सहोदरा-ज्येष्ठा बहन है। यहाँ उसकी वृद्धा-वस्था की अतिशयता बतलाई जा रही है। वह लोभ की बेटी जैसी, बुद्धि की मौसी-ऐसी, कुटिल मतिवाली, नारद की सहोदरा-जैसी बात लगानेवाली और बात पटाने वाली, विष्णुमाया जैसी जोड़नेवाली तथा सतियों के भी सत्य को तोड़ने वाली है। ज्योतिरीश्वर कहते हैं कि कुलवधुओं के लिए कुटिलता के आकर के समान कुट्टनी को देखो। वह वृद्धा कुट्टनी मृत्यु से काँप रही है या मृत्यु से जिह्वा युद्ध कर रही है। मृत्यु उससे कहती है कि 'मैं' तुझे ले जाऊँगी!' कुट्टनी मृत्यु से कहती हैं कि मुझे एक कोटि वर्ष या काटकर एक वर्ष दो, मैं नगर के सौख्य-सौरभ को देख जाना चाहती हूँ (?)।

ज्योतिरीश्वर वर्णन को बढ़ाते हुए कहते हैं कि फिर कैसा?--कामदेव की रसना तृप्त हो गई आप्यायित हो गई इसी से मानों वासना ने (उसके) यौवन का परित्याग कर दिया है। उस कुट्टनी का शरीर यद्यपि शुष्क सरोवर के समान हो गया है किंतु उस दशा में भी वह पत्र रचना करके (रेखांकन करक) अंजन

लगाती है। ज्योतिरीश्वर ऐसी प्राणहारिणी कुट्टनी को दर्शित करते हैं।

व्यंग्यकार विद्यापति ने भी वृद्धा कुट्टनी का वर्णन इस प्रकार किया है–

हमे धनि कूटनि परिनति नारि
वैसह वास न कहीं विचारि
काहु के पान काहु दिअ सान
कतन हक़ारि कयल उपमान
कय परमाद धिया मोर भेल
आहे यौवन कतय चल गेल
भाङ्गल कपोल अलक भरि साजु
सङ्कल लोचने काजर आजु
धवला केस कुसुम करू वास
अधिक सिङ्गारे अधिक उपहास
थोथर थैया थन दुओ भेल
गरुअ नितम्बं कहाँ चल गेल
यौवन शेष सुखाएल अङ्ग
पाछु हेरि विलुलइते उमत अनङ्ग
खने खस घोघट विघट समाज
खने-खने आव हक़ारलि लाज
भनहि विद्यापति रस नहि छेओ
हासिनि देविपति देवसिंह देओ

–(न. गु., पद–15)

यह पद मित्र मजुमदार (पद 6) के संकलन में भी है, किंतु नेपाल पदावल में गुप्त के पाठ की सारी पंक्तियाँ नहीं है। परिषद् पदावली का पाठ इस प्रकार है–

भागल कपोल अलके लेल साजि
सङ्कुरल नयन काजरे आजि।
पकला केश कुसुम कर वास
अधिक सिरे अधिक उपहास।।
आहा बएस कतए चलि गेल
बड़ उपताप देखि मोहि भेल।
थोथल थैया थन दुइ भेल
गरुअ नितम्ब सेहओदुर गेल।।

जीवन सेष सुखाएल अङ्ग
पछ्हेकि लुकए उमत अनङ्ग।।

-(परिषद् पदावली, पद 33)

गलित यौवना कुट्टनी अपनी दशा का स्वयं वर्णन करती है कि उसका यौवन चला गया है किंतु आयु और स्थान को बिना सोचे ही वह लोगों से आलाप करती है। वह किसी को पान देकर और किसी को चितवन का इंगित करके फँसाना चाहती है। बहुत से लोगों को अपने पास आहूत करके वह अपमान भोग चुकी है। उसकी चरित्रहीनता के कारण उसकी पुत्री को कलङ्क और निंदा का दंश भोगना पड़ा है।

कुट्टनी श्रृंगार से वाक्य के चिह्नों को ढँकती है किन्तु इससे उसका और भी अधिक उपहास होता है। उसके पयोधर जर्जर हो गए हैं और पृथुल नितंब सूख गए हैं क्योंकि यौवन के बीत जाने से मांसल अंगों का सुख जाना स्वाभाविक ही है। लेकिन इस दशा में भी कामदेव उन्मत होकर उसका अनुसरण कर रहा है अर्थात् वह अभी भी सकामा है।

यह वासनामयों वृद्धा कुट्टनी झुर्रीदार कपोलों को केशों से ढँक लेती है तथा सिकुड़े नयनों में काजल लगा लेती है। पके केशों में वह फूलों को ग्रथित कर लेती है किंतु बुढ़ापे को छिपाने के लिए किए गए इन श्रृंगार प्रयासों से उसका उपहास ही होता है वह अपनी ढली हुई आयु को ढँक नहीं पाती है। उस गतयौवना को अपनी दशा पर बहुत ही उताप होता है। उसके दोनों स्तन निस्सार और निढाल हो गए हैं। मांसल नितंब का भारीपन भी नष्ट हो गया है। यौवन चला गया है और अंग शुष्क हो गए हैं किंतु विडम्बना है कि उन्मत कामदेव अब भी उसका पीछा कर रहा है।

विद्यापति के इस कुट्टनी-वर्णन पर ज्योतिरीश्वर का प्रभाव देखा जा सकता है। दोनों की शब्दावलियों का अधोलिखित साम्य द्रष्टव्य है--

विद्यापति

1. भाङ्गल कपोल (न. गु. का पाठ
2. 'सङ्कल लोचने' (न. गु.) या 'सङ्कचल नयन '(डॉ. सुभद्र का) या 'सङ्कचल नयन' (प. पदा)
3. धवला केस (न. गु.) या पकला केश (प. पदा.)
4. सुखाएत अङ्ग
5. 'अलके लेल साजि, काजरे आजि, कुसुम कर वास' आदि वृद्धा कुट्टनी के श्रृंगार प्रसाधनों का सङ्केत ज्योतिरीश्वर में इस प्रकार है

ज्योतिरीश्वर

1. भाङ्गल कपोल।
2. सङ्कु लितत्वच।
3. शङ्खावदात केश।
4. यद्यपि सुषाएल सरोवर अइसन शरीर भए गेलइक।
5. तहु दशा रेखटीप अञ्जन शरीर नहाउ। ('नहाउ' की जगह 'लगाउ' पाठ अधिक संगत हो सकता है।-(लेखक उभयत्र वृद्धा कुट्टनियों के चित्र है और ये दोनों वृद्धाएँ अपना श्रृंगार-प्रसाधन भी करती हैं।

विद्यापति और ज्योतिरीश्वर की तुलना से ज्ञात होता है कि ज्योतिरीश्वर के 'वर्णक' से प्रभावित होकर भी विद्यापति ने अपने वर्णन को व्यक्तिगत वैशिष्ट्य और मौलिलता के साथ उपन्यस्त किया है। शब्दावली और विषय-प्रेषण को नवीनता विद्यापति में देखी जा सकती है। ज्योतिरीश्वर के नमूने पर विद्यापति ने एक नवीन प्रकार के शब्द-स्थापत्य का प्रदर्शन किया है।

विद्यापति के "थोथल थैआ थन दुइ भेल" वाले प्रसंग की तुलना शंखधर के संकीर्ण प्रहसन 'लटक मेलक' 345 की इस उक्ति से की जा सकती है-

स्तनौ प्रचलितावस्या विमर्दार्तविधोमुखौ।
विशुष्कस्य नितम्बस्य वार्ता कर्तुं मिवोद्यती।।

-('लटकमेलक', अंक 2.33।)

यह उक्ति सभासलि दिगम्बर जैन और दन्तुरा वेश्या कुट्टनी के विवाह-प्रसंग की है जहाँ विवाह पुरोहित चतुर्वेदी ढली आयुवाली कुट्टनी का रूप वर्णन करता है। उक्ति का वक्तव्य है कि कुट्टनी के विमर्दित अधोमुख स्तन शुष्क नितम्ब से बातचीत करने के लिए उद्यत होकर प्रस्थान कर चुके हैं।

गत यौवना कुट्टनी का यह वर्णन विद्यापति के उपयुक्त वर्णन का स्रोत जान पड़ता है। 'लटक मेलक' और विद्यापति के पद, दोनों ही स्थानों में कुट्टनी के जर्जर स्तनों और सूखे नितम्बों का वर्णन प्राप्त होता है। लेकिन विद्यापति की अपेक्षा 'लटक मेलक' की उक्ति अधिक प्रांजल है। विद्यापति की उक्ति में वृत्त्य-नुप्रास की छटा और जर्जर स्तनों का वर्णन करने में सक्षम शब्दों का प्रशंसनीय प्रयोग मिलता है-"थोथल बैजा थन दुइ भेलष-किंतु 'लटक मेलक' में लटके हुए स्तनों का हास्योत्पादक चित्रण किया गया है। 'लटक-मेलक' की उक्ति में स्तन और नितम्ब का परस्पर संबद्ध वर्णन मिलता है, किंतु विद्यापति सूखे स्तनों और सूखे नितंब का पृथक्-पृथक् वर्णन करते हैं।

(3) दन्त-वर्णन

विद्यापति ने सिंदूर-वर्णी अधर के समीप दंत-मुक्ताओं का इस प्रकार वर्णन किया है-

अधरक सीम दसन कर जोति।
सिदूरक सीम बैसाओलि मोति।।10।।

-(बेनीपुरी, पद-101)

पाठान्तर

अधर समीप दसन कर जोति।
सिन्दुरक सीम बइसा उलि मोति।।

-(प. पदा., पद-215)

विद्यापति कहते हैं कि लाल अधरों के समीप दाँतों की छटा ऐसी लगती है। मानों सिंदूर की सीमा में मोतियों को जड़ दिया गया है।

(ख) उदधि तनय सुत सिन्दुर लोटाओल
हासे देषलि रज कान्ती।
खटपद वाहन कोष बइसा ओल
विहि लिहु सिखरक पान्ती।।

-(परिषद्-पदावली, पद-155)

यहाँ रेखांकित 'रज' की जगह 'रद' पाठ होना चाहिए।

इस दृष्टिकूट में दाँत का वर्णन करते हुए कहा गया है कि दाँत की कांति ऐसी प्रतीत होती है मानों उदधितनय-सुत अर्थात् सीपोत्पन्न मोती सिंदूर में लोट रहा है।

(यहाँ 'उदधितनय' सीप के लिए आया है और उसका सुत मोती ही है जो दाँत का प्रसिद्ध उपमान है।)

(ग) अधर और दाँत का एक वर्णन यह भी है-

फुललि मधुरि फुल सिंदुर लोटाएल
पाँति बइसलि गज-मोति रे

-(बेनीपुरी, पद-13)

अरुणाधरों के लिए रक्तिम मधुरी फूल का उपमान विद्यापति को बहुत प्रिय है। 'पुष्पित मधुरी फूल मानों सिंदूर में लोट गया हो, ऐसा लाल अधर का सौंदर्य जान पड़ता है,-इस वर्णन के द्वारा विद्यापति एक वर्ण चित्र प्रस्तुत करते हैं।

'वर्ण-रत्नाकर' में दाँतों का वर्णन करते हुए सिंदूर में लोटे हुए मोतियों का

चित्र ज्योतिरीश्वर ने उपस्थित किया है जिससे विद्यापति ने अपने इस प्रसंग के लिए प्रेरणा प्राप्त की है–

–"सीन्दुर मो-ति लोटाएल अइसन दान्त।"

–('वर्ण रत्नाकर', 2. सखी वर्णना, पृ. 5)।

इस प्रसंग के उद्धरण 'ख' में भी 'सिंदूर में लोटे हुए मोतियों' का वर्णन मिलता है। लाली के चित्रण के लिए 'सिंदूर में लोटने की कल्पना ज्योतिरीश्वर और विद्यापति दोन, के वर्णनों में प्राप्त होती है।

'पदावली' के प्रभात-चित्रण, अभिसार-प्रसंग के वर्षारात्रि वर्णन, वसंत-वर्णन आदि पर भी ज्योतिरीश्वर तथा दूसरों के वर्णनों के प्रभाव देखे जा सकते हैं किंतु विस्तार भय से इस अध्याय में इन सभी वर्णनों का लेखा नहीं प्रस्तुत किया जा रहा है।

विद्यापति ज्योतिरीश्वर के वर्णक ग्रंथ के ऋणी हैं, इस तथ्य की पुष्टि के लिए अब मैं 'कीर्तिलता' से दो साक्ष्यों को उपस्थित करके इस प्रसंग को समाप्त करूँगा।

वेश्या-वर्णन

ज्योतिरीश्वर ने वेश्या का 'वर्णक' इस प्रकार प्रस्तुत किया है–

।।अथ वेश्यावर्णना।। चउवटाका पुर, कनकप्राकारमण्डित,
चतुरस्र अनेक ये आवास ते मण्डित, पाननायिका,
प्रतिनायिका, सखी, सैरन्ध्री, परिचारिका, दास, दासी,
बन्धुल, निर्ल्लज्ज, आचारहीन, निर्गति, निराश्रय,
कामुकादि ये लोक ते सङ्कुल, सुगन्ध सौरभ,
कुसुमकइ ग्रथना, वस्तुक धूप, शरीरकइ परिष्कार,
केशकइ समार्ज्जन, अलङ्कारक उपनय, दूतीक
गतागत, भूजङ्गक आलाप, चित्रशालीकइ रचना,
शय्याक विन्यास, ताम्बुलक सञ्चय, अङ्गरागक पेषण,
नायिकाक अलङ्कार, अर्थक ग्रहण, एवं व्यावृत्त
अनेक लम्पाक देषुअह, पुनु कइसन, क्रित्रिम लज्जा,
कपट तारुण्य, धनार्थे प्रेम, लोभार्थे विनय, कारणे
सौभाग्य, निम्मूँक्त स्वामिसिन्दूर, एवं शीलवन्ति,
विलासवन्ति, वलवन्ति करुणावन्ति, हृदय-हारिणी,
यौनवश्री; लावण्यायतना, सर्व्वाङ्गसुन्दरी, मुखमण्डने,

वेन्ही वियष्खनी, परिहासपेसली सुन्दरीक साथ जवे
नागरजन देखथि तवे चारि पुरुषार्थ जाति, लज्जा, धन,
प्रतिष्ठा, उपेखथि, यौवनावलोक्य कन्दर्प्पक आयतन प्राय
सर्व्वकला सम्पूर्ण, पुष्पमोदितकेशपाश, सम्मोगदेवता
प्राय, अनेक वेश्यान्हिका मध्य, उत्तमा वसन्तसेना
नामे वेश्या देषु।।

–(*'वर्ण-रत्नाकर', चतुर्थ कल्लोल, पृ. 26-27)*

ज्योतिरीश्वर वेश्याओं का वर्णन इस प्रकार करते हैं कि चौराहे पर का नगर है। स्वर्णप्राकार से मंडित अनेक घर चारों ओर हैं। वर्णककार सखी, सैरंध्री, परिचारिका, दास, दासी, बन्धुल, निर्लज्ज, आचारहीन और आवारा लोगों तथा कामुकों आदि से संकुल वेश्या-गृह का वर्णन करते हैं। वे सोगंधिक द्रव्यों के प्रयोग; पुष्प-ग्रथन, शरीर-परिष्कार, चित्रशाली की रचना, शय्या-रचना, ताम्बूल लगाना, अङ्गराग-लेपन आदि काम-कलाओं के विनियोग, दूतियों के आने-जाने, वेश्या-लंप्टों या भुजङ्गों के आलाप आदि अनेक बातों की चर्चा करते हैं।

वर्णा-रत्नाकर' के इस प्रसंग में वेश्याओं की कृत्रिम लज्जा, छलपूर्ण जबानी, धन के लिए उनके प्रेम, लोभ के लिए विनय, उनकी सौभाग्य-कामना, बिना पति के उनका सिंदूर लगाना आदि बातें भी संकेतित हुई हैं। यहाँ वेश्याओं के मुखमंडन उनके केशपाशों में पुष्प-ग्रथन आदि कला-प्रयोगों का भी उल्लेख मिलता है।

'कीर्त्तिलता' में विद्यापति ने भी जौनपुर के 'ओकीहाट' या 'अवक्रीता हाट' का वर्णन करते हुए ज्योतिरीश्वर की शैली में ही वेश्याओं का स्वर्णक' उपस्थित किया है– एक हाट करेओ कोल, ओकी हाट करेओ कोल। राजपथक सन्निधान सञ्चरन्ते अनेक देखिन वेश्यान्हि करो निवास, जन्हि के निर्माणो विश्वकर्महू भेल वड प्रआस।

अवरु वैचित्री कह्यो का जन्हि केस धूप धूम करी रेखा ध्रुबहु उँप्पर जा काहू काहु अइसेनयो सङ्गत करे काजरे चान्द कलङ्क। लज्ज कित्तिम कपट तारुम। धन निमित्ते घर पेम, लोभे विनअ, सौभागे कामन। विनु स्वामी सिन्दूर परा परिचय अपामन।

जं गुणामन्ता अलहना गौरव लहइ भुअङ्ग।
बेसा मन्दिर धुल वसई धुलह रुअ अनङ्ग।।

तान्हि वैश्याहि करो सुखसार मण्डन्ते अलक तिलका पत्रावली खण्डन्ते दब्रयम्ब विन्धन्ते, उभारि उभारि केशपाश वन्धन्ते सखिजन प्ररन्ते, हसि हेरन्ते,

सआनी, लारुमी, पातरी पतोहरी, तरुणी, तरट्टी, वन्ही विअष्खणी परिहास पेषणी सुन्दरी सार्थ जवे देखिल तवे मनकर तेसरा लागि तीनू उपेष्खिअ।

तन्हि केस कुसुम बस जनि मान्यजनक लज्जावलंबित मुखचंद्र चन्द्रिका करी अधओगति देखि अन्धकार इस। नअनाञ्चल सञ्चारे भ्रूलतामङ्ग, जनि कज्जल-कल्लोलिनी करी वीचीविवर्त बड़ी बड़ी शफरी तरङ्ग। अति सूक्ष्म सिंदूर रेखा निन्दन्ते पाप, जनि पञ्चशर करो पहिल प्रताप। दोसे हीनि, माझ खीनि। रसिके अनलि जूओं जीति, पयोधर के भरें भागए वह नेत्रक रीति तीय भागे तीनु भुवन साह। ससइ बाज राजन्हि छाज काहु होअ अइसनो आस कइसे लागत आचर बतास।

तान्हि करी कुटिल कटाक्षछटा कंदर्पशर णी जयो नागरन्हि को मन गाड गो बोलि गमारन्हि छाट।

-('कीर्तिलता. 2, सक्सेना, पृ. 32-36)

'कीर्त्तिलता' के इस वेश्या-वर्णन पर ज्योतिरीश्वर के एतद्विषयक 'वर्णक' का प्रभूत प्रभाव पड़ा है। दोनों के वर्णनों के शब्दावली साम्य को इस प्रकार निरूपित किया जा सकता है-

(1) **ज्योतिरीश्वर**-

पुनु कइसन, क्रित्रिम लज्जा, कपट तारुण्य, धनार्थे प्रेम,
लोभार्थं विनय, कारणे सौभाग्य, निम्मूक्त स्वामिसिन्दूर,

-('व. रत्ना.।4। वेश्या वर्णना, पृ. 27)

'कीर्त्तिलता' का अधोलिखित अंश ज्योतिरीश्वर के 'वर्णक' से अनुप्राणित है-लज्ज कित्तिम कपट तारन्न। धन निमित्त घर पेम, लोभे विनअ, सौभागे कामन। विनु स्वामी सिन्दूर परा परिचय अपामन।

-('कीर्तिलता। 2।पृ. 34-सक्सेना)

(2) **ज्योतिरीश्वर** -

वेन्ही वियष्खनी, परिहासपेसली सुन्दरी के साथ जबे नागरजन देखथि तवे चारि पुरुषार्थ जाति, लज्जा, धन, प्रतिष्ठा, उपेखथि,

-('वर्ण र0.4' वेश्या वर्णना। पृ. 27)

विद्यापति-

सखिजन प्रेरन्ते, हँसि हेरन्ते।।138।

सआनी लानुमी पातरी पतोहरी तरुणी, तरट्टी वन्ही विअख्खणी।139.। परिहास पेषली सुन्दरी साथै जवे देखि, तवे मन करे तेसरा लागि तीनू उपेखिअ।।

140।।

–('कीर्तिलता'।2., पृ. 85-87–डॉ. वा. श. अग्रवाल का संस्करण)

सक्सेना और शिवप्रसाद सिंह ने 'परिहास पेषली' पाठ न देकर 'परिहास पेषणी' पाठ दिया है, किंतु 'वर्णरत्नाकर' के वेश्या-वर्णन को दृष्टिपथ में रखते हुए 'परिहास पेसली' 'या' परिहास पेषली' पाठ ही विद्यापति का अभिमत जान पड़ता है। डॉ. वासुदेव शरण अग्रवाल भी 'पेषणी' की जगह 'पेषली' पाठ की ही स्थापना करते हैं। 346 ज्योतिरीश्वर के 'परिहास पेसली' को ही विद्यापति ने ले लिया है।"

'कीर्त्तिलता' के इस वर्णन में तरुणी तरट्टी'-यह शब्दावली 'कर्पूरमंजरी' के अधोलिखित प्रसंग से ले ली गई है-

चित्ते विहृदि ण टुट्टदिसा गणेसुं सेज्जासु लोट्टदि विसट्टदि दिम्महेसु।
बोलम्मि वट्टदि पुपवट्टदि कव्वबंधे झाणेण दुट्टदि चिरं तरुणी तरट्टी।।

--('कर्पूरमञ्जरी, 2.4.)

'कीर्तिलता' में जो 'वन्ही' शब्द आया है वह वस्तुतः 'वेन्ही' होना चाहिए, क्योंकि 'वर्णरत्नाकर' में 'वेन्ही' शब्द का ही प्रयोग मिलता है। सक्सेना, शिवप्रसाद सिंह और डॉ अग्रवाल तीनों ने वन्ही पाठ की स्थापना की है किन्तु 'कीर्त्तिलता' के उद्धारक म.म. हरप्रसाद शास्त्री के संस्करण में 'वेन्ही' पाठ ही मिलता है जो ज्योतिरीश्वर के 'वर्णक' के प्रकाश में विद्यापति का की अभिष्ट पाठ ज्ञात होता है।

ज्योतिरीश्वर की शब्दावली को ग्रहण करने के अतिरिक्त कीर्तिलताकार ने 'वर्ण-रत्नाकर' के ही संकेतों को इस प्रसंग में पल्लवित करके, अपने कवित्व की स्थापना की है। ज्योतिरीश्वर के सूक्ष्म निर्देशों का मांसल प्रयोग कीर्तिलता' में दृष्टिगत होता है। इस दृष्टि से विद्यापति पर ज्योतिरीश्वर के प्रभाव का मूल्यांकन इस प्रकार किया जा सकता है।

(1) सौगंधिक पदार्थों, कुसुम-ग्रथन, शरीर-परिष्कार, केश सम्मार्जन आदि का संकेत 'वर्ण-रत्नाकार' में इस प्रकार है-सुगंध सौरभ कुसुमकइ ग्रथना, वस्तुक धूप, शरीरकइ परिष्कार, केशकइ संमार्ज्जन, ग ग अङ्गरागक पेषण, ग ग मुखमंडने।

–('वर्ण. 14.। वेश्या. पृ. 26-27)

इस प्रसंग का पल्लवित वर्णन विद्यापति ने मनोरंजक ढंग से किया है। विद्यापति ने केश संस्कार और अगुरुधूम का वर्णन इस तरह किया है–

अवरु वैचित्रों कहमो का जन्हि केस धूप धूम करी रेखा ध्रुबहु उँप्पर जा

काहु काहु अइसेनओ संगत करे काजरे चाँद कलंक।

-('कीर्ति., 2. पृ. 34, सक्सेना)

इस प्रसंग का जो अर्थ सक्सेना ने दिया है वह बिल्कुल भ्रांत है, 347 किंतु शिवप्रसाद सिंह का अर्थ सक्सेना की अपेक्षा अधिक संगत है। श्री सिंह ने केश को धूपित करने की बात का स्पष्ट संकेत किया है, 348 लेकिन आचार्य श्री विश्वनाथ प्रसाद मिश्र द्वारा संकेतित अर्थ अधिक स्पष्ट, समीचीन, हृदयावर्जक और काव्यात्मक है। 349 बाद में डॉ. अग्रवाल ने भी अपने संस्करण में आचार्य मिश्र के ही अर्थ को दुहरा-सा दिया है। 350

विद्यापति की कल्पना है कि वेश्याओं के केश संस्कार का अगुरु-धूम ध्रुवतारे से भी ऊपर चला गया है और उसी धूम के मालिन्य से चाँद भी सकलङ्क हो गया है।

विद्यापति की इस कल्पना का पृष्ठाधार 'मेघदूत' में प्राप्त हो जाता है-

"जालोग्दीर्णरुपचितवपुः केशसंस्कारधूपै-
बन्धुप्रीत्या भवनशिखिभिर्दत्तनृत्योपहारः।"

-('मेघदूत' पूर्वमेध।32।)

कालिदास का यक्षमेघ से उज्जयिनी का वर्णन करते हुए उसके अभ्रंकष सौधों के गवासों से निःसृत सुंदरियों के केश संस्कार के उस धूप धूम की चर्चा करता है जो ऊपर जाकर बादलों को पुष्टगात्र बनाता है।

यहाँ प्रसंग यही है कि उज्जयिनी की कलावती युवतियाँ अपने केशों को धूप-धूम से उपचित करती थीं और उनके भवनों के झरोखों से उद्गीरित धुआँ बादलों तक जा पहुँचता था। इसी तरह 'कीर्तिलता' की वेश्याओं के केशसंस्कार की सुगंधित धूम्र भी इतना अधिक होता है कि ध्रुवतारे की सीमा को पार कर जाता है और कुछ विदग्ध लोगों के मतानुसार इस धूम्र रेखा की कालिमा से ही चाँद में कलंक की प्रतीति होती है क्योंकि विशाल परिमाण में ऊर्ध्वमुखी धूम्र-पुज 'मेघदूत' के घूम की तरह बादलों तक ही नहीं, अपितु चाँद तक पहुँच जाता है। ऐसा लगता है कि विद्यापति के मन पर कालिदास के विवेचित प्रसंग का अचेतन संस्कार अवश्य ही पड़ा था। यहाँ विद्यापति का वही प्रतिपाद्य है कि "कीतिलता' की वेश्याएँ 'गंधयुक्ति' की काम शास्त्रोक्त कला में प्रवीणा हैं।

ज्योतिरीश्वर के संकेत पर विद्यापति ने वेश्याओं के मंडन कर्म का सुस्पष्ट वर्णन किया है-

तान्हि वैश्याहि करो सुख सार मण्डन्ते अलक तिलका पात्रवली खण्डस्ते, दिव्याम्बर पिवन्ते उभारि उभारि केशपाश बन्धन्ते ....

-('कीर्ति.', 2.पृ.34, सक्सेना)

यहाँ वेश्याओं के अलक-विन्यास उनकी विशेषक और पत्रावली-रचना तथा उनके वस्त्र पहनने और केशपाश बाँधने का वर्णन किया गया है।

(2) ज्योतिरीश्वर वेश्या के 'पुष्पमोदित केशपाश' का उल्लेख-मात्र करते हैं- "पुष्पमोदित केशपाश"-किंतु विद्यापति ने पुष्प-ग्रथित केशपाश का बड़ा ही काव्यात्मक वर्णन किया है-

तन्हि केस कुसुम वस, जनि मान्यजनक लज्जाबलंबित मुखचंद्रचंद्रिका करी अधओगति देखि अन्धकार हस

-('कीर्ति.', 2. पृ. 36-सक्सेना)

ज्योतिरीश्वर बन्धुल भुजंग आदि का इस प्रकार कथन करते हैं-

वन्धुन, निर्ल्लज्ज, आचारहीन, निर्गति, निराश्रय, कामुकादि ये लोक में सङ्कल, ०० भूजङ्गक आलाप

-('वर्ण.', 4. वेश्या. पृ. 26-27)

विद्यापति ने भी वेश्याकामुकों की चर्चा इस प्रकार की है-

जं गुणमन्ता अलहना गौरव लहइ भुअङ्ग।
वेसा मन्दिर धुअ वसइ धुलह रूअ अनङ्ग।।

-('कीर्ति.', 2. पृ. 34-सक्सेना

'कीर्त्तिलता' के अधोलिखित वर्णन पर 'संदेश रासक' के वर्णन का प्रभाव देखा जा सकता है-

रसिके आनति जुआं जीति, पयोधर के भरें भागए चह।

-('कीर्ति.', 2.पृ. 36, सक्सेना)

'पयोधर के भरे भागए चह' का अर्थ डॉ. अग्रवाल को छोड़कर दूसरे टीकाकारों ने ठीक नहीं किया है। 351 यहाँ कवि का वक्तव्य यह है कि पीन पयोधरों वाली वेश्या पयोधरों के भार से टूटना ही चाहती है। यहाँ पयोधरभार की अतिशयता और क्षीण वेकण्ड वाली वेश्या की व्यंजना होती है। स्वयं कवि ने क्षीण मध्यभाग का उल्लेख किया है-

दोखे हीनि माझ खीनि। रसिके आनलि....

-(वही, पृ. 36)।

'संदेश-रासक' में भी पथिक सामोरु की वेश्या का वर्णन करता हुआ कहता है कि निबिड उत्तुरंग पयोधरों के भार से उसकी कटि क्यों नहीं टूट जाती, यह देखकर आश्चर्य होता है-

अवर कहव णिवडुब्यरघणतुंगत्थणिहिं,

भरिण मज्झु तुट्टइ ता विंभिउ मणिहिं।
कावि केण सम हसइ नियइमइकोइणिहि,
छित्ततुच्छतामिच्छ तिरच्छिय लोइणिहि।।

–('संदेश रासक,' 2.47.।)

इस तरह हम देखते हैं कि विद्यापति का वेश्या-वर्णन वर्णक-साहित्य का अधमर्ण है।

(5) अश्व-वर्णन

'वर्ण रत्नाकर' के 'प्रयानक वर्णना' के अंतर्गत ज्योतिरीश्वर ने इस प्रकार अश्व वर्णन उपस्थित किया है-

पैधे खुरे, चाकरें उरे, वलिये खुरि, गाँटी, पिचि, अडी ढीटि, मोटे, कान्धे, अटने वान्धे, छोटे काने, आह्वाने। (45 क) काचने नयने, सुषासने गमने, हीये मिललं, पाषरक भीनेल, भनक बुझल, जघनक जुझल, तरुणे ऑगे, बुझली बागे, सिराह, मलकाह, पूराह, जाके जाइते। पृथ्वी तेलने, सर्व्वकलासम्पूर्ण, आदित्य को रथ म्लान हो अइसन घोल,

–('वर्ण' 5. प्रयानक वर्णना' के अंतर्गत, पृ. 32)

'कीर्तिलता' के अश्व वर्णन पर ज्योतिरीश्वर का प्रभाव देखा जा सकता है। 'कीर्तिलता' के अधोलिखित संदर्भ की शब्दावलियों का 'वर्ण-रत्नाकर' की शब्दावलियों से साम्य है-

कटक चांगरे चांगु। वाँकुले वाँकुले वअने, काचले काचले नअनै। अटले अटलें बाँधा, तीखें तरले काँधे।

–(कीर्तिलता, 4.पृ. 86-सक्सेना)

दोनों ही रचनाकारों के 'वर्णकों' में रेखांकित शब्दों की एकता विचारणीय हैं। विद्यापति के संपूर्ण अश्व-वर्णन को पढ़ने पर कवि की मौलिकता और उसके शब्द प्रयोग की पटुता का पता चलता है, किंतु यहाँ इतना ही प्रतिपाद्य है कि विद्यापति के इस प्रसंग पर ज्योतिरीश्वर के 'वर्णक' की छाया पड़ी है।

पाँचवा अध्याय

पदावली के कामशास्त्रीय आकर स्रोत

(क) 'कामोपचार बहुलं हि वस्तु काव्यस्येति'

काव्यशास्त्रीय ग्रंथों में निर्देश मिलता है कि कवियों को विविध शास्त्रों के ज्ञान का उपयोग करके अपनी रचनाओं का मंडन, श्रीवर्द्धन और उपवृहण करना चाहिए। राजसभाओं और विदग्ध-गोष्ठियों में ऐसे बहुज्ञ कवि सम्मानित हुआ करते थे। राजाश्रय में रची जानेवाली कविताएँ शास्त्रीय ज्ञान का संभार लेकर चलती थीं।

प्राचीन युगों और मध्यकाल में जिन शास्त्रों के अनुशीलन और उनके काव्यगत विनियोग पर आचार्यों और भावकों ने बल दिया था उनमें कामशास्त्र का स्थान सर्वाधिक महत्त्वपूर्ण है। संस्कृत, प्राकृत आदि के ऐहिक काव्य कामशास्त्रीय संकेतों और वैशिष्ट्यों से परिपूर्ण है। प्राचीन कवियों ने मुक्तक और प्रबंध, सर्वत्र कामशास्त्र के काव्योचित प्रसंगों और अर्थों का संभोग शृंगार के अंतर्गत यथेष्ट आकलन किया है। काव्य में कामशास्त्रीय अर्थ-हरण की परम्परा नव्य भारतीय आर्य भाषाओं के नवोदित साहित्यों में भी लक्षित की जा सकती है।

प्राचीन कवियों के लिए कामशास्त्र एक महत्त्वपूर्ण आकर क्षेत्र था जहाँ से वे विशिष्ट अर्थों को लेकर अपनी शृंगारिक रचनाओं का उत्कर्ष विधान करते थे। कवियों और आचार्यों की धारणा थी कि काव्य के विषयों में कामोपचार का प्राधान्य और आधिक्य रहता है, अत: काव्य-प्रणयन और उसके सम्यक् रसग्रहण तथा भावन के लिए कामशास्त्र से अभिज्ञ रहना वांछनीय है। इसीलिए प्राचीन युग में कवि और विदग्ध आश्रयदाता या सहृदय दोनों कामशास्त्र से परिचित हुआ करते थे।

भारतीय काव्यशास्त्र के प्रथम ज्ञात आचार्य भरत का निर्देश है कि काव्य या नाटक के निर्माण में कामसूत्रों का विनियोग करना चाहिए-"उपचारविधि

सम्यक् कामसूत्रसमुत्थितम्।"

भारतीय कामशास्त्र की विविध परंपराओं को आत्मसात् करनेवाला महर्षि वात्स्यायन प्रणीत 'कामसूत्र' कामसूत्र का प्रतिनिधि ग्रंथ है जिसके सूत्रों का अध्ययन कवियों के लिए अनिवार्य-सा था। वात्स्यायन का यह ग्रंथ समग्र भारतीय शृंगार-साहित्य को अपनी प्रभाव-परिधि में समेटे हुए है। इस ग्रंथ का स्थान साहित्य क्षेत्र में एक प्रेरक के रूप में रहा है।

काव्य-प्रयोजन की मीमांसा के क्रम में भारतीय कामशास्त्रियों ने पुरुषार्थ-चतुष्टय को पर्याप्त महत्त्व दिया है और उन्होंने कहा है कि काव्य का एक प्रयोजन चतुर्वग की उपलब्धि भी है। जीवन के चार पुरुषार्थों में 'काम' का अन्यतम स्थान है अतः काव्य का संबंध 'काम' से भी सहज ही जुड़ा हुआ है। भरत ने लिखा है-

धर्मोधर्मप्रवृत्तानां कामः कामोपसेविनाम्।
निग्रहो दुर्विनीतानाम् विनीतानाम् दमक्रिया।।

-('नाट्यशास्त्र', अध्याय 1, कारिका 109)

भरत का आशय है कि नाट्य-कृतियों में धार्मिकों के लिए धर्म का, काम-परायणों के लिए काम का, दुष्टों के लिए शास्ति और दण्ड का तथा विनीत सामाजिकों के लिए दमक्रिया का वर्णन उपलब्ध होता है। इस तरह हम देखते हैं. कि भारत के मतानुसार नाट्य-कृति में काम क्रियाओं या काम तत्त्वों का प्रवेश विहित था। नाट्य-रचनाएँ काम-परायणों की भी रुचि को तुष्ट किया करती थीं। दृश्य-काव्य में विविध वस्तुओं के साथ-साथ 'काम' का चित्रण भी होता था। भरत कहते हैं-

क्वचिद्धर्मं क्वचित्क्रीडा क्वचिदर्थः क्वचिच्छमः।
क्वचिद्धास्यं क्वचिद्युद्ध क्वचित् कामः क्वचिद्वधः।।

-('नाट्यशास्त्र', अध्याय 1, कारिका 108)

भरत का वक्तव्य है कि नाट्य-रचना में कहीं धर्म, कहीं क्रीड़ा, कहीं अर्थ, कहीं नाम, कहीं हास्य, कहीं काम और कहीं युद्ध तथा कहीं वध के दृश्य, प्रदर्शित किए जाते हैं। 352 इस कारिका से यह स्पष्ट है कि नाट्य-कृतियों में कामपरक दृश्य वर्जित नहीं, विहित ही थे।

काव्य-प्रयोजन के विश्लेषण के क्रम में भामह ने भी पुरुषार्थ-चतुष्टय का उल्लेख किया है। भामह धर्म, अर्थ और मोक्ष के साथ 'काम' को भी काव्य का प्रयोजन मानते हैं। 353

साहित्य-शास्त्र के आचायों ने कवियों के लिए कामशास्त्रीय ज्ञानोपार्जन का

विधान कर रखा है और काव्यशास्त्रीय ग्रंथों में कवियों के लिए ज्ञातव्य विषयों को सूची में कामशास्त्र का सर्वोपरि स्थान माना गया है। आचार्य वामन ने तो कवियों के लिए कामशास्त्रीय व्युत्पत्ति की अपेक्षा पर बहुत अधिक बल दिया है। उन्होंने अपने विश्रुत-ग्रंथ 'काव्यालङ्कार सूत्र' में काव्याङ्गों की चर्चा के क्रम में लोक-शास्त्र-ज्ञान की व्यवस्था देते हुए कवियों के लिए कलाशास्त्र, कामशास्त्र आदि के ज्ञान की अनिवार्यता का उल्लेख किया है। कामशास्त्र को वे एक काव्योपयोगी 'विधा' के रूप में परिगणित करते हैं। 355 उनके अनुसार काम संबंधी व्यवहारों की अभिज्ञता प्राप्त करने के लिए कवियों को कामशास्त्र का अनुशीलन करना चाहिए क्योंकि काव्य-वस्तु कामोपचार-बहुल होती है। वामन ने कवियों को यह उचित परामर्श दिया है कि काव्य में काम-संबंधी व्यवहारों की प्रचुरता रहती है, अत: अपनी रचनाओं को सहृदयों और विदग्धों के समक्ष अकुंठित भाव से रखने के लिए कवियों को कामशास्त्र का अध्येता होना चाहिए। 356

काव्य-विषय को कामोपचार बहुल मानने के पीछे वामन के मन में कदाचित् यह धारणा काम कर रही थी कि शृंगार रसराज है और शृंगार का आधार 'काम' है अत: काव्य में शृंगार या 'काम' का प्राधान्य है। इस प्रसंग में एक और बात ध्यान देने योग्य है कि वामन के युग एवं उनके पूर्ववर्ती काव्य साहित्य में दरबारों की छाया में पनपने वाली रचनाएँ आदिरस से आप्लावित और मनोरम, मसृण एवं चटकीले प्रणय-चित्रों से परिपूर्ण होती थी तथा ऐसी रचनाओं की प्रसिद्धि और अधिकता भी थी। वामन ने काव्य को शृंगार-धारा में निर्बाध संतरण करते देखा था इसीलिए उन्होंने उसमें कामोपचार का बाहुल्य उल्लिखित किया है। तत्कालीन लोक रुचि और राज-रुचि को दृष्टिपथ में रखते हुए ही वामन ने कविय को काव्य-क्षेत्र में सफलता के लिए कामशास्त्रीय अध्ययन की राय दी है।

संपूर्ण राजाश्रित साहित्य आदिरस की उच्छल तरंगिणी में स्नात है और उसमें कामशास्त्रीय अर्थों का उत्कट निबन्धन है।

काव्य मीमांसाकार यायावरीय राजशेखर ने भी 'काव्यार्थ योनियों की गणना के क्रम में 'राजसिद्धान्तवयी' के अंतर्गत 'कामशास्त्र' की अभिज्ञता की आवश्यकता पर बल दिया है। सोलह काव्य स्रोतों में कामशास्त्र का अनन्य स्थान है। 357

कविगण बहुत दिनों से कामशास्त्र से विषय ग्रहण करते आ रहे हैं। भारतीय शृंगार साहित्य में हम कामशास्त्रीय ब्योरों का भूरिश: प्रयोग पाते हैं। कामशात्रीय

तत्त्वों का शृंगार काव्य की प्राण-धारा से समवाय-संबंध है। भारतीयों शृंगार-काव्य का स्वरूप संघटन, प्राण-संस्थापन और वैशिष्ट्य संपादन कामशास्त्र के तत्त्वों से ही हुआ है। प्राचीन शृंगार-काव्य के तात्विक परिज्ञान के लिए कामशास्त्रीय ग्रंथों का परिचय अनिवार्य ही है। कामशास्त्रीय ज्ञान के आधार पर ही पुरातन शृंगार-काव्य का मर्म-संधान संभव है, अन्यथा बिना कामशास्त्रीय ज्ञान के उन रचनाओं में निहित चमत्कार, रसमयता एवं उनको गुह्यता का प्रत्यक्षीकरण और आलोचनात्मक मूल्यांकन दुष्कर है। उन रचनाओं के सम्यक् रस-बोध के लिए उनमें प्रयुक्त कामशास्त्रीय ग्रंथियों को सुलझाना परमावश्यक है। बिना कामशास्त्रीय कुंजी के उन सरस, किंतु विद्वत्ता की कसौटी-जैसी रचनाओं का मर्म-द्वार खोलना सहज नहीं है। जिस तरह भट्टिकाव्य का अर्थ-बोध बिना व्याकरण-ज्ञान के संभव नहीं है उसी तरह संस्कृत, प्राकृत और हिन्दी के अधिकतर शृंगार-परक मुक्तकों की व्यंजना को बिना कामशास्त्रीय ज्ञान के समझना कथमपि संभव नहीं है।

प्राचीनकाल में वात्स्यायन के ग्रंथ का काव्य-प्रेमियों में पूरा प्रचार था। 'कामसूत्र' में विषय विस्तार थोड़ा नहीं है तथा उसके सभी प्रकरण और अधिकरण काव्योपयोगी नहीं है, किंतु नागरिक जीवन और दांपत्य एवं यौन-संबंधों के परामर्शों का विश्वकोश होने के कारण इसका अक्षय मूल्य है। 'ओपनिषिदक' जैसा आयुर्वेद संबद्ध अधिकरण भी इसमें समाविष्ट है। इस ग्रंथ की जो-जो बातें काव्योचित सरसता को निष्पन्न करने में सक्षम थीं, प्राचीन कवियों ने निस्संकोच उनका आयात अपनी रचनाओं में कर लिया है। 'कामसूत्र' की सभी काव्योपयोगी चर्चाएँ प्राक्तन शृंगार साहित्य की शिराओं में प्रवहमान है।

साहित्य में 'शृंगार' का 'रसराजत्व' भी 'काम' का काव्य-क्षेत्र में अक्षुण्ण अधिकार ही सूचित करता है। धर्माचारों की झिझक से मुक्त ऐहिकतापरक रचनाओं के अनुशीलन से हम इसी निष्कर्ष पर पहुँचते हैं कि काव्य विषय काम-तत्त्वों से प्रेरित और आपूरित होते रहे हैं।

इतना ही नहीं, हिन्दी के आमुष्मिकतापरक काव्य-भक्ति साहित्य में भी हम कवियों के कामशास्त्रीय ज्ञान के प्रचुर दृष्टान्त पाते हैं। काव्य शास्त्रीय तथा नाट्यशास्त्रीय चिंतन भी वात्स्यायन के शास्त्र से बहुत दूर तक प्रभावित हुआ है। इस तरह हम देखते हैं कि वामन की इस स्थापना में सार है कि काव्य 'कामोपचार बहुल' होता है।

वामन के मत का समर्थन आधुनिक मनोवैज्ञानिकों के विचारों से भी क्रिया जा सकता है। फ्रॉयड के अनुसार काव्य-साहित्य में अभुक्त काम भावनाओं की

अभिव्यंजना होती है। उनका विचार है कि स्वप्न और कविता में अतृप्त मानवीय मनोरागों का प्रकटीकरण होता है। फ्रॉयड का विवेचन आत्यंतिक और कियदंश में एकाङ्गी है, फिर भी कलाओं की काममूलक व्याख्या का अपना एक महत्त्व है। फ्रॉयड का यह कथन विचारणीय है कि कलाओं को हम वासनाओं का उन्नयन या उदात्तीकरण कह सकते हैं। भारत के प्राचीन गुहा चित्रों, देवालयों की युगनद्ध अवस्था की कला कृतियों तथा यूनानी तक्षण कला की अप्रतिम देन नग्न प्रतिमाओं आदि के सृजन के मूल में काम-चेतना का प्राबल्य निर्भ्रान्त रूप से स्वीकृत किया जा सकता है।

भारतवर्ष की काव्यशास्त्रीय परंपरा काव्य में कामशास्त्रीय अर्थों के निबंधन और प्रवेश को बिना किसी ननु-नच के उचित बतलाती है। प्राचीन साहित्य में भी झूठी नैतिकता के प्रपंच में पड़कर कामशास्त्रीय तत्त्वों का बहिष्कार नहीं मिलता है। काव्य के लिए कामशास्त्र सदैव वरेण्य माना गया है।

भारतीय संस्कृति और सभ्यता में भी 'काम' को जुगुप्सित नहीं माना गया है। यहाँ धर्म, अर्थ और मोक्ष की पंक्ति में ही 'काम' को भी स्थान मिला हुआ है। सृष्टि का मूल उत्सही 'काम' से फूटा है, अतः इसे निंद्य और गर्हित मानना आर्ष परंपरा नहीं है। वेदों, उपनिषदों, कामशास्त्रीय ग्रंथों तथा साहित्यिक पुस्तकों में 'काम' का कीर्ति गायन और महत्त्वाख्यान प्राप्त होता है। विद्यापति जैसे मनीषी कवि ने 'काम' और उसके शास्त्र का भी तिरस्कार नहीं किया। वे सहज, अकुंठित भाव से अपने साहित्य के लिए कामशास्त्र से उपादानों का संग्रह कर सके, यह आश्चर्यजनक नहीं, परंपरा समर्थित, सांस्कृतिक, साहित्यिक, परिवेश (Milieu) के अनुकूल और पूर्णतः संगत है। उनपर अश्लीलता का आरोप लगाना समीचीन नहीं है।

समधीत राजाश्रित शृंगारिक कवि विद्यापति ने परंपरागत काव्य-पथ पर चलते हुए अपनी रचनाओं में कामशास्त्रीय अध्ययन का यथेष्ट-यथेच्छ उपयोग किया है, जिसके लिए वे 'लाघ्य ही हैं, निंद्य नहीं। कामशास्त्र से हृत अर्थों को उन्होंने निपुणता और सौंदर्य के साथ अपनी रचनाओं में विन्यस्त किया है।

(ख) कामशास्त्र के प्रयोक्ता विद्यापति का परिप्रेक्ष्य

विद्यापति एक राजाश्रित कवि थे। राजा और उसकी सभा का अनुरंजन करना भी उनकी काव्य-रचना का एक ध्येय था। 328 यही कारण है कि उनकी कविताओं में नागरक सामंतों और आश्रयदाता धनाढ्य राजा की रुचियों का ध्यान रखकर आदिरस का विधान और कामशास्त्रीय अर्थों का विनियोग किया गया है। कामकलाओं में निष्णात संपन्न भावकों के लिए ही विद्यापति तथा अन्य प्राचीन

शृंगारिक कवि काव्य-प्रणयन किया करते थे।

प्राचीन युग के कला-प्रेमी धनाढ्य नागरकों के राजकीय आश्वस्त जीवन प्रवाह निस्तरंग बहते थे। स्मरवर्द्धक भोजन, वातावरण, काव्य, राग-रंग और कलाओं के प्रति वे अनुरक्त थे। वे वात्स्यायनोक्त चौंसठ कलाओं 359 में प्रवीण होते थे। विद्यापति ने भी चौंसठ कलाओं में पारगामी 'नागर' का उल्लेख किया है-

नागर हो से हेरितहि जान।
चौंसठि कलाक जाहि गेयान।

-(परिषद्-पदावली, पद-141)

विद्यापति कहते हैं कि 'नागर' वही है जो कामशास्त्रोक्त चौंसठ कलाओं का परिज्ञान रखता है। विद्यापति की यह 'नागर' वात्स्यायन का 'नागरक' ही है।

प्राचीन काल के संभ्रांत 'नागरक' अत्यंत सरस, कलाप्रिय तथा विनोदपूर्ण जीवन बिताया करते थे। चौंसठ कलाओं के जानकार सामंत या राजा लोग ही 'नागरक' हो सकते थे। 'नागरक' का विलासितापूर्ण जीवन काम शास्त्रीय परामर्शों का अनुगमन करता था। उसका वैभव उसकी भोगचर्या के निमित्त ही था। वात्स्यायन के 'कामसूत्र' में नागरिक जीवन के ऐश्वर्ययुक्त क्रीड़ापरक स्वरूप का अच्छा अंकन हुआ है। 360

विद्यापति का काव्य यदि ऐहिकतापरक, ऐद्रिय, मांसल संयोग चित्रों से पूर्ण तथा कामशास्त्र की जानकारियों का भंडार हैं तो इसके प्रेरक स्रोत के रूप में उस परिपार्श्व को मानना होगा जिसे हम दरबारी संस्कृति कहते हैं। विद्यापति अपने संरक्षकों की नागर-वृत्ति के अनुकूल ही काव्य-रचना करते थे। उनका आश्रयदात वात्स्यायनोक्त 'नागरक' है जो कई कलाओं में कुशल, धनाढ्य और कलावंतों का आश्रयदाता तथा संरक्षक है। राजाश्रित कवि के लिए विदग्ध राजा ही 'नागरक', नायक, काव्य-पारखी और सभी कलाओं का अवलंब होता है। विद्यापति ने अपने आश्रयदाता राजा शिवसिंह को 'सकल-कला अबलम्ब' कहा है--

'राजा सिवसिंह रूपनरायेन सकल कला अवलम्बे।'

-(परिषद् पदा., पद-240, सं. अ., पृ. 338)

ज्योतिरीश्वर ने भी सर्वगुण संपन्न, सर्वकला-राजा परीक्षक आश्रयदाता राजा भावक की चर्चा की है, उन्होंने राजाश्रय में रहने वाले कलावंतों या राजा का मनोविनोद करने वाले लोगों का स्पष्ट वर्णन किया है। 361 यह राजा सभी प्रकार के कलाकारों का आश्रय और उत्कृष्ट भावक होता था। नाना प्रकार के गुणियों और वैविध्य पूर्ण प्रवृत्तियों के लोगों से उसका दरबार संकुल रहता था। उस

दरबार में सम्मानित होना अत्यन्त महत्त्वपूर्ण बात थी। वात्स्यायनोक्त कलाओं के ज्ञाताओं का वहाँ समादर होता था। वह राजा ही काव्य-कृतियों का नायक भी होता था। 'वर्ण-रत्नाकर' में इस राजकीय नायक का इस प्रकार उल्लेख मिलता है ..... एवंविध सवंगुणसंयुक्त सर्व्वकला कुशल नायक देषु।"-(पृ.9)।

विद्यापति की सभी नायिकाएँ कलावती और नागरी हैं तथा उनके अधिकांश नायक छैले, नागर, रसिक और रसमंत है। 362 विद्यापति ने नागर और नागरी की प्रेम-लीलाओं का चित्रण करके वस्तुतः आश्रयदाता के ऐश्वर्यशाली, क्रीड़ापरक और रूमानी जीवन को ही प्रस्तुत किया है।

विद्यापति ने अपने आश्रयदाता को ही अपने काव्य का आधार कथित किया है-

सकल अभिमत सिद्धिदायक
रूपे अभिनव कुसुम सायक।
राए सिवसिंह रस अधार
सरस कह कवि कण्ठहार।।

विद्यापति का नागर, छैला, रसिक और रसमंत वस्तुतः वात्स्यायन का नागरक ही है जो कामशास्त्र और काव्यशास्त्र का ज्ञाता, कुलीन, श्रीमान्, कलाविद् और कला-काव्य संरक्षक है ऐसे ही आश्रयदाता की ओर इंगित करते हुए आचार्य हजारी प्रसाद द्विवेदी ने लिखा है-

"इस प्रकार प्राचीन भारत का रईस प्रातःकाल से संध्या तक एक कलापूर्ण विलासिता के वातावरण में वास करता था। उसके विलास से किसी-न-किसी कला को उत्तेजना मिलती थी, उसके प्रत्येक उपभोग्य वस्तु के उत्पादन के लिए एक सुरुचिपूर्ण परिश्रमी परिचारक-मण्डली नियुक्त रहती थी। वह धन का सुख जमकर भोगता था और अपनी प्रचुर धन राशि के उपभोग में अपने साथ एक बड़े भारी जन-समुदाय की जीविका की भी व्यवस्था करता था। वह काव्य, नाटक, आख्यान, आख्यायिका आदि की रचना को प्रत्यक्ष रूप से उत्साहित करता था और नृत्य, गीत चित्र और वादित्र का तो वह शरण रूप ही था।" 363

ऐसे ही रसिकों का मनोविनोद करना राजाश्रित कवि विद्यापति का एक प्रमुख लक्ष्य था-

ई रस रसिक बिनोदक बिन्दक
कबि विद्यापति गाबे।

-(बेनीपुरी पद-121)

यहाँ विद्यापति स्पष्टतः रसिकों के चित्त का विनोद न करने के अपने

दायित्व का कथन करते हैं।

रसिकों की गोष्ठियों और उनके दरबारों में समादृत होने के लिए कवि-कलावन्तो को उस जीवन-शैली से परिचित होना पड़ता था जो आभिजात्य संस्कारों में पोषिता और कलात्मक थी। नागरिक या दरबारी जीवन की रुचियों का परिचय कवियों को कामशास्त्र के द्वारा प्राप्त होता था, अतः नागरों के द्वारा अभिनन्दित होने के लिए राजाश्रित कवि कामशास्त्र का निष्ठापूर्वक अध्ययन किया करते थे। काम-शास्त्र नागरिक जीवन और नागर रुचि का पथप्रदर्शक शास्त्र है, अतः नागर काव्य के प्रणेता राजाश्रित कवि विद्यापति में यदि कामशास्त्र की अभिज्ञता मिलती है तो यह स्वाभाविक ही है।

प्राचीनकाल में सामंतों की छत्रछाया में कविता और कलाओं का मनोज्ञ विकास होता था अतः कलावंतों और कवियों के लिए राजाश्रय ग्रहण करना बड़ा लाभप्रद होता था।

सामंतीय जीवन भोग का ही दूसरा नाम है और उस जीवन के वैविध्य का अर्थ प्रलय लीलाओं का वैविध्य ही है। ऐसे वातावरण में जिस साहित्य की सृष्टि होती थी, वह प्रकृत्या भोगपरक ही होता था। गोष्ठी की आवश्यकतापूर्त्ति के लिए तथा रसिकों के चित्त की दुति के लिए जो काव्य लिखा जाता था वह कामशास्त्र से अपरिचित नहीं रहता था। दरबारी पर्यावरण और आश्रयदाता सर्वकलाकुशल सामंतों के कारण ही काव्य के लिए कामशास्त्रीय अभिज्ञता की अपेक्षा हो गई थी।

रईसों के यहाँ पाक्षिक या मासिक गोष्ठियों की योजना होती थी जिनमें कवियों-कलाकारों को अपने कौशल के प्रदर्शन करने पड़ते थे। 364 वेश्या-भवनों में भी ऐसी गोष्ठियाँ हुआ करती थीं। 365 उन रंगीन गोष्ठियों में काव्यालाप और कला-विमर्श के प्रसंग बिलासी श्रोताओं के समक्ष उपस्थित करने पड़ते थे अतः यह सर्वथा स्वाभाविक था कि सामंतीय और राजाश्रित काव्य घोर शृंगारिक और कामशास्त्रानुकूल होता था। उस युग में साहित्य भी नागरकों की विलास-वृति को उत्तेजित करता था और उसकी भी स्थिति काम-कला-जैसी ही थी। साहित्य मनोविनोद और विलासिता के एक साधन के रूप में प्रतिष्ठित था अतः उसमें कामोपचारों का बाहुल्य रहना नैसर्गिक ही था।

नागरिक जीवन की प्रतिच्छाया उपस्थित करनेवाला विद्यापति का काव्य यद्यपि घोर दरबारी काव्य से थोड़ा पृथक है, क्योंकि विद्यापति नागर रूचि के साथ-साथ 'सबजन' का भी ध्यान रखते थे किंतु यह भी सत्य है कि उनकी शृंगारिक रचनाओं पर सामंतीय संस्कारों और कामशास्त्रीय अर्थों का अनिवार्य

प्रभाव पड़ा है।

शृंगारिक कवि विद्यापति का राजश्रित कवि होने के कारण सर्वोपरि कर्त्तव्य था कि वे राजा-रानी और सभासदों का मनोरंजन करें और इसके लिए उन्हें बहुधा अपनी काव्यकला का काम-फला के रूप में भी करना पड़ा था। इस दृष्टि से उनकी काव्य-रचना के प्रयोजन और लक्ष्य महान् नहीं कहे जा सकते हैं। परिस्थिति और परिवेश की बाध्यता के कारण ही विद्यापति ने कामशास्त्र का अध्ययन और उसके अर्थों का प्रयोग नहीं किया था अपितु उनकी रुचि भी इस ओर भी। विद्यापति जैसे रवि अभयदाताओं को प्रसन्न करने के लिए ही अपनी रचनाओं में कामशास्त्रीय संदर्भों का हरण और आयात नहीं करते थे बल्कि निर्दोष और रूचिर शृंगारिक रचना करने के लिए उन्हें ऐसा करने की आवश्यकता भी थी। इसके अतिरिक्त यह भी ज्ञातव्य है कि वे स्वयं रसिक मनोवृति के कवि थे। अतः स्वभावतः वे कामशास्त्रीय अर्थ रनों के संग्राहक और प्रयोक्ता थे।

(ग) पदावली में कामशास्त्रीय अर्थों का हरण

या

पदावली के अर्थों की कामशास्त्रीय योनि

(1) 'काम' के वामशीलत्व वाले अर्थ का पदावली में निबन्धन

'काम' का स्वभाव प्रकृत्यावाम होता है। इसमें पीड़ा आनन्द है, निषेध स्वीकार है और सुलभ उपेक्षणीय तथा दुर्लभ आकांक्षा की वस्तु है। 'कामसूत्र' में काम का इस वामशीलत्व का सिद्धान्त प्रतिपादित किया गया है जिसका समर्थन परवर्ती काव्य-ग्रंथों और काम शास्त्रीय पुस्तकों में मिलता है। आधुनिक यौन-मनोविज्ञान के मनीषियों के मतानुसार भी 'काम' का शील वाम या प्रतिकूल है।

(अ) काम-प्रसंग में पीड़न की आनन्ददायकता या दुःख में सुख की प्राप्ति का वामशीलत्व

नर-नारी-संभोग तत्त्वतः आनन्दमूलक है, लेकिन काम व्यापारों के पर्यवेक्षण से पता चलता है कि वे पीड़ाजनक हैं। संभोग की क्रियाएँ दुःखात्मक हैं किन्तु उनसे सुखानुभूति की प्राप्ति होती है, यह एक वैज्ञानिक तथ्य है नख-क्षत, दंत-क्षत, आलिंगन या उपगूहन, संवेशन, ग्रहणन आदि काम क्रियाएँ पीड़ोत्पादिका हैं। शक्तिशाली नर-नारी का समर्पण शक्ति के द्वारा ही ले पाता है। इस रूप में रति क्रिया का स्वरूप पीड़ादायक ही ठहरता है। इसी तथ्य को आधुनिक

मनोवैज्ञानिकों ने आत्मपीड़न सुख और परपीड़न सुख के विश्लेषण के द्वारा निरुपित किया है। मनोविज्ञान के अनुसार नारी पुरुष के द्वारा पीड़िता होने से आनंदिता होती है और पुरुष पीड़ा पहुँचाकर आनंदित होता है।

'कामसूत्र' के प्रहणन-प्रकरण में वात्स्यायन ने लिखा है-

प्रहणनं द्वेषजननं कथं सुरतोपयोगीत्याह-
कुलहरूपं सुरतमाचक्षते विवादात्मकत्वाद्वामशीलत्वाच्च कामस्य।।

-('कामसूत्र', 2.7.1)

प्रहणन के पीछे यदि निर्दयता है तो वह किस भाँति सुरत के लिए उपयोगी है? सूरत कलहरूप, कठोर और विवादात्मक होता है, यही 'काम' का वामशीलत्व या उसकी वक्र प्रकृति है। 'काम' का स्वभाव निश्चय ही प्रतिकूल है। मनोज, ललित सुकुमार और रम्य है किन्तु केलि-क्रम में वही निर्दय, बर्बर और कठोर भी है। महाकवि भारवि भी 'काम' की प्रतिकूल प्रवृत्ति की पुष्टि करते हैं। 366

'कामसूत्र' में तो ऐसा भी उल्लेख मिलता है कि रागांध प्रभोजन कामावेश में कभी-कभी अत्यंत निष्ठुर ढंग से व्यवहार करते थे। अवश्य ही यह निष्ठुरता प्रेम जन्य ही होती थी। वात्स्यायन ने दो पीड़क प्रेमियों के काम व्यवहारों की चर्चा की है। रागान्ध चोल राज ने गणिका चित्रसेना को 'कील' के प्रहणन से निहत ही कर दिया था। इसी तरह प्राकृत-काव्य के परम संरक्षक, महान् नागर सातवाहन हाल ने प्रेमावेश में महारानी मलयवती पर 'कर्तरी' प्रहणन का प्रयोग कर दिया था जिससे रानी का देहान्त हो गया था। 367

ये साक्ष्य बतलाते हैं कि 'काम' प्रकृत्या पीड़ात्मक ही है। प्रेम की विह्वलता शारीरिक कष्ट भी पहुँचाती है।

प्रेम या राग प्रतिकूल अनुकूल सभी दशाओं में वर्धमान होता है। 'रसार्णव सुधाकर' (शिङ्गभूपाल) की अधोलिखित उक्ति में यह सिद्धान्त प्रतिपादित किया गया है कि 'राग' की स्थिति में स्नेहाधिक्य की उत्कटता से दुःख भी सुख रूप ही प्रतीत होता है-

"दुःखमप्यधिकं चित्तं सुखत्वेनैव राज्यते।
येन स्नेहप्रकर्षेण स राग इति कथ्यते।।"

'सरस्वती कण्ठाभरण' में अर्थान्तरन्यांस अलंकार के उदाहरण के रूप में प्रस्तुत एक मुक्तक में कहा गया है कि प्रिय-प्रदत्त दुःख भी नायिका के लिए सुखदायक ही होता है। नायक के दिए गए नखक्षत से पीड़ित पयोधरों में हर्ष-जन्य रोमांच ही होता है। 368

'प्रिय के द्वारा दिया गया दु:ख वस्तुत: सुख ही है' यह सिद्धान्त काम के वामशीलत्व' की ही पुष्टि करता है।

'कुट्टनीमतं काव्यम्' के एक 'लोक में भी कहा गया है कि कोमल अंग-लता वाली वाला सबल पुरुष के द्वारा आक्रान्त होकर व्यथिता-मात्र ही न होकर मुदिता भी हुई। यह मनोज की शक्ति का प्रभाव प्रतीत होता है। 369 इस तरह हम देखते हैं कि यहाँ संभोग सुख को पीढ़ापरक कहकर पुन: उसे सुखात्मक भी उल्लिखित किया गया है।

विद्यापति के एक कोहबर गीत या मिलन-गीत में भी इस काम शास्त्रीय तथ्य की स्वीकृति मिलती है। नवोढ़ा प्रियतम के पास नहीं जाना चाहती है किन्तु सखियाँ उसे पकड़कर बलात् ले जाती हैं। विद्यापति उस त्रस्ता सुन्दरी को सांत्वना आश्वासन और कामशास्त्रीय परामर्श देते हुए कहते हैं कि हे मुग्धे, तुम दु:ख सह-सहकर सुख ही पाओगी। 370

विद्यापति का एक और पद है जिसमें संभोग सुख की पीड़ात्मकता का निर्देश मिलता पद का वक्तव्य है कि मिलन का कष्ट अंतत: सुखात्मक ही होता है। बिना दु:ख के सुख उपलब्धि नहीं होती है। आँख मूंदकर रोगी जैसे स्वास्थ्य-लाभ के लिए कटु दवा पी लेता है वैसे ही कटु संभोग प्रारंभ में पीड़ात्मक और परिणाम में सुखद होता है, अत: नायिका को उससे पराङ्मुख नहीं होना चाहिए। 371

'दु:ख से सुख' होता है-'काम' के इसी वामशीलत्व का ध्वनन विद्यापति के इस पद से होता है।

सुरत की निर्दयता का संकेत 'कुट्टनीमत काव्यम्' में भी अनेकत्र प्राप्त होता है। एक 'लोक में कहा गया है-

निर्दयमविरतवांछं ध्वस्तत्रपमव्यवस्थितावरणम्।
उपचीमानरागं सततं भूयाद्भवत्सुरतम्।।372।।

-(*'कुट्टनीमतं काव्यम्'*)

सुरत मृदुल नहीं निर्दयता पूर्ण होता है। उसमें अविराम अभिलाषा होती है। उसमें लज्जा और आवरण को बिल्कुल दूर कर दिया जाता है तथा राग-भाव की उसमें निरन्तर वृद्धि होती है।

यहाँ हम देखते हैं कि निर्दयतापूर्ण समागम में भी राग वृद्धि ही होती है। वस्तुत: कामानन्द पीड़ा से ही उत्पन्न होता है।

'कुट्टनीमतं काव्यम्' के एक और प्रसंग में काम व्यापारों की चंडता, पीड़ात्मकता और उनसे प्राप्त सुख का संकेत मिलता है। दामोदर गुप्त के अनुसार

पीड़क काम व्यापार सफल रति के लिए अत्यावश्यक है। उन्होंने स्पष्ट ही कहा है कि सुरत में. केश-कर्षण अनुग्रह है, प्रहार उपकार है, दंत-क्षत मोददायक है, नख-विलेखन अभ्युदय है तथा देह को दृढ़ता से दबाना समुत्कर्ष है। इसी तरह वे सुरत-कालीन परिम्भण, मर्दन और कठोरता की भी चर्चा करते हैं। 372

इस पूरे प्रसंग का निष्कर्ष यही है कि समागम की कठोरता और निर्दयता आह्लमादिका ही है। आत्मपीड़न सुख और परपीड़न सुख की आधुनिक मनोवैज्ञानिक मान्यता भी इसी तथ्य की पुष्टि करती है। विद्यापति के कई पद इस कामशास्त्रीय अर्थ का द्योतन करते हैं।

विद्यापति के एक पद में प्रथम समागम से त्रस्ता-आतंकिता नायिका के संभोग-जन्य कष्ट का संकेत मिलता है। नायिका निषेध ही करती रहती है किन्तु जैसे कच्चे कमल को लोलुप भौंरा झकझोर कर रख देता है उसी भाँति नायक नवोढ़ा को शारीरिक पीड़ा पहुँचाता है और कमल-पत्र पर विचलित जल-बिन्दुओं की भांति नायिका का शरीर आंदोलित और अस्थिर हो जाता है। यही कारण है कि नायिका नायक के शारीरिक सामीप्य से घबराती है। इस अवसर पर कवि का कामशास्त्रीय उपदेश सार गर्भित है कि 'आगि जारि पुनि आगिक काज। 373

विद्यापति के एक अन्य पद में नवोढ़ा गत रात्रि के शारीरिक कष्टों की कथा अपनी सखी को सुनाती है और पुनः नायक के साथ समागम नहीं करना चाहती है। कठिन आलिंगन, 'व्याघ्रपद' नखक्षत, दंत-क्षत आदि की पीड़ा का स्मरण करके नायिका भीता-सी है और किसी भी मूल्य पर पुनः संभोग-क्रीड़ा नहीं करना चाहती है। इस अवसर पर कामशास्त्री विद्यापति नायिक को भय मुक्त होने का उचित ही-परामर्श देते हैं--"आग जारिये पुनु आगिक काज।" 374

नायक पीड़क है, अग्नि के समान दाहक है, फिर भी नायिका को उसका संग प्राप्त करना चाहिए, क्योंकि जलाने वाली आग से और भी दूसरे सुख प्राप्त होते हैं। आग केवल जलाती ही नहीं है, सुख भी पहुँचाती है-लाभदायिका भी होती है।

विद्यापति ने 'गाथा सप्तशती' (2.63), हेम व्याकरण (हेम.4.3432) आदि के आधार पर 'आग' को यहाँ काम प्रतीक के रूप में उपस्थित किया है। अग्नि की ज्वलनशीलता दुःखदायक प्रियतम और उसकी काम-लीलाओं की दुःखात्मकता को व्यंजित करती है, किन्तु अग्नि जिस तरह जला देने पर भी त्याज्य नहीं ग्राह्य ही है, उसी तरह पीड़क नायक भी 'प्रियतम' ही है, उपयोगी ही है।

इस तरह हम देखते हैं कि 'काम' का स्वरूप पीड़ात्मक तो है, किन्तु वह सुखद भी है।

'चाणक्य नीति दर्पण' के एक पद्य में भी कामपीड़न को गुणवद्ध के बतलाया गया है-

इक्षुदण्डास्तिला: शूद्रा: कान्ताहेम च मेदिनी।
चन्दन दधिताम्बूलं मर्दनं गुणवद्धनम्।।19.13.।।

-('चा. नी. द0')

पद्य का वक्तव्य है कि ऊँख, तिल, शूद्र, स्त्री, स्वर्ण, धरती, चंदन, दही, पान आदि वस्तुओं का मर्दन या पीड़न गुणवर्द्धक ही होता है। पद्य में कथित पदार्थों को पीड़ा पहुँचाने से हो सुखद परिणाम सामने आते हैं। इस प्रसंग में.ऊँच, तिल आदि के साथ 'कांता' का उल्लेख साभिप्राय है।

रसावेश में नायक के पीड़क व्यवहार सुखद ही होते हैं। विद्यापति ने भी कहा है कि सोना आग में जितना तपाया जाता है उतना ही निर्मल-निष्कलुष और महा होता है। नायक जिस सीमा तक पीड़ा पहुँचाता है उसी सीमा तक प्रेम करता है-

जति जति धमिअ अनल अधिक विमल हेम।
रमस कोप कए काहु नागर अधिक करए पेम।।
साजनि मने न करिअ रोस, आरति जे किछु बोलए।
बालमु तँ नहि तन्हिक दोस।।

-(परिषद्-पदावली, पद-108)

नायक का नायिका के प्रति उत्कट कटु व्यवहार उसके प्रमाधिक्य का ही परिचायक होता है।

'विद्यापति-पदावली' में ऐसे कई स्थल हैं जहाँ नायिका की पीड़ा से नायक को विचलित न होने का परामर्श दिया गया है क्योंकि भले ही तन्वंगी नायिका शिरीष पुष्प-सी मृदुल है, किन्तु यह भी सर्वविदित विश्वजनीन तथ्य है कि भौंरे के भार से मंजरी नहीं टूटती है।

विद्यापति के एक पद में नायक को शिक्षा दी जा रही है कि समागम से नायिका के मृदुल शरीर की पीड़ा पहुँच रही है, यह समझकर उसे मुक्त कर देना था उस पर दया दिखलाना ठीक नहीं है। भरे के भार से मंजरी को टूटते किसी ने नहीं देखा है, अत: नायक निश्शंक होकर केलि कर सकता है। 375

विद्यापति के एक अन्य पद में भी कहा गया है कि सुकुमार देह यष्टिवाली धन्या का कठोर आलिंगन होना ही चाहिए। केलि-क्रीड़ा में निर्भीकता अपेक्षित है। नायिका के कोमल शरीर के कारण उसे पीड़ा पहुँचाने में नहीं डरना चाहिए। 376

लखिमा ठकुराइन के भी एक पद्य में समागम की निर्दयता, पीड़कता और कठोरता का पक्ष प्रस्तुत किया गया है। पद्य में कहा गया है कि नायक को शंका-मुक्त काम-व्यवहार करना चाहिए, नायिका की कोमलता के कारण उसे पीड़क व्यवहारों से विरत नहीं होना चाहिए। यहाँ भी भ्रमर और मंजरी वाला दृष्टान्त मिलता है। लखिमा ने स्पष्टतः कहा है कि अधिक पीड़न से ही अधिक रस स्रवित होता है। काम पीड़न से इक्षुदंड का समस्त उस नहीं निचोड़ा जा सकता है। नायिका को भी अधिक पीड़ा पहुँचाने से ही कामानन्द अधिक हो सकता है, यही लखिमा के पद्य की व्यंजना है। 377

परिपूर्ण कामानन्द के लिए पीड़न अपेक्षित है, इस काम शास्त्रीय अर्थ को एक और पद में विद्यापति ने सुंदरता के साथ व्यंजित किया है-

भनइ विद्यापति मन दए सुन दुति! दूर कर सबे अनुतापे।
जइओ अति कोमल तइअओ न ढरियल कबहुँ भमर-भरे कापे।

-(प. प., पद-230, सं. अ. से)

भारतीय साहित्य में 'शिरीष और भ्रमर' एक विशेष काम प्रतीक के रूप में व्यवहृत हुए। कामपीड़न के प्रसंग में शिरीष नायिका का सच्चा प्रतिनिधित्व करता है और भौंरा निर्वाध केलि करने वाले नायक का चित्र उपस्थित करता है।

नायक का दुर्द्धर्ष समागम नायिका के मन में रतिभय का संचार कर देता है। 'पदभावत' में भी प्रथम समागम से आतंकिता पद्मावती जब सखियों से अपने मन का भय बतलाती है तब सखियाँ उसे कष्ट से डरने के लिए नहीं कहती हैं, क्योंकि भौंरे के बैठने से डाल नहीं टूटती है, फूल ही गरिष्ठ या श्री-संपन्न होता है या भौंरे के बोझ से पुष्प डाल से नहीं टूट जाता है। 378

'मृच्छकटिकम्' में तो 'काम' के वामशीलत्व से संबंधित एक लोकोक्ति या सूक्ति ही प्राप्त होती है-"ता सुट्ठु क्खु एव्वं वुच्चदि-'कामो वामो' त्ति।"

– ('मृच्छ0', 5.पृ. 265, 'लोक 9 के नीचे, चौखम्बा)।

गीत गोविन्द कार जयदेव ने भी काम की वामा गति का उल्लेख किया है-

दोर्भ्यां संयमितः पयोधर भरेणापीडितः पाणिजै-
राविद्धो दशनैः क्षताधरपुटः श्रोणीतटेनाहतः।
हस्तेनानमितः कचेऽधरमधुस्यन्देन सम्मोहितः
कान्तः कामपि तृप्तिमाप तदहो कामस्य वामा गतिः।।2।।

-('गीतगोविन्द', द्वादशः सर्गः 2.पृ. 64, 'इन्दु' टीका)

यहाँ कामशास्त्रानुकूल ही पीड़ात्मक काम क्रियाओं की आनन्दमयता और

संतोषदायकता का वर्णन हुआ है। 'काम' की प्रकृति टेढ़ी या प्रतिकूल ही है : इसमें दुःखदायक व्यापारों से भी तृप्ति ही मिलती है।

जयदेव ने रति प्रगल्भा नायिका के द्वारा कृष्ण को पहुँचाए गए काम कष्टों का विवरण देते हुए बतलाया है कि इनसे कृष्ण को तुष्टि-लाभ ही हुआ। नायिका ने कृष्ण को आलिंगन में जकड़ लिया, पयोधरों के भार से पीड़ित किया, नखों से नोच लिया, दंत-क्षत किया, अपनी कटि से आहत किया, उनका केश-कर्षण किया और झुकाकर अधर-पान करके उन्हें विकल कर दिया। इतनी कष्टप्रद दशाओं को भोगकर भी रति-कर्म में नायक कृष्ण को अपरिमेय आनंद ही प्राप्त हुआ। अहो, काम की गति वक्र ही है!

जयदेव ने नारी के द्वारा पुरुष को कष्ट पहुँचाए जाने का वर्णन किया है और बतलाया है कि नायक को इससे आनंद ही मिलता है। 'दुःख में सुख का सिद्धान्त यहाँ भी सन्निहित है, किंतु इस स्थल पर पुरुष में आत्मपीड़न सुख की स्थिति स्वीकार की गई है। मनोविज्ञान के अनुसार भी पुरुष में केवल परपीड़न की ही प्रवृत्ति नहीं होती है, अपितु बहुतेरे पुरुष आत्मपीड़न सुख की वांछा रखने वाले होते हैं।

जयदेव के पद्य में 'कामस्य वामा गतिः' से राधा की पुरुषायित रति-केलि का 'विपरीत या वास वर्णन भी द्योतित होता है।

काम-क्रिया दुःख पूर्ण है, यह समागम के समय की चेष्टाओं से स्पष्ट ही है। कामीजन रागांध होकर अंगों, कंधों, सिर, स्तनों के अन्तराल, पीठ, जाँच, पार्श्व आदि में प्रहणन करते हैं। 379 और नायिकाएँ काम-क्रिया के बीच सीत्कार-चीत्कार आदि करती हैं। समागम-काल में दुःखानुभूति से विकला नायिकाएँ स्फुट-अस्फुट ध्वनि में पीड़ात्मक उद्‌गारों को व्यक्त करती हैं। 380 इन बातों पर ऊपर से विचार करने के उपरान्त हमें सुरत-व्यापार कलहरूप, विवादात्मक और दुःखद ही प्रतीत होता है, किंतु वास्तविकता यह है कि काम-पीड़ा से सुख की ही अनुभूति होती है। कामव्यापारों की मधुर पीड़ा ग्राह्य ही होती है। काम का स्वरूप सचमुच ही पीड़ा परक है, किंतु उसका फल आनंद दायक है। नायिका कष्ट कर आनंद की प्राप्ति करती है। वह पीड़ा के कारण काम-क्रियाओं का प्रतिकार और विरोध करती है, किंतु आनन्दानुभूति के कारण समागम भी करती है। उसके पीड़ाजन्य उद्‌गार और रति सुख से तंद्रिल नयन विरोधात्मक प्रतीत होते हैं। कामानन्द कट की कुक्षि से ही पैदा होता है, यही 'काम' का वामशीलत्व है।

डॉ. मिथिलेश काँति ने भी नृतत्त्वशास्त्र, जीव-विज्ञान और मनोविज्ञान के

अध्ययन से इसी निष्कर्ष का प्रतिपादन किया है कि संभोग के कार्य-कलाप कष्टप्रद हैं, किंतु उनसे सुखोद्रेक ही होता है। 381

(आ) नारी का निषेध ही स्वीकारः काम का वानशीलत्व

('अन्तर दाहिन बाहर बामा-विद्यापति)

'काम' की वास प्रकृति से विद्यापति भली-भाँति परिचित थे और इसके विविध पक्षों का उन्होंने सिद्धान्ततः और व्यवहारतः उल्लेख किया है।

नारी का 'नहीं-नहीं' कहकर अभिलाषा-गोपन करना भी काम की प्रतिकूल प्रवृति का ही सूचक है। नारी के निषेध में स्वीकृति छिपी रहती है; वह भीतर से अनुकूल होती है। किंतु बाहर से प्रतिकूल दिखलाई पड़ती है। नागरी का विलास वक ही होता है उसका कामभिलाष 'नकार' के द्वारा ही व्यक्त होता है।

वह 'नहीं-नहीं' कहकर प्रियतम की कामोत्तेजना को बाधित करके और भी द्विगुणित करती है। उसका निषेध विरोधमूलक होते हुए भी रागवर्द्धक ही होता है। यह निषेध संभोग में विघ्न और विलम्ब उपस्थित करके पुरुष को और भी चेष्टाशील, सक्रिय और कामांध बनाता है।

पुरुष बलपूर्वक नारी को पराजित करता है। नारी स्वेच्छा से समर्पिता नहीं होती है। वह निषेध करके अपने को दुर्लभ और महार्ध बनाती है। इस तरह वह अपने प्रति प्रियतम का आकर्षण घटने नहीं देती है।

डॉ. मिथिलेशकांति ने नारी के इस मनोविज्ञान को भली-भाँति स्पष्ट किया है। 382

नारी के निषेध के मूल में लज्जा और चतुराई दोनों हैं। वह रति प्रस्ताव का अनुमोदन 'नहीं' कहकर ही करती है। वह किसी भी मूल्य पर मुँह से 'हाँ' कहना नहीं चाहती है। डॉ. बच्चन सिंह ने इसे ही 'स्वीकृतिगर्भ निषेध' कहा है। 383 उन्होंने जीनपाल के इस मंतव्य को उपस्थित किया है कि स्वीकार सूचक 'हाँ' कहने में ही नारियों को सबसे अधिक लज्जाबोध होता है। 384

'निषेध में स्वीकार' का वामशीलत्व वामाओं की काम-वृत्ति का उल्लेख वैशिष्ट्य है। नीलकंठ दीक्षित के मतानुसार नारियों का निषेध माधुर्य की सृष्टि करता है 385

कालिदास ने भी इस कामशास्त्रीय सत्य का प्रतिपादन किया है कि प्रतिकूल आचरण के द्वारा ही नारियाँ अपनी कामाभिलाषा की अभिव्यक्ति करती हैं। 'अभिज्ञान शाकुन्तलम्' में वामाओं के बास कामक्रियाकलापों का स्पष्ट उल्लेख मिलता है। 386

नारियों के द्वारा उत्पन्न बाधाओं से कामोत्तेजना और भी बढ़ जाती है। नारी का विरोध-भाव कामोद्दीपक ही होता है। 'विक्रमोर्वशीयम्' में कहा गया है कि नदी के प्रवाह में जब अवरोध आता है तब वह और भी प्रखर और वेगशाली हो जाता है। उसी तरह जब नर-नारी का संयोग बाधित होता है तब उत्कट काम वेग आ जाता है। 387

'प्राङ्मामेति मनोरमागतगुणं जाताभिलाषं ततः-कहकर भर्तृहरि ने भी नारी के 'निषेध' का संकेत दिया है। 388

श्दशावतार चरित' में क्षेमेंद्र ने भी नवोढ़ा के इस निषेध का रम्य चित्रांकन किया है। उन्होंने प्रथम समागम के अवसर पर उषा के प्रतिकूल व्यवहारों का सरस लेखा प्रस्तुत किया है 359

'नागानन्द' नाटक में भी मुग्धा के प्रतिकूल व्यवहारों का सरस चित्र मिलता है। नवोढ़ा प्रिय के देखने पर अपने नेत्रों को नमित कर लेती है, वार्त्ता नहीं करती है और पराङमुख ही रहती है। बलपूर्वक आलिंगन करने पर वह कंपिता हो जाती है। केलि-कक्ष से सखियाँ जब बाहर जाने लगती हैं तब वह भी उन्हीं के संग चली जाने का उपक्रम करती है। किंतु इस तरह अपने प्रतिकूल व्यवहारों के द्वारा वह नायक के राग-भाव का वर्द्धन ही करती है। 390

'नागानन्द' के प्रसंग से विद्यापति के उन पदों की सहज ही तुलना की जा सकती है जिनमें मुग्धा नायिकाओं के रतिभव और कातर व्यवहारों के अंकन हुए है।

विद्यापति एक प्रतिकूल आचरणवाली नायिका का चित्र इस प्रकार खींचते हैं-

सुरतक नामे मुदइ दुहुँ आँखी, आओल मदन महादधि साखी।
चुम्बन बेरि करइ मुख बंका, मिलनह चाँद सरोरुह अंका।
निवि बंध परस चमकि उठि गोरी, जानल मदन भँडारक चोरी।
फुल वसन हिप भुज बाहु सोठि, बाहिर रतन आँचर देइ गाँठि

इस पद में नारी के विपरीत व्यवहारों का वर्णन है। वह आत्म-समर्पण नहीं करती है विरोध-भाव प्रदर्शित करती है।

विद्यापति के अधोलिखित पद में भी नायिका के विमुख व्यवहारों की झाँकी दिखलाई पड़ती है-

कत अनुनय अनुगत अनुबोधि।
पति-गृह सखिन्हि सुताओलि बोधि।। 2.।
बिमुख सुतलि धनि समुखि न होए।

भागल दल बहुलावए कोए।।4।।

XXX

बसन झपाए बदन धर गोए।

बादर तर ससि बेकत न होए।।8।।

भुज-जुग चाँप जीव जौं साँच।

कुल कच्चन कोरी फल काँच।। 10.।

लग नहि सरए करए कसि कोर।

करे कर बारि करहि पर जोर।। 12.।

एतदिन सैसब लाओल साठ।

अब भए मदन पढ़ा ओब पाठ।। 14।।

-(बेनीपुरी, पद-75)

यहाँ नायिका समागम कार्य में बाधा ही उपस्थित करती है।

विद्यापति के एक अन्य पद में भी नायिका के प्रतिकूल आचरण और 'नहीं-नहीं' कहने का वर्णन इस प्रकार मिलता है-

सखि पर बोधि सयन-तल आनि।

पिय हिय हरषि धएल निज पानि।।2।।

छुबइत बालि मलिन भइ गेल।

बिधु-कर मलिन कमलनी भेलि।।4।।

नहि-नहि कह नयन झर नोर।

सूति रहलि राहि सनक ओर।।6.।

आलिंगए नीबि-बंध बिनु खोरि।

कर कुच परस सेह भेल थोरि।।8।।

आचर लेइ बदन पर झाँप।

थिर नहि होइअ थर-थर काँप।। 10।।

-(बेनीपुरी, पद-76)

अधोलिखित पद में भी नायिका के निषेध का उल्लेख मिलता है-

नहि-नहि करए नयन ढर नोर।

काँच कमल भमरा झिकझोर।।8।।

-(बेनीपुरी, पद-74)

विद्यापति ने एक पद में नागरी की इस आकांक्षा का चित्र खींचा है कि जब उसके आँगन में रसिक प्रियतम आएँगे और वे उससे प्रेम-क्रीड़ा करना चाहेंगे, तो वह मुख मोड़कर हँसती हुई 'नहीं-नहीं' ही कहेगी-

रभस माँगब पिया जबही।
मुख मोड़ि बिहँसि बोलब नहि नहि।।10।।

-(बेनीपुरी, पद-223)

मुख मोड़कर हँसती हुई इनकार करने वाली यह नागरी व्यंजना से 'स्वीकार' ही करने वाली है। 'काम' की वाम प्रकृति के कारण ही यह वामा मुख से 'नहीं-नहीं' कहने पर भी वस्तुतः कामाभिलाषिणी ही है।

विद्यापति की एक अन्य नायिका भी प्रियतम के नानाविध अनुरोधों और व्यवहारों के उत्तर में केवल 'नहीं-नहीं' ही कहती है। विद्यापति का वक्तव्य है कि रमणी नागरी है जो बाहर से प्रतिकूल है, किंतु अंतर से अनुकूल है -

जतने आएलि धनि सयनक सीम।
पाँगुर लिखि खिति नत रहु गीम।।2।।
सखि हे, पिया पास बैठिल राहि।
कुटिल भौंह करि हेर इछि काहि।।4।।
नबि बर नारि पहिल पिया मेलि।
अनुनय करइत रात आध गेलि।। 6.।
कर धरि बालमु बइसाओल कोर।
एक पए कह धनि नहि-नहि बोल।।8।।
कोर करइत मोड़इ सब अंग।
प्रबोधन मानु जनि बाल भुजंग।।10।।
भनइ विद्यापति नागरि रामा।
अन्तर दाहिन बाहर बामा।।12।।

– (बेनीपुरी, पद–78)

नागरी भीतर से अनुकूल किंतु बाहर से वाम आचरण करने वाली है, यह कहकर विद्यापति 'कामस्य वामा गतिः' का ही प्रतिपादन करते हैं। वामा के वाम काम व्यवहार 'काम' के वामशीलत्व को ही प्रमाणित करते हैं

यह एक कामशास्त्रीय तथ्य है कि नागरी नायिकाएँ नायकों के कामावेश को विन्धिन करके और भी तीव्रतर कर देती है।

वामाओं की वाम प्रकृति के कारण उनका विलास भी वक्र ही होता है। उनकी काम चर्या में तो वक्रता की अनिवार्य स्थिति रहती ही है, किंतु वास्तविकता तो यह है कि उसके सभी कार्यों में वक्रता रहती है। वे स्पष्टतः अपने मनोरथों को अभिव्यक्त नहीं करती हैं, अपितु युक्ति पूर्वक वकपद्धति से वे अपने अभीष्ट का ध्वनन करती हैं। विद्यापति ने अपने एक पद में नारी प्रकृति

के इस वैशिष्ट्य का निरूपण किया है-

वामा वचन बाम पथ धाव।
अपन मनोरथ जुगुति बुझाव।।

-(बेनीपुरी, पद-264)

नारियाँ सीधे-सीधे कभी भी अपनी कामनाओं को प्रकट नहीं करती हैं। उनके कथन वक्रता-समन्वित और व्यंजनापरक होते हैं। मम्मट ने भी 'कांता-सम्मित उपदेश' को चर्चा करके नारी-प्रकृति के इस मनोरम वैशिष्ट्य को संकेतित किया है।

नागरी के बंकिम विलास के संबंध में विद्यापति ने अपना यह अभिमत प्रस्तुत किया है-

नागरि जन के बाङ्क विलासा।
रूखेहु वचने राखि गेलि आसा।।

-(परिषद्-पदावली, पद-142सं. अ., पृ. 189)

नागरी के रुक्ष वचन ही आशा दिलाते हैं, क्योंकि उसका निषेध ही स्वीकार होता है और उसके बाह्य प्रतिकूल आचरण ही उसके आभ्यंतरिक अनुकूल भावों को द्योतित करते हैं।

नागरी का वक्र विलास 'काम' के वक्र या विपरीत स्वभाव के कारण ही होता है।

(इ) सुलभ की अवमानना और दुर्लभ की तृष्णा की वाम प्रकृति

कामनाओं की प्रकृति यथार्थतः वाम है। सहज प्राप्त रम्य-से रम्य वस्तु के प्रति आकर्षण न होकर दुर्लभ वस्तु को हस्तगत करने की अभिलाषा मनुष्य को आंदोलित करती रहती है। यही कारण है कि कलावती युवतियाँ शीघ्र ही आत्म-समर्पण करके अपना महत्त्व नहीं घटाती हैं। वे अपने आपको दुर्लभ ही बनाए रखना चाहती हैं जिससे प्रियतम उनके प्रति अनुरक्त ही बने रहें। यह कामोपनिषद् है, कि जो नायिका सहज-लब्ध होती है उसका आकर्षण तिरोहित हो जाता है और जो रमणी नाना प्रयत्नों के उपरान्त मिलती है वह बहुत महार्ध और प्यारी होती है।

वात्स्यायन ने 'काम' के इस वामशीलत्व का निर्देश इस प्रकार किया है-

"सुलभामवमन्यते, दुर्लभामाकाङ्गत इति प्रायोवादः।।"

-'कामसूत्र', (पारदारिक) 1(स्त्रीपुरुषशीलावस्थापन प्रकरणम्) सूत्र 16)

इस सूत्र की 'जयमङ्गला टीका' में यशोधर ने लिखा है-

"सुल भामवमन्यते, दुर्लभामाकाङ्क्षत इति वामशीलत्वम्।16।"

विद्यापति की 'पुरुष परीक्षा' में इस वात्स्याय नोक्त कामशास्त्रीय सत्य का उल्लेख मिलता है। "विदग्ध कथा' के अंतर्गत यह वर्णन आता है कि जातकी और केतकी नामक वेश्याओं की महत्ता के पौर्वापर्य के निर्णय के लिए विदग्ध विक्रमादित्य समुद्यत हुए हैं। इसी क्रम में इस सिद्धान्त का कथन हुआ है कि सुलभ वस्तु मूल्यवान होकर भी सुलभता के कारण अपना मूल्य खो देती है, किंतु दुर्लभ स्त्रियों को प्राप्त करने के बाद नायकों को कोप-प्राप्ति का आह्लाद होता है और उन्हें असीम संतुष्टि मिलती है। जिस काम व्यापार में पद-पद पर दुर्लभ पदार्थ प्राप्ति की भावना नहीं रहती है उसमें तनिक भी सुख नहीं मिलता है। 391

विद्यापति ने अपने एक पद में भी इस कामशास्त्रीय सिद्धान्त की शिक्षा दी है-

प्रथमहि अलक तिलक लेब साजि।
चंचल लोचन काजर आजि।2।
जाएब बसन आँग लेब गोए।
दूरहि रहब तें अरथित होए।4।
मोरि बोलव सखि रहब लजाए।
कुटिल नयन देब मदन जगाए।।6।।
झाँपब कुच दरसाओब आध।
खन खन सुदृढ़ करव निबि बाँध।8.।
मान करए किछु दरसन भाव।
इस राखव तें पुन पुनु आब।।10।।
हमक सिखाओ बि अओ रस-रंग।
अपनहि गुरु भए कहत अनंग।।12.।

-(बेनीपुरी, पद-62) 392

यहाँ सखी नायिका को पूर्ण आत्मसमर्पण नहीं करने की शिक्षा दे रही है। बहू स्पष्टतः कहती है कि "दूरहि रहब तें अरथित होए।" इस उक्ति में यही भावनिहित है कि नायक से दूर रहने पर ही नायक की दृष्टि में नायिका महत्त्वपूर्ण रह सकती है। इस उक्ति में दुर्लभा होने पर ही आदृता और प्रार्थनीया होने की की पुष्टि की गई है। आकर्षण का रहस्य दुर्लभता है-दूरी है। दूर रहने पर ही अभिलाषा बलवती रहती है, यह 'काम' का वाम स्वभाव है। रस को जुगाने से ही नायक पुनः आकृष्ट होता है। नारी को पूर्णत पालने के बाद पुरुष उसके प्रति उदासीन हो जाता है। नवीनता, दुष्प्राप्यता आदि के कारण ही पुरुष

नारी के प्रति लुब्ध हुआ करता है।

विद्यापति के एक पद में ऐसा वर्णन आया है कि एक नायिका अपने यौवन-रत्न को लेकर नायक के समक्ष पहुँचती है। उस प्रथम समागम के अवसर पर उस मूल्यवान रत्न को भी नायक कम मूल्य का ही मानता है क्योंकि वह सहज-लब्ध है-नायिका सुलभ होने के कारण ही लाभ को कौन कहे मूल का भी घाटा उठाती है-

प्रथम समागम के नहि जान।
सम कए तउलल प्रेम परान।।
कसल कसउटी न भेल भलान।
बिनु हुतवह भेल बारह बान।।
कि पुछह अगे सखि! कि कहिबो जान।
बुझए न पारल हरिक गेजान।।
बिकनए गेलिहूँ रतन अमोल।
चिन्हितु बनिकें घटाओल मोल।।
सुलभ भेल सखि! न रहए भार।
काच कनक लए गाँव गभार।।
भनइ विद्यापति असमअ बानि।
लाभ लए गेलाहुँ भुलहु भेल हानि।

-(प. प. 251, सं. अ. से संशोधित पाठ, पृ. 353-354)

नायिका सखी से हरि की उदासीनता और उनके उपेक्षापूर्ण व्यवहार पर भरो हृदय से क्षोभ और आक्रोश व्यक्त करती है कि वह कीमती रत्न बेचने गई किंतु उसे पहचानकर भी, उसके असली मूल्य से अवगत होकर भी जोहरी ने उसकी कीमत कम ही कूती क्योंकि सुलभ वस्तु का मूल्य कम हो जाता है।

यहाँ रूपगर्विता नायिका के व्यथापूर्ण आहत कथन में कामशास्त्रीय सत्य ही ध्वनित हुआ है कि "सुलभ भेल सखि। न रहए भार।"

यदि इस पद के नेपाल-पांडुलिपि में उपलब्ध पाठ को यथावत् ग्रहण कर लें तो भी पद के आशय में कोई व्यतिक्रम नहीं आता है। नेपाल पदावली का अधोलिखित पाठ भी प्राय: उपर्युक्त अर्थ को ही प्रस्तुत करता है-

सुलभ भेल पहु न लहुए हार
काच तुला दए गए गमार।

आसानी से प्राप्त होने वाली वस्तु महार्घ होती हुई भी उपेक्षिता हो जाती है। सुलभ स्वर्ण-हार भी बिल्लौर या शीशे के हार के समान क्षुद्र मूल्य का माना

जाता है। 393 इस प्रसंग में विद्यापति ने यही प्रतिपादित किया है कि सुलभ वस्तु की गरिमा खर्वित हो जाती है।

यह आर्थिक या लोक-जीवन का भी सत्य है कि दुर्लभ पदार्थों के अर्घ अधिक होते हैं और सुलभ पदार्थ बहुमूल्य होने पर भी सस्ते ही बिकते हैं। 'पुरुष-परीक्षा" के एक प्रसंग में इस कामशास्त्रीय तथ्य को नीतिशास्त्रीय सूक्ति के रूप में उपस्थित किया गया है–

आदरो दुर्लभे राज्ञां वस्तुन्यल्पगुणेऽपि च।
प्रगुणेऽपि सुखप्राप्ते भवेन्नूनमनादरः।।4.।

–('पुरुष-परीक्षा', कथा 3 (युद्धवीर कथा)।4।, पृ. 15)

विद्यापति के इस 'लोक का वक्तव्य है कि अल्प गुणशाली होकर भी दुर्लभ पदार्थ राजाओं द्वारा समादृत होते हैं, किंतु अनल्प गुणवाले सुलभ पदार्थ उनके द्वारा अनादृत ही होते हैं।

(2) पदावली में कामशास्त्रीय आलिंगनों के साक्ष्य

(अ) 'उद्धृष्टक' आलिंगन

आलिंगन प्रीति के लक्षण का द्योतन करते हैं और बाभ्रव्य ने चार कोमल तथा चार कठोर आलिंगनों की चर्चा की है जिनका निर्देश वात्स्यायन ने किया है। 394 'उद्धृष्टक' कोमल आलिंगनों में तीसरा है। इस आलिंगन में नारी नर दोनों सक्रिय रहते हैं और अपने गात्रों को एक-दूसरे से रगड़ते हैं। यह गात्र-घर्षण धीरे-धीरे देर तक होता है। 395

विद्यापति के अधोलिखित पद में 'उद्धृष्टक' उपगूहन के कामशास्त्रीय अर्थ का रुचिर विनियोग दिखलाई पड़ता है-

केसर कुसुम हेरि हम कौतुक भुअ जुग मेटल ताहि।
दाड़िम भरम पयोधर ऊपर पड़ लहु कीट लोभाहि।।6.।

–(बेनीपुरी, पद-128)

इस पद में एक नागरी नायिका अपनी सखी या ननद से अपनी गुप्त रति के चिह्नों को वैदग्ध्य पूर्ण सफाई देती है। वह बतलाती है कि उसके अंगों में जो अंगराग लग गया है वह किसी पुरुष के शरीर में लगे अंगराग का आलिंगनोत्तर चिह्न न होकर उन केशर के फूलों का लगा पराग है जिन्हें क्रीड़ावश उसने अपने हाथों में लेकर मर्दित कर दिया था।

यहाँ अंगराग लगे अंगों वाले नायक के साथ नायिका के परिम्भण का संकेत

मिलता है। गात्र-संघर्षण के कारण नायिका के भी अंगों में अंगराग लग गया है। यह 'उद्धृष्टक' आलिंगन जान पड़ता है जिसमें दोनों सक्रिय पक्ष देर तक गाव-घर्षण किया करते हैं। इस घर्षण के क्रम में अंगराग की लीपापोती होने की पूरी संभावना है। वैसे तो अंगराग लग जाने की संभावना अन्य प्रकार के आलिंगनों में भी है, किंतु पद में प्रयुक्त 'मेटल' शब्द से घर्षणवाले आलिंगन की ही अधिक संभावना प्रतीत होती है।

(आ) 'लतावेष्टिकतक' आलिङ्गन

'लतावेष्टितक' आलिंगन को स्पष्ट करते हुए 'कामसूत्र' में इस प्रकार कहा गया है-

'लतेव शालमावेष्टयन्ती चुम्बनार्थँ मुखमवनमयेदुद्धृत्य
मन्दसीत्कृता तमाश्रिता वा किञ्चिद्रामणीयकं पश्येत् तल्लतावेष्टितकम्।'

-('कामसूत्र', 22।16।)

इस प्रकार के आलिंगन में जिस तरह पेड़ से लता लिपटती है उसी तरह खड़े नायक से नायिका लिपट कर आलिंगनबद्ध होती है। इसमें सक्रियता नायिका की ओर से होती है। यह संप्रयोग-कालीन आलिंगन है, किन्तु मेरी धारणा है कि -संयोग पूर्व दशा में भी इस आलिंगन का सुख उठाया जा सकता है।

इसमें नायिका खड़े नायक से चिपक कर उसके सिर को अपनी ओर नमित करती हुई अपने ओंठों को उठाकर प्रमपूर्वक देखती है, उसका चुंबन करती है और मुख से मंद ध्वनि निकालती है। प्रियतम को उद्दीप्त और आविष्ट करने के लिए वह अपने उरोजों के अग्रभागों को भी देखती है। किंतु यहाँ यह ज्ञातव्य है कि इस आलिंगन में नायिका का लता की भाँति लिपटना ही सबसे प्रमुख बात है। सारांश यह है कि जब नागरी रति-बेला में अपनी सक्रियता दिखलाती हुई वृक्ष की भाँति खड़े नागर का लता की नाई लिपटकर आलिंगन करती है तब उसे कामशास्त्रीय दृष्टि से 'लतावेष्टितक' आलिंगन कहते हैं।

विद्यापति के एक पद में इस आलिंगन का इस प्रकार उल्लेख प्राप्त होता है-

तरुअर बलि धर डारे जाँति
सखि गाढ अलिङ्गन तेहि भाँति।
भञे नीन्दे निन्दारुधि करञो काह
सगरि रयनि कान्ह केलि चाह।।

-(परिषद् पदावली, पद-260)

नायिका सखी से अपने प्रियतम के काम-कलाप का वर्णन करती है कि प्रियतम उसी प्रकार का प्रगाढ़ कठिनालिङ्गन करता है जिस प्रकार पेड़ लता को अपनी 'डाल से बाँधकर या दाबकर रख लेता है।

इस पद में यद्यपि आलिंगन कार्य में नायिका की सक्रियता का कथन नहीं हुआ है, किंतु पेड़ और लता के प्रतीक के व्यवहार के कारण इसे कामशास्त्रोक्त 'लतावेष्टितक' उपगूहन का ही एक प्रशस्त उदाहरण मानना चाहिए।

पेड़ अपनी शाखाओं रूपी बाँहों में लता को लिपटाए रहे या लता ही पेड़ की शाखाओं 'रूपी भुजाओं में चिपकी हुई रहे, बात एक ही है। तरु में वेष्टित लता की तरह के किसी भी आलिंगन को 'लतावोष्टितक' ही समझना चाहिए, अतः विद्यापति के उपयुक्त पद में 'लतावेष्टि तक' आलिंगन की ही निर्भ्रान्त रूप से स्थिति है।

विद्यापति के एक अन्य पद में भी लतावेष्टितक' आलिंगन का इस प्रकार कथन हुआ है-

जओ हम जनितहुँ एहन निठुर पहु कुच-कंचन-गिरि-सांधि।
कौसल करतल बाहु-लता लए दृढ़ करि रक्षितहुँ बाँधि।।6.।

-(बेनीपुरी, पद-256)

यहाँ अवसर चूक जानेवाली एक वियुक्ता नायिका पछता रही है कि यदि पहले ही यह मालूम होता कि प्रियनिष्ठुर है तो वह ऐसा उपाय करती कि प्रियतम उसके पाश से मुक्त ही नहीं होता। प्रियतम को रोकने के लिए नायिका उस कामशास्त्रीय कौशल और अपनी लज्जाहीन सक्रियता का सहारा लेती जिसे 'लतावेष्टितक' आलिंगन कहते हैं। वह अपने स्तन रूपी सुवर्ण पर्वत की दरार में कौशलपूर्वक नायक के करतल को अपनी भुज-लता के द्वारा दृढ़ करके बाँध लेती और उसे कहीं भी जाने नहीं देती। यहाँ नायिका अपनी भुज-लताओं से नायक को बाँध लेने की बात कहती है, अतः 'लतावेष्टितक' आलिंगन की प्रतीति होती है।

गमन करने वाले नायक को बाँध कर रोक लेने के प्रसंग में 'लता' की रस्सी और कुच गिरि की संधि की उद्‌भावना सार्थक और साभिप्राय है। 'लतावेष्टितक' आलिंगन के कामशास्त्रीय अर्थ का इस संदर्भ में रम्य प्रयोग हुआ है।

(इ) 'क्षीरनीरक' आलिंगन

नीर-नीरक' कठिनालिङ्गन का सर्वाधिक प्रचंड रूप है। यह प्रगाढ़तम आलिंगन है जिसमें नायिका-नायक एक दूसरे में समा जाना चाहते हैं। रसावेश

में दोनों एक हो जाना चाहते हैं और बीच के किसी भी व्यवधान को नहीं सह पाते हैं। इस दशा में उन्हें अंग-भंग, प्रचंडपीड़ा आदि की तनिक भी परवाह नहीं रहती है। 396

रागांध दशा का यह आलिंगन गाढ़तम है और नायिका नायक का एक-दूसरे में दूध पानी की तरह एकाकार हो जाने की प्रवृत्ति का परिचायक है। कठोरतम होते हुए भी 'क्षीरनीरक' सर्वाधिक सुखदायक उपगूहन है।

'क्षींरनीरक' आलिंगन के ज्ञान का मनोरम प्रयोग विद्यापति की निम्नलिखित अर्थ-योजना में देखा जा सकता है-

चिर चन्दन उर हार न देला।
से अब नदि गिरि आँतर भेला।।

विरहिणी कहती है कि आश्लेषण के समय जो प्रियतम वस्त्र, चंदन लेप और हार के भी व्यवधान को बर्दाश्त नहीं करता था वही अब बहुत दूर हो गया है। प्रेमी-प्रेमिका के बीच अब नदी, पर्वत आदि का अंतर आ गया है।

पद में परिपूर्ण एकीकरण वाले गहन आलिंगन का संकेत मिलता है। हार, कपड़ा और चंदन के लेप के व्यवधान भी इस उपगूहन में असह्य जान पड़ते हैं। क्षुद्रतम व्यवधानों को भी नहीं सहने वाला यह उत्कट आलिंगन अवश्य ही 'क्षीरनीरक' संज्ञक कामशास्त्रीय आलिंगन है।

एक अन्य पद में विद्यापति का वक्तव्य है कि आलिंगन-जन्य स्पर्श-सुख से रोमांचित शरीर के कंटकित रोम का भी व्यवधान इस प्रकार के प्रगाढ़लिङ्खन में प्रेमीजन नहीं सह पाते हैं-

तिल एक सयन ओत जिउ न सहए न रहए दुहू तनु मीन
मांझे पुलक गिरि अन्तर मानिए अइसन रह निसि-दीन।2।

-(बेनीपुरी, पद-219)

यहाँ प्रसंग यह है कि उपगूहन जन्य रोमांच से भी प्रेमी को बाधा हो जाती थी। वह पुलक रोमांची भी पहाड़ के अंतराल सा उपस्थित कर देता था। प्रेमी युगल स्वल्प क्षण के लिए भी विश्लिष्ट होना नहीं चाहते थे। एक निमेष का भी अन्तर शयनकाल में सहा नहीं होता था। दोनों के तन सदैव अभिन्न से बने रहते थे किंतु अब दोनों के बीच कितनी दूरी आ गई है-

सजनी कोन परि जीवए कान।
राहि रहल दूर हम मथुरापुर एतहु सहए परान।।4.।

-(बेनीपुरी, वही पद-219)

वर्त्तमान वियोग-काल की दूरी के दुःख को प्रभावोत्पादक ढंग से वर्णित

करने के लिए 'क्षीरनीरक' उपगूहन की स्मरण काम दशा को प्रस्तुत करके विद्यापति ने अपने इन प्रसंगों में चमत्कार की सृष्टि कर दी है। यहाँ 'क्षीरनीरक' आलिंगन का संदर्भ पदों के भावों को दमकाने वाला सिद्ध होता है।

(ई) 'स्तनालिङ्गन'

'स्तनालिङ्गन' का उल्लेख सुवर्णनाम ने किया है। 397 इस आलिंगन में नायिका अपने नायक के वक्षपर कुचों के भार को देह भार के साथ डालती है। 398

विद्यापति के अनेक पदों में इस आलिंगन के संकेत मिलते हैं-

ततहि जाह हरि न करह लाथ।
रयनि गमओलह जन्हि के साथ।।4.।
कुच कुंकुम माखल हिय तोर।
जनि अनुराग राँगि करु गोर।। 6।।

-(बेनीपुरी, पद-133)

यह खंडिता नायिका की उक्ति है। अन्यन्त्र रात व्यतीत करने वाले शठ नायक को नायिका फटकारती है, क्योंकि वह रतिचिह्नों से इस तथ्य को जान लेती है कि नायक किसी अन्य नायिका के साथ रमण करके आया है। 'स्तनालिङ्गन' के क्रम में दूसरी नायिका के कुचों में लगा कुंकुम-प्रलेप नायक के वक्ष में लग गया है जिससे अन्य नायिका के साथ उसका समागम ध्वनित होता है।

स्तनों में कुंकुम का अनुलेपन प्राचीन प्रसाधन है। नायिका के स्तनों का वह अनुलेपन नायक के वक्ष पर भी आलिंगन के समय चिह्नांकन कर देता है और 'स्तनालिङ्गन' संज्ञक विशिष्ट उपगूहन का द्योतन करता है।

विद्यापति के अधोलिखित पद में कृतापशध नायक नायिका से कहता है कि नायिका को उसके कथन का विश्वास नहीं हैं तो वह नायक को दंडित कर सकती है। अपनी सजा का भी स्वयं ही प्रस्ताव करता है कि नायिका उसे भुज-पाश-बद्ध करको जघन-ताड़ित कर सकती है, तथा पयोधर रूपी भारी पत्थर को हृदय-प्रदेश पर रखने के लिए वह स्वतंत्र है-

हमर बचन यदि नहि परतीत।
बूझि करह साति जे होय उचीत।। 6।।
भुज-पास बाँधि जघन-तर तारि।
पयोधर पाथर हिय दह भारि।।8.।

-(बेनीपुरी, पद-137)

यहाँ स्पष्टतः नायिका को 'स्तनालिङ्गन' करने के लिए नायक प्रेरित कर रहा है। इस आलिंगन में नायिका अपने पृथुल पयोधरों को दबाव को साथ नायक पर आरोपित करती है।

'स्तनालिङ्गन' की यह व्याख्या मुझे संतोषजनक नहीं जान पड़ती है कि इसमें नायिका ही सक्रियता दिखलाकर नायक के वक्ष पर अपने स्तनों और शरीर का भार डालती है। इस आलिंगन में मुख्य बात स्तनों और उर का दबाव के साथ गाढ़ालिंगन ही है जैसा कि 'कामसूत्र' (22/26.।) से स्पष्ट है और यह उपगूहन उभय पक्षों की सक्रियता या किसी एक पक्ष की सक्रियता से घटित हो सकता है। नारी के द्वारा संपन्न 'स्तनालिङ्गन' के तो उदाहरण दिए जा चुके हैं, अब में पुरुष के द्वारा संपन्न होने वाले 'स्तनालिङ्गन' के दो उदाहरणों को विद्यापति पदावली से प्रस्तुत कर इस प्रसंग को समाप्त करूँगा-

विद्यापति का एक पद इस प्रकार है-

कबहु हारकर कबहु चिकुर गह
कबहु हृदय कुच सङ्गो।
एकलि नारि हमे कत अनुरज्जब
एकहि बेर सबै रङ्गो।।

--(परिषद् पदावली पर्व-156-मूल पाठ)

यहाँ नायिका नायक के काम-व्यवहारों का विवरण दे रही है कि कभी वह हार पड़कता था, कभी केश-कर्षण करता था और कभी वक्ष और स्तनों का आलिंगन कराता था। हृदय और कुच का मिलाप कराने वाला वह नायक स्तनालिङ्गन-रसिक जान पड़ता है।

(2) विद्यापति की एक नायिका कहती है-

की कान्हु निरेषह भौह विभङ्ग
धनु मोहि सोपि गेल अपन अनङ्ग।
कच्चने कामे गढल कुच कुम्भ
भगइते मलव देइते परिरम्भ।।

-(प., प.पद-233)

यहाँ नायिका आलिंगन का प्रतिषेध करती है, क्योंकि कामदेव ने सोने से उसके कुच रूपी घड़ों का निर्माण किया है जो आलिंगन के दबाव से भारत हो जाएँगे। पद में स्पष्टतः स्तनों के आलिंगन-कौशल का उल्लेख हुआ है। पुरुष के द्वारा किए जाने वाले इस कठिन स्तनालिङ्गन में नायिका के कुचकुम्भों के टूटने का भय है।

(3) पदावली में कामशास्त्रीय नखक्षतों के साक्ष्य

(अ) नख-क्षतों का स्वरूप-निरूपण

नख मानव-शरीर के पशु-संस्कार है। गुहावासी बर्बर मनुष्य नखों का प्रयोग आयुध के रूप में करता था। कालान्तर में मनुष्य नखों से युद्ध करना बंद कर लोहे आदि के हथियारों से लड़ना शुरू किया, किंतु नख अभी भी मनुष्य की पशुता का प्रमाण देते हैं। डॉ. हजारी प्रसाद द्विवेदी ने अपने ललित निबन्ध 'नाखून क्यों बढ़ते हैं?' में इस तथ्य को रोचक ढंग से प्रस्तुत किया है कि आदिम युगों की पशुता का अवशेष ही इन नखों के रूप में दिखलाई पड़ता है। उनकी धारणा है कि भारतवर्ष में नख की बर्बरता को परिष्कृत और सुसंस्कृत करने की चेष्टा गुप्त युग में हुई थी। उन्होंने वात्स्यायन के 'कामसूत्र' के आधार पर नखों के रंगे जाने और उनके सौंदर्यात्मक स्वरूप-विधान की चर्चा की है, किंतु इस बात का उन्होंने उल्लेख नहीं किया है कि नख सदैव एक आयुध ही है और उसकी पीड़क प्रवृत्ति कभी भी क्षुण्ण नहीं हुई है। नख का पशुत्व कभी भी नहीं मिटा है। यह ठीक है कि विकसित शस्त्रों के रूप में नख का युद्धात्मक महत्त्व नहीं रहा किंतु अभी भी क्रुद्ध व्यक्ति पारस्परिक झगड़ों में नखों से प्रहार करते ही हैं। इसके अतिरिक्त यह सर्वविदित तथ्य है कि काम युद्ध में तो नखों का सब दिन बोलबाला रहा ही है। काम-सुख की उपलब्धि के लिए प्रेमीजन एक-दूसरे को नखों के द्वारा पीड़ा पहुँचाते ही है। नखों की पीड़क प्रवृत्ति कभी भी खर्वित नहीं हुई है। इनका संखर्षात्मक महत्त्व अद्यावधि अक्षुण्ण है।

नख-क्षत और दंत-क्षत देने की क्रियाएँ मनुष्यों में निहित पशु-स्वभाव के बर्बर आनंद को व्यक्त करती हैं। यह दूसरी बात है कि नितान्त क्रूर कर्मों के स्थान पर सभ्यता ने नखों से कामशास्त्रीय ललित व्यावहारों को संपन्न कराया है, किंतु यह भी सत्य है कि कामवासना की दृष्टि में मनुष्य का त्रासक-पीड़क स्वभाव निहित है। रागांधता के अवसर पर ही नखों के विकट प्रहार सहे जा सकते हैं।

वात्स्यायन ने रागवृद्धि की दशा में नखों के रगड़ने को नखविलेखन कहा है-"रागवृद्धौ संखर्षात्मकं नखविलेखनम्।।"-(का. सू. 2।4।1.।)

इन सूत्र की व्याख्या इस भांति भी हो सकती है नख-लेख देना संखर्षात्मक या पीड़ात्मक है जिसे राग-वृद्धि की दशा में रागांधता-वर्द्धन के लिए दिया जाता है।

नख-क्षत और दंत-क्षत अत्यधिक राग-वर्द्धक होते हैं। कामावेश को बढ़ाने

में इनसे अधिक सक्षम और उपयोगी कोई दूसरी क्रिया नहीं है। 399

शरीर के कोमल स्थानों पर नखों के उत्कट प्रहार से क्षत देने की नागर-परंपरा काम शास्त्र में विहित-स्वीकृत है। नख-विलेखन में पीड़ा कम होती है क्योंकि उनमें नखों के अगले भागों से केवल रगड़कर प्रेमीजन पुलकाकुल होते हैं, किंतु नख-क्षत देने पर पीड़ा अधिक हो जाती है।

प्रचंमें वेग नामीजन ही नख-क्षतों के उचित प्रयोक्ता हैं। मन्द वेग वालों के लिए नख-क्षतों के उग्र प्रयोग वर्जित हैं। विद्यापति के पदों में नख-क्षतों के भूरिशः प्रसंग मिलते हैं। इन प्रसंगों से यह ज्ञात होता है कि विद्यापति के नायकों और उनकी नायिकाओं में कामावेश की प्रचंडता है। कामावेश की प्रचंडता में नख-क्षतों का बहुत प्रयोग अस्वाभाविक नहीं है।

नख-क्षत देने के स्थानों का निर्धारण करते हुए वात्स्यायन ने कहा है कि बाहु मूल तक शरीर का पार्श्वभाग, नायिका के स्तन और नायक का वक्ष-देश, ग्रीवा, पीठ, नितम्ब, निम्नोदर आदि नख-क्षतों के स्थान हैं, 400 किंतु आचार्य सुवर्ण-नाम का विचार है कि रसावेश-काल में क्षत देने के लिए स्थानों का बंधन नहीं है। रति-चक्र में आविष्ट जन के लिए शरीर का कोई भी भाग नख-क्षत देने के योग्य ही होता है। 401 रति-चक्र में आविष्ट हो जाने के बाद तो सचमुच ही "न शास्त्रः न च कमः" की स्थिति आती है, अतः स्थान-निदेश को औपचारिक ही मानना चाहिए। प्रहर्ष की परमावस्था में सब कुछ अभिनन्दनीय ही होता है, फिर भी नख-क्षत देने के लिए सबसे संवेदनशील अंग पयोधर ही है।

प्रीति-प्रसंग में नख-क्षत-दान की महिमा बहुत है। नायिकाएँ अपने गुप्त अवयवों पर यदि नख-क्षत देख लेती हैं तो पुराने क्षत भी विगत सुखों का पुनराह्वान कर देते हैं तथा वे क्षत बिल्कुल नये से हो जाते हैं और प्रेम को भी तरोताजा एवं रसपूर्ण बना देते हैं। 402

बहुत-सी नायिकाएँ अपने क्षतों को जुगा कर रखती हैं। प्रोषित पतिकाएँ या वियुक्ता नायिकाएँ मादक संयोग-सुखों के स्मृति-चिह्न के रूप में इन क्षतों को रखा करती हैं। बिहारी की नायिका तो कुरेद-कुरेद कर पुराने से क्षत को हरा करती है। वह नायक के दिए हृदयस्य नख-क्षत को स्मृति चिह्न समझकर सूखने नहीं देती है– खोंट-खोंट कर ताजा रखती है। 403

वात्स्यायन ने नखविलेखन के स्वरूप-निर्देश के बाद आच्छुरितक', 'अर्द्धचन्द्र', 'मंडल', रेखा 'व्याघ्रनख', 'मयूरपद', 'शशप्लुतक' 'उत्पल पत्र' नामक उसके आठ प्रकारों का उल्लेख किया है। 404

कलाप्रिय प्राचीन भारत में पान पीक कलात्मक ढंग से फेंकी जाती थी और चोर भी कलात्मक ढंग से सेंध काटा करते थे। 405 जब ऐसी बातों में भारतीय लोग कलात्मकता का निर्वाह करते थे तो काम कला और शृंगारिक प्रसंगों में उनकी चातुरी के प्रदर्शन का तो और भी अवकाश था। पान की पीक फेंक कर यदि चक्रवाक-मिथुन का चित्र बनाया जा सकता है तो नख-दंतक्षतों में भी कलात्मक आकार-प्रकार का ध्यान रखा जा सकता है।

प्राचीन युगों में विशेषक, पत्रावली रचना आदि के क्रम में भी आकृति निर्माण का विचार रखा जाता था। स्तनों पर भी कुंकुम से चित्रांकन होते थे। इसी तरह कदाचित् नख-क्षत दान के समय भी चित्र या स्वरूप निर्माण की चेष्टा की जाती रही होगी। नक्षतों और दंत-क्षतों के कामशास्त्रीय नाम हमारे सामने विविध चित्रों को साकार करते हैं। नख-क्षतों के 'अर्द्धचंद्र', 'वृत्त चंद्र' या 'मंडल', 'व्याघ्रनख', 'मयूरपद' जैसे नाम तथा दंत-क्षतों के 'बिन्दु माला', 'मणिमाला', 'खण्डाभ्रक' प्रभूति नाम हमारे समक्ष विशेष चित्रों को भी स्पष्ट करते हैं। इस तरह हम देखते हैं कि नागरक क्षत-दान में अपने कलात्मक नैपुण्य का प्रदर्शन करता था।

(आ) पदावली में 'अर्द्धचन्द्रक' नख-क्षतों पर आधारित अर्थ

'अर्द्ध चन्द्रक' नामक नख-क्षत बालचंद्र या द्वितीया के नवचंद्र के समान होता है और वह वक्र नख से ग्रीवा या स्तनदेश में दिया जाता है। 406

तिर्यक् चंद्र के समान ही यह क्षत होता है जिसके मनोहारी संकेत विद्यापति के पदों में उपलब्ध होते हैं-

(1) विद्यापति ने लिखा है-

पीन पयोधर नखर मन्दा
जनि महेसर सरद चन्दा।।

-(परिषद्-पदावली; पद-1)

परिषद्-पदावली के संपादकों ने इस प्रसंग का अर्थ इस प्रकार किया है-क्षत से पीन पयोधर मन्द पड़ गया। मालूम होता है, जैसे शिवजी के मस्तक पर चंद्रमा उग आया हो।" किंतु मेरी व्याख्या किंचित् दूसरे ढंग की है। यहाँ पृथुल पयोधर पर मंद या हल्का नख-क्षत है जिसपर उत्प्रेक्षा की गई है कि ऐसा जान पड़ता है मानों शंकर के मस्तक पर शारदीय चंद्र छिटका हो।

स्तन के उपमान के रूप में शिवलिङ्ग प्रसिद्ध ही है और शिव के मस्तक पर रहने वाला चाँद बालचंद्र या 'अर्द्धचन्द्र' ही है, अतः नायिका के स्तन के इस विशेष नख-क्षत को 'अर्द्ध चन्द्रक' ही समझना चाहिए।

(2) विद्यापति का अधोलिखित पद भी नख-क्षत के वैशिष्ट्य का द्योतन करता है –

कुच कोरी फल नखक्षत रहे
नव ससि छन्दे अङ्करल नव रहे।
जिव जयो जनि निरधने निधि पाए
षने हरेए खने राष झपाए।।
नवि अभिसारिणि प्रथमक सङ्ग
पुलकित होए सुमरि रतिरङ्ग।

–*(परिषद् पदावली, पद 117)*

परिषद्-पदावली के संपादकीय अभिमत से 'नवसति छन्दे अङ्कु रल नव रहे" की जगह "नव ससि छन्दे अङ्कु रल नवनेह" पाठ को मान्यता मिली है, जो ठीक ही है। संपादकों ने इस प्रसंग का यह अर्थ युक्ति युक्त ही किया है-"स्तन-रूपी बदरी-फल में नख-क्षत की रेखा (ऐसी जान पड़ती है, जैसे) अभिनव प्रेम बन चन्द्राकार होकर अङ्कुरित हुआ हो।"

'नखक्षत की रेखा'-इस वक्तव्य से ऐसा न समझना चाहिए कि यह 'रेखा' नामक क्षत है, बल्कि उत्प्रेक्षा के वैशिष्ट्य को दृष्टिपथ में रखना चाहिए। 'मानों नया प्रेम ही नवचंद्र के रूप में अंकुरित हुआ है-यह संभावना ही नवीना नायिका के स्तनों पर पड़े 'अर्द्धचन्द्रक' नख-क्षत की घोषणा करती है। 'नव शशि' का अभिप्राय यहाँ उगता हुआ पूरा चंद्र मंडल नहीं है, क्योंकि नव प्रेम ही मानों अंकुरित हुआ है', यह वाक्य उगने वाले चंद्र मंडल नहीं, बालचंद्र की व्यंजना करता है। इस तरह हम देखते हैं कि यहाँ 'मंडल' नहीं 'अर्द्ध' चन्द्रक' क्षत की ही स्थिति है।

पद की नायिका नवीना है और वह नखक्षत को देखकर प्रहृष्टमना, पुलकिता और प्रीतिमग्ना हो रही है। इस अवसर पर वात्स्यायन की यह उक्ति पूर्णतः चरितार्थ होती है-

नखक्षतानि पश्यष्त्वा गूढस्थानेषु योषितः।
चिरोत्सृष्टाऽप्यभिनवा प्रीतिर्भवति पेशला।।224घ्27.।

जब पुराने क्षत भी अभिनव होकर प्रेम को नवीन और रस-स्निग्ध कर देते हैं तब सद्यः दत्तक्षत कितना पुलक सन्चार कर सकते हैं यह सहज ही अनुमान किया जा सकता है।

(3) विद्यापति के अधोलिखित पद में भी 'अर्द्धचन्द्रक' नख-क्षत का संकेत मिलता है-

कमोने कुमति कुच नख-खत देल।
हा हा!, सम्भु जगन भए गेल।

-(परिषद् पदावली, पद-197, सं. (अ.)

यहाँ नख-क्षत देने से कुच रूपी शिव के भग्न हो जाने की बात कही गई है। यद्यपि पद में स्पष्टतः क्षत का वैशिष्ट्य प्रतिपादन नहीं किया गया है किंतु शैव महाकवि विद्यापति का संकेत समझ लेना कठिन नहीं है। शंकर के साथ बालचंद्रा की अनिवार्य स्थिति रहती है, अतः यहाँ 'अर्द्ध चन्द्रक' क्षत की ही संभावना है।

कुच को जहाँ-जहाँ शंकर कहकर क्षत-दान के प्रसंग उपनिबद्ध किए गए हैं प्रायः उन सभी स्थलों पर 'अर्द्ध चन्द्रक' नखक्षतों की स्थिति माननी चाहिए।
(4) विद्यापति ने रूपकातिशयोक्ति-शैली के निम्नलिखित दृष्टिकूट में भी 'अर्द्धचंद्रक' नख-क्षतों को उल्लिखित किया है-

एक असम्भव आओर देखल जल बिना अरविन्दा।
बेवि सरोरुह उपर देखल जइसन दूतिअ चन्दा।।

'दो कमल' यहाँ दो पयोधरों के उपमान है तथा द्वितीया का चाँद नख-क्षत का उपमान है। दो स्तनों के ऊपर द्वितीया के दो चांदों को देखना 'अर्द्धचन्द्रक' नखक्षतों का व्यंजक है

(इ) पदावली में 'मंडल' गख-क्षतों पर आधारित अर्थ

'मंडल' नामक क्षत 'अर्द्धचंद्रक' का ही परिपूर्ण रूप है। यह चंद्रमंडल के रुपाकार का क्षत होता है। 'अद्धचंद्रक' क्षत का ही द्वित्त रूप इसमें होता है। एकदूसरे के सम्मुख 'अर्द्धचन्द्रक' क्षतों को नियोजित कर देने से ही वृत्ताकार या मंडलाकार क्षत वन जाता है। 'अद्धचन्द्रक' में यदि दूज के चाँद का रूप होता है तो 'मंडल' में पूर्णचन्द्र की छटा रहती है। 407

वात्स्यायन ने पयोधर को इस क्षत का स्थान नहीं बतलाया है, 408 किन्तु 'मण्डल' क्षत के प्रयोग-स्थान के सम्बन्ध में विद्यापति वात्स्यायन से सहमत नहीं जान पड़ते हैं। विद्यापति पयोधरों पर भी 'मण्डल' क्षतों का उल्लेख करते हैं। कोई कारण नहीं है कि पयोधरों पर 'मण्डल' क्षत न दिए जाएँ, अतः इस क्षत के प्रयोग-स्थान सम्बन्ध में मैं विद्यापति से सहमत हूँ।

विद्यापति के निम्नलिखित पद में 'मण्डल' नख-क्षत का वर्णन मिलता है-

नखपद-केसु पयोधर पूजल परतख भए गेल लोते।
उगल सुमेरुसिखर चढ़ि संसधर दह दिस भेल उजोते।।

-परिषद् पदावली, पद-238, सं. (अ.)

पद का वक्तव्य है कि नख-चिह्न रूपी रक्त किंशुक से नायिका के पयोधरों की पूजा की गई है। वे नखक्षत प्रत्यक्ष ही रक्तिम या लोहित जान पड़ते हैं। (यहाँ 'लोते' का अर्थ 'लौहित्य' के अलावा 'छिपा भी हो सकता है। तब 'परतख भए लोते' का अर्थ इस प्रकार होगा, कि जो छिपा था वह प्रत्यक्ष हो गया।)

विद्यापति कहते हैं कि कठिनोन्नत कुचाग्रों पर शशांक-क्षत चतुर्दिक अपनी आभा विकीर्ण कर रहा है। ऐसा लगता है कि मानों सुमेरु पर्वत के शिखर पर चांद उग आया है और चारों ओर उसी का प्रकाश फैल-सा गया है। उगे चाँद के मण्डल के इर्द-गिर्द अरुणाभा छाई ही रहती है।

प्रस्तुत पद में सुमेरु-शिखर कुचाम्रों का उपमान है और शशधर या चाँद 'मंडल' क्षत का अप्रस्तुत है। पद में 'शशधर' शब्द के प्रयोग से 'शशप्लुतक' संज्ञक नख-क्षत की व्यंजना नहीं मानी जा सकती है। रूपकातिशयोक्ति शैली में रचित विद्यापति के इस दृष्टिकूट में भी 'मण्डल' नखक्षत की प्रतीति होती है-

कदलि उपर केहरि देखलं केहरि मेरु चढला।
ताहि उपर निशाकर देखल किरता उपर बइसला॥

इस पद में केवल उपमानों के ही कथन द्वारा वस्तु-वर्णन किया गया है। यहाँ मेरु स्तनों का उपमान है। उसके ऊपर 'निशाकर' या चाँद को देखना साभिप्राय है। यह निशाकर या पूर्णचन्द्र मण्डल 'मण्डल' नखक्षत का उपमान प्रतीत होता है। नायिका के स्तन पर मण्डल' नखक्षत है, यही कवि का प्रतिपाद्य है।

(ई) पदादली में 'व्याघ्रनख' नखक्षत पर आधारित अर्थ

'व्याघ्रनख' नख-क्षत का स्वरूप कदाचित् बाघ के पंजे से दिए गए क्षत के समान होता होगा। पयोधर के अग्र भाग पर उत्कट नख प्रहार से जिस विशिष्ट क्षत का स्वरूप बाघ या सिंह के नाखूनों से नुचे हुए व्रण-सा हो जाता है उसे 'व्याघ्र नख' नख-क्षत कहते हैं। 409 यह उम्र नखाघात का स्वरूप विशेष है प्रचंडवेग नायक इस पीड़ादायक क्षन का प्रयोग करता है। नायिका इसका स्मरण करके काँप-काँप उठती है।

विद्यापति के निम्नलिखित पद में 'व्याघ्रनख' नखक्षत का संकेत उपलब्ध होता है-

कुच-जुग देलन्हि नख-परहार।
केहरि जनि गज-कुम्भ बिदार॥16

-(बेनीपुरी, पद 94)

नायिका सखी से निशा-केलि का वर्णन करती है और उसी क्रम में प्रचन्ड नख-प्रहार का उल्लेख करती है। जैसे हाथी के कुम्भ स्थल को सिंह विदीर्ण कर देता है उसी तरह नायक ने नायिका के पयोधरों पर विकट 'व्याघ्रनख' नखक्षत किया है।

कुचों के लिए 'गज-कुम्भ' एक प्रसिद्ध उपमान है। 'केहरि प्रहार' का प्रसंग उपस्थित करके विद्यापति ने अपनी कामशास्त्रीय-अभिज्ञता का प्रदर्शन किया है। विद्यापति के एक अन्य पद में भी इस नखक्षत का प्रसंग प्राप्त होता है-

सुन्दर कुच जुग नख-खत भरी।
जनि गज-कुंभ विदारल हरी।।6.।

--(बेनीपुरी, पद-96)

यहाँ भी नायिका सखी से रात्रिकालीन समागम के अनुभवों का वर्णन करती हुई नख-क्षतों के आधिक्य और उनकी प्रचंडता का चित्र उपस्थित करती है। पद का वक्तव्य है कि नयनाभिराम कुच-द्वय नखक्षतों से आकीर्ण हैं मानों युद्धोन्माद में सिंह ने गज-मस्तक को चीर कर रख दिया है-नोच-नोचकर उसे क्षत पूर्ण बना दिया है।

इस स्थल पर भी 'व्याघ्रनख' नख-क्षत की ही स्थिति है।

(उ) पदावली में 'मयूरपदक' नख-क्षत पर आधारित अर्थ

'मयूरपदक' नख-क्षत पाँचों नखों से स्तनाग्र की ओर इस भाँति दिया जाता है कि मयूर के पंजे से नोचा गया क्षत-चिह्न ज्ञात होता है। 410

विद्यापति के अधोलिखित पद में इस विशिष्ट नख-क्षत का चतुराई-भरा संकेत प्राप्त होता है-

कुसुम तोरय गेलहु जाहाँ।
भमर अधर बंडल ताहाँ।।2.।
तें चलि एलहु जमुना तीर।
पवन हरल हृदय चीर।।4.।
ए सखि सरूप कहल तोहि।
आनु किछु जनि बोलसि मोहि।।6।।
हार मनोहर बेकत भेल।
उजर उरग संसअ लेल।।8.।
तें धसि मजूर जोड़ल झाँप।
नखर गाड़ल हृदय कप।।10.।
भन विद्यापति उचित भाग।

बचन पाटव कपट लाग।।12.।

--(बेनीपुरी, पद-127)

नागरी नायिका वचन -कौशल से अपनी गुप्त रति के चिह्नों की दूसरी व्याख्या देकर सखी को समझाती और छलती है।

दंत-क्षत के लिए नायिका बहाना करती है कि फूल तोड़ते समय भौंरे ने अधर को खंडित कर दिया है। अपने विशिष्ट नख-क्षत के लिए वह बहाना करती है कि यमुना-पुलिन पर हवा से वक्ष स्थल पर के अंचल एवं वस्त्र हट गए थे और हृदयस्थ सुन्दर हार व्यक्त हो गया था जिसे देखकर मोर को उजले साँप का सन्देह हो गया तथा वह वक्ष पर झपट पड़ा। इस तरह उस मोर ने सांप के भ्रम में वक्ष पर जो नखगड़ा दिए वे ही कुचों पर नखक्षत के रूप में प्रतीत होते हैं।

यहाँ 'उरग' शब्द के प्रयोग से विदित होता है कि मयूर को कदाचित् साँप के पेट या वक्ष का भ्रम हुआ था। साँप का पेट या उर उजला होता है इसीलिए उज्ज्वल हार को देखकर मोर को उज्ज्वल साँप या साँप के उर की भ्रांति हो गई और वह नायिका के वक्ष पर टूट पड़ा, फलतः नायिका के कुचों पर मोर के नखों के क्षत अंकित हो गए।

नायिका अपनी सखी से छल कर रही है। सखी के सन्देह का निवारण करने के लिए वह एक मनगढ़न्त किस्सा कहकर अपने वचन कौशल का प्रदर्शन करती है। यहाँ वह स्पष्टतः 'मयूरपदक' नखक्षत को छिपाने के लिए कैतव का सहारा ले रही है।

इस पद में विद्यापति ने कामशास्त्रीय अर्थ का मनोहर ढंग से निबन्धन किया है।

(ऊ) पदावली में 'उत्पलदनक' नखक्षत पर आधारित अर्थ

वात्स्यायन का अभिमत है कि 'उत्पलपत्रक' कमल के पत्तो की आकृति का प्रशस्त नखक्षत होता है जो स्तन और मेखला पहनने के स्थान पर दिया जाता है। 411

हम कह सकते हैं कि जब अपनी विदग्धता के प्रदर्शन के लिए नायिका के यक्ष पर नखों से नोचकर कमल-पत्र की आकृति अंकित कर देता है तब उस क्षत-विशेष की कामशास्त्रीय संज्ञा 'उत्पलपदक' होती है। विद्यापति के अधोलिखित पद में इस बात की संभावना जान पड़ती है–

माधव की कहव सुन्दरि रूपे।
कतेक जतन बिहि आनि समारल देखल नयन सरूपे।।2.।

पल्लव राज चरन-युग सोभित गति गजराजक भाने।
कनक कदलि पर सिंह समारल तापर मेरु समाने।।4.।
मेरु ऊपर दुइ कमल फुलायल नाल बिना रुचि पाई।
मनि-भय हार धार बहु सुरसरि तओ नहि कमल सुखाई।। 6।।

-(बेनीपुरी, पद-12)

प्रस्तुत पद में रूपकातिशयोक्ति की शैली में नायिका का नख-शिख वर्णन किया गया है। यह वर्णन कवि-प्रौढ़ोक्ति सिद्ध बातों के आधार पर किया गया है।

पद के रेखाकिंत अंशों की परंपरागत व्याख्या के अनुसार का असे 'वक्षस्थल' और 'कमल' का अर्थ 'स्तन' है। बेनीपुरी ने 'मेरा' का अर्थ 'पहाड़ (उभड़ी हुई छाती)' किया है 412 तथा 'दुइ कमल' का अर्थ उन्होंने 'दो कमल (दोनों कुछ)' बतलाया है 413

डॉ. उमेश मिश्र ने भी इस प्रसंग की व्याख्या प्राय: बेनीपुरी की तरह ही की है। 414

मेरा विचार है कि बिना नाल के फूल उठने वाले में स्थित कमल की नवीन व्याख्या अपेक्षित है। 'मेरु' कह देने से ही पीनोन्नत कुचों का संकेत हो जाता है, अत: 'कमल' का अर्थ 'कुच' नहीं करके कुच स्थित क्षत-विशेष करना समीचीन जान पड़ता है। "मेरु ऊपर दुइ कमल फुलायल नाल बिना, रुचि पाई"-इस भाँति पढ़ने से इस प्रसंग का अर्थ और भी स्पष्ट होता है। यहाँ विद्यापति का वक्तव्य है कि कुचों पर दो कमल बिना नाल के नख-क्षत पाकर फूले हैं। 'रुचि' का प्रयोग प्राय: नखों के साथ होता रहा है, 415 अत: ऐसा लगता है कि विद्यापति के मन में नख का ही प्रसंग था, किंतु जयदेव के प्रसंग के अध्ययन के कारण अनायास ही उनके पद में 'रुचि' शब्द नख साहचर्यवश उतर गया है।

हार के संपर्क में ये 'उत्पलपत्रक' क्षत सूख नहीं रहे हैं। नदी से सिंचित होने के कारण कमल नहीं सूख सकता हैं और हार से बार-बार रगड़ खाने के कारण कमल के आकार के नख-क्षत नहीं सूख रहे हैं। कुचों पर दो 'उत्पलपत्रक' नख क्षत हैं, यही विद्यापति का अभिप्राय है। कवि ने इन्हें पूर्ण 'उत्पलक्षत' के रूप में वर्णित किया है।

(4) पदावली में कामशास्त्रीय दंत-क्षत वर्णन

कामावेश के उद्रेक और पीड़ा जनित आनंद की उपलब्धि के लिए दंत-क्षतों

की कामशास्त्रीय व्यवस्था है। हल्के दंत-क्षत संवेग को जगाते हैं और संप्रयोग की दशा में उग्रतर दंत-प्रहार रति-सुख को तीव्रतर करते हैं।

विद्यापति ने नख-क्षतों के प्रसंग में जैसी शास्त्रीयता का निर्वाह किया है वैसी दंत-क्षतों के प्रसंग में नहीं दृष्टिगत होती है। इस प्रसंग में शास्त्रीय प्रभेदों के प्रति उनका अधिक आग्रह नहीं दिखलाई पड़ता है। उनके पदों में अधर-पान और दंत-क्षत के सामान्य वर्णन ही अधिक मिलते हैं।

विद्यापति द्वारा वर्णित एक कामशास्त्रीय दंत-क्षत का उदाहरण द्रष्टव्य है–

अधर दसन देखि जिउ मोरा काँपे।
चांद-मंडल जनि राहुक झाँपे।8।

–(बेनीपुरी, पद–16)

नायिका अपनी सखी से रात्रिकालीन प्रचंड केलि का लोमहर्षक वर्णन करने के क्रम में एक विशेष दंत-क्षत की भी चर्चा करती है। यह हृदय को कँपाने वाला दंत-क्षत था जो अधर पर दिया गया था। ऐसा जान पड़ा जैसे राहु ने चद्र मंडल को ढँक लिया-निगल लिया या वह उसपर झपट पड़ा। यहाँ मुझे वात्स्यायतोक्त 'उच्छूनक' दंत-क्षत की प्रतिति होती है। यह परुष दंत-क्षत होता है। भरपूर दबाव के साथ यह क्षत दिया जाता है। खंडित स्थल इसमें निगला हुआ जान पड़ता है। 416 'चाँद पर राहु के आक्रमण से यहीं ग्रस लेने या निगल लेने वाला क्षत जान पड़ता है।

यद्यपि वात्स्यायन ने 'उच्छूनक' क्षत का स्थान कपोल निर्दिष्ट किया है 417-और विद्यापति ने यहाँ अधर का संकेत दिया है, फिर भी यहाँ 'उच्छूनक' की ही स्थिति माननी चाहिए, क्योंकि क्षत-स्थान की अपेक्षा क्षत-प्रक्रिया अधिक तात्त्विक बात है।

विद्यापति के एक अन्य पद में भी 'उच्छूनक' दंत-क्षत ही जान पड़ता है, क्योंकि इसमें अधर-पान के बाद राहुग्रस्त चंद्रमा और पुनः उसकी मुक्ति का प्रतीक चित्र व्यवहृत हुआ है-

अधर सुरस मनु कएलन्हि मन्द।
राहु गरसि निसि ते जल चन्द।।14.।

–(बेनीपुरी, पद–94)

(5) पदावली में कामशास्त्रीय चुम्बन-वर्णन

(अ) 'निमितक' चुम्बन

वात्स्यायन ने नवोढ़ा नायिकाओं के लिए 'निमितक', 'स्फुरितक' और

'घट्टितक नामक तीन प्रकार के चुम्बनों का विधान किया है।416

'निमितक' नामक चुम्बन में नायक बलपूर्वक नवोदा नायिका के मुख के समीप अपना मुख ले जाकर चुम्बत करता है और नवोढ़ा इसमें सक्रियता तो नहीं ही दिखलाती है, अपितु पराङ्मुख होना चाहती है। 419 इस चुंबन में नवीना नायिका अधर-याचना करने पर अपना सिर छिपा लेती है। ऐसी दशा में नायिका से अपना प्राप्य पाने के लिए नायक को बल प्रयोग करना पड़ता है। वह मुख से मुख सटाना चाहता है, किन्तु नायिका उसके साथ सहयोग नहीं करती है क्योंकि उसपर त्रपा का आधिपत्य रहता है। नायिका बार-बार सिर नीचा कर लेती है। और मुख छिपाती है, अतः नायक को इसमें पूर्ण काम होने के लिए अत्यंत सक्रियता दिखलानी पड़ती है।

मुग्धा के इसी प्रकार के कष्टसाध्य चुम्बन का संकेत विद्यापति के अधोलिखित पद में मिलता है-

अधर मगइते अयोध कर माथ
सहए न पार पयोधर हाथ।
बिघटलि नीवी करे घर जान्ति
अङ्कुरल मदन धरए कत भान्ति।।

-(परिषद-पदावली, पद-236)

पद में वर्णित है कि मुग्धा या नवीना नायिका नायक के चुम्बन प्रस्ताव पर लज्जावनत हो जाती है। नायक चूमने के लिए अधर की याचना करता है, किन्तु नायिका सक्रियता न दिखलाकर अपना सिर नीचा कर लेती है। इस हालत में अपनी चुम्बनाभिलाषा पूर्ति के लिए नायक अवश्य ही शक्ति प्रयोग से काम लेना चाहेगा-बलपूर्वक मुख से मुख को सटाना चाहेगा, अतः प्रस्तुत प्रसंग में 'निमितक, नामक चुम्बन का ही प्रस्ताव जान पड़ता हैं।

(आ) 'संपुटक' चुम्बन

'संपुटक' चुम्बन में नायिका झिझकती नहीं है, बल्कि सक्रियता दिखलाती है। यह चुम्बन अधर-पान-पूर्वक किया जाता है और इसमें नायिका किसी प्रकार की लज्जा या कुंठा का अनुभव नहीं करती है। 420

विद्यापति के अधोलिखित वर्णन में नायिका की चुम्बन-सक्रियता प्राप्त होती है-

विपरित रमण रमए वर नारि
रतिरस लालसे मुगुध भुरारि।
चुम्बने करए कलामति केलि

लोचन नाह निमिलित हेरि।।
ता दुह रूप ताहि परथाब
उदयवान दुहु जैसन सभाव

–(प.प., पद–140)

पद का वक्तव्य है कि विपरीत रति के प्रसंग में नायिका नायक को चूमती है। नायिका की स्पष्ट सक्रियता 'घट्टितक' तथा 'संपुटक' नामक चुम्बनों में पायी जाती है। विचारणीय है कि प्रस्तुत प्रसंग में 'घट्टितक' चुम्बन है या 'संपुटक'?

यहाँ 'घट्टितक' चुम्बन नहीं हो सकता है, क्योंकि 'घट्टितक' नवोढ़ा नायिकाओं के लिए निर्दिष्ट तीन चुम्बनों में अंतिम है, ('का. सू. 223।9.।) और उपयुक्त प्रसंग की नायिका नवोढ़ा न होकर प्रगल्भा 'कलावती' है जो बात-बात में लज्जा-विजड़ित और पराङमुख नहीं होती है, अपितु इसकी कामनाएँ स्पष्ट और उछाम हैं। यह विपरीत रति की भी घृष्टता करने वाली चपला नायिका है।

सुन्दरी नायक के साथ विपरीत रति करती है। नायक रति-रस की स्पृहा से मुग्ध हो रहा है। प्रियतम के तंद्रिल या मुँदे नेत्रों को देखकर कलावती नायिका-चुम्बन लेकर केलि कर रही है। यहाँ नायक के 'निमीलित' लोचन का प्रसंग ध्यातव्य है, क्योंकि 'घट्टितक' चुम्बन में भी नायक के मुँदे नेत्रों का उल्लेख मिलता है 421 लेकिन इस संकेत के रहते हुए भी यहाँ 'घट्टितक' की स्थिति नहीं है, क्योंकि उसमें नवीना नायिका की सक्रियता भी अवगुंठन की इच्छा रखती है। वह नवीना अपनी और प्रियतम दोनों की आँखों को आच्छादित करके चुम्बन कर्म में प्रवृत्त होती है। लज्जा के कारण ही वह दोनों के नेत्रों को ढंकना पसन्द करती है। विद्यापति के प्रस्तुत पद में कलावती प्रगल्भा ऐसा कोई आच्छादन कर्म नहीं करती है। यहाँ 'रति-सुख से नायक के नेत्र निमीलित हो जाते हैं जिन्हें देखकर नायिका नायक का चुम्बन करती है। पद की नायिका नवीना न होकर प्रगल्भा है, अंतः यहाँ 'घट्टितक' संज्ञक चुम्बन नहीं है। 'संपुटक' चुम्बन में भी नायिका की सक्रियता दृष्टिगत होती है, अतः यहाँ 'संपुटक' चुम्बन की ही प्रतीति होती है। 'संपुटक' चुम्बन के वर्णन की दृष्टि से विद्यापति का निम्नलिखित पद भी विचारणीय है-

बड अपरुब दुहु चेतन मेलि
विपरित रति कामिनि कर केलि।
XXX
पिमा मुख सुमुखि चुम्ब तेजि ओज

चान्द अधोमुख पिबए सरोज।

-(प.प., पद-93)

इस प्रसंग में विपरीत रति-निमग्ना प्रगल्भा नायिका झिझक, लल्जा और कार्पण्य छोड़कर अपने प्रियतम का मुख चुम्बन करती है। ऐसा जान पड़ता है मानों चन्द्रमा नीचे मुख करके कमल का रसपान कर रहा है।

यहाँ भी 'संपुटक' चुम्बन ही है जिसमें नायिका प्रगल्भतापूर्वक नायक का अधर-पान और चुम्बन करती है।

विद्यापति के अधोलिखित पद में भी 'संपुटक' चुम्बन का वर्णन उपलब्ध होता है-

रभसे निहारि अधर मधु पीब।
नात्री कुसुमसर आठ जीव।।

-(प. प., पद-94)

यहाँ कुसुमशर के प्रभाव से क्रियाशील होकर नायिका प्रियतम को प्रेमपूर्वक देखती हुई उसके अधर का मधु-पान कर रही है। हम कह सकते हैं कि नायिका सुस्वादु अधर-मधु को मधु पात्र से मुंह लगाकर चूसती हुई पी रही है। यह मधु-पान सस्वर भी हो सकता है, क्योंकि बहुत लोग पान-कर्म के अवसर पर मुख से ध्वनि-निस्सरण करते हैं।

(6) विद्यापति पदावली में 'संप्रयोग' या सुरत-वर्णन

(अ) 'उत्पीडितक' संवेशन प्रकार

सुवर्णनाम द्वारा निर्दिष्ट 'उत्पीडितक' 422 नामक संवेशन प्रकार की स्थिति विद्यापति के कई पदों में पायी जाती हैं

विद्यापति का एक पद इस प्रकार मिलता है -

माधव कि आबे बोलब अस ताहे।
जाहि रमणी सङ्ग रयनि गमओलह
ततहि पलटि पुनु जाहे।
सगर गोकुल जिनि से पुनमति धनि
कि कहब ताहेरि विभागे।
पदयावक रस जाहेरि हृदय अछ
आओ कि कहब अनुरागे।।

-(प. प., पद-178)

अन्यत्र रात बिताने वाले पाठ नायक के प्रति खंडिता की यह उक्ति है। वह

खंडिता नायक के शारीरिक चिह्नों से ही उसके केलि कलाम की पहचान कर लेती है। नायिका के पैर का अलक्तक या महावर नायक के हृदय प्रदेश पर अंकित है, अतः नायिका 'उत्पीडितक' सुरत-बंध का अनुमान लगा लेती है, क्योंकि उसी में नायिका के चरण नायक के यक्ष से लगाए जाते हैं। किसी नायिका के रंजित पैरों की छाप नायक के वक्ष पर पड़ गई है जिससे नागरी खंडिता वास्तविकता को भाँप लेती है। चरण-जावक का वक्ष पर चिह्नित होना 'उत्पीडितक' सुरत-बंध का ध्वनन करता है।

विद्यापति के निम्नलिखित प्रसंग में भी 'उत्पीडितक' का संकेत मिलता है-

माधव चल चल चल तिन्हि ठाम
जसु पद-जावक हृदयक भूषन अबहु जपत तसु नाम।4।

-(बेनीपुरी, पद-135)

यह भी एक खंडिता की ही उक्ति है जिसने किसी नायिका के पैरों के महावर को नायक हृदय के आभूषण के रूप में देखकर 'उत्पीडितक' सुरत-भेद का ज्ञान प्राप्त कर लिया है।

विद्यापति के निम्नलिखित पद में भी उत्पीडितक' बंध की प्रतीति होती है-

ततहि जाह हरि न करह लाथ।
रयनि गमओलह जन्हि के साथ।।4.।
कुच कुंकुम माखल हिय तोर।
जनि अनुराग राँगि करु गोर।।6।।

-(बेनीपुरी, पद-1-3)

यह भी एक खंडिता का ही कथन है बेनीपुरी ने "कुच कुंकुम माखल हिय सोर जनि अनुराग रोगि करु गोर।।" का अर्थ इस प्रकार किया है-" (उसके) कुच का लगा केसर तुम्हारे हृदय में लिपटा हुआ है। मानों अनुराग के रंग में रंगकर (काले वक्षस्थल को) गोरा बना दिया हो।" 423-किन्तु इस अर्थ से मैं सहमत नहीं हूँ। 'गोर' का अर्थ 'पाँव' भी होता है। इस प्रसंग का यह भी अर्थ द्योतित होता है कि नायिका के चरणों का राग या महावर नायक के वक्ष को रंजित कर रहा है। इस तरह यहाँ 'उत्पीडितक' सुरत-बंध का संकेत मिलता है। 'उत्पीडितक' में नायिका के चरण तो नायक के वक्ष पर टिकते ही हैं, साथ ही साथ नायक अपने वक्ष को नायिका के स्तनों पर दबाकर केलि करता है, अतः नायक के वक्ष का कुच कुंकुम से रंजित होना समझ में आ जाता है और पद की पाँचवीं तथा छठी पंक्तियों का सम्बन्ध भी जुड़ा रहता है।

(आ) 'प्रेंङ्खोलित' या 'हिंदोल-बन्ध'

'प्रेंङ्खोलित' सुरत-बंध में नायिका की ही सक्रियता अधिक रहती है। इस बंध में जाँघों को दोलायमान रखकर सर्वदिक झूलना पड़ता है। 424 इसमें झूला 'या' दोला-क्रीड़ा का आभास रहता है। परवर्ती कामशास्त्रीय ग्रंथों में 'प्रह्वोलित' को ही 'हिंदोल-बन्ध' कहा गया है।

विद्यापति के निम्नलिखित पद में इसी बन्ध की प्रतीति होती है-

बदन झपावए अलकओ भार
चान्द मडल जनि मिलए अन्धार।
लम्बित सोभए हार विलोल मुदित
मनोभव खेल हिडोल।।
पीअतम अभिमत मने अवधारि
रति विपरित रतलि वर नारि।

-(परिषद्-पदावली, पद-94)

विपरीत रति के इस प्रसंग में हिंदोल-काम-क्रीड़ा की मुद्रा का संकेत स्पष्ट ही है। नायिका प्रियतम के अभिमत का अनुर्वत्तन करती हुई विपरीत रति कर रही है। इसी क्रम में विद्या पति बतलाते हैं कि कामदेव दोला क्रीड़ा कर रहा है जिसकी प्रतीति लुलित लोल हार से हो रही है। इस तरह हम देखते हैं कि यहाँ झूला झूलने की मुद्रा के सुरत-बन्ध को विद्यापति ने प्रतिपादित किया है।

षष्ठ अध्याय
पदावली के काव्यशास्त्रीय विचारों के आकर-स्रोत

(क) स्थापना

गीतकार विद्यापति ने 'विचारित सुस्थ' काव्यशास्त्र का प्रणयन नहीं किया है। क्योंकि उनकी पदावली लक्षण ग्रंथ नहीं, काव्य-पुस्तक है, किंतु ऐसा प्रतिभासित होता है कि 'अविचारित रमणीय' काव्य लिखते समय उन्होंने काव्यशास्त्रीय मान दण्डों और आदर्शों को अवश्य ही अपने दृष्टिपथ में रखा है। उन्होंने अपने साहित्य शास्त्रीय अध्ययन का विनियोग काव्य-रचना के क्रम में व्यावहारिक रूप से तो किया ही है, किंतु अपनी रमणीय उक्तियों के रूप में उन्होंने परंपरागत काव्यशास्त्रीय धारणाओं का सैद्धान्तिक निरूपण भी किया है। विद्यापति पदावली में काव्य-शास्त्रीय विचारों या अर्थो का यह हरण रम्य या काव्यात्मक ही है।

राजशेखर के मतानुसार शास्त्र-निर्माता, शास्त्र में काव्य के सन्निवेश-कर्ता, तथा काव्य में शास्त्रीय तत्वों के सन्निवेश-कर्ता, ये तीन प्रकार के शास्त्र कवि होते हैं। 425

विद्यापति काव्य में शास्त्रीय तत्वों और अभिप्रायों का कौशलपूर्वक संग्रथन करनेवाले एक सफल शास्त्र कवि है। उन्होंने शास्त्रीय अर्थों का मनोरम सन्निवेश अपनी रचनाओं में किया है। उनके पदों में शुष्क शास्त्रीय सिद्धान्त भी हृद्य, रसपेशल और काव्यात्मक बनकर उपस्थित हुए हैं। पदावली में जहाँ-जहाँ उन्होंने नीतिशास्त्रीय, कामशास्त्रीय, धर्म-शास्त्रीय और काव्यशास्त्रीय अभिप्रायों को पिरोया है वहाँ-वहाँ काव्य-सौन्दर्य लांछित न होकर भास्वर ही प्रतीत होता है।

पदावली में अनेक काव्यशास्त्रीय सूक्तियाँ प्राप्त होती हैं जिनमें 'विचारित सुस्थ' साहित्यशास्त्रीय सिद्धान्त 'अवचारित रमणीय' काव्य के रूप में अभिव्यंजित हुए हैं। इन ललित उक्तियों के अध्ययन से हम विद्यापति के काव्यादर्शों का परचिय प्राप्त कर सकते हैं। साहित्यशास्त्रीय सत्यों से संपृक्त इन सूक्तियों का

स्रोतोऽनुसन्धान विद्यापति के काव्यशास्त्रीय पांडित्य को स्पष्ट करने के साथ-साथ उनके अर्थ-हरण के क्षेत्रों का भी उद्घाटन करता है। सारांश यह है कि इस अध्याय में काव्यशास्त्रीय सूक्तियों के हरणकर्त्ता विद्यापति का अध्ययन और मूल्यांकन किया गया है। यह विश्लेषण "विद्यापति के काव्यशास्त्र" का भी प्रकारान्तर से द्योतन करता है।

(ख) पदावली में काव्यशास्त्रीय अर्थों का निबंधन

(1) गुण-दोष सम्बन्धी सिद्धान्तों का निबंधन -

विद्यापति पदावली में एक काव्यशास्त्रीय सूक्ति मिलती हैं कि कर्दम-लिप्त मणि का गुण नष्ट नहीं होता है-

मणि कादव लेपटाए रे
तएँ की हुनक गुन जाए रे।

यहाँ 'मणि' महार्घ काव्य का सूचक है और 'कीचड़' दूषण या दोष का परिचायक है। कीचड़ मलिन भी हो जाने पर 'मणि' का वास्तविक गुण तिरोहित नहीं होता है– उसका रत्नत्व खर्वित नहीं होता है। कीचड़ जैसे अनित्य दोष से मणि का गुण विनष्ट नहीं होता है। यहाँ विद्यापति गुण को महत्व देते हैं और क्षुद्र अनित्य दोषों से काव्य के काव्यत्व की समाप्ति नहीं मानते हैं। इस तरह हम पाते हैं कि विद्यापति काव्य के गुण-दोषों को स्पष्टतः संकेतित करते हुए दोष के कारण काव्यत्व का ध्वंस नहीं मानते हैं। मम्मट की भाँति वे "अदोषौ" पर दृढ़ नहीं हैं। 426 विद्यापति की सुनिश्चित धारणा है कि कीचड़ से दूषित मणि का रत्नत्व खंडित नहीं होता अक्षुण्ण रहता है। उनका मंतव्य है कि अनित्य दोष गुण-नाश नहीं कर पाते हैं।

विद्यापति का दृष्टिकोण यहाँ मम्मट की अपेक्षा विश्वनाथ के अधिक निकट है। मम्मट अपने काव्य लक्षण में 'शब्दार्थ' के लिए जो 'अदोषौ' विशेषण का अनिवार्यता प्रयोग करते हैं वह विश्वनाथ के मतानुसार समीचीन नहीं है। मम्मट ने 'हनुमन्नाटक' के जिस पद्य को उत्तम काव्य के रूप में उदाहृत करके उसमें ध्वनि का वैशिष्ट्य-प्रतिपादन किया है उसमें विश्वनाथ के अनुसार 'विधेयाविमर्श दोष' की स्थिति है। 427 विश्वनाथ तर्क करते हैं कि क्या केवल एक दोष के कारण 'हनुमन्नाटक' उस सुंदर पद्य का काव्यत्व नष्ट समझा जा सकता है? 428 मम्मट का प्रत्याख्यान करते हुए साहित्यदर्पणाकार ने कहा है कि किसी एक दोष के कारण किसी सुंदर पद्य का काव्यत्व समाप्त नहीं हो जाता है। क्षुद्र दोष काव्यत्व को तिरस्कृत नहीं कर देता है। काव्य के लिए मुख्य बात रस की

विद्यमानता है। सदोष किंतु सरस पद्य भी काव्य ही कहलाता है; उसके गुण महत्वपूर्ण हैं, दोष नहीं। विश्वनाथ इस प्रसंग को स्पष्ट करते हुए एक सूक्तिकार की तरह कहते हैं कि कीटमुक्त रत्न की भी संज्ञा रत्न ही रहती हैं। महार्थ रत्न कीड़ों से खा लिए जाने पर भी रत्नत्व से वंचित नहीं होते हैं-

"कीटानुविद्ध रत्नादिसाधारण्येन काव्यता
दुष्टेष्वपि मता यत्र रसाद्यनुगमः स्फुटः।"

विश्वनाथ का अभिमत है कि गुणयुक्त काव्य में एकाध दोष की उपस्थिति से कोई तात्विक क्षति नहीं है- उससे काव्य का आत्म-तत्त्व बाधित नहीं होता है। सदोष रत्न और मणि को रत्न और मणि ही कहते हैं। विश्वनाथ की उपयुक्त सूक्ति का ही 'तुल्यदेहितुल्य' अर्थ सादृश्य विद्यापति की सूक्ति में दृष्टिगत होता है।

इस तरह हम देखते हैं कि विद्यापति ने विश्वनाथ के ही उदार मत को ग्राह्य समझा है और मम्मट के 'अदोषी' वाले दोष-विरोधी दृष्टिकोण को अपनाने का प्रयत्न नहीं किया है।

दुष्ट काव्य भी काव्य ही होता है, विश्वनाथ का यह मंतव्य विद्यापति को मान्य है। वे गुणग्राही हैं, दोषान्वेषी नहीं। दोष को भूलकर वे गुण ग्रहण के पक्षपाती हैं। उन्होंने 'पुरुष-परीक्षा' में लिखा है-

वस्तुदोषमनादृत्य गुणांज्चिन्वन्ति तद्विदः।
अपि कण्टकिनः पुष्पे गन्धं जिघ्रति षट्पदः।4।

-('पुरुष-परीक्षा,' कथा 10/4।।)

सार वस्तु गुण ही है, दोष तो निस्सार है। भ्रमर काँटों का नहीं पुष्प-गंध का रसिक होता है। यहाँ विद्यापति दोष-गुण की सत्ता का निर्देश करते हुए दोषदर्शन से अच्छा गुण ग्रहण को बतलाते हैं। आदर्श भावक भ्रमर के समान' सारग्राही होता है-वह गुण को ग्रहण करता है, दोष की विचिकित्सा में नहीं पड़ता है। दोष काव्य का नित्य धर्म नहीं है और उसकी स्थिति काव्यत्व की परिसमाप्ति भी नहीं करती है।

विद्यापति का विचार है कि गुण गणना सहृदय सज्जन करते हैं और छिद्रान्वेषी दुष्टजन दोष दर्शन ही करना चाहते हैं। दूषण करने वाला विद्यापति को अच्छा नहीं लगता है। उनका वक्तव्य है कि सुजन गुण प्रकाश करते हैं और वैशिष्ट्य की प्रशंसा करते हैं, किन्तु दुष्ट केवल दोष ही दर्शाते हैं। 429 विद्यापति का विचार है कि काव्य का सच्चा पारखी मधुकर ही है। भौंरा काँटों को छोड़कर पुष्पगंध ग्रहण करता है- पुष्परस का पान करता है। विदग्ध छला ही काव्यकला

को समझता है और फूल का रस मधुकर ही समझ पाता है। 430

विद्यापति दोष की अपेक्षा गुण को महत्व देते हैं। उनका निर्भ्रान्त मत है कि गुण-गरिष्ठ वस्तु दोषारोपण से भी मलिन, कलंकित और निन्द्य नहीं होती है। छिद्रान्वेषी व्यक्ति का दोष-प्रदर्शन गुण-युक्त वस्तु को अवर और अस्तित्व-हीन नहीं बना सकता है–

यः कोऽपि निजदौरात्म्यादनिन्द्यमपि निन्दति।
सा निन्दा निन्दकस्यैव महान्निन्दास्पदं कुतः।431

दुष्ट यदि अनिन्द्य या गुणशाली की निन्दा करता है या उसका दोष-दर्शन करता है तब वह स्वयं निन्दास्पद होता है। अनिन्द्य पदार्थ अपने गुण-गौरव से ही पूजित होता है– दोषोद्घाटन से उसका सम्मान घटता नहीं है। कर्दमकल्मषित मणि का मणित्व निन्दा करने पर भी नहीं जाता है। मूल्यवान या गुणयुक्त वस्तु बुरी दशा में रहने पर भी मूल्यांकन के समय महार्घ ही सिद्ध होती है। दूषित दशा में भी काव्य काव्य ही है और अकाव्य निर्दोष और महनीय दशा में भी अकाव्य है।

'चाणक्य-नीति-दर्पण' के एक सुभाषित में कहा गया है कि पादस्थ धूलि-धूसरित मणि मूल्यांकन के समय महार्घ हो जाती है और मस्तकस्य काँच गुण के अभाव में निर्दोष और प्रतिष्ठित होता हुआ भी मणि के मूल्य और उसकी महिमा की बराबरी नहीं कर सकता है। 432

'मृच्छकटिक' में भी यह सूक्ति मिलती है कि वद्य वस्तु दोष-ग्रस्त होने पर भी निय नहीं होती है। दोष ग्रस्तता उसके वैशिष्ट्य और महत्व का खंडन नहीं करती है। राहु प्रसित चन्द्रमा भी जनपद-वंद्य होता है। दोष ग्रस्त होने पर भी बुरी में भी चांद प्रणम्य और पूज्य ही होता है। 433

दोष के सम्बन्ध में कालिदास का दृष्टिकोण भी बहुत उदार है। वे गुण के आग्रही हैं। दोष गुण-पुंज का ध्वंस नहीं कर सकता है, यह उनकी स्पष्ट धारण है। उनका वक्तव्य है कि शशाङ्क का लाञ्छन भी उसके किरणों के जाल में आवृत हो जाता है-चांद के कलङ्क पर नहीं उसकी किरणों पर ध्यान जाता है। गुण का आधिक्य दोष को दबा देता है। रत्न भंडार हिमालय की बर्फ हिमालय के सौंदर्य और महत्त्व को क्षुण्ण नहीं कर सकती हैं। रत्नकोष हिमालय के गुण उसके दोषों से अधिक हैं। गुण-युक्त पदार्थ दोष युक्त भी हो सकता है किन्तु उसके गुणों के कारण उसकी पूछ होती है। उसके गुणों के प्रभामंडल में उसके दोष तिरोहित हो जाते हैं। 434

दोष काव्यत्व को समाप्त नहीं करता है किन्तु गुण काव्यत्व को स्थापित कर

देता है। 435 एक भी गुण सभी दोषों के कालुष्य का प्रक्षालन कर देता है, अतः यह स्थापना की जा सकती है कि गुण ही काव्यत्व को प्रतिष्ठित करता है; दोष सगुण काव्य को काव्यत्य के सिंहासन से अपदस्थ नहीं कर सकता है। 'चाणक्य-नीति दर्पण' के एक पथ में इसी सत्य की काव्यात्मक स्वीकृति पायी जाती है। पद्म का वक्तव्य है कि केतकी का फूल दोषों से ही भरा है। वह फूल साँपों का आश्रय, निष्फल, कटिदार, टेढ़ा, कर्दमोत्पन्न और कष्ट से प्राप्त होने वाला है लेकिन अपने मात्र गुण गंध के कारण सर्वप्रिय है। सच ही कहा है कि एक भी गुण समस्त दोषों को विनष्ट कर देता है। 436.

विद्यापति के अधोलिखित पद में भी गुण को दोष से ऊपर माना गया है-

अखिल लोचन तम-ताप विमोचन उदयति आनन्द कन्दे।
एक नलिनि मुख मलिन करए जदि इथै लागि निन्दह बन्दे।। 2।
सुन्दरि, बूझल तुअ प्रतिभाति।
गुन गन तेजि दोष एक घोषसि अन्त अहीरनि जाति।4.।
सकल जीव-जन जीव समीरन मन्द सुगन्ध सुमीते।
दीपक-जोति परस जदि नासए इथे लागि नीन्द मारुते।6
स्थावर जंगम कीट पतंगम सुखद जे सकल सरीरे।
कागद पत्र परस जओं नासए इथे लागि निन्दह नीरें।।
खन-खन सकल कुसुम मन तोषय निसि रहू कमलिनि संगे।
चम्पक एक जइओ नहि चम्बए इथे लागि निम्दह भृंगे।।10.।

-(बेनीपुरी, पद-148)

यदि किसी वस्तु में अनेक गुण हों और एक दोष हो तो वह वस्तु निन्द्य नहीं कही जाएगी। विद्यापति का वक्तव्य है कि चांद का उदय कमल को श्रीहत कर देता है, यह चाँद का दोष हैं, किन्तु इसके लिए चाँद की निन्दा नहीं करनी चाहिए, उसके गुणों पर ही ध्यान देना चाहिए। चंद्रोदय अंधकार और गर्मी को हटाता है तथा लोगों को आनन्दित करता है। चांद के इन गुणों के कारण उसे वरेण्य और श्लाघ्य मानना चाहिए।

विद्यापति का स्पष्ट अभिमत है कि गुणों को छोड़कर बराबर एक दोष की ही रट लगाना मुंद बुद्धि की बात है। उस एक दोष से क्या बिगड़ता है? दोष के प्रति दुराग्रह रखना और गुणों की गणना न करना आमीर बुद्धि का परिचायक है। यहाँ यह ज्ञातव्य है कि विद्यापति ने अहीर और अहीरिन के रूप में अनेकत्र जड़ और मूर्ख भावकों को संकेतित किया हैं।

प्रस्तुत पद में सखी गोपिका नायिका के कृष्ण-दोष-वर्णन के दुराग्रह से

खीझकर कहती है कि ग्वालिन अंततः ग्वालिन ही है, जो गुणों के समुदाय के सम्बन्ध में न सोचकर एक ही दोष की बार-बार चर्चा कर रही है। विद्यापति इसे विवेकशीलता नहीं मानते हैं।

हवा दीपक को बुझा देती है, यह उसका दोष है, किन्तु इसके लिए वह निंद्य नहीं है क्योंकि वह गुणवती भी है। सभी जीवों की जान हवा ही है। वह उड़कर पहुँचाती है तथा सुगंध फैलाती है।

'पानी कागज को गला देता है, यह उसका दोष है, किन्तु इसके कारण वह निंदास्पद या नहीं है क्योंकि वह स्थावर-जंगम, कीट-पतंग और सभी प्राणियों के लिए सुखद-शीतल है। उसके गुण ध्यातव्य हैं, दोष नहीं।

भौंरा चम्पक पुष्प को नहीं चूमता है, यह उसका दोष है, लेकिन इस छोटी-सी बात के लिए वह आलोचना का पात्र नहीं है। उसकी रसिकता पर संदेह नहीं करना चाहिए क्योंकि उसके गुण प्रशंसनीय हैं। वह क्षण-क्षण सभी फूलों के मन को तुष्ट करता है और पूरी रात कमल-कोष में निवास करता है। चंपा के प्रति यदि वह अनादर प्रदर्शित करता है तो क्षंतव्य है। सबको तुष्ट करने वाला यदि एक को तृप्त नहीं कर पाता है तो यह कोई बड़ी बात नहीं है। एक दोष से कोई क्षति नहीं होती है। इस तरह हम देखते हैं कि विद्यापति दोष को उत्कट अपकारक नहीं मानते हैं। उनकी दृष्टि में गुणों का महत्व है।

यहाँ हम पाते हैं कि विद्यापति कालिदास की ही भाँति अनेक गुणों के समुदाय में एक दोष को नगण्य मानते हैं।

दोष के सम्बन्ध में विद्यापति भामह, दण्डो मम्मट आदि की तरह असहिष्णु विचार-धारा के पोषक नहीं हैं।

भामह का कड़ा आदेश है कि एक भी दुष्ट शब्द का काव्य में प्रयोग नहीं होना चाहिए क्योंकि दूषित काव्य कपूत के समान अपकीर्ति कराने वाला होता है। 437 इसी तरह दण्डी ने भी दोष के सम्बन्ध में असहिष्णु और अनुदार दृष्टिकोण का प्रकाशन किया है। उनका वक्तव्य है कि जिस तरह कुष्ट का एक छोटा-सा भी धब्बा रूपवान और रमणीय शरीर को कुरूप कर देता है उसी तरह एक नगण्य सा दोष भी काव्य-सौंदर्य का घातक होता है। 438

संस्कृत के आलंकारिक दोष के प्रति सशङ्क और प्रायः सहानुभूतिहीन रहे हैं। यही कारण है कि अधिकतर आचार्यों ने दोष-परिहार पर अत्यधिक बल दिया है।

मम्मट ने दोष को परिभाषित करते हुए उसे मुख्यार्थ अर्थात् रस या काव्य का हननकर्त्ता बतलाया है, 439 किन्तु दोष काव्यत्व का अपकर्षक ही होता है,

440 उसके अस्तित्व का विनाशक नहीं। दोष उद्योगजनक हो सकते हैं, किन्तु वे काव्य-हंता नहीं हैं। 441 कोटमुक्त रत्न का मूल्य कम हो सकता है, किन्तु उसका रत्नत्व नहीं मिट सकता है। इसी तरह कर्दम-लिप्त मणि का आभ्यंतरिक गुण समाप्त नहीं होता है।

विद्यापति ने दोष का उत्कट विरोध न करके कालिदास और विश्वनाथ के उदार विचारों का पुनराख्यान और पोषण किया है। 442

विद्यापति ने दोष के गुण-रूप में परिवर्तन के काव्यशास्त्रीय मत का भी आख्यान किया है। उनका वक्तव्य है कि दोष सर्वत्र दोष ही नहीं होते, अवसरानु-कूल वे गुण जान पड़ने लगते हैं। दोष सर्वत्र और सदैव शोभाविधातक, रसापकर्षक, उद्वेगजनक और मुख्यार्थहंता ही नहीं होते, अपितु विशेष परिस्थितियों में वे शोभावर्द्धक, ललित और वैशिष्टय-संपादक भी हो जाते हैं। अधोलिखित प्रसंग में विद्यापति ने दोष को गुण में परिवर्तित होते हुए प्रदर्शित किया है-

सुजन वचन षोटि न लाग
जनि दिढ कटु आलक दाग।

-(परिषद् पदावली, पद-91)

परिषद्-पदावली के संपादकों ने इस प्रसंग का अर्थ इस प्रकार किया है-"सज्जनों का वचन बुरा नहीं लगता, जिस प्रकार आल का कठोर धब्बा बुरा नहीं लगता।" सज्जनों के कठोर वचन में भी खोटापन नहीं रहता है। वहीं वचन जो दूसरों के मुखों से कठोर, अरोचक, उद्वेगजनक और दुष्ट प्रतीत होगा, सज्जन के मुख से बुरा नहीं जान पड़ता। अलक्तक या आलता का धन्वा भी धब्बा ही है-कठोर दाग है, किन्तु वह बुरा नहीं लगता-श्वेत कुष्ट के दाग की भांति शोभा को नष्ट नहीं करना, अपितु रम्य जान पड़ता है। आलता का वह धब्बा प्रसाधन प्रतीत होता है- गुण ज्ञात होता है, न कि दोष। 443

यहाँ विद्यापति आश्रय के सौंदर्य से दोष का गुणत्व-साधन वर्णित करते हैं। वह स्पष्टतः कहते हैं कि सुजन के कठोर वचन खोटे नहीं होते हैं। आलता का धब्बा भी बुरा नहीं लगता स्त्री के शरीर पर शोभता है। 444

दोष का परिहार होकर उसका गुण में परिवर्त्तन न हो जाना प्राचीन आचार्यों के द्वारा भी निर्दिष्ट है। दोषों के गुणत्व-साधन की व्यवस्था देकर आचार्यों ने अपनी तत्त्वाभिनिवेशी दृष्टि का परिचय दिया है। भारतीय काव्यशास्त्र में दोष-विषयक यह संतुलित विचार मिलता है कि दोष आत्यन्तिक रूप से दोष ही नहीं बने रहते हैं, अपितु कुछ अवसरों पर गुण के रूप में बदल जाते हैं। दोषों की इस अनित्यता या परिवत्तनशीलता से विद्यापति परिचित जान पड़ते हैं।

दोषों के गुणत्व-साधन पर विचार करते हुए भामह ने प्रतिपादित किया है कि परिस्थिति विशेष में ग्रथन-कौशल के वैशिष्ट्य से दुष्ट कथन भी गुण युक्त जान पड़ता है। माला के बीच ग्रथित हरा पत्ता भी रम्य लगने लगता है। आश्रय के सौंदर्य से भी दोष गुण में बदल जाता है। स्त्री की आँखों में लगा काला काजल दोष नहीं गुण हो जाता है। स्त्री की आँखों में लगकर काजल शोभन हो जाता है। और काजल लगाने से आँखें भी सुन्दरतर हो जाती हैं। काजल लगे नेत्रों को कज्जल-मलिन नहीं कज्जल-रंजित कहते हैं और नेत्रों में लगी कालिमा को कालिखा नहीं काजल कहते हैं। 445 इस प्रसंग में यह मैथिली लोकोक्ति भी ध्यातव्य है-"ठामे गुन काजर ठामे दोष कारिख।"

दण्डी का विचार है कि कवि अपनी प्रतिभा और अपने कौशल से दोष को गुण बना देता है। 446

'यद्यपि क्षेमेंद्र ने 'औचित्य' को स्वतंत्र स्थान दिया है, किन्तु गुण-दोष धारण के साथ औचित्य-धारण अवश्य ही अनुस्यूत है। भामह औचित्य को गुण और अनौचित्य को काव्य-दोष मानते हैं। उनका विचार है कि उचित ढंग से प्रयुक्त होने पर दोष का दोषत्व तिरोहित हो जाता है। यद्यपि पुनरुक्ति को दोष कहा जाता है लेकिन संवेगात्मक स्थिति में पुनरुक्ति को दोष नहीं मानते हैं। 447

अंजन और आँख के भामह सम्मत दृष्टान्त को औचित्य सिद्धान्त के अनुसार भी व्याख्या दी जा सकती है। काजल को चेहरे पर पोतना अनुचित है, किन्तु उसे नेत्रों में लगाना औचित्य सम्मत है। स्थान, पात्र, कालादि के विचार दोष और अनौचित्य के प्रसंगों में उठते ही हैं। औचित्य के कारण ही दोष भी गुण हो जाता है। उचित स्थल पर नियोजित दोष गुण ही कहलाता है।

दंडी के अनुसार दोष प्रमादजन्य होता है। विपरीत वर्णन या अननुकूल योजना से ही दोषत्व घटित होता है। 448 इसे ही अनौचित्य भी कहा जा सकता है। अनौचित्य दोष की भांति ही प्रसिद्धि या परम्परा के विपरीत आचरण से घटित होता है। कवि कौशल से औचित्य के निर्वाह से दोष भी गुण के रूप में गिने जाते हैं। वस्तुतः गुण-दोष-विवेचन प्रकारान्तर से औचित्य अनौचित्य-चर्चा' ही है।

गुण-दोष का निर्णायक तत्त्व औचित्य है। शक्ति संपन्न कवि दोष को भी आवृत कर देता है। आनंदवर्धन अनौचित्य को दोष ही मानते हैं। उनकी मान्यता है कि प्रतिभाशाली कवि अव्युत्पत्ति-जन्य दोष को अपनी कवित्व शक्ति से आवृत कर देता है। उनका वक्तव्य है कि 'कुमार संभव' का देवता विषयक संभोग वर्णन अनुचित अमर्यादित होते हुए भी दोष नहीं जान पड़ता है क्योंकि

महाकवि कालिदास की प्रतिभा ने उस प्रसंग के अनौचित्य या दोष को ढँक-सा दिया है। अनौचित्य अव्युत्पत्तिजन्य ही होता है और दोष की भी यही स्थिति है। इस अनौचित्य का परिहार और प्रक्षालन संभव है। अशक्तिजन्य दोष अमार्जनीय होता है। समर्थ कवि दोष के दोषत्व को मिटा देता है। 449

अव्युत्पत्तिजन्य दोष ही अनौचित्य है क्योंकि अनौचित्य अज्ञानता से ही घटित होता है। राजशेखर भी उचित-अनुचित के ज्ञान को ही व्युत्पत्ति कहते हैं 450 अर्थात् उचित-अनुचित का अज्ञान ही अव्युत्पत्ति है। शक्तिवान् कवि अव्युत्पत्तिजन्य अनौचित्य या दोष को ढँक देता है। कालिदास की प्रतिभा ने 'कुमार संभव' के संभोग वर्णन के दोषत्व या अनौचित्य को आच्छादित-सा कर दिया है और वह वर्णन उद्वेगजनक नहीं मनोज्ञ जान पड़ता है। कवि की शक्ति से अभिभूत पाठक देवता विषयक रति के अनौचित्य को भूल जाता है।

छोटों को आशीर्वाद दिया जाता है साधुवाद नहीं, किन्तु कभी-कभी आशीर्वादार्ह छोटे व्यक्ति के कार्यों पर मुग्ध होकर जब गुरुजन उन्हें साधुवाद दे देते हैं तो यह अनुचित नहीं जान पड़ता है। इसी तरह रसमग्नता की स्थिति में कवि प्रतिभा से प्रभावित व्यक्ति को 'कुमारसंभव' का अनुचित संभोग वर्णन रसाभास या दुष्ट नहीं जान पड़ता है। इस तरह हम पाते हैं कि आनन्द के विचार से अनौचित्य दोष ही है। उनके अनुसार गुण-दोष के निर्णायक तत्व के रूप में औचित्य को ही मानना चाहिए। 451

आनन्द के विवेचन से भी यह स्पष्ट है कि दोष सदैव दोष ही नहीं रहते हैं– उनका तिरस्कार या गुणवत् प्रयोग भी देखा जाता है।

मम्मट का भी मंतव्य है कि वक्ता, प्रतिपाद्य विषय, व्यंग्य, वाच्य, प्रकरणादि के औचित्य और उनको विशेषताओं के कारण दोष भी गुण जान पड़ते हैं और कभी-कभी वे न तो दोष और न ही गुण के रूप में ज्ञात होते हैं। कष्टार्थत्व दोष वैयाकरणों के आलाप में दोष नहीं है। इसी तरह रौद्र रस के प्रसंग में कष्टार्थत्व गुण ही है। 452

मम्मट स्पष्टतः गुण-दोष के मापक तत्त्व के रूप में औचित्य की स्थापना करते हैं और दोष का गुणत्व-साधन ज्ञापित करते हैं।

परिवर्तनीय होते हैं। भोज की यह धारणा उचित है कि दोष यदि ठीक ढंग से नियोजित किए जाएँ तो गुण हो जाते हैं। 'रावण वध' या भट्टि काव्य में वियोगी के मुख से सीता वियोग से उद्विग्न आत राम के मुख से अशुद्ध शब्दों का कथन कराकर ही कवि ने नायक की विरहावस्थाजन्य विक्षिप्तता का चित्रण किया है। च्युत संस्कृति की गणना नित्य दोषों में होती है, किन्तु भट्टिकाव्य में

उसे ही गुण के रूप में औचित्यपूर्ण दिखलाया गया है। इस विवेचन से ज्ञात होता है कि गुण-दोष का मापक औचित्य ही है तथा दोष गुण के रूप में भी बदल जाया करते हैं।

क्षेमेन्द्र ने भामह के नेत्र और अंजन वाले दृष्टान्त को लेकर जिस औचित्य-सिद्धान्त का प्रवत्तन किया है उसके मूल में अवश्य ही गुण-दोष की धारणाएँ सन्निहित हैं। क्षेमेन्द्र ने 'औचित्य विचार चर्चा' के मंगलाचरण में ही लिखा है-"जिन्होंने शत्रु को ठगने में अपनी दृष्टि को अंजन से मैली बना लिया था उन परम औचित्यकारी भगवान् विष्णु को प्रणाम है।" 453

अंजन कालिमा ही है। आँख में वह शोभन है, किन्तु अन्यत्र दूषण है। पुरुष-नेत्र से अधिक सुभग यह नारी-नेत्र में जान पड़ता है। उसका दोषत्व अनौचित्य-जन्य ही होता है और उसका गुणत्व औचित्य-मूलक होता है।

विश्वनाथ भी दोष का गुणत्वाख्यान प्रस्तुत करते हुए कहते हैं कि दोष सदैव दोष ही नहीं, कहीं-कहीं और कभी-कभी गुण भी हो जाते हैं। क्रुद्धवक्ता के वचन-प्रसंग में या उद्धत प्रसंग में तथा रौद्रादि रस-प्रसंग में दुःश्रवत्व दोष गुण हो जाता है। उन प्रसंगों में उस दोष का ही औचित्य रहता है। 454

औचित्य का उल्लेख करते हुए विश्वनाथ आगे भी दोष के गुणत्व-साधन का ख्यापन करते हैं-

"अन्येषामपि दोषाणामित्यौचित्यान्मनीषिभिः।
अदोषता च गुणता ज्ञेया चानुभयात्मता।।
अनुभवता अदोषगुणता।"

-(सा. दर्पण। 7.31 के नीचे, 'विमला,' पृ. 263)।

दोषों के गुणत्व-साधन के काव्यशास्त्रीय सिद्धान्त के इस विश्लेषण का प्रयोजन विद्यापति द्वारा निरूपित एतद्विषयक मान्यता का स्रोत निरूपण है, जिससे स्पष्ट होता है कि कवि ने परम्परागत सिद्धान्त के आधार पर ही अपने पद में दोष की रम्यता का प्रतिपादन किया है।

(2) औचित्य अनौचित्य सम्बन्धी विचारों का निबन्धन

औचित्य एक सुप्रतिष्ठित काव्य-संप्रदाय है, किन्तु वह रस-संप्रदाय से भी सम्बद्ध है। 'औचित्य विचार चर्चा के कर्त्ता आचार्य क्षेमेन्द्र को औचित्य संप्रदाय' की स्थापना का श्रेय है, परन्तु क्षेमेन्द्र से पहले के आचार्यों ने भी औचित्य चर्चा की है, यह प्रमाणपुष्ट तथ्य है क्षेमेन्द्र ने संप्रदाय संघटन किया है, किन्तु पूर्ववर्ती आचार्यों के प्रकीर्णक विचारों से भी वे लाभान्वित हुए हैं। औचित्य सम्बन्धी

बिखरी सामग्रियों के व्यवस्थापक क्षेमेन्द्र ने अपनी मनीषा के बल पर औचित्य को ही 'काव्य का जीवित' घोषित करके उसकी विशद मीमांसा प्रस्तुत की है।

'औचित्य' यद्यपि काव्यशास्त्र का पारिभाषिक पद है, किन्तु उचित-अनुचित या संगत-असंगत की धारणाएँ लोक-जीवन में भी बद्धमूल रही हैं और वस्तुतः लोक-जीवन से ही 'औचित्य' धारणा को परिनिष्ठित रूप देकर काव्यशास्त्र में ले लिया गया है। जनजीवन में औचित्य ग्राह्य और अनौचित्य त्याज्य रहा है। काव्य-शास्त्रियों ने भी अनौचित्य को दोषावह मानकर उसके परिहार की व्यवस्था दी है। अनौचित्य उद्घोगजनक या हास्यजनक होकर दोष या विकृति की ही कोटि में आता है। जीवन और काव्य दोनों के लिए औचित्य का महत्त्व है, लेकिन यह ध्यातव्य है कि औचित्य की धारणा देश-काल-सापेक्ष होती है।

भरत के 'नाट्यशास्त्र' में अनुकूलता या उपयुक्तता अर्थात् औचित्य सम्बन्धी विचारों का प्रकारान्तर से उपन्यास हुआ है। भरत ने 'औचित्य' का नाम तो नहीं लिया है लेकिन उनका विवेचन औचित्यमूलक ही है। संगति, अनुकूलता आदि के सम्बन्ध में उनकी यह उक्ति औचित्य विचार का ही द्योतन करती है-

वयोऽनुरूपः प्रथमस्तु वेषः
वेषानुरूपश्च गति-प्रचारः।
गति-प्रचारानुगतं च पाठ्यं
पाठ्यानुरूपोऽभिनयश्च कार्यः।।

-('नाट्यशास्त्र, 14168)

भरत का वक्तव्य है कि आयु के अनुरूप वेश-भूषा, वेश के अनुरूप चलना-घूमना या बरतना, चलने के अनुरूप पाठ्य एवं पाठ्य के अनुरूप अभिनय होना चाहिए। नाटक लोक-सम्बद्ध होता है, अतः लोकाचार और लोकानुकूलता का अनुवर्तन सदैव अपेक्षित है। भरत ने अन्यत्र नाट्य को लोक व्यवहारों के ही अनुकूल रखने का विधान किया है। 455 पात्रोचित भाषा, वेश, चाल-ढाल, संभाषण, व्यवहार आदि रहें, ऐसा ही भरत का प्रतिपाद्य जान पड़ता है। वेशभूषा, चाल, संभाषण, अभिनय आदि की पारस्परिक संगति नहीं रहने पर नाटकीय रस-व्यंजना बाधित होती है। इस विषय में औचित्य या अनुरूपता का सामंजस्य भूलने पर नाटक को दोषग्रस्त ही होना पड़ता है। वेश के औचित्य के सम्बन्ध में भरत का यह मंतव्य भी द्रष्टव्य है-

अदेशजो हि वेशस्तु न शोभां जनयिष्यति।
मेखलोरसि बन्धे च हास्यायैवोपजायते।।

-(नाट्यशास्त्र, 23.69)

उपर्युक्त पद्य में भरत ने इस व्यावहारिक सिद्धान्त का प्रतिपादन किया है कि देशानुसार देश का न रहना अशोभन है। गले में मेखला-धारण हास्यास्पद ही होता है।

अलंकार सौन्दर्य-वर्द्धक होते हैं, किन्तु अनुचित स्थानों पर उन्हें पहन लेने से जगहँसाई ही होती है । अलंकार-प्रयोग में इस औचित्य को ध्यान में रखना चाहिए कि अनुकूल स्थल में उसका सन्निवेश हो रहा है या नहीं। मेखला ग्रीवा में नहीं, कटि में पहनी जाती है। ग्रीवा में मेखला धारण अनुचित अथक हास्यास्पद है। उचित-अनुचित स्थान का विवेक कवि को रहना चाहिए। भावक के लिए भी औचित्य या मर्यादा की लीकों से परिचित रहना आवश्यक है।

शोभन अलंकार भी अनुपयुक्त स्थान में पहने जाने पर प्रयोक्ता की मूर्खता के ही परिचायक होते हैं और उनसे अभिप्रेत चारुता की निष्पत्ति न होकर प्रयोक्ता की कुरुचि का प्रदर्शन होता है।

भरत के उपर्युक्त विचार को ही क्षेमेन्द्र ने 'औचित्य विचार चर्चा' में इस प्रकार उपबृंहित किया है–

उचित स्थानविन्यासादलकृतिरलंकृतिः।
औचित्यादच्युता नित्यं भवन्त्येव गुणा गुणाः।।6.।

XXX

कण्ठे मेखलया नितम्ब फलके तारेण हारेण वा
पाणी नूपुरबन्धनेन चरणे केयूरपाशेन वा
शौर्येण प्रणतेरिपी करुणया नायान्ति के हास्यताम्
औचित्येन बिना रुचि न तनुते नालंकृतिनों गुणाः।

–*(ओचित्य विचार चर्चा)*

क्षेमेन्द्र का वक्तव्य है कि अलंकार और गुण भी औचित्य निर्भर हैं। औचित्य-च्युत गुण गुण नहीं है और अनुचित स्थान में विन्यस्त अलंकार अशोभन और उपहसनीय हो जाता है।

ग्रीवा में मेखला, नितम्ब पर हार, हाथों में नूपुर तथा पैरों में केयूर अलंकार धारण करने वाली रमणी अपनी हँसी ही करवाती है। शरणागत या वशंवद पर शौर्य-प्रदर्शन तथा शत्रु पर करुणा दिखलाना भी उसी भाँति हास्यास्पद और अनुचित हैं। औचित्य के सहित्य में न अलंकार शोभा पाते हैं, न गुण। अलंकार और गुण भी औचित्य के रहने पर ही रुचिर जान पड़ते हैं।

रसात्मक काव्य की रसात्मकता या उसकी सिद्धि 'औचित्य' पर ही अवलंबित है। 456 क्षेमेंद्र 'औचित्य' की अपेक्षा रस के लिए ही मानते हैं, किन्तु

काव्य के पारमार्थिक तत्व के रूप में 'औचित्य' की स्थापना करते हैं। 457

क्षेमेन्द्र ने प्राचीन आचार्यों का ऋण स्वीकार करते हुए 'औचित्य' को परिभाषित: किया है, कि जो जिसके योग्य, अनुरूप या सदृश है उसे ही प्राचीनों ने उचित कहा है और उचित का भाव ही 'औचित्य' की संज्ञा पाता है। 456

'औचित्य' का उपर्युक्त लक्षण संगति, सादृश्य, अनुरूपता आदि को ही औचित्य बतलाता है। वस्तुत: औचित्य में सामंजस्य का सौदर्य निहित है। दो पदार्थों का योग यदि संतुलित सदृश और अनुरूप है तो वह अभिराम जान पड़ता है। फबनेवाली चीज़ ही सुंदर जान पड़ती है। विसदृश पदार्थों का योग असुंदर, क्षोभकारी तथा अनेकन हास्यास्पद भी होता है। असुंदर और सुंदर का पारस्परिक योग काव्यशास्त्र ही नहीं, लोक-जीवन में भी अनुचित माना जाता है।

'औचित्य' वस्तुत: एक विशिष्ट प्रकार की सौंदर्यानुभूति ही है। साथ ही सुंदर पदार्थ शोभता है। जो जिसका अधिकारी नहीं है उसके पास उस चीज़ का रहना अनुचित ही कहा जाएगा। समता, समंजस योजना और अनुकूलता सत्पान के का भाव औचित्य में सन्निहित है। बेमेल पदार्थ भदेद होते हैं, किंतु सदृश पदार्थों का सहभाव रूचिर, कमनीय और हृदयावर्जक होता है। इस उचित के भाव का जहाँ अतिक्रमण होता है वहां शोभा विनाश हो जाता है। विसदृश और अननुकूल का योग अशोभन माना जाता है।

विद्यापति साहित्य में भी हम औचित्य के संबंध में निश्चित दृष्टिकोण पाते हैं। विद्यापति भी अयोग्य के साथ योग्य का सन्निवेश या कुरूप के साथ सुंदर आभरणों के संयोग प्रयोग को निन्दनीय बतलाते हैं उनके अनुसार ऐसा अनुचित विधान रस से अनभिज्ञता की सूचना देता है। राजशेखर ने भी उचित-अनुचित के विवेक को ही व्युत्पति कहा है। उचितानुचित-विवेक न रखना मुर्खता ही है।

विद्यापति ने निम्नलिखित पंक्तियों में औचित्य विचार का निबन्धन किया है–

कि कहब हे सखि रातुक बात।
मानिक पड़ल कुबानिक हात।।2।।
काँच कंचन न जानए मूल।
गुंजा रतन करए समतूल।।4।
जे किछु कभु नहि कलारस जान।
नीर खीर दुह करए समान।। 6.।
तन्हि सौं कहाँ पिरीत रसाल।
बानर-कंठ कि मोतिम माल।।8।।

भनइ विद्यापति इह रस जान।
बानर-मुँह की सोभए पान।। 10.।

– (बेनीपुरी, पद-97)

इसी तरह एक दूसरे पद में भी विद्यापति का वक्तव्य है-

मन्दा रतन भेद नहि जान।
बान्दर मूँह न सोभए पात।।

-(परिषद्-पदावली, पद-112)

विद्यापति के इन दोनों ही पदों में रति-नागरी नायिकाएँ अपनी सखियों से गँवार नायकों के साथ अपने मिलन-प्रसंगों की आलोचना करती हैं।

विद्यापति का वक्तव्य है कि गंवार या मूर्ख के पास कला-मर्मज्ञता नहीं होती है– उसके पास उचित अनुचित का विवेक नहीं होता है। वह मूल्यवान वस्तु का गुणग्राहक नहीं होता है। उसके लिए 'सबधान बाईस पसेरी' ही होता है। उसके विवेक की बलिहारी है, कि वह 'टके सेर भाजी, टके सेर खाजा' खरीदता है।

यह प्रसंग गंवार नायक की वृत्ति के स्पष्टीकरण के साथ-साथ काव्य-समीक्षक या भावक के मौर्ख्य या उसकी नासमझी पर प्रकाश डालता है, किन्तु इस प्रसंग से विद्यापति की औचित्य-संबंधी धारण का भी परिचय प्राप्त होता है। कवि और समीक्षक दोनों के लिए यह औचित्य विवेक अपेक्षित है, कि तुल्यों का संयोग शोभन होता है और अपात्र के साथ अच्छी वस्तु का ग्रथन अनुचित अथच उद्घोगजनक एवं हास्यास्पद होता हैं।

विद्यापति काव्यात्मक ढंग से औचित्य विचार का प्रकाशन करते हैं, कि मूर्ख बनिये के साथ रहकर माणिक्य की कीमत भी घट जाती है। मूर्ख वाणिज्यकार और रत्न का संयोग बेमेल है-अनुचित है। गंवार तो कलारस से तनिक भी परिचित नहीं होता, परिणामतः वह अपने अनुचित कर्मों से रस भंग कर देता है। काँच और कंचन के भेद और मूल्य को वह नहीं जानता है: सार और निस्सार को वह साथ कर देता है गुंजा और रत्न को वह एक समान मानता है तथा उन्हें एक साथ योजित करता है। वह दूध और पानी को मिश्रित कर दूध का स्वाद नष्ट कर देता है।

विद्यापति के पास यह रस-बोध और औचित्य ज्ञान है कि बन्दर की ग्रीवा में 'मुक्ता माला नहीं जँचती है। वे ठीक ही कहते हैं, कि बन्दर का ताम्बूल रंजित मुख नहीं शोभता है-हास्यास्पद ही लगता है।

बन्दर के कंठ में मोतियों की माला और उसके मुख में पान की लाली-ये दोनों ही बातें अनौचित्यमूलक हैं। समान वस्तुओं का संयोजन ही उचित है। इसके

प्रतिकूल योजना अनुचित होती है और अनुचित वस्तु ही अशोभन और हास्यजनक होती है।

'बानर-कंठ कि मोतिममाल'-इस उक्ति की तुलना विद्यापति के पूर्ववत्त कवि गोरखनाथ की अधोलिखित वाणी से की जा सकती है-

दूधे धोया कोइला, उजला न होइला।
कागा कंठे पहुपमाल, हँसला न मेला।। 459

गोरख कौए के कंठ के पुष्पहार को हास्यास्पद मानते हैं और विद्यापति बंदर के कंठ के मुक्ताहार और उसके मुख के तांबूल राग को अनुचित मानते हैं। अनौचित्य संबंधी इन उदाहरणों में 'विषय-परिवर्त्तन' 'तुल्यदेहितुल्य' अर्थ सादृश्य है। इस अनौचित्य प्रसंग की तुलना कई पूर्ववर्ती और परवर्ती कवियों की उक्तियों से की जा सकती है। 457

विद्यापति गोरख की उपर्युक्त पंक्तियों से प्रभावित हुए थे इसके प्रमाण में उनकी ये पंक्तियाँ भी उदाहृत की जा सकती हैं-

अओ कत कहब मधुरि बानि।
काजर दूधे पखालल जानि।।

-(प. प., पद-210, सं. अं.)

गोरख कोयले को दूध से धोने पर भी उसके उजला न होने का वर्णन करते हैं तथा विद्यापति काजल या कालिख को दूध से प्रक्षालित करने की व्यर्थता का प्रतिपादन करते हैं।

काजल को दूध से धोना भी अनुचित ही है, यह कहने की आवश्यकता नहीं है।

'बानर कंठ की मोतिम हार' की तुलना 'जीवमनः करण संलाप कथा 460 नामक अपभ्रंश-रूपक की अधोलिखित उक्ति से की जा सकती है-

जं पुणु तु जंपेसि जड! तं असरिसु पडिहाइ।
मण न्लिल्लक्खण कि सहइ नेऊरू उड्ढह पाइ।।7।।

डॉ. हरिवंश को छड़ ने इस उक्ति का अर्थ इस प्रकार किया है "हे मूर्ख! तुम जो कहते हो वह तुम्हारे योग्य नहीं प्रतीत होता। हे निर्लक्षण मन! क्या ऊँट के पैर में नूपुर शोभा देते हैं?" 461

बन्दर के लिए जिस तरह हार-धारण अनुचित और अननुरूप है उसी तरह ऊँट के लिए नूपुर-धारण अननुरूप है। दोनों ही स्थलों पर समान ढंग के अनौचित्य का संकेत मिलता है।

औचित्य के संबंध में काव्यशास्त्रीय ग्रंथों के अलावा काव्य-ग्रंथों में भी

प्रकीर्णक विचार प्राप्त होते हैं। क्षेमेंद्र के पूर्ववर्त्ती कवि आचार्य राजशेखर ने अपनी 'कर्पूर-मंजरी' नामक नाटिका में ललित ढंग से औचित्य सिद्धान्त का प्रतिपादन किया है। जिसका प्रभाव क्षेमेंद्र और विद्यापति दोनों पर देखा जा सकता है।

'कर्पूरमंजरी' की एक उक्ति में लंबे या गिरे स्तनों वाली नारी का एकावली-धारणा, लंबोदरी का कंचुकी-धारण, कानी का कटाक्ष-पात, कटे केशोंवाली का मालती पुष्पों का हार-धारण तथा कानी स्त्री का काजल लगाना आदि बातें अनुचित और बुरी कही गई हैं। 462

राजशेखर की यह उक्ति असुन्दर के साथ सुन्दर के योग के अनौचित्य को संकेतित करती है। अंधे व्यक्ति और कानी स्त्री की आँखों का काजल, ढले स्तनों पर स्थित मुक्ताहार, ऐंचो आँखवाली नारी का नयन-विलास और मुन्डिता कर माथे पर मालती की माला आदि चीज़ नहीं शोभती हैं-हँसी कराती हैं। इसी तरह बंदर के गले में मोतियों की माता और उसके मुख में पान आदि बातें भी हास्या-साद प्रतीत होती हैं।

'कर्पूरमंजरी' की एक अन्य उक्ति में काव्य-संबंधी अनौचित्य की व्याख्या करते हुए इस प्रकार कहा गया है कि सोने की करधनी में लोहे की किंकिणी का सन्निवेश अनुचित है तथा वस्त्र के पीछे बेल-बूटों की कढ़ाई का काम भी असंगत हैं एवं गोरे शरीर पर चंदन नहीं शोभता है। 463

अनौचित्य की व्यंजना के क्रम में राजशेखर ने अनेक बार ढले स्तनों पर हार-धारण की तस्वीर उपस्थित की है। उनका वक्तव्य इस प्रकार है-"णिदणिज्जे वि अत्थे सुउमारा दे वाणी लंबत्यणीए बिअ एक्काबली।" सच ही लंबे या पतित स्तनों पर एकावली नहीं शोभती है। ढले उरोजों पर हार का सन्निवेश असुंदर और अनुचित प्रतीत होता है। उन्नत स्तनों पर ही हार शोभित होता है। अधोलिखित उक्ति में भी राजशेखर ने स्तन और हार के उदाहरण से औचित्य सिद्धान्त का प्रकाशन किया है-

दट्ठूण चोरत्थणतु गिमाणं एक्कावलीए तह चंगिमाणं।
सा तेण दिग्णा दइदाद कंठे रज्जति छेआ समसंगमम्मि।।

-(कर्पूरमञ्जरी, 3.6)

राजशेखर का वक्तव्य है कि उत्तम स्तनों पर एकावली हार खूब खिलता है क्योंकि यह औचित्यपूर्ण है। विदग्ध जन सम्रान के संयोग से रंजित होते हैं। वे इस प्रकार के सम संयोग के लिए चेष्टाशील रहते हैं।

स्तन और हार वाली 'यायावरीय' कल्पना क्षेमेन्द्र में भी प्राप्त होती है-

अर्थौचित्यवता सूक्तिरलंकारेण शोभते।

पीनस्तन स्थितेनेव हारेण हरिणक्षेणा।। 15.।
प्रस्तुतार्थस्यौचित्येनोपमोत्प्रेक्षारूपकादिनालंकारेण
सूक्तिश्चकास्ति कामिनीवोच्चकुचचूम्बिना रुचिरमुक्ताकलापेन।
-(औचित्य विचार चर्चा)

मुझे ऐसा लगता है कि क्षेमेंद्र का यह अलङ्कारौचित्य विवेचन राजशेखर की विवेचित उक्ति से ही प्रभावित है।

राजशेखर ने "रज्जति छेआ सम-संगमझि" कहकर औचित्य निबंधन से मुदित होने वाले भावकों और रचनाकारों का संकेत दिया है। इस उक्ति की यही व्यंजन है कि अनुरूप से अनुरूप का मिलन या संयोग ही उचित कहलाता है। इसके प्रतिकूल अनौचित्य की स्थिति होती है।

'कर्पूरमंजरी' में जिस तरह समान के संगम से छेकों के रंजित होने की बात कही गई है उसी तरह 'मृच्छकटिक' में भी रत्न का रत्न से संयोग प्रतिपादित किया गया है। सुंदर का सुंदर से योग ही योग्य है, उचित है। 'मृच्छकटिक' को विट वसंतसेना और चारुदत्त के प्रेम को उचित मानता है, क्योंकि यह अनुरूप को अनुरूप से योग है। इसके विपरीत वसंतमेना का शकार से कोई मेल नहीं बैठता है। 464

'रत्नं रत्नेन सङ्गच्छते'-यह लोकोक्ति औचित्यमूलक ही है। रत्न का संयोग राँगा से यो काँच से शोभन नहीं होता है। दामोदर गुप्त ने भी अनुरूपों के सन्निवेश-जन्य सौंदर्य की वर्षा 'कुट्टनीमत काव्यम्' में की है। उनका वक्तव्य है कि मणि और हेम का संयोग सुभग होता है। 465

'पंचतंत्र' में भी समान के संगम-जन्य औचित्य का संकेत मिलता है। समान पदार्थों का संयोग न कराना निन्द्य है। ऐसा विधायक जो उपयुक्त वस्तु को वस्तु अनुपयुक्त के साथ ग्रथित कर देता है, निन्दनीय होता है। स्वर्णाभरण में जड़ने योग्य मणि को किसी तुच्छधातु में जड़ने पर मणि तो कोई शिकायत नहीं करती है, लेकिन यह शोभा नहीं पाती है। हाँ, उस व्यक्ति की अवश्य ही भर्त्सना की जाती है जिसने अननुरूपों का ऐसा संयोग कर दिया है। 466

'चाणक्य-नीति-दर्पण' में भी कहा गया है कि विवेकशील को पाकर ही गुण सौंदर्य की उपलब्धि करते हैं-मनोश होते हैं। सोने में नियोजित होने पर ही रत्न सुंदर जान पड़ता है। 467 इस उक्ति में भी सुंदर का सुंदर से या गुणवान का गुणवान से संयोग ही उचित माना गया है।

'चाणक्य नीति दर्पण' के एक अन्य पद्य में भी परस्पर-समान वस्तुओं के योग को शोभन कहा गया है। पद्य का वक्तव्य है कि समान लोगों में ही प्रेम

शोभता है, राजा की सेवा शोभा पाती है, व्यवहारों में वाणिज्य-कर्म शोभा पाता है तथा दिव्या नारी घर में शोभा पाती है। 468

इस प्रसंग से यह स्पष्ट है कि समान वस्तुओं के संगम में ही शोभा और औचित्य है।

विद्यापति ने भी अनेकत्र समान पदार्थों के संयोजन और संगम का प्रतिपादन करके औचित्य सिद्धांत के प्रति अपनी निष्ठा प्रकट की है-

गुन जञो रह गुणनिधि सञोसङ्ग
विद्यापति कह इ बड रङ्ग।।

-(प. प., पद-102)

प्रस्तुत प्रसंग में विद्यापति ने गुण और गुणी के संग को अच्छा बतलाया है।

(2) जानि सुपहु तोहे आनि मेराओल
सोना गाथलि मोती।
कैतव कञ्चन अन्य विधाता
छायाहू छाडलि मोन्ति।

-(प. प., पद-190)

यहाँ नायिका-नायक का संगम घटित करनेवाली दूती से नायिका उलाहना देती है कि यद्यपि दूती ने अच्छा समझकर नायक को नायिका से योजित किया था, किंतु यह मिलन क्षोभकारी ही हुआ। यह समागम वैसा ही समझकर घटित किया गया था कि जैसे मोती को सोने में ग्रथित किया जाता है, लेकिन भारी भूल हुई वह स्वर्ण के ग्रथन जैसा लगता है।

मोती और सच्चे स्वर्ण का सम्मिलन तो उचित है, लेकिन नकली सोने और मोती का मिलाप अशोभन है। अंधे विधाता की बुद्धि को भी क्या कहा जाए!-छलपूर्ण कंचन के संपर्क में आकर मोती ने भी अपनी छाया अर्थात् क्रांति छोड़ दी है यह स्वाभाविक ही है, क्योंकि अनुचित वस्तु के संपर्क में आकर अच्छी वस्तु के भी गुण तिरोहित हो जाते हैं। बुरे नायक के साथ मिलन पर गुणवती नायिका की विशेषता भी मिट जाती है।

इस पद में विद्यापति की नायिका ने अननुरूपों के संयोग की आलोचना की है। पद का यह वक्तव्य विचारणीय है कि छद्मस्वर्ण के साथ मोती को मिलाने से मोती की आभा भी कलुषित हो जाती हैं–नष्ट हो जाती है।

(3) विद्यापति के निम्नलिखित पद में एक दूती के पछतावे का वर्णन है। दूती नायिका को नायक से मिलाकर इसलिए पश्चाताप करती है कि यह समागम परस्पर योग्यों का नहीं हैं-

हृदय तोहर जानि नहि भेला
परक रतन आनि मञे देला
कएल माधव हमे अकाज
हाथि मेराउलि सिंह समाज।

-(परिषद् पदावली, पद-1)

हाथी को सिंह के समाज में ला मिलाना अनुचित है। दूती को अपने इस 'अकाज' की प्रतीति होते ही पश्चात्ताप होता है।

(4) विद्यापति के अधोलिखित पद में नायिका दूती को उपालम्भ देती है कि उसने बुरे के साथ उस जैसी नारी का समागम घटित करके बुरा किया है।-इस पद में परस्पर विरुद्ध वस्तुओं की योजना न करने का सिद्धान्त व्यंजित है-

गुञ्ज आनि मुकुता हमे गाथल बूझलि तुम परिपाटी।
कञ्चन ताहि अधिक कए कहलह का चहु तहभेल घाटी
दूती अइसन तोहर बेबहारे।
नगर सगर भमि जोहल नागर भेटल निछछ गमारे।।
बड सुपुरुष बोलि सिनेह बढाओल दिने दिने होइति बडाइ।
तेली बलद थान भल देषिअ पालब नहि उजिलाइ।।
सब गुण आगर सबतहु सूनिञ ते मञे लाओल नेहे।
फल-कारणो तरुअर अवलम्बल छाहरि भेल सन्देहे।।

-(प.प., पद-223)

उपयुक्त पद में कहा गया है कि गुंजा को मोती के साथ गूँथना ठीक नहीं है। सोने के बदले काँच जैसे घटिया पदार्थ के साथ अच्छी वस्तु को संग्रथित कर देना नादानी है। कंचन से भी बड़ा पदार्थ जब काँच से निकृष्ट सिद्ध हो और उस ओछे पदार्थ को सुंदर वस्तु के साथ योजित करने की कुचेष्टा की जाए तब वह निश्चय ही अनुचित बात है। नागरी के साथ नागर नहीं, गँवार को मिला देना एकदम अनुचित है। तेली का बैल कोल्हू में या 'थान' पर ही अच्छा मालूम होता है- कृषिकार्य में नियोजित करने पर उसकी अक्षमता प्रमाणित होती है। तेली का बैल जूए के नीचे नहीं है। उसे पालो में जोतना अनुचित है, क्योंकि वह उसके अयोग्य है। जो जिसके लिए योग्य और उपयुक्त है उसी के साथ उसका योग वांछनीय होता है।

पद की दूती को औचित्य और अनुपात का ज्ञान नहीं है, इसी से नायिका उसे झिड़की देती है।

इस तरह हम देखते हैं कि विद्यापति ने विसदृश वस्तुओं की असमंजस योजना को अनुचित और अशोभन बतलाकर औचित्य-सिद्धान्त के प्रति अपनी आस्था की अभिव्यक्ति की है।

(5) विद्यापति के निम्नलिखित पद में सोने के साथ काँच को ग्रथित करने वाले गँवार की भर्त्सना की गई है-

बिकनए गेलिहुँ रतन अमोल।
चिन्हिकहु बनिकें घटाओलमोल।।
सुलभ भेल सखि! न रहए भार। काच कनक लए गाँथ गमार।।

-(प. प., पद-251, सं. अं. पृ. 354)

गँवार न तो प्रतिष्ठा करना जानता है, न उसके पास उचितानुचित-विवेक या व्युत्पत्ति ही है। काँच और कञ्चन को एक-सा ही मानकर उनको योजित कर देना नागरवृत्ति नहीं है-सह्यदयता नहीं है।

'गँवार सोने के संग काच को ग्रथित कर देता है।' यह आक्रोश अनौचित्य के कारण ही है। इसी प्रकार के अनौचित्य से 'कर्पूरमञ्जरी' का विदूषक भी झुँझलाता है।

"ईदिसस्स राअउलस्स भद्द भोदु, जहिं चेडिआ
बम्हणेण समं समसीसिआए दीसदि। मइरा पंचगब्वं
च एकस्सि भंडए कीरदि, कञ्चं माणिक्क च समं
आहरणे पउंजीअदि।"

-(कर्पूरमंजरी। 1. पृष्ठ 30 चौखम्बा)

ब्राह्मण और चेटी की समकक्षता, मदिरा और पंचगव्य का एक ही बर्त्तन में रखा जाना तथा गहने में काँच और मणिक्य का एक साथ नियोजन आदि बातें निन्द्य और अनुचित हैं, यही 'कर्पूरमंजरी' के प्रस्तुत प्रसंग का प्रतिपाद्य है।

वस्तुतः 'कर्पूरमंजरी' का विदूषक विचक्षणा दासी को कवित्व-शक्ति-विहीना मानता है, किंतु राजा उसे उच्चकोटि की कवयित्री मानता है, जिससे विदूषक क्रुद्ध हो जाता है और व्यंग्यपूर्वक राजा के भावकत्व का अभिनन्दन करता है कि उस राजकुल का भला हो जहाँ चेटी ब्राह्मण की बराबरी करती है, मद्य एवं पंचगव्य एक साथ रखे जाते हैं तथा काँच और रत्न को एक ही संग आभरण में जड़ा जाता है। ऐसे जड़ दरबार में जहाँ उचितानुचित-विवेक रखने वाले भावक नहीं हैं ऐसे ही क्षुद्र कवि समादृत होते हैं जिनमें प्रतिभा नहीं होती है।

राजा विचक्षणा को हरिचंद्र, नन्दिचन्द्र, कोटिश हाल आदि कवियों से भी अधिक कवित्वशक्ति रखने वाली मानता है जिससे विदूषक खीझ जाता है।

उसकी यह खीझ इसीलिए है कि योग्य को अयोग्य के साथ या कम गुणावाले को अधिक गुण वाले के साथ संबद्ध करना या उनका परस्पर-संयोजन अनुचित होता है। विद्यापति में भी यह आक्रोश देखा जा सकता है-

जे किछु कबहु नहि कलारस जान।
नीर खीर दुह करए समान।।

'मानिक पड़ल कुबनिक हात,' काँच कंचन न जानए मूल। गुंजा रतन करए समतूल' आदि उक्तियों में भी ऐसे ही अनौचित्य का संकेत है। नादान व्यक्ति ही अल्पगुणायुक्त या क्षुद्र का समागम अधिक गुणावाले के साथ करता है। व्युत्पत्ति के अभाव में ही परस्पर-विसदृश वस्तुओं का योग करने से हास्यास्पद बनना पड़ता है।

व्युत्पन्न व्यक्ति अनौचित्य का निबन्धन नहीं करता है-

कतए गुजा कतए फूल
कतए गुजा रतन तूल।
जे पुनु जानए मरम साच
रतन तेजिन न किनए काच।।

-(प. प., पद-211)

औचित्य के संबंध में विद्यापति की ये धारणाएँ भी विचारणीय है–

(1) 'नखछेदन के लाब कुठार' (न. गु., पद-389)-इस लोकोक्ति के द्वारा विद्यापति इस अनौचित्य का प्रकटीकरण करते हैं कि नख काटने के लिए कुल्हाड़ी लाना अनुचित, अनुपयुक्त और हास्यजनक है। (2) 'हठ कएले पहुहो रस भंग' (न. गु., पद-261)-अर्थात् हठपूर्वक अनुचित कार्य करने से रस-भंग हो जाता है, विद्यापति की यह मान्यता आनन्दवर्धन से मिलती-जुलती है।

अनौचित्य एक प्रकार के हठ से ही उत्पन्न होता है। 'कानों में कंगना' 'पाँव में हार' आदि पहनना तथा कुठार से नख काटने के लिए उद्यत होना आदि बातें दुराग्रह, मुर्खता आदि को प्रकट करती हैं। दुराग्रह, हठ आदि से स्वभावतः उद्वेग रस-भंग आदि की स्थिति उत्पन्न हो जाती है। आनंद ने स्पष्टतः अनौचित्य को रस भंग का कारण कहा है। (3) पुरुष-परीक्षा' के निम्नलिखित प्रसंग पर विचार करने से ज्ञात होता है कि विद्यापति औचित्य सिद्धान्त से पूर्णतः परिचित थे-

"रसार्द्रालंकारैरुचितपदबन्धैर्गुणवती...। (26. 11 पृ. 104)

-(पुरुष परीक्षा 26. 17.।)

यहाँ कविता की विशेषताओं के वर्णन क्रम में उचित पद बंध से गुणवती कविता की चर्चा हुई है। प्रसंग से ज्ञात होता है। औचित्य का ध्यान कविता में

रहना चाहिए, यह इस प्रसंग से ज्ञात होता है।

'अलंकार और उचित पद बंध से गुणवती'-विद्यापति का यह वाक्यांश क्षेमेंद्र से प्रभावित जान पड़ता है। क्षमेंद्र ने स्पष्टतः कहा है कि औचित्य ही अलंकारत्व और गुणात्व का विधान करता है अर्थात् काव्य का गुणत्व औचित्य में है। 467 कविता अलंकार और उचित पद बंध से गुणवती होती है, ऐसा विद्यापति भी कहते हैं।

'उचित पदबंध' या पदौचित्य' की चर्चा करके विद्यापति क्षेमेंद्र के 26 औचित्य स्थानों में से अपनी अभिज्ञता प्रदर्शित करते हैं। 468

(3) अलंकार विरोधी रसवादी धारणाओं का निबन्धन

भारतीय काव्यशास्त्र के अलंकारवादी आचार्य अलंकारों की पारमार्थिक महत्ता और सत्ता के प्रचारक हैं, किन्तु अलंकार्यवादी विचारक अलंकारों के सम्यक महत्त्व से अभिज्ञ तथा उनके ग्रहण-त्याग और प्रयोग का विवेक रखने वाले हैं। अनेक अलंकार्यवादी चितकों ने अलंकारों की व्यर्थता, निस्सारता और औपचारिकता या वैकल्पिकता का प्रतिपादन किया है। उनके अनुसार अलंकार बाह्य प्रदर्शन मात्र हैं, काव्य के आम्यंतरिक गुण नहीं अलंकारों के अभाव में भी काव्य-रचना हो सकती है, रसवादी विचारकों का मंतव्य है।

रसवादी विद्यापति ने भी अनेक अलंकार-विरोधी विचार प्रकट किए हैं जिन पर रसवादी काव्यशास्त्रियों का प्रभाव पड़ा है, किंतु उनपर कर्पूरमंजरीकार राजशेखर के विचारों की छाया ही प्रमुखतः दृष्टिगत होती है।

कई संस्कृत कवियों की भाँति विद्यापति आलंकारिक आडंबर और बाहरी तड़क-भड़क को निस्सार घोषित करते हैं। वे चमस्कृति और प्रसाधन-वैभव की प्रशंस नहीं करते हैं-

अलक तिलक न कर राधे
अड्ग विलेपन करहि बाधे।
तजे अनुरागिणि ओ अनुरागी
दूषण लागत भूषण लागी।।
भने विद्यापति तरस कवि
नृपति कुल सरोरुह रवि।।

-(परिषद् पदावली, पद-164)

पाठ-संशोधन के रूप में परिषद्-पदावली के संपादकों ने 'दूषण लागत भूषण लागी' को 'भूषण लागत दूषण लागी' के रूप में रखने का सुझाव दिया है। 469

प्रस्तुत पद में दूती या सखी नायिका को अभिसार के लिए शीघ्रतापूर्वक चलने की प्रेरणा देती है और इस प्रसंग में प्रसाधनों, अलंकारों और साज-सज्जा को निष्प्रयोजन बतलाती है, क्योंकि अनुरक्त प्रेमी-युग्म को अलंकारों से एक-दूसरे को आकृष्ट करने की आवश्यकता नहीं है। उस अनुराग की स्थिति में तो भूषण भी -दूषण ही जान पड़ेगा। विशेषक, केश-रचना, अंगराग-लेपन आदि के प्रसाधन इस मिलन-प्रसंग में व्यर्थ ही हैं। इस अवसर पर भूषण धारण को दूषण कहकर विद्यापति स्पष्टतः अलंकारों, प्रसाधनों और विच्छित्ति-वैभव को गौण, व्यर्थ अथच दोषावह मानते हैं।

प्रस्तुत पद की भणिता में विद्यापति ने जान बुझकर अपने को 'सरस कवि' कहा है। अलंकारों की अवमानना करनेवाले विद्यापति का अपने-आप को 'सरस कवि' कहना सोद्देश्य है। इस स्थल पर वे अपने काव्य-संप्रदाय का सफल संकेत देते हैं। यहाँ वे बहिरंग का विरोध कर अलंकार्य या काव्य के अंतरंग के प्रति अपनी निष्ठा और आसक्ति प्रकट कर अपने रसवादी दृष्टिकोण को उपस्थित करते हैं ।

भणिता में अपने को 'नृपति कुल सरोरुह रवि' कहकर विद्यापति स्वयं को राजाश्रित या राज-कुल के लोगों को मुदित करनेवाला कवि प्रतिपादित करते हैं। यहाँ उनका यह इंगित जान पड़ता है कि दरबारी और समृद्धि एवं चाकचिक्य के वातावरण में रहकर भी वे अलंकारों के प्रति अनुचित आसक्ति नहीं रखते हैं, अपितु कभी-कभी अलंकार-प्रयोग को दोषपूर्ण भी मानते हैं।

इस तरह हम देखते हैं कि सरस राजाश्रित कवि विद्यापति ने समर्थ ढंग से अलंकारों के प्रतिपक्ष में रसवाद की स्थापना की है।

एक अन्यपद में भी विद्यापति ने अलंकार-विरोधी दृष्टिकोण की अभिव्यक्ति की है-

सहजहि आनन अछ्लल अमूल
अलकें तिलकें ससधर तूल।
का लागि अइसन पसाहन देल
जे छल रूप सेहओ दूर गेल।।
अछ्लल सोहाँजोन की भए गेल
भूषण क्एले दूषण भेल
दरसि जगाबए मुनि जन अधि
नागर का ओ सहज बेआधि।।
लिहले उषकल अओछा भार

भेटले मेटल अछ परकार।

-(परिषद् पदावली, पद-139)

अलंकरण उत्कर्ष-साधक ही नहीं शोभा विधातक भी हो जाता है, इसी तथ्य को विद्यापति ने प्रस्तुत प्रसंग में स्पष्ट किया है। विद्यापति का वक्तव्य है कि प्रसाधन-मंडन से स्वाभाविक रूप-सुषमा विभ्रष्ट हो जाती है। अलंकरण जन्यदोष का द्योतन करते हुए वे बतलाते हैं कि नागर या सच्चे भावक अर्थात् सहृदय के लिए कृत्रिम मंडन कर्म और अलंकरण वितृष्ण करने वाला होता है। प्रसाधन से रूप की विकृति ही विवृत होती है। अलंकरण, प्रसाधन आदि के तिरोभाव से हो वास्तविक सौंदर्य की निर्मल रूप-राका छिटक सकती है। इस तरह हम देखते हैं कि विद्यापति ने सहज सौंदर्य और अलंकार्य के अकृत्रिम महत्त्व का इस पद में ज्ञापन किया है।

पद का वक्तव्य है कि युवती का चेहरा सहज सौंदर्य के कारण अमूल्य था लेकिन 'चटुला-अलक' केश-प्रसाधन से वह शशाङ्क के समान लान-मुक्त हो गया है। 'चटुला अलक' आनन पर लोट-लोटकर कलङ्क-सा जान पड़ता है। युवती के आनन का सहज सौंदर्य इस कृत्रिम केश प्रसाधन से तिरोहित-सा हो गया है। 470

विद्यापति कहते हैं कि नायिका का जो भी रूप था वह अलंकरण और सजावट के बाद विभ्रष्ट हो गया है। पद में स्पष्टतः कहा गया है कि मंडन से रूप वृद्धन नहीं रूप हास ही हुआ है। शोभन सौंदर्य अलंकरण से कलुषित हो गया है, विभूषित नहीं हुआ है, यह वक्तव्य अलंकार को अतिशयता को दोषाधायक ही प्रमाणित करता है।

विद्यापति ने कहा है कि अपने अकृत्रिम रूप में मुनिसत्तमों के चित्त को भी आंदोलित-मथित और क्षुब्ध करने वाला नायिका का रूप-सौंदर्य अलंकरण के पश्चात् सच्चे सहृदय और पारखी को सतृष्ण न बनाकर उदासीन या वितृष्ण कर देता है।

पत्रावली-रचना या विशेषक अंकन से नायिका की आकृति में भद्दे विकार आ गए हैं। यह विकृति कदाचित् चित्रांकनकारिणी लेखनी के अग्रभाग से उत्पन्न हो गई है या पत्र रचना के बुरे प्रकार से आ गई है। विद्यापति का कहना है कि इस तरह कृत्रिम सौंदर्य-वर्द्धक् साधनों के प्रयोग से भलाई न होकर बुराई ही हुई है, किन्तु वे आश्वस्त हैं कि समागम के अनन्तर इन प्रसाधनों के मिटने से पुनः सहज सौंदर्य की उपलब्धि हो जाएगी।

यहाँ हम विद्यापति को स्पष्टतः अलंकारवादी विचारधारा के विरोधी के रूप

में देखते हैं। वे सहज सौंदर्य के आग्रही प्रतीत होते हैं और यही कारण है कि वे मंडन कर्म को निष्प्रयोजन. त्रुटिपूर्ण और सौंदर्य के अपकर्षक के रूप में विवेचित करते हैं।

राजशेखर ने भी अलंकारों के आडंबर की अपेक्षा सहज चारुता को ही प्रभविष्णु माना है। 'कर्पूरमंजरी' में अलंकार-सम्बन्धी अतिवादी विचारों के विपक्ष में अलंकार्य के आत्मिक सौंदर्य तथा निराभरण रूप-सुषमा को ही महत्व दिया गया है। 'कर्पूरमंजरी' में बिना किसी शिक्षक के भूषण को दूषण कहा गया है

जेस्सा दिट्ठि तरलधवना कज्जलं तिस्स जोग्गं?
जा बित्थिण्णकलसिणी सोहदे तिस्स हारो?।
चक्काआरे रमणफलहे कोबिं कचीमरट्ठो
जिस्सा तिस्सा उण बिभणिमो भूसणं दूसणं अ।

-('कर्पूरमंजरी' 2.23।)

यहाँ कर्पूरमंजरी' का विदूषक राजा से परमार्थ या सचाई विज्ञापित कर रहा है, 471 कि सहज सौंदर्य के लिए भूषण दूषण हैं। नायिका के लिए नैसर्गिक सौंदर्य ही अलम् है, अलंकार उसके सौंदर्य के लिए दूषण ही हैं। चपल-धवल चक्षुओं के लिए काजल का प्रसाधन निरर्थक है। उत्तुंग कलशाकार पयोधर वैसे ही मनोहारी हैं, उन पर दमकते, दीप्त हारों के लोटने की आवश्यकता नहीं है। नायिका की चक्राकार जंघाओं के लिए रशनाकलाप या करधनी का अलंकरण निष्प्रयोजन है। सहज-सुन्दर नायिका के लिए अलंकार अनावश्यक ही नहीं, दूषण हैं।

'कर्पूरमंजरी' के उपयुक्त प्रसंग से अलंकारों की गौणता, निष्प्रयोजनता और दोषात्मकता के प्रकटीकरण के साथ-साथ सहज सौंदर्य के निराभरण होने पर भी उसकी प्रभावोत्पादकता का पता चलता है।

'नागर को अलंकरण-आधिक्य से विकृत रूप वितृष्ण बना देता है'-विद्यापति के इस भाव की तुलना भी 'कर्पूरमंजरी' से की जा सकती हैं।

'कर्पूरमंजरी के रसवादी राजा ने विदग्ध या नागर की वृत्ति को बतलाते हुए कहा है कि वे नैसर्गिक सौंदर्य की ओर ही आकृष्ट होते हैं, आलंकारिक आडंबरों से मूर्ख जन ही ठगे जाते हैं। नागरक सज्जाओं पर नहीं, तत्त्व पर लुब्ध होते हैं। विद्यापति ने भी अलंकरण के प्रति नागरों की अरुचि का इस प्रकार संकेत दिया है-"नागर का ओ सहज बेअधि।" "कर्पूरमंजरी' के राजा का कथन है-

मुद्धाणं णाम हिअआइं हरंति हंत!

णेबच्छकप्पणगुणेण णिदंबिणीओ।
छेआ उणो प्पकिदिचंगिमभाबणिज्जा
दक्खारसो ण महुरिज्जइ सक्कराए।।

–('कर्पूरमंजरी,' 2126।)

उपर्युक्त पद्य का वक्तव्य है कि आडम्बर और प्रसाधन से स्थूल बुद्धि मुग्ध जन ही प्रभावित होते हैं। नागर जन प्राकृतिक सौंदर्य के प्रशंसक होते हैं। द्राक्षारस को शक्कर से माधुर्य की भीख नहीं मांगनी पड़ती है–उसके पास स्वयं माधुरी-कोप है। यहाँ यह व्यंग्य है कि रस को अलंकार से सौंदर्य की याचना नहीं करनी पड़ती है, वह स्वतः सुन्दर है।

सहज-सौंदय-युक्त वस्तु के लिए मंडन, अलंकरण आदि अनपेक्षित ही नहीं हानिप्रद भी हैं, यह तथ्य राजशेखर की अधोलिखित उक्ति में अभिव्यंजित हुआ है–

थोआणं थणआणं कण्णकलिआलंघीणं अच्छीणं बा
भूचंदस्य मुहस्स कंतिसरिअसोत्तस्स गत्तस्स अ।
को णेबच्छकलाहिं कीरदि गुणा? ज तं बि सब्बं प्पिअ
संजुतं सुणु तत्थ कारणमिणं रूढीअ का खंडणा?।।

–('कर्पूरमंजरी, 2.27।)

पद्य का वक्तव्य है कि प्रसाधन से रूपवद्धन नहीं, रूप नाश होता है। उत्तुंग पयोधरों, कान तक खींचे आयत-दृगों, चंद्र मुख और कांतियुक्त 'गुणवान' गाव को विविध अलंकरणों से कौन-सा लाभ होता है? इनसे शोभा उत्कर्ष के बदले शोभा-आच्छादन ही हो जाता है। कपड़ों से पयोधर का सौंदर्य आवृत हो जाता है। कज्जल से आँखों के इर्द-गिर्द काले चिह्न हो जाते हैं। अंगराग अंग-कांति को आवृत कर देता है। वस्त्रों से संपूर्ण देह के अवयव संस्थान छिप जाते हैं।

उपर्युक्त प्रसंग से विद्यापति के उस पद का सादृश्य है (प. प. पद-139) जिसमें नायिका के अलंकरणों से उत्पन्न दोषों का वर्णन मिलता है। विद्यापति भी भूषण को दूषण और स्वाभाविक रूप का नाशक मानते हैं।

'कर्पूरमंजरी' का राजा सुन्दरी के उसी रूप का चिंतन करता है जब स्नान के बाद उसके समस्त प्रसाधन प्रक्षालित और विनष्ट हो गए थे 472 और विद्यापति के पद में भी (परिषद्-पदावली, पद-139) प्रसाधनों के मिट जाने के बाद रूप के प्रकृतिस्थ होने की इस तरह चर्चा मिलती है-"भेटले भेटत अछ परकार।"

'कर्पूरमंजरी' का राजा और विद्यापति दोनों अलंकार को व्यर्थ और

निसर्ग-सौंदर्य को ग्राह्य मानते हैं।

'कर्पूरमंजरी' के एक अन्य प्रसंग में यद्यपि अलंकार को शोभाव के बतलाया गया है, किन्तु सहज-सुन्दर वस्तु के लिए अलंकरण को अनपेक्षित कहा गया है। जिनके सौंदर्य में कुछ कमी होती है वे युवतियाँ ही अलंकारों से अपने को सजाती हैं, लेकिन निसर्ग-सुन्दर वस्तु को अलंकारों की आवश्यकता नहीं होती है। 473

'कर्पूरमंजरी' की एक अन्य उक्ति में बाह्यालंकारों की गौणता बतलाई गई है। अपने स्वाभाविक अलंकारों या आत्मिक सूक्ष्म सौंदर्य-गुणों से ही युवतियों के अंग सुन्दर जान पड़ते हैं। उन सुन्दरियों को बाहरी विभूषणों की आवश्यकता नहीं है। भीतरी सौंदर्य वाली रमणियाँ बिना अलंकारों के ही चित्त को मुग्ध बना लेती हैं। उनका निराभरण सौंदर्य भी मनको बाँध लेता है 474

इसी तरह कविता भी सगुण होकर ही आकर्षित करती है : अलंकारों के बिना भी वह चित्त की रंजित करती है।

'कर्पूरमंजरी' का विदूषक कपिञ्जल जब शंका करता है कि यदि हृदयस्य प्रेम ही अनुराग पैदा करता है तब मंडन के आडम्बर का निष्फल श्रम क्यों होता है-अवश्य ही इसकी कोई उपयोगिता होगी 475 तब राजा इसके समाधान में अनुभूति पक्ष की चर्चा करके व्यक्तिगत रुचि का पक्ष प्रतिपादन करता है, किन्तु वह अलंकारों की स्पष्टः अवमानना करता है। 'पूरमंजरी' का राजा वास्तविक रसिक है। उसे अलंकारों के धोखे में भुलाया नहीं जा सकता है। वह कामिनि और कविता के वास्तविक सौंदर्य को परखने की कला जानता है। वह सौंदर्य के भावन में अपनी आत्मा या अनुभूति को प्रमाण मानता है 476 तथा अलंकार और बाह्य प्रसाधनों को व्यर्थ घोषित करता है। कभी-कभी सौंदर्य भी चित्ताकर्षण में सफल नहीं हो पाता है। आकर्षण का सूत्र तो कहीं और ही है। 477 मनुष्य की आत्मरुचि ही सबसे बड़ी चीज़ है-वही सौंदर्य में माधुर्य घोल देती है। यहाँ मूल्यांकन का आत्मनिष्ठ दृष्टिकोण व्यक्त हुआ है किन्तु सौंदर्य की परख के क्रम में अलंकार बेकार हैं, इस दृष्टिकोण की भी राजशेखर ने प्रतिष्ठा की है।

कालिदास भी अलंकार की अपेक्षा अलंकार्य को महत्त्वपूर्ण मानते हैं। उनका विचार है कि सुन्दर पदार्थों को मंडन की कोई आवश्यकता नहीं होती है। सुन्दर वस्तुओं के सन्निकर्ष में आने वाली दूसरी वस्तुएँ भी मनोज्ञ जाती हैं। सुन्दरियों के शरीर पर सब कुछ शोभित होता है। महिमा अलंकार की नहीं, अलंकार्य की ही है। शैवालाच्छादित कमल भी सुन्दर ही जान पड़ता है और लान्छन को धारण करके भी चाँद श्री और शोभा को ही फैलाता है। इसी तरह वल्कल जैसे साधारण

परिधान में भी शकुन्तला सुन्दरी प्रतीत होती है। सुन्दर या मधुर आकृतियों के लिए कौन-सी चीज़ अलंकार नहीं बन जाती है? निसर्ग-सुन्दर पदार्थों के शरीर पर सब-कुछ शोभन हो जाता है। वे अपने आंतरिक सौंदर्य से दोष को भी गुण बना लेते हैं। मधुर आकृतियों को अलंकारों की कोई आवश्यकता नहीं हुआ करती है। उनका निराभरण सौंदर्य भी चमत्कृत करता है। 478

यह सत्य है कि अलंकार अलंकार्य को विभूषित नहीं करता है, बल्कि अलंकार्य ही अलंकार को मंडित करता है-उसे अलंकारत्व देता है। वराह मिहिर नामक ज्योतिषाचार्य का भी यही मत है, कि सुन्दरियाँ ही अलंकारों को अलंकृत करती है, अलंकार उन्हें अलंकृत नहीं करते हैं। 479

'किरातार्जुनीयम' के एक सुभाषित में भी निसर्ग-सुन्दर वस्तु के लिए कृत्रिम अलंकरण को अनपेक्षित बतलाया गया है। भारवि का वक्तव्य है कि जो स्वयं रम्य है उसे कृत्रिम सौंदर्य साधनों की अपेक्षा नहीं होती है। 480

हर्ष-विरचित 'नागानन्द' नाटक में भी इस आशय का पद्य मिलता है कि नायिका स्वभावतः रम्य है, अतः वह व्यर्थ ही अलंकार-भार लिए चलती। 481

अलंकारवादी भामह ने यद्यपि अलंकार-विहीन कान्ता-मुख को नहीं शोभित होता हुआ कहा है, 482 लेकिन उनके ग्रंथ काव्यालंकार' के एक पद्य में अलंकार-रहित मुख को सुन्दर कहा गया है तथा यह टिप्पणी दो गई है कि सहज सुन्दर यदि को किसी अलंकार को आवश्यकता नहीं है। 483 'काव्यालंकार के इस उदाहरण में अलंकार को गौण और सहज सौंदर्य को वरेण्य माना गया है।

विद्यापति अलंकार को नितान्त बाहरी और अतास्विक बतलाते हैं-

झुठा बोल चकमक आम
देषिअ सुनिय एते लाभ।।

-(परिषद् पदावली, पद-91)

विद्यापति का वक्तव्य है कि मिथ्याभाषी अलंकारवादी का कथन केवल बाहरी चाकचिक्य प्रकट करता है। उस अलंकरण या कृत्रिमता की चमक-दमक में तात्त्विकता नहीं होती है, वह केवल उक्ति-वैचित्य है जिसे कुतूहलवश सुना जा सकता है। झूठी. उक्ति की विच्छित्ति या चमक देखने की ही चीज़ है वह तमाशा है-चमत्कार है।

उक्ति वैचित्य चमत्कार-युक्त ही होता है। अलंकारों की चमक का प्रदर्शन ही दर्शनीय होता है। उसमें वास्तविक उपलब्धि कुछ भी नहीं है।

विद्यापति चमस्कृति और बाहरी तड़क-भड़क को बेकार मानते हैं-

सखि हे बुझल कान्ह गोआर

पितरक टाँड़ का दहु कओन लह ऊपर चकमक सार।2.।
हम तो कएल मत गेलहि होएत भल हम छलि सुपुरुख भाने।
तोहर बचन सखि कएल आँखि देखि अमिअ-भरम बिष पाने।4।
-(बेनीपुरी, पद-143)

यहाँ एक नायिका सखी या दूती से मूर्ख नायक की निन्दा करती है, कि उसकी मधु-यामिनी विनष्ट हो गई क्योंकि प्रेमी गँवार था। उसके सम्बन्ध में 'सुपुरुष' होने का जो अनुमान था वह भ्रांत सिद्ध हुआ। अमृत के धोखे में विष पी लेना पड़ा। पीतल के हस्ताभरण पर चमकदार सोने का पानी रहने पर भी क्या लाभ है? उस पीतल के गहना से कोई काम नहीं हो सकता है जिसमें तत्त्व तो कुछ नहीं है, केवल ऊपर में चमक चढ़ा दी गई है और सोने की भ्रांति जान पड़ती है।

खोटे या कम मूल्य के केवल चमक वाले अलंकार से कोई भी कार्य सिद्ध नहीं होता, यही कवि का प्रतिपाद्य है। इस तरह विद्यापति क्षुद्र अलंकार-आभा की व्यर्थता घोषित करते हैं।

विद्यापति के अलंकार-विरोधी विचारों का सारांश यही है कि अलंकार थोथा, बाहरी चकाचौंध उत्पन्न करने वाला, मिथ्या, निष्प्रयोजन और दूषण हैं। सहज सौंदर्य के लिए विद्यापति अलंकार को बिल्कुल अनपेक्षित मानते हैं।

रस-ध्वनिवादी चिंतकों के प्रभाव के कारण ही विद्यापति सिद्धान्ततः अलंकारों को बाहरी साधन मानते हैं और सहज रसमयता के पृष्ठपोषक बनकर वे राजशेखर की तरह भूषण को दूषण भी कह देते हैं।

अग्निपुराणकार ने यद्यपि "अर्थलङ्कार रहिता विधवेव सरस्वती" अ. पुराण' 345, 2) कहकर कविता-कामिनी के सौभाग्य का द्योतन अलंकारों से ही माना है, किन्तु वे भी अलंकारों को नहीं रस को प्राणतत्त्व मानते हैं। उनका यह वक्तव्य -"वाग्वैदग्ध्य-प्रधानेऽपि रसएवात्रजीवितम्।" ('अ पुराण,' 37 331) -अलंकार और वाग्वैदग्ध्य की प्रधानता को मानते हुए भी रस को काव्यात्मा मानता है।

एक अन्यस्थल पर गुण अलंकार की तुलना करते हुए अग्निपुराणकार ने स्पष्टः अलंकार को गौण बतलाया है। गुण का अभाव और अलंकार का सद्भाव आह्लादजनक नहीं होता है, यह 'अग्निपुराण' का सुचिंतित विचार है। आचार्य का वक्तव्य है कि स्त्री की देह में यदि लालित्यादि गुण न हों तो हारादि आभरण भार के समान ही होते हैं। 484

भोज ने भी इसी मंतव्य को पुष्ट किया है। उन्होंने कहा है कि अलंकृत

किन्तु गुण-रहित काव्य सुनने योग्य नहीं होता है। काव्यत्य के लिए अलंकरण नहीं, गुण युक्तता अपरिहार्य है। 485

आनन्दवर्धन अलङ्कारों को कटकादि के समान बाहरी वस्तु मानते हैं। 456 मम्मट ने तो स्पष्टतः अलंकारों के अभाव में भी काव्यत्व-निष्पादन का उद्घोष किया है। उनका निश्चित मत है कि अलंकार के अभाव में काव्यत्व की हानि नहीं होती है। 487 वे हारादि अलंकारों की ही भाँति काव्यालंकारों को भी निरूपित करते हैं। उनका विचार है कि अलंकार सदैव उपकारक ही नहीं होते हैं; कभी उनसे काव्य का उपकार होता है तो कभी अपकार भी होता है। 488

गुण से सदैव रस-योजना रस-समृद्धि और उसकी पुष्टि ही होती है, किन्तु' अलंकारों से सदैव रसोत्कर्ष ही नहीं, रसापकर्ष भी हो जाता है। अलंकार का प्राधान्य होने पर उसका चमत्कार प्रतिपाद्य रस को आच्छादित कर लेता है और रसास्वादन नहीं हो पाता है। चित्रबन्ध, यमक, 'लेय आदि के चक्करदार प्रयोग स्वयं प्रमुख हो जाते हैं और अलंकार्य रस के मार्ग में बाधक बनकर उपस्थित होते. हैं। सायास या प्रायत्निक अलंकार-योजना दोष ही है, किन्तु गुणों से काव्य को कोई बाधा नहीं पहुँचती है।

गुण काव्य का नित्य धर्म और उसका विधायक तत्त्व है, किन्तु अलंकार काव्य का अनित्य धर्म है-वैकल्पिक वस्तु है। मम्मट गुण का काव्य से समवाय सम्बन्ध मानते हैं, किन्तु वे काव्य और अलंकार का संयोग सम्बन्ध प्रतिपादित करते हैं।

विश्वनाथ भी अलंकार को लौकिक आभूषण की भांति मानते हैं तथा उसे काव्य के पारमार्थिक तत्त्व के रूप में नहीं स्वीकार करते हैं। 489 वे अलंकारों को गुणों की भांति काव्य के लिए आवश्यक नहीं मानते हैं। 490

मम्मट काव्यालंकारों की तुलना कटक-कुंडल से करते हैं और विश्वनाथ इस प्रसंग में अङ्गदादि की चर्चा करते हैं तथा प्रखर अलंकारवादी जयदेव भी काव्यालंकारों का सादृश्य लौकिक हारादि से स्थापित करके अलंकारों को बाहरी वस्तु ही मान लेते हैं। उनके इस वक्तव्य से यह ज्ञात होता है कि काव्य के साथ अलंकारों का संयोग सम्बन्ध ही है। 491

आचार्य विश्नाथ प्रसाद मिश्र ने उचित ही लिखा है-"जैसे रस, ध्वनि आदि को प्रधान तत्त्व या आत्मा मानने वाले अलंकार को हारादिवत् मानते हैं वैसे ही ये लोग भी। चंद्रालोककार भी अलंकार को हार ही कहते हैं और राजशेखर ने तो काव्यपुरुष का रूपक ही बाँधकर अलंकार की स्थिति स्पष्ट की है। " 492

विद्यापति ने भी अलंकारों को पारमार्थिक नहीं, गौण तत्त्व मानकर प्राचीनों के एतद्विषयक विचारों के प्रति अपनी निष्ठा व्यक्त की है।

सातवाँ अध्याय

विद्यापति पदावली के 'लोक' प्रसूत अर्थ

(अ) काव्य और लोक-निरीक्षण

कवि जीवन का छविकार होता है। जीवन की वास्तविकताओं को जो साहित्यकार जितनी दक्षता से रूपायित कर सकता है वह उतना ही महान् साहित्यकार कहलाता है। जीवन का आकलन केवल काव्याध्ययन और शास्त्रावलोकन से ही नहीं होता है : कवियों को अपनी आँखों से लोक-जीवन का भी निरीक्षण करना पड़ता है। निजी लोक निरीक्षण से ही कवि की जानकारियों में आढ्यता आती है। व्यास ने ठीक ही कहा है-"प्रत्यक्षदर्शी लोकानां सर्वदर्शी भवेन्नरः।" 493 लोकानुभव से ही मनुष्य सब कुछ जानता है। जीवन के पूर्ण ज्ञान के लिए लोक-ज्ञान अपरिहार्य है। विद्यापति भी लोक व्यवहार को ही सर्वोपरि स्थान देते हैं-"सब तहँ गुनिअ अधिक बेबहार" कोरा शास्त्र ज्ञान विडम्बनपूर्ण ही होता है, अतः कवियों को निजी लोक-निरीक्षण से अपनी प्रतिभाओं के लिए खाद्य जुटाना चाहिए। यह आधुनिक चिंतकों का ही नहीं, प्राचीनों का भी अभिमत है।

काव्य-विषयों का संग्रह साहित्य और शास्त्र के आकरों से ही नहीं होता है। अपितु इस दृष्टि से 'लोक' को भी आकर मानना चाहिए। प्राचीन काल से ही कवि लोग 'लोक' का पर्यवेक्षण करके मौलिक अर्थों और अनुच्छिष्ट कल्पनाओं का संग्रह करते रहे हैं। शास्त्रीय काव्य-परम्परा पर लोक परम्परा का प्रभूत प्रभाव लक्षित किया जा सकता है। राजशेखर ने भी एक प्रमुख अर्थ योनि के रूप में 'लोक' का उल्लेख किया है। अन्य काव्य शास्त्रीय पुस्तकों और कवि-शिक्षा ग्रन्थों में भी 'लोक-ज्ञान' की आवश्यकता बतलाई गई है। शास्त्रीय व्युत्पत्ति भी कवियों के लिए अपेक्षित है क्योंकि इससे वर्णन में भ्रांति ओर प्रमाद का प्रवेश नहीं होता है तथा नये-नये अर्थों का उन्मेष होता है। शास्त्रीय परम्परा की रूढ़ियों से स्वक्छन्द होकर कविगण पुराकाल से ही लोक प्रचलित उक्तियों, लोक-उपमानों और लोक-जीवन के सहज अछूते चित्रों का सन्निवेश अपनी रचनाओं में करते

रहे हैं।

भारतीय चिन्तकों ने लोक-परम्परा और वेद-परम्परा तथा लोक और शास्त्र के विभेद को स्वीकृत कर रखा है, किन्तु ये दोनों एक-दूसरे से संयुक्त और प्रभावित भी होते रहे हैं।

जनसमूह को ही 'लोक' कहते हैं। 'जन' या 'लोक' की परिधि में शिक्षित-अशिक्षित सभी प्रकार के मनुष्य आ जाते हैं। कवि इसी 'लोक' के जीवन या उसकी संस्कृति का अध्येता और व्याख्याता हुआ करता है। कवियों के लिए ही नहीं मनुष्य-मात्र के लिए 'लोक संग्रह को अपेक्षित कहा गया है। 44 'लोक' जगत-मात्र का वाचक है 495 और जन-सामान्य के व्यवहारों, आचरणों आदि से ही 'लोक-संग्रह' का सम्बन्ध है।

भारतीय आचार्यों ने यह व्यवस्था दी है कि कवियों को लोक-धर्म का परिचय रहना चाहिए और उस आदेश के पालन-स्वरूप भारतीय काव्य साहित्य लोक-जीवन से अपनी प्रेरणा धारा ग्रहण करता रहा है। लोक-जीवन के सहज चित्र संस्कृत, प्राकृत, अपभ्रंश और परवर्त्ती लोक भाषाओं के साहित्यों में विशाल परिमाण में प्राप्त होते हैं। कवियों के लोक निरीक्षण से प्रसूत इन चित्रों का अध्ययन 'जन-संस्कृति' या 'लोकवार्ता (फोकलोर) की दृष्टि से भी किया जा सकता है।

भारतीय आचार्यों ने जिसे 'लोक' कहा है उसे ही पाश्चात्य चिन्तकों ने 'फोक' कहा है। लोक-जीवन से सम्बद्ध बातों को यूरोपीय पण्डितों ने 'फोकलोर' के अन्तर्गत विचित किया है। 'फोकलोर' के लिए हम 'लोक-संस्कृति' शब्द का हिन्दी में प्रयोग कर सकते हैं।496

अभिज्ञात एवं शास्त्रीय जीवन-विधियों और जनसाधारण के जीवन प्रवाह में अन्तर देखा जा सकता है। हम स्पष्टत: देखते हैं कि शिष्ट जनों की संस्कृति और लोक-संस्कृति में अन्तर होता है। भारतीय वाङ्मय के अन्तर्गत 'ऋग्वेद' में शिष्ट संस्कृति का आकलन हुआ है और 'अथर्ववेद' में लोक-संस्कृति के विविध पक्षों का प्रकाशन प्राप्त है। हम शिष्ट और साहित्य रचनाओं में भी लोक-संस्कृति के अंगों का आपातत: चित्रण देख सकते हैं। यह एक प्रमाणित बात है कि भारत में लोक-संस्कृति ने शिष्ट संस्कृति को अत्यधिक प्रभावित किया है और भारतीय कवियों ने लौकिक अर्थों का अपनी रचनाओं में यथेच्छ-यथेष्ट हरण करके अपने लोक ज्ञान का पूरा परिचय दिया है।

इंग्लैंड के विलियम जान टामसया थामस ने सन् 1846 ई. में 'फोक लोर' शब्द की उद्‌भावना की थी।497 "थामस महोदय ने यह शब्द सभ्य जातियों में

मिलने वाले असंस्कृत समुदाय की प्रथाओं, रीति-रिवाजों तथा मूढ़ा ग्रहों को अभिव्यक्ति करने के लिए गढ़ा था। 498

डॉ. हजारी प्रसाद द्विवेदी ने 'फोकलोर' के सम्बन्ध में स्मिथ थाम्पसन का मत इस प्रकार उपस्थित किया है-'स्मिथ थाम्पसन ने लिखा है कि फ्रांस और स्कैण्डि-नेविया में यह शब्द परम्परा से चले आते हुए गृह-निर्माण-शिल्प, कृषि विषयक नियम और विश्वास, वस्त्र-वयनकला जैसे उद्योगों के अर्थ में व्यवहृत होता है और इंग्लैण्ड में जनता के किसी वर्ग के लिखित या अलिखित परम्परा, सौन्दर्य की अभिव्यक्ति तथा रसानुभूति के तौर-तरीकों के अर्थ में।' 499

'डॉ. द्विवेदी 'फोकलोर' के लिए 'लोक-पाहित्य' के अतिरिक्त 'लोक-संस्कृति' जैसे व्यापक शब्द के प्रयोग की सूचना देते हैं।500

'फोकलोर' के अन्तर्गत लोक-परम्परा और लोक-मानस की प्रतिच्छाया से प्रभावित तत्त्वों का ग्रहण होता है। उसके अन्तर्गत समस्त लोक-साहित्य, लोक-कला, लोक-परम्परा, लोक-विश्वास, लोक-प्रथा आदि बातें आ जाती हैं। 501

सोफिया बर्न ने भी 'फोकलोर' के विषय-विस्तार का निरूपण करते हुए संपूर्ण लोक-साहित्य, लोकविश्वास एवं अन्धविश्वास तथा रीति-रिवाज और प्रथाओं को उसमें अन्तर्भुक्त माना है। 502 सोफिया बने का ही मत सबसे प्रांजल और विशद है।

(अ) विद्यापति का लोक-निरीक्षण और तज्जन्य अर्थ

शिष्ट या अभिजात साहित्य-प्रणेता होकर भी विद्यापति अपनी रचनाओं में अपने लोकानुराग का परिचय देते हैं। विद्यापति पदावली में मिथिला के स्थानीय चित्रों और आंचलिक वैशिष्ट्यों का प्राचुर्य दृष्टिगत होता है। कवि ने लोक-जीवन के विविध पक्षों से अर्थों का आयात करके अपनी रचनाओं में रूढ़ि-मुक्त स्वच्छंदतावादी बिम्बों की प्रतिष्ठा की है। लोक-जीवन के प्रति सामन्त कवि विद्यापति की यह गहन निष्ठा निश्चय ही उनकी मौलिकता की विधायिका होने के कारण श्लाघ्य है।

विद्यापति कालिदास की ही तरह नागरिक जीवन और लोक-जीवन के युगपत् वर्णन में दक्ष है।

(1) लौकिक पेड़-पौधों, लता-गुल्मों, तृणों आदि पर आधारित अर्थ

(क) ऊँख :-कालिदास लोक-जीवन के मार्मिक चित्रों के संग्राहक और

लोक-पर्यवेक्षण में पटु हैं। 'रघुवंश' के एक पद्य में लोकवृत्तान्त-विद् कालिदास प्रकृति का सही रूपांकन करते हुए कब और धान के खेतों का शरद ऋतु में वर्णन करते हैं। ऊँखों की चाह में बैठकर धान के खेत की रखवाली करनेवाली और रघु का यशोगान गाने वाली स्त्रियों का लोकचित्र 'रघुवंश' में इस तरह आया है-

इक्षुच्छायानिषादिन्यः तस्य गोप्तुर्गुणोदयम्।
आकुमारकथोद्घातं शालि गोप्यो जगुर्यशः।।

कवि कृषक जीवन का सहज चित्र हमारे सामने लाता है। शरद् ऋतु में धान पक जाते हैं और कब के पौधे भी बड़े हो जाते हैं जिनको छाँह में धान की रख-वाली करनेवाली स्त्रियों बैठ कर गीत गा रही है, यह लोक-जीवन का अकृत्रिम प्रसंग है। कालिदास ने धान और ऊँख तथा गीत गा-गाकर धान की रखवाली करनेवाली स्त्रियों के चित्र को अपने लोक-निरीक्षण की शक्ति से साकार-सा कर दिया है। कालिदास का यह अर्थ त्रुटि-रहित और लोकपरक है

विद्यापति की कल्पना भी ऊख का लोक-चित्र ले आती है। मिथिला में ऊँख की खेती अभी भी खूब होती है। अपने ही रस से फट पड़नेवाले ऊँख का यथार्थ चित्र प्रस्तुत करके विद्यापति अपने लोक ज्ञान का परिचय देते हैं। विद्यापति ने ऊँख का पर्यवेक्षण करके उचित ही कहा है कि ऊँख अपने ही रस से फट जाता। 503 विद्यापति की इस उक्ति का स्रोत स्पष्टतः लौकिक परिवेश ही है।

(ख) चठैल और परवल :-कलिदास की दृष्टि शिलीन्ध्र या कुकुरमत्ता 504 कीचक 505 या हवा के झोकों से शब्दायमान सूखे बाँस और बराहों के प्रसंग में मोथा जैसे सामान्य पदार्थ पर भी पड़ी है।506

इसी तरह विद्यापति भी लौकिक और घरेलू पदार्थों तथा क्षुद्र लतागुल्मों का चित्रण करके अपनी लोक-पर्यवेक्षण-शक्ति का परिचय देते हैं। वे चठैल और परवल का अन्तर समझने वाले का है-

अबे कि कहब मति दूषण मोर।
चिन्हल चटाइल बोलि परोर।।507

प्रस्तुत प्रसंग में नायिका अपनी मति-विकृति पर पछताती है कि उसने नकल को असल समझ लिया था। वह चठैल को ही परवल मान बैठी थी: रक्ष को वह। चिक्कण समक्ष बैठी थी। यहाँ चठैल और परवल का दृष्टान्त नितान्त लौकिक है।

(ग) कुम्हड़ा : विद्याति घरेलू लता-गुल्मों का पूरा परिचय रखते हैं। वे

'कुमढा' या 'भतुआ' का एक पद में उल्लेख करते हैं पद का वक्तव्य है कि कोई सखी रति-चिह्नता नायिका के झूठा बहाना करने पर कहती है कि उसकी गुप्त रति प्रकट हो गई है, अतः गोपन-प्रयत्न व्यर्थ है। रति-चिह्न चोरी-चोरी किए गए रति कार्य का ज्ञापन कर रहे हैं। 'कुम्हड़ा' या भतुआ को चुराकर कन्धे पर ले जाने वाला व्यक्ति यदि कन्धा नहीं पोंछ लेता है तो कन्धा पर लगे कुम्हड़ा के उजले चिह्नों से चोरी व्यक्त हो जाती है।

कुम्हड़ा के चतुर्दिक उजले-उजले चूर्ण-जैसे पदार्थ या रोएँ होते हैं। कन्धा पर रखने से ये रोएँ सट जाते हैं। कुम्हड़ा को चुराकर कन्या पर रखना और नहीं पोंछना चोरी को प्रकट कर देता है। इसी लोक-चित्र को विद्यापति ने रति-चिह्निता नायिका के प्रसंग में समाविष्ट कर दिया है। 508

विद्यापति ने एकाधिक बार कुम्हड़ा के घरेलू चित्र का अंकन किया है। लोक-जीवन के सम्पर्क में रहने वाले विद्यापति दरिद्रों की झोपड़ियों और उनके फूस के छप्परों से परिचित हैं वे आँगन में रोपे जाने वाले और छप्पर पर फैलने वाले भतुआ से भी पूर्णतः अवगत हैं। फूस के छप्पर पर फैला हुआ भूआ खर को विगलित और जीर्ण कर देता है, यह भी वे जानते हैं। कुम्हड़ों से लदे खर के छप्पर की दुर्दशा उनकी देखी है। राजभवन में रह कर भी वे इस लौकिक चित्र को याद कर सके, यह उनकी लोकनिष्ठा का ज्वलन्त प्रमाण है। 509

'सन्देशरासक' में लोक कवि अद्दहमाण ने भी बाड़ी की तूँ बी या लौकी की गर्वपूर्वक चर्चा की है। 510

विद्यापति ने खर के छप्पर पर पसरने वाले कुम्हड़ा और जीर्ण छप्पर का चित्र खींचा है। आंगन का कुम्हड़ा और दरिद्र का विगलित छप्पर ये दोनों ही लौकिक चित्र हैं। 'पदमावत' के बारहमासा के अन्तर्गत लोक कवि जायसी ने भी टपकने वाले छप्पर का लौकिक प्रसंग उपनिबद्ध किया हैं। जायसी की रानी नागमति "अपना रानीपन भूल कर" एक सामान्य नारी की तरह कह उठती हैं-"पुष्य नखत सिर ऊपर आवा। हौं बिनु नाह मंदिर को छावा।।"511

यदि स्वामी रहते तो वे बरसात में टपकने वाले छप्पर की मरम्मत करवाते, किन्तु स्वामी के न रहने से बेचारी नागमती सोचती है कि कौन छप्पर को ठीक कराएगा? महलों में रहने वाली नागमती, जिसके पास भृत्यों और व्यवस्थापकों की कमी नहीं है, एक साधारण गृहिणी की भाँति बरसात में छप्पर को ठीक कराने की बात को लेकर व्यग्र है, यह जायसी की भावप्रवण कल्पना है जो लोक-संस्कृति की रसवर्षा में स्नात है।

विद्यापति ने खर के छप्पर पर पसरे कुम्हड़ों से छप्पर की क्षतिग्रस्तता का

संकेत दिया हैं, किन्तु जायसी ने बरसात में छप्पर को छाने, खपड़ा बदलने आदि का लोकचित्र प्रस्तुत किया है।

(घ) मूली : विद्यापति ने अप्रस्तुत योजना के रूप में मूली का लौकिक चित्र इस प्रकार उपस्थित किया है-

"मूर भाँगल सन कएलह सिनेह।"-(न. गु., पद-449)। उन्होंने एक अन्य पद में भी जड़ से ही टूट जानेवाली मूली का लोक उपमान प्रयुक्त करके अपनी स्वच्छंद मनोवृत्ति का परिचय दिया है-

सखि है दुरजन दुरनय पाए।
मूरा जओ मूड़ह सञो भागल अपदहि गेल सुखाए।।

-(परिषद् पदावली, पद-104)

(ङ) कुम्भी-विद्यापति ने पोखरों और डाबरों के ऊपर रहने वाले कुम्भी नामक आच्छादक तृण को उपमान के रूप में प्रयुक्त किया है। कुम्भी का यह बिम्ब उनके लोक-निरीक्षण को व्यक्त करता है -

भलाहुक वचन मन्द आबे लाग
कुम्भी जल हे भेल अनुराग।।

-(परिषद् पदावली, पद-130)

विद्यापति साहित्य में 'कुम्भी' का उल्लेख इस प्रकार भी मिलता है-"कुम्मी जलक।। जेहन पिरीति।" 512

देहातों में कुम्भी से आच्छादित जलाशयों को आमतौर से देखा जा सकता है। कुम्भी दाल की शैवाल की जाति की चीज़ है। इसका और पानी का लगाव ऊपरी ही होता है। यह जल-लता जलाशय के जल को भ्रष्ट कर देती है।

विद्यापति यह जानते हैं कि पानी के साथ कुम्भी की प्रीति ऊपरी ही नहीं, पानी के व्यक्तित्व की नाशिका भी है।

(च) डाबर की कुई-विद्यापति ने देहाती डाबरों में होने वाली कुई का व्यंग्यपूर्वक वर्णन किया है-

झरक पानि डोभक कोई गरब उपजू जाहि!
भने विद्यापति दहक कमल दूसए चाहए ताहि।।

-(न. गु., पद-216)

मिथिला में डाबरों या गड्ढ़ों के दृश्य अभी भी आमतौर से देखे जा सकते हैं।

प्रस्तुत पद में विद्यापति का वक्तव्य है कि डाबर में फूलने वाली कुमुदिनी यदि झील या ह्रद में पैदा होने वाले कमल की निन्दा करती है तो यह उसका

मिथ्या गर्व ही है।

(छ) मधुरी और पाँड़रि :-विद्यापति उपमान के रूप में मधुरी फूल का व्यवहार करके मिथिला के इस विशेष पुष्प के प्रति अपना अनुराग प्रकट करते हैं। 513 मधु नामक लाल फूल मिथिला में बहुत फूलता है और अरुण अधरों के उपमाग के रूप में सर्वथा उपयुक्त है।

ओंठ के लिए 'पाँड़रि' का उपमान भी लोक-प्रसूत ही है। 514

(2) लोक-जीवन के विविध व्यवसायों और कार्य-कलापों पर आधारित अर्थ

(क) जुलाहा 515-विद्यापति की कल्पना लोक-जीवन के चित्रों का चयन करने में अप्रतिम है। एक पद में विद्यापति वयनजीवी निम्नवर्गीय जुलाहा का बिम्ब उपस्थित करके 'जुलाहा जाति' और उसको कार्यावली का जो दृष्टान्त देते हैं वह पर्याप्त महत्त्वपूर्ण है–

गमने कैतवे करसि ओज
परेओ परक करए षोज।
ओछेओ जाति जोलहा जेओ
ओल घरि नहि नए सेओ।।

–(परिषद् पदावली, पद–231)

'फोकलोर' की दृष्टि से जुलाहे की जाति और उसके कार्य का यह निर्देश महत्त्वपूर्ण हैं।

पद में छोटी जाति वाले बुनकर जुलाहे के सम्बन्ध में कहा गया है कि वह अन्त तक कपड़ा नहीं बनता है। विद्यापति का यह लोक निरीक्षण सत्य ही है कि जुलाहा वस्त्र के छोर को पूरा नहीं बुनता है। कदाचित् यह जुलाहा जाति का कोई अन्धविश्वासमूलक टोना-टोटका ही है जिसे मैथिली में 'खोम-टोम' कहते हैं।

प्रस्तुत प्रसंग में लोक धरातल के वस्त्र उद्योग या दस्तकारी तथा बुनकरों की निम्नजातीयता का उल्लेख मिलता है। इससे सिद्ध है कि विद्यापति के समय में मिथिला में जुलाहे फैल हुए थे और वे नीची जाति के लोगों में परिणत होते थे। अभी भी दरभंगा मधुबनी के क्षतों में जुलाहे बहुत हैं और उनकी मैथिली ग्रियर्सन के अनुसार 'जोलह मैथिली' कहलाती है।

ज्योतिरीश्वर ने 'वर्ण-रत्नाकार' के नगर-वर्णन के अन्तर्गत तेली, ताँती या ततमा तथा तुर्क आदि मन्दजातीय लोगों की तो चर्चा की है, किन्तु जुलाहे का नामोल्लेख नहीं किया है।516

(ख) कुम्हार :-विद्यापति की दृष्टि कुम्भकार के चाक और उसके कार्य-कलाप पर भी पहुँचती है। केवल जुलाहा के कार्यों का ही नहीं कुम्हार के कार्य का भी वे सूक्ष्म ज्ञान रखते हैं। कुम्हार बर्तन बनाकर सूत से उसका तल काटता है, यह विद्यापत्ति को विदित है। 517 यहाँ हम देखते हैं कि विद्वान् और श्रीमान् विद्यापति लोक तत्वों के भी सरस ग्राहक का व्यक्तित्व रखते हैं।

(ग) तेली :-विद्यापति की लोकपरक दृष्टि तेली के बैल पर भी पहुँची है। वे केवल जूए के नीचे जुलने वाले धवल या बैल से ही परिवित नहीं हैं बल्कि तेली या कोल्हू के बैल की अक्षमता को भी जानते हैं। विद्यापति का वक्तव्य है कि तेली का बैल बयान में ही अच्छा लगता है; वह पालो में जुतकर बोझ नहीं ढो सकता है-वह कृषि कार्य के लिए अनुपयुक्त होता है 1518

यहाँ विद्यापति तेली के व्यवसाय और कृषि कार्य के सन्दर्भों को एक साथ उपस्थित करते हैं। तेली बैल की सहायता से तेल निकालता है और किसान भी पालों में बैल को जोतकर कृषि कार्य करता है, किन्तु दोनों के बैलों की शक्ति और प्रकृति में पूरा अन्तर रहता है।

तेली का बैल, थान, पालो आदि सभी लोक-प्रसूत चित्र ही हैं।

(घ) कृषि और उद्यान कर्म : विद्यापति पदावली में कृषि और बागवानी के क्षेत्रों के भी बिम्ब मिलते हैं। विद्यापति खेत की मेड़ के आधार पर इस तरह की अर्थ-योजना करते हैं-

ओ परबालमु तजे परनारि
हमे पए दुहु दिस भेलिहु आरि।519

दो खेतों के बीच में बँधी रहती है, यह भारतीय कृषि जगत् का ज्ञात तथ्य है।

विद्यापति एक पद में प्रेम की फुलवारी का चित्र उपस्थित करके फुलवारी के लोकपरक दृश्य को ही सामने सामने लाते हैं। प्रेम-फुलवारी के प्रसंग में के -सुवचन-वारि, शील की आरी या मेंड़, पिशुन-रूपी कीट आदि की भी चर्चा करते हैं 520 इस तरह यहाँ कवि की उद्यान कल्पना लक्षित की जा सकती हैं।

(ङ) मत्स्य बन्धन तथा मत्स्यजीवी : विद्यापति पदावली में मत्स्य-व्यापार और मत्स्यजीवियों से सम्बन्धित चित्र भी मिलते हैं।

मिथिला में बंगाल की तरह ही मछली का भोजन बहुत पसन्द किया जाता है और यहाँ फँसाने का व्यवसाय भी खूब चलता है।

विद्यापति एक पद में 'अँधैअ' (अँधइ या अन्हइ) नामक एक विशेष मछली की चर्चा करते हैं जो सर्पाकार और नेत्र-विहीना होती है। इसी पद में

वे मछली मारने पाने बगुले और मछली फँसाने वाले 'टेना' का भी प्रसंग उपस्थित करते हैं-

टेना चढल बक बहुल देषल
अँधैअ पोसल आनि। (प.प., पद-85)

'टेना' मछली फँसाने के लिए मिट्टी, सिरकी आदि के डाले हुए घेरे को कहते हैं। 521 मल्लाहों के कार्य-व्यापार से 'टेना' का चित और 'अन्हई' नामक मछली का लोकचित्र लाकर विद्यापति लोक-संस्कृति से अपनी अभिज्ञता प्रकट करते हैं।

विद्यापति के उपयुक्त पद की व्यंजना यह है कि देखी मछली का शिकार तो बहुत ही सुगम है। यहाँ केवल ध्यान-मग्न बगुला ही उपस्थित नहीं है बल्कि मछली फँसाने के लिए 'टेना' का भी आयोजन है और मछली दो अन्धी है ही अत: अब उसका कल्याण नहीं है।

विद्यापति नाविक जीवन के चित्र प्रस्तुत करते हैं। इस प्रसंग में वे नाव पर नदी पार करने और 'खेवा' या पार उतरने के शुल्क की चर्चा करते हैं। उनके एक पद का निराला नाविक पार उतारने का शुल्क नकद नहीं ले रहा है।522 एक-दूसरे पद में भी एक नायिका नदी पार करना चाहती है और घटवार को शुल्क में अपूर्व हार देना चाहती है। 523 एक अन्य पद में नाव पर चढ़ीं एक तरुणी मल्लाह बने कृष्ण से हठ न करके निरापद ढंग से पार उतार देने की प्रार्थना करती है। 524 ये सभी चित्र मल्लाहों के जीवन से सम्बद्ध हैं।

(च) वाणिज्य और आर्थिक धारणाओं पर आधारित अर्थ :-

विद्यापति के पदों में लोक जीवन की वाणिज्य-विधियों और आर्थिक धारणाओं का भी रसात्मक विनियोग दृष्टिगत होता है। हाट-बाजार, बिक्री की विधि और बिक्री का शकुन आदि लोक-रीतियों और लोक-विश्वासों का उन्होंने काव्यात्मक प्रयोग करके लोक-संस्कृति का अच्छा परिचय दिया है।

(1) आधे कटाक्ष में ही कृष्ण का क्रय कर लेने वाली राधा का प्रसंग उपस्थित करके विद्यापति ने वसंत-रूपी हट्टाधिप या अप्रमादी दुकानदार, उचित दाम कहने-वाले मन्मथ-रूपी मध्यस्थ, क्रयलेख लिखनेवाले कोयल द्विज, मकरन्द की रोशनाई, भ्रमर-पद-रूपि कांड़े की लेखनी, चाँद-रूपी गवाह, रतिरंग की बही या हिसाब का 'खाता' और मान रूपी लेख की चर्चा की है और इस तरह उन्होंने उस युग की खरीद-बिक्री की विधि का चित्रण किया है 525 मिथिला के प्राचीन बाजार में वस्तु-विक्रय कैसे होता था, इसकी प्रामाणिक जानकारी विद्यापति के इस पद से मिल जाती है। उस युग में लेखनी के रूप

में कोड़े की कलम का प्रयोग होता था, यह भी प्रकट ही है।

वाणिज्य और लोक व्यवहार की कल्पनाओं से पूर्ण इस पद के वक्तव्य को 'विद्यापति ने संस्कृत में भी लिपिबद्ध किया है 526

(2) विद्यापति के एक पद का वक्तव्य है कि कामदेव की दुकान खुली हुई है। नायिका को कुटिक कटाक्ष से नागर के दस लाख के मूल्य वाले प्राण को ही आयत्त कर लेना चाहिए या उसे ऐसी चेष्टा करनी चाहिए कि अपने प्राणों को भी तौलकर नागर उसे दस लाख गिन दे। विद्यापति जानते हैं कि जैसी. बोहनी होती है, वैसी ही विक्री होती है। अच्छी बोहनी होने पर दिन-भर अच्छा विक्रय होता है, अतः पहला सौदा ठीक ढंग से होना चाहिए। इस स्थल पर कवि ने वाणिज्यकारों के बद्धमूल विश्वास को व्यक्त किया है। विद्यापति जानते हैं कि दुकानदार को माल बेचने की व्यग्रता नहीं होनी चाहिए, अन्यथा कम मूल्य मिलता है। उन्हें यह भी पता है कि व्यय और ज़रूरतमन्द ग्राहक महँगा भी खरीदता है। 'जइसन परहोंक तईसन बीक-यह लोकोक्ति बनियों के विश्वास को व्यंजित करती है तथा 'आरती' ग्राहक महँग बेसाह' यह लोकोक्ति कोता के मनोविज्ञान को प्रकट करती है। 527

इस तरह देखते हैं कि प्रस्तुत पद में लोक व्यवसाथ और तत्संबंधी रीति-रिवाजों और आस्थाओं का चित्रण हुआ है।

(3) सुलभ वस्तु का मूल्य घट जाता है, यह आर्थिक सिद्धान्त है। व्यग्र होकर बेचने से वस्तु मूल्य पर बिकती है और दुर्लभ पदार्थ की कीमत अधिक होती है, लोक-जीवन के इस आर्थिक सत्य को विद्यापति ने इस प्रकार प्रकट किया है-

बिकनए गेलिहुँ रतन अमोल।
चिन्हिकहु बनिकें घटाओल मोल।।
सुलभ भेल सखि! न रहए भार।
काच कनक लए गाँथ गमार।।
-(प.प., पद-251, सं अ.)

(4) विद्यापति का एक पद इस रूप में मिलता है-

सुन्दरि रूप गुणहु सञो सार
आदि अंत लह महध पसार।

-(प.प., पद-109)

इस पाठ के अनुसार विद्यापति का वक्तव्य यह है कि बाजार आरम्भ और अन्त में महँगा रहता है किन्तु मि. म. (पद--45) 'लह' की जगह 'नहि' पाठ

मिलता है और डॉ. श्री सुभद्र झा (पद-108) भी 'नहि' पाठ को ही प्रतिपादित करते हैं। डॉ सा इस प्रसंग का यह अर्थ करते हैं कि बाजार में आरम्भ या अन्त नहीं होता है। उनका अभिप्राय यह है कि सौन्दर्य के मूल्य में बादि और अन्त नहीं होता है।528 डॉ. उमेश मिश्र ने इसका अर्थ इस प्रकार किया है-'महार्ध विक्रय का कोई आदि अन्त नहीं है। 529 किन्तु विद्यापति का अभिप्रेत भाव यहाँ और ही है। इस लोकोक्ति का सीधा अर्थ यह है कि शुरू और अन्त में बाजार महँगा नहीं होता यह बात लोक-निरीक्षण से भी सत्य सिद्ध होती है। बोहनी के समय बाजार में चीज़ों के मूल्य कम रहते हैं, ताकि बिक्री हो सके और शकुन बना रहे। इसी तरह संध्या का समय भी बोहनी का है और इस समय कम मूल्य रखने से चीज़ें बिक जाती हैं। बाजार जब लगता है उस समय मूल्य कम रहता है और जब उठने लगता है तब भी मूल्य कम ही रहता है। विक्रेता अपनी-अपनी वस्तुएँ पैठ उठने के समय सस्ते में भी बेच देना चाहते हैं। विद्यापति बाजार की इस प्रकृति से परिचित जान पड़ते हैं।

(5) विद्यापति का यह वक्तव्य भी लोक भावापन्त ही है कि पहली बिक्री में भलाव्यक्ति या भलाक्रेता से व्यवहार करना चाहिए। पहली बोहनी भला आदमी के हाथ होने से अच्छा 'शकुन' बनता है। 530

(6) वाणिज्य-व्यवसाय के अभिप्रायों को विद्यापति ने अपने पदों में कईबार सन्निविष्ट किया है। 'पदावली' में हाट, बोहनी, मध्यस्थ आदि की चर्चाएँ अनेकत मिलती हैं।

विद्यापति एक पद में सुरत-रस से पसार का उल्लेख करते हैं 531 उनका वक्तव्य है कि बिक्री उधार नहीं होनी चाहिए, क्योंकि बनिया बोनी के समय उधार कारबार नहीं करता है। 532

विद्यापति मिथिला के बाजार में केवल नकद ही नहीं, उधार का व्यापार भी चलता है। 533 तथा यहाँ 'बाउल' या बावले बनिए का भी अभाव नहीं है। 534 यहाँ का रोजगार मध्यस्थ 535 या दलाल 536 के माध्यम से संपन्न होता है, 'पदावली' के इस तथ्य की भी सांस्कृतिक सूचना प्राप्त होती है।

(7) 'कीर्तिलता' ही नहीं 'विद्यापति पदावली' में भी रूपहाट और रूपाजीवाओं के संकेत मिलते हैं। ढली आयुवाली देहातिन कुट्टनी के रेखा-चित्रकार विद्यापति वस्तुतः रूप का वाणिज्य करनेवाली भूतपूर्व वेश्या का ही प्रसंग उपस्थित करते हैं-

हमे धनि कूटनि परिनति नारि। वैसहु वास न कहों विचारि।।
काहु के पान काहु दिअ सान। कत न हक़ारि कयल अपमान।।

-(वि. प., न. गु.-पद-15)

एक अन्य स्थल पर प्रेम-पसार के प्रसार चित्रकार विद्यापति यौवन-नगरी में रूप-विक्रय और मोल-तोल तथा रस के वाणिज्यकार कृष्ण और मध्यस्थ मन्मथ का उल्लेख करके प्रकारान्तर से रूपाजीवा, रूपहाट और उसके दलाल के ही वाणिज्य-परक बिबों को प्रस्तुत करते हैं। 537

विद्यापति ने एक अन्य पद में गतयौवना पुंश्चली के शरीर के उपमान-स्वरूप 'वणिक-बिहीन और अर्थ-रहित हाट का घर' उपस्थित करके केवल अपनी लौकिक वाणिज्य-कल्पना की ही प्रस्तुति नहीं की है, बल्कि उस नारी के भूतकालीन शरीर-विक्रय को भी व्यंजित किया है। सब तरह से शून्य एवं रिक्त दुकान का यह बिंब गतयौवना रूपाजीवा के शरीर की सच्ची कहानी का वाचन करने में पूर्णतः समर्थ है। 538

(8) विद्यापति के एक पद में कौड़ी के पण्य-साधन के रूप में प्रचलन और मट्ठ तथा घी के विक्रम का लौकिक अर्थ उपनिबद्ध मिलता है। पद का वक्तव्य है कि दाम भेजने पर यदि मट्ठा नहीं मिलता है तब तो उससे भी अधिक कीमत की चीज़ घी उधार मांगना मूर्खता ही है। 539

(9) मूलधन और ब्याज की रीति की चर्चा करके विद्यापति महाजनी या वणिक-वृत्ति का लौकिक चित्र ही खींचते हैं। 540

(10) विद्यापति के एक वैराग्यपरक पद में भी महाजनी जीवन के बहुत से चित्र मिलते हैं। पद का वक्तव्य है कि खेती रखनेवालों ने लूट ली और वाणिज्य में भी लाभ नहीं हुआ। संपत्ति और भी छीज गई। विद्यापति का कहना है कि रामधन का वाणिज्य करने में बहुत लाभ और व्याज मिलता है। वे इस विश्व को हॉट और सब लोगों को वाणिज्यकार बतलाते हैं। जो जैसा रोजगार करता है वह वैसा ही मुनाफा उठाता है।

पद में मोती, मजीठ, सोने आदि के वाणिज्य का भी उल्लेख मिलता है। 541 2. इस तरह हम देखते हैं कि विद्यापति-साहित्य में वाणिज्य संबंधी पुष्कल समाविष्ट हैं।

(3) नीड़-निरीक्षण

'मेघदूत' के कवि कालिदास दशार्णदेश का वर्णन करते हुए केतकी पुष्प, जामुन के जंगल आदि के साथ-साथ पेड़ों में नोड़ बनाने में व्यस्त कौओं का भी चित्र खींचते हैं। इस तरह घोंसले बनाने में कार्यरत कौओं और पेड़ों पर की हलचल का ब्योरा उपस्थित करके कालिदास अपने सूक्ष्म लोक-निरीक्षण का ही

परिचय देते हैं। 542

महाकवियों की दृष्टियाँ क्षुद्र नीड़ों पर भी पहुंचती हैं। क्षेमेंद्र ने 'कविकंठभरण' में बुभूषु कवि के लिए सौ उपायों की शिक्षा दी है जिनमें लोकाचार-परिज्ञान, लोक-निरीक्षण आदि पर पूरा बल है। 543

उन्हीं सौ शिक्षाओं के कम में कहा गया है कि कवियों को घोंसलों से लेकर प्रासादों तक का पर्यवेक्षण करना चाहिए। 544

विद्यापति भी कालिदास की तरह सामान्य घोंसले का भी हार्दिकता से पर्यवेक्षण और चित्रण करनेवाले हैं। लोक कवि विद्यापति ने मिथिला के छोटे से पक्षी चोंचा के नीड़ को उपमान के रूप में उपन्यस्त किया है। चोंचा के घोंसले के लोकाश्रित उपमान को लाकर विद्यापति अनुच्छिष्ट विश्व की योजना करते हैं। यहाँ कवि का लोक निरीक्षण स्पष्टतः प्रतिभासित होता है।545

(4) चतरिया का चित्रण

विद्यापति की दृष्टि 'चतरिआ' या भिखमंगे पर भी गई हैं–

प्रथमहि कएलह हृदयक हार
बोललह तञे मोरि जिवन अधार।
अइसनें ओ हठे बिघटओलह पेम
जइसन चतरिआ हाथक हेम।।

–(प.प., पद–243)

डॉ. सुभद्र झा ने 'चाँतरिआ' पाठ दिया है, किन्तु इसका अर्थ 'भिक्षुकविशेष' ठीक ही किया है। 546

ज्योतिरीश्वर ने भी 'वर्ण–रत्नाकर' में नगर वर्णन के क्रम में भिखमंगों का वर्णन करते हुए 'चरिअ' की चर्चा की है, अतः 'चतरिआ' का ठीक अर्थ 'भिक्षुक का एक विशेष प्रकार' ही जान पड़ता है। 547

डॉ. सुभद्र झा ने 'चतरिआ' वाले प्रसंग का जो स्पष्टीकरण किया है उससे में "अपनी विनम्र असहमति प्रकट करता हूँ। डॉ. झा का वक्तव्य है कि जैसे हठ और सनक में आकर भिखमंगा सोना को भी ठुकरा देता है उसी तरह नायक ने श्रम को तोड़ दिया है-ठुकरा दिया है।"548

मेरी समझ में पूरे प्रसंग का आशय यह है कि कोई प्रेमी के द्वारा तिरस्कृता नायिका नायक से कहती है कि है प्रिय, पहले तो तुमने मुझे हृदय-यार बनाया और मुझे अपना जीवनाधार बतलाया, किन्तु ऐसे उत्कट प्रेम को भी तुमने हठपूर्वक तोड़ दिया-विघटित कर दिया और अब इस स्थिति में मुझे तो ऐसा

लगता है कि जैसे चतरिआ के हाथ से एकाएक सोना बने जाने के बाद वह विकल, स्तब्ध और दु:खी हो जाता है उसी तरह में भी सर्वस्व खोकर उसी भिखारी की भाँति हो गई हूँ।

भिखारी के हाथ में सोना आकर यदि चला जाता है तब वह बड़ा पीड़ित होता है। नायिका को नायक का भरपूर प्रेम मिला था किन्तु उस प्रेम को नायक ने ही पुन: विघटित कर दिया है जिससे नायिका सोना पाकर पुन: उससे वंचित हो जाने घाले की तरह मर्माहत हो गई है।

'परिषद् पदावली' के संपादकों ने 'चतरिआ' का अर्थ 'चमत्कारी या बाजीगर' किया है। 549 यह संभव है कि 'चतरिआ' बाजीगर की कोटि का तमाशा दिखा-दिखाकर भीख माँगनेवाला या उदरपोषण करनेवाला हो। यह अर्थ मान लिया जाए तो इससे विद्यापति द्वारा निर्दिष्ट हाथ की सफाई दिखलाने वाले बाजीगर का चित्र हमारे सामने आता है। यह भी बिल्कुल लोकचित्र ही है, किन्तु 'वर्णरत्नाकार' और डॉ. झा के साक्ष्यों के आधार पर 'चतरिआ' का अभिप्राय एक विशेष प्रकार का भिखारी ही मानना समीचीन है।

(5) मिथिला के निर्धनों की झोपड़ियाँ

विद्यापति मिथिला के झोंपड़ीनुमा घरों को नहीं भूलते हैं। हम पीछे देख चुके हैं कि वे खर के छप्पर पर कुम्हड़ों के प्रसार के कारण की दुरवस्था का यथेस्ट परिज्ञान रखनेवाले यथार्थवादी कवि हैं। इसी तरह उनकी दृष्टि छप्पर से उतर कर टट्टी के घरों के द्वारों पर भी टिकती है-

साछ नुकाबिअ तिमिरक सीन्धि
परउसिन देअए फरकी बान्धि।।

-(प. प..73)

यहाँ विद्यापति झोपड़ी की 'फलकी' या टट्टी के फाटक का प्रसंग लाकर मिथिला के दरिद्रों के घरों का चित्र ला खड़ा करते हैं।

एक अन्य पद में भी विद्यापति इस चित्र को दुहराते हैं-

"टाट टुटले आङ्गन बेकत सबै परदा राप।"

-(प. प..85)

टट्टी के घरों में टाट या टट्टर के ही दरवाजे होते हैं। उसके टट्टर के टूट जाने से आँगन दिखलाई पड़ने लगता है, यह कवि का आँखों-देखा अनुभव है।

विशाल हर्म्यों और रत्नजटित द्वारों वाले प्रासादों के नागर वातावरण से परिचित और समृद्धि की छाया में निश्चित जीवन बितानेवाले विद्यापति

जनसाधारण के खर से छाए छप्पर, टट्टी के घर और 'फलकी' को नहीं भूल सके हैं, यह निश्चय ही उनके लोकनिष्ठ व्यक्तित्व का प्रमाण है।

(6) जुआड़ी और पासा

भारत में प्राचीन काल से ही द्यूत खेलने की प्रथा प्राप्त होती है। वेदों में द्यूतक्रिया का वर्णन मिलता है। महाभारत में भी द्यूत के खेल का विशद वर्णन उपलब्ध है। 'चारुदत्त' तथा 'मृच्छकटिक' आदि नाटकों में भी जुआड़ियों और जुआ के अड्डों के लोकचित्र प्राप्त होते हैं। 'मृच्छकटिक' का संवाहक निष्णात जुआड़ी है। ज्योतिरीश्वर ने 'वर्णरत्नाकार' में जुआ घर, जुआड़ी और द्यूत-क्रीड़ा के अंग-उपांगों का विशद वर्णन करके अपने लोक ज्ञान का अच्छा परिचय दिया है। 550 जुआ-घर की पूरी हलचल और इस खेल की पूरी बारीकियाँ चित्रोपम ढंग से 'वर्ण-रत्ना-कर' में प्राप्त होती हैं।

इस लोक क्रीड़ा के ज्ञान के सहारे विद्यापति ने अपनी एक उक्ति बाँधी है-

जाए बने दितहु आलिङ्गन गाढ
जनि जुबार परुसे खेल पाढ।।

-(प. प., पद-138)

'जुआव' और 'पाढ' ये दोनों शब्द द्यूत-वर्णन के क्रम में 'वर्णरत्नाकार' में भी प्राप्त होते हैं। 551

विद्यापति के पद का वक्तव्य है कि नायिका सोई हुई थी, इसी बीच नायक चला गया। उठने पर नायिका अपनी सखी से कहती है कि यदि वह नींद में न होती तो प्रियतम को रोकने के लिए हर सम्भव प्रयत्न करती। वह प्रिय का गाढालिंगन करके उसे रोकने या जीतने का प्रयत्न उसी तरह करती है। जिस तरह जुआड़ी उत्साहपूर्वक पासा खेलता है। हारता हुआ द्यूतकार भी जीतने की सम्भावना करता हुआ उमंग से अपना दाँव चलता है। पासा चलाने में वह आशान्वित ही रहता है। पद की नायिका भी आलिंगन का दाँव चलकर जानेवाले प्रियतम को रोक लेने की चर्चा करती है।

इस तरह हम देखते हैं कि विद्यापति के मन में पासा चलाने वाले जुआड़ी का चित्र जमा हुआ था जिसका विनियोग उन्होंने अप्रस्तुत योजना के रूप में किया है। इस लोक उपमान का प्रयोग करके विद्यापति श्लाघ्य सिद्ध होते हैं।

(7) हाथी के जीवन और कार्य-व्यापार-सम्बन्धी अर्थों का निबन्धन

विद्यापति ने हाथी के कार्य-व्यापारों और उसके जीवन से सम्बन्धित तथ्यों के आधार पर जो रूपक खड़ा किया है उसमें भी उनकी लोक-दृष्टि का ही

प्रकटीकरण हुआ है। इस प्रसंग के सभी उपमान लोकाश्रित ही हैं। हृदय रूपी हथिसार, लाज-रूपी शृंखला, यौवन-रूपी हाथी और मनसिज-रूपी मदजल तथा प्रियतम रूपी अंकुश या प्रियतम के द्वारा अंकुश लेकर यौवन-हाथी का नियन्त्रण करना एवं महावत से हाथी का झुकना आदि बातों के द्वारा विद्यापति हाथों से सम्बंधित लोक-चित्रों को ही चारुतापूर्वक प्रस्तुत हैं। 552

लोक-काव्य 'ढोला मारू रादूहा' में भी यौवन रूपी हाथी और प्रियतम के अंकुश की कल्पना प्राप्त होती है-

ढाढी, जे राज्यँद मिलई, यूँ दाखविया जाइ।
जोवन-हस्ती मद चढ्यउ, अंकुस लइ घरिआई।।115.।

विरहिणी मारवणी ढाढी को प्रियतम के लिए संदेश देती हैं कि है ढाढी, यदि राजा मिलें तो उनसे कहना कि यौवन-रूपी हाथी पर मद चढ़ गया है अतः तुम अंकुश लेकर घर आ जाओ।

विद्यापति ने हाथी सम्बन्धी अप्रस्तुत योजना का साङ्ग चित्र प्रस्तुत किया है, किन्तु उनपर 'ढोला-मारू-रादूहा' के इस 'घणे पुराणे' दूहे का प्रभाव भी परिलक्षित किया जा सकता है।

(8) न्यायाधिकरणिक कल्पना

'मृच्छकटिक' में न्यायालय और न्याय विधि के लोक-संपृक्त चित्र मिलते हैं। विद्यापति के भी एक पद में लोक-जीवन से ही अनुप्राणित न्यायाधिकरणिक या पंचायत-सम्बन्धी कल्पना या अर्थ-योजना मिलती है।

ॠतु वर्णन करते हुए विद्यापति ने शीत वसंत के विवाद का चित्र खींचा है। वादी वसंत की फरियाद दक्षिण पवन के बहने के रूप में है। मध्यस्थ या पंच सूर्य है तथा द्विजवर कोकिल साक्षी है जो वसंत के पक्ष में गवाही दे रहा है। वसंत के नये पल्लव जयपत्र की तरह हैं। मधुकरों की पंक्ति उस जयपत्र की अक्षर-पंक्ति के रूप में है। वादी वसंत से प्रतिवादी शीत भीत हो गया है। अनुपम कुन्दकुसुम के विकास के रूप में वसंत अपनी जीत व्यक्त कर रहा है। 553

यहाँ शीतकाल को हराकर बसंत के जीतने की बात मुद्दई-मुद्दालह, पंचायत, पंच, गवाह, जयपत्र, जयलेख आदि की लौकिक कल्पना से अभिव्यंजित हुई है। विद्यापति की इस अप्रस्तुत योजना और अर्थ-योजना का आकर स्रोत लोक-जीवन ही है।

ऊपर के प्रसंग में मध्यस्थ दिवाकर की चर्चा आई है। विद्यापति के एक अन्य पद में भी मध्यस्थ का प्रसंग आया है-"अथिरक आतर मधथ लजाइ।"-(प. प., पद-128) विद्यापति की इस लोकोक्ति में लोक-जीवन की पंचायत-सम्बन्धी

बात का ही संकेत मिलता है।

विद्यापति यह जानते हैं कि मध्यस्थ की बात दोनों पक्षवाले मानते हैं किन्तु अस्थिर लोगों का बीच-बचाव या न्याय करने वाला मध्यस्थ लज्जित हो जाता है, क्योंकि अस्थिरचित्तवालों के बीच उसकी बात का पालन नहीं हो पाता है।

(9) बँसबाड़ी की हाँड़ी

विद्यापति ने बाँस की बीट या बँसवाड़ी तथा उसमें फेंकी गई त्याज्य और उपेक्षित हाँडी का भी निरीक्षण किया है। विद्यापति की एक नायिका का वक्तव्य है कि उसे बँसवाड़ी की हाँड़ी के समान अपदार्थ और त्याज्य बना दिया गया है। 554

(10) ढोंढ साँप

विद्यापति ने एक पद में गर्दन जलसर्प ढोंढ या डुण्डुभ का प्रसंग उपस्थित किया है। यह निर्विष किन्तु विषगर्वी सांप डाबरों में प्रायः मिल जाता है। सत्त्वहीन घमंडी व्यक्ति पर व्यंग्य करने के लिए विद्यापति ने ढोंढ के लोक-चित्र को ठीक हो चुना है। 555

(11) लोक-संस्कृति के इतर पक्ष

विद्यापति पदावली में लोक-संस्कृति की पूरी छाप देखी जा सकती है। लोक-परम्परा, लोक-विश्वास, लोक प्रथा, लोक-व्यवसाय आदि 'फोकलोर' के विविध अंगों के आधार पर विद्यापति ने अपने अर्थों का निबन्धन किया है।

(अ) लोक-विश्वास और अन्धविश्वास

फलित ज्योतिष और आदिम विश्वासों से सम्बद्ध तत्वों में जनसामान्य के मूढ़ाग्रहों और अन्धविश्वासों के विविध पक्ष दृष्टिगत होते हैं। लोक-मानस की इन बद्धमूल अन्धपरम्पराओं को शकुन-अपशकुन, मंत्र-तंत्र, डायन, प्रेत टोना-टोटका तथा शुभाशुभ सम्बन्धी धारणाओं में देखा जा सकता है। इन लोक-विश्वासों में जनता का जातिगत मनोविज्ञान अभिव्यंजित होता है।

1. शकुन-(क) काक शकुन :-'शकुन' का अर्थ पक्षी होता है। बहुतेरे पक्षियों से संबद्ध लोक-विश्वास भारतीय जीवन में घर किए हुए हैं। कौए की बोली शकुन-सूचिका मानी गई है। कौए के बोलने से सबद्ध लोक-विश्वास यह है कि इसका बोलना परदेशी प्रियतम के आने का सूचक होता है।

भारतीय साहित्य में विरहिणी नायिकाओं का कौए से पूरा लगाव देखा जा सकता है। कभी तो कौए को उड़ाते-उड़ाते नायिकाएँ उसकी जान साँसत में डाल

देती हैं, तो कभी उसे तरह-तरह के प्रलोभन और आश्वासन देती हैं प्रियतम के आने पर उसे अमुक-अमुक पदार्थ दिये जाएँगे। कौए पर प्रसन्न होकर नायिकाएँ उसे बलि देती हैं। 'कामसूत्र' में भी 'वायसपूजा' का संकेत मिलता है। 556

'वज्जालग्गं' की एक गाथा में गरीबिन प्रोषितपतिका प्रियतम के आने का शकुन जानने के लिए कौआ को उड़ाती है। उड़ने के बाद कौआ पुनः आकर बैठ जाता है। इस शुभशकुन से प्रियतम का आना व्यंजित होता है। नायिका कौला को बलि देना चाहती है किन्तु उस विपन्ना के पास खाने की कोई भी चीज़ नहीं है जिससे वह काक को पुरस्कृत करे। अपनी इस दुरवस्था पर वह इतना रुदन करती है जितना उसने बाँधव-मरण पर भी नहीं किया था।

दिव्यदृष्टि धाहिल के अपभ्रंश-काव्य 'पउमसिरी चरिउ' में विरहिणी पद्मश्री कौआ से कहती है कि उसके शकुन भाषण से यदि प्रिय आ जाएगा तो वह उसे दही-भात खिलाएगी। 56

हेमचन्द्र के अपभ्रंश-व्याकरण में उद्धृत एक दोहा में वायस उड़ाने वाली कृश नायिका का प्रियतम हठात् आ जाता है जिससे उसकी आधी चूड़ियाँ तो कृशतावश धरती पर गिर जाती हैं, किन्तु हर्षवश उसके फूल उठने के कारण आधी कलाइयों में ही तड़क जाती हैं। 559

एक अन्य अपभ्रंश दोहा में कई विरहिणियों के बीच परेशान काक का चित्रण है जो कहीं भी बैठने नहीं पाता है-हर दिशा में विरहिणियां शकुन जानने के लिए उसे उड़ाती ही रहती हैं। 560

'ढोला-मारू राहा' की विरहिणी मारवणी कौआ से कहती है कि यदि कौआ प्रिय से मिलाप कर देगा तो वह उसे केवल बधाई ही नहीं देगी, अपना कलेजा काढ़ कर खाने के लिए भी देगी। 561 एक अन्य दोहा में विरहिणी मारवणी शकुन के लिए काम को उड़ाने से दोनों बाँहों के थक जाने की बात कहती है। 561 इस तरह एक दोहा का वक्तव्य है कि विरहिणी भारवणी को प्रियतम के आने के शुभ शकुन के रूप में आंखों का फड़कना और कौआ का बोलना ज्ञात होता है, फिर भी वह दूरस्थ प्रिय के आने के संबंध में आश्वस्त नहीं हो पाती है। 563

काक-शकुन संबंधी लोक-विश्वास को हम विद्यापति के पदों में देख सकते हैं। प्रवासी प्रियतम यदि कौआ के बोलने से आ जायेगा तो विद्यापति के पद की विरहिणी उसको सोने के कटोरे में खाँड़-धुश्रित दूध देने की प्रतिज्ञा करती है। 564

विद्यापति के एक अन्य पद में आंगन के चंदन-वृक्ष पर चढ़कर बोलने वाले

काग से प्रोषित-पतिका कहती है कि यदि प्रियतम आज आ जायेगा तो वह काग की चोंच को सोने से मढ़वा देगी। 565

(ख) शुभ शकुन अंगों और आँखों का फड़कना :-यह लोक-विश्वास है कि स्त्रियों के बाएँ अंगों का फड़कना मंगलमय होता है। 'गाथा सप्तशती' की एक विरहिणी अपनी फड़कती हुई बाई आँख से कहती है कि यदि इस शुभ शकुन के फलस्वरूप उसका प्रिय आ जाएगा तो वह दाहिनी आँख को बन्द करके बाई से ही प्रिय के दर्शन करके उस आँख को आप्यायित और पुरस्कृत करेगी। 566

हर कवि ने राधा को बाएँ नेत्र से ही कृष्ण के दर्शन करती हुई चित्रित किया है क्योंकि उसी नेत्र ने फड़ककर नव अभ्युदय की सूचना दी थी। 567

गोवर्धनाचार्य ने फड़कती हुई बाई' भुजा को प्रणाम करती, चूमती, देखती और आलिंगन करती द्वई विरहिणी नायिका का चित्रण किया है, जिसे बाहु के फड़कने से "प्रिय संगम का उत्कट विश्वास हो गया है।" 568

विद्यापति की एक नायिका के भी बायाँ हृदय, कुच और लोचन फड़क रहे हैं जिन्हें लक्षित करके सखी मंगलमय शकुन का ज्ञापन करती है। 569

अंगों के फड़कने के वर्णन 'ढोला-मारूरा-दूहा में भी प्राप्त होते हैं। 570

(ग) यात्रा-सम्बंधी शकुन : छींक होने पर कहीं नहीं जाना चाहिए, यह लोक विश्वास है। छींक को अपशकुन माना जाता है।

विद्यापति के एक पद का प्रसंग है कि एक गोपी छींक होने पर भी गोरस आदि बेचने के लिए घर से चलती है किन्तु कृष्ण को मुरली ध्वनि सुनकर उसे अपनी वस्तुओं की बिक्री में संदेह हो जाता है। पद के वर्णन के अनुसार छींक से भी अधिक मुरली ध्वनि गोपी का अवरोध और अनिष्ट करती है। गोपी गिर जाती है और उसके चरण काँटों से क्षत-विक्षत हो जाते हैं। 571

विद्यापति की एक लोकोक्ति में भी छींक-संबंधी लोक विश्वास व्यक्त हुआ है-"छिक्कहि नहिँ चली।"

-(न. गु., पद-63)

(घ) तारा और चन्द्र-दर्शन-सम्बन्धी अमंगल या अपशकुन-एकाकी तारों को देखना अशुभ समझा जाता है। इस लोक विश्वास का प्रकाशन विद्यापति की इस लोकोक्ति में हुआ है-"एकसरि तारा केअओ नहि देख।"

-(न. गु., पद-539)

एक अन्य पद में संख्या के अकेला तारा और भाद्रपद की चतुर्थी के चाँद को अप्रस्तुत योजना के रूप में लाकर विद्यापति ने इनसे सम्बन्धित अमंगलपरक

लोक-विश्वास का प्रकटीकरण किया है।

पद का वक्तव्य है कि किसी नायिका से उसका प्रियतम रूठ गया है और उसके मुँह की और नहीं देखता है। नायिका कहती है कि क्या उसका आनन अकेला संध्या-तारा या भादों की चतुर्थी के चांद के समान है जो प्रियतम उसकी ओर दृष्टि-पात नहीं करते हैं? नायिका की पृच्छा है कि इन दोनों अमंगल सूचक पदार्थों में से नायिका का मुख किसके समान है जो नायक उससे पराङ्मुख है? 572

'प्रसन्नराघव' में भी चतुर्थी के चांद को नहीं देखने के लोक विश्वास का इस उल्लेख मिलता है-

उदर्क भूतिमिच्छद्भिः सद्भि खलु न दृश्यते।
चतुर्थीचंद्रलेखेव परस्त्री भालपट्टिका।। 573

तुलसीदास ने भी 'प्रसन्नराघव' की इस उक्ति से प्रभावित होकर पर-नारी के आनन को चौथ के चाँद की तरह त्याज्य और अदर्शनीय बतलाया है। 574

(ङ) वाणिज्य-जगत् के शकुनमूलक विश्वास-विद्यापति की कतिपय लोकोक्तियों में 'बोहनी' के विषय में दूकानदारों के बद्धमूल विश्वासों की अभिव्यक्ति हुई है 'जइसन परहोंक तइसन बीक', 'पहिल पढञोक भला के हाथ' 'पहिल पीक उधारि न देबा' आदि कहावतों में व्यावसायिक क्षेत्रों का यही परंपरागत शकुन विचार सन्निहित है कि 'बोहनी' की सफलता पर ही व्यवसाय की सिद्धि निर्भर करती है, अतः पहली बिक्री नकद ही नहीं, लक्षण-सम्पत्र व्यक्ति के हाथों होनी चाहिए।

2. भूत प्रेत-डायन सम्बन्धी लोक-विश्वास और झाड़-फूँक; अंधविश्वास और तंत्र, मंत्र :-

(क) भूत-प्रेत :-विद्यापति के युग में भूत-प्रेत पर विश्वास किया जाता था। किसी पर भूत का आवेश आने पर उस युग में भी आज की ही तरह झाड़-फूँक करके प्रेत-बाधा दूर की जाती थी। ओझाइन ओझा आदि प्रेत उतारने का मंत्र पढ़कर प्रेत को पछाड़ते थे।

इस अंधविश्वास का विद्यापति ने थोड़े व्यंग्य-विद्रूप के साथ चित्र खींचा है। उनके एक पद का यह प्रसंग है कि कृष्ण 'देवदेयासिनि' या झाड़-फूंक करनेवाली स्त्री का रूप धारण करके गोकुल में घूम रहे हैं। पूरे नगर में यह बात फैल गई है। कि ओझाइन आई हुई है। इसी रूप में कृष्ण अपनी प्रेमिका के द्वार पर आकर खड़े हो जाते हैं। प्रेमिका प्रेत-बाधा से अपने को पीड़िता दर्शित करती

है। सास 'देवदेयासिनि' को झाड़-फूंक करने के लिए घर के भीतर ले जाती है। नायिका पर अतनु देव अर्थात् कामदेव का आवेश हुआ हैं जिसे निर्जन में मंत्र पढ़कर झाड़ने की बात 'देवदेयासिनि कहती हैं। एकान्त में कृष्ण अतनु मंत्र पढ़कर अनंगदेव को झाड़-कर नायिका का उपचार करते हैं। देव बाधा दूर होती है और सास बहुत भक्ति-पूर्वक 'देवदेयासिनि' को भीख देती हैं। 575

यहाँ देव का आवेश, झाड़-फूंक करनेवाली, मन्त्र-प्रयोग, लोक-जीवन में 'देवदेयासिनि' के प्रति निष्ठा आदि के प्रसंग लोक-जीवन के अंधविश्वास की सूचना देते हैं।

विद्यापति ने नायक-नायिका के समागम की इस विशेष युक्ति को किंचित हँसी-ठठ्ठा के स्वर में चित्रित किया है। कदाचित् वे भूत, देव आदि को ढकोसला हो मानते हैं।

प्रेतात्माओं और उनके दर्शन करानेवाले करामाती लोगों का उल्लेख 'कीर्तिलता में भी हुआ है-"मषदूम नरावइ दोम जञो हाथ ददस दस णारओ।।

-(' कीर्तिलता', 2.110. डॉ. वा. श. अग्रवाल, पृ. 108)।

यहाँ प्रेतावाहन करनेवाले या 'हदस' अर्थात् 'हाजिरात' करनेवाले 'मखदूम के क्रियाकलापों का वर्णन किया गया है। यह 'मखदूम' 'नरकपति' की ही कोटि का पेशेवर प्रेत-विद्या-विशारद है, जो शीघ्रतापूर्वक अंगूठी के नग में मृतात्माओं को दिखलाता है जिससे देखनेवाले संतापित और भीत होते हैं। जौनपुर के बाजार में ऐसे चमत्कारी 'मखदूम' का वर्णन स्वाभाविक ही है।

(ख) झाड़-फूँक :-(1) विद्यापति के एक पद का वक्तव्य है कि कृष्ण योगी के बेश में नायिका का हाथ देख रहे हैं। सखी ललिता के साथ नायिका बहुत देर से दरवाजे पर खड़ी है। सास शंकित होकर चिल्लाती हुई द्वार पर ठहरने का कारण पूछती है। सखी कहती है कि नायिका का अमंगल संभावित है-उसके पति का अमंगल हो सकता है। साँस घबराकर बाहर आती है। योगी वेशधारी कृष्ण को वह वधू का हाथ देकर देखने के लिए कहती है। योगेश्वर हथेली की वक्र रेखा का निर्देश कर अमंगल की संभावना का कथन करते हैं। वे निर्जन में जाकर नायिका को शिव की सेवा करने के लिए कहते हैं। (इस तरह वे मिलन का प्रबन्ध कर रहे हैं।) योगी कहते हैं कि पूजा के अनेक तंत्र-मंत्र हैं; जिनकी जानकारी उन्हें नहीं है, लेकिन सास कहती है कि उनके जैसा अधिकारी माँत्रिक कहाँ मिलेगा!

सास का प्रस्ताव है कि योगी अमंगल शमन के लिए नायिका की झाड़-फूँक कर दे। इसके बाद योगी एकान्त में जाकर 'मन्मय मंत्र' पढ़कर

झाड़ने के छत से समागम-लाभ करता है। तत्पश्चात् प्रकोष्ठ से निकल कर सास से योगी राम देता है कि जब नायिका गौरी की अराधना करने के लिए जाए तब कोई भी विधवा उसके साथ न जाए। इस तरह विधवा जटिला के आतंकमय अनुशासन से नायिका को मुक्त कराकर कृष्ण आगामी मिलन को भी निबधि बना देते हैं। 576

इस पद में हाथ देखने, तन्त्र-मन्त्र, बीजदान आदि से सम्बन्धित कार्य-कलापों और विश्वासों का कवि ने व्यंग्य-युक्त चित्रण किया है।

(2) विद्यापति के एक पद का वक्तव्य है कि छद्मवेशी शिव को देखकर गौरी मुर्च्छित हो जाती हैं। सखियाँ वेशधारी शिव से कहती हैं कि वे अपना गुण या दूर कर लें, ताकि गौरी की मूर्च्छा टूटे। वे कहती हैं कि वेशधारी ने राजकुमारी को दीठ लगा दी है। कुछ सखियाँ परामर्श देती है कि ओझा को बुला कर नचाना चाहिए ताकि राजकुमारी पर से भूत का प्रकोप दूर हो सके उसका सम्मोहन टूट सके। 577

यहाँ दीठ लगता तथा झाड़-फूँक करनेवाले ओझा का स्पष्ट उल्लेख है। इनके लोक विश्वास का ही प्रकटीकरण होता है।

दीठ लगने, मंत्र पढ़े जाने, ग्रह-बाधा होने और ज्योतिषी से उपचार कराने की बातें विद्यापति के एक अन्य पद में भी वर्णित हैं। 578

(3) साँप के विष को उतारने के लिए झाड़-फूँक :-लोक-विश्वास के अनुसार साँप के डँसने पर मांत्रिक या गारूड़ी के द्वारा विष की झाड़-फूँक की जाती है। सर्प विष को झाड़ने की बात आदिम काल से ही प्रचलित है। देहातों में अभी भी सर्प-दंश का उपचार झाड़-फूँक से ही होता है। झाड़-फूँक का बहुत-कुछ मनोवैज्ञानिक प्रभाव भी पड़ता है।

विद्यापति के एक पद में कहा गया है कि मदन-भुजंग से दंशित बाला का विष गारूड़ी कृष्ण ही झाड़ सकते हैं। मदन भुजंग का विष उतारने वाले उपयुक्त गारूड़ी कृष्ण ही है। 579 कृष्ण विष्णु के अवतार है, अतः उन्हें गरुड़ का मालिक होने का भी गौरव है और गरुड़ से सर्प भय खाता है, इसलिए कृष्ण से ही मदन भुजंग का विष उतर सकता है।

लोक-विश्वास है कि शिशु सर्प का विष मंत्र से नहीं उतरता है। बाल-भुजंग पर मंत्र-शक्ति का प्रभाव प्रायः नहीं पड़ता है, इस आशय की लोकोक्तियाँ विद्यापति के पदों में प्राप्त होती हैं। 580

सर्प-दंशन के संबन्ध में यह भी लोक विश्वास है कि काट लेने के बाद यदि सर्प पुनः दशित स्थान पर काट ले तो उसके विष का प्रभाव नष्ट हो जाता

है। कदाचित् यह विश्वास 'विषस्य विषमौषधम् के ही वर्ग का है। सर्प विष से संबन्धित यह लोक विश्वास विद्यापति के भी एक पद में प्राप्त होता है। 381

(ग) डायन-संबंधी प्रवाद : बुरी से बुरी स्त्री भी अपने पड़ोस में रहने वालों का बुरा नहीं करती है। चोर भी पड़ोस में चोरी नहीं करता है।

'डायन किसी को खा लेती है-यह अंधविश्वास है, किन्तु वह भी अपनी पड़ोसिन का अपकार नहीं करती है, यह लोक-प्रवाद है।

विद्यापति ने भी अपने एक पद्य में डायन या बुरी औरत के लिए 'मन्दिउ' शब्द को प्रयुक्त किया है। पद्म की नायिका अपनी सखी से कहती है कि डायन भी दूसरों को ही खाती है, अपनी पड़ोसिन को छोड़ देती है उसका अपकार नहीं करती है। 582

(घ) बलि :-धार्मिक अनुष्ठानों में या वैसे भी पशु बलि या नर बलि लोक विश्वास का ही एक अंग है जिसका संबंध निश्चय ही तंत्र-मंत्रमूलक आदिम विधियों से स्थापित किया जा सकता है। 'कीर्त्तिलता' में मुसलमानों द्वारा 'बिसमिल्ला' कहकर पशु-बंध करने तथा हिन्दुओं द्वारा पशु बलि का संकेत मिलता है-"कतहु मिसिमिल कतहु छेद।।"

-('कीत्ति.' 2.1953 डॉ. अग्रवाल, पृ. 112)

3. पाप-पुण्य-सम्बन्धी लोक विश्वास :-अपने पाप मुक्त चरित्र की सफाई देने के लिए स्वर्ण का स्पर्श करके सौगंध खाना सब तरह से प्रामाणिक और विश्वसनीय है। सोना छूकर मिथ्याभाषण करना विद्यापति के युग के धर्मभीरु मनुष्य के लिए असंभव ही था। विद्यापति के एक पद में इस लोक विश्वास का बड़ा ही सुन्दर विनियोग पाया जाता है-

ए धनि माननि कर संजात।
तुअ कुच हेम-घट हार भुजंगिनि ताक उपर धर हात।।2।
तोहे छोड़ि जदि हम परसब कोय।
तुअ हार-नागिन काटब मोय।।4।।

-(बेनीपुरी, पद-137)

यहाँ नर्मकुशल नायक नायिका के निकट अपना अपराध छिपाने और विश्वास जमाने के लिए जो शपथ ले रहा है उसमें विवेच्य लोक विश्वास को काव्यात्मक विवेच्य-सिद्ध का साधन बनाया गया है।

जिस तरह झूठ बोलनेवाला पाप-भीति से सोना नहीं छूता है उसी तरह पाप-भीत हिन्दू भी 'यम' का सामना करने से घबराता है। हिन्दू जाति के मन में सनातन काल से यह विश्वास घर किए हुए है कि यम के दरबार में अपने

कर्मों की सफाई मृत्यु के बाद यम के आगे

देनी पड़ती है और पाप के परिणाम भुगतने पढ़ते हैं। जवाब देना पड़ता है, इस लोक विश्वास को भी विद्यापति ने व्यक्त किया है-

ए हर गोसाञिनाह! मोहे जनु देह उपेखी।
जम-आगाँ मुँह उतर डरें छाडत जबे बुझाओत लेखी।

-(प. प.-125)

(आ) रीति-रिवाज

इसके अन्तर्गत लोककृत्यों, लोक-प्रथाओं, लोकोत्सवों आदि की गणना होती है।

(क) लोककृत्य

जन्म, विवाह आदि संस्कारों, पूजोपचारों, युद्ध-रीतियों तथा सामूहिक भोज से संबंधित लोककृत्यों के आधार पर विद्यापति ने अपने कई पदों का सौन्दर्यपूर्वक निबंधन किया है।

(1) शिशु जन्म :-वसंत-शिशु के जन्म के अवसर पर विद्यापति ने लौकिक रीतियों का जो वर्णन किया है उसमें मिथिला के लोक-जीवन की आँचलिक विशेषताएँ विवृत हुई हैं। शिशु के जन्मोत्सव के ये विवरण बहुत चित्रात्मक, सच्चे और लोकपरक हैं।

विद्यापति के पद की अर्थ-योजना इस प्रकार है कि श्रीपंचमी के दिन बसंत का प्रसव गर्भवती प्रकृति करती है और तदनन्तर विविध लोकाचारों का तांता-सा बँध जाता है। वनस्पति रूपी धाय, जन्म के बाद युवतियों के नृत्य, मंगल-गान, मलयानिल से शिशु के बचाव के लिए ओट करना, माधवी पुष्प की गजमुक्ता, बन्दनवार, 'महुअरि' गीत, तूर्यनाद, शंखनाद, बालक को मधु चटाना, पद्मनाल का कटि-सूत्र-बंधन, बच्चे को बघनखा पहनाना, 'हरउद' गीत लोरी-गायन तथा बच्चे द्वारा चंद्र-गोलक का देखा जाना, जन्मपत्री गणित गणना और नामकरण आदि बातों के वर्णन में लोक-रीतियों का सम्यक प्रकाशन हुआ है।

वसंत के शरीर पर उबटन लगने तथा आँखों में काजल लगने के वर्णन में भी लोक व्यवहार का ही ज्ञान प्रकट होता है। महुअरि तथा हरउद-गायन, मधुचटाने, कटि-सूत्र तथा बघनखा पहनाने आदि के वर्णनों के स्रोत तो नितांत लौकिक ही हैं। 583

(2) विवाह :-विवाह-संबंधी लौकिक कृत्यों और रस्मों के भी विवरण विद्यापति के पदों में लपलब्ध होते हैं। वसंत के विवाह का वर्णन भी विद्यापति

ने वसंत-जन्म की ही तरह रुचिर पद्धति पर किया है। लता और वृक्ष का ही मंडप या मँड़वा बना है। उसकी भित्ति को चन्द्रमा ने मानों अपनी उज्ज्वल किरणों से धवलित कर दिया है अर्थात् उस पर चूना की पुताई कर दी है। भूमि पर के मांगलिक चिह्न ऐपन के रूप में पद्मनाल है। विवाह में लाल परिधान पहना जाता है और यहाँ पल्लव ही रक्त परिधान है।

कानन-स्थली में वसंत विवाह हो रहा है। भ्रमरियाँ मंगलगान कर रही हैं। द्विजश्रेष्ठ कोकिल मंत्र पढ़ा रहे हैं। विवाह का संकल्प पढ़ते समय जो हस्तोदक लिया जाता है वह मकरन्द है। धीर समीर और चाँद बारात वाले हैं। किंशुक तोरण है। बेला के फूलों का मंगल खील या लाबा फैला हुआ है। केसर-कुसुम के पराग का ही सिंदूर-दान हुआ है। मानिनियों के मान का ही यौतुक या दहेज दिया गया है। 584

वसंत के वैवाहिक संस्कार के इस वर्णन में लोकाचार का पूरा प्रकाशन हुआ है। मंडप, ऐपन, रक्त परिधान, मंगलगान, मंब-पाठ, हस्तोदक, बाराती, तोरण, लावा, सिंदूर दान, यौतुक आदि सभी बातों के लौकिक चित्र ही दृष्टिगत होते हैं।

एक अन्य पद में भी वसंत-दुलहे के विवाह का लौकिक वर्णन मिलता है। उसके बैठने के लिए पल्लव का पादपीठ या आसन है। श्वेत कमल ही मानों चूने से धवलित पुरहर या मंगल कलश है। मकरन्द हो गंगाजल है । लाल अशोक के फूल ही दीप है। अच्छा दिन है शुभ लग्न है। वर वसंत का 'चुमाओन' हो रहा है। सम्पूर्ण चाँद ही दही का थक्का है। घूम-घूम कर भ्रमरों 'हँकार' या बुलावा दे रही है कि इस अवसर पर स्त्रियाँ जुटे। किंशुक का फूल ही सिंदूर के समान जान पड़ता है। केतकी के पराग से ही पटबास नामक सिंदूर का शृंगार बंधू की मांग में किया गया है। 585

यहाँ पुरहर गंगाजल, दीप, चुमाओन, दही, हँकार, सिंदूर, पटबास आदि के वर्णन से विवाह की लौकिक रीतियाँ हमारे सामने स्पष्ट हो जाती हैं।

शिव विवाह के वर्णन में भी लौकिक रीतियों को विद्यापति ने संकेतित किया है। शिव बसहा पर चढ़कर आए हैं, जिसके खुर टपर-टपर बज रहे हैं और उनका रुंडमाल खटखटा रहा है। भाँग खाए हुए डमरू बजाते शिव आए हैं। उनको देखकर सास ने ऐपन मिटा दिया है और पुरहर फोड़ दिया है। अब चौमुख दीप कैसे बले? पुत्री को लेकर कुपिता 'मनाइन' मण्डप में बैठी हैं। 566

यहां ऐपन, पुरहर, चौमुख दीप आदि के प्रसंग लोकपरक हो है।

डॉव तेजनारायण लाल ने पुरहर, पातिल, ऐपन या 'अरिपन आदि की

शैव-प्रतीकों के रूप में व्याख्या करते हुए लिखा है-"मिथिला में विवाह संस्कार के समय 'पुरहर' (कलश पर और पालिश (एक मिट्टी का छोटा बर्तन जिसे लाल रंग से रंग देते हैं) का प्रयोग होता है। 'पुरहर' को पुरानी यानी 'शिव' और पातिल को 'पार्वती' रूप में लिया जाय तो इससे शैवधर्म का प्रभाव दोख पड़ता है। मण्डप की सतह पर जो 'अरिपन' बनाया जाता है वह शब्द 'अहिफन' का अपभ्रंश रूप जान पड़ता है। 'अहिफन' से तात्पर्य है-'कुण्डलिनी' का प्रतीक। 'कमल' के फूल का जो चित्र बनाया जाता है वह हृदय का संकेत है और मणिपुर नाभिकुण्ड का। 587

ऐपन वस्तुतः मिथिला की भूमि-मंडन कला की तुलना बंगाल की अल्पना लोक-कला, उत्तर प्रदेश की चौक पूरने की कला महाराष्ट्र-गुज़रात को रंगोली-कला, राज स्थान के मेंहदी माँड़ने और दक्षिण भारत के कोलम् भू-चित्रों से की जा सकती है।

पुरहर पर का चित्रण भी लोक-कला का ही नमूना है। मिथिला के कोहबर घरों में भित्तियों पर लोक-कला के स्वच्छंद रूपों को देखा जा सकता है। घरों में बनने वाली कथाओं पर भी कसीदा काढ़कर जो चित्र बनाए जाते हैं उनमें लोक-कला के मौलिक और प्राणवान रूपों की प्रतिष्ठा दिखलाई पड़ती है।

'वर्ण रत्नाकर' में भी विवाह का वर्णन मिलता है किन्तु वह धर्म-शास्त्रीय विधियों पर अधिक ध्यान देकर लिखा गया है। उसमें लोकाचार का यह रूप नहीं है जो विद्यापति के वर्णनों में उपलब्ध होता है। केवल 'लाज' और सिन्दूर-दान के उल्लेखों को ही लौकिक कह सकते हैं। 588

ज्योतिरीश्वर के वर्णन से अधिक लोकतात्विक वर्णन विद्यापति के हैं।

(3) श्राद्ध-भोज : विद्यापति ने निम्नलिखित प्रसंग में श्राद्ध-भोज का संकेत देकर लोक-रीति से अपनी अभिज्ञता का ही परिचय दिया है-

सहजहि सङ्कट परबस पेम
पातक भीत परापति जेम।।-(प. प..78)

धर्मशास्त्रानुसार श्राद्ध में भोजन करना मना है, किन्तु यह भी सच है कि बिना ब्राह्मणों के भोजन किए बाद कार्य पूरा हो ही नहीं सकता है। विद्यापति इस लोकव्यवहार से अनभिज्ञ नहीं हैं कि किसी के मरने के बाद भोज खाना धर्मशास्त्र से विहित नहीं होने के कारण पाप ही है, किन्तु पातक से डरते हुए भी श्राद्ध-भोज खाया ही जाता है। कवि ने यहाँ लोक-जीवन के श्राद्ध भोज का दृष्टांत देकर संकटापन्न परवश परकीया-प्रेम या परपुरुष प्रेम करने की बाध्यता का निरूपण किया है।

(ख) लोक-प्रथाएँ

(1) बेमेल विवाह :-वृद्ध वर के साथ तरुणी का विवाह तथा तरुणी के साथ बालक का विवाह अदूरदर्शितापूर्ण लोक प्रथा के ही अन्तर्गत आते हैं। विद्यापति-पदावली में लोक-जीवन की इस विषमता की साहित्यिक आलोचना प्राप्त होती है। कवि ने इस दूषित लोक प्रथा को उपहासास्पद संदर्भों में रखकर इस पर प्रश्नचिह्न लगाने का साहस दिखलाया है।

विद्यापति के महेशवाणी-साहित्य में अपने बूढ़े जामाता शिव को देखकर क्रुद्ध हो जानेवाली 'मनाइन' का जो चित्र प्राप्त होता है वह पुत्री की हितकामना में व्यग्र रहनेवाली ममतामयी माँ का प्रतिनिधित्व करनेवाला है। 'मनाइन' अपनी पार्वती को बूढ़े वर के हाथों में सौंपने के लिए बिल्कुल तैयार नहीं है। नवयुवती पार्वती और वृद्ध शिव के परिणय का वह प्रबल विरोध करनेवाली दिखलाई गई है। नारद-जैसे घटक को वह खरी-खोटी ही नहीं सुनाती है बल्कि उसकी दाढ़ी नोचने का इरादा करती है। वह घर में रार मचा देती है और अपनी पुत्री के साथ गृह परित्याग को उद्यत हो जाती है। सात्विक क्रोध से बिफरी हुई 'मनाइन' बूढ़े बर और उसकी बारात का अनादर करने के लिए कृतसंकल्प जान पड़ती है और उसके वक्तव्य में वृद्ध-विवाह का सामाजिक कुरीति पर कशाघात करने की अपूर्व क्षमता दृष्टिगत होती है-

हम नहि आजु रहब एहि आँगन जौ बुढ़ होएत जमाई, गे माई।
एक त बइरि भेल बीध बिधाता दोसरे धिया केर बाप।
तेसरे बइरि भेल नारद बामन जे बूढ़ आनल जमाई, गे माई।।
पहिलुक बाजन डामरु तोरब दोसरे तोरब रुण्डमाल।
बरद हाँकि बरियात बैलाएब धिया लए जाएव पराई, गे माई।।
धोतौ लोटा पतरा पोथी सेहो सभ लेबन्हि छिनाई।
जौं किछु बजता नारद बाभन दाढ़ी धए देब घिसिआई, गे माई।।

-(बेनीपुरी, पद-235)

एक अन्य पद में वृद्ध शिव को जामाता के रूप में देखकर कोपवश 'ऐपन' मिटाने वालो एवं पुरहर फोड़नेवाली 'मनाइन' के माध्यम से विद्यापति ने उस लोक-सामान्य माँ का चित्रांकन किया है जो अपनी बेटी को कथमपि किसी बूढ़े गले में नहीं बाँधना चाहती है-

ऐपन मेटल पुरहर फोरल वर किमि चौमुख दीप।
धिआ ले मनाइनि मंडप बइसलि गाबिए जनु सखि गीत।

-(बेनीपुरी, पद-244)

इस तरह हम देखते हैं कि शिव विवाह की आड़ में वृद्ध विवाह की सामाजिक कुप्रथा की छीछालेदर करके विद्यापति अपने रूढ़िभंजक एवं प्रबुद्ध साहित्यिक व्यक्तित्व का अच्छा परिचय देते हैं।

विद्यापति-पदावली में बाल-विवाह को लोक-प्रथा का भी व्यंग्यमय वर्णन उपलब्ध होता है। इस लौकिक कुसंस्कार पर कवि ने हास्यगर्भित मृदु प्रहार करके उद्दिष्ट व्यंग्यालंबन-बेटी के बाप की सरे आम पगड़ी उछाली है। उसने विवाहिता के उद्‌गारों को इस प्रकार उपन्यस्त किया है कि बेमेल विवाह के तत्कालीन कर्ता-धर्ता भीतर ही भीतर तिलमिला गए होंगे-

पिया मोर बालक हम तरुनी। कोन तप चुकलोह भेलोह जननी।।
पहिर लेल सखि एक दछिनक चीर। पिया के देखेत मोर दगध सरीर।।
पिया लेली गोद के चलिल बजार हटिया के लोग पूछे के लागु तोहार।।
नहि मोर देवर कि नहि छोट भाइ। पुरुष लिखल छल बालमु हमार।।
बाट रे बटोहिया कि तुहु मोरा भाई हमरो समाद नैहर लेने जाउ।।
कहिहुन बाबा के किनए धेनु गाई। दुधवा पिआइ के पोसता जमाइ।।

-(बेनीपुरी, पद--263)

पति बालक है और पत्नी तरुणी है, जो अपने विवाह से प्रसन्न नहीं है। पति की गोद में लेकर जब युवती पत्नी बाजार जाती है तो लोग उस बालक से उसके 'रिश्ते के विषय में पृच्छा करते हैं। अपने बालक बालम की जननी का कर्त्तव्य-निर्वाह करने वाली नारी अन्तर्कथा की आग में दग्ध हो रही है। वह पथिक के द्वारा अपने मैके संवाद भेजती है कि हे पथिक, पिता से कहना कि वे खरीदकर गाय भेज दें, ताकि दूध पीकर उनका जामाता पुष्ट हो सके। विद्यापति का यह व्यंग्य बड़ा ही सूक्ष्म और बेधक है। उन्होंने युवती पत्नी के अन्तर्दाह की अनुभूति से द्रवित होकर बेमेल विवाह के चलन को जो आड़े हाथों लिया है उसमें उनके लोकोन्मुख कवित्व के दर्शन होते हैं।

(2) पर्दा प्रथा : विद्यापति को निम्नलिखित पंक्ति से लोक-जीवन में पर्दा प्रथा के निर्वाह की सूचना मिलती है-"टाट टुटले आङ्गन बेकत सबे परदा राष।"

-(प. प..85.)

कवि का वक्तव्य है कि सभी लोग पर्दा रखते हैं। नग्नता अच्छी नहीं है, अत: लोग घर आँगन के पर्दे के लिए टाट का दरवाजा या घेरा लगा देते हैं। यह प्रसंग बिल्कुल ही जनसामान्य के जीवन से संबद्ध है। विद्यापति घर के टट्टर का नितान्त लौकिक चित्र ही नहीं प्रस्तुत करते हैं अपितु पर्दा रखने की लोक-मनोवृत्ति

का भी परिचय देते हैं। लोक-मानस में अपनी नग्नता को की वृत्ति पुराकाल से ही बद्धमूल है। 'सबे परदा राष'-यह लोक मनोविज्ञान सम्मत प्रथा-विशेष की परिचायिका उक्ति ही प्रतीत होती है।

(3) सती प्रथा : पति के देहावसान के बाद आत्यंतिक विरह से त्राण पाने के लिए प्राचीन काल की नारियाँ आग में जल मरती थीं। भारत के मध्यकालीन इतिहास में यह प्रथा राजपूत रमणियों को आन से संबद्ध होकर जौहर व्रत के रूप में दिखलाई पड़ती है। विद्यापति की एक विरहिणी भी अपने प्रियतम के अभाव में धधकती चिता में समा जाना चाहती है-

सून सेज हिय सालए रे पिया बिनु घर मोयें आजि।
बिनति करओं सहलोलिनि रे मोहि दे अहिर साजि।।

-(बेनीपुरी, 189)

यहाँ 'अगिहर सजाना' तत्कालीन सती प्रथा का सूचक है। इस प्रसंग में यह भी ज्ञातव्य है कि लापता शिवसिंह की रानी लखमा ने भी बारह वर्षों की प्रतीक्षा के बाद अग्नि-समाधि ले ली थी। कदाचित् इस विरह गीत में कवि ने लखिमा के ही मनोभावों को रूपायित करने का प्रयास किया है।

(4) गोदना गोदवाने की परिपाटी : हालतक मिथिला की स्त्रियाँ अपने शरीरों पर चित्र और लेख गोदवाती रही है। अभी भी तथाकथित निम्नवर्ग की स्त्रियों में इसका चलन है जो पेशेवर 'खोदमाड़नी' स्त्रियों के रस-सिक्त गीतों को सुनती हुई उन से गोदने गोदवाती हैं।

विद्यापति ने अपने एक पद में नायिका के गोदना का काव्यात्मक विनियोग प्रदर्शित किया है। उन्होंने कृष्ण पर बिगड़कर सभी कृष्ण और नील वर्णों के पदार्थों को हटाने, मिटाने या नष्ट कर देने के प्रयत्न करनेवाली एक मानिनी की मूर्ति रची है जिसके वक्ष पर काला चित्र या गोदना अंकित है। नायिका मलयज लगाकर उस काले गोदना को मिटाने की चेष्टा करती है। इसी तरह वह सभी काली वस्तुओं पर रुष्ट होने के कारण चिबुक के तिल पर भी मलयज लगाकर उसे छिपा देती है-

असित चित्र उर पर छल, मेटल मलयज देह लगाइ।
मृगमद तिलक धोई दृगंचल, कच सयँ मुख लए छपाइ।8.।
एक तील छल चारु चिबुक पर निन्दि मधुप-सत सामा।
तृन अग्रें करि मलयज रंजन ताहि छुपाओल रामा।।10.।

-(बेनीपुरी, पद-145)

यहाँ प्रकारान्तर से 'असित चित्र' या गोदना की प्रथा को कवि ने संकेतित

किया है।

(5) द्यूत-क्रीड़ा की प्रथा :-निम्नलिखित प्रसंग में जुआड़ी और पासा का उल्लेख करके विद्यापति द्यूत की प्रथा से अपनी अभिज्ञता प्रकट करते हैं-"जाए खने दिनहु आलिङ्गन गाढ जनि जुआर परुसे खेल पाढ।।" इसी तरह कवि बिहारी ने भी 'चौगान' खेल की चर्चा की है।

(ग) लोकोत्सव

विद्यापति ने लोक-जीवन के उत्सवों का भी वर्णन करके अपनी लोकधर्मी काव्य-चेतना का प्रमाण दिया है। प्राचीन भारत में विविध ऋतु उत्सवों के आयोजन होते थे जिनमें वसंतोत्सव का स्थान सर्वोपरि था। प्राचीन साहित्य में इस वसंतोत्सव के बड़े ही ललित और स्वाभाविक वर्णन मिलते हैं। विद्यापति ने वसंत-शिशु के जन्म-प्रसंग में वसंत पंचमी या श्रीपंचमी के उत्सव का जो रूपांकन किया है उसमें लोक-चित्त के हर्ष-विह्वल पक्ष का सम्यक् प्रकटीकरण हुआ है-'नाचए जुबति जना हरखित मन जनमल बाल मधाई है।" कवि ने दूसरे स्थलों पर भी वसंतोत्सव के मादक चित्रण किए हैं। 589 उन्होंने फाग-क्रीड़ा का भी जमकर वर्णन किया है। शिव और विष्णु सपरिवार होली खेल रहे हैं, इसका अत्यंत ही सौमनस्यपूर्ण और आह्लादक अंकन प्रस्तुत पद में हुआ है-

कत न झोरी सिन्दुरे भरलि भसमे भरु बोकान।
बसह केसरि मजूर मुसा चार पलु पलान।।
डिमिक डिमिक डबसे बाजए इसर खेलए फागु।
भसमे सिन्दुरे दुअओ खेडा एकहि दिवसे लागु।।
सझाँजे सिन्दुरे भरु सरुसिति लाछीहि भरलि गोरी।
इसरे भसमे भरु नराएन पोत वसन बोगी।।
एके तञो नागट अओके उमत इसर घुथुर खाए।
अओके उमति खेडि खेलावए किछ न बोलए जाए।।
गरुड वाहन देव नराएन बसह च महेस।
भने विद्यापति कौतुके गाओल सङ्गहि फीरथि देस।।

-(प. प., भाग 1, पद-259)

भस्म एवं सिन्दूर के झोले लेकर एक ही दिन धूलि या कीचड़ और रंग दोनों के खेल खेलनेवाले, नंगे, धतूरा खानेवाले और उन्मत्त शिव वस्तुतः होली की मस्ती के जीवंत विग्रह हैं। यहाँ विद्यापति तत्कालीन होलिकोत्सव की इस परिपाटी को संकेतित करते हैं कि धूलि या कीचड़ और रंग के खेल एक ही दिन नहीं होते थे, किन्तु महादेव इस रीति का उल्लंघन करके होली के उत्साह

को और भी बढ़ा देते हैं, कवि के वर्णन से यह भी विदित होता है। होली के अवसर पर नशे का सेवन और उन्मत्त जैसी चेष्टाएँ करना आज भी लोक-विहित ही हैं। विद्यापति प्रमत्त एवं उन्मत्त शिव के होलिकोत्साह के वर्णन से जन साधारण के उछाह को ही प्रकारान्तर से व्यंजित करते हैं।

विद्यापति नारायण और शूलपाणि की एकता के प्रतिपादक कवि हैं। इस अभेद स्थापन की आवश्यकता कदाचित् लोक-जीवन में विद्यमान भेदबुद्धि के कारण ही पड़ी होगी। ऐसा लगता है कि विद्यापति ने वैष्णवों के शंखों और शवों के डमरुओं के विसंवादी स्वरों को लोक-हृदय की धड़कनों में सुना होगा जिससे प्रेरित होकर उन्होंने दोनों संप्रदायों को ऐक्य-सूत्र में बाँधने का प्रयत्न किया होगा। शैव और वैष्णव संप्रदायों देवताओं में वैमनस्य नहीं आत्मीयतापूर्ण संबंध ही है, यह दिखलाने के लिए ही विद्यापति ने शिव और विष्णु के होली खेलने का प्रभावशाली चित्रण किया है। नारायण और शिव को साथ-साथ संचरण करते देख विद्यापति को आनन्दयुक्त कौतुक ही होता है, कि दो विरोधी देव आज सभी प्रकारके मनोमालिन्य 'मुक्त होकर क्रीड़ारत हो गए हैं। इस चित्र को उपस्थित करके विद्यापति यह से ज्ञापित करना चाहते हैं कि होली में योग सभी प्रकार के बैर भावों को विस्मृत करके एक-दूसरे से सौहार्दपूर्ण धरातल पर मिलते-जुलते हैं।

विद्यापति पदावली की युवतियाँ वासंती वातावरण में नानाविध आमोद-कीड़ाओं में व्यस्त दिखलाई पड़ती हैं। कवि ने चांदनी से घुली रातों में मदन-आराधना, झूमर लोक नृत्य 590 और गीत को संकेतित करके तत्कालीन मिथिला की उत्सवप्रियता का उद्घाटन किया है। 591

एक अन्य पद में भी विद्यापति ने नृत्य और 'रास' का उल्लेख करके लोक-जीवन के मनोरंजनात्मक स्रोतों को शापित किया है। 592

अपने प्रसिद्ध बारहमासा-वर्णन के अन्तर्गत विद्यापति ने 'सुखरात्रि' या दीपावली लोकोत्सव को भी उल्लिखित किया है। 593

'कीर्तिलता' में भी लोकोत्सवों का संकेत मिलता है

सम्मान दान विवाह उच्छव गोअ नटक कव्वहीं।।91।।
आतिथ्य विनअ विवेक कौतुक समय पेल्लिअ सव्वहीं।।92।।

('कीर्ति.', 2, डॉ. अग्रवाल)

यहाँ उत्सव, गीत, नाटक, खेल-तमाशे आदि लोक-मनोरंजन के ही संकेतक हैं। 'कीर्तिलता' में नक्षत्रानुसार होनेवाले हिन्दू उत्सवों को 'नकत' कहा गया है और उसके साथ-साथ मुसलमानों के धार्मिक अनुष्ठान 'रोजा' का भी

कवि ने उल्लेख किया है-"कतहु नकत कतहु रोजा।। 197.। -
('कीर्ति.', 2, डॉ. अग्रवाल)।

(इ) लोकोक्तियाँ

विद्यापति पदावली की लोकोक्तियों के दो वर्ग दृष्टिगत होते हैं-(1) लोक-जीवन या लोक-साहित्य से गृहीत तथा (2) प्राचीन शिष्ट साहित्य से हृत। पहले वर्ग की लोकोक्तियाँ लोक-जिह्वा की सम्पत्ति हैं और दूसरे वर्ग के सुभाषित विद्यापति के काव्याध्ययनमूलक अर्थ-हरण के परिचायक हैं। प्रस्तुत शोध-प्रबंध के तीसरे अध्याय में मैंने ऐसी लोकोक्तिवेशी सदुक्तियों का विश्लेषण करके यह सिद्ध किया है कि इन्हें कवि ने लोक-जीवन से नहीं प्राचीन आकर-ग्रन्थों से लेकर अपनी रचनाओं में जड़ दिया है।

'पदावली' के लोक-मुख से आयत सुभाषितों के दो प्रकार हैं-(1) सार्वदेशिक प्रकृतिवाले तथा (2) आँचलिक विशेषताओं से समन्वित।

सार्वदेशिक प्रकृति की लोकोक्तियों के उदाहरण ये हैं-1. गेल जउवन पुनु पलटि न आबए, केवल रह पचताबए, 2. जे अनुपम उपभोग न आबए की फल ताहि निहारि 3. जे कर साहस ता हो सिधि, 4. दूधक मांछी दूती भेलि तथा 5. से नहि बिचल जकर जे जाति।

'पदावली' की आँचलिक लोकोक्तियों के कतिपय नमूने इस प्रकार उपस्थित किए जा सकते हैं-1. कौआ मूह न भनिअए वेद, 2. छोट पानि चह-चहकर पोठी केनहिं जान, 3. जइओ जकर मुंह पेच सन, दूसए चाहए आन ('चलनी दूसलक सूप के जेकरा अपने सहस्सर छेद'-मिथिला की इस लोकोक्ति से तुलनीय), 4. झीसी कादब मेला (बात का बतंगड़ होना) तथा 5. पूर्व पछिम नहिं जान।

'पदावली' की कहावतों का लोकतात्विक अध्ययन करने से सामाजिक जीवन के अनेक पहलुओं पर प्रकाश पड़ता है। विद्यापति की इन सूक्तियों में लोक-ज्ञान, व्यवहार ज्ञान और जीवन के मार्मिक सत्यों का आकलन प्राप्त होता है। कवि ने लोक-जीवन की कृत्रिमता 594 और जीवन की तिक्तता 595 के अनावरण के लिए ही जीवनानुभवों से संपृक्त लोक-सुभाषितों की योजना की हैं। इन सदुक्तियों के प्रयोक्ता विद्यापति सहज ही एक ऐसे नीति कवि के रूप में दृष्टिगत होते हैं जो जीवन की असंगतियों और कुरूपता के समर्थ समीक्षक का दायित्व निर्वाह करते हैं। 596 पदावली' की कहावतों के अनुशीलन से वह स्पष्टतः विदित होता है कि इसमें लोक-मनोविज्ञान की अद्‌भुत परख के गुण

संपुटित हैं। 597 इस प्रसंग में यह भी ज्ञातव्य है कि कवि ने कहावतों की कोरी उपदेशप्रवणता को अनेकत्र काव्यात्मक सौंदर्य के कलेवर में ही प्रस्तुत किया है।

लोक-संस्कृति के चित्रण की दृष्टि से विद्यापति की लोकोक्तियों में लोक व्यवसाय और लोक विश्वास से संबद्ध प्रभूत सामग्रियाँ प्राप्त होती हैं। वाणिज्जजगत् की प्रकृति की परिचायिका इन उक्तियों में लोक-मानस की स्पष्ट प्रतिच्छाया देखी जा सकती है-

1. आदि अंत नहि मह्घ पसार।
2. आरति गाहक महग बेसाह।
3. धएले रतन अधिक मुल होए।
4. मूल राख बनिजारा।

पहली उक्ति में बाजार के उतार-चढ़ाव का सटीक अध्ययन है तथा दूसरी में केता के मानस पर प्रकाश डाला गया है। तीसरी उक्ति में साहूकार को इस प्रवृत्ति को विश्लिष्ट किया गया है कि वह विक्रय की सामग्री को दबाकर दुर्लभ बना देता है जिससे उसकी कीमत ऊपर की ओर भागती है। आधुनिक पूँजीपति भी 'होर्डिङ्ग' के इस सिद्धान्त के कायल हैं। इसी तरह चौथी कहावत में भी व्यापारी के ही मनोविज्ञान पर प्रकाश डाला गया है कि वह अपने मूलधन पर अत्यंत चौकस रहता है। मिथिला में इस उक्ति से मिलती-जुलती एक और कहावत चलती है-"मूर पलट्टै नाचौ साव।"

विद्यापति की कतिपय कहावतों में जुलाहा, तेली, कुम्भकार आदि के व्यवसायों और कार्य-कलापों के लोकतान्तिक संकेत भी मिलते हैं, जिससे मिथिला के लोक-जीवन के चाक्षुष बिंब उभर कर सामने आते हैं। 596

'पदावली' की लोकविश्वासमूलक कहावतों में शकुन, तंत्र-मंत्र आदि के जो लोक-तत्व प्रकट होते हैं वे 'लोकवार्त्ता' के प्रमुख प्रतिपाद्य ही हैं। पीछे हम विद्यापति की उन सूक्तियों पर विचार कर चुके हैं जिनमें बनिया की बोहनी के शकुन, एकाकी तारा को देखने के अपशकुन, छींक से यात्रा बिगड़ने के विश्वास तथा सर्प विष से सम्बन्धित अनुश्रुतियों के संचयन प्राप्त होते हैं।

'पदावली' के कई सुभाषितों में सामाजिक जीवन के यथार्थ की खरी अनुभूति भी पायी जाती है। "परक दुआरे करह जनु काज परक दुआरे करिअ जअे काज, अनुदिन अनुसने पाइअ लाज।"-(न. गु.। पद-31)-इस कथन में पराश्रित भृत्य-वृत्ति की अपमानमूलक कुण्ठा को वाणी दी गई है। सामाजिक जीवन में दूसरों के दरवाजों पर डोलनेवालों की प्रताड़नापूर्ण स्थिति को प्रकट करने में यह कहावत पूर्णतः सफल है। मिथिला में इसी भाव को व्यक्त

करनेवाली एक और लोकोक्ति प्रचलित है-"पर घर खड़नी पेटही नांव मुतनी पर घर सुतनी नाँव।" 'पदावली' की एक अन्य सूक्ति में भी चाकरी की निकृष्टता और चाकर की अतृप्त सामाजिक दशा का विवरण प्राप्त होता है-'भांड छुइल नहि भरले पेट'-'वि.प.; 1, रा. भा. परिषद्, पद-92)। कवि ने यहाँ जूठन मलने पर भी पेट के नहीं भरने का संकेत दिया है। इस आंचलिक कहावत का कुलीन पात्र अपकर्म करके भी अपना उदर-पोषण नहीं कर पाता है, यह तत्कालीन समाज व्यवस्था की क्षोभकारी अनुभूति ही है। मिथिला में इस आशय की एक और कहावत का प्रचलन है- जातो गमइली, भातो न खइली'।

'पदावली' की नारी-संबंधी लोकोक्तियों में नारि-जाति के प्रति असम्मान-भावना का प्रकटीकरण हुआ है जिससे तत्कालीन समाज में नारियों को हीन और कदर्थित दशा का पता चलता है। 59

कहा जा चुका है कि विद्यापति केवल लोक-मुख की संतरणशीत सरस्वती के ही 'ऋणी नहीं, नागर साहित्य की सूक्ति में के भी ग्राहक हैं। उन्होंने केवल जन-प्रचलित उक्तियों से ही अपने वक्तव्यों को स्पष्ट नहीं किया है, अपितु परंपरागत साहित्य की गड़ी हुई लोकोक्तिवेशी सूक्तियों को भी आत्मसात् कर लिया है। ये सूक्तियाँ लोकोक्तियों के समान ही जान पड़ती है, किन्तु वस्तुतः इनके पुरस्कर्त्ता विद्यापति के पूर्ववर्ती कवि हैं। विद्यापति इन चमत्कारप्रवण सूक्तियों को साहित्यिक रिक्थ के रूप में ग्रहण करके अपनी रचनाओं का मण्डन करने वाले हैं, किन्तु आज ये सदुक्तियाँ पदावली' की लोकप्रियता के कारण लोक-जिह्वा को धरोहर बन गई हैं।

आठवां अध्याय
पदावली के कवि समयों के आकर स्रोत

(क) कवि समय

कविगण अपनी रचनाओं में कतिपय ऐसे अर्थों का भी निबन्धन करते हैं जो न तो शास्त्रीय कहे जा सकते हैं न लौकिक, अपितु इन्हें शास्त्र विरुद्ध और लोक-विरुद्ध ही कहा जा सकता है। शास्त्र और लोक के आधारों को छोड़कर कवि लोग प्राक्तन कवि परम्पराओं से समर्थित और पालित अर्थों का भी सन्निवेश अपनी रचनाओं में पुराकाल से करते रहे हैं। कविगण इस प्रकार के जिन परंपरागत अर्थों का निबन्धन करते हैं उन्हें 'कवि-समय' के अन्तर्गत राजशेखर ने विवेचित किया है। उन्होंने कवि-परिपाटी में विहित बातों को ही कवि समय' की संज्ञा दी है। विहित बातों को ही 'कवि समय की संज्ञा दी है। 'कवि समय' को परिभाषित करते हुए उन्होंने लिखा है-

"अशास्त्रीयमलौकिकं च परम्परायात यमर्थमुपनिन्यन्ति कवयः स कवि-समयः।"

-('काव्य-मीमांसा', अ. 14, पृ. 190)

यहाँ राजशेखर का वक्तव्य यही है कि लोक-शास्त्र-वहिर्भूत, किन्तु परंपरा प्राप्त काव्यार्थ को ही 'कवि समय' कहते हैं।

कुछ लोग लोक-शास्त्र से असंपृक्त रहने के कारण कवि समय जन्य अर्थों को दोषावह बतलाते हैं, किन्तु राजशेखर इस जाति के अर्थों को निर्दुष्ट ही मानते हैं क्योंकि द्वारा निर्दिष्ट ये अर्थ-परिपाटियाँ उनके अध्ययन, और निरीक्षण के आधार पर स्थापित है। देश-कालादि के अन्तर से आज विपरीत और विरुद्ध प्रतीत होने पर भी ये ग्राह्य ही हैं इनकी साधुता में संदेह नहीं करना चाहिए। प्राचीन कवि-लोक को ये अनुभुतियाँ आज असत्य या निराधार जान पड़ती हैं, किन्तु कवियों के लिए यह वांछनीय है कि वे यथावत् इनका निबन्धन अपनी रचनाओं में करें। 600 वास्तविक जीवन में असत्य होने पर भी ये बातें कवियों

के जगत् में सत्य हैं। कवि परंपरा इनकी सत्यता स्वीकृत करती है।

वामन ने 'काव्य-समय' ('काव्यालंकार-सूत्र', 5.1) का उल्लेख किया है, किन्तु वह राजशेखर के 'कवि समय' का बोधक नहीं है। वामन का 'काव्य-समय' दोष-'विचार से संबद्ध है। वाचक है। यह व्याकरण, छंद तथा लिङ्ग से संबंधित कवि-परिपाटी का वाचक है।

विश्वनाथ ने भी दोषों पर विचार करते हुए आपाततः कवि समयों का निरूपण किया है। उनका अभिमत है कि 'कवि-संप्रदाय' की प्रसिद्ध बातों में यदि 'ख्याति-'विरुद्धमा' है तो वह दोष नहीं; गुण ही है। उनके अनुसार प्रसिद्ध वस्तु में निर्हेतुता दोषावह नहीं है। इस तरह हम देखते हैं कि विश्वनाथ भी राजशेखर की ही भाँति कवि समयों को दोष नहीं मानते हैं। 601

कवि समयों पर राजशेखर ने ही पूर्णतः व्यवस्थित, वैज्ञानिक और मौलिक 'विवेचन किया है जिसका पिष्टपेषण परवर्ती कवि-शिक्षा-ग्रंथो में दृष्टिगत होता है।

इस तरह हम देखते हैं कि भारतीय काव्यशास्त्र में कवियों के कवि समयों की शिक्षा विहित बतलाई गई है।

वस्तुतः परवर्त्ती कवि कवि-समय जन्य अर्थों का निबन्धन काव्य-ज्ञान और काव्य-शास्त्र ज्ञान के द्वारा ही कर पाते थे, अतः इस प्रकार के अर्थों को 'शास्त्र' से नितान्त बहिर्मूत भी नहीं कहा जा सकता है। कवि विद्यापति ने कवि समयों के प्रयोग में अपने काव्य-ज्ञान और काव्यशास्त्र ज्ञान को प्रकट किया है।

(ख) विद्यापती पदावली के कवि समयों का स्रोत-निरूपण

1. 'भौम' कवि समय

(1) 'असत्-क्रियागत निबन्धन' : राजशेखर ने कहा है कि रात में चकवा-चकवी या चक्रवाक मिथुन एक-दूसरे से वियुक्त रहते हैं तथा चकोर चन्द्र-किरणों का पान करता है आदि बातें 'भौम' कवि समय के 'असत्-क्रियागत निबंधन' के अंतर्गत आती हैं। 602

चक्रवाक-मिथुन

राजशेखर के अलावा विश्वनाथ ने भी रात में एक-दूसरे से अलग रहनेवाले चक्रवाक-द्वंद्व संबंधी कवि-समय को उल्लिखित किया है। 603

'अग्निवेश रामायण' की एक कथा के अनुसार सीता-वियोगी राम की दशा पर चक्रवाक-मिथुन हँस पड़े थे जिसके कारण वे रात्रि-वियोगी के रूप में

अभिशापग्रस्त है। 604

सुश्रुत की टीका करनेवाले डम्हणभट्ट ने भी चक्रवाक के रात्रिकालीन वियोग की सूचना दी है। 605

'अलंकार-शेखर' (15) तथा 'अलंकार-चिंतामणि' (7.8) आदि परवर्ती कवि-शिक्षा ग्रथों में भी इस प्रसिद्धि के उल्लेख प्राप्त होते हैं।

'पदावली' के अनेक पदों में चक्रवाक-संबंधी यह कवि समय प्राप्त होता है।-

विद्यापति ने इस प्रसिद्धि के आधार पर एक सुन्दर कल्पना की है-

कुच जुग चारु चकेवा।
निल कुल मिलिअ आनि कोन देवा।।6.।
ते संका भुज-पासे-
बाँधि धएल उड़ि जाएत अकासे।।8।।

-(*बेनीपुरी, पद-23*)

पद की छठी पंक्ति का पाठ इस प्रकार भी मिलता है--

'निअ कुल आनि मिलाओल कोने देवा।'

यहाँ सद्य :-स्नाता के वर्णन-क्रम में कवि ने भुज-पाश में बँधे हुए कुच युगल के संबंध में कल्पना की है कि दोनों कुछ मानों सुन्दर चक्रवाक-मिथुन है जिन्हें न मालूम किस देवता ने एकत्र कर दिया है। ये कभी भी वियुक्त नहीं होते हैं, किन्तु वियुक्त होने की आशंका बनी ही रहती है। ये चक्रवाक आकाश में उड़ न जाएँ और परस्पर-वियुक्त न हो जाएँ, कदाचित इसी शक से नाटिका ने इन्हें अपने भुज-पाश में बाँध रखा है।

यहाँ 'असत् क्रिया रूप' अर्थ का निबन्धन है।

विद्यापति के एक अन्य पद में भी यह कवि समय मिलता है-

एक सयन सखि सूतल रे आछल बालम निसि मोर।
न जानल कति खन तेजिगेल रे बिछुरल चकेवा जोर।।5।।

-(*बेनीपुरी, पद-189*)

पद का आशय है कि प्रेमिका और प्रेमी साथ-साथ तल्प पर रात में सोए थे, किंतु हठात् वियुक्त चक्रवात-मिथक की तरह बिछुड़ गए।

चकोर का चन्द्रिका-पान

राजशेखर के अलावा विश्वनाथ ने भी इस कवि समय का उल्लेख किया है।606 'अमरकोष' की टीका करनेवाले क्षीरस्वामी ने भी चकोर और चांद-संबंधी इस प्रसिद्धि को उल्लिखित किया है, कि चकोर चन्द्र-किरणों को पीकर आप्यायित होते हैं। 607

वस्तुतः घातक और चकोर विश्रुत प्रेमी हैं। चातक बादल से प्रेम करता है और चकोर चंद्र-किरणों से ही संतृप्त होता है। चातक और मेघ-संबंधी कवि समय का उल्लेख राजशेखर, विश्वनाथ आदि ने नहीं किया है, किंतु प्राचीन साहित्य और विद्यापति की रचनाओं में चकोर और चांद-सम्बन्धी कवि-प्रसिद्धि के साथ-साथ चातक और जलधर-सम्बन्धी कवि समय भी अनेकत दिखलाई पड़ता है। विद्यापति के अधोलिखित पद में दोनों कवि समय दृष्टिगत होते हैं-

चातक चाहि तिआसंभ अम्बुद।
चकोर चाहि रहू चन्दा।।
तर सतिका अवलम्बन करिए।
मनु मन लागल धन्दा।।4.।

-(बेनीपुरी, पद-45)

यहाँ विद्यापति ने कवि समय पर आधारित चमत्कारपूर्ण अर्थ-योजना की है कि मेघ ही प्यासा होकर पपीहा या चातक को देख रहा है तथा चंद्रमा ही साकांक्ष होकर चकोर को देख रहा है।

एक अन्य पद में चकोर-संबंधी कवि समय का चारु प्रयोग मिलता है-

कामिनि बदन बेकत जनु करिहह चौदिस होएत उजोरे।
चान्दक भरमे अमिय लालच झूठ कए जाएत चकोरे।।

-(परिषद्-पदावली, पद-242)

यहाँ चंद्रमुखी नायिका को आनन-अनावरण नहीं करने का परामर्श दिया जा रहा है, क्योंकि ऐसा होने पर चतुर्दिक मुख चंद्र की ज्योत्स्ना फैल जाएगी और चाँद की भ्रांति में सुधा-लोभ में पड़कर चकोर मुख को जूठा कर देगा।

एक अन्य पद में भी चकोरी और चाँद का प्रसंग अन्य कवि समयों के साथ उपस्थापित किया गया है-

गगन मंडल दुहुक भूखन एकसर उग चन्दा।
गए चकोरी अमिञ पीबए कुमुदिनि सानन्दा।।

-(परिषद्-पदावली, पद-43)

पद का अभिप्राय है कि अकेला चाँद चकोरी और कुमुदिनी दोनों को तृप्त करता है। चकोरी आकाश की ओर निर्निमेष निहार कर ज्योत्स्ना या चंद्र-सुधा पीती है तथा धरित्री पर चंद्र-किरणों से कुमुदिनी विकसित होती है।

विद्यापति ने आलस्य से लाल लोचनों के लिए चंद्रामृत पीकर मत्त होने वाले चकोर की कल्पना की है-

अल से अरूण लोचन तोर।

अमिञ मातल चान्द चकोर।।

(2) 'क्रिया नियम :-इसमें अनियत को नियत किया जाता है। यह एक प्रकार की परिसंख्या ही है। कोकिल दूसरी ॠतुओं में भी कूकता है किन्तु कवि-समयानुसार वह केवल वसंत में ही कूंजन करता है। इसी भांति मयूर दूसरे समयों या दूसरी ॠतुओं में भी नाचता तथा बोलता है, किंतु कवि-प्रसिद्धि है कि वह केवल मेघ के मौसम या वर्षा में ही नृत्य करता तथा बोलता है 608

कोयल का बोलना

विद्यापति के अनेक वसंत-संबंधी पदों तथा वसंत कालीन विरह-वर्णनों में कोयल के बोलने का कवि समयानुसार उल्लेख है। 609

मेघ और मयूर

राजशेखर के अतिरिक्त विश्वनाथ ने भी मेघ गर्जन पर ही मयूर नृत्य के कवि-समय उल्लेख किया है। 610

विद्यापति के कई पदों में इस कवि प्रसिद्धि का समावेश मिलता है–

गगन गरज मेघ सिखर मयूर।
कत जन जानसि नाह कत दूर।।10।।

-(बेनीपुरी, पद-159)

आकाश में मेघ गर्जन को सुनकर ही पर्वत-शिखर पर मोर अपनी केका-ध्वनि के साथ नृत्य करता है। दूर-दूर रहने पर भी मेघ और मोर का प्रेम दूरी की अवमानना करके पूर्णतः अविचल है।

(2) सखि हे हमर दुखक नहि ओर' वाले प्रसिद्ध वर्षाकालीन विरह गीत में भी मोर और मेष-संबंधी कवि समय का निबन्धन हुआ है-

"कुलिस कत सत पात, मुदित मयूर नाचत मातिया।"

-(बेनीपुरी, पद-199)

(3) वर्षाकालीन विरह वर्णनों में विद्यापति ने अनेकन मयूर वर्णन किया है-

(क) मोर बन बन सोर सुनइत बढ़त मनमथ पीर।
प्रथम छार असाढ आओल अबहु गगन गंभीर।।2।।

– (बेनीपुरी, पद-200)

(ख) भादब मास बरसि घनघोर।
सभदिसि कुहुकय दादुल मोर।।

–(बेनीपुरी, पद–208)

(3) 'असत् गुण' का निबंधन

यश, हास्य आदि का कोई भी वर्ण नहीं है, किंतु कवि समयानुसार ये धवल या शुक्ल हैं। इसी तरह अपकीर्त्ति, पाप आदि कृष्ण वर्ण के तथा क्रोध, प्रेमादि रक्त वर्ण के प्रसिद्ध हैं। 611 राजशेखर के अलावा विश्वनाथ ने भी इस कवि समय का उल्लेख किया है। 612

हास्य की उज्ज्वलता

विद्यापति ने हास्य की उज्ज्वलता का संकेत कई पदों में दिया है। उनके एक पद का वक्तव्य है कि नायिका के ओंठों से थोड़ी-सी ही हँसी निकली, कि ऐसा लगा मानों रजनी में चाँद का उजाला छा गया। 613

विद्यापति के एक अन्य पद में भी कहा गया है कि नायिका को हास्य-सुधारस से सब ओर उजाला नहीं फैलाना चाहिए, अन्यथा सभी धनी-मानी लोग उसे अपना ही धन कहने लगेंगे। 614

'वर्ण-रत्नाकर' में भी नायिका के हास्य को कुमुद, कुन्द, कास, कपूर, पीयूष कांति आदि के उज्ज्वल पदार्थों के समान बताते हुए नाटककार भास और कैलास पहाड़ से भी उसकी समानता प्रतिपादित की गई है क्योंकि भास को "वाणी का हास" तथा कालिदास के अनुसार कैलास को त्र्यम्बक का राशीभूत अट्टहास कहा गया है। 615

2. स्वर्गीय कवि-समय

(1) मृगाङ -

भौम कवि समय पार्थिव जगत् से संबद्ध हैं, किंतु स्वयं कवि समय स्वर्ग लोक या अपार्थिव जगत् से संबंधित हैं जैसे चंद्र लांछन का खरगोश या हरिण के रूप में निबन्धन करना। 616

चंद्रमा को 'मृगाङ्क' कहने की कवि-प्रसिद्धि का अनूठा प्रयोग 'नैषध चरित' में मिलता है। श्रीहर्ष का वक्तव्य है कि कोई वियोगिनी तापदायक चांद के कष्ट से मुक्त होने के लिए अपनी सखी से कर्णावतंस के रूप में पहने हुए तमाल के अंकुर को चंद्र के मृग मुख में डालने के लिए कहती है जिससे चाँद कुछ काल के लिए आवृत हो जाए और वह वियुक्ता शांति पा सके। 617

विद्यापति के पदों में भी इस कवि समय का सुष्ठु प्रयोग दृष्टिगत होता है।"

कवि के एक पद का वक्तव्य है कि चाँद हरिण का भार वहन करता है, अतः चाँद के राहुग्रस्त होने पर हरिण उसका साथ नहीं छोड़ता है-वह भी चाँद के साथ व्यथा भोगने के लिए प्रस्तुत रहता है। प्रेम में पराभव और पीड़ा का विचार नहीं किया जाता है। 618 विद्यापति के एक अन्य पद में कहा गया है कि राहु से ग्रस्त होने की दशा में भी मृग चाँद को नहीं छोड़ता है तथा चाँद मृग को नहीं छोड़ता है। 619

एक और पद में गोपियों की जल-क्रीड़ा के प्रसंग का यह वक्तव्य है कि गोपियाँ पानी में अपने चंद्रमुख को देखकर हँस रही है क्योंकि उन्हें कोतुक हो रहा है कि नयन रूपी मृग के आश्रय में मुख रूपी चाँद ही आ गया है। 620

'ढोला-मारूरा दूहा' की एक पहेली में भी इस कवि समय का प्रयोग मिलता है। विरहिणी रात में वीणा बजा रही थी, किंतु चाँद को देखकर उसने वीणा बजाना छोड़ दिया, क्योंकि वीणा ध्वनि से चंद्र रथ के मृग मुग्ध होकर रुक गए थे और चाँद आगे बढ़ना भूल गया था। 621

उपर्युक्त पहेली का प्रभाव सूर पर भी देखा जा सकता है। सूर का वक्तव्य है कि विरहिणी के लिए दीर्घ यामिनी बिताना दुस्सह है, अतः वह वीणा वादन करके रात काटना चाहती है,। किन्तु वीणा की मीठी स्वर लहरी से मोहित चंद्र रथ का हरिण थम जाता है और रात्रि और भी लम्बी हो जाती है। इस बाध-मोचन के लिए नायिका सिंह का चित्र बनाती है ताकि सिंह के आतंक से चंद्रमा के रथ का हरिण सत्वर पलायन कर जाए एवं शीघ्र ही रात्रि का अवसान हो तथा चंद्रमा से छुटकारा मिले। 622 ठीक ऐसा ही प्रसंग 'पदमावत' में भी मिलता है। 623

(2) मीनकेतन

काम को कहीं मकरकेतन और कहीं मीनकेतन कहना भी स्वर्गीय कवि समय है। 624

विद्यापति ने मीनकेतन कामदेव का वर्णन यों किया है-

"मीनकेतन भए सिव सिव सिव कप धरनि लोटाबए देहा।"

-(बेनीपुरी, पद-212)

(3) शिव-मस्तक का बाल चंद्र

शिव के मस्तक का चाँद बूड़ा ही है-बड़ा पुराना है, किंतु कवि समयानुसार वह बालचंद्र ही वर्णित होता है। 625

विद्यापति ने 'कीर्तिलता' में शिव के मस्तक पर शोभायमान बालचंद्र का

उल्लेख किया है। 626

विद्यापति के एक पद में काम पीड़िता नायिका कामदेव से कहती है कि वह शंकर नहीं है, अतः शंकर के भ्रम में काम को उस पर प्रहार नहीं करना चाहिए। इसी क्रम में वह अपने अर्द्ध चंद्रक विशेष या तिलक के संबंध में बतलाती है कि यह शिव के सिर का छोटा चाँद नहीं है–

"चाँदक बिन्दु मोरा नहि इन्दु छोटा।"

–(बेनीपुरी, पद-42)

प्रस्तुत शोध-प्रबंध के कामशास्त्रीय प्रकरण में जहाँ 'अर्द्धचंद्रक' नखक्षतों का विश्लेषण है वहाँ बताया गया है कि स्तन शिव पर 'अर्द्धचंद्र'-क्षत वालचंद्र या नवचंद्र के समान प्रतीत होते हैं। इस तरह हम देखते हैं कि विद्यापति शिव के प्रसंग में नवचंद्र के कवि समय के प्रयोक्ता हैं।

(4) अनंग-संबंधी स्वयं कवि-समय

राजशेखर ने लिखा है कि अनंग कामदेव को मूर्त्त और अर्मूत्त दोनों ही रूपों में वर्णित करना भी कवि-परिपाटी या कवि समय है। 627

'काव्य-मीमांसा' में पुष्पधन्वा को पंचशर कहा गया है। 626

'साहित्य दर्पण' में भी भ्रमर-पंक्ति की ज्या वाले काम-धनुष की चर्चा मिलती है। विश्वनाथ ने काम के धनुष-बाणों से संबंधित इस प्रसिद्धि का उल्लेख किया है कि वे फूलों के हैं तथा काम बाण से युवकों के हृदय बिध जाते हैं। 629

विद्यापति के पदों में भी अनंग-संबंधी कवि-प्रसिद्धियाँ उपलब्ध होती है। 630

3. विश्वनाथोक्त कवि-समय

विश्वनाथ ने वियोग ताप से हृदय के फटने के कवि समय का इस प्रकार उल्लेख किया है–

"स्फुटति च हृदयं विप्रयोगस्य तापैः।"

–('साहित्य-दर्पण'।7.24.।)

विद्यापति के पदों में भी वियोग से हृदय के विदीर्ण होने से संबंधित कवि-प्रसिद्धि मिलती है। 631

नवाँ अध्याय
पदावली की अप्रस्तुत योजनाओं के आकर स्रोत

विद्यापति के बहुतेरे उपमान रूढ़ और परंपरागत ही हैं, किंतु अनेकन उन्होंने निजी निरीक्षण के आधार पर भी अप्रस्तुतों और बिंबों का चयन किया है।

विद्यापति के अप्रस्तुतों स्रोत द्विविध है-शास्त्रीय और लौकिक शास्त्रीय उपमान काव्यस्वरूप और कवि-परंपरा का अनुगमन करनेवाले अथच गतानुगतिक है। मुख के लिए चाँद और कमल, केश के लिए अंधकार, और भ्रमर, नेत्र के लिए खंजन, कुछ के लिए कमल-कली, बेल, कनक-महेश आदि तथा इसी कोटि के अनेक चिराचरित उपमानों को विद्यापति ने कहीं तो यथावत् से लिया है और कहीं उन्हीं के सहारे चमत्कारिक अर्थ-योजना करके के मौलिकता के भागी भी हुए हैं। इन शास्त्रीय उपमानों के अतिरिक्त विद्यापति ने वृहत्तर लोक-जीवन और प्रकृति के विविध क्षेत्रों से भी नव्य उपमानों का संकलन किया है। शास्त्रीय (क्लासिकल) उपमानों की तुलना में ये लौकिक उपमान कवि की स्वच्छंद मनोवृत्ति के भी परिचायक हैं।

रूढ़ उपमानों को विद्यापति ने काव्याध्ययन और कवि-परिपाटी के अनुशीलन से आयत किया है। इस तरह के परंपरागत उपमानों के कई सूचीपत्र प्राचीन कवि-शिक्षा-परंपरा के ग्रंथों में रहे होगे जिनमें से कुछ तो आज उपलब्ध हैं और बहुतेरे लुप्त हो चुके हैं, किंतु उपमानों की उपलब्ध तालिकाओं को देखने से पता चलता है कि इनसे बुझषु कवियों का बहुत उपकार होता रहा होगा। निश्चित और परिनिष्ठित अप्रस्तुतों को आलंकारिक ढंग से बांध कर कवि लोग परंपरागत वर्णनों को उपन्यस्त कर दिया करते थे विद्यापति के समक्ष परंपरागत उपमानों की कई तालिकाएँ रही होगी जिनमें से उन्होंने यथेष्ट यथेच्छ अप्रस्तुतों को ले लिया है, किंतु उनपर इस दृष्टि से सबसे अधिक और सीधा प्रभाव अपने आंचलिक रीतिकार ज्योतिरीश्वर की कृति 'वर्ण रत्नाकर' का पड़ा है।

'वर्ण-रत्नाकर' एक गद्य-ग्रंथ या वर्णक-ग्रंथ ही नहीं, हिन्दी-रीतिशास्त्र की

पहली रचना भी है। उसे हम एक कवि-शिक्षा ग्रंथ कह सकते हैं। विविध वर्णन-प्रसंगों में ज्योतिरीश्वर ने वस्तुतः उपमानों का ही निवन्धन किया है। 'वर्णरत्नाकर' को विद्यापति ने अपने उपमानों के आकर के रूप में भी ग्रहण किया है विद्यापति के वर्णकों पर विचार करते हुए मैंने उनपर ज्योतिरीश्वर के ऋण को प्रदर्शित किया है और यहाँ भी हम देखेंगे कि विद्यापति का औपम्य-विधान बहुत दूर तक ज्योतिरीश्वर से प्रभावित है।

'वर्ण-रत्नाकर' में मिलने वाले सभी अप्रस्तुत ज्योतिरीश्वर के ही नहीं हैं, बल्कि वे परंपरागत उपमान है जिनका कवियों के उपयोग के लिए संकलन किया गया है। ये अप्रस्तुत प्राचीन साहित्य पर आधारित हैं और इन्हें भारतीय काव्य-मार्ग की सुनिश्चित परंपरा के पिष्ट-पेषण के रूप में ही याद किया जा सकता है। इस तरह के रूढ़ उपमानों का संग्रह कालान्तर में भी बहुत हुआ और हम 16वीं शताब्दी के आचार्य केशवमिश्र के 'अलंकार-शेखर' संज्ञक में भारतीय काव्य-परंपरा के प्रतिनिधि उपमानों का सुन्दर सूचीपत्र ही देखते हैं। 'अलंकार-शेखर' के उपमान भी प्राचीन ही हैं किंतु संकलन की विधि केशव मिश्र की निजी है।

विद्यापति के अप्रस्तुतों की तुलना 'वर्ण-रत्नाकर' और 'अलंकार-शेखर' के अप्रस्तुतों की सूचियों से की जा सकती है, किंतु यह निश्चित है कि इस संदर्भ में विद्यापति का स्रोत मुख्यतः 'वर्ण-रत्नाकर' ही है। ज्योतिरीश्वर और विद्यापति के कतिपय अप्रस्तुतों की तुलना से यह बात सिद्ध हो जाती है।

1. मुख

(1) ज्योतिरीश्वर ने अमृतमय पूर्णचंद्र तथा निष्कलङ्क चंद्र को मुख के उपमानों के रूप में इस तरह प्रस्तुत किया है-

"पूर्णिमाक चान्द अमृत पूरल अइसन मुह।"
"निष्कलङ्क चान्द अइसन मुह"

-('वर्ण-रत्नाकर'।2. पृ. 5)

विद्यापति ने भी पूर्णिमा के चाँद को अनेकत्र मुख के उपमान के रूप में प्रयुक्त किया है–

तुअमुख-मंडल पुमिमक चाँद।-(बेनीपुरी, पद-89)
"सपुन सुधाकर आनन तोरा
पिउत अभिन्न हसि चान्द चकोरा।।"-(प.प., पद-9)

यहाँ चकोर-संबंधी कवि समय के साथ-साथ संपूर्ण अमृतमय मुख चंद्र की कल्पना मिलती है।

आनि पुनिम ससि कनक थोए कसि
सिरिजल तुअ मुख सारा।-(प. प., पद-151)
चिकुर-निकर तम-सम पुनु आनन पुनिम ससि।
नयन-पंकज के पनिआओत एक ठाम रहुबसी।।2.।

-(बेनीपुरी, पद-17)

यहाँ परंपरागत अप्रस्तुतों को लाकर भी कवि ने चमत्कार का निष्पादन किया है। केश समूह अंधकार के समान है और ये सभी एक ही स्थान पर एकत्र हैं। अंधकार और पूर्णचंद्र तथा कमल एक साथ नहीं रह सकते हैं, किंतु कवि ने इसे -संभव कर दिखाया है। विद्यापति ने निष्कलंक मुख चंद्र की भी कल्पना की है-

भनइ विद्यापति होइ निरसंक।
चाँद काँथिक भेद कलङ्कः।।12।। *-(बेनीपुरी, पद-101)*
भनइ विद्यापति होउ विरषङ्क।
चाँदहुँ को किछ लागु कलंक।। 12.। *-(वही, पद-102)*

2. भौं

ज्योतिरीश्वर ने भौं को कदर्प का कोण्ड कहा है-

"कन्दपकोदण्डप्राय युगल।"

-('वर्ण' 0.2, सीता के अतर्गत पू0 6)।

हेमचन्द्र के छंदोनुशासन' में भ्रू को मनोभाव का चाप कहा गया है। 632 प्राचीन अपभ्रंश-कवि स्वयंभू के अनुसार भी भौं अनंग का धनु है। 633 'संदेश-रामक' में सन्नद्ध को कुपित अनंग का चढ़ा कोदण्ड कहा गया है। 634 'प्राकृतपैंगलम' के कवि बब्बर ने धनुष के समान भी की चर्चा की है। 635 चौदहवी शताब्दी के अवसान काल के सट्टककार नववन्द्र की 'रंमामंजरी' में नायिका की भौं से बिंदबित, ध्वस्त काम-धनु का वर्णन मिलता है। नयचंद्र का वक्तव्य है कि नायिका के भ्रू-युगल द्विधा विभक्त कंदर्प-चाप के समान जान पड़ते हैं तथा उसके नेत्रों ने खंजन को जीत कर प्रतापहीन बना दिया है। 636

विद्यापति ने भी अनेक पदों में भी को अनंग-धनु कहा है-

(क) निचल मोह न ले बिसराम
रन जीनि धनु तेजल काम।।

-(परिषद्-पदावली पद-107)

(ख) की कान्हू निरेषह भौंह विभङ्ग
धनु मोहि सोपि गेल अपन अनङ्ग।

-(प. प., पद-233)

(ग) नायिका ने अनंग चाप से भौं का विलास लिया था अतः उसे वह वियोगावस्था में लौटा रही है-

"भौंहक-भंग-अनंप-चाप दिहु"

-(बेनीपुरी, पद-214)।

(च) विद्यापति ने एक पद में भौं को मदन का कज्जल-धनु कहा है-

"भउँहक कथा पूछह जनू।
मदन जोड़ल काजर-धनू।।10।।"

-('बेनीपुरी, पद-10)

यहाँ भौं का वर्णन मदन-चाप के रूप में तो है ही, किंतु उसे 'कज्जल' का कहकर विद्यापति उसके वर्ण का जो संकेत देते हैं वह भी 'वर्ग रत्नाकर' से प्रभावित है। ज्योतिरीश्वर ने लिखा है-"काजरक कल्लोल अइसन भभुइष

-('वर्ण-रत्नाकर' ।2द्यपृ. 5)

3. नेत्र

ज्योतिरीश्वर ने लोचन के लिए खंजन या खंजरीट का परंपरागत उपमान प्रस्तुत किया है-

"कन्दल खञ्जरीट अइसन लोचन।"

-('वर्णन 2.पृ. 5)

खञ्जरीटयुगल प्राय: लोचन"।

-(वही, पृ. 6)

विद्यापति में भी नेत्रों के लिए खंजन का उपमान प्राप्त होता है-

(क) अहनिसि नयने गलए जलधार

खञ्जने गिति उगिलल मोतिमहार।

-(10 प., पद-100)

(ख) सुन्दर बदन चारु अरु लोचन काजर-रंजित भेला।

कनक-कमल माझ काल-भूजंगिनि स्रीयुत खंजन खेला।। 4।।

-(बेनीपुरी, 1-15)

4. अधर

ज्योतिरीश्वर ने अधर के लिए बिंब का उपमान प्रस्तुत किया है-"पाकल बिंब अइसन अधर।"

-('वर्ण. 2.पृ. 5)

विद्यापति ने भी इस उपमान का प्रयोग किया है-

(क) "अधर बिम्ब अध जाई।"

-(बेनीपुरी, पद-11)

(ख) "अधर बिम्वसन ... ..."

-(बेनीपुरी,पद-12)

(ग) "अधर बिम्बरत ... ..."

-(बेनीपुरी, पद-103)

5. दाँत

ज्योतिरीश्वर ने दाँत के लिए दाड़िम का परंपरागत उपमान प्रयुक्त किया है-

"सहजे" दालिव फुटल अइसन दान्त।"

-('वर्ण..2.पृ. 5)

"दाँतक शोभा देषि तालिवे हृदय बीदीर्ण कएल"

-(वही, पृ. 6)

विद्यापति ने भी इस उपमान का प्रयोग किया है-

(क) "दशन दाड़िम-बिजु ... ..."

-(बेनीपुरी, पद-12)

(ख) दसन दालिम्ब बिज तोरे।

-(बही, पद-103)

(ग) "दसन-दसा दालिम के सोंपलक खखख ..."

-(वही, पद-214)

6. स्तन

ज्योतिरीश्वर ने स्तन के लिए 'छोलङ्ग' का उपमान प्रस्तुत किया है-"छोलङ्ग छोलल अइसन पयोधर"-(वर्ण.. 2. पृ. 5)। 'अलंकार-शेखर' में भी' "छोलङ्ग' का संकलन है-

पूगाब्जतरकोरक-बिल्व-ताल-गुच्छेमकुम्भाद्रिघटे शचक्रैः।
सौवीर-जम्बीरक-बीजपूर-समुद्गछोलंग-फलैरूरोज ः।।

-('अलंकार-शेखर ' 5.1.11)

विद्यापति के अधोलिखित पद में कुछ के अनेक उपमानों के साथ-साथ 'छोलङ्ग का भी प्रयोग है-

नारङ्गि छोलङ्गि कोरि कि बेली

काम पसाहलि आचर फैली।
आब्रे भेलि ताल फल तूले
कँहा लए जाइति अलप मूले।।

–(परिषद्–पदावली, पद–162)

ज्योतिरीश्वर ने स्तन के लिए चक्रवाक का उपमान भी संकलित किया है–स्तनक शोभा देषि चक्रवाक उछन्न भेल'–(वर्ण. 250 6)। यहाँ उपमेय की तुलना में उपमान की पराजय का संकेत है। विद्यापति ने भी स्तन के लिए चक्रवाक के उपमान का प्रयोग किया है–"कुल जुग चारु चकेवा। निअकुल मिलिअ आनि कोन देवा।।6।।" (बेनीपुरी, पद–23)।

7. शेष उपमान

ज्योतिरीश्वर ने "गजहस्तप्राय जानुयुगल' ('वर्ण. पृ. 4), सिंदूर में लोटे हुए मोतियों के समान दाँत (वर्ण., पृ. 5), विकसित स्थल पद्म–से चरण (पृ. 5) आदि पुराने अप्रस्तुत विधान का उल्लेख किया है। इस प्रकार का औपम्य–विधान हम विद्यापति साहित्य में भी देख सकते हैं।

मुख के लिए पद्म, आँख के लिए हरिण, केश के लिए चमरी, अधर के लिए प्रवाल, कण्ठ के लिए कम्बु, बाँह के लिए पद्मनाल, हाय के लिए पल्लव, जांघ के लिए कदली आदि उपमानों को 'वर्ण रत्नाकर' के एक 'वर्णक' (पृ. 6) में प्रतीप–शैली में संकलित किया गया है जिसका विश्लेषण इस शोध प्रबंध के चतुर्थ अध्याय में किया गया है। इन परंपरामुक्त उपमानों का निबंधन विद्यापति के अनेक पदों में देखा जा सकता है।

इस तरह हम देखते हैं कि विद्यापति ने 'वर्ण–रत्नाकर' से अनेक अप्रस्तुतों को से लिया है।

विद्यापति पदावली में अनेक कवि प्रतिभा जन्य उपमानों का भी निबंधन मिलता है। विद्यापति ने रूढ़ि–मुक्त होकर जीवन के कई क्षेत्रों से अभिनव बिम्बों का हरण किया है जिनका इस प्रसंग में स्थाली–पुलाक–न्याय से विवेचन किया जाएगा।

ब्राह्मण कुलोत्पन्न, नैष्ठिकभक्त और मिथिला के धार्मिक वातावरण के कवि विद्यापति की अधोलिखित अप्रस्तुत योजना में उनके व्यक्तित्व वातावरण तथा कर्मकाण्ड के स्थूल उपचारों का प्रकाशन हुआ है–

लोचन नीर तटनि निरमाने। करए कलामुखि तथिहि सनाने।। 2।।
सरस मृनाल करई जपमाली। अहोनिस जप हरि नाम तोहारी।।4
वृन्दावन कान्दु धनि तप करई। हृदय–वेदि मदनानल बरई।। 6।।
जिब कर समिध समर कर आगी। करति होम बध होए बह भागी।8.।

चिकुर बरहि रे समरि कर लेअई। फल उपहार पयोधर देवई।।10.।
भनइ विद्यापति सुबह मुरारी। तुम पथ हेरइत अछि बर नारी।।12।।
-(बेनीपुरी, पद-210)

इस श्रृंगारिक पद में यज्ञीय या पूजन कल्पना का समाहार मिलता है। यह एक वियोगिनी का चित्र है जिसमें कर्मकाण्ड के लौकिक कृत्यों से संबद्ध बिंबों का सुन्दर प्रयोग लक्षित किया जा सकता है।

विरहिणी लोचनों के नीर से नदी का निर्माण करके उसमें नहाती है। हाथों के लीलाकमल या मृणाल को वह सुमरनी या जपमाला बनाती है। वह दिन रात हरिनाम जपती रहती है। यहाँ 'हरि' ईश्वर ही नहीं, प्रेमी कृष्ण भी हैं। यह धन्या तापसी वृन्दावन में तप कर रही है। उसकी हृदय वेदिका में कामानल जल रहा है। अपने प्राणों को समिधा तथा स्मरण को अरणी बनाकर वह नायिका होम कर रही है।

यहाँ बर्ह-केशभार के लिए कुछ की कल्पना प्रयुक्त हुई है, कि नायिका शिखि-पुच्छ के समान केश-कलाप को कुण की तरह हाथों में लिए है। वह प्रेम-पुजारिन पूजा के फलोपहार के रूप में पयोधरों का निर्माल्य चढ़ा रही है।

इस पद में पूजोपचार की विधियों और सामग्रियों से बिम्बों का चयन किया गया है। स्नान करके पूजा करने सुमरनी, जप, तप, वेदिका में आग के धधकने, समिधा, अरणी, होम, कुश, उपहार आदि के चित्रों में धार्मिक पूजन विधि के तत्त्वों का ही निबन्धन दृष्टिगत होता है।

विद्यापति के एक पद में सैन्य व्यवहारों और युद्ध-संबंधी लोकाचारों से अप्रस्तुतों का चयन किया गया है। श्रृंगार के प्रसंग में युद्ध-संबंधी ये बिब बड़े ही काव्यात्मक है--

त्रिबलि तरंगिनि पुर दुग्गम जानि मनमथ पत्र पठाऊ।
जोबन-दलपति तोहि समर लागि ऋतुपति दूत बढ़ाऊ।। 2.।
माधव, अब देख साजिए बाला।
तसु सब तो जे संतापल से सब आओत पाला।। 4.।
कुंडल चक्क तिलक अंकुस कए चंदन कवच अभिरामा।
नयन कमान फटाख बान दए साजि रहल अछि बामा।।6।।
सुन्दरि साजि खेत चलि आइलि विद्यापति कवि भाने।
-(बेनीपुरी, पद-100)

त्रिबली हो खाई है। कामदेव ने पत्र प्रेषित किया है। यौवन ही बलाधिकृत है। वसंत दूत के रूप में आया है। सुन्दरी युद्ध के लिए बिल्कुल तैयार है। कुण्डल के चक्र, तिलक के अंकुश तथा चंदन लेप के कवच एवं चितवन बाण के साथ

युवती युद्ध के लिए बिल्कुल सन्नद्ध है।

यहाँ पत्र-प्रेषण दूत पण आदि युद्ध-रीतियों के संकेत के साथ-साथ खाई, दलपति, अस्त्र-शस्त्र आदि के बिंबों से युद्ध कृत्य का परिचय प्राप्त होता है।

'कीर्त्तिलता' के वीर रस के कवि और राजाश्रित तथा विश्रुत राजपुरुष विद्यापति यदि सैन्य-कल्पना का प्रयोग करते हैं तो यह बिल्कुल स्वाभाविक है।-कवि के मन में सामंतीय युद्ध-व्यवस्था के जो संस्कार थे वे ही इस पद के विवृत-विधान में विवृत हुए हैं।

विद्यापति पदावली में अनेक लोकाश्रित उपमान भी मिलते हैं जिनमें सहजता, मार्मिकता और नवीनता दिखलाई पड़ती है। टेढ़े हृदय के लिए विद्यापति टकुए का लोक उपमान चुन लाते हैं। 637 अप्रस्तुत के रूप में वे फाँसी की काली रस्सी को भी उपस्थित करते हैं। उनका वक्तव्य है कि नायिका भ्रू-लता अत्यंत कठोर जान पड़ती है-ऐसा लगता है कि काजल से आज कर उसमें फांसी की रस्सी जोड़ दी गई है। 638 इस अप्रस्तुत योजना की व्यंजना यह है कि जिस तरह वधिक फांसी की कठोर काली रस्सी से प्राण ले लेता है उसी तरह सुन्दरी की भौं नायक की प्राणहारिणी है। यहाँ वर्ण साम्य ही नहीं, प्रभाव साम्य का निरूपण भी ध्यातव्य है।

विद्यापति ने चोंचा का खोता, मधुरी फूल, खर-कुम्हड़ा-स्नेह, मूली, कुम्भी-जल-अनुराग, भेंड़ या आरी, बँसबाड़ी की हाँड़ी, जुआड़ी का पासा आदि को भी उपमानों के रूप में उपन्यस्त किया है। हाथी के कार्य-कलापों, लोक-जीवन के वाणिज्य--व्यवसायों आदि से भी उन्होंने हृदंयावर्जक और रुचिर बिंबों का आयात करके अपनी स्वतंत्र शक्ति का प्रकटीकरण किया है। इन अनुच्छिष्ट उपमानों का "विश्लेषण इसी शोध-प्रबंध के "विद्यापति पदावली के 'लोक'-प्रसूत अर्थ" शीर्षक-अध्याय में किया गया है।

इस तरह हम देखते हैं कि विद्यापति ने काव्य और शास्त्र की परंपराओं तथा लोक-जीवन के विविध क्षेत्रों से उपमानों का हरण किया है।

दसवाँ अध्याय

विद्यापति पदावली पर पड़ते प्रभावों का मूल्यांकन

पिछले अध्यायों में विद्यावति-पदावली के आकर-स्रोतों का अनुसंधान किया गया है। ऐसा निवेदन किया जा चुका है कि आकर स्रोतों की यह गवेषणा पदावली के महाकवि किसी अक्षमता या अभाव के उद्‌घाटन के निमित्त नहीं की गई है। प्रभाव-संबंध तो मूल्य की धारणा के मूल में ही रहता है और मूल्य साहित्य की वांछनीयता का मूल रहस्य है। प्रभावित करना एक दुर्लभ शक्ति है, किंतु प्रभावित होता कोई सर्वसुलभ शक्ति नहीं है। कीर्तिलता' में स्वयं महाकवि ने ही कविता करनेवालों से अधिक दुर्लभ कविता सुने और नालों को कहा है-

गेहै गेहै कली काव्य श्रोता तस्य पुरे पुरे।।11.।

देशे देशे रामज्ञाता दाता जगति दुर्लभः।।12.। 639

यह यदि किसी कालविशेष की स्थिति होती तो मवभूति को विपुला पृथ्वी और निरवधि काल को टटोलना नहीं पड़ता। अतः प्रभावित होना स्वयं में एक बड़ी योग्यता है।

प्रभावित होने की यही योग्यता भारतीय साहित्य-शास्त्र में 'सहृदयता' के नाम से काव्य का उद्दिष्ट कारण 640 मानी गयी है और कवि होना 'सहृदय' होने के बाद की बात है। 'सहृदय' हुए बिना कवि नहीं हुआ जा सकता। 'सहृदय' उस प्रभाव को प्रभावकारी बनाने की योग्यता से जब सम्पन्न हो जाता है तो उसे ही कवि कहते हैं। 'सहृदयता' प्रभावित होने की क्षमता के अभाव में असंभव है। किंतु यह क्षमता -समूहानुभति के वंशागत अभ्यास की रूढ़ वृत्तित नहीं है- उसमें वैयक्तिक अर्जन का योगदान भी पर्याप्त महत्वपूर्ण है। आचार्य अभिनव गुप्त ने ऐसे प्रसंग में मनोमुकुर विशदता की विशेष रूप से चर्चा की है। काँच में पारदर्शिता स्वभावतः होती है, हितु उसमें प्रतिच्छाया ग्रहण करने की क्षमता तब आती है जब उसके पृष्ठ भाग में पारद-प्रभृत्ति का लेप चढ़ा दिया जाता है। लिप्त पारदर्शिता में ही सामने के रूप से रूपायित होने की दर्पणता होती

है। 'सहृदयता' भी ऐसी ही लिप्त पारदर्शिता है। 'सहृदय में वर्णनीय के साथ तन्मय होने की जो योग्यता होती है, हृदयसंवाद' उसी का परिणाम है और परिणाम तथा परिणामी मन की जिस विषदता के फल है उसका संघटन काव्य एवं शास्त्र के अनुशीलन और 'अभ्यास' से होता है।

काव्य के हेतु के रूप में 'प्रतिभा' के साथ-साथ 'व्युत्पत्ति' और अभ्यास' की चर्चा इस प्रसंग से अपनी सकारणता में अधिक प्रकट हो आती है। 'अभ्यास' को अर्जित स्वभाव कहते हैं। यह प्रयासपूर्वक प्रारंभ होता है और स्वभावस्य होने पर अनायास हो जाता है। इसी तरह 'व्युत्पत्ति' श्रम से अर्जित की जाती है और आयत होने पर संस्कार का रूप धारण कर लेती है। संस्कार के क्षेत्र से जो अनायास जाता है वहीं 'उन्मेष' है और नवनवोन्मेषशालिता 'प्रतिमा' की क्रिया के नाम से विख्यात है। इस प्रकार 'अभ्यास' और 'व्युत्पत्ति' 'प्रतिभा' के पूर्वरूप में ही कवि के लिए वांछनीय है। शास्त्र, काव्य और लोक का अवेक्षण व्युत्पत्ति' का कारण है. तो 'व्युत्पत्ति' प्रभाव का ही परिणाम है, और 'अभ्यास' उसकी संस्कार-स्वता की प्रक्रिया है जो अपनी चरितार्थता में अनायास 'उन्मेष' का रूप धारण कर लेता है। काव्य के कारणों का कारण जिसे 'प्रतिभा' कहते हैं, वस्तुतः जन्मान्तर या अवचेतन के उन प्रभावों की वृत्तिभूतता ही है, जो प्रभावित करने की क्षमता में अपना गुणनात्मक परिवत्तन प्राप्त कर चुकी होती है।

पदावली के आकर-स्रोतों के प्रसंग में यह तथ्य विशेष रूप से स्मरणीय हैं कि विद्यापति में जो प्रभाव हैं वे उस बहुज्ञता के उपकरण के रूप में भी महत्त्वपूर्ण हैं जो 'प्रतिभा' को चरितार्थ करती है। ऐसे स्थलों का अभाव नहीं हैं जहाँ विद्यापति की उक्ति उपजीव्य उक्ति से अधिक सरस और सुष्ठु हो गयी है। गुणात्मक परिणति के ऐसे स्थल पदावली के कवि की क्षमता ही प्रकट करते हैं। 'रघुवंशम्' में कालिदास ने पृथ्वी के रसशोषक सूर्य की उस शक्ति की आशंसा की है जिसके द्वारा वे सोखे गए जल को सहस्त्रगुण बनाकर धरती को लोटा देते हैं। 641 विद्यापति की यह रसवर्षिणी क्षमता वैसी ही है। जहाँ ऐसी नहीं है वहीं दूसरी महत्त्वपूर्ण बात यह भी है कि विद्यापति एक ऐसे सामंत कवि थे जिनके लिए पाण्डित्य और वैदग्व्य का मूल्य 'प्रतिभा' से किसी प्रकार कम नहीं था। यहाँ यह ज्ञातव्य है कि वे एक लोक-भाषा को तत्कालीन साहित्यिक भाषाओं के सारस्वत प्रतिनिधित्व से 'समृद्ध और संस्कृत करने के कार्य में लगे थे। ऐसी स्थिति में अधीत अर्थों का उपस्थापन दोषावह नहीं माना जाता है, क्योंकि कवि-शिक्षा की व्यवस्था के अनुसार दशावधान कवि का श्रुतधरत्व, भाषान्तर-मात्र में कृती होकर कहीं कहीं कहे को कह देना ही पर्याप्त समझता

है। इस प्रसंग में बहुपठित विद्यापति की रचना-प्रक्रिया के संबंध में कही गई गोविंददास की पंक्तियाँ स्मरणीय हैं। उपलब्ध वाङ्मय के सार तत्त्वों को ले लेनेवाले विद्यापति अपने परवर्त्ती समानधर्मा की निन्दा नहीं स्तुति के पात्र हैं, यह और भी स्मरणीय है।

●●●

परिशिष्ट

पादटिप्पणियाँ

1. द्रव्य 'ललित कला और कल्पना' शीर्षक निबंध, प्रो. श्री कुमार विमल; 'परिषद्-पत्रिका', अप्रैल 1962 ई. तथा जुलाई 1962 ई. में प्रकाशित; पटना।
2. 'परिषद्-पत्रिका', जुलाई 1962 ई., पृ. 82. इसी निबंध में कुमार विमल का यह वक्तव्य भी द्रष्टव्य है-"राजशेखर द्वारा निरूपित सारस्वत कवि की सहजा कारयित्री 'प्रतिभा' कॉलरिज, क्रोचे एवं अन्य अनेक आधुनिक विचारकों की बिम्ब-विधायिनी 'कल्पना' से पृथुल साम्य रखती है।"-(वही, पृ. 84)
3. 'भामह विरचित काव्यालंकार, भूमिका, पृ. 16.
4. "न तो (व्युत्पत्त्यभ्यासों) काव्यस्य साक्षात् कारणं, प्रतिभोपकारिणी तु भवतः, दृश्येते हि प्रतिभाहीनस्य विफली व्युत्पत्यभ्यासी।"
   -('काव्यानुशासन', पृ. 6)
5. लोकवृत्तं लोक 11,3,2. लोकः स्थावरजङ्गमात्मा। तस्य वर्तनं वृत्तमिति।2.। शब्दस्मृत्यभिधानकोशच्छन्दोविचितिकला कामशास्त्रदण्डनीतिपूर्वा विद्याः 1,3,3.
   -('काव्यालंकारसूत्रवृत्ति')।
6. लक्ष्यज्ञत्वमभियोगो वृद्धसेवाऽवेक्षणं प्रतिभानमवधानञ्च प्रकीर्णम्। 1, 3, 11.
   -(वही)
7. तत्र काव्यपरिचयों लक्ष्यज्ञत्वम् 11, 3, 12. अन्येषां काव्येषु परिचयो (लक्ष्यज्ञत्वम् ततो हि काव्यबन्धस्य व्युत्पत्तिर्भवति।।12.।
   – (वही)
   काव्यबन्धोद्यमोऽभियोगः 11, 3, 13.

बन्धनं बन्धः। काव्यस्य बन्धो रचना काव्यबन्धः।
तत्रोद्यमोऽभियोगः। स हि कवित्वप्रकर्षमादधाति।।13.।
–(वही)

9. काव्योपदेशगुरुशुश्रूषणं वृद्धसेवा।।1, 3, 14.।
काव्योपदेशे गुरव उपदेष्टारः। तेषां शुषश्रुणं
वृद्धसेवा। ततः काव्यविद्यायाः संक्रान्तिर्भवति।।14.।
–(वही)

10. पदाधानोद्धरणमवेक्षणम्।।1, 3, 15.।
पदस्याधानं न्यासः, उद्धरणमपसारणम्। तयोः खल्ववेक्षणम्। अत्र श्लोकौ–
आधानोद्धरणे तावद् यावद्दोलायते मनः।
पदस्य स्थापिते स्थैर्ये हन्त सिद्धा सरस्वती।।
यत् पदानि त्यजन्त्येव परिवृत्तिसहिष्णुताम्।
तं शब्दन्यासनिष्णाताः शब्दपाकं प्रचक्षते।।15.।

11. कवित्वबीजं प्रतिभानम्।1, 3, 16.
कवित्वस्य बीजं कवित्वबीजम्। "जन्मान्तरागतसंस्कार विशेषः कश्चित् । यस्माद्विना काव्यं न निष्पद्यते निष्पन्नँ वा हास्यायतनं स्यात्।।16. ।–(वामन)

डॉ. नगेन्द्र के इस विचार से मैं सहमत नहीं हूँ–"परन्तु फिर भी उनके (वामन के) संपूर्ण विवेचन से यह परिलक्षित होता है कि उन्होंने प्रतिभा को वांछित गौरव नहीं दिया। एक तो उन्होंने काव्य के जो तीन अंग माने हैं उनमें लोक और विद्या को स्थान दिया है। प्रतिभा का उन्होंने तीसरे काव्यांग प्रकीर्ण के अंतर्गत उल्लेख किया है। इसके अतिरिक्त उन्होंने लोक और विद्या को सर्वथा स्वतंत्र महत्त्व दिया है जबकि अन्य आचार्यों ने उन्हें प्रतिभा के पोषक–अथवा प्रतिभा द्वारा अनुशासित ही माना हैं। प्रतिभा की प्रतिष्ठा वासना अर्थात् आत्मपरक दृष्टिकोण की प्रतिष्ठा है। वामन ने उसका निषेध तो नहीं किया–कर भी नहीं सकते थे, परन्तु उसे प्रकीर्ण में फेंक दिया है।"
–(भारतीय काव्यशास्त्र की भूमिका', पृ. 18)

वामन के द्वारा प्रतिभा के महत्त्व का अपलाप नहीं मंडन ही हुआ है। उन्होंने उसके महत्त्व का सम्यक् प्रकटीकरण किया हैं, क्रम में प्रथमतः उल्लेख न करने से कोई घाटा नहीं है।–(लेखक)

12. चित्तैकाग्रयमवधानम्।। ––(वामन)

वामन 1, 2, 17 से 20 सूत्र और वृत्ति तक द्रष्टव्य)

13. तस्यासारनिरासात्सारग्रहणाच्च चारुण: करणे।
त्रितयमिदं व्याप्रियते शक्तिव्युत्पत्तिरभ्यास:।।1.14.।
-(रुद्रट, 'काव्यालङ्कार')

14. मनसि सदा सुसमाधिनि विस्फुरणमनेकधाभिधेयस्य।
अक्लिष्टानि पदानि च विभान्ति यस्यामसौ शक्ति:।।1.15.।
(रुद्रट, 'काव्यालंकार')

15. प्रतिभेत्यपरैरुदिता सहजोत्पाद्या च सा द्विधा भवति।
पुसा सह जातत्वादनयोस्तु ज्यायसी सहजा।।1.16.।-(वही)

16. स्वस्यासी संस्कारे परमपरं मृगयते यतो हेतुम।
उत्पाद्या तु कथंचिद् व्युत्पत्त्या जन्यते परवा।।1।17.।-(वही)

17. "सा च सहजोपाधिकी चेति द्विधा।"
-(हेमचंद्र, 'काव्यानुशासन', तृ. 5)।
मंत्र, देवकृपा आदि से 'औपाधिक प्रतिभा की' पुष्टि कही गई हैं। कालान्तर में रसगंगाधरकार ने भी 'जन्मजात' और 'कारणजात' इन दो प्रतिभा-भेदों की चर्चा की है। ये 'सहजा' और 'औपाधिकी' के ही नामान्तर हैं। 'सहजा' या नैसर्गिकी प्रतिभा को ही महत्त्वपूर्ण माना गया है।
– (लेखक),

18. छन्दोव्याकरणकलालोकस्थितिपदपदार्थविज्ञानात्।
युक्तायुक्तविवेको व्युत्पत्तिरियं समासेन।।1.18.।
-(रुद्रट)

19. विस्तरतस्तु किमन्यत्तत इह वाच्यं न वाचकं लोके।
न भवति यत्काव्याङ्ग' सर्वज्ञत्वं ततोऽन्यैषा।।1।19.।-(वही)

20. प्रो. देवेन्द्रनाथ शर्मा ने ठीक ही लिखा है-"तात्पर्य कि लौकिक और शास्त्रीय असंगति को बचाना ही व्युत्पत्ति का लक्ष्य है। और चूँकि लोक और शास्त्र दोनों असीम हैं, इसलिए व्युत्पत्ति की भी कोई इयत्ता नहीं है; अधिकस्याधिकं फलम्। रुद्रट के अनुसार व्युत्पत्ति प्रकारान्तर से सर्वज्ञत्व है, क्योंकि ऐसी स्वयं भामह ने भी न स शब्दों कोई वस्तु नहीं है जो उसके क्रोड में न आ जाय। स्वयं भामह ने भी न स शब्दों न तद् वाच्यं न स न्यायो न सा कला, जायते यन्न काव्याङ्गम् कहकर व्युत्पत्ति के क्षेत्र का विस्तार कितना सीमाहीन है, यह स्पष्ट कर दिया

है।"

-('भामह-विरचित काव्यालङ्कार', भूमिका, पृ. 13)

21. अधिगतसकलज्ञेयः सुकवेः सुजनस्य संनिधौ नियतम्
नक्तंदिनमभ्यस्येदभियुक्तः शक्तिमान्काव्यम्।।1।।20.।
-('काव्यालङ्कार' रुद्रट)

22. द्रष्टव्य : 'ध्वन्यालोकः, 146

23. अव्युत्पत्तिकृतो दोषः शक्त्या संवियते कवेः। यस्त्वशक्तिकृतस्तस्य सः झटित्यवभासते।।
-('ध्वन्यालोक', 3, कारिका 6 के अंतर्गत)

24. 'औचित्यविचार-चर्चा' की 'कारिका 35' में 'प्रतिभौचित्य के विश्लेषण-क्रम में इसे भट्ट तौत की ही उक्ति कहा गया है (लेखक)

25. " तस्याः विशेषो रसावेशवैंशयद्य सौंदर्य काव्य निर्माणक्षमत्वम्।"
-(ध्वन्यालोक-लोचन' पृ. 29)

26. द्रष्टव्य : 'काव्यादर्श' 1। 104.

27. "अनादिप्राक्तन संस्कारप्रतिभानमयः "
-('अभिनवभारती', खंड 1)

28. सा (शक्ति) केवलं काव्ये हेतुरिति यायावरीयः। विप्रसृतिश्च सा प्रतिभाव्युत्पत्तिभ्याम्।।'
-('काव्यमीमांसा' अ. 4, पृ. 26)

29. "काव्यकर्मणि कवेः समाधिः परं व्याप्रियते" इति श्यामदेवः। मनस एकाग्रता समाधिः समाहितं चित्तमर्थन्पश्यति। उक्तञ्अ
"सारस्वतं किमपि तस्सुमहारहस्य यद्गोचरे च विदुषां निपुणैकसेव्यं।
तस्सिद्धये परमयं परमोऽभ्युपायो यच्चेतसो विदितवेद्यविधेः समाधिः।।"

30. समाधिरान्तरः प्रयत्नो बाह्यस्त्वभ्यासः। तावुभावपि शक्तिमुद्भासयतः।
('काव्यमीमांसा', अ. 4, पृ. 26)

31. : "अभ्यासः" इति मङ्गलः। अविच्छेदेन शीलनमभ्यासः। स हि सर्वगामी र्वत्र निरतिशयं कौशलमाधत्ते। समाधिरान्तरः प्रयत्नो बाह्यस्त्वभ्यासः। तावुभा वपि शक्तिमुद्भासयतः। "सा केवल काव्ये हेतुः" इति पायावरीया।
-('410 मी.', ब. 4, पृ. 26)

32. विप्रसृतिश्च सा प्रतिभाव्युत्पत्तिभ्याम्। शक्तिकतु के हि प्रतिभाव्युत्पत्ति-कर्मणी। शक्तस्य प्रतिभाति शक्तश्च व्युत्पद्यते।
-(का. मी. अ. 4, पृ. 26)

33. या शब्दग्राममर्थसामलङ्कारतन्त्र मुक्तिमार्गमस्यदपि तथाविधमधिहृदयं प्रतिभासयति सा प्रतिभा। अप्रतिभस्य पदार्थसार्थः परोक्ष इव प्रतिभावतः पुनर-पश्यतोऽपि प्रत्यक्ष इव। यतो मेधाविरुद्रकुमारदासादयो जात्यन्धाः कवयः श्रूयन्ते।

किञ्चन महाकवयोऽपि देशद्वीपान्तरकथापुरुषादिदर्शनेन तत्रन्यां व्यवहृति निव-धनन्ति स्म।

('का. मी.', अ. 4, पृ. 26-27)

34. सचद्विधा कारयित्री भावयिवी च। कवेरुपकुर्वाणा कारयित्री। साऽपि त्रिविविधा सहजाऽऽहार्यौ पदेशिकी च जन्मान्तरसंस्कारापेक्षिणी सहजा। जन्मसंस्कारयोनिराहार्या। मन्त्रतन्त्राद्यु पदेशप्रभवा औपदेशिकी। ऐहिकेन किय-तापि संस्कारेण प्रथमां तां सहजेति व्यपदिशन्ति। महता पुनराहार्या। औपदेशिक्याः पुनरैहिक एवं उपदेशकालः, ऐहिक एवं संस्कारकालः। त इमे त्रयोऽपि कवयः सारस्वतः, अभ्यासिकः, औपदेशिकश्च।

(का. मी., अ.4, पृ. 29)

35. तस्मान्नेतरौ तन्त्रशेषमनुतिष्ठताम्। "नहि प्रकृतिमधुरा द्राक्षा फाणित संस्कारमपेक्षने" इत्याचार्याः "न" इति यायावरीयः। एकार्थ हि क्रियाद्वयं द्वैगुण्याय सम्पद्यते।

-('का. मी. अ.4, पृ. 30)

36. बुद्धिमत्त्वं च काव्याङ्गविद्यास्वभ्यासकर्म च। कवेश्चोपनिषच्छक्तिस्त्रयमेकन दुर्लभम्।।

-('का. मी.', अ. 4, पृ. 30)

37. काव्यकाव्याङ्गविद्यासु कृताभ्यासस्य धीमतः।
मन्त्रानुष्ठाननिष्ठस्य नेदिष्ठा कविराजता।

-(का. मी.' अ. 4, पृ. 30)

38. न निसर्गकविः शास्त्रे न क्षुण्णः कवते च यः।
विडम्बयति सात्मानमाग्रहग्रहिलः किल।

-(का. मी.', अ. 4, पृ. 35)

39. "प्रतिभाव्युत्पत्ती मिथः समवेते श्रेयस्यो, इति यायावरीयः। न खलु लावण्यलाभादृते रूपसम्पदृते रूपसम्पदो वा लावण्यलब्धिर्महते सौन्दर्याय।

-('काव्यमीमांसा', अ. 5, पृ. 39)

40. प्रतिभान्युत्पत्तिमांश्च कविः कविरित्युच्यते।-('का. मी.', अ. 5 पृ. 40)

41. "प्रतिभाव्युत्पत्त्योः प्रतिभा श्रेयसी" इत्यानन्दः। साहि कवेरव्युत्पत्ति-कृतं दोषमशेषमाच्छादयति। तदाह-अव्युत्पत्तिकृतो दोषः शक्त्या संव्रियते कवेः। यस्त्वशक्तिकृतस्तस्य झटित्येवावभासते।

-('का. मी., ब.5, पृ. 37)

42. "व्युत्पत्तिः श्रेयसी" इति मङ्गलः। सा हि कवेरशक्तिकृतं दोषमशेषमाच्छा-दयति। तथाहि-

कवेः संप्रियतेऽशक्तिव्युत्पत्त्या काव्यवर्त्मनि। वैदग्धीचित्तचित्तानां हेया शब्दार्थगुम्फना।

-('काव्यमीमांसा', अ. 5, पृ. 38)

43. "बहुज्ञता व्युत्पत्तिः" इत्याचार्याः। सर्वतोदिक्का हि कविवाचः। तदुक्तम्-प्रसरति किमपि कथञ्चन नाभ्यस्ते गोचरे वचः कस्य। इदमेव तत्कवित्वं यद्वाचः सर्वतोदिक्काः।

-('काव्यमीमांसा', अ. 5, पृ. 37)

44. "उचितानुचित विवेको व्युत्पत्तिः" इति यायावरीयः।

-('का. मी.', अ. 5, पृ. 37)

45. "सुकुमारस्वभावस्य कवेस्तथाविधैव सहजा शक्तिः समुद्भवति, शक्ति-शक्तिमतोरभेदात्। तया च तथाविधसौकुमार्य रमणीयां व्युत्पत्ति माबध्नाति। ताभ्यां च सुकुमारवर्त्मनाभ्यासतत्परः क्रियते।"

-('वक्रोक्तिजीवितम् 1। 24-कारिका की वत्ति)

46 डॉ. नगेन्द्र का मंतव्य ध्यातव्य है -

"इस प्रकार कुन्तक-परंपरा द्वारा स्वीकृति, निपुणता और अभ्यास को हो काव्य के हेतु मानते हैं। किन्तु उन्होंने इस प्रसंग में भी एक मौलिक तथ्य का उद्घाटन किया है। वे इन तीनों काव्य-हेतुओं को कवि-स्वभाव के आश्रित मानते हैं-अतएव काव्य का मूल हेतु कवि-स्वभाव ही है। तीनों का एक ही उद्गम होने के कारण इनमें अन्योन्याश्रय संबंध है। कवि की प्रतिभा के अनुसार हो उसकी व्युत्पत्ति होगी, और प्रतिभा तथा व्युत्पत्ति के अनुसार ही उसका काव्याभ्यास होगा। इसी प्रकार व्युत्पत्ति अथा अभ्यास भी प्रतिभा का परिपोष करते हैं :

-('भारतीय काव्यशास्त्र की भूमिका', पृ. 212)

कुन्तक भी 'प्रतिभा' को महत्त्व देते हैं। उसकी स्फुरणशीलता ('व. जी.', 1/34) तथा नवीन चमत्कार-निष्पादन क्षमता (व. जी.' 1/25) का वे भी आख्यान करते हैं।-(लेखक)

47. द्रष्टव्य : 'काव्यमीमांसा' (राजशेखर), अ. 5, पृ. 47.

48. शक्तिः कवित्वबीजरूपः संस्कारविशेषः, यो विना काव्यं न प्रसरेत् प्रसृतं वा उपहसनीयं स्वात्। लोकस्य स्थावरजङ्गमात्मकस्य लोकवृत्तस्य शास्त्राणां छन्दो-व्याकरण-अभियानकोश-कला-चतुर्वर्ग गज तुरगं-खडगादिलक्षणप्रन्यानाम् काव्यानां च महाकवि-सम्बन्धिनाम, आदिग्रहणादितिहासादीनां च विमर्शनाद् व्युत्पत्तिः। काव्यं कर्तुं विचारयितुं च ये जानन्ति तदुपदेशेन करणे योजने च पौनःपुन्येन प्रवृत्तिरिति त्रयः समुदिताः; न तु व्यस्ताः, तस्य काव्यस्योद्भवे निर्माणे समुल्लासे च हेतुर्न तु हेतवः।।3।।

-('काव्यप्रकाश', 1। 3.। की वृत्ति, पृ. 17)

'शक्ति', लोक-निरीक्षण एवं शास्त्र काव्यादि अवेक्षण जन्य (निपुणता तथा 'अभ्यास' का समन्वित काव्य हेतुत्व मम्मट का प्रतिपाद्य है। रीतिकालीन भिखारी-दास ने काव्य-रथ के रूपक की योजना करके इसी सत्य को ध्वनित किया है-शक्ति कवित्त बनाइये की जिहि जन्म नक्षत्र में दीनी विधाते। काव्य की रीति सिखयो सुकबीन सों देखी सुनी बहु लोक की बातें। 'दासजू' जामें एकत्र ये तीन्यो बनै कविता मनरोचक तातें।एक बिना न चले रथ जैसे धुरंधर सूत कि चक्र निपाते।।

-('काव्य निर्णय', पृ. 5)

49. आचार्य श्री विश्वनाथ प्रसाद मिश्र ने उचित ही लिखा है-"शास्त्रानुशीलन के ही अंतर्गत काव्य-परंपरा का अध्ययन भी आता है। काव्य-परंपरा का अध्ययन भी अपनी पहचान और निर्माण की सुगमता के लिए है। काव्य-रचना करना बढ़ी हुई नदी का पार करना है। परंपरा द्वारा वैसी ही सुगमता होती हैं जैसी सेतुबंध द्वारा नदी पार करने में तुलसीदास जी कहते हैं-

अति अपार जे सरित बर जौं नृप सेतु कराहिं।
चढ़ि पिपीलिकउ परम लघु बिनु श्रम पारहि जाहि।

-('वाङ्मय-विमर्श', पृ. 14)

50 (क) "We have seen many such simple currents soon lost in the sand, and novelty is better than repetition. Tradition is a matter of much wider signiffcance- It cannot be inherited, and if you want it you must obtain it by great labour- It involves, in the first place, the historical sense, which we may call nearly in dispens-able to any one who would continue to be a poet beyond his

twenty fifth year_ and the historical sense involves a perception, not only of the pastness of the past, but of its presence_ the historical sense compels a man to write not merely with his own generation in his bones,but with a feeling that the whole of the literature of Europe from Homer and within it the whole of the literature of his own country has a simultaneous existence and composes a simultaneous order, This historical sense, which is a sense of the timeless as well as of the temporal and of the timeless and of the temporal together, it makes a writer traditional- And it is at the same time what makes a writer most acutely conscious of his place in time, of his own contemporaneity-, ('Selected Essays', Page 14-)

(ख) 'No poet, no artist of any art, has his complete meaning alone- His significance, his appreciation is the appreciation of this relation to the dead poets and artists- You cannot value him alone, you must set him, for contrast and comparison, among the dead- I mean this as a principle of aesthetic, not merely his&torical criticism-" (Ibid, Page 15)

(ग) "But the difference between the present and the past is that the conscious present is an awareness of the past in a way and to an eñtent which the pasts awareness of itself cannot show-, (Ibid, Page 16)

(घ) "What is to be insisted upon is that the poet must develop or procure the consciousness of the past and that he should continue to develop this consciousness throughout his career-, (Ibid, Page 17)

("The poet's mind is in fact a receptacle for seizing and storing up numberless feelings, phrases, images, which remain. there until all the particles which can unite to form a new com&pound are present together"- (Ibid, Page 19)

&(Selected Essays", T.S. Eliot, TraditionAnd the Individual Talent'.) 15

51. साहित्य में शव साधना और शिव साधना'–'विचार और वितर्क' डॉ. द्विवेदी

52. प्रतिभा कारणं तस्य व्युत्पत्तिस्तु विभूषणम्।
भृशोत्पत्तिकृदभ्यास इत्याद्यकविसङ्ख्या।।13।।
–('वाग्भटालङ्कार')

53. प्रसन्नपदनव्यार्थयुक्त्युद्बोध विधायिनौ।

स्फुरन्ती सत्कवेर्बुद्धिः प्रतिभा सर्वतोमुखी। 1।4.।।
-(वही).

54. शब्दधर्मार्थकामादिशास्त्रेष्वाम्नाय पूर्विका।
प्रतिपत्तिरसामान्या व्युत्पत्तिरभिधीयतते।। 1.5।।
–(वही)

55. अनारतं गुरूपान्ते यः काव्ये रचनादरः।
तमभ्यासं विदुस्तस्य क्रमः कोऽप्युपदिश्यते।। 1।6.।।
–(वही)

56. प्रतिभास्य हेतुः अस्य काव्यस्य इदं प्रधानं कारणम्। व्युत्पत्य-भ्यासाभ्यां संस्कर्या न तौ काव्यस्य साक्षात् कारणं, प्रतिभोषकारिणौ तु भवतः। -दृश्येते हि प्रतिभाविहीनस्य विफलो व्युत्पत्यभ्यासौ।
-('काव्यानुशासन', 1:4)
परवर्ती विचारक पंडितराज जगन्नाथ भी प्रतिभा के महत्त्वप्रदर्शक ही हैं :-तस्य (काव्यस्य) च कारणं कविगता केवला प्रतिभा। तस्याश्च हेतुः क्वचिद्देचतामहापुरुषप्रसादादिजन्यमष्टम्। क्वचिच्च विलक्षण व्युत्पत्तिका व्यकरणाभ्यासौ।
-('रसगंगाधर', पृ. 9)

57. प्रतिभैव श्रुताभ्याससहिता कवितां प्रति।
हेतुमृदम्बुसम्बद्धबीजोत्पत्तिर्लतामिव।
-('चन्द्रालोक', 116.।)

58. द्रष्टव्य : 'पुरुषपरीक्षा', कथा 15 के बाद, अथ तृतीयः परिच्छेदः, पृ. 69, मूल, पटना विश्वविद्यालय-संस्करण।

59. जायते न भुवि विद्ययाऽपि या वेदशास्त्रविदुषां महेश्वरात्। चित्रगीत कविताकलाविदां सापि सिद्धिरूपविद्यया भवेत्।।7.।
-('पुरुष-परीक्षा', कथा 217, पृ. 94, मूल)

60. डॉ. भगीरथ मिश्र ने लिखा है--
"इनका (विद्यापति का) उद्देश्य साहित्यिक या और कविता को ये ईश्वरदत्त प्रतिभा के रूप में मानते थे जैसा कि इनके जीवन की कथाओं के साथ-साथ सद्यः स्नाता और आग फूंकती स्त्री का वर्णन स्पष्ट करता है।" (हिन्दी काव्य-शास्त्र का इतिहास, पृ. 340, अध्याय 5 'कवियों की स्वच्छन्द रचनाओं में प्राप्त 'काव्यादर्शों का अध्ययन', उपशीर्षक 1, पूर्वकालीन कवियों का काव्यादर्श'।) डॉ. त्रिलोकीनारायण

दीक्षित ने भी लिखा है-'विद्यापति की काव्यरचना का "उद्देश्य साहित्यिक था। वे कविता को ईश्वरप्रदत्त शक्ति या प्रतिभा मानते थे।"-('प्राचीन कवियों की काव्यकला', सं. प्रेमनारायण टंडन पृ. 17; निबंध-'विद्यापति की काव्य-कला' 1)

61. (क) द्रष्टव्य : 'लिंग्विस्टिक सर्वे ऑफ इंडिया', खंड 5, भाग 2, 'पृ. 67.

(ख) बेनोपुरी, 'विद्यापति की पदावली' 'विद्यापति का परिचय', पृ. 22-23.

(ग) डॉ. उमेश मिश्र, 'विद्यापति ठाकुर', पृ. 25-26

(घ) श्री शशिनाथ झा तथा श्री दिनेश्वर लाल आनंद, 'विद्यापति पदावली' (प्रथम भाग), भूमिका, पृ. 54, राष्ट्रभाषा परिषद्, पटना।

62. गृहीतविद्योपविद्य: काव्यक्रियायें प्रयतेत। नामधातुपारायणे, अभि-धानकोश:, छन्दोविचिति:, अलङ्कारतन्त्रं काव्यविद्या:। कलास्तु चतु:षष्टिरुप-विद्या:। सुजनोपजीव्य कविसन्निधि:, देशवार्ता, विदग्धवादों, लोक-यात्रा, विद्वद्-गोष्ठ्यश्व काव्यमातर: पुरातनक विनिवन्धाश्च।
-('काव्यमीमांसा', अ. 10 (कविचर्या-राजचर्या), पृ. 121

63. कारयित्रीभावयित्र्या विती मे प्रतिभाभिदे। अथात: कथयिष्यामो व्युत्पत्ति काव्यमातरम्।।
-('काव्यमीमांसा', अ. 4, अंतिमश्लोक, पृ. 36)

64. स्वास्थ्यं प्रतिभाभ्यासो भक्तिर्विद्वत्कथा बहुश्रुतता। स्मृतिदार्ढ्यम निर्वेदश्च मातरोऽष्टौ कवित्वस्य।।
-('काव्यमीमांसा', अ. 10, (कविचर्या-राजचर्या), 21) 1 पृ.

65. स यत्स्वभाव: कविस्तदनुरूपं काव्यम्।
यादृशाकारश्चित्रकरस्तादृशाकारमस्य चित्रमिति प्रायो वाद:।
–('काव्यमीमांसा', अ. 10, पृ. 122)

66. प्रतिभव परिकर:" इति यायावरीय:।
('काव्यमीमांसा', (अ. 10, पृ. 124)

67. ततो विद्यावसथे यथासुखमासीन: काव्यस्य विद्या उपविद्याश्चानुशीलयेदा-प्रहरात्। नह्येंवविधमन्यत्प्रतिभा हेतुर्यथा प्रत्यग्रसंस्कार:।
('का. मी.', अ. 10 (कविचर्या), पृ. 127)

68. समुद्री सार्थवाह का प्रतीक व्यवहृत करते हुए राजशेखर ने लिखा है।
रीतिं विचिन्त्य विगणय्य गुणान्विगाह्य

शब्दार्थसार्थमनुसृत्य च सूक्तिमुद्राः।
कार्यो निबन्धविषये विदुषा प्रयत्नः के पोतयन्त्ररहिता जलधो प्लवन्ते।।
-('का. मी.', अ. 10, पृ. 131)

69. अधीत्य शास्त्राण्यभियोगयोगादभ्यासवश्यार्थपद प्रपञ्चः।
तं तं विदित्वा समयं कवीनां मनःप्रसन्तौ कवितां विदध्यात्।।1.16.।
-('वाग्भटालङ्कार')

70. बिभ्रत्या बन्धचारुत्वं पदावल्यार्थशून्यया।
वशीकुर्वीत काव्याय छन्दांसि निखिलान्यपि।।1।7.।

71. द्रष्टव्य : प्रयत्न संख्या 201, 'कवि-कंठाभरण', अनुवाद-डॉ. मनोहर लाल गौड़, 'आचार्य क्षेमेंद्र, मूलानुवाद, पृ. 58) 'वाग्भटालङ्कार' (9/5) में छंद रचना के 'अभ्यास' का निर्देश है।

72. द्रष्टव्य : 'वाग्भटालङ्कार'-1.10. तथा 1.16.।

73. 'वाग्भटालङ्कार', 118/119 आदि द्रष्टव्य।

74. "श्रुतिः, स्मृतिः, इतिहासः, पुराणं, प्रमाण विद्या, समयविद्या, राजसिद्धान्त-त्रयी, लोको, विरचना, प्रकीर्णकंच काव्यार्थानां द्वादश योनयः " इति आचार्याः।" उचितसंयोगेन योक्तसंयोगेन संयोगविकारेण च सह पोडश" इति यायावरीयः। ('का. मी. (अ.) 8 पृ. 85)

75. इदं कविभ्यः कथितमर्थोत्पत्तिपरायणम्। इह प्रगल्भमानस्य न जात्वर्थकदर्थना।।
-('का. मी.', अ.8, पृ. 102)

76. प्रो. श्री देवेन्द्रनाथ शर्मा ने काव्य-हेतुओं का आनुपातिक महत्त्व ठीक ढंग से आँका है-

"प्रतिभा की उपमा अनगढ़ हीरे से दे सकते हैं। हीरे में स्वाभाविक सौंदर्य और चमक की कमी नहीं रहती, पर तब तक उसमें पूरा निखार नहीं आता जबतक वह खराद पर नहीं चढ़ता। खराद पर चढ़ जाने के बाद उसका सौंदर्य निखर उठता है, चमक चकाचौंध पैदा करने वाली हो जाती है, मूल्य बढ़ जाता है। यही स्थिति प्रतिभा की है। जब तक वह व्युत्पत्ति से शाणित नहीं होती तबतक उसकी संभावनाएँ दबी-छिपी रहती हैं; व्युत्पत्ति का योग पाकर वह जगमगा उठती है। और, खराद, पर चढ़ाने के बाद भी जैसे हीरे को मांजते पोंछते रहना पड़ता है, नहीं तो उसपर गंदगी जम जाती है, वैसे ही अभ्यास प्रतिभा को कुंठित होने से बचाता है।"

-('भामह विरचित काव्यालंकार, भूमिका, पृ. 15)

77. "पुराणकविणे वर्त्मनि दुरापमस्पृष्टं वस्तु, ततश्च तदेव संस्कर्तुप्रयतेत" इति आचार्याः
-('काव्यमीमांसा', (अ. 12 पृ. 152)
प्राचीन कवियों के द्वारा क्षुण्य काव्य-पद का संकेत आनंदवर्धन भी देते हैं-"यस्त्र रसादेराश्रयादयं काव्यमार्गः पुरातनैः कविभिः सहस्रसंख्यं संख्यैर्वा बहुप्रकारं क्षुण्णत्वन्मितोऽप्यनन्तततामेति।" 'ध्वन्यालोक' 4/31/ अशा की वृत्ति के अंतर्गत पृ. 340.

78. "न" इति वाक्पतिराजः।
"आसंसारमुदारः कविभिः प्रतिदिनगृहीतसारोऽपि।
अद्याप्यभिनमुद्रो विभाति वाचा परिस्यन्दः।। "
– ('काव्यमीमांसा', अ. 12, पृ. 152 पर उद्धृत, द्रष्टव्यः 'गोडव्हो' 'लोक 87)

79. तत्प्रतिभासाय च परप्रबन्धेष्ववदधीत।
-('काव्य-मीमांसा' अ. 12, पृ. 152)

80. " तदवगाहने हि तदेकयोनयोऽर्थाः पृथक्पृथक् प्रयन्ते" इत्येके।
-('काव्यमीमांसा', (अ. 12, 153)

81. "तत्रत्यानामर्थानां छायया परिवृत्तिः फलम्" इत्यपरे।
--('काव्यमीमांसा', अ. 12, पृ. 153)

82. "महात्मनां हि संवादिन्यो बुद्धय एकमेवार्थमुपस्थापयन्ति तत्परित्यागाय तानाद्रियेत" इति च केचित्।
-(का. मी.', अ. 12, पृ. 153)
इसकी तुलना आनंदवर्धन के इस मंतव्य से की जा सकती है:-
संवादास्तु भवन्त्येव बाहुल्येन सुमेधसाम्। स्थितं ह्म तत् संवादिन्य एव मेघाविनां बुद्धयः।
-('ध्वन्यालोक', 4।11 के अंतर्गत, पृ. 359)

83. "न" इति यायावरीयः। सारस्वतं चक्षुरवाङ मनसगोचरेण प्रणिधानेन दृष्टमदृष्टं चार्थजातं स्वयं विभजति तदाहुः-सुप्तस्यापि महाकवेः शब्दार्थो सरस्वती दर्शयति तदितरस्य तत्र जाग्रतोऽप्यन्धं चक्षुः। अन्यदृष्टचरे हार्वे महा-कवयो जात्यन्धास्तद्विपरीते तु दिव्यदृशः। न तत् त्र्यक्षः सहस्राक्षो वा यच्चर्मचक्षुषोऽपि कवयः पश्यन्ति। मतिदर्पणे कवीनां विश्वं प्रतिफलति। कथं नु वयं दृश्यामह इति महात्मनामहं पूर्विकयैव शब्दार्थाः पुरो धावन्ति। यत्सिद्धप्रणिधाना योगिनः पश्यन्ति, तत्र वाचा विचरन्ति कवय

इत्यनन्ता कहाकविषु सूक्तयः।
--('काव्यमीमांसा', अ. 12, पृ. 153)

84. अर्थो द्विविधोऽयोनिरन्यच्छायायो निश्च। अयोनिः अकारणः, अवधान-मानकारण इत्यर्थः। अन्यस्य काव्यच्छाया तद्योनिः।
-('काव्यालङ्कारसूत्र' 3, 2, 7)

85. संवादो ह्यन्यसादृश्यं तत्पुनः
प्रीतिबिम्बवत् आलेख्याकारवत्तुल्यदेहिवच्च शरीरिणाम्।।4।12।
संवादो हि काव्यार्थस्योच्यते यदन्येन काव्यवस्तुना सादश्यम्। तत्पुनः शरीरिणां प्रतिबिम्बवदालेख्याकारवत्तुल्यदेहिवच्च त्रिधा व्यवस्थितम्। किञ्चिद्धि काव्यवस्तु वस्त्वन्तरस्य शरीरिणः प्रतिबिम्बकल्पम्, अन्यदालेख्यप्रख्यम्, अन्यतुल्येन शरीरिणा सदृशम्।। 12।।
-('ध्वन्यालोक', 4.12-कारिका तथा वृत्ति, पृ. 359-360)

86. तत्र पूर्वमनन्यात्मतुच्छात्मतदनन्तरम्। तृतीयं तु प्रसिद्धात्मनान्यसाम्यं त्यजेत्कविः।4।13।।
तत्र पूर्व प्रतिविम्बकल्पं काव्यवस्तु परिहर्तव्यं सुमतिना। यतस्तदनन्यात्म, तात्त्विकशरीरशून्यम् तदनन्तरमा लेख्यप्रख्यमन्यसाम्यं शरीरान्तरयुक्तमपि तुच्छात्मत्वेन त्यक्तव्यम्। तृतीयन्तु विभिन्नकमनीयशरीरसद्भावे सति ससंवादमपि काव्यवस्तु न त्यक्तव्यं कविना।। न हि शरीरी शरीरिणान्येन सदृशोऽप्येक एवेति शक्यते वक्तुम्,।13।।
-('ध्वन्यालोक', 4113-कारिका तथा वृत्ति, पृ. 360)

87 (क) "परप्रयुक्तयोः शब्दार्थयोरुपनिबन्धो हरणम"
-('काव्यमीमांसा', अ. 11, पृ. 133)

(ख) महामहोपाध्याय डॉ. श्री गंगानाथ झा लिखते हैं :-
"दूसरों के रचित शब्द और अर्थ का अपने प्रबंध में निवेश करना 'हरण' 'चोरी' 'प्लैजियरिज्म' कहलाता है।"
-('कवि रहस्य', पृ. 70, हिदुस्तानी एकेडेमी, इलाहाबाद),

(ग) वाग्भट ने दूसरे की पदावली और अर्थ ले लेनेवाले कवि को 'तस्कर" कहा है तथा उसे निंदा का पान बतलाया है-
परार्थबन्धाद्यश्च स्यादभ्यासो वाच्यसङ्गतो। स न श्रेयान्यतोऽनेन कविर्भवति तस्करः।।1।12.।।
-('वाग्भटालङ्कार')
वाग्भट समस्यापूत्ति के क्रम में 'अर्थ-हरण' को निंदास्पद और सदोष

नहीं मानते हैं।-('वाग्भटालङ्कार, 1।13.।),

88 "नास्त्यचौर: कविजनो नास्त्यचौरो वणिग्जन:।
स नन्दति विना वाच्यं यो जानाति निगूहितुम।।"
-('काव्यमीमांसा', अ. 11, पृ. 151)

82. "उत्पादक: कवि: कश्चित्कश्विच्च परिवर्त्तक:। आच्छादकस्तथा चान्यस्तथा संवर्गकोऽपर:।
-(का. मी.', (अ. 11, पृ. 151)

90. "उक्तयो ह्यर्थान्तरसंक्रान्ता न प्रत्यभिज्ञायन्ते, स्वदन्ते च, तदर्थास्तु हरणादपि हरणं स्यु:" इति यायावरीय:।
-('का. मी. अ. 11, पृ. 150)

91. "भ्रामकश्चुम्बक: किञ्च कर्षको द्रावकश्च स:।
स कविर्लौकिकोऽन्यस्तु चिन्तामणिरलौकिक:।
तन्वानोऽनन्यदृष्टत्वं पुराणस्यापि वस्तुन:।
योऽप्रसिद्धयादिभिर्भ्राम्यत्यसौ स्याद्भ्रामक: कवि:।।
यशचुम्बति परस्यार्थ वाक्येन स्वेन हारिणा।
स्तोकार्पितनवच्छायं चुम्बक: सकविर्मत:।।
परवाक्यार्थमाकृष्य य: स्ववाचि निवेशयेत्।
समुल्लेखेन केनापि स स्मृत: कर्षक: कवि:।।
अप्रत्यभिज्ञेयतया स्ववाक्ये नवतां नयेत्। यो द्रावयित्वा मूलार्थ द्रावक: स भवेत्कवि:।। चिन्तासमं यस्य रसौकसूतिरुदेति चित्राकृतिरथंसार्थ:। अदृष्टपूर्वो निपुणै: पुराणै: कवि: स: चिन्तामणिरद्वितीय:।।"
-('काव्य-मीमांसा', अ. 12, पृ. 158

'भ्रामक' कवि प्राचीन अर्थ को स्वकीय ओर नवीन बतलाकर प्रस्तुत करता है। 'चुम्बक कवि अपहृत अर्थ में किंचित नवीनता ला देता है। 'कर्षक' कवि दूसरे के भावों को खींचकर ले लेता है। वह अर्थ के निचोड़ का हरण करता है। 'द्रावक' कविता हरण पहचाना नहीं जाता है। वह अर्थों को पिघलाकर ग्रहण करता है। सोने के हार को पिघलाकर करधनी बनानेवाले पर स्वर्णलङ्कार की चोरी का आरोप नहीं लग पाता है, 'चितामणि' कवि अलोकिक होता है तथा वह अदृष्टपूर्व बिम्बों और अयोनि अर्थों का विधान करता है। --(लेखक)

92. किन्तु त्रिपथगीष्महि यदुताम्यनिति तयोरियोनिश्च। ('काव्य-मीमांसा' (अ.) 12, पृ. 154)

93. तत्रान्ययोनिर्द्विधा प्रतिबिम्बकल्प आलेख्यख्यश्च निह्नतुयोनिरपि द्विधा तुल्यदेहितुल्यः परपुरप्रवेशसदृशश्व अयोनिः पुनरेक एव। (वही)।

94. अर्थः स एव सर्वो वाक्यान्तरविरचनापरं यत्र। तदपरमार्थविभेदं काव्यं प्रतिबिम्बकल्पं स्यात।।
-(वही)।

95. कियताऽपि यत्र संस्कारकर्मणा वस्तु भिन्नवद्भाति। तत्कथितमर्थं चतुरं लेख्यमिति काव्यम्।
-(का. मी. अ. 12, पृ. 155)

96. विषयस्य यत्र भेदेऽप्यभेदबुद्धिनितान्तसादृश्यात्। तत्तुल्यदेहितुल्यं काव्यं बहनन्ति सधियोऽपि।।
-(वही)।

97. मूलैक्यं यत्र भवेत्परिकरबन्धस्तु दूरतोऽनेकः। तत्परपुरप्रवेशप्रतिमं काव्यं सुकविभाव्यम्।।
-('का. मी.', अ. 12. पृ. 156)

98. निर्माय नूतनमुदाहरणानुरूपं काव्यं मयाव निहितं त परस्य किञ्चित्। किं सेव्यते सुमनसां मनसापि गन्धः कस्तूरिकाजननशक्तिभृता मृगेण।
– (पंडितराज जगन्नाथ)

99. कहकह विरएई पयं मग्गं पुलए छेयमारुहइ। चोरोव्व कई अर्थ घेत्तण कह वि निव्वहई।।22.। सहावसद्दभीरु पए पए कि कि पिचितो। दुक्खेहि कह वि पावइ चोरो अत्थं कइ कव्वं।।23।।
-('वज्जालग्गं', कव्ववज्जा)
ब्रजभाषा का यह दोहा भी ध्यातव्य है-
चरन धरत चिरता करत चहत न नेकहु सोर। मुबरन को खोजत फिरत, कवि, व्यभिचारी, चोर।

100. 'ध्वन्यालोक', 41 तथा 42।।

101. युक्त्यानयानुसर्तव्यो रसादिर्बहुविस्तरः। मितोऽप्यनन्तता प्राप्तः काव्यमार्गो यदाश्रयात्।।4।3.।
बहुविस्तारोऽयं रसभावतदाभासवत्प्रशमलक्षणों मार्गों यथास्वं विभावानुभाव प्रमेद-कलनया, यथोक्तं प्राक्। स सर्व एवानया युक्त्यानुसर्तव्यः। यस्य रसादेराश्रया-दयं काव्यमार्गः पुरातनैः कविभिः सहस्रसंख्येरसंख्यैर्वा बहुप्रकार क्षुण्णत्वामितोऽ प्यनन्ततामेति।
-('ध्वन्यालोक'. 4133-कारिका तथा वृत्ति)

102. दृष्टपूर्वा अपिह्यर्थाः काव्ये रसपरिग्रहात्।
सर्वे तवा इवाभान्ति मधुमास इव द्रुमाः।
-('ध्वन्यालोक', 4।4.।)

103. ध्वनेरित्यं गुणीभूतव्यङ्ग अस्य च समाश्रयात्। न काव्यार्थविरामोऽस्ति यदि स्यात्प्रतिभागुणः।
-('ध्वन्यालोक, 4.6)

104. अपनी पुस्तक 'विषमबाणलीला' से आनंद यह उद्धरण देते हैं-ण अ ताण घडइ ओही ण अ ते दीसन्ति कह वि पुनरुत्ता। जे विब्भमा पिआणं अत्था वा सुकइवाणीणम्।
-('ध्वन्यालोक', 4/7। के अंतर्गत उद्धृत, पृ. 353)

105. किञ्च, उक्तिवैचित्यं यत्काव्यनवत्वे निबन्धनमुच्यते तदस्मत्पक्षानुगुणमेव। यतो यावानयं काव्यार्थनन्त्यभेदहेतुः प्रकारः प्राग्दर्शितः स सर्व एव पुनरुक्तिवैचित्र्याद्-द्विगुणतामापद्यते। आदि।
-('ध्वन्यालोक' 4।7.। के अंतर्गत, पृ. 357)

106. यदपि तदपि रम्यं यत्र लोकस्य किञ्चित्, स्फुरितमिदमितीय बुद्धिरभ्युज्जिहीते स्फुरणेयं काचिदिति सहृदयानां चमत्कृतिरुत्पद्यते- अनुगतमपि पूर्वच्छायया वस्तु तादृक् सुकविरुपनिबध्नन्निन्द्यतां नोपयाति।
-('ध्वन्यालोक', 4.16)

107. 'मैथिली साहित्यक इतिहास', श्री कृष्णकान्त मिश्र, मिथिला प्रकाशन, लहेरियासराय, प्रथम संस्करण, अगस्त 1955 पृ. 77-78 पर उद्धृत। इस उद्धरण की तुलना श्री लालधर त्रिपाठी 'प्रवासी' की इन पंक्तियों से की जा सकती है-"विद्यापति ने संस्कृत और प्राकृत-साहित्य के पूर्ववर्ती शृंगारी कवियों से-जैसे हाल, अमरुक, गोवर्द्धन, कालिदास आदि से भाव लिए हैं और श्रव्य काव्य के भावों को गीतिकाव्य का नूतन रूप दिया है। प्राचीन भावों के वन में उन्होंने वसन्त ला दिया है।" (' गीतिकाव्य का विकास', पृ. 8)

108. विद्यापति संस्कृत-साहित्य से भली-भांति परिचित थे और उनके कितने ही पद विविध संस्कृत कविताओं की छाया लेकर रचे गये हैं, यह बात उनकी कविताओं पर विचार करने से स्पष्ट हो जाती है।"
-(डॉ. शशिभूषण दास गुप्त, 'श्री राधा का क्रमविकास, पृ. 170)
'अन्य आलोचकों ने भी इस बात की चर्चा की है, किंतु विद्यापति संस्कृत, प्राकृत, अपभ्रंश आदि के प्रायः सभी महत्त्वपूर्ण ग्रंथों से

परिचित थे, इसका उल्लेख नहीं किया गया है। गोविन्ददास का कहना ठीक है-"भुवने छवि जत भारती बानि ताकर सार सास्पद संचए" आदि।

106. 'कवीन्द्रवचनसमुच्चय' (296) में इसे विकटनितंबा का पद कहा गया है। 'सदुक्तिकर्णामृत' (2.140) में भी इसे विकटनितंबा का ही कहा गया है। 'सूक्तिमुक्तावली' (पृ. 299) में कवि के नामोल्लेख के बिना इसका संकलन है। 'शाङ्ग घर-पद्धति' (3747). में इसे अमरुक का कहा गया है। 'सुभाषितावली' (2147) में भी इसे अमरुक का ही कहा गया है। सुभाषित रत्नकोश में (572) इसे विकटनितंबा का कहा गया है। 'दशरूपक' (2.18) में कवि के नामोल्लेख के बिना यह उद्धृत है। 'सरस्वतीकंठाभरण' (5.153 (44) में भी कवि का नाम दिए इसे उद्धृत किया गया है।
-(लेखक)

110. रेखांकित पदों के पाठान्तर इस प्रकार
बन्धनाद्वासो, विश्लथ, साम्प्रतमहं कोऽयं कास्मि, वा, कथमिति।
('अमरुशतकम्।101।-मित्रकाशन प्रा. लि.।)

111. पाठान्तरः-धन्याऽसि, या, कथयसि, प्रणिहिते तु करे प्रियेण।-('काव्य-प्रकाश', उल्लास 4, सू. 54, पद्य 61 पृ. 154-द्रष्टव्य)। यह पद्य 'कवींद्रवचनसमुच्चय' (298) में भी मिलता है। 'शाङ्ग धर-पद्धति' में यह पद्य विज्जका के नाम से ही मिलता है।

112. द्रष्टव्य : सांम्स ऑफ विद्यापति', पद-संख्या 125, पृ. 126, पाद-टिप्पणी 2.

112. "Like on object kept in a jar of glass, the love that is inside the heart of a lover becomes visible from out side- V-"
('Songs of Vidyapati', Page 127, in-125)-

114. द्रष्टव्यः विद्यापति पदावली', रा. भा.प. पद 126, अर्थ पृ. 167

11. द्रष्टव्य : डॉ. हरिवंश कोछड़ का ग्रन्थ 'अपभ्रंश-साहित्य' पृ.173. नयनंदी के इस ग्रंथ की रचना काल वि. संवत् 1100 है।

116. पद्य-संख्या 107. एम. कृष्णन आचार्यरर, एच. सी. एस. एल., पृ. 314; 1937

117. कबीर के एक दोहे में भी यह भाव मिलता है-कमोदनी जलहरि बसे, चंदा बसे अकास। जो जाही का भावता, सो ताही के पास।।44।1.।

–('कबीराग्रंथावली', प्रथम संस्करण, सं. डॉ. श्यामसुन्दर दास, का. ना. प्र. सभा)

यहाँ यह कहना कि 'ढोला–मारूरा दूहा' ने कबीर को प्रभावित किया है या कबीर ने 'ढोलामारूरा दूहा' को प्रभावित किया है, ठीक नहीं है। उक्ति प्राचीन है जिसे उभयत्र ग्रहण किया गया है। दोनों ही स्थानों पर लोक प्रचलित उक्ति की स्वीकृति है वैसे, मेरी धारणा यह है कि 'ढोलामारू रा दूहा' कबीर से प्राचीन रचना है। यह विद्यापति से भी प्राचीन लोक–काव्य है। इसके दूहे बहुत पुराने हैं जैसा कुशल लाभ ने भी संकेतित किया है–"दूहा घण पुराणां बछइ। चउपही बंध कीया भइ पछइ।।" (लेखक)।

118. संक्षिप्तार्थविस्तरेण तैलबिन्दुः।
–('काव्य–मीमांसा', अ. 12, पृ. 162)

119. डॉ. हरिवंश कोछड़ अपभ्रंश साहित्य', पृ. 205 पर उद्धृत।

120. 'जायसी–ग्रंथावली' (ना. प्र. स0), मलिक मु जायसी, पृ. 32, आचार्य रामचंद्र शुक्ल 1

121. 'जायसी ग्रंथावली', पदमावत पृ. 137.

122. 'प्राकृत साहित्य का इतिहास' (डॉ. जगदीशचंद्र जैन), पृ. 535 पर उद्धृत। डॉ. जैन का मत है कि गुणपाल का यह ग्रंथ विक्रम संवत् की 11वीं शताब्दी या उससे कुछ पहले का है-(वही, पृ. 535 द्रष्टव्य) उद्घृत गाथा गुणपाल की नहीं है।

123. 'प्राकृत–साहित्य का इतिहास', पृ. 444 पर उद्धृत। यह ग्रंथ सिंधी जैन ग्रंथमाला में (सं. डॉ. अमृतलाल गोपाणी) सन् 1949 में प्रकाशित हो चुका है। डॉ. जगदीशचंद्र जैन कवि का समय ई. सन् 1052 से पहले हो मानते हैं।
(द्रष्टव्य : 'प्राकृत साहित्य का इतिहास', पृ. 440)।

124. द्रष्टव्यः 'संदेशरासक' (सं. डॉ. हजारीप्रसाद द्विवेदी तथा विश्वनाथ त्रिपाठी) प्रकाशक हिंदी ग्रंथ रत्नाकर, बम्बई।

125. "वस्तुतः 'ओसहे' पाठ अशुद्ध जान पड़ता है। यह 'सी' प्रति का पाठ है। 'ए' प्रति में 'उसहे' पाठ है तथा 'बी' प्रति में 'संघडहे'। स्पष्ट ही यह शब्द प्रतिलिपिकारों के सामने कई रूपों में आया है। जान पड़ता है कि मूल पाठ 'आसहे', था जिसका अर्थ होता है–आशा से। इस पाठ के मान लेने से अर्थ बहुत स्पष्ट हो जाता है और किसी प्रकार के

अध्याहार की आवश्यकता नहीं रह जाती है। अतः मेरा प्रस्ताव है कि 'ओसहे' के स्थान पर 'आसहे' पाठ स्वीकार करना चाहिए। ऐसा मान लेने पर अर्थ इस प्रकार होगा-

"हे नाथ, तुम्हारे विरह के प्रहार से संचूर्णित अंग जो टुकड़े-टुकड़े होकर बिखर नहीं जाते (वह इसलिए कि) आजकल में मिलन होगा, इस आशा से तागे जाते रहते हैं।"

-('संदेशरासक', प्रस्तावना (डॉ. ह. प्र. द्विवेदी), पृ. 24)

हि. प्र. रत्नाकर, बंबई।

-(संदेश रासक', प्रस्तावना पृ. 23-24 में विशद रूप से 'ओसहे' पाठ की घुटियों को बतलाकर 'आस' पोठ का प्रतिपादन किया गया है।)

126. धनि रहीम जल कूप को लघु जिय पियत अघाय। उदथि बड़ाई कौन है जगत पिआसो जाय।।

(रहीम)

"धनि रहीम जल पंक को यह पाठ भी मिलता है। 300

('रहिमन विलास', पृ. 12 (दोहावली)।110)

127. गर बातन तै कहा धिक नीरधि गम्भीर। विकल बिलोकैं कूप पथ तृषावत तो तीर तृषाबन्त तो तीर फिरे तुहि लाज न आवं। भँवर लोल कल्लोल कोटि निज बिभौ दिखावे। बरने दीनदयाल सिंधु तोकों को बरजै। तरल तरंगी ख्यात वृथा बातन तै गरणै।।

(दीनदयाल गिरि)

128. सिंधी जैन ग्रंथमाला, ग्रंथांक 6, शांतिनिकेतन से प्रकाशित, संपादक मुनिजिन विजय, रचना-कालः वि सं. 1405 ग्रंथ के विशेष विवरण के लिए द्रष्टव्य 'अपभ्रंश साहित्य (डॉ. कोछड़), पृ. 329-330.

129. बड़ा भया तो क्या भया, जैसे पेड़ खजूर। पंथी की छाया नहीं फल लागे अति दूर।।

– (कबीर)

130 विद्यापति का पूरा वक्तव्य इस प्रकार है-

झाँपलकूप देखहि नहि पारल आरति चललहू धाई। तन लघु गुरु किछु नहि गूनल अब पछताबक जाई।।6.। भनइ विद्यापति सनु बरजोबति चित्त गनब नहि आने। पेमक कारन जीउ उपेखिए जग जन के नहि जाने।। 10।।

(बेनीपुरी, 16-144)

131. 'दि सांग्स ऑफ विद्यापति' (सुभद्र झा) में यह पद संख्या-100 है। परिषद् पदावली के सं. अ. से रेखांकित पदों के पाठ इस प्रकार हैं-परीहरि,

ध' कए कि कतहु, डूबबि पांक, तेजह मधुकर एहो, ईछसि अइसन (अपना) गेयान नहि, आन।

डॉ. सुनद्र झा 'मधु (प) विलास' की जगह 'मधु (कर) विलास' तथा 'कत (केओ) डूब विपाक' पाठ रखते हैं।

नगेन्द्रनाथ गुप्त (पद 140) 'धके कि केओ कुअ डूब विपाक' पाठ रखते हैं। इस पंक्ति के पाठान्तरों के कारण पंक्ति के अर्थों में भी स्वरूप अंतर परिलक्षित होते हैं।

-(लेखक)

132. डॉ. सुभद्र झा ने इसका अर्थ इस प्रकार किया है-

"So long as malatis has not fully blossomed, the bee does not enjoy her- I'-(Songs of Vidyapati', Page 101)

'परिषद्-पदावली' (रा. भा. प.) में इसी अर्थ को पुष्टि है-

"जबतक मालती प्रकाश नहीं करती, (अर्थात् विकसित नहीं होती) तबतक भ्रमर उससे विलास नहीं चाहता।"

-(वि, प., रा. भा. प., पृ. 135)

133. 'गाथा सप्तशती' (5244) के भाव को कालान्तर में रीतिकालीन मुक्तककार बिहारी ने भी ग्रहण किया था। नवीना नायिका में अनुरक्त मिर्जा राजा जयसिंह को बिहारी ने जो अन्योक्ति सुनाई थी वह इतिहास विश्रुत है-

नहि पराग नहि मधुर मधु, नहि विकास इहि काल।

अली कली ही सों बध्यो, आगे कौन हवाल। बिहारी के दोहे का भाव भी गाथा से प्रकृत्या भिन्न नहीं है।

– (लेखक)

134. विद्यापति में भारतीय मुक्तक-काव्य-परंपरा का संचित वैभव एकत्र ही प्राप्त हो जाता है क्योंकि उन्होंने प्राक्तन साहित्य-धारा का सम्यक् रूप से अवगाहन किया था और मुक्तक-सागर की मुक्ताओं को वे एक निष्णात मरजीवा की तरह बटोर कर ले आए थे।

– (लेखक)

135. यह पद्य 'दशरूपक' के चतुर्थ प्रकाश में चापल्य संचारी के उदाहरण

के रूप में प्राप्त होता है। (द्रष्टव्य : 'भारतीय नाट्यशास्त्र की परंपरा और दशरूपक' परिशिष्ट, पृ. 431, डॉ. हजारीप्रसाद द्विवेदी तथा पं. पृथ्वीनाथ द्विवेदी।)

136. "तत्र पूर्व प्रतिबिम्बकल्पं काव्यवस्तु परिहर्तव्यं सुमतिना।"
–' (ध्वन्यालोक', 4।13.। की वृत्ति से उद्धृत)
राजशेखर ने भी लिखा है-
"सोऽयं कवेरकवित्वदायी सर्वथा प्रतिबिम्बकल्पः परिहरणीयः।"
–('काव्य मीमांसा', (अ.) 12, पृ. 167)

137. "उत्पादकः कविः कश्चित्कश्चिच्च परिवर्त्तकः। "
–(का. मी.', (अ. 11, पृ. 151)

138. तन्वानोऽनन्य दृष्टत्वं पुराणस्यापि वस्तुनः। योऽप्रसिद्ध्यादिभिर्भ्राम्यत्यसो स्याद्भ्रामकः कविः।
–(का. मी. (अ.) 12, पृ. 158)

139. "अयमप्रसिद्धः प्रसिद्धिमानहम्, अयमप्रतिष्ठः प्रतिष्ठावानहम्, अप्रक्रान्तमिदमस्य संविधानकं प्रक्रान्तं मम, गुडचीवचनोऽयं मृद्धीकावच-नोऽहम्, अनादृतभाषा विशेषोऽयमहमादृतभाषाविशेषः प्रशान्तशातृक-मिदं, देशान्तरितकर्तृकमिदम् उच्छन्ननिबन्धनमूलमिदं म्लेच्छितकोप-निबन्धनमूलमिदमित्येवमादिभिः कारणैः शब्दहरणेऽथंहरणे चाभिरमेत" इति अवन्तिसुन्दरी
–('काव्य-मीमांसा' अ. 11, पृ. 140)
यहाँ काव्य-हरण के मनोविज्ञान के स्पष्टीकरण के क्रम में वस्तुतः तस्कर कवि को ठगनेवाली वृत्ति पर ही प्रकाश डाला गया है।
–(लेखक)

140. "प्राकृत भाषा रस का मर्म नहीं पाती।"
–('कीर्तिलता', सक्सेना, पृ. 7) तथा
"प्राकृत भाषा में रस का मर्म नहीं होता।" ('कीर्तिलता और अवहट्ट भाषा' 'कीर्तिलता'-हिन्दी भाषान्तर, पृ. 67, श्री शिवप्रसाद सिंह)।
–ये अर्थ ग्राह्य और समीचीन नहीं हैं।

141. पाउअ रस को सम्म न पावइ' का अर्थ डॉ. वासुदेवशरण अग्रवाल ने ठीक ही किया है–

734. 'प्राकृत काव्य में रस का ममं भी सुगमता से नहीं मिलता। "
–('कीर्तिलता' संजीवनी व्याख्या, पृ. 14)

142. 'शाङ्गधरपद्धति:' में भी यह श्लोक बाल्मीकि के नाम से प्राप्त होता है।

143. निचली पंक्ति का पाठान्तर इस रूप में भी मिलता है– "इदानीमन्तरे जाता: सरित्सागरभूधरा:।।"
'सदुक्तिकर्णमृत' में इस 'लोक को धर्मपाल-रचित कहा गया है।

144. सूरदास की नायिका आलिंगन के समय हार को बाधा-स्वरूप मानकर उतार देती है-
उतारत हैं कंठनि ते हार।
हरि हिय मिलत होत है अन्तर यह मन कियो विचार।
-('सूरसागर', पृ. 101, का.ना.प्र. सभा)
सूर का प्रकरण प्राचीनों से पृथक है। विरह-संबंधी भाव सूर में आकर संयोगकालीन हो जाता है। यहाँ नायिका के कृत्य का चित्र मात्र है. पूर्वकृत्य का स्मरण नहीं।
जायसी में भी यह भाव प्राप्त होता है -
मन सौं मन, तन सौं तन गहा।
हिय सौं हिय, बिच हार न रहा।
जानहुं चंदन लागेउ अंगा।
चंदन रहे न पावै संगा।
-('जायसी-ग्रंथावली,' 'पदमावत' पृ. 150 (षट्-ऋतु वर्णन खंड, दोहा 9 के ऊपर की अर्द्धालियाँ), शुक्ल जी।)
जायसी और विद्यापति में पूर्णत: अर्थ सादृश्य है। चंदन भी संग-सुख में बाधा लाता है, यह विद्यापति का विशेष अर्थ है जो जायसी में भी मिलता है।
रहीम के एक दोहे पर भी संस्कृत के उपजीव्य श्लोक की छाया पड़ी है -
रहिमन एक दिन वे रहें बीच न सोहत हार। बापु जो ऐसी बह गई बीचन परे पहार।।175.।
-('रहिमन-विलास': व्रजरत्नदास; 'दोहावली', पृ. 18175.।)
घनानन्द के एक सर्वए में भी यह भाव-हरण प्राप्त होता है-
तब तो छबि पीवत जीवत है, अब सोचन लोचन जात जरे
हित पोष के तोष सु प्रान पसे, दिललात महादुख दोष भरे।
धनआनंद मीत सुजान बिना सब ही सुख साज समाज टरे।

तब हार पहार से लागत है जब आनि के बीच पहार परे।।
-(घनानन्द)
इम उदाहरणों से यह स्पष्ट है कि हिन्दी के कवियों को यह अर्थ बहुत प्रिय था।
– (लेखक)

145. प्रस्तुत शोध-प्रबंध के कामशास्त्रीय प्रकरण में भी इस प्रसंग का 'विवेचन किया गया है।
-(लेखक)

146. "सोऽयं भणितिवैचित्रयात्समस्तों वस्तुविस्तरः।
नटवद्वेणिकायोगादन्यथात्वमिवाच्छति
-("काव्य मीमांसा, अ. 13, पृ. 147)

147. सुधीजन इस प्रकार के हरण को अनुग्राह्य मानते हैं। इस प्रकार के 'हरणकर्त्ता 'कर्षक' कवि दूसरे के भाव को कथित करके अपनी प्रतिभा से अनूठे ढंग से प्रस्तुत करते हैं। आचार्य सुरानन्द के मतानुसार यह हरण अनुग्राह्य है-"सोऽयमुल्लेखवाननुग्राह्यो मार्गः" इति सुरानन्दः।
-('काव्य-मीमांसा', अ. 13, पृ. 182)

148. तस्यैष वस्तुनो विषयान्तरयोजनादन्यरूपाप त्तिविषयपरिवर्तः।
-('काव्य-मीमांसा', अ. 13, पृ. 174)

149. द्रष्टव्य : काव्य-मीमांसा, अ. 13, पृ. 174 175.

150. पूर्वार्थानामर्थान्तरेरन्तरणं रत्नमाला
-('काव्य-मीमांसा', अ. 13, पृ. 176)

151. यह गाथा 'वज्जालगं' में इस रूप में मिलती है-दढरोसकलुसियस्स वि सुयणस्स मुहाउ विप्पिर्य कत्तो। रामुमि विससिणो किरणा अमयं चिय भुयति।
-('वज्जालग्गं' (सज्जणवज्जा), 5)

152. विद्यापति ने ही लिखा है-
"वैभव गेले भलाहु मति भास।"
-('विद्यापति पदावली', रा. भा. परिषद् पद 192)

153. "अन्यतमभापानिवद्ध भाषान्तरेण परिवत्यंत इति नटनेपरयम्।"
-('काव्यमीमांसा', अ. 12, पृ. 163)

154. 'काव्यप्रकाश' (का. 67, सू88 के अंतर्गत पद्य-संख्या 343, अष्टम उल्लास, पृ. 382) तथा 'शाङ्ग धर-पद्धति में भी यह पद्य उद्धृत

और संकलित है।

– (लेखक)

155. द्रष्टव्य : 'हिन्दी कुवलयानन्द', डॉ. भोलाशंकर व्यास, पृ. 115.

156. 'गाथा सप्तशती' की इस गाथा के संबंध में श्री नर्मदेश्वर चतुर्वेदी का यह मंतव्य विचारणीय है-

"इसकी सामाजिक व्याख्या करना नृतत्त्व विशारदों अथवा समाज-शास्त्रियों का विषय है। जहाँ तक अपना सम्बन्ध है इस संदर्भ में पाठकों का ध्यान में राजगृह के बुद्धभक्त पूर्ण श्रेष्ठि की कन्या उत्तरावाली बौद्ध कथा (धम्मपद, कोधवग्गी-3 तथा अठ्ठसालिनी नाम धम्मसंगणिष्पकरण कथा-111) की ओर आकर्षित करना चाहता हूँ जिसका विवाह अबौद्ध परिवार में हुआ था। फलस्वरूप चातुर्मास में वह न तो धर्म-श्रवण कर सकती थी और न भिक्षु-भोजन करा पाती थी। एकदिन उसने अपने पिता के निकट अपनी मनोव्यथा व्यक्त की जिसके उत्तर में उसके पिता ने पन्द्रह हजार कार्षपण उसे इस हेतु दिया कि वह इसे देकर अपने स्वामी की देख-भाल के लिए सिरिमा अथवा श्रीमती गणिका को नियुक्त कर दे।

"इस प्रकार उत्तराने पंद्रह दिन के लिए श्रीमती को स्थानापन्न कर दिया। वह राजवैद्य तथा प्रधान अमात्यजीवक कौमार भृत्य की कनिष्ठा भगिनी एवं वैशाली की नगर-वधू अम्बपाली की कन्या थी।"

"यदि उपयुक्त घटना सच है तो पिता द्वारा अपनी कन्या को उक्त सुझाव देकर उसकी सहायता करना और पत्नी का अपने पति के लिए गणिका नियुक्त करना गाया को समझने में सहायक हो सकता है। यद्यपि मनोवैज्ञानिक अथवा प्रचलित सामाजिक प्रथा से उक्त आचरण स्त्रियोचित नहीं जान पड़ता, फिर भी यह कथा एक परोक्ष समाधान प्रस्तुत करती है।"

(नर्मदेश्वर चतुर्वेदी, 'हिन्दी गाथा सप्तशती' भूमिका, पृ. 23-24, चौखम्बा, बनारस)

157. गाथा और विद्यापति की सूक्ति प्रकारान्तर से काव्यशास्त्रीय दृष्टिकोण का भी वहन करती है। एक ही काव्य का अनुशीलन मनुष्य को परिपक्व और रसज्ञ नहीं बना सकता है। सब तरह की कृतियों के अनुभवों के आधार पर ही किसी काव्य की उत्कृष्टता अपकृष्टता का परिज्ञान हो सकता है। मधुकर भी होना चाहिए और अमर भी उसे एक

रस नहीं अनेक रसों का अनुभव भावक को करना चाहिए। विद्यापति गुण दोष-विवेक के लिए स्वानुभूति के वैविध्य का प्रतिपादन करते हैं। -(लेखक)।

158. विद्यापति पदावली', रा. भा. परिषद्, पृ. 267.

159. (क) 'वज्जालग्गं' की उद्धृत गाथा का अर्थ-हरण 'चाणक्य नीति दर्पण में भी प्राप्त होता है-

तृणं लघु तृणात्सूल तुलादपि च याचकः। वायुना किं नीतोऽसौ मामयं याचयिष्यति।

-('चाणक्य नीति दर्पण', 16.15.।)

तृण लघु है, तृण से रूई हल्की है और रूई से भी याचक लघु है। यह लघु याचक कहीं कुछ याचना न कर दे, इस भय से हवा भी इस हल्के पदार्थ को उड़ाकर साथ नहीं ले जाती है।-संस्कृत-पद्य का यह अर्थ 'बज्जाला' के पद्यार्थ का 'नटनेपथ्य प्रतिबिंबकल्प' हरण है। -(लेखक)

(ख) वृन्द ने भी कहा है-

तृनहूँ ते अरतुल ते, हरुवो याचक आहि।
जानतु है कछु माँगि है, पवन उड़ावत नाहि।

160. 'मृच्छकटिकम्', अंक 1, पृ. 21, चौखम्बा, बनारस। 161.

(क) मांगे घटत रहीम पद, कितो करो बढ़ि काम।
तीन पेग वसुधा करी, तऊ बावने नाम।

-('रहिमन विलास', पृ. 15.149.।)

(ख) रहिमन याचकता गहे, बड़े छोट ही जात।
नारायन हू को भयो, बावन आँगुर गात।।

-('रहिमन विलास', पृ. 23 224।)

(ग) सब तं लघु है मांगियौ, या में फेर न सार।
बलि वे याचत ही भयो, बावन तन करतार।।

-वृन्द।

162. यह गाथा 'प्राकृत सुभाषित' (471) में भी संकलित है।

163. "उभयवाक्यार्थोपादानं सम्पुटः।

-('का. मी., अ. 12, पृ. 166)।

164. 'ब्रह्मदत्त जातक', जातक 3, पृ. 248.

165. रहिमन वे नर मर चुके जे कहूँ माँगन जाहि उनते पहिले वे मुए जिन

मुख निकसत नाहिं।।
-('रहिमन विलास', दोहा-240)

166. अर्जुनवर्मदेव इस पद्य को 'अमरुशतक का प्रक्षिप्त मुक्तक मानते हैं लेकिन यह अमरुक का ही पद्य है। विविध सुभाषित-संग्रहों और लक्षण-ग्रन्थों में भी यह ख़्याल मुक्तक उद्धृत मिलता है।
-(लेखक)।

167. यहाँ 'अंगा तञो जञुन नरि से कइसे जएवह तरि आरति देवह झापे' के पाठ पर विचार करने की अपेक्षा है। डॉ. श्री सुभद्र झा का पाठ मुझे अन्य पाठों से अधिक जँचता है। उनका पाठ इस प्रकार है-"अँगा तो जान नरि से कइसे जएवह तरि आरति देवह आपे। 4.। "-('सांग्स ऑफ विद्यापति', पद-161) किंतु 'अँगा तञो' का स्पष्ट पाठ 'आग तञो' होना चाहिए जिसका अर्थ 'आगे तञो ' होगा। 'आरति देवह आपे ही सुबोध और संगत पाठ है। डॉ. सुभद्र झा ने पाठ तो उचित दिया है, किंतु उनके अर्थ में स्पष्टता नहीं है-

"The river yamuna is not known- How will you go across that all by yourself and then offer amorous Pleasvres (to him)\ IV-, ('Songs of VidyaPati,' Page 193)-

'यमुना नदी जानी देखी नहीं है, तुम कैसे उसे स्वयं पार करोगी और नायक को आनंद पहुँचाओगी?'-डॉ. झा का यह अर्थ पाठानुकूल और ठीक नहीं है। उस पाठ का सही अर्थ यह जान पड़ता है कि सखी नायिका की हित चिन्ता करती हुई कहती है, कि आगे तो यमुना नदी पड़ती है, उसे तैरकर कैसे जाओगी; अपने-आपको विपत्ति में डाल दोगी! सखी इस तरह मार्ग बाधा का चित्र खींचती है।

न.गु. (पद-300) ओर मित्र-मजु. (पद-331) के संस्करणों में 'आगे तथ्यों' के लिए 'आतर दूतर' पठ मिलता है जिसका अर्थ 'अंतर दुस्तर' है, लेकिन नेपाल-पांडु-लिपि में यह पाठ नहीं मिलता है। 'अंगा तमो' को 'आग' तञो' कर देने से अर्थ सुस्पष्ट हो जाता है।

न. गु. और मि. मजु. के पाठों के आधार पर परिषद्-पदावली में भी 'आरति देबह झापे' की जगह 'आरति न करिन झाँप' पाठ को ही संपादकीय अभिमत से मान्यता मिली है (द्रष्टव्य : 'वि.प.', रा. भा. परिषद्, पद-163, पृ. 217, पाद-टिप्पणी 14-15)। इसका अर्थ इस प्रकार दिया गया है-"आर्त्त होकर पानी में कूद पड़ोगी।"-(वि.प., रा.

भा. परिषद्, पृ.218)। किंतु मेरी धारण है कि 'आरति देवह आये' पाठ ही उचित है तथा उसका अर्थ 'विपत्ति में अपने को डाल लोगी' ही सुसंगत है।
-(लेखक)।

168. पुराने अर्थ में मामूली अंतर करके यदि उसमें कुछ वैशिष्ट्य ला दिया जाए तो वह 'आलेख्यप्रख्य' अर्थ-हरण कहलाता है राजशेखर ने लिखा है-
"कियताऽपि यत्र संस्कारकर्मण वस्तु भिन्नवद्भाति।
तत्कथितमर्थचतुरैराले रूपत्यख्यमिति काव्यम्।"
-(का.मी. अ. 12, पृ. 155)

169. प्रश्नोत्तर अलंकार के संबंध में वाग्भट ने लिखा है-
प्रश्ने यत्रोत्तर व्यक्तं गूढं वाप्यथवोभयम्।
प्रश्नोत्तरं तथोक्तानां संसर्गः सङ्करं विदुः।
-('वाग्भटालङ्कार', चतुर्थः परिच्छेदः। 143।)
जिसमें किसी प्रश्न का उत्तर व्यक्त हो, या गूढ़ हो, या व्यक्त तथा गूढ़ दोनों रूपों में हो, उसे प्रश्नोत्तर अलंकार कहते हैं। फिर जब इन तीनों का मिश्रण होता है तब वहाँ 'संकर' संज्ञक अलंकार होता है।
– (लेखक)।

170. अलंकृतमनलंकृत्याभिधीयत इति विभूषणमाषः।"
-('काव्यमीमांसा,' अ. 13, पृ. 169)।

171. विषयस्य यत्र भेदेऽप्यभेदबुद्धिनितान्तसादृश्यात्।
तत्तल्पदेहितुल्यं काव्यं बध्नन्ति सुधियोऽपि।।
('काव्यमीमांसा', अ. 12: पृ. 155)

172. "तस्यैव वस्तुनो विषयान्तरयोजनादन्यरूपापत्ति-विषयपरिवत्तः।"
-('का. मी., (अ.) 13, पृ. 174)

173. द्रष्टव्य : 'प्राचीन भारत के कलात्मक विनोद, पृ. 37-38.

174. अमरुक की कल्पना की तुलना 'शाङ्ग घर-पद्धति' के एक पद से भी की जा सकती है जिसे त्रिविक्रम भट्ट की रचना कहकर संकलित किया गया है-
किञ्चित् कम्पितपाणिकंकणरः पृष्टं ननु स्वागतं व्रीडानन मुखाब्जया चरणयोन्यंस्ते च नेत्रेत्पले। -द्वारस्थस्तनयुग्ममंगलवटे प्रवेशो हृदि स्वामिन् किन्न तवातिथेः समुचितं सख्यानयानुष्ठितम्।।दत्तः

-(धर-पद्धति' (3530)

'कवीन्द्र वचन समुच्चय' में भी स्तन के मंगलकलश की कल्पना मिलती है-योवनशिल्पि-सुकल्पित-नूतन-तनुवेषम विशति रतिनाथे। लावण्य पल्लवांक मङ्‌कलकलशी स्तनावस्याः।।

-(क. व. समुच्चय', 15.4।

175. लोक-काव्य 'ढोला-मारूरा दूहा' में भी प्रियतम से मिलाने के पूर्व सखियाँ मारवणी के तन रूपी मंडप की रचना करती हैं। तन रूपी मंडप या वेदी की यह कल्पना इस प्रसंग में ध्यातव्य है-

साखिए ऊगट माँजिणउ खिजमति करइ अनंत। मारून्तन मंडप रच्यउ मिलण सुहावा कंत।। 535.।

-('ढोला-मारूरा दूहा।535.।)

176. "पूर्वार्थानामर्थान्तरस्तरणं रत्नमाला।"

-(काव्य-मीमांसा', अ. 13, पृ. 176)

177. विद्यापति के इस अर्थ का हरण बँगला के कवि चण्डीदास के एक पद में मिलता है–

आसिबार आसे लिखिनु दिवसे
खोयाइनु नखेर छन्द।
उठिते बसिते पथ निरखिते
दु आँखि हइल अंध।।-(चण्डीदास)

178. 'गाथासप्तशती' में दिवस गणना करनेवाली नायिकाएँ कम नहीं हैं। एक मुग्धा हाथ-पैर की बीसों अंगुलियों से दिन गिन चुकने के बाद हताश हो जाती है, कि अब वह किस चीज़ से शेष दिनों को गिन पाएगी। उस रोनेवाली मुग्धा का चित्र गाथाकार ने इस प्रकार खींचा है-

179. "सममभिधायाधिकस्योपन्यासश्चूलिका।
द्विधा च सा संवादिनी विसंवादिनी च।"

-('काव्य-मीमांसा', न. 13, पृ. 178)

180. अथ कथमपि यामिनीं विनीय स्मरशरजर्जरिताऽपि सा प्रभाते।
अनुनयवचनं वदन्तमग्रे प्रणतमपि प्रियमाह साभ्यसूयम्।।1.।

'-('गीतगोविन्द' सर्ग 8.1.। पृ. 43', 'इन्दु' टीका)

181. 'गीतगोविन्द' के इस प्रसंग में भी 'उत्पीडितक' सुरत-बंध की ही प्रतीति होती है-

तवेदं पश्यन्त्याः प्रसरदनुरागं बहिरिव

प्रियापादालक्तच्छुरितमरुणच्छायहृदयम्।
ममाद्य प्रख्यात पाणयभरमङ्गेन कितव!
त्वदालोकः शोकादपि किमपि लज्जां जनयति।।
-(गी.गो., 8घ.। पृ. 45-46)

182. इसका विवेचन प्रस्तुत शोध प्रबन्ध के कामशास्त्रीय प्रकरण में भी किया गया है।
-(लेखक)।

183. "सममभिधावाधिकस्योपन्यासश्चूलिका।
द्विधा च सा संवादिनी विसंवादिनी च।"
-(काव्य-मीमांसा,' अ. 13, पृ. 178)

184. "प्रकारान्तरेण विसदृशं यद्वस्तु तस्य निबन्धः प्रतिकञ्चुकम।"
-(का. मी. अ. 13, पृ. 184)।

185. "कन्दभूतोऽर्थः कन्दलायमानैविशेषैरभिधीयत इति कन्दः।"
-('काव्य मीमांसा' अ. 13, पृ. 181)।

186. 'गीतगोविन्द', प्रथमसर्ग, अष्टपदी 3।4।, पृ. 81.

187. 'गीतगोविन्द" 14 पृ. 8.

188. 'गीतगोविन्द, 1।4।1। पृ. 9, 'इन्दु' टीका, चौखम्बा।

189. यदि 'विलंसते होरो' का पाठ 'विसलता हारो' स्वीकार कर लिया जाए तो इसका अभिप्राय कमलनाल का हार होगा जिसे विरह तप्त कृष्ण ने साप शमन के लिए धारणा कर रखा है, किंतु 'विलसते हारो' पाठ ही अधिक संगत है, क्योंकि दूसरी पंक्ति में कुवलयमाला का तो उल्लेख हुआ ही है।-(लेखक)

190. कालिदास का यह पद 'श्रीराधा का क्रम विकास' पृ. 170, पाद टिप्पणी 2 पर उद्धृत है।
डॉ. दासगुप्त ने लिखा है-जयदेव का यह 'लोक निश्चयालंकार की प्राचीन संस्कृति-पद्धति का अनुसरण करते हुए लिखा गया है। इसे एक काव्यरीति कहा जा सकता है।"
-('श्री राधा का विकास', पृ. 170)

191. म.म. डॉ. श्री उमेश मिश्र ने इस पद के जो पाठान्तर प्रस्तुत किए हैं उनमें से मुख्यतः दो ध्यातव्य हैं। 'जटाभार' की जगह वे 'जटाजूट' तथा 'चदिक बिन्दु' की जगह 'चांदनक बिन्दु' पाठ का संकेत देते हैं। (द्रष्टव्य : विद्यापति ठाकुर, पृ. 101)।

अर्थ की दृष्टि से 'जटाजूट' पाठ अधिक अच्छा है क्योंकि नायिका 'वेणी' नामक केश विन्यास की चर्चा करती है, 'मौलिबंध' या 'जटाभार' केश विन्यास की नहीं।

(द्रष्टव्य : 'कला और संस्कृति' वा. श. अग्रवाल, निबंध 23: पृ. 252 पर 'जटाजूट' केश रचना)

'जटामार' लटका नहीं होता है, 'वेणी' लटकी होती है। 'जटाजूट' 'वेणी' की तरह ही विच्छुरित और प्रलंबित होता है। किंतु डॉ. अग्रवाल ने 'जटाजट' को भी 'वेणी' से अलग ही माना है।"

'चदिनक बिंदु' की अपेक्षा 'चांदक बिंदु' पाठ या 'चांद तिलक मोहि नहि इन्दु छोटा' पाठ अधिक अच्छा है, क्योंकि इससे अर्द्ध चंद्राकार विशेषक या तिलक रचना का संकेत मिलता है। (लेखक)

192. 'जटामार' और 'जटजूट' केश-विन्यास को एक भी माना जा सकता है। नायिका ने यह जो विशेष प्रकार का केशबन्ध कर रखा है, इसके कारण उसे जटाबंध करने वाले शिव के समान नहीं समझना चाहिए। डॉ. वासुदेवशरण अग्रवाल ने तरह-तरह के प्राचीन केशबन्धों की सूचना दी है। (द्रष्टव्य : 'कला और संस्कृति, ' निबंध-राजपाट के खिलोनों का एक अध्ययन', पृ. 244 से 252 तक)। उन्होंने 'जटाजूट' केशबंध का एक चित्र भी प्राप्त खिलौने के आधार पर दिया है। (द्रष्टव्य : 'कला और संस्कृति' पृ. 252)। –(लेखक)

193. यहाँ विद्यापति के शब्दों का प्रयोग अधिक सार्थक और चमत्कारिक है। कामदेव के लिए जयदेव ने 'अनंग' शब्द का प्रयोग किया है और विद्यापति ने 'मदन' का 'अनंग में शिव के प्रति कामदेव की शत्रुता निहित है। 'मदन' का अर्थ है– प्रसन्न करनेवाला, लेकिन दे रहा है वह दु:ख। विद्यापति के इस प्रयोग में यही सार्थकता है।"

–("विद्यापति की काव्य-साधना', पृ. 42; श्री देशराज सिंह भाटी।)

194. "पूर्व सदृश: पश्चाद्भिन्नो जीवजीवक: "

–('काव्य-मीमांसा' अ. 12, पृ. 187, राष्ट्रभाषा-परिषद्)।

195. विद्यापति ठाकुर, पृ. 102 पर उद्धृत।

196. सिव जन अवध सुन्दरी वधै जनि
मुक्तमाल अनंग गंग नहि, नवसत साजे अर्थ स्यामघन।
भाल तिलक उड़ पति न होय यह, कबरि ग्रन्थि अहिपति न सहसफन।
नहिं विभूति दधिसुत न भाल जड़ यह मृगमद चन्दन चर्चित तन:।

न गजचर्म यह असित कंचुकी, देखि बिचारि कहाँ नंदी गन।
सुरदास प्रभु तुम्हरे दरस बिनु बरवस काम करत हठ हम सन।
-('श्रमरगीत-सार' पृ. 124)

197. रेखांकित शब्दों के पाठ विचारणीय हैं। अर्थ की दृष्टि से 'जनु' पाठ, जो श्री शिवनन्दन ठाकुर को भी ग्राह्य है, की जगह 'जस' पाठ, जो नेपाल-पांडुलिपि-सम्मत है, (द्रष्टव्य : 'सांग्स ऑफ विद्यापति, पद-204 तथा 'विद्यापति पदावली', राष्ट्रभाषा परिषद्, पद-205) ही मुझे उचित जँचता है।

'धबल नयन तोर काजर पाठ शियनन्दन ठाकुर को स्वीकार है और वही, नेपाल-पांडुलिपि में भी ग्राह्य है ("धवलनयन तोर काजरे कार", डॉ. सुभद्र झा, पद---204; परिषद्-पदावली, पद-205)। मुझे भी यही पाठ समीचीन जान पढ़ता है!

बेनीपुरी के पाठ की 11वीं तथा 12वीं पंक्तियाँ नेपाल-पांडुलिपि में नहीं हैं। लेकिन अन्यत मिलती हैं अतः परिषद् पदावली में संपादकीय अभिमत से इन्हें मान्यता मिल गई है। अर्थ तथा पद के वैशिष्ट्य निर्देश की दृष्टि से इन पंक्तियों का पूरा महत्त्व है।

शेष पाठ अर्थ की दृष्टि से ठीक ही हैं।-(लेखक)।

198. 'लोरिक प्राचीन मैथिली लोकगाथा है जिसके विविध रूपान्तर दूसरी बोलियों में भी प्राप्त होते हैं। मुल्ला दाऊद की कृति 'चंदायन' का भी कथा-स्रोत 'लोरिक' या 'लोरिकायन' ही है। 'वर्ण-रत्नाकर' में भी 'लोरिक' का उल्लेख है-

डलोरि, विरहा, वेलि, विरह देइ मन्त्रणा, भिषना, सिरिजादेशइ, ठमरण, चउपइ, चेङ्गा, चाञ्चलि, लोरिक नाचो, " ('वर्ण रत्नाकर', प्रथम कल्लोल (नगर वर्णनो), पृ. 2) ज्योतिरीश्वर यहाँ 'लोरिक' लोकनाट्य के साथ-साथ स्पष्टतः सिरहा, वैलि, चउपइ, चाँचरिया, चाँचर काव्यरूपों या लोक काव्यों का संकेत देते हैं।
-(लेखक)

199. मैथिली लोकगीतों का अध्ययन' (डॉ. तेजनारायन लाल), पृ. 221 पर उद्धृत।

200. गद्य पद्य 'सदुक्ति कर्णामृत' (2-134-1), 'शाङ्ग धर-पद्धति' (3702), 'सुभाषितावली' (1304), 'औचित्यविचारचर्चा (39), 'काव्यानुशासन' (पृ. 315) में भी उपलब्ध होता है।-(लेखक)।

201. विपरीत रति के वर्णन में विद्यापति ने परंपरागत वर्णनों के समान ही आभूषण-स्वन का चित्रण किया है। अधोलिखित दो विपरीत सुरत-वर्णनों में भी करधनी, काञ्ची आदि के रणन-ध्वनन का स्पष्ट अंकन हुआ है-

(क) प्रसर्पन्प्रग्रीवैभूतभुवनकुक्षिर्झणझणा-करालः प्रागल्भ्यं वदति तरुणीनां प्रणयिषु। विलासव्यत्यासाज्ज घन फलकास्फालनघन-स्फुटच्छेदोत्सिक्तः कलकनककाञ्चीकलकलः।

-('काव्य-मीमांसा', अ. 6, पृ. 67-68)

(ख) नित्यं त्वयि प्रचुरचित्रकपत्रभङ्गी-नाडङ्कताडन विपाण्डुर गण्डलेखाः।

स्निन्त रत्मनो रणनाभिराम-कामार्तिन तित नितम्बतटास्तरुण्यः।

(-'काव्य-मीमांसा, 06, पृ. 68)

राजशेखर ने अश्लील अर्थ के उदाहरण रूप में विपरीत रति-संबंधी इन दोनों पद्यों को उद्धृत किया है। इस जाति के अनेक पद्य प्राचीन साहित्य में प्राप्त होते हैं।

- (लेखक)

202. मूलैक्यं यत्र भवेत्परिकरबन्धस्तु दूरतोऽनेकः। तत्परपुरप्रवेशप्रतिमं काव्यं सुकविभाव्यम्।।

-('काव्यमीमांसा', अ. 12, पृ. 156)

203. 'प्राकृत पैंगलम्' का पाठ इस प्रकार है-

जेण बिणा णे जिबिज्जइ अणुणिज्जइ सो कआबरा होबि

पत्तो बि णअर डाहे भण कस्स ण वल्लहो अग्गी।

-(द्रष्टव्य : अपभ्रंश-दर्पण' (श्री जगन्नाथ राय शर्मा), पंचम पाठ ('प्राकृत पंगलम् से)।2६, पृ. 130 प्रथम संस्करण, संवत् 1998)।

204. 'ढोला मारूरा दूहा' के इस दोहा का अर्थालोचन करते हुए डॉ. माता-प्रसाद गुप्त ने लिखा है-

"प्रथम चरण का अर्थ किया गया है प्रियतम के स्वप्नों द्वारा मिलन की आशा में लुब्ध हुई मारवणी मरी नहीं इस प्रकार, 'जंजाल' का अर्थ स्वप्न किया गया है और टिप्पणी दी गई है। जंजालेइ (दे.) राजस्थानी में 'जंजाल' स्वप्न के माया-प्रपंच को कहते हैं। वस्तुतः 'जंजालेइ' एक शब्द नहीं है; वह है 'जं जालेइ'। 'जं' है 'यत' = क्योंकि, और 'जालेइ' = जलाता है। दोहे का अर्थ होगा क्योंकि सज्जन (स्वजन)

(उसको विरहका दु:ख देकर) जलाता है, इस पर भी वह (उसके दर्शनों आशा-लुब्ध होने के कारण मरी नहीं है; (इस प्रकार विरह ज्वाला का सहन करते हुए उसका जीवित रहना वैसा ही है) जैसे मारू का हल्के अंगारों से हाथों को सेंकना (आग यद्यपि जलाती है, फिर भी मनुष्य उसे दूर नहीं करता है, उससे हाथ सेंककर सुख प्राप्त करता है)।"

-(द्रष्टव्य : 'परिषद्-पत्रिका', वर्ष 2 अङ्क 1, अप्रैल, 1962 ई., पृ. 55-56; निबन्ध-"ढोला-मारूरा दूहा' में अर्थ-संशोधन का सुझाव" डॉ. माताप्रसाद गुप्त।)

205. द्रष्टव्य : 'मुहावरा-मीमांसा (डॉ. ओमप्रकाश गुप्त), पाँचवां विचार, पृ. 217; बि. रा. भा. परिषद्, पटना।

206. कृते प्रतिकृतिं कुर्याडिसने प्रति हिंसनम्। तत्र दोषो न पतति दुष्टे दुष्टं समाचरेत्।

-(चाणक्य-नीति-दर्पण', 172.।)।

207. 'प्रबंधचितामणि' (मेरुतु गाचार्य), पृ. 24 पर उद्धृत।

संपादक : मुनि जिन विजय, सिंघी जं. प्र. में शांति निकेतन से विक्रम सं. 1989 में प्रकाशित।

'हिन्दी काव्यधारा' (राहुल), पृ. 290 पर भी उद्धृत। यहाँ सम्पजइ' पाठ मिलता है।

208. 'चारुदत्त' (भास), अंक 2, पृ. 59, चौखम्बा संस्करण।

209. हृदय कुसुम सम मधुरिम बानी
निअर अएलाहु तुअ सुपुरुष जानी।
अबे कके जतन करह इथि लागी
कओन मुगुधि आलिङ्गति आगी।
-(परिषद् पदावली, पद-143)

210. ओकरा हृदय रहए नहि लागि
सुनलछ कतहु जूड होम आगि।।
-(परिषद् पदावली, पद-169)
द्रष्टव्य : मित्र मजु. (पद-453) भी।

211. 'मुग्धोपदेश' (जल्हण), पद्य 7. काव्य-माला, भाग 8 निर्णयसागर प्रेस बम्बई, सन् 1911 ई.।

212. परिषद् पदावली (पद-237) के अनुसार 'पिना बिस लेखे अनल जो

बरिसए'; यह पाठ होना चाहिए। उक्त संग्रह में 'विपत्ति में ही भले-बुरे की पहचान होती है'-यह अर्थ स्थापन है, किन्तु इसका यह अर्थ भी हो सकता है कि 'विपत्ति को देखकर शीतल पदार्थ भी बुरे हो गए, ('भेल मंदा'), या इस प्रसंग का अभिप्राय यह भी हो सकता है कि 'विपत्ति को पहनान कर भले भी बुरे हो गए हैं।'
(लेखक)।

213. संस्कृत-पद्य के इस भाव को रहीम ने अपहृत कर लिया है-
(क) जेहि अंचल दीपक दुर्यो हन्यो सो ताही गात
रहिमन असमय के परे मित्र शत्रु जात।।69।।
('असमय' का 'कुसमय' पाठ भी मिलता है)
--('दोहावली' पृ. 8,69)
(ख) जो रहिम दीपक दशा तिय राखत पट ओट।
समय परे ते होत है वाही पट की चोट।84।
-('दोहावली', पृ. 9।84।)
-('रहिमन विलास' (सं. व्रजलदास)।

214. द्रष्टव्य : न. गु., पद-350 तथा परिषद्-पदावली, पद-65.

215. "अब भेल झाल कुसुम रस छूछ। बारि बिहून सर के नहि पूछ।।" तथा सम्पन्नता विपन्नता संबंधी उक्तियों से तुलनीय इसी अध्याय की सूक्ति-संख्या 17 से इस प्रसंग की तुलना की जा सकती है।-(लेखक)।

216. 'दत्त', अंक 2, पृ. 55, चौखम्बा संस्करण।

217. 'मृच्छकटिकम', अंक 2, पृ. 99-100, चम्बा संस्करण।

218. "तदेव वस्तूवितवशादन्यथा क्रियत इति नटनेपथ्यम्।"
-('काव्य-मीमांसा', (अ. 13, पृ. 171, वि. रा. भा. परिषद्, पटना।)

919. 'श्री मद्रभागवत', दशम स्कन्ध (पूर्वा), अथसप्तचत्वारिशोऽध्याय: पद्म 6 गीता प्रेस, गोरखपुर, बंड, पृ. 414.

220. विस्वं त्यजन्ति गणिका अरूपं नृपति प्रजा:।
अधीतविद्या आचार्यमृत्विजो दत्तदक्षिणम्।।7.। खगा बीतफलं वृक्षं भुक्त्वा चातिथयो गृहम्। दग्धं मृगास्तथारण्यं जारो भुक्त्वा रतां स्त्रियम्।।
-('श्रीमद्भागवत', दशमस्कन्ध (पूर्वाद्ध), सप्तचत्वारिंशोऽध्याय: (उद्धव-गोपी संवाद का प्रसंग, गीताप्रेस गोरखपुर, 2रा खंड, पृ. 414)।
इस प्रसंग से 'चाणक्य नीति-दर्पण' के इन पद्यों की तुलना की जा

सकती है-

निर्धनं पुरुषं वेश्या प्रजा भग्ननृपं त्यजेत्। खगा वीतफलं वृक्षम्भुक्त्वा चाम्यागतो गृहम्।। 2।17।

गृहित्वा दक्षिणां विप्रास्त्यजन्ति यजमानकम् प्राप्त विद्या गुरु शिष्या दग्धारण्यं मृगास्तथा।।2.16.। (ची. नी. दर्पण)

221. 'कु. पा. प्रतिबोध' (गायकवाड ओरियण्टल सिरीज़, XIV 1920),, 'हिंदी काव्यधारा' (राहुल), पृ. 410 पर उद्धृत 'हि. के वि. में अप. का योग' " (नामवर सिंह), पृ. 270 पर उद्धृत, 'अपभ्रंश-साहित्य' (कोछड़), पृ. 331 पर उद्धृत।

222. क्षीणद्रव्ये देहिनि दारा अपि नादरेण वर्तन्ते। किमुतादानै करसाः शरीरपणवृत्तयो दास्यः।। 640।।अविदितया देयास्तिर्य चोऽपि त्यजति पीतरसम्। कुसुम किम कार्यविदो वेश्वा नरमात्तसर्वस्वम्।।641.।

-('कुट्टनीमतं काव्यम्', मित्र प्र. प्रा. लि. प्रयाग,)

223. त्यजन्ति मित्राणि धनैर्बिहीन दाराञ्च भूत्यश्च सुहृज्जनाश्च। तञ्चावन्तं पुनराश्रयते ह्वर्थोहि लोके पुरुषस्य बन्धुः।।15।5.।

-('चा. नी. दर्पण')

224. द्रष्टव्य : 'मुहावरा मीमांसा' (डॉ. ओमप्रकाश गुप्त), पाँचव विचार, पृ. 217; बि. रा. भा. परिषद्, पटना, खीष्टाब्द 1960.

225. वही, पृ. 219.

226. तदेव वस्तुक्तिवशादन्यथा क्रियत इति नटनेपथ्यम्।"

-('काव्यमीमांसा', अ. 13, पृ. 171)।

227 (क) एतैरेव यदा गजेन्द्रमलिनैराध्मातलम्बोदरे-

गर्जद्भिः सतद्विलाकशबलैर्मेधैः सशल्यं मनः।

तत् किं प्रोषित=भर्त्तृ वध्य-पटहो हा हा हताशो वकः

प्रावृट् प्रावृडिति ब्रवीति शठधीः क्षारं क्षते प्रक्षिपन्।।18.।

('मृच्छकटिकम्' ।5।18द्य)

(ख) य येव मे जनः पूर्वमासीन्मूर्ती महोत्सवः।

क्षते क्षारमिवासह्य' जातं तस्यैव दर्शनम।।

-('उत्तररामचरित', 47.।)

228. मीरा के पद में 'जले पर नमक' और 'कटे पर नमक का युगपत् प्रयोप देखा जा सकता है-

पपरे प्यारे कद को बैर चितार्यो

मैं सूती ही अपणे भवन में पिउ पिउ करत कार्यो पूकार्यो।
बाधी ऊपर लूण लगायो हिवड़े करवत सार्यो।।1।

XXX

चाँच कटाऊँ पपइया रे ऊपर रालूँ लूण।
पिउ मेरा में की रे तूँ पिउ कहै सकूँण।3.। (मीरा)।
-('ढोला-मारूरा दूहा', परिशिष्ट, पृ. 108 पर उधृद्त)

229. "एक प्रसिद्ध मुहावरा है-'कटे पर नोन (या नमक छिड़कना। यदि शरीर में किसी कटी हुई जगह पर नमक लग जाता है, तो बहुत छर-छराहट होती है। इसी से यह मुहावरा बना है। उर्दू में इस मुहावरे का बहुत प्रयोग हुआ है। एक शेर है-
नमक छिड़को, नमक छिड़को, मजा कुछ इसमें आता है।
कसम ले लो, नहीं आदत मेरे जख्मों को मरहम की।।
इनसे सूचित होता है कि घाव पर मरहम लगने का जो असर होता है, उसका ठीक उलटा असर नमक लगने का होता है। पर कुछ लोग इसकी जगह 'जले पर नमक छिड़कना' का प्रयोग करते हैं, जो ठीक नहीं है। जले पर नमक तो एक तरह से दवा का काम देता है। हमारे यहाँ का बहुत पुराना प्रयोग भी क्षत पर क्षार' ही है, 'दग्ध पर क्षार नहीं।"-('अच्छी हिन्दी' पृ. 203, नवाँ संस्करण)

230. द्रष्टव्य : अच्छी हिन्दी पृ. 203 204।

231. द्रष्टव्य : मुहावरा-मीमांसा, दूसरा विचार, पृ. 83-84. 232. 'अपभ्रंश साहित्य' (डॉ. हरिवंश कोछड़) में उद्धृत

233. 'रामचरितमानस' में दशरथ कैकेयी चरित्र को दृष्टिपथ में रखते हुए कहते हैं-
सत्य कहहिं कवि नारि सुभाऊ। सवा विधि अगहु अगाध दुराऊ।
निज प्रतिबिंबु बरुक गहि जाई। जानि न जाइ नारिगति भाई।
-('अयोध्या काण्ड', 46 के ऊपर का संदर्भ)

234 नारी विगर्हणा की बहुत-सी उक्तियां प्राप्त होती हैं-

अनृतं साहसं माया मूर्खतित्वमलोभता।
अशौचत्वं निर्दयत्वं स्त्रीणां दोषाः स्वभावजाः।

-('चाणक्य नीति दर्पण', पृ. 6)

इस उक्ति प्रभाव तुलसी पर देखा जा सकता है--नारि सुमाउ सत्य सब कहहीं। अवगुन आठ सदा उर रहहीं।-साहस अनूत चपलता माया। भय

अविवेक असोच अदाया।।
–(रा च मानस', गुटका, पृ. 515)
(ख) दुर्जनाः शिल्पिनो दासा दुष्टाश्च पटहाः स्त्रियः।
ताड़िता मार्दवं यान्ति, नैते सत्कारभाजिनः।
–(गर्ग संहिता')
तुलसी की इन कुख्यात पंक्तियों पर उपर्युक्त श्लोक का हो प्रभाव पड़ा है– ढोल गंवार सूद्र पशु नारी। सकल ताड़ना के अधिकारी।
= ('रा च मानस', गुटका, पृ. 501)
शृङ्गिणञ्च नदीनाञ्च नखिनां शस्त्रपाणिनाम्।
विश्वासो नैव कर्तव्यः स्त्रीषु राजकुलेषु च।
–('हितोपदेश', मित्रलाभः।65.।).

235. 'अपभ्रंश साहित्य (कोछड़), पृ. 173 द्रष्टव्यः।
236. 'काव्य-मीमांसा अ. 11, पृ. 151.
237. 'भविसयत्त कहा,' दलाल तथा गुणे द्वारा संपादित, गायकवाड़ ओरि-यंटल सीरीज, ग्रन्थ-संख्या 20, 1923 ई., पृ. 84.
238. हिं के वि. में अपभ्रंश का योग' (नामवर सिंह), पृ. 289.17.।
239. भावना संधिप्रकरण,' एनल्स ऑफ भंडारकर ओरियण्टल रिसर्च इंस्टी-च्यूट,' पूना, भाग 11, 1930 ई. सं. एम. सी. मोदी।
240. 'जैसा खाना वैसा ही उद्गार' यह उक्ति चाणक्य नीति दर्पण में भी मिलती है–"दीपोभक्षयते ध्वान्तं कज्जलञ्च प्रसूयते।
यदन्नं भक्ष्यते नित्यं जायते तादृशी प्रजो।। 8।3.।
दीपक अंधेरा खाता है तो काजल पैदा करता है। जो जैसा अन्न बराबर खाता है वह उसके अनुरूप ही सृष्टि करता है।
–(लेखक)
241. धनमाहुः परंधर्म धनं सर्व प्रतिष्ठितम्।
जीवंति धनिनो लोके मृतायेत्वधना नराः।।
--('महाभारत' 5, 72, 23)
242. जातिर्यातु रसातलं गुणगणस्तत्राप्यधो गच्छतु
शीलं शैलतटात्पतत्वभिजनः संदह्यतां वह्निना।
शौर्ये वैरिणि वज्रमाशु निपतत्वर्थोऽस्तु नः केवलं
येनैकेन विना गुणास्तृणलवप्रायाः समस्ताइमे।–('नीतिशतक'।39.।)
246. यस्यास्ति वित्त स नरः कुलीनः

स पण्डितः स श्रुतवान्गुणज्ञः।
स एवं वक्ता स च दर्शनीयः
सर्वे गुणाः काञ्चनमाश्रयन्ते।। 41.।-('नीतिशतक'।41.।)

244. मूर्त लाधवमेवैतदपायानामिदं गृहम्।
पर्यायो मरणस्याऽयं निर्धनत्व शरीरिणाम्।। 2.106।-('पंचतंत्र')

245. वनानि बहुतो वह्नः सखा भवति मारुतः।
स एव दीवनाशाय, कृशे कस्याऽस्ति सोह्रदम्।3.57।।-(पंचतंत्र')

246. संग नैव हि कश्चिदस्य कुरुते, संभाषते नादरा-
त्संप्राप्तो गृहमुत्सवेषु धनिनां सावज्ञामालोक्यते।।
दूरादेव महाजनस्य विहरत्यल्पच्छदो लज्जया।
मन्ये निर्धनता प्रकाममपरं षष्ठं महापातकम्।37.। -(मृच्छकटिकम् 1. 37.।)

247. दारिद्दय तुज्झ नमो जस्स पसाएण एरिसी रिद्धी।
पेच्छमि सयललोए ते मह लोया न पेच्छति।139.। (वज्जालग्गं'।139)

248. दीसति जोयसिद्धा अंजणसिद्धा वि के वि दीसंति।
दारिद्दजोयसिद्ध मंते लोया न पेच्छति।। 141.।
-(वज्जालग्गं। 141.।)

249 न विभाव्यन्ते लघवो वित्तविहीनाः पुरोऽपि निवसन्तः।
सततं जातविनष्टाः पयसामिव बुद्बुदाः पयसि।।।7.।
-('पंचतंव')

250 हे दारिद्रय! नमस्तुभ्यं सिद्धोऽहं त्वत्प्रसादतः।
जगत्पश्यामि येनाहं न मां पश्यति कश्चन।।
-(कंवि ने कहीं से इसे उद्धृत किया है।)
(प्राकृत-साहित्य का इतिहास (डॉ. ज. चं. जैन) पृ. 569 पर उद्धृत)

251 व्यक्तेऽपि वासरे नित्यं दौगंत्यतमसाऽऽवृतः।
अग्रतोऽपि स्थितो यत्नान्न केनाऽपीह दृश्यते।।29।।
-(पंचतंत्र')
रहीम के एक दोहे में भी इस प्रकार का भाव मिलता है-दीन सबन को लखत है, दीनहि लखे न कोय। जो रहीम दीनहि लखे, दीन बंधु सम होय।।100।।
-('रहिमन विलास' पृ. 11)

252 कि वा कुलेण कीरइ किं वा विणएण कि व रूवेण। धणरहियाणं

सुन्दरि नराण को आयर कुणइ।।143।।
-(वज्जालग्गं।143.)

253 शङ्कनीया हि सर्वत्र निष्प्रतापा दरिद्रता। उपकतं मपि प्राप्तं निःस्वं सन्त्यज्य गच्छति।।97।।
-(पंचतंत्र' 297.।)

254 शून्यमपुत्रस्य गृहं चिरशून्यं नास्ति यस्य सन्मित्रम्।
मूर्खस्य दिशः शून्याः सर्व शून्यं दरिद्रस्य।।
(मृच्छकटिकम् ।5.।)
इसकी तुलना 'हितोपदेश' (मित्रलाभ। 186) से हो सकती है-
अपुत्रस्य गृहं शून्यं सन्मित्र रहितस्य च।
मूर्खस्य च दिशः शून्याः सर्वशून्या दरिद्रता।

255 दारिद्र मान्मरणाद्वा मरणं मम रोचते न दारिद्रयम्।
अल्पक्लेशं मरणं दारिद्रयमनन्तकं दुःखम्।
('मृच्छ.' 1.11)
इसकी तुलना 'हितोपदेश' (मित्रलाभ।187) से हो सकती है-
पारिउयान्मरणाद्वाऽपि दारिद्रयमवरं स्मृतम्।
अल्पक्लेशेन मारणं दारिद्रयमतिदुःसहम

256 ययस्यार्थस्तस्य मित्राणि यस्यार्थास्तस्य बान्धेवाः
स्यार्थाः स पुमाँल्लोके यस्यार्थाः स च पण्डितः। 65.।
-('चा. नी. दर्पण')

257 यस्वार्थस्तस्य मित्राणि यस्यार्थस्तस्य बांधवाः।
यस्यार्थः सपुमल्लोके यस्यार्थः स च जीवति।7।15.।
('चा. नी. दर्पण')

258. धनेन बलवान् लोको घनाद्भवति पण्डितः।
-(हितोपदेश' (मित्रलाभः। 183)

259, यस्याऽर्थास्तस्य मित्राणि यस्यार्थास्तस्य बान्धवाः।
यस्यार्था स पुमाँल्लोके यस्थार्थाः स हि पण्डितः।।125.।
-(वही)

260. सन्तोऽपि न हि राजन्ते दरिद्रस्येतरे गुणः
आदित्य इव भूतानां श्री गुंणानां प्रकाशिनी।। 2.94.।
-('पंचतंत्र')

261. गोट्ठी वि सुटु मिट्टा दालिहविडबियाण लोएहि।

बज्जिज्जइ दूरेणं सुसलिलचंडाल कुवं (व)।
-'णाणपंचमी कहा)

262. परिगल मई मलिज्जई जसोनादरति सयणादि।
आलस्सं च पयट्टइ विप्र मणम्मि रणरण।।
उच्चरद अणुच्छाहो पर सव्वंगिओ महादाहो।
किं किं व न होइ दुहं अत्यविहीणस्य पुरिसस्स।
-('कहारयणकोस' (गुणचंद्रगणि, सन् 1101 ई.), आत्मानन्द जैन ग्रन्थमाला में मुनि पुण्य विजय जी द्वारा संपादित, सन् 1944 ई. में प्रकाशित 'प्राकृत साहित्य का इतिहास' (डॉ. जगदीशचंद्र जैन), पृ. 451 पर उद्धत।)

263. "भोः दारिद्रयं खलु नाम मनस्विनः पुरुषस्य सोच्छास मरणम्
('चारुदत्तम्', अंक 1, पृ. 12, चौखम्बा संस्करण)

264. "....... निर्धनता सर्वापदामास्पदम्।।1।14.। मृच्छकटिकम्।।

265. धनैवियुक्तस्य नरस्य लोके कि जीवितेनादित एव तावत्।
यस्य प्रतीकारनिरर्थकत्वात् कोपप्रसादा विफलीभवन्ति।।
– ('मृच्छकटिकम्', 5140।।)

266 दंष्ट्राविरहितः सर्पों, मदहीनो यथा गजः।
तथाऽयन विहीनोऽन पुरुषो नामधारकः।। 2द्य91.।-('पंचतंत्र')

267 अर्थेन च विहीनस्य पुरुषस्याऽल्पमेधसः। उच्छिद्यन्ते क्रियाः सर्वाः, ग्रीष्मे कुसरितो यथा।।292।।
-('पंचतंत्र')

268, भट्ट देवशंकर की 'अलंकार-मंजूषा' के इस पद्य में भी जलपूर्ण तालाब और उसमें पद्मिनी, हंस आदि की संकुलता की चर्चा के अनन्तर शुष्क और उपेक्षित दिशा को प्राप्त तालाब का प्रसंग उपस्थित किया गया है-
पुरा पूर्णस्तडागो यः पद्मिन-हंस-संकुलः
अधुना नीरसः सोऽयं कुश-काश वकैर्वृतः।।
"अत्र तडाग-वृत्तान्ते प्रस्तुतेऽप्रस्तुतस्य कस्यचित् कुटुम्बिनो धनन्धान्य समृद्धि शालिनः सम्प्रति प्राप्तदुद्देशस्य पुंसो वृत्तान्तः प्रतीयते।"
-('हिंदी काव्य में अन्योक्ति (डॉ. संसारचन्द्र), पृ. 53 पर उद्धृत)
सम्पन्न व्यक्ति जलपूर्ण तालाब के समान और विपन्न सूखे सरोवर के समान हुआ करता है। समृद्ध व्यक्ति के निकट बहुत से चाटुकार और लोग रहते हैं किंतु दरिद्र को पूछने वाला कोई भी नहीं है। --(लेखक)।

269. डॉ. हजारी प्रसाद द्विवेदी ने इस गोरख-वाणी पर यह टिप्पणी लिखी है-

"कथनी' और 'करनी' ये दो मार्ग मध्यकाल में बहुत स्पष्ट हो गए। गोरखनाथ ने 'करनी' को दुःखलम्य या दुहेली कहा है और 'कथनी' को सुखलम्य या सुहेली बताया है और जो लोग करनी पर ध्यान न देकर कथनी को हो सब कुछ मान बैठे. उन्हें यह कहकर उपहास का पात्र माना है कि जिस प्रकार सुग्गा पढ़ता-लिखता है, पर बिल्ली उसे धर दबाती है; उसी प्रकार कथनी वाले पंडित को माया घर दबाती है और उसकी पोथी हाथ में पड़ी ही रह जाती है :

-('मध्यकालीन धर्म-साधना' ('योग-साधना की परंपरा' शीर्षक लेख), तृतीय सं., 1962 ई., पृ. 77; साहित्य भवन प्रा.लि. इलाहाबाद।

270. बेनीपुरी, पद-70 तथा परिषद्-पदावली, पद-81.

271. 'विद्याकरसहस्त्रम', 'लोक 527, इलाहाबाद विश्वविद्यालय। 272 'विद्यापति ठाकुर' (हिन्दुस्तानी एकेडमी, प्रयाग) पृ.22. 2 7 3 'परिषद्-पत्रिका', जनवरी 1963, पृ. 97-98.

274. वही, पृ. 101.

275 द्रष्टव्य : 'परिषद्-पत्रिका', जनवरी 63, पृ. 102.

276 द्रष्टव्य : श्री दिनेश्वर लाल 'आनंद' का लेख, 'परिषद्-पत्रिका' (पटन), जुलाई 1961, पृ. 91-92.

राष्ट्रभाषा परिषद द्वारा प्रकाशित विद्यापति पदावली' की भूमिका में भी श्री शशिनाथ झा और श्री दिनेश्वर लाल 'आनंद' ने रानी लखिमा से लखिमा ठकुराइन का विभेद प्रदर्शित किया है। म. म. श्री परमेश्वर झा तथा म. म. डॉ. श्री उमेश मिश्र के मतों को खंडित करके इन दोनों विद्वानों ने रानी लखिमा को कवयित्री लखिमा से पृथक् सिद्ध किया है। संस्कृत के प्रसिद्ध मुक्तक जो लखिमा ठकुराइन के नाम से चलते हैं वे रानी लखिमा के नहीं है, इसका सोपपत्तिक विवेचन इन लोगों ने किया है। (द्रष्टव्य : परिषद् पदावली, भूमिका, पृ. 69-70)।

-(लेखक):

277. टालत (नगरत) मोर घर नाहि पडिवेशी।
हांडीत भात नाहि निति आवेशी।।
वेङ्गज साप बद्दिल जाअ।
दुहिल दुधु कि वेन्टे समाअ।।

-('हिन्दी काव्य-धारा' (राहुल), पृ. 164, टेंडण (तंति) पा 33 किताब महल, इलाहाबाद, प्रथम सं. 1945.)

278. 'बेटे' का मैथिली पर्याय 'भेंटुआ' ही होना चाहिए जो स्तनाग्र के लिए प्रयुक्त होता है।
-(लेखक)।

279. (क) केओ सखी रहलि उपेषि
केओ सिर धुन धनि देखि।।
-(परिषद् पदावली, पद-56)
(ख) मन्द करिअ हञो कम्म। धम्म सुमरि निज सीस घुन्नइ।।
('कीर्त्तिलता', 2, सक्सेना, पृ. 18)।

280 (क) तु किं पि साहसं साहसेण साहति साहस हावा।
जं भाविऊण दिव्वो परंम हो धुणइ नियसीस।।
-('वाज्जालग्गं' (साहसवज्जा) 1108.।)
(ख) "कलुणइ सुमीस करयल मलति विडुणंति सीस"
-(भविसयत्त कहा' (धनपाल), 3.25.3)।
(ग) तरुण पुणोचि गहिय परीयच्चय मितरेण दिठ्ठं दिनु। कारण कवण सथाणे दीपक्को धूणए सीसं।। 575.। बालम, दीपक पवन-भय अंचल-सरण पयट्ट। कर-हीगउ धूणइ कमल, जॉण पयोहर दिठ्ठ।। 576.।
'ढोला.' की इस प्रहेलिका का अर्थ-हरण रहीम में मिलता है-
-('ढोला-मारूरा दूहा')
दीपक हिए छिपाय, नवल बधू घर ले चली।
कर विहीन पछिताय, कुच लखि निज सीसे धुनै।। '
('रहिमन विलास', पृ. 65 शृंगार-सोरठा 3)

281. परिषद् पदावली पद-193, न. गु., पद-144; मित्र मजु., पद-176, डॉ. सुभद्र झा, पद-192.

282. बेनीपुरी पद 71.

283. परिषद् पदावली-पद-230 (सं. (अ.) से

284. बेनीपुरी, पद-68।

285. परिषद् पदावली, पद-53.

286. बेनीपुरी, पद-70.

287. 'कल्पलता', पृ. 20 (निबंध-शिरीष के फूल'), ज्ञानमण्डल लि.,

बनारस, तृतीय संवत् 2016.

288. मलिक मुहम्मद जायसी के ग्रन्थ 'पदमावती' में को यह उक्ति मिलती है।

सुनु धनि! डर हिरदय तब ताई। जौ लगि रहसि मिलै नहिं साई।
कौन कली जो भौंर न राई?। डार न टूट पुहुप गरुआई।।
-(' पदावली', पद्मावती-रत्सेन भेंट खंड, पृ. 132, ना. प्र. सभा)

जायसी का वक्तव्य है कि भौंरे के कली पर बैठने से वह कली डाल से नहीं टूटती हैं अपितु गरिष्ठ या श्री संपन्न ही होती है।

इस प्रसंग का विशेष विवेचन इसी शोध-प्रबंध के कामशास्त्रीय प्रकरण में किया गया है।-(लेखक)।

289, 'परिषद्-पत्रिका' (पटना), जुलाई 1961 ई., 91, पा. टि.2 पर उद्धृत पद्य।

290 (1) 'पदावली' में ये मान-संबंधी उक्तियाँ मिलती है-

(क) दैन भाखह जनू।-(परिषद्-पदावली, पद-12)।

(ख) मान बेचि यदि प्राण जे राषीअ ताते मरण भला
-(परिषद्-पदावली, पद-12)।

(ग) की जीवन जो खण्डित मान।-(परिषद् पदावली, पद115)

(2) 'कीर्तिलता' में तो विद्यापति ने मान की महिमा ही प्रतिष्ठित की है। इस ग्रन्थ का बीजभाव 'मान' ही है। कीर्तिसिंह का शील-निरूपण एक मानी नायक के रूप में ही हुआ है।

(क) भृङ्गी पुच्छइ भिङ्ग सुन की संसारहि सार।
मानिनि जीवन मान सज्ज वीर पुरुष अवतार।।
-(कीर्तिलता और अवहट्ट भाषा' शिवप्रसाद सिंह, 'कीर्तिलता' 1, पृ. 30)

सो पुरिसओ जसु मानो सो पुरिसओ जस्स अज्जने सत्ति!
इसरो पुरिसाओरो पुच्छविहूना पसू होइ।।
-('कीर्तिलता' 1, सक्सेना, पृ. 6)

(ग) कीर्तिसिंह के पूर्वपुरुष भी मानो थे-
मान गरुअ गएनेस जेन्हे रिउँ वड्डिम भजिअ।
-('कीर्तिलता' 1, सक्सेना, पृ. 12)

(घ) मानधनी कीर्तिसिंह शत्रु-प्रदत्त राज्य को नहीं स्वीकार करते हैं-
सिंह परक्कम मानधन वैरुद्धार सुसज्ज।

कित्तिसिह नहु अंगवड सत्त, समप्पिअ रज्ज।।
('कीर्तिलता' 2, सक्सेना, पृ. 18)
(ङ) कीर्तिसिंह के इस कथन में 'मान' की स्थापना एक चारित्रिक विशेषता के रूप में हुई है–
माता भणाइ के ममत्तय मन्ती रज्जह नीतिः।
मज्हु पिआरी एक्क पइ वीर पुरिस का रीति।।
मानविहूना भोअना सत्तुक देञेल राज।
सरण पइठ्ठे जीअना तीनू कामर काज।
–('कीर्तिलता' 2, सक्सेना, पृ. 20-21)
(च) कीर्तिसिंह के इस कथन में विद्यापति का ही मनोभाव प्रकट होता है–अभिमान जो रखो जीव सो नीच समाज न कओ रति। (कीर्ति. 2, सक्सेना, पृ. 22)
(छ) मानधनी न तो भीख माँग सकता है, न दीन वचन बोल सकता है। झुकना, दैन्यभाषण आदि उसके लिए गर्हित है–
विभँहीन नथ्यि वाणिज्य
णाहू विदेस ऋण संभरइ नहु मानधनष्खि भिष्ख भावइ
राय घरहि उप्पत्ति नहि दीन वअन नहु वअन आवइ ...
–('कीर्ति.' 3, शिवप्रसाद सिंह, पृ. 51)
(ज) 'ताबे न जीवन नेह रह जावे न लग्गइ मान।
–('कीर्तिलता' 3, सक्सेना, पृ. 76)
(3) 'पुरुष-परीक्षा" में भी मान-संबंधी उक्ति उपलब्ध होती है कि मनस्वी का त्राण 'मान' ही है–
धनं वृष्णवतः प्राणाः वह्नः प्राणस्तथेन्धनम्।
कामुकस्य स्त्रियः प्राणाः मानः प्राणा मनस्विनेः।।5।
–('पुरुषपरीक्षा' कथा 3 (युद्धवीर कथा) ।5.।; पृ. 15–मूलपाठ, पटना विश्व-विद्यालय संस्करण, श्री रमानाथ झा)

291. इसकी तुलना 'हितोपदेश' के इस पद्म से की जा सकती है जिसमें याचना को सैकड़ों गुणों की नाशिका कहा गया है–
सेबेव मानमखिलं ज्योत्स्नेव तमो जरेव लावण्यम्।
हरिहरकयेव दुरितं गुणशतमप्यथिता हरति।198।
–(हितोपदेश' (मित्रलाभ)
'वज्जालग्गं' की गाथा में मान-माणिक्य' का रूपक मिलता है और

विद्यापति के पदा में भी 'मान रत्न' का रूपक प्राप्त होता है-
कहतव-मान-रतन दइ मोय'।
समझल तब हम सुकपट सोय।8.। ..-(बेनीपुरी, पद-160)
(ख) मनोरथ कर्म जाँचलि यदि सुन्दरि मान रतन देह मोय।। 24.।
--(बेनीपुरी, पद-163)
विद्यापति के एक पद में 'मानवित्त' का रूपक दिखलाई पड़ता है-
तोहुँ मानवित्त अभिमानी
परजना ओ बड भय हानी।
-(परिषद् पदावली पद 30) (लेखक)

292. बेमग्गा भुवणायले माणिणि माणुन्त्रयाण पुरिसाणं।
अह्वा पार्वति सिरि अहव भमंता समप्यति।।95।।(वज्जालग्गं)

293. कुसुम स्तबकस्यैव द्वयी वृत्तिर्मनस्विनः।
मूर्द्दिन वा सर्वलोकस्य विशीर्येत वनेऽथवा।।33।-(नीतिशतक ')
इसी उक्ति को हितोपदेश' में भी ग्रहण किया गया है--
कुसुमस्त बकस्येव द्वेवृत्ती तु मनस्विनः
सर्वेषां मूद्दिन वा तिष्ठेद्विशीर्येन वनेऽथवा।।191.। (मित्रलाभ)

294. मालती कुसुमस्येव द्वे गतीहि मनस्विनः।
मूर्ध्नि वा सर्वलोकस्य शीर्यते वन एव वा।105.। (नीतिशतक')
इसी उक्ति से प्रभावित होकर वृन्द ने कहा है--
द्वै ही गति है बड़ेन की कुसुम मालती भय।
कै सब के सिर पर रहै कै बन मोहि बिलाय।

295. नमिऊण जं विढप्पइ खलचलणं तिहुयणं पि कि तेण।
माणेण जं विढप्पइ तणं पि तं निव्वुई कुणइ।।10.।
('वज्जालग्गं')

296. ते धन्ना ताण नमो ते गरुया माणिणो धिरारंभा।
जे गरुयवसणपडिपेल्लिया विअन्न न पत्थंति।101।।

297 'वज्जालग्गं' का यह दृष्टान्त उतना उपयुक्त नहीं जान पड़ता है। यदि हाथी कैद होते हैं तो सिंह भी पिंजड़े में डाले जाते हैं। सिंह प्राचीन युग में नरेशों और सामंतों के कौतुक के लिए फँसाए जाते थे और आज भी सर्वसाधारण के मनोरंजन के लिए वे 'सरकस' और चिड़िया घरों में हाथियों के साथ-साथ फँसाकर रखे जाते हैं।
-(लेखक)।

298. कुंजर सुमरि म सल्लइउ सरला सास म मेल्लि।
कवल जि पाविय विहि-वसिण ते चरि माणु म मेल्लि।।
(अपभ्रंश व्याकरण।।4.। 367.1)

299. माणि पणडुइ जइ न तणु तो देसडा चइज्ज। मा दुज्जण करपल्लवे हि दंसिज्जन्तु भमिज्ज।।
-(अपभ्रंश व्याकरण।।4.। 4164)
यह दोहा सोमप्रभ के 'कुमारपाल प्रतिबोध' में भी प्राप्त होता है।
-(द्रष्टव्य : हिंदी के विकास में अपभ्रंश का योग' (नामवर सिंह), पृ. 294/47)

300. अधमाः कलिमिच्छन्ति संधिमिच्छन्ति मध्यमाः।
उत्तमा मानमिच्छन्ति मानो हि महतां धनम्।
-(डॉ. कर्माकर; पुरानिक वर्डस ऑफ विज्डम' 'बम्बई, 1947)

301: अधमाधनमिच्छन्ति धनं मानञ्च मध्यमाः।
उत्तमामानमिच्छन्ति मानोहि महतां धनम्।।1.।
-('चा. नी. दर्पण')

302. वरम्प्राण परित्यागो मानभंगेन जीवनात्।
प्राणत्यागे क्षण दुःखं मानभंगे दिने दिने।। 16.16।।
-('चा. नी. दर्पण)

303. पादाहतं यदुत्थाय मूदिधनमधिरोहति।
स्वस्थादेवावमानेऽपि देह्निस्तद्वरं रजः।।
-('शिशुपाल वधम्' सर्ग 2, पथ 46)
माघ के इस पद्य से प्रभावित होकर नीतिकार वृन्द ने भी एक दोहा लिखा है।
हीन जानि न विरोधियै, वह तो तन दुखदाय।
रजहू ठोकर मारिये चढै सीस पर आय।
-('सतसई-सप्तक', 'वृन्द-सतसई', पृ. 321.451)

304. नीतिकवि विद्यापति की ही भाँति नीतिकार रहीम भी मान को महान वस्तु समझते थे। वे मान-हीन होकर सुधा-पान भी नहीं करना चाहते थे। वे मान सहित विष पान करके मर जाना ठीक समझते थे-
रहिमन मोहि न सुहाय, अभी पिआवे मान विनु।
बरू विष देय बुलाय, मान-सहित मरिबो भलो।।
-('रहिमन-विलास', पृ. 28.285.)

रहीम का वक्तव्य है कि मान सहित विष पान करके शिव 'जगदीश' के नाम से विश्रुत हुए किंतु मान-रहित होकर अमृत पीकर भी राहु को अपना सिर कटाना पड़ा-

मान सहित विष खाय के संभु भये जगदीस।
बिना मान अमृत पिये राहु कटायो सीस।।
-('रहिमन विलास', पृ. 16.152) -

305. (क) लाभक लागि मूल डुबि गेल।-(न. गु., पद-423)

(ख) भनइ विद्यापति थिर रहु बानि
लाभ न घटए मूलहुँ हो हानि-(परिषद् पदावली, पद-251)

लाभ ही नहीं घटा, मूल में भी घाटा हो गया। उपर्युक्त पाठ का यह अर्थ निम्नलिखित पाठ शोध को मान लेने के बाद किंचित् परिवर्तित हो जाता है-

भनइ विद्यापति असमय बानि।
लाभ लए गेलहुँ मुलहु भेल हानि।।
-(परिषद्-पदावली, पद-251, स0अ. से)

'लाभ के लिए जाना लेकिन मूल में भी हानि हो जाना' यह लोक प्रसिद्ध परंपरागत उक्ति है।

विद्यापति द्वारा यह लोकोक्ति किंचित् सुष्ठु रूप में इस प्रकार प्रयुक्त हुई है-

सब गुण आगर सबतहु सुनिञ ते मन लाओल नेहे।
भल-कारणो तरुअर अवलम्बल छाहरि भेल सन्देहे।।
-(परिषद्-पदावली, पद-223)

"फल के लिए पेड़ का अवलम्बन लिया किंतु उसकी छाया में भी संदेह हो गया'-यह उक्ति 'लाभ के लिए जाकर मूल भी गंवा देना' वाली उक्ति की ही बदली हुई अभिव्यक्ति जान पड़ती है। फल-लाभ के लिए पेड़ के पास जाने पर फल तो नहीं ही मिला, उल्टे पेड़ की छाया से भी वंचित रहना पड़ा, यह मूल सुक्ति से 'तुल्यदेहि तुल्यः सादृश्य रखने वाली उक्ति है।

"चौबे गए छब्बे होने, दूबे होकर आए"-इस लोकोक्ति में भी यही भाव सन्निहित है।

(घ) विद्यापति ने कई पदों में मूल-रक्षा का उपदेश दिया है -

(1) "लोभे अधिक मूल न मार।"-(न. गु., पद-180)

(2) "मूल राख बनिजारा।" (परिषद्-पदावली, पद-230, सं.अ. से) वाणिज्यकार मूल धन को बचाकर रखता है, उसे डूबने नहीं देना चाहता है! लाभ, व्याज आदि यदि न भी मिलें तो भी बनिया मूल को बचा लेने या पलटा लेने को भी एक सिद्धि ही समझता है। इस आशय की एक मैथिली लोकोक्ति भी प्राप्त होती है-"मूर पलद्दै नाचै साहु।" लाभ के फेर में मूल का भी घाटा हो जाना आर्थिक और व्यावहारिक दृष्टि-कोण से बड़ा बुरा है!

-(लेखक।)

306. मइ जाणिउ पिठ आणि मज्झ संतोसिहइ,
णहु मुणिअउ खलु घिट्ट सोवि महू मिल्हिहइ
पिउ णाविउ इहु दूउ गहिवि तत्थवि रहिउ
सव्व हियउ महु दुक्खि भरिउ पूरिउ अहिउ।। 197.।
णट्ठ मूलु पिअसंगि लाहु इच्छंतियई।
णिसुणि पहिय! जं पढि वत्थु विलवंतियई।। 198.।
मइ घणु दुक्खु सहप्पि मुणवि मणु पैसिउ दूअउ
एम भमंतह सुन्नहियय जं रयणि विहाणिय,
अणिरइ कीयइ कम्मि अवसु मणि पच्छुत्ताणिय।
मइ दिन्नु हिउहु पत्त, पिउ हुई उवम इह कह कवण।
सिंगत्थि गइय वाडव्वणी पिक्ख हराविय णिअसवण।। 199.।

-('संदेशरासक', 3.197-199।, ह. प्र. द्विवेदी, वि. त्रिपाठी।)

307. "उवाडयणि' का अर्थ 'गर्दभी' समझने का कोई आधार नहीं है। 'ज' प्रति में 'वाडव्वणि' पाठ है।" यह उचित पाठ जान पड़ता है। संस्कृत में 'बड़वा' घोड़ी को कहते हैं। उसी से बना हुआ 'वाडव्य' शब्द खच्चर के अर्थ में प्रयुक्त होता है। 'वाडव्व' से अपभ्रंश का 'वाडब्ब' बना है और उसी में 'णी' स्त्रीलिङ्ग प्रत्यय जोड़कर 'वाडव्वणी' 'खच्चरी', के अर्थ में यहां प्रयुक्त हुआ है।"-('संदेश रासक', प्रस्तावना (डॉ. ह. प्र. द्विवेदी), पृ. 46, हिन्दी-ग्रन्थ रत्नाकर बम्बई।

308. द्रष्टव्य : 'राम और रासान्वयी काव्य' (डॉ. दशरथ ओक्षा तथा डॉ. दशरथ शर्मा, ना.प्र. सभा), पृ. 480 ('संदेश रासक' का अर्थ प्रकरण, 3.991.।)।

309. (क) कबीर ने इस भाव को इस रूप में निबद्ध किया है-
सिंहों के लेहँड़े नहीं हंसों को नहि पात।

लालों की नहिं बोरियां साधु न चलै जमात।
-('कविता-कौमुदी', भाग 1, पृ. 160.74)
(ख) थल-थल नमन होहिं जेहि जोती।
जल जल सीप न उपनहिं मोती।।
बन बन बिरिछ न चन्दन होई।
तन तन विरह न उपने सोई।
-('पदमावत'; पद्मावती रत्नसेन भेंट खंड, दोहा 21 के नीचे; 'जायसी ग्रन्थावली', शुक्ल, का. ना. प्र. सभा, पृ. 136)
शुक्ल जी का यह वक्तव्य ठीक है कि जायसी को संस्कृत के भाव भाषा काव्य-द्वारा ही मिले थे।
-("पर इस प्रकार के भाव भी उन्हें (जायसी को) भाषा काव्य द्वारा ही मिले।"
-'जायसी ग्रन्थावली': 'म. मु. जायसी', पृ. 175 शुक्ल जी)
इस जाति की लोकोक्ति को सत्संग में या जनता के बीच कबीर और जायसी-जैसे संतों और लोक कवियों ने सुना होगा। उन लोगों ने संस्कृत का अध्ययन नहीं किया था, किंतु वे भाषा काव्यों को सुन चुके थे या उनसे परिचित थे।
सदुक्तियों की यात्रा तो लोक-जिह्वा पर ही होती है और इस सयुक्ति को भी कबीर, जायसी, मंझन आदि ने 'लोक' से ही प्राप्त किया था, काव्याध्ययन से नहीं, लेकिन विद्यापति के संबंध में दोनों ही बातों की संभावना है। वे संस्कृत के अध्येता थे और लोक-जीवन से भी संबंद्ध थे। वे बहुपठित थे और बहुश्रुत भी। उन्होंने पुरानी सूक्ति को नवीनता का संस्पर्श देकर उपस्थित किया है।
मंझन में भी ये भाव प्राप्त होते हैं-
रतन कि सागर सागरहिं, गज मोती गज कोय।
चंदन कि बन बन उपजइ, बिरह कि तन तन होय।।
-('मधुमालती')
(घ) नीति-कवि दीनदयाल गिरि में भी यह भाव मिलता है।
साधु रहैं नहिं सकल थल, कवि जन कहैं बखानि।
बन-बन चंदन होहिं नहि, गिरि गिरि मानिक खानि।
-('दीनदयाल गिरि-ग्रन्थावली', पृ. 84.140)

310. "अहवा हत्थकंकणं कि दप्पणण पेवखीअदि?"

-('कर्पूर0', 110 22)।

राजशेखर ने इसी प्रसंग में इस लोकोक्ति की पुष्टि में समान भाववाली दूसरी लोकोक्ति का भी प्रयोग किया है कि 'घोड़े की चाल क्या गवाहों से पूछते हैं?'-"एब्बणेंदं, तुरगस्स सिग्धत्तणे किं साक्खिणो पुच्छीनंति?"

-('कर्पूर0, 1 पृ. 22; चौखंबा)।

जिस तरह हाथ के कंगन के लिए दर्पण की आवश्यकता नहीं होती है, उसी तरह घोड़े की चाल का पता गवाहों से नहीं लगाया जाता है

311. उजु रे उजु छाड़ि मा लेहु रे बँक
निअडि बोहि मा जाहु रे लंक।।
हाथरे कांकण मा लेउ दापण
अपणे अपा बुझतु निअल मण।
('चर्यापद' ।32द्य)

312. (क) 'हत्यठियं कंकणयं को मण जोएह बारिसए?"
-'ज्ञानपंचमी कथा'; 'प्रा. सा. का इति.' (डॉ. ज. चं. जैन), पृ. 443 पर उद्धृत।
(ख) 'हत्थथकंकणाणं कि कज्ज दप्पणणहवा
–'अक्वाखमणिकोस', 'प्रा. सा. का इति.', पृ. 446 पर उद्धत।

313. 'करे कंकणु कि आरिसे दीसइ।' ('सुदंसण चरिउ, 72)।
-('अपभ्रंश-साहित्य' (डॉ. कोछड़), पृ. 172 पर उद्धृत)।

314. "Varna of course does not mean 'description'. "
&(V- R- Introduction, Page- XXI)-

315. "Among other things, Varna means, according to Hema&candro, Halayudha and Mallinatha (of Bohtlingk and Roth's st- Petersburg Leñicon), gita&krama, i- e-, "The order or arrangment of a song or a Poem'- xx The purpose in writing the book is not to Compose a descriptive poem in Maithili the varnana or varnana of the various subjects in itself was not the aim- Rather, the aim was to furnish lists of things one must mention in descri&bing these subjects of things in their proper order and proper setting (cf- the meaning gita&krama for varna)- The obligation to follow the accepted conventions was imposed upon the writer by the rules of rhetoric-"

-(V. R. Introduction, Page xxii)

316. डॉ. अग्रवाल लिखा है-

"वर्णक के लिए ही वर्ण शब्द गुप्तकालीन संस्कृति में प्रयुक्त होने लगा था। 'मूल सर्वास्तिवाद विनयपिटक' के अंतर्गत प्रव्रज्यावस्तु नामक ग्रन्थ में इस शब्द का प्रयोग हुआ है-मृष्टाभिधायीस माणवः तने तथा तथा मध्यदेशस्य वर्णो भाषिती यथा ते माणवकाः सर्व एव मध्प्रदेशगमनोत्सुः संवृत्ता ; अर्थात् वह विद्यार्थी बड़ा मधुरभाषी था। उसने जैसे-जैसे दक्षिणापथ के छात्रों के सामने मध्यप्रदेश का वर्णन सुनाया वैसे-वैसे दक्षिण के वे सब छात्र मध्यदेश चलने के लिए उत्कंठित होते गए। वर्णक के अर्थ में वर्ण शब्द का यह प्रयोग तेरहवीं शती के संगीतरत्नाकर नामक ग्रन्थ में भी पाया जाता है। उसमें 'वर्ण कवि का उल्लेख है जिसका अर्थ टीकाकार मल्लिनाथ ने 'वर्णना कवि किया है। शाङ्र्गदेव की सम्मति में वस्तुकवि श्रेष्ठ और वर्णकवि मध्यम माना जाता था (वणे वस्तुकविवर्णकविमंध्यम उच्यते, संगीत रत्नाकर भाग 1 पृ. 245)। यह स्पष्ट है कि तेरहवीं शती के आसपास के भारतीय साहित्य में प्रायः सभी क्षेत्रीय भाषाओं में वर्ण कवियों की धूम थी उसी का एक रूप अवहट्ट के संदेशरासक और विद्यापति की कीतिलता में प्राप्त होता है। दोनों के वर्णन वर्णक शैली के हैं, यद्यपि शब्दावली की दृष्टि से उनमें अपनी ताजगी भी पाई जाती है। कविशेखराचार्य ज्योतिरीश्वर ठक्कुर (14वीं शती का प्रथम भाग) कृत प्राचीन मैथिली भाषा का वर्ण रत्नाकर नामक ग्रन्थ में वर्ण शब्द वर्णन, वर्णना या वर्णक के अर्थ में ही प्रयुक्त हुआ है।"

-('सभा-श्रृंगार' भूमिका, पृ. 2-3)

('सभा-श्रृंगार', भूमिका, पृ. 2, पाद-टिप्पणी 3 मूल सर्वास्तिवाद विनय-वस्तु, भाग 3 खण्ड 4, प्रव्रज्यावस्तु, पृष्ठ 13, गिलगित मैनुस्क्रिप्ट्स, कलकत्ता।) 317, डॉ. वा. श. अग्रवाल ने 'हिन्दुस्तानी' (भाग 21, अंक 1, जनवरी-मार्च 1960) में 'वर्णक-साहित्य' नामक निबंध लिखेकर वर्णक साहित्य की प्राचीनतर परंपरा का सम्यक् उद्‌घाटन किया है। प्रादेशिक भाषा-साहित्यों में भी वर्णक रचनाएँ और उनसे प्रभावित काव्य मिलते हैं। मैथिली के अतिरिक्त गुज़राती, राजस्थानी, मराठी आदि भाषाओं में भी वर्णक ग्रन्थ प्राप्त होते हैं। गुज़राती में "पृथ्वी-चन्द्र चरित अपर नाम वाग्विलास" (रचना काल सं. 1478) नामक प्रसिद्ध ग्रन्थ में वर्णको का मनोरम प्रयोग है। इसका रचयिता माणक्यचन्द्र सूरि है। यह ग्रन्थ 'प्राचीन गुर्जर काव्य-संग्रह'

(बड़ौदा ओरियंटल सिरीज) और 'प्राचीन गुज़राती गद्य-संदर्भ' (सं. मुनि जिनविजय) में प्रकाशित हो चुका है। गुज़राती के मामेरु काव्यों में वर्णक-शैली देखी जा सकती है। प्रमानन्द-रचित मामेरु की वर्णन तालिका इस दृष्टि से ध्यातव्य है। मराठी में बेजनाथ कलानिधि' नामक वर्णक ग्रन्थ मिलता है। इस ग्रन्थ के संबंध में अगरचंद नाहटा ने विवरण दिया है। नाहटा ने 'राजस्थानी-'भारती' में 'कतिपय वर्णनात्मक राजस्थानी गद्यग्रन्थ' शीर्षक निबंध में भी वर्णक-साहित्य का विवरण दिया है। 'सभागार में नाहटा ने विविध वर्णकों का संग्रह किया है। डॉ. भोगीलाल सासरा ने भी वर्णक-समुच्चय (प्राचीन गुर्जर ग्रन्थमाला, महाराज सयाजीराव विश्वविद्यालय, बड़ौदा) में विविध वर्णकों को प्रकाशित करवाया है।-(लेखक)

318. सुनीति बाबू ने ग्रन्थ का परिचय ठीक ही दिया हैं- It is a sort of lexicon of vernacular and Sanskrit terms. a repository of literary similes and conventions dealing with the various things in the world and ideas which are usually treated in poetry. We have in it either bare lists of terms, or the similes and conventions are set in the frame-work of a number of "descriptions."

-(V.R. Introduction, Page xxi)

319. "इस साहित्य (वर्णक साहित्य) का संबंध किसी वस्तु के उस परिनिष्ठत वर्णन से है जिसे सार्वजनिक रीति से आदर्श वर्णन के रूप में स्वीकार कर लिया जाता था। इस प्रकार के वर्णन कवि और कलाकार दोनों के लिए सहायक होते हैं, एवं श्रोता और वक्ता दोनों को इस प्रकार के वर्णनों में वस्तु का ज्वलन्त चित्र प्राप्त हो जाता है। अतएव दोनों ही उसमें रुचि लेते हैं, जैसे किसी राजा और उसकी राजसभा का वर्णन अथवा सोलह शृंगारों से सजी किसी रूपवती नायिका का वर्णन अथवा वृक्ष, पुष्प, फल, सरोवर, पक्षी आदि की समृद्धि से रमणीय किसी उद्यान का वर्णन। इस प्रकार की वस्तुओं का वर्णन अनेक व्यक्ति अपनी अपनी रुचि के अनुसार भी कर सकते हैं जिनका एक दूसरे से भिन्न होना संभव है। किन्तु यदि कई वर्णनों की तुलना की जाय तो उनमें एक सदृश परिपाटी का विकास होता हुआ दिखाई पढ़ेगा। ऐसे ही पल्लवित वर्णनों को यदि एक आदर्श वर्णन के रूप में ढाल दिया जाय तो उसका वह परिनिष्ठित रूप कालान्तर में रूढ़िगत बन जाता है। यही इस प्रकार के वर्णनों की पृष्ठभूमि है

जिसका भारतीय साहित्य की संस्कृति, प्राकृत, पाली, अपभ्रंश एवं देशी भाषाओं की कृतियों में प्राचीनकाल से ही प्रमाण उपलब्ध होने लगता है।"

(डॉ. वा. श. अग्रवाल, 'सभा-शृंगार' की भूमिका, पृ. 1)।

320. डॉ. सुनीति कुमार चटर्जी, 'वर्ण-रत्नाकर', इन्ट्रोडक्शन', पृष्ठ xxiv द्रष्टव्य।

श्री अगरचंद नाहटा ने भी जैनागमों की वर्णक-विधि पर उचित ही लिखा है– 'भारतवर्ष में प्राचीनकाल से वर्णनकला की परंपरा पाई जाती है। प्राचीन जैन आगमों से तो यह भली भाँति सिद्ध है। वैसे तो सभी आगमों में जब भी नगर, राजा, वनखंड, उद्यान, चौत्य आदि का प्रसंग आया है, वहाँ उनका बड़े सुन्दर ढंग से वर्णन किया गया है। पर उववाइ (ओपपातिक) नामक उपांग सूत्र में तो वर्णनों का संग्रह विशेष रूप से पाया जाता है और अन्य आगमों में नगर, राजा आदि का वर्णन-'उववाह सूत्र के जैसा जान लेना या कहना' इस प्रकार का मिलता है।"

-('सभा-शृंगार' प्रस्तावना, पृ. 1)

321. "इस प्रकार के वर्णन के लिए वर्णक शब्द प्राचीन जैन आगम शास्त्र में पाया जाता है जिसे प्राकृत भाषा में 'वण्णओं' कहा गया है। उदाहरण के लिए-तेणं कालेणं तेणं समयेणं राया होत्था (बण्णओं)। धारिणी नाम देवी होत्था (वण्णओ)। चम्पा नाम नयरी होत्था (वण्णओ) इत्यादि। यहाँ कोष्ठक में वण्णओ लिख देने से राजा रानी या नगरी का जो आदर्श वर्णन प्रचलित था उसी को ग्रहण किया जाता था और ग्रन्थों को प्रतिलिपि करते समय उसे बराबर दोहराने की आवश्यकता नहीं समझी जाती थी। यह प्रथा कुछ उस प्रकार की थी जिसे वैदिक मन्त्रों का पाठ करते समय गलत कहा जाता था। ऋक् प्रातिशाख्य (10.19) के अनुसार ऐसे शब्दों या वाक्यों की संज्ञा जो कई बार दोहराए जायें 'समय' थी। इस प्रकार के संगठित वर्णन या समयवाची शब्द पद-पाठ में छोड़ दिए जाते थे और एक मोल बिन्दु से उसका संकेत बना दिया जाता था जिसके कारण उन्हें गलन्त कहने लगे। किंतु गलत पाठ में उन सब पशब्दों को यथावत् दोहराना आवश्यक होता (डॉ. वा. स. अपवाल, 'सभा-शृंगार' की भूमिका, पृ. 1-2)।

322. (क) The utikility of such a work appears to have been that of a

hand book of poetical figures and a lexicon of connected to pics and objects. It is a book of ready-made patter often highly poetic no doubt-in the approved, orthodoñ Sanskrit style, on a variety of topics, which would form the stock&in trade of a Public Reciter-a Kathaka, as he is called in Bengal or a Vyasa, as he is called in Hindustan----(V.R. Introduction, Page xxii) () Such books of collections of terms and of aids in their profession for the professional reciter are not unknown in other parts of India- In the Sister province of Bengal, such Kathaka's hand-books have been found: and it would be interesting to compare their method and their contents with those of the Varna-ratnakara.
-(S.K.C: V.R. Introduction, Page ññiii)

323- He say: there are formula which every kathka has to get by heart, set passages describing not only Sive, Laksmi, Visnu, Krisna, and other deiies but also describing a town a beattefield morning noon and night and many other subjects which incidentally occur in the course of the narration of a story\ (Ibid Introdution, Page xxiii पर उद्धृत)

324. द्रष्टव्य : 'वर्णरत्नाकर' 'इंट्रोडक्शन', पृ. 23.

325. "भरतज्ञ. भोजनकुशल. सभाकुशल. बन्धकुशल. व वि. सुकवि सत्कवि. महाकवि कुमर. कुतूहली. कण्टकीया. केवारी कर्मस्थानी कथक. कायस्थ, गावर, गायन. वंशगायन. वीणागायन. नट नर्त्तक. नीतिज्ञ नायक. नागरादि अनेक राज-पादोपजिवक लोक देषुअह." ('वर्णरत्नाकरे, तृतीयः कल्लोलः अथ स्थानवर्णना', पृ. 10, (24 क) के अंतर्गत)।

326. राजस्थानी के बात बनाने वालों के संबंध में श्री अगरचंद नाहटा ने ठीक ही लिखा है-
'बात बणाव का अर्थ है कि बात किस तरह बनानी अर्थात् कहनी व लिखनी चाहिए। राजस्थान में हजारों बातें (वार्ताएं, कथा कहानियाँ) बड़े चाव से कही सुनी जाती रही है। बातों को अच्छे ढंग से घटादार शैली में कहने वाले व्यक्तियों को राजाओं ठाकुरों आदि के यहाँ बड़ा सम्मान तो मिलता ही या पर जन-साधारण में भी उनका बड़ा आदर था। यद्यपि सैकड़ों राजस्थानी बातें लिखित रूप में भी मिलती है पर मौखिक रूप से कहने का ढंग बड़ा ही अनोखा और निराला होता है जो कि लिखित रूप में प्रायः नहीं पाया जाता।"
('सभागार, प्रस्तावना, पृ. 3)।

327. आज भी राजपूताने में कहानी कहनेवाला जहाँ सुन्दरी का वर्णन आता

है वहीं बीच में यह दोहा जोड़ देता है-

कद तैं नाग विसासिया नैण दिया मृग झल्ल। गोरी सरबर कद गई हंसों सीखण हल्ल।।

जहाँ मित्रता का वर्णन आता है वहाँ वह यह दोहा घुसेड़ता है-

मा मन लग्गा तो मना तो मन मो मन लग्ग। दूध विलग्गा पाणियां (जमि) पाणिय दूध विलग्ग।

जहाँ किसी वीर नारी का प्रसंग आया तो घट ये दोहे आ जायेंगे -

ढोल सुगंता मंगली मूछां भौंह चढंत।

चँवरी हो पहिचाणियो कँवरी मरणो कंतु।।ढोल बजता है सबी पति आयौ मोहि लैण। बागां ढोला मैं चली पति को बदलो लैण।। मैं परणंती परविखयो तोरण री तणियाह।

मो चूडल्लो उतरसी जद उतरसी धणिपांह।।

अवश्य ही ये दोहे कहानी कहने वाले के नहीं हैं, प्राचीन है।"

-('पुरानी हिंदी', पृ. 71-72)

परंपरागत सूक्तियों, कहावतों, पद्यों, 'वर्णकों' बादि को कथावाचक और कवि प्राचीन युग से ही आत्मसात् करते रहे हैं। इन 'रेडीमेड उपादानों से वे अपने वक्तव्यों में रंग भरते रहे हैं।

328. द्रष्टव्य : 'पुरानी हिन्दी', पृ. 71.
(लेखक)

329. "वस्तुतः इन गाथाओं का कुमारपाल प्रतिबोध में वही पद है जो विशेष राजाओं के यज्ञ और दान को प्रशंसा की अभियज्ञ गाथाओं का ब्राह्मणों में ऐतरेय और शतपथ ब्राह्मण में ऐंद्रमहाभिषेक और अश्वमेध आदि के प्रसंग पर ऐसी-नाराशंसी गाथाएँ दी गई है जो अवश्य ही ब्राह्मणों की रचना के समय लोक में प्रचलित थीं, और जिन्हें 'तदेषा अभियशगाथा गीयते' कहकर ब्राह्मणों में इसी तरह उद्धृत किया है।"
-(पुरानी हिन्दी', पृ. 72-73)।

330. दियइ दित्तिइ जित्तइं चत्तियाइं इयरद्दकद्द विद्धमोतियाइं। मुह ससि जोण्ह दिस धवल थाइ इयरहकह ससिझिज्जंतु
-('महापुराण, 70.11.5-6)।

331. एयाण वयण तुल्लो होमि न होमित्ति पुण्णिमादिय हो।
पिय मंडलाहिलासी चरइव चंदायण चंदो।।214.द4.
चलण छवि साम फलाहिलासी कमलेहिं सूरकर सहणं।

विज्जइ तवं व सलिले नियमं पित्तण गल पमाणम्मि। 3
('जंबुसामि चरिउ'; 'अपभ्रंश-साहित्य' (कोछड़), पृ. 153 पर उद्धृत)
आमेर शास्त्र-भंडार में इस रचना की पांडुलिपि उपलब्ध है। इसका रचना-काल वि. सं. 1076 है। कोछड़ ने इस ग्रंथ का विवरण दिया है।-(लेखक)।

332. यह नयनंदी की कृति है जिसका रचनाकाल वि.सं. 1100 है। कोछड़ ने इस पुस्तक का विवरण दिया है। –(लेखक)।

333. धता :-जा लधि समा तहे काउरवा जाहे गइए सकलत्तई।
णिरु णिज्जियई, णं लज्जियई हंसई माणसे पत्तई।।47।।
जाहे चरण सारुण अइ कोमल, पेछेवि जले पइट्टरत्तु पपल।
जाहे पायणह मणिहि विचित्तई, णिरसियाई णहे ठिय णक्खत्तई।
....
जाहि लड़ह जंघहि उहामिउं, रंभउ णीसारख होएवि थिउ।
जाहे णियां बिवुब अलहंते, परिसोसियउ अंगु रइ कते।
....
जाहि णाहि गंभीरिम जित्तउ, गंगा वत्त, ण थाइ भमंतउ।
जाहे मज्नु किमु अवलोएवि, हरिणं तव चरण चित्तगउ गिरि दरि
जाहे सुरोमावलिए परज्जिय, णाइणि विले पइसइ णं लज्जिय।
धत्ता :-अह मइं कलिय रोमावलिय, जइ णवि विहि विरयंतउ।
तो मणहरेण गुरु थनभरेण, मज्झु अवसु भज्जतउ।4-2
जाहे णिएविणु कोमल वाउ विस विक रहित गुणउम्माहउ।
जाहे पाणि पल्लवइं सुललिलयइ, कंबेल्ली दलहिवि अहिलसि यहिं।
जाहि सहु णिसणोवि अहिह, णं किव्हन्तु धरिइ माहवियए।
जाहे कंठ रेहत्तय णिज्जिय, संख समुद्दे वुड्डु णं लज्जिय।
जाहे अहरराएँ विद्गुम गुणु, जित्तउ जेण धरइ कठिणत्तणु।
जाहे देसण केतिए जिय णिम्मल, सिप्पिहें ते पइट्ठ मुत्ताहल।
जाहे सास सुरहि मणउ पावइ, पवणु तेणउव्विं विरु धावइ।
जाहं विमल मुह इंद सयासए, णि वडण खप्पर व ससि भासइ।
....
जाहे गयण अवलोइवि हरिगिहिं, विंभिएहिं रह वद्धि गहगेहिं।
जाहे भउ बंकतें सुरधणु, जित्रउ हवइ तेण सो गिग्गुगु।

जाहे भालहिउ किण्हट्ठमि ससि, हवइ खीणु अज्जुवि खेयहो वसि।
केसहिं जाए जित्त अलि सत्थवि, रुगुरुगंत रइ करवि ण कत्थवि।
–('सुरंसण चरिउ', 4.3, 'अपभ्रंश–साहित्य', कोछड़, पृ. 166–167 पर उद्धृत)

334. ग्रंथ का रचना–काल वि. सं. 1208 है। इसका रचना–स्थान गुज़रात का 'वलड' या अहमदाबाद है।

335. दंत पंति णिजिय मुत्तावलि, नं मयहो करी वाणावलि।
XXX
जहि वयण कमलहो नउ पुज्जइ, चंदे वि अज्जु विवट्टइ खिज्जइ।
XX
अहर लछि परिभविय पवालहें, परिमिय चंचल अलिणिह वालह।
XX
णयणो हामिय सिसु सारंगहे, संदरि सय लावखय वहि चँगिहे।
XX
रह जाहे कसणा रोमावलि, नं कामानल घणा घूमावलि।
–('सुकुमाल चरिउ', 1.8, अपभ्रंश साहित्य कोछड, पृ. 214 पर उद्धृत)

336. इसकी प्रति आमेर शास्त्र–भंडार में सुरक्षित है। कोछड़ के निर्देश के के अनुसार यह कवि पुष्पदंत के पश्चात् तथा 1315 ई. के पहले आविभूर्त हुआ था।
–(द्रष्टव्य: 'अप. साहि.', पृ. 216–217)।

337. जित्तउ मुह सोहाए, जेणा तेण सकलंकउ। लज्जए जाइ विदूरि णह्यलि थक्कु संसंकउ।। 1.12.।
–(सुलोचना चरिउ कोछड, पृ. 218 पर उद्धृत)

338. 'कुमारपाल प्रतिबोध के समय वि. सं. 1241 है।

339. जसु वयण विणिज्जत णं ससंकु,
अप्पाणु यिसिहि दंसइ ससंकु।
जसु णयण कंति–जिय–लज्ज भरिण,
वर्ण–वासु पवन्नय नाइ हरिण।।5.।
जसु सहहिं केस–घण कसण–वन्न,
नं छप्पय मुह पंकय पवन्न।
भवणिक्क वीर कंदप्प–घणाह,

सुंदरिम बिडंबहि जासु भमुह।।19.।
जसु अहर हरिय सोहग्ग-सारू,
न विद्रुम सेवइ जलहि खारू।
जसु दंतपंति सुंदेरू रूंदु
नहु सीओसंह तु वि लहइ कुंदु।।10.।
असणंतिगुलि पल्लव नहपसूण,
जसु सरल भुयाउ लयाउ नूण।
घण-पीण-तुरंग-थण-भार-सत्तु,
जसु मज्झु तणत्तणु न पवत्तु।1।
– (‘स्थूलिभद्र कथा’: ‘कुमारपाल प्रतिबोध’ में सन्निविष्ट)
–(‘हिंदी काव्यधारा’ (राहुल), पृ. 412 पर संकलित तथा ‘अपभ्रंश-साहित्य (डॉ. कोछड़), पृ. 353-354 पर उद्धृत)

340. जिवँ तिवँ तिक्खा लेवि कर जइ सति छोल्लिज्जन्तु।
तो जइ गोरिहें मुह कमलि सरिसिम का वि लहन्तु।
–(अपभ्रंश व्याकरण।।4.। 385।1.।)

341. उअ कणिरू पफुल्लिअउ कञ्चन कन्ति पयासु।
गोरी-वयण विणिज्जिअउ नं सेवइ वणावासु।।
–(अप. व्या.घ4.। 396।5.।)

342. जो गोरी-मुह-निज्जिअ वहलि लुक्कु मियङ्क। अन्न वि जो परिहविय तणु सो किवँ (किम्) भई निसङ्क।
–(अप. व्या.।4.। 401।2।।)

343. (20.क) अपरः प्रकारः। स्वर्ग मन्तर्थ पातालक सौन्दर्य एक जाति नायिका वडे प्रणिधाने विधाताहुँ नायकस। xx एके अपूर्व्वविश्वकर्माञे निम्मंउलि याक मुखक शोभा देषि पद्मे जल प्रवेश कएल, आंषिक शोभा देषि हरिण वणगेल, केशक शोभा देषि चमरी 5. (20 ख) (लायन कए) ल. दाँतक शोभा देषि तालिवे हृदय-वीदीर्ण कएल. अधरक शोभा देषि प्रवाल द्विपान्तर गेल. कनिक शोभा देषि वौद्ध ध्यान स्थित भेल. कण्ठक शो (भा दे) वि कम्बु समद्रप्रवेश कएल. स्तनक शोभा देषि चक्रवाक उच्छन्न भेव। वायुणलक शोभा देषि पञु कनाल पङ्क निमग्न भेल. हायक शोभा देषि! xxx के पल्लवग्रस्त (तस्त) भेल. जंघयुगलक शोभा देषि कइली" विपरीतगति कइलि. चरणक शोभा देवि स्थलकमले निकुञ्ज आश्रय कएल. एवम्विधरत्ना। ◦ ◦ ◦

संयुक्ति भूवनमोहिनी देषु।

– ('वर्णरत्नाकर', द्वितीयः कल्लोलः, नायिका वर्णनाः पृ. 60 रा. एशि. सो. कलकत्ता; सं. सू. कु. चटर्जी तथा बबुआ जी मिश्र)

344. कबरी भय चामरि गिरि-कन्दर
मुख-भय चाँद अकासे।
हरित नयन-भय सर-भय कोकिल
गति भय गज बनवासे। 2.।
सुन्दरि, किए मोहि सभासि न जासि
तुअडर इह सब दूरहि पलायल
लुहुँ पुन काहि डरासि।4.।
कुच भय कमल कोरक जल मुदि रहु
घट परवेस हुतासे।
दाड़िम सिरिफल गगन वास करू
सम्भु गरल करु ग्रासे।।6.।
भुजभय पंक मृनाल नुकाएल

345. कविराज शंखधर कान्यकुन के राजा गोबिन्द चन्द्र के दरकारी कवि थे। साहित्यदर्पणाकार ने 'लटक मेलका को संकीर्ण प्रहसन कहा है-

वृतं बहूनां धृष्टानां सङ्कीर्ण केचिद्चिरे।
तत्पुनर्भवति द्वयडक मथर्वे का निर्मितम्।।267।

यथा लटकमेलका दिः। मुतिस्त्वाह-'वेश्याकेचेटनपुसकवित-धुरी बन्धकी च यन स्यु ः। श्रविकृतवेषपरिच्छदचेष्टितकरणं तु संकीर्णम्।।' इति।

--('साहित्य-दर्पण', 6/267।।'विमला', पृ. 210)

'लटकमेलक' बारहवीं शताब्दी का रूपक है। 'लटकमेलक' का अभिप्राय धूर्त्त-सम्मेलन होता है। धूर्त्त समागमकार ज्योतिरीश्वर और कुट्टनी का वर्णन करने बाने विद्यापति ने इस प्रहसन को अवश्य ही पढ़ा होगा। -(लेखक)

346. "140 परिहास पेपली-श्री बाबू राम सक्सेना और शिवप्रसाद सिंह की प्रति में परिहास पेषण पाठ है। दे. पेषण का अर्थ है-काम कामकाज, प्रयोजन (दे. 6/57), अथवा सं. प्रेषण-पेषण कार्य में नियुक्त करना, लगाना। परिहास पेषणी-परिहास में लगाने वाली। किंतु ख प्रति के अनुसार परिहास पेषली पाठ अधिक समीचीन है। जो संस्कृत 'परिहास पेषली' का रूप है। परिहास पेषली-सुदर परिहास करनेवाली, मंजू

परिहास करनेवाली।"

–(' की तिलता' : संजीवनी व्याख्या, डॉ. अग्रवाल, पृ. 87, पा. टि. 140)

347. "और विचित्रता क्या वर्णन करूँ उन (वेश्याओं) की धूप धूमलेखा रूपी केश छटा. ध्रुव के भी ऊपर जाती थी। कोई-कोई ऐसी भी (अर्थ) सङ्गति करते थे कि उनके काजल के कारण, चंद्रमा में कलङ्क है।"

–('कीर्ति.', सक्सेना, पृ. 35)

348, 'और भी विचित्रता क्या कहूँ। उनके केश को धूपित करने वाले अगरू के धुये की रेखा ध्रुवतारा से भी ऊपर जाती है, कोई कोई यह भी शंका करते कि उनके काजर से चाँद कलंकित लगता है।"

–('कीर्ति. और अव भा,. कर 'कीर्ति.' का हिंदी-भाषान्तर, पृ. 73)

349. "इसका सीधा अर्थ यही है कि इतनी देर तक केशों को धूप से सुवासित करती हैं कि उसके घूम की लेखा ध्रुव के भी ऊपर निकल जाती है। कोई तो यह भी कहते हैं कि घूम लेखा के ही कज्जल से चंद्रमा में कलंक हो गया।"

–('हिंदी साहित्य का अतीत 1, पृ. 125 प्रथम संस्करण. आचार्य विश्वनाथ प्रसाद मिश्र)

350. "और विचित्रता क्या करूँ? जिनके (उन वेश्याओं के) केश संस्कार की धूप की धूम रेखा बतारे से भी ऊपर जाती थी। कोई कोई ऐसी कल्पना करते थे कि उस धुएँ के काजल (कालिया) के कारण हो चन्द्रमा में कलंक है।"

–(कीर्तिलता:, संजीवनी व्याख्या (डॉ.बा.श. अग्रवाल), पृ. 82)

351. (क) सक्सेना ने इसका अर्थ इस प्रकार किया है-पयोधर के भार से भागना चाहती हों। (पृ. 37)।

(ख) शिवप्रसाद सिंह ने भी ऐसा ही अर्थ किया है-पयोधर के भार से भागना चाहती है...

–(हिंदी भाषान्तर, पृ. 73)।

(ग) डॉ. अग्रवाल का अर्थ ठीक है-पयोधर के भार से जिनका क्षीण मध्य भाग मानों टूट जाना चाहता था

–(पृ. 89)

352. भरत की इस कारिका में एक और महत्वपूर्ण तथ्य उपलब्ध होता है

जिसका विवेचन प्रस्तुत प्रसंग के लिए आवश्यक नहीं है, किंतु कुछ लोगों के भ्रम-निवारण के लिए उसकी चर्चा उपादेय प्रतीत होती है कुछ विद्वानों के बीच यह 'किवदन्ती' प्रचलित है कि भारतीय नाट्यशास्त्र वद्य, मार-काट आदि के दृश्यों का नाट्य-कृति में निषेध करता है और वह आत्यंतिक रूप से 'कामदी' या सुखान्त 'रचनाओं का पक्षधर है। उन पंडितों के भ्रम का उन्मूलन इस कारिका से हो जाना चाहिए। यहाँ नाट्य-कृतियों में युद्ध और वध का सम्यक् उल्लेख मिलता है। भारतीय रूपकों में भी युद्ध और वध के दृश्य रहा करते थे, यह बात इस उक्ति से। सिद्ध होती है

-(लेखक)

353. धर्मार्थकाममोक्षेषु वैचक्षण्यं कलासु च। प्रीति करोति कीति च साधुकाव्यनिबन्धनम्।।

-भामह ('काव्यालङ्कार 1.2)

354. लोको विद्या प्रकीर्णन काव्याङ्गानि 11,3,1.-(वामन)

355. शब्दस्मृत्यभिधानकोशच्दोविचितिकला कामशास्त्रदण्डनीति पूर्वा-विद्या:।1,2,3। (वही)

356. कामशास्त्रत: कामोपचारस्य 1.3,8.

संविदित्यनुवर्तते। कामोपचारस्य संवित् कामशास्त्रत इति कामोपचार बहुलं हि वस्तु काव्यस्येति।।8.।

(वामन)

357 "श्रुति:, स्मृति, इतिहास:, पुराण, प्रमाणविद्या, समयविद्या, राज सिद्धान्तंदज, लोको, विरचना, प्रकीर्णकं च काव्यार्थानां द्वादश योनय:" इति आचार्या:।

-('काव्य-मीमांसा', अ.8)

358. हर प्रसाद शास्त्री का मंतव्य है" तिनि छिलेन राजकवि, राजपारि-पद् राजारा वा राजसभासदेश बेमन फरमाइस करितेन, तिनि तेमनइ गान लिखितेन, एवं ताहादेर मनोरज्जन करिवार जन्य तोहार एवं ताँहादेर परिवारेर नाम से संगे जूड़िया दितेन। राजसभाय खूब एकटा आमोद हइत।"

-(विद्यापति ठाकुर' (उमेश मिश्र) पृ. 134 पर उत

359. 'कामसूत्र', अधिकरण 1 अध्याय 3 सूत्र 16 में चौंसठ कलाओं को तालिका मिलती है। 'वर्ण-रत्नाकर' चतुर्थ कल्लोल, पृ. 20-21 में भी चौंसठ कलाओं की तालिका है। ज्योतिरीश्वर चौसठ कलाओं में कुशल

नायक की चर्चा करते हैं। इन कलाओं की तुलना 'ललित विस्तर' 'शुक्रनीति-सार, प्रबंधकोश', 'सभागार आदि की कला-सूचियों से की जा सकती है।

-(लेखक)

360. तस्य वहिः क्रीडा शकुनिपञ्चराणि।।13।।भोजनानन्तरं शुकसारिका प्रलापनव्यापारा: लावककु कुटमेषयुद्धानि, तास्ताश्च कलाक्रीडाः, पाठमदेविविदूषकायत्ताव्यापारा, दिवाशय्या च।21ध

गृहीत प्रसाधनस्यापराह्णो गोष्ठीविचारा:।22.। प्रदोषे च संगीतकानि।23.। घटानिबन्धनं, गोष्ठीसमवायः समापानकम्, उद्यानगमनं, समस्याः क्रोडाश्च प्रवर्त्त यत्।26।।

-('कामसूत्र', अधिकरण 1 अध्याय 4 (नागरकवृत्तम)

361, "तंकाँ मध्य सिहासनावस्थित सर्व्वगुणसंपूर्ण राजा देषु।"

-('वर्ण, 3।पृ.8)

.... सवित्सर, अववाहक, हस्तिपक, क्रीड़क, नम्मंशचिव, सम्बाहरू, प्रसाधक नत्त क, गायन, राजजीवक. कुहक, कुशीलव, वञ्जक, भावक, प्रभृति, अनेक लोक ते" संकुल स्थान देषु।। गं स्थान श्रोत्रिय आध्यायिक, मौहत्तिक, मणिमज्ञः सारण्य कुशल, गन्धकार, छुरिकार, मल्ल, आम्नायिक,ऐन्प्रजालिक, भाषाविद लिपिवाचक, श्रुतिधर, महाकेवि, शास्त्रज्ञ विषवेद्ये, नरवैद्य गज वैद्य, अश्ववैद्य, चूडामणि, कुतूहली, छुरिकार, भार्गव, जो। (23 क) ध, वयकार, वादनिक प्रभृति अनेक राजविनोदके लोक देषूअह। तं कां मध्य सर्व्वगुणसम्पूर्ण सव्वं कला परीक्षक सव्वविधेकेऐश्वर्य संवविसर कएने राजा देषुअह।"

-('वर्णरत्नाकर'; 3,पृ. 9)

362. (क) कलावती नायिकाओं के उल्लेख –

1. कैतब करथि कलामति नारि।-(10 प.-233)
2. भनइ विद्यापति अरे रे कलामति.... –(प. प.–237)
3. कत अछ युवति कलामति आने-(प. प.-9)
4. जैअओ कलामति पीउरव पीब-(प. प.-6)
5. चुम्बने करए कलामति केलि।-(प.प.-140)
6. प्रथम प्रेम ओल घरि राखए सेहे कलामति नारि।-(प. प.-49)
7. गैल भाव जे पुन पलटाबए सेहे कलामति नारी।-(प.प.-209)

(ख) नागरी नायिकाओं के उल्लेख-

1. नागरि सुरत-सुख अमिअ मेला। 7.-(बेनीपुरी, पदं-132)
2. नागरि कामिनिभाव बुझाव।-(प. प.-63, सं. (अ.)
3. नागरि रम पिय-अभिमत जानी।16।-(बेनीपुरी, पद-170)
4. भनइ विद्यापति नागरि रामा।-(बेनीपुरी, पद-78)
5. रस-नागरि रमनी।-(बेनीपुरी, पद-223)
6 नागरि जन के वाङ्क विलासा।-(प. प.-142, सं. ब.)
7. अपनहि नागरि अपनहि दूत-(प. प.-66)
(ग) नागर नायकों के उल्लेख -
1. तुहु रस आगर नागर ढीठ।-(बेनीपुरी, पद =18)
2. रमस कोप कए कहु नागर अधिक करए पैम।-(10 प.-108)
3. दैवसिंह नृप नागर रे हासिनि देइ कन्त।8.-(बेनीपुरी, पद-29)
4. रूपनरायन नागर रे लखिमादेइ कन्त।-(बेनीपुरी, पद-33)
5. नागर लखत ह्यदअगत पेम।-प. प.-126. सं.अ.)
6. नागर नेह पुनमत पावे-(प. प.-162)
7. से अति नागर गोकुल कान्ह-(प. प.-109)
(घ) रसमंत नायकों के उल्लेख-
1. विद्यापति कह बुझ रसमंत
सिरि सिर्वासिह लखिमा देवि कन्त।।-(प. प.-109)
2. रस सिंगार सरस कवि गा ओल बुझए सकल रस मन्त्रा। राजा सिवसिंह रूपनरायेन लखिना देविक कन्ता।
-(1.1.-209)
3. विद्यापति कवि माओ रे रस बूझ रसमंत देवसि नृप नागर रे हासिनि देइ कन्त।8।
-(बेनीपुरी, पद -29) लखिमा देइ करत।
4. विद्यापति कबि गाओल रे रस बुझ रसमंत। रूप नरायन नागेर रे
-(बेनीपुरी, पद-33)
5. विद्यापति कवि गाओल सजनी रस बुझए रस मन्त।
(ङ) रसिक नायकों के उल्लेख
-(बनीपुरी, पद-196)
1. कवि विद्यापति एंह रसभात। वह रसिका पहु रसिक सुजान।। 16. ।-(बेनीपुरी, पद166)
2. सुखद से जोपरि नागरि नागर बइसल नव रति-साधे। प्रति अंग

चुम्बने रस अनुमोदन थर-थर काँपए राधे।6.। मदन सिंहासन करल अरोहन मोहन रसिक सुजान।

(च) छैला नायकों के उल्लेख

1. छैला इछहि छोडहि मोर चीरे--(प.प.-145)

2. सीतल छाह छैले छइ छाडल......: (प.प.-151)

3. निकृतनेह निमेषेओ बहुत न इछहछैले ओ जान-(प.प. 19)

4. छैलक उकुति कह इते नहि ओर अरथक गरुअवचन के थोक।

363. 'प्राचीन भारत के कलात्मक विनोद' 'पृ. 34

364. 'कामसूत्र' (1.4.27) में पाक्षिक या मासिक जुड़नेवाले 'समाज' का उल्लेख मिलता है।

365. वेश्याभवने सभायामन्यतमस्यादेवसिते वा समानविद्या-बुद्धिशील वित्त-वयसां सह वेश्याभिरनुरूपैराला पैरासनबन्धोगोष्ठी।।34।।
तत्र चैषां काव्यसमस्या कलासमस्या च।।35।
-('कामसूत्र', 1.4.34-35.।

366. यशोधर ने कामसूत्र' की' जयमङ्गला टीका में वात्स्यायन के उपयुक्त सूत्र की व्याख्या करते हुए इस प्रकार लिखा है-
......स्त्रीपुंसयो: स्वार्थसिद्धये परस्पराभिभवेन संप्रयुज्यमानत्वा द्विवादात्मक, वामशीलत्वाच्चेति।
प्रतिकलस्वभावत्वात्कामस्य, यत्कुमारकमलब्धजन्मनोऽपि मनोभवस्य सुरते निर्दयोपक्रमेणाति बाह्यमानत्वात् तथा चोक्त किरातार्जुनीये 9149
'आता नखपदैः परिरम्भाश्चुम्बितानि नखदन्तनिपातः
सौकुमार्य गुणसम्भृतकीर्तिर्वाम एव सुरतेष्वपि कामः।।तेन हेतु मलभावेनावस्थानात्कामस्य स्वभावद्वयम् एकः संप्रयोगेच्छालक्षणः, बन्यो विसृष्टिलक्षण इति।।1।।
-('कामसूत्र', 22711-'जयमङ्गल टीका')

367. रतियोगे हि कीलया गणिकां चित्र सेनां बोलराजोजधान।।27।।कर्तर्याकुन्तलः शातकर्णि शातवाहनो महादेवी मलयवतीम् 28.।)-(कामसूत्र', 2727-28.।)

368. जो जस्सहिअअदइनो दुक्खं देन्तो वि सो सहूं देइ। दइअणाह दूमिआण वि वड्ढीह त्रयणनाणं रोमच्चो।-('सरस्वती-कंठाभरण', 4, 161)

369. बाला मृदुगात्रलता दृढपुरुषाक्रान्तविग्रहा न परम्। न व्यथिता मुदमाप प्रभवति खलु चित्तजन्मनः शक्तिः।।36।।('कुट्टनीमतं काव्यम्'।385.।)

370. सुन्दरि चललिहू पहु-धर ना। चहु दिस सखि सब कर धरना।।2।।जइतहु लागु परम डरना। जइसे ससि कांप राहु डरना।।4।।जाइत हि हार टुटिए गेल ना। भूखन बसन मलिन भेल ना।।6।।रोए रोए काजर दहाए देल ना। अदँकहि सिंदुर मेटाए टेल ना।।6।।भनइ विद्यापति गाओल ना। दुख सहि सहि सुख पाओल ना।।10।

-('विद्यापति पदावली बेनीपुरी, पद-72)

371. परिहर मन किछु न कर तरास। साधक नहि कर चल पिय पास।।2।।दूर कर दुरमति कहलम तोए। बिनु दुख सूख कबहु नहि होए।।4।।तिल आध दूख जनम भरि सूख। इथे लागि धनि किए होइ विमूख।। 6.। तिला एक मूनि रहु दुनयान। रोगि करए जइसे औषध पान।।8।।चल चल सुन्दरि करह सिंगार। बिद्यापति कह एहि से विचार।। 10.।

-(बेनीपुरी, पद-67)

यहाँ दवा पीने का दृष्टान्त नितान्त घरेलू, ग्राह्य और उपयुक्त है। यह दृष्टान्त कटु या तिक्त अनुभूति का परिचायक है।-(लेखक)

372. यदमन्गामन्मथोचितमनुरूपं यन्नवानुरागस्य। यद्यौवनाभिराम यच्च फल जीतितव्यस्य।। 374.। अविनय एव विभूषणमश्लीलाचरणमेव गौरवाधातम्।।375.। केशग्रहणमनुग्रह उपकारस्ताडनं मुदे दंशः। नखविलिखनमम्युदयो दृढदेहनिपीड़नं समुत्कर्षः।।376।।निगरणलोलं चुम्बनमवयनिष्पेषणस्पृही मर्दः। अंतःप्रवेशनेच्छं निर्भर परिरम्भणं यस्मिन्।।377.।-('कुट्टनीमतं काव्यम्')

373. अहे सखि अहे सखि लए जनि जाह। हम अति बालिक आकुल नाह।। 2.। गोट गोट सखि सब गेलि बहराय। बजर केबाड़ पहु देलन्हि लगाय।।4।।तेहि अबसर पहु जागल कन्त। चीर सँभारति जिउ भेल अन्त।।6।।नहि नहि करए नग्न ढर नोर। कांच कमल भमरा झिक झोर।।8।।जइसे डगमग नलिनिक नीर।

तइसे डगमग धनिक सरीर।। 10.। भन विद्यापति सुनु कविराज। आगि जारि पुनि आगिक काम।।12.।

-(बेनी. 74)

374. दृढ़ परिरम्भन पीडति सदने। उबरि अएलहूँ सखि पुरब पुले।।2.। टूटि छिड़िआएल मोतिम हार। सिन्दुर लोटाएल सुरंग पवार।। 4.। सुन्दर कुच जुग नख-खत भरी। जनि गज-कुंभ विदारल हरी।।6।।अधर दसन देखि जिउ मोरा काँपे।। चांद-मंडल जनि राहुक झषि।।8।।समुद्र ऐसन निसि

न पारिए कर। करवन उगन मोरहित भए सूर।।10.। मो न जाएब सुखितन्हि प्रिया ठाम बरु जिब मादि जड़ा वधि काम।।22.। भनइ विद्यापति तेज भय नाजु आग जरिये पुन आगिक काज।।14।

-(बेनीपुरी पद-96)

375. कोमल तनु पराभवे पाओब तेजिन हलबि तेहूँ। भ्रमर भरे कि माजरि भागए देषल कतहुँ केहुँ।

-(10 प., पद-193)

376. सिरिस कुसुम, जनि अति सुकुमारि धनि अलिगव दृढ़ अनुरागे। निर्भय करब केलि केह नहि बुझ गेलि भर भौरे मांजरि न भाँगे।।4.।

(-बेनीपुरी, पद-71)

377. तन्वी बाला मृदुतनुरियं त्यज्यतामत्र शङ्का
दृष्ट्वा क्वापि भ्रमरभरतों मज्जरी भज्ज्यमाना।
तस्मादेषा रहसि भवता निदयं पीडनीया
मन्दाक्रान्ता विसृजति रस नेक्षुयष्टिः समग्रम्।

(लखिमा ठकुराइन)

278. अनचिह्न पिउ का मन मोहा का मैं कहब गहब जो बाँहा

XXX

हों बारी ओ दुलहिनि, पीउ तरुन सह तेज ना जानी कम होइहि चढ़त कंत के सेज।।11.।

सुनुधनि! डर हिरदय तब ताई। जो लगि रहसि मिले नाहि साई।।कौन कली जो भर न राई? डारन टूट पुहुप गरुआई।

-('पद्मावत' पद्मावती-रत्नसेन भेंट खंड, पृ. 132, ना. प्र. स.)

379. तस्य रागवशात्प्रहणमङ्ग स्कन्धौ शिरः स्तनान्तरं पृष्ठ-जघनं पार्श्व इति स्थानानि।।('कामसूत्र' 27।2.।)

380. तदुद्भवं च सीत्कृतं तस्यातिरूपत्वात् तदनेकविधम्।4.। हिकारस्तनितक्जितरुदित सूत्कृतफूकृतानि।6.। अम्बाऽर्थाः शब्दाः, वारणार्था मोक्षणार्थाश्र चालमर्थास्ते ते चार्थयोगात्।7।।

-('कामसूत्र' बंधिकरण 2, अध्याय 7)

381. "संभोग मूलरूप में आनन्ददायक है, किन्तु यदि हम इसकी क्रियाओं पर दृष्टिपात करें तो वे मूलरूप में पीडात्मक हैं। आलिंगन, चुंबन, नख दंत-क्षत, प्रहणन, संवेशन आदि सभी में पीड़ा का अंश है।"

('हिन्दी भक्ति शृंगार का स्वरूप, पृ. 135)

382. पुरुष ही नहीं स्त्री भी पीड़ा के द्वारा अपने आकर्षण और पुरुष पर के अधिकार की वृद्धि करती है। वह पुरुष की वासनात्मक तृप्ति में बाधा और विलम्ब द्वारा उसे और अधिक उत्तेजित करती है। सभी जानते हैं कि सरलता से प्राप्त वस्तु का आकर्षण क्षणिक और न्यून होता है। उसी प्रकार बिना प्रयत्न के बाधा के, सरलता से प्राप्त स्त्री में भी विशेष आकर्षण नहीं होता है। सरलता से तथा शीघ्र आत्मसमर्पण से होनेवाली इस क्षति से परिचित चतुर स्त्रियाँ अपने समर्पण में प्रच्छन अनिच्छा और विरोध प्रदर्शित करती हैं कि प्रिय उन पर बलात् अधिकार करे। इसमें उनकी आत्म-तुष्टि होती है। प्रिय की रागान्धता तीव्र होती है, और उनका आकर्षण अक्षुण्ण रहता है। अनेक युवतियों के जीवन का स्वप्न हो इस प्रकार के बलात् हरण का होता है। वह विरोध कर पराजित होने का आनंद लेना चाहती है। ऐसी पीड़ा में उसे सुखानुभूति होती हैं।" ('हिंदी भक्ति श्रृंगार का स्वरूप, पृ. 136)

383. द्रष्टव्य: 'रीतिकालीन कवियों की प्रेम व्यञ्जना,' पृ. 102.

384. REY- Women are shy of nothing so much as the little word 'yes'-"
-('रीतिकालीन कवियों की प्रेम व्यञ्जना' (डॉ. बच्चन सिंह), पृ. 183 पर उद्धृत)।

385 "प्रायोनेति श्रुतिविषयता विश्वमाधुर्यहेतुः।"
(नीलकंठ दीक्षित, वही पृ. 183 पर उद्धृत)।

386. अप्यौत्सुक्ये महति दयितप्रार्थनाजु प्रतीपाः-काक्षन्त्योऽपि व्यतिकरसुखं कातराः स्वाङ्गदाने! आवाध्यन्ते न खलु मदनेनैव लब्धान्तरत्वा-दाबाधन्ते मनसिजमपि क्षिप्तकालाः कुमार्य्यः।27।।
-('अभि. शाकु.'।3.27)

387. नद्याइव प्रवाहो विषमशिला सङ्कटस्खलितवेगः। विघ्नितसमागमसुखो मनसियः शतगुणीभवति।।
-(विक्रमो.।3.8.।)

388. द्रष्टव्य: श्रृंगार-शतक'।62.।

389. लज्जामज्जन-विह्वला नननेत्यल्पप्रलापोद्गति-नवी-मुक्ति-निरोध निर्धुति-विधी पाणिः क्वणत्कङ्कणः। 'शीतेनेव विकूजिता जवजुषः श्रासस्य शीत्कारिता तस्याभ्रं शमयोच्चलत्कलकला काञ्ची सकरूपाऽभवत्।
-('दशा. च0, 237)

390 दृष्टा दृष्टिमधो ददाति कुरुते नालापमा भाषिता शय्यायां परिवृत्य तिष्ठति बलादालिङ्गिता बेपते। निर्य्यान्तीषु सखीषु वासभवनानि गंन्तमेवेहते जाता वामतयैव मेऽद्य सुतरां प्रीत्ये नवोढा प्रिया।

-('नागानंद, अं. 3.4)

391, राजा विक्रमादित्यस्तु शृङ्गारमण्डवे तयोर्गुणरूपवयांसि परीक्षमाणोऽव्र-वीत् यत्केतकीयमात्मनो दुर्लभतां दर्शयन्ती लक्षभावनं भवति। जातकी लोभातिरेकात् पञ्चभिरेव पुराण पुरुषसुलभा सहस्रं न लभते, कुतो लक्षम् यतः --

समानेव हि सामग्री स्त्रीणां रतमहोत्सवे

काचिद्विन्दति सौभाग्य दुर्लभत्वेन कामिनाम्।। 6.।

जातस्युवाच देव! तथामविज्ञा न भवामि किं तु जानामि कामरहस्यम्। तद्यथा-

दूतीगिरो यत्र न सन्ति वत्रकाः पदे पदे दुर्लभता न यत्र। सिद्धिर्न यस्या निधिलाभतुल्या सा कि रतिर्नागरयोः सुखाय।7।-('पुरुष-परीक्षा' मूल पाठ, पृ. 143-144 विदग्धहुया-39)

392. यह पद परिषद् पदावली (पद 63) में भी है।

393. डॉ. सुभद्र झा ने इस प्रसंग का ठीक ही अर्थ किया है-

The master did not like to accept the garland since it was declared to be easily procurable. ignorant as he is, he took it to be of the value of a piece of glass, V."

-("Songs of Vidyapati, Page 253),

394. तत्रासससागतयोः प्रीतिलिङ्गद्योतनार्थमा लिङ्गनचतुष्टयं स्पृष्टकं विद्धकम् उद्धृष्टकम्, पीडितकमिति।7.। लतावेष्टितकं वृक्षाधिरूढंक तिलतण्डुलक क्षीरनीरकमिति चत्वारि संप्रयोगकाले।। 15.। इत्युपगूहनयोगा बामुवीयाः।। 22.।

('कामसूत्र', अधिकरण 2, अध्याय 2)

395. तमसि जनसंबाधे विजने वाध्य शनकैर्गच्छतोर्ना तीतिहस्वकाल मुषण परस्परस्य गात्राणामुद्धृष्टकम्।।

-('कामसूत्र', 22।12.।)

396. रागान्धावनपेक्षितात्ययौ परस्परमनुविशत इवोत्सङ्ग तायाम भिमुखोपविष्टायां शयने वेति क्षीरजलकम्।।

-('कामसूत्र' 22।20।)

397, बाभ्रव्य के आठ आलिंगन प्रकारों के अतिरिक्त सुवर्ण-नाम ने चार और

आलिंगन भेदों का प्रतिपादन किया है।
-('कामसूत्र', रारा23.। से लेकर शरारा तक उल्लिखित।)

398. स्तनाभ्यामुरः प्रविश्य तत्रैव भारमारोपयेदिति स्तनालिङ्गनम्।।
-('कामसूत्र', 2226)
'कामसूत्र' के अंग्रेजी अनुवाद में इस आजिगन की इस प्रकार व्याख्या दो गई है–

The Breast Embrace: The woman presses her breast on the chest of her lover throwing the whole weight of her body, giving a great pleasure to the man from the soft touch of her flesh, This embrace is best enjoyed when the couple lie side by side-,
-("Kamsutra", Page 95, Kiran Publication, Delhi-)

399.. नान्यत्पटुतरं किच्चिदस्ति रागविबर्धनम्।
नखदन्तसमुत्थानां कर्मणां गतयो यथा।।
-('कामसूत्र', 2।4।31.।)

400. कक्षो स्तनौ गलः पृष्ठ जघनमूरू च स्थानानि।।
-('का. सू.' 2।4।5.।)

401. प्रवृत्तरतिचक्राणां न स्थानमस्थानं वा विद्यत इति सुवर्णनाभः।।
-(कामसूत्र' 24।6.।)

402. नखक्षतानि पश्यन्त्या गूढस्थानेषु योषितः।
चिरोत्सृष्टाऽप्यमिनवा प्रीतिर्भवति पेशला।।
-('कामसूत्र' 2.4.27)

403. तिय निय हिय जु लगी चलत, पिय-नख-रेख खरौं।
सूखन देति न सरसई, खोटि खोटि खत-खट।।
-('बिहारी-रत्नाकर, दोहा--298)

404. तदाच्छुरितकमर्धचन्द्रो मंडल रेखा व्याघ्रनखं मयूरपदक
शशप्लुतकमुत्पलपत्नीमति रूपतोऽष्टविकल्पम्।।
(का. सू. 2.4.4.।

405. कभी-कभी तो पान थूकने के कौशल का भी उल्लेख मिलता है। दश कुमार चरित में लिखा है कि किस प्रकार राजकुमार नागदत्त ने राजकन्या अंबालिका के घर चोरी-चोरी पहुँचकर उस सोई हुई कन्या का और अपना चित्र भी बनाया था और सफेद दीवार पर इस सफाई से पीक फेंकी थी कि उससे चक्रवाक के जोड़े बन गए थे।"
-('प्राचीन भारत के कलात्मक विनोद, पृ. 25-26)।

डॉ. द्विवेदी आगे लिखते हैं-"चोरी करना भी एक कला है, एक शास्त्र है, शार्विलक ने उसका अच्छा अध्ययन किया था।"
-(प्राचीन भारत के कलात्मक विनोद, पृ. 26)

406. ग्रीवायां स्तनपृष्ठे च वो नखपदनिवेशोऽयं चन्द्रकः।
-('कामसूत्र', अधि. 2, 20 4, सूत 14)
'कामसूत्र' की अंग्रेजी व्याख्या इस प्रकार मिलती है-
When a man makes a curved mark on the neck or the breast of the female the scratch left is called the Half Moon-"
"(^Kamsutra* ,A Kiran Pub- Page 104)

407. ग्रीवायां स्वनपृष्ठे च बको नखपदनिवेशोऽर्धचन्द्रकः।।14।तावेव द्वौ परस्पराभिमुखो मंडलम्।।15.।
-(कामसूत्र', 204114-15.।)

408. नामि मूलककुन्दर वङ्क्षणेषु तस्य प्रयोगः।16ध्
-('कामसूत्र', 2।4।16.।)

409. "सैव व्याघ्रनखकमा नमास्तनमुखम्।"
('कामसूत्र', 2।4।18।)

410. पञ्चमपि नखैर्लेखा चूचुकाभिमुखी मयूरपदकम्।
-('कामसूत्र', 2।4।1.।)

411. पये चोपनाकृतीत्युत्पलपत्त्रकम्।।
('का. सू.', 2।4.। 1.।)

412. बेनीपुरी, पद-12. पा.टि. 4.

413. वही पा. टि. 5. पा.टि. 6 में बेनीपुरी ने इस प्रसंग की यह व्याख्या की है-"(कुचों पर) मणिमाला रूपी गंगा की धारा बह रही है इसी से उसके स्रोत में (विनानाल के भी दोनों कुचरूपी) कमल नहीं मुरझाते।"

414. डॉ. उमेश मिश्र ने 'तापर मरू समाने' का अर्थ इस प्रकार किया है- "उसके ऊपर मेरु पर्वत के समान ऊँची भूमि है।"
– (विद्यापति ठाकुर, पृ. 91, पा. टि.4)।
'वमल' अर्थ उन्होंने भी 'स्तन' किया है।
-द्रष्टव्यः वही, पृ. 91, पा. टि. 5)
अपनी पुस्तक "विद्यापति ठाकुर (पृ. 91, पा. टि. 6) में उन्होंने लिखा है-"मणि का हार ही मानो गङ्गा की धारा है, जो मेरु पर्वत के ऊपर

से बह रही है: और उसके संसर्ग से स्तन-रूपी कमल सर्वदा खिला हुआ रहता है।"

415. द्रष्टव्य: "युवजनहृदय विदारणमनसिजनरुचिकिशुकजाले।
-('गीतगोविन्द', सर्ग 1 पृ. 8, 'इन्दु' टीका)

416. " तदेव पीडनादुच्छूनकम्।"
-('का. सू.', 2शश6।)
कामसूत्र के अंग्रेजी अनुवाद में इस क्षत के संबंध में यह कहा गया है–

"The Swollen Bite: When biting is done with sufficient pressure which causes the bitten spot to swell, it is called a Swollen Bite-" -(Kamsutra : Page 107)

417 .।। उच्छूनकं प्रबालमणिश्र च कपोले।" 1 (का. सू., राशी)

418. निमित्तक स्फुरितकं घट्टितकमिति वीणि कन्या चुम्बनानि।।
-(का. सू. 2039.)

419. बलात्कारेण नियुक्ता मुखे मुखमाधत्त न तु विचेष्टत इति निमितकम्।
-('का. सू ' 2।3।10.।)

420. ओष्ठसदशेनावगृह्योष्ठद्वयमपि चुम्बेदिति संपुटकं स्त्रियाः पुंसो वाज्जातव्यञ्जनस्य।
-('का सू.', 2.3.22द्य)
'कामसूत्र' की अंग्रेजी व्याख्या में इस चुंबन का इस प्रकार निरूपण किया गया है–

When one of the couple takes both the lips of the other between his or her own and sucks them with both lips, make a whistling sound, it is called the Cupping kiss- In such a kiss the woman holds the man's lower lip while man finds it delicious to suck her upper lip, and similarly while the man enjoys the woman's lower lip, she takes his upper lip provided he is clean&shaved and does not grow moustaches."

-("Kamsutra", Kiran Pub- Page 98)

421. ईषत्परिगृह्य विनिमीलितनयना करेखा च तस्य नयने अवच्छादयन्ती जिह्वाग्रेण घट्टयतीति घट्टितकम्।
-('कामसूत्र', 23.20)

422. When a woman rests her legs on the soulders of the man and places her feet on his chest and the man holds with hands her

neck at its back and simultaneously presses his chest at her breasts and then effects penetration, it is called the Super PressedAttitude (Utpiditaka)-"
/("Kamstura" chapter 15-Attitudes in Señual Union, Page 115&116,Kiran Publication-)

423. द्रष्टव्यः 'विद्यापति की पदावली' बेनीपुरी, पद-133, पाटि 5-6.

424. "जघनमेव दोलायमानं सर्वतो भ्रमयेदिति प्रङ्खलितम्।।"
-('कामसूत्र' 28 (पुरुषायित प्रकरणम्)। 27।।)

425. तब विद्या शास्त्र कविः। यः शास्त्र विधत्त, यश्च
शास्त्रे काव्य संविधत्त, योऽपि काव्ये शास्त्रार्थ निघत्ते।
-(काव्यमीमांसा', अ. 5, पृ. 41)

426. तददौषौ शब्दार्थो सगुणावनलंकृती पुनः क्वापि।
-('काव्य-प्रकाश' प्रथम उल्लास, कारिका 4, सूत्र 1)

427. "न्यक्कारो ह्ययमेव मे यदरयस्तवाप्यसी तापसः" वाला पद्य विश्वनाथ इस पद्य में विधेयाविम दोष की स्थिति बतलाते हैं 'किंतु साहित्यदर्पण' की 'विमला' टीका के लेखक शालग्राम जी इस पद्य को निर्दोष कहते हैं।
(द्रष्टव्यः 'विमला' व्याख्या, परिशिष्ट, पृ. 7-8-9)।
शालग्राम जी इस पद्य को हनुमन्नाटककार की रचना न मानकर किसी प्राचीन कवि द्वारा लिखित बतलाते हैं।
-(द्रष्टव्यः वही, परिशिष्ट, पृ. 9)।

428. द्रष्टव्यः 'साहित्य दर्पण', प्रथमः परिच्छेदः', 'विमला' व्याख्या, पृ. 12-13.

429. खल खेलछल दूसिहइ, सुअण पसंसद् सव्व।।
सुअण पसंसइ कव्व मनु, दुज्जन बोलइ मन्द।।
अवसओ विसहर विस वमइ, अमिय विमुक्कई चन्द।।
-('कीर्तिलता' 191 सक्सेना, पृ. 4)

430. "महुअर बुज्झइ कुसुम रस, कध्वकलाउ छल।"
-('कीर्तिलता' 191 सक्सेना, पृ. 4)

431. 'पुरुष-परीक्षा', कथा 26.13.।

432. मणिलुठति पादाग्र काचः शिरसि धार्यते। कयविकय वेलायां काचः काचो मणिर्मणिः।-('चा.नी. दर्पण' ।15।9.।)

433. शुक्खा ववदेशा शे कि पर्णामिअ मत्थए ण कादव्व। लाहुगहिदे वि

चन्देण वन्दणीए जणपदश्श।।-('मृच्छकटिकम्'।10.20.।).

434. अनन्तरत्नप्रभवस्य यस्य, हिमं न सौभाग्यविलोपि जातम्। एको हि दोषो गुणसन्निपाते निमज्जतीन्दोः किरणे ष्विवांकः।।-('कुमारसम्भवम्', 13)

435. भारतीय काव्यशास्त्र में गुण को ही काव्य का नित्य या अचल आत्मिक धर्म माना गया है-

(क) अग्नि पुराणकार का विचार है कि काव्य में महान् शोभा उत्पन्न करने वालों को गुण कहते हैं-"यः काव्ये महती छायामनुगृहणात्यसौ गुणः। (34613) वामन का भी यही अभिमत है काव्य शोभायाः कर्त्तारोधर्मा गुणाः।–('कालं. सू. '3।1।)

(ख) तमर्थमवलम्बते येऽङ्गिनं ते गुणः स्मृताः-('ध्वन्यालोक', 226)

(ग) ये रसस्याङ्गिनो धर्माः शोर्यादय इवात्मनः।
उत्कर्ष हेतवस्ते स्युरचलस्थितयो गुणाः।
-('काव्य-प्रकाश', उ8 सूत्र 87 श्लोक 66)

(घ) रसस्याङ्गित्वमाप्तस्य धर्माः शौर्यादयो यथा। गुणः माधुर्यमोजोऽथ प्रसाद इति ते त्रिधा।।
-('साहित्य-दर्पण', 81)

काव्य के साथ गुण का संयोग-संबंध नहीं समवाय संबंध है :-(लेखक)

436. व्यालाश्रयापि विफलापि सकण्टकापि वक्राणि पंकविभवापि दुरासदापि। गंधेन बंधुरसि केत कि सर्वजतोरेको गुणः खलु निर्हंति समस्त दोषान्।।
-('चा. नी. दर्पण', 17.21.।)

437. सर्वथा पदमप्येकं न निगाद्यमवद्यवत्। विलक्ष्मणा हि काव्येन दुःसुतेनेव निन्द्यते।
(भामह 'काव्यालङ्कार', 1.11)

438. तदल्पमपि नोपे काव्ये दुष्टं कथञ्चन। स्याद् वपुः सुन्दरमपि शिवत्रेणैकेन दुर्भगम।।
-(दण्डी ('काव्यदर्श', 1.7.।)

दोष के प्रति अनुदार दृष्टिकोण का प्रकाशन निम्नलिखित सुभाषित में भी हुआ है-

पत्र मुग्धतरं फलं समधुरं सौरम्मभ्युन्नतं। चंचल्काचन जित्वरं पुनरहो स्वत्सरं सुन्दरम्।।लावण्यं पुनरुत्तमं किमपरं किंतु स्फुरत्कंटक-व्यग्र नालमिदं सरोरुह् परं तेनातिदूयामहे।।

कमल का पत्ता सुन्दर, फल मधुर, सुगंध श्रेष्ठ, केसर स्वर्णवत् भास्वर एवं मनोहारी तथा सौंदर्य उत्तम है लेकिन उसके नाल में काटें मिलते हैं जिससे क्षोभ होता है, उद्योग होता है। यहाँ अनेक गुणों के रहते हुए भी एक दोष के कारण

कमल निन्दनीय बतलाया गया है।

439. मुख्यार्थतिर्दोषो रसश्च मुख्यस्तदाश्रयाद्वाच्य:। उभयोपयोगिन:स्यु: शब्दाद्यास्तेन तेष्वपि स:।

(काव्यप्रकाश', उ. 7; सूत्र 71 'लोक 49)

440. (क) दोषास्तस्यापकर्षका:।

('साहित्य दर्पण' ।1। विमला', पृ. 21)

(ख) "रसापकर्षका दोषा:।"

(सा. दर्पण'। 7। विमला' पृ. 327)

441. (क) "उद्वेगजनको दोष:।"

('अग्निपुराण')

(ख) वस्तुत: दोष प्रक्षालन से काव्य सुभग हो जाता है किंतु एकाध दोष से काव्यत्व विनष्ट नहीं होता है। प्रबल दोषों से काव्य का मूल्य घट जाता है, किंतु उसका काव्यत्व बना रहता है।

(लेखक)

442. दोष-संबंधी कालिदास की धारण विचार के एक छोर पर है और दन्डी की आपत्ति दूसरे ध्रुवान्त पर है। दोष-विषयक ये द्वन्द्वात्मक विचार-धाराएँ समन्वय की अपेक्षा रखती हैं।

(लेखक)

443. 'आर्यासप्तशती' के निम्नलिखित 'लोक का 'विषय-परिवत्त' तुल्यदेहितुल्य' अर्थ-हरण विद्यापति के विवेच्य पद में दृष्टिगत होता है-

अन्य मुखे दुर्वादो य: प्रियवदने स एव परिहास:।
इतरेन्धनजन्मा यो धूम: सोऽगुरुभवो धूप:।।13.।

-('आर्यासप्तशती': अकारव्रज्या, 13)

444. भारती ने भी लिखा है "रम्याणां विकृतिरपि श्रियं तनोति।" भारवि का विचार है कि सुन्दर वस्तु की विकृति भी सौंदर्य-विधान करती है। स्वभावत: जो वस्तु रम्य है उसका दोष भी गुण ही होता है-उसका दूषण भूषण ही होता है। रम्य वस्तु की विकृति भी श्री संपन्नता ला

देती है। कामिनी के कपोल का तिल शोभावर्द्धक ही हो जाता हैं। सुन्दर आनन पर अलक्तक का धब्बा भी कमनीय ही जान पड़ता है। –(लेखक)

445. सन्निवेशविशेषात दुरुक्तमपि शोभते।
नील पलाशमाबब्धामन्तराले स्रजामिव।।154।।
किञ्चिदाश्रय सौन्दर्याद्धत्ते शोभामसाध्वपि।
कान्ताविलोचनन्यस्तं मलीमसमिवानजम्।। 1.55.।
–(भामह ('काव्यालङ्कार')

446. विरोधः सकलोऽप्येष कदाचित् कविकौशलात्।
उत्क्रम्य दोषगणनां गुणवीथीं विगाहते।। 3।। 179.।
–(दण्डी (काव्यादर्श')

447. भयशोकाम्यसूयासु हर्ष विस्मययोरपि।
यथाह् गच्छ गच्छेति पुनरुक्तं न तद्विदुः
–(भामह ('काव्यालङ्कार', 414।।)

448. तेषु तेष्वयथारूदं यदि किंचित् प्रवर्तते।
कवेः प्रमादाद शादिविरोधीत्यतदुच्यते।।3.164.।
–(दण्डी : 'काव्यादर्श')

449. द्विविधो हि दोषः कवेरव्युत्पत्तिकृतो, अशक्तिकृतश्च।
तत्राव्युत्पत्तिकृतो दोषः शक्तितिरस्कृतत्वात् कदाचित्रलक्ष्यते।
यस्त्वशक्तिकृतो दोषः स झटिति प्रतीयते। परिकरश्लोकश्चात्र-
अव्युत्पत्तिकृतो दोषः शक्त्या संवियते कवेः।
यस्त्वशक्तिकृतस्तस्य स झटित्यवभाषते।।
तथाहि-महाकवीनामप्युत्तमदेवता विषय प्रसिद्ध सम्भोग शृङ्गार निबन्ध-नाद्यनौचित्यं शक्तितिरस्कृतत्वात् ग्राम्यत्वेन न प्रतिभासते। यथा कुमारसम्भवे देवीसम्भोगवर्णनम्।
एवमादौ च विषये यथोचित्यात्यागस्तथा दर्शितमेवाग्रे।
शक्तितिरस्कृतत्वं चान्वयव्यतिरेका म्यामवसीयते। तथाहि शक्तिरहितेन कविना एवं विद्ये विषये शृङ्गार उपनिबध्यमानः स्फुटमेव दोषत्वेन प्रतिभासते।
– ('ध्वन्यालोक', तृतीय उद्योतः कारिका 6 के अन्तर्गत, पृ. 17677)

450. "उचितानुचित-विवको व्युत्पतिः" इति यायावरीयः।
--(काव्यमीमांसा', 5, पृ. 37)

451. तन्नियमे हेतुरीचित्यं वक्तृवाच्ययो:।6।
-(ध्वन्यालोक', 303, काटिका 6, पृ. 175)
452. " (सू. 81)-वक्ताद्योचित्यवशाद्दोषोऽपि गुणः कचित्। क्वचिन्नौमौ।59। वक्तृ-प्रतिपाद्य-व्यङ्गय-वाच्य प्रकरणादीनां महिन्त्मा दोषोऽपि क्वचिद्गुणः क्वचिन्न दोषो न गुण:। तत्र वैयाकरणादौ वक्तरि प्रतिपाद्ये च, रौद्रादो च रसे व्यङ्गये कष्टत्व गुणः क्रमेणोदाहरणम्।।
-(काव्यप्रकाश' सप्तम उल्लासः सूत्र 81, कारिका 59, पृ. 346)
453. 'आचार्य क्षेमेंद्र' : डॉ. मनोहर लाल गौड़; औचित्य विचार चर्चा', अनुवाद, पृ. 3.
454. उक्तदोषाणां च क्वचिददोषत्वं क्यचिद गुणत्वमित्याह-वक्तरि क्रोध-संयुक्ते तथा वाच्ये समुद्धते।
रौद्रादौ तु रसेऽत्यन्त दुःश्रवत्वं गुणो भवेत् 16।।
-('साहित्यदर्पण'। 7। पृ. 253.)
455. दृष्टव्यः 'नाट्यशास्त्र' अध्याय 26, 'लोक 113.119.
456. (क) अनौचित्यादुते नान्यद् रसमङ्गस्य कारणम्।
प्रसिद्धदौचित्यबन्धस्तु रसस्योपनिषत् परा।।
(ध्वन्यालोक', 3, कारिका 14 के अंतर्गत, पृ. 190)
(ख) रसबन्धोक्तमौचित्यं भाति सर्वत्र संस्त्रिता।-('ध्वन्यालोक', 319)
(ग) औचित्येन प्रवृत्ती चित्तवृत्तः आस्वाद्दत्वे स्थायिन्या रसः व्यभिचारिष्या भाव:। अनौचित्येन तदाभासः, रावणस्य सीतायामिवरते:।-अभिनवगुप्त।
(घ) औचित्यनिबन्धनम् रसभावादि मुक्त्वानान्यत् किचिदस्तीति।-(अभिनव-गुप्त, 'लोचन', पृ. 150)
(ङ) तस्य काव्य स्वरूप निरूपण सामर्थ्य सिद्धस्य पृथगुपादानवैयर्थ्यात्। रसात्मकं च काव्यमिति
कुतस्तत्रानोचित्य संस्पर्शः संभाव्यत।-(महिम भट्ट)
457. औचित्यस्य चमत्कारकारिणश्चारुचर्वणे।
(क) रसजीवितभूतस्य विचारं कुरुतेऽधुना।।('औ0 वि. चर्चा'।3)
(ख) यस्य जीवित भोचित्यं आदि। (वही, 4)।
(ग) औचित्य रससिद्धस्य स्थिरं काव्यस्य जीवितम्।।2.।-('औ0वि. चर्चा')
(घ) क्षेमेंद्र के गुरु अभिनव औचित्य-संमृक्त रस-ध्वनि को काव्य-प्राण के रूप में निरूपित करते हैं-"उचितशब्देन रसविषयमौचित्यं भवतीति

दर्शयन् रसध्वनेः जीवितत्वं सूचयति तदभावे हि किमपेक्षयेदमौचित्य नाम सर्वत्र उघोष्यत इति भावः।"-(लोचन', पृ. 13)

458. उचितं प्राहुराचार्याः सदृशं किल यस्य यत्।
उचितस्य च यो भावस्तदौचित्यं प्रचक्षते।।7.।
('औचित्यविचार चर्चा')

459. 'गोरखबानी', पृ 128 टेक पद्य 1.

460. वर्णक ग्रंथ 'सभा-शृंगार' की अनावश्यक बातों की तालिकाओं में एतादृश भाव प्राप्त होता है-
(क) (118) अनावश्यक (1) मर्कटो नालिकेरेण किं करोति। काको रत्नमालया किं करोति, वानरी हारबल्या किं करोति, (पृ. 277)
(119) अनावश्यक (2) "मर्कट नालेर ने स्यु करें। काक रतन ने स्युं करें, वानरो हार ने स्यु' करें।"-('सभा-शृगार,' पृ. 277-278)
(ख) "खर को कहा अरगजा लेपन, मरकट भूषन अंग। "-(सूरदास)
(ग) "काक को कपूर जैसे मरकट को भूषन जैसे, ब्राह्मन को मक्का जसे मीर को बनारसी।"-(गंग)
-(गंग। 'अकबरी दरबार के हिन्दी कवि', पृ. 432.94. से उद्धृत)

458. सोमप्रभाचार्य के 'कुमारपाल प्रतिबोध' में यह रूपक सन्निविष्ट है। कोछड़ (अप. साहि.' अ. 12) ने इसका विवरण दिया है।

461. 'अपभ्रंश साहित्य' (कोछड़), पृ. 337.

462. विचक्षणा-अज्ज! मा कुप्प, कब्ब ज्जेब्ब कईतणं पिसुणोदि, जदो णिअकतारंजणजोग्गं णिजोदरभरित्तणं। णिदणिज्जे बि अत्थे सुउमारा दे बाणी लवत्थणीए विअ एक्काबली, तु दिलाए बिअ कंचुकिआ, ठेराए बिअ कडक्ख-बिक्खेवों, कट्टिदकेसाए विअ मालदीकुसुममाला, काणश्ए बिअ कज्जलसलाआ णा सुट्ठदरं भादि रमणिज्जा।
-('कर्पूरमंजरी' 191 पृ. 26-27. चौखंबा)

461. (क) विदूषक : तुज्झ उण रमणिज्जेऽबि अत्थे णा सुंदरा सहावली कण अत्तिए वित लोकिकर्णमाला, पदिवठ्ठ विअ टमरविरअसा गोरंगीए बिज चंदणचच्वा णा चारुतणमवलवेदि। तहा वि तुम बण्णीअसि।
-('कर्पूरमंजरी'।9. पृ. 27-28 चौखवा)

(ख) सुंदर और शोभन के साथ असुंदर और अशोभन का योग अच्छा नहीं लगता है। 'टाट पर पटोर' या 'पटोर पर टाट' की शोभा नहीं होती है। टाट पर रेशम की बखिया' इस लोकोक्ति में भी अनोचित्य का ही

संकेत है। परस्पर अतुलनीय पदार्थों का मेल करना मूर्खता है। सोने के कलश को खप्पर से नहीं बँका जाता है ("वर सुवव कलस हो उवरि, कठंकणु कि खप्परु दिज्जइ। " -'सुदंसणा चरिउ, 5. 6 कोछड़ के द्वारा उद्धृत)। सोने का पात सोने से ढंके जाने पर ही शोभित होता है। (लेखक)

462. यदेव परिहर्तव्यं तदेवोदाहरति मूर्खः। कथं वसन्त सेना आर्यचारुदत्तमनु-रक्ता सुष्ठु खल्विदमुच्यते-'रत्न रत्नेन सङ्गच्छते इति'। तदच्छतु किमनेन मूर्खेण।

('मृच्छकटिकम् '।9. पृ. 53, चौखम्बा)

463. 'उभयेच्या प्रवृत्त' निरुपाधि प्रेम भवति रमणीयम्।
अन्योन्यसमासक्तौ संष्थानमिवामिजातमणिहेम्नोः।
-('कुट्टनीमतं काव्यम्'।625.।)

464. कनकभूषणसंग्रहणोचितो यदि मणिस्रपुणि प्रतिबध्यते। न स विरौति न चापि स शोभते भवति योजयितर्वचनीयता।
-(पंचतंत्र', 1.81)

465. विवेकिनमनुप्राप्ता गुणा यांति मनोज्ञताम्। सुतरारत्नमाभाति चामीकरनियोजितम्।
-(चा. नी. दर्पण', 16.9.।)

466. समाने शोभते प्रीति राज्ञि सेवा च शोभते।
वाणिज्यं व्यवहारेषु स्त्री दिव्या शोभते गृहे।।
-('चा.ली. दर्पण', 2.20)

467. उचितस्थानविन्यासादलंकृतिरलंकृतिः।
औचित्यादच्युता नित्यं भवन्त्येव गुणा गुणाः।। 6।।
-तथा इसकी वृत्ति।-('औ. वि. चर्चा')

468. 'औचित्यविचार चर्चा', कारिका 11 इष्टव्य।

469. द्रष्टव्यः 'विद्यापति पदावली' (रा. भा. प.), पद-164, पृ. 219; पाद-टिप्पणी 14-15.

यह पद नगण्य पाठ भेद के साथ बेनीपुरी के संकलन में भी है-(द्रष्टव्यः बेनीपुरी, पद-117)।

470. प्राचीन काल में सौगंधिक चूर्णों के प्रयोग द्वारा 'बलित' या 'अलक' सरचना की जाती थी। यह एक प्रयत्नसाध्य कामकला थी। इस जटिल वंश-प्रसाधन के कई रूप प्रचलित थे। डॉ. वासुदेव शरण अग्रवाल ने

जिसे 'चटुलेदार घूंघर' या दाण के साक्ष्य पर 'चटुला तिलक' कहा है कदाचित् 'अलक तिलक' से विद्यापति का वही अभिप्राय है। ऐसा लगता है कि 'अलक' के अगले भाग का स्वरूप तिलक–जैसा होने के कारण ही इस विशेष केश रचना को विद्यापति ने 'अलक तिलक' कहा है।

डॉ. अग्रवाल न 'चटुला तिलक' का परिचय इस तरह दिया हैं-"(इ) चटुलेदार घूँघर-शुद्ध घूँघर से इस विन्यास में इतना अंतर है कि सीमांत या केशवीयों को एक आभूषण से सज्जित किया गया है। इसका वर्तमानरूप सिर बोर कहना चाहिए। इस आभूषण के लिये सीमंत स्थान कुछ विस्तृत दिखाया जाता है ओर घूंघर थोड़ा रहकर शुरू होते हैं। सिरबोर का प्राचीन ने बाणभट्ट के हर्ष चरित से ठीक–ठीक मालूम होता है। बाण ने इस चटुला–तिलक कहा है–

सीमन्तचुम्बिश्वदुला तिलकमणे:।–(हर्ष. उच्छवास 1, पृ. 32. निर्णयसागर संस्करण)

"सीमंत-चुम्बी पद से इसके स्थान का ठीक संकेत मिलता है। चटुला के अग्रभाग की आकृति तिलक जैसी होने के कारण इसे चटुला तिलक कहा जाता था। चटुला-तिलक के अंत में एक मणि गुथी रहती थी जो इस प्रकार के खिलौनों में अभी तक देखी जा सकती है। चटुला का अग्रभाग चपल होता था, अर्थात् इधर–उधर हिल सकता था। इसीसे इसे चटुल कहते थे। बाणभट्ट का पूरा पद चटुला तिलक मणि बहुत ही साभिप्राय है। बाण ने अन्यत्र (हर्ष. 1.21) अर्थात् चूड़ामरण (शिखंड खंडिका) में ग्रचित पराग मणि का वर्णन किया है। वह भी चटुला तिलक–मणि का ही नामांतर ज्ञात होता है।"

–('कला और संस्कृति, पृ. 247–248)

यहाँ 'अलकतिलक' का पत्रावली–रचना या विशेषक–रचना से भिन्न अर्थ करने की मैंने चेष्टा की है। पत्रावली और विशेषक तथा अलक–विन्यास में सभी प्रसाधन ही हैं और विद्यापति का वक्तव्य है कि इन सज्जाओं और प्रसाधनों से सोध्यं लांछित ही होता है, अत: ऐसे अलंकरण–मंडन से क्या लाभ है?-लेखक

471. "देब! एदं परमत्थं विष्णबीअदि।" ('कर्पूरमंजरी ।2। पृ.78)

472. 'विदूषक :–(सक्रोधमिव)। भो! मए सब्वालंकारसाहिदा बष्णिदा। तुम उण जलविलुत्तप्पसाहूणं ज्ललेब्ब सुमरसि, ता कि ण सुद्धं देवेण?।"

('कपूरमंजरी ।2द्य पृ. 80)

473. जे रूअमुक्का बि बिहूसयंति ताणं अलंकारबसेण सोहा।
णिसग्गचंगस्स बि माणुसस्स सोहा समुम्मीलदि भूसणेहि।
-(कर्पूरमंजरी', 1/31)

474. अंग चंग णिअगुणगणालकिदं कामिणीण
पच्छाअंती उण तणुसिरि मादि णेबच्छलच्छी।
इत्थं जाणं अबलबगदा काबि सुंदेरमुद्दा
मण्णे ताणं बलइदधणू णिच्चभुच्चो अवंगो।।
-(कर्पूरमञ्जरी', 1.33.।)

475. "जइ चित्तगंद प्पेममणुराअमुप्पादेदि, ता कि कुञ्जदि मडणाडंबर-विडंबनाए?"
--(कर्पूर0'।3. पृ. 129)

476. द्रष्टव्य: 'कपूरम, 3.14।

477. कि मेहला बलअणेउर सेहरेहि?
कि चंगिमाअ? किमु मडण्डंबरेहि?
तं अण्णमत्थि इह किपि णिअंबिणीओ
जेणं लहंति सुहअत्तणमञ्जरीओ।
–('कर्पूर.' ।3.13.)

478. सरसिजमनुविद्धं शैवनेनापिरम्यं
मलिनमपि हिमांशोलंक्ष्म लक्ष्मी तनोति।
इयमधिकमनोज्ञा वल्कलेनापि तन्वी
किमिव हि मधुराणां मण्डनं नाकृतीनाम्।
-('अभिज्ञान शाकुन्तलम् 120।।)

479. रत्नानि विभूषयन्ति योषा भष्यन्ते वनिता न रत्नकान्त्या चेतो बनिता हरन्त्यरत्नानि विनांगनांगसंगात्।
-('वृ. सं.' 7412)

480. "न रम्यमाहार्यमपेक्षते गुणम।"-(भारवि)

481. खेदायस्तनभार एवं किमु ते मध्यस्यहारोऽपर:
श्रामत्यरुयुगं नितम्बभरत: काञ्च्यानयाकिं पुन:।।
शक्ति: पादयुगस्य नोरुयुगलं बोढु कुतो नूपुरौ
स्वाङ्गैरेव विभूषितानि वहसिक्लेशाय कि मदनम्।।
-('नागानन्द', 2037)

462. न कान्तमपि निभूषं विभाति वनितामुखम्।।
-(भामह ('काव्यालङ्कार', 3/37/1)

483. अनलङ्कृततान्तं ते वदनं वनजद्यु ति।
निशा कृतं प्रकृत्यैव चारों का वास्त्यलङ्कृतिः।।51.।
-(भामह; 'काव्यालंकार परिच्छेद 3, छंद 51, ससृष्टि का उदाहरण)

484. अलङ्कृतमपि प्रीत्यैन काव्यं निगुणभवेत्।
वपुष्यललिते स्त्रीणं हारो माप्यते परम्।346.1)-('अ. पुराण)

485. अलङ्कृतमपि श्रव्य न काव्यं गुणवर्जितम्।
गुणयोस्तयोर्मुख्यो गुणालंकार योगयोः।।
-('सरस्वती-कंठाभरण', 1.59.)

486. तमर्थमवलम्बते येऽङ्गिनं ते गुणाः स्मृताः।
अङ्गाश्रितास्त्वलंकाराः मन्तव्याः कटकादिवत्।
-('ध्वन्यालोक', 2, कारिका 6, पृ. 94)

487. (क) तददोषो शब्दार्थो सगुणावलंकृति पुनः क्वाचित।-(मम्मट)
(ख) 'क्वापीत्यनेनैतदाह यत् सर्वत्र सालङ्कारो चित्त स्फुटालङ्कार विरहेऽपि न काव्यत्वहानिः।" (काव्य प्रकाश, सूत्र 1, उल्लास के नीचे, पृ. 19)

488. "उपकुर्वन्ति तं सन्त येऽङ्गद्वारेण जातुचित्।
हारादिवदलकारास्तेऽनुप्रासोपमादयः।।67६
ये वाचक-वाच्य लक्षणाङ्गातिशयमुखेन मुख्यं रससम्मविनमुपकुर्वन्ति ते कण्ठाद्य-ङ्गानामुत्कर्षाधानद्वारेण शरीरिणोऽपि उपकारका हारादय इवानलगाराः।
यत्र तु नास्ति रसस्तत्रोक्तिवैचित्य मात्र पर्यवसायिनः। क्वचित्त सन्तमपि नोपकुर्वन्ति।"
-('काव्य प्रकाश', सूत्र 88 08 का 67)

489. शब्दार्थयोरस्थिश ये धर्माः शोमातिशायिनः।
रसादीनुपकुर्वन्तोऽलंका रास्तेऽङ्गदादिवत्।
-('साहित्य दर्पण', 10.1।।)

490. अलंकारा अस्थिरा इति नैषागुणवदावश्यकी स्थितिः
-(साहित्य-दर्पण', 'विमला', पृ. 273)

491. शब्दार्थयोः प्रसिद्धया वा कवेः प्रोविशेन वा। हारादिव अलंकार-सनिवेशो मनोहरः।

-('चन्द्रालोक')

492. द्रष्टव्य: 'वाङ्मय-विमर्श', पृ. 209, आचार्य श्री विश्वनाथ प्रसाद मिश्र

493. 'महाभारत', आदि पर्व 1.101-2

494. कर्मणैव हि संसिद्धिमास्थिता जनकादयः। लोकसंग्रहमेवापि सम्पश्यन्तुमर्हसि।
-('श्रीमद्भगवद्गीता', 320)

495. द्रष्टव्य: 'श्रीमद्भगवद्गीता', 33 321 324.।

496. डॉ. कुष्णदेव उपाध्याय के मतानुसार 'फोकलोर, के लिये 'लोक संस्कृति' का प्रयोग नितांत उपयुक्त एवं समीचीन है। 'लोकसंस्कृति' के अन्तर्गत जन-जीवन से सम्बंधित जितने आचार विचार, विधि-निषेध, विश्वास, प्रथा, परम्परा धम मूढाग्रह, अनुष्ठान आदि है वे सभी आते हैं। जैसा आगे विस्तार से बतलाया जायगा, फोकलोर के अन्तर्गत भी ये ही विषय समाविष्ट हैं। अत: 'लोक-संस्कृति' शब्द 'फोकलोर' के व्यापक तथा विस्तृत अथ को प्रकाशित करने में सर्वथा समर्थ है। xx कुछ लोग कह सकते हैं लोक संस्कृति शब्द फोक कल्चर', का पर्याय हो सकता है, फोकलोर का नहीं। परन्तु डॉ. उपाध्याय के सिद्धान्तानुसार फोक कल्चर' तथा 'फोकलोर' में कोई विशेष अन्तर नहीं हैं। दोनों की सीमाएँ एक दूसरे के छोर को छूती हुई दिखाई पड़ती है।"
-('हिन्दी साहित्य का वृहत् इतिहास' भाग-16, प्रस्तावना पृ. 11-12; डॉ. कृ. दे. उपाध्याय।)

497. द्रष्टव्य: 'डिक्शनरी ऑफ फोकलोर', भाग 1, पृ. 403; मेरिया लीच।

498. द्रष्टव्य: हिन्दी साहित्य-कोश 1, पृ. 690, दूसरा कॉलम, शीर्षक 'लोकवार्ता'। उपर्युक्त उद्धरण की तुलना 'इनसाइक्लोपीडिया ब्रिटैनिका के इस मत से की जा सकती है कि सभ्यजनों मे असंस्कृत वर्ग के लोगों की धारणाओं और प्रथाओं का परम्परागत ज्ञान ही 'फोकलोर' है--

traditional, learning of the uncultured classes of civilized nations-"&(Encyclopedia Britanica Vol- X-, Folk-Lore-")

499. 'विचार और वितर्क' पृ. 206, निबन्ध-लोक-साहित्य अध्ययन'।

500. "परन्तु साधारणत: लोक कथानकों, लोक-गीतों, अन्ध विश्वासों, प्रादेशिक निजंधरी कथाओं, लोकोक्तियों और पहेलियों को इस साहित्य का विवेच्य विषय माना जाता है। फ्रांस और स्काडनेविया में जिन

परम्परा प्रचलित शिल्पों, कलाओ और उद्योगों को 'फोकन्लोर' माना जाता है वे लोक-साहित्य शब्द से सूचित नहीं हो पाते। उनके लिए अपने देश के कई विद्वानों ने 'जन-संस्कृति', 'लोक-संस्कृति-जैसे शब्दों का प्रयोग अधिक उचित समझा है।" (विचार और वितर्क, पृ. 207)।

501. "---There would seem to be no disagreement about its use to include all kinds of folk-songs, folk-tales, superstitions, local legends, proverbs and riddles-"-(Dictionary of World Literature, P-2-28-

502. द्रष्टव्य: दि हैडबुक ऑफ फोकलोर 1914, द्वितीय सं. पृ. 4 सोफिया बनं। डॉ. सत्येन्द्र ने बने के वक्तव्य को इस प्रकार स्पष्ट किया है– "सोफिया बर्न ने 'फोकलोर' के क्षत्र विस्तार के सम्बन्ध मे लिखा है कि यह एक जाति-बोधक शब्द की भांति प्रतिष्ठित हो गया है जिसके अन्तर्गत पिछड़ी हुई जातियों में प्रचलित अथवा अपेक्षाकृत समुन्नत जातियों के असंस्कृत समुदायों के अवशिष्ट विश्वास, रीतिरिवाज, कहानियाँ, गीत तथा कहावते आती हैं। प्रकृति के चेतन तथा जड़ जगत् के सम्बन्ध में भूत प्रेतों की दुनिया तथा उनके साथ मनुष्यों के सम्बन्धों के विषय में; जादू टोना, संमोहन, वशीकरण, ताबीज, शकुन, रोग तथा मृत्यु के सम्बन्ध में आदिम तथा असभ्य विश्वास इसके क्षेत्र में आते हैं इनके अतिरिक्त इसमें विवाह, उत्तराधिकार, बाल्यकाल तथा प्रौढ़ जीवन मे रीतिरिवाज तथा अनुष्ठान और त्योहार, युद्ध, आखेट, मत्स्य व्यवसाय, पशुपालन आदि विषयों के भी रीति रिवाज और अनुष्ठान इसमें आते हैं तथा धर्मगाथाएँ, अवदान (लीजेंड), लोक कहानियाँ, बेलेड, गीत, किवदंतियां, पहेलियाँ और लोरियाँ भी इसके विषय है। संक्षेप में लोक की मानसिक सम्पन्नता के अन्तर्गत जो भी वस्तु आ सकती है वे सभी इसके क्षेत्र में है। यह किसान के हल की आकृति नहीं है जो लोक संस्कृति के विद्वान् को अपनी ओर आकर्षित करती है प्रत्युत के उपचार तथा अनुष्ठान हैं जिन्हें किसान हल को भूमि जोतने के काम में लाने के समय करता है; जाल तथा वंशी की बनावट नहीं, बल्कि वे टोने टोटके हैं जिन्हें मछुआ समुद्र के किनारे करता है; पुन अथवा किसी भवन का निर्माण नहीं है, प्रत्युत वह बलि है जो उनके निर्माण के समय दी जाती है। लोक संस्कृति वस्तुतः आदिम

मानव की मनोवैज्ञानिक अभि व्यक्ति है, वह चाहे दर्शन, धर्म, विज्ञान तथा औषधि के क्षेत्र में हुई हो, अथवा सामाजिक संगठन, तथा अनुष्ठानों में अथवा विशेषतः इतिहास, काव्य और साहित्य के अपेक्षाकृत बौद्धिक प्रदेश में सम्पन्न हुई हो।"

-(डॉ. सत्येन्द्र: 'ब्रजलोक-साहित्य का अध्ययन, पृ. 4-5 के आधार पर हि सा. का बृहत् इतिहास, भाग 16, प्रस्तावना, पृ. 13 पर उद्धृत)

503. हृदयक कपटी वचन पिआर अपने रसे उठ कुसिआर।।

-('दि सांग्स ऑफ विद्यापति, पद-167, डॉ. सुभद्र झा, प. प., पद-169)

504. कर्तु यच्च प्रभवति महोमुच्छिलीन्ध्रामवन्ध्यां तच्छ्रुत्वा श्रवणसुभगं गर्जितं मानसोल्काः।

('मेघदूत', पूर्वमेव 1991)

505. (क) शब्दायत्ते मधुरमनिलेः कीचकाः पूर्यमाणाः

संसक्ताभिस्त्रिपुरविजयो गीयते किनारीभिः।

-(पूर्वमेघ 56)

(ख) यः पूरयन्कीचकरन्ध्यभागान्दरीमुखोत्थेन समीरणेन।

उद्गास्यतामिति किन्नराणां तानप्रदायित्योपगन्तुम्।

-(कुमार-सम्भव' 18)

506. "विश्रब्धः क्रियतां वराह पतिभिर्मुस्ताज्ञतिः पल्वले"

-('अभिज्ञान शाकु. 126)

507. नगेन्द्रनाथ गुप्त, 429.

508. बिनु कारणे कुन्तल कैसे आकुल करञो जुगुति किछु ओछी। कुमढा केरि चोरि भलि फाउलि कान्य न अएलाह पोछी।।

-(010, पद-238)

परिषद् पदावली के संपादकीय अभिमत से इसका पाठ इस प्रकार है-बिनु कारने कुन्तल कइसे आकुल करह जुगुति किछु ओछी। कुमढ़ा केरि चोरि भलि फाउलि कान्छ न भेलिअ पोछो।

'कुमड़ा या कुम्हड़ा को 'भूआ, भी कहते हैं। यह तरकारी और मुरब्बा बनाने के काम में आता है। लौकी या शलजम की तरह यह गृह प्रांगण में रोपी जाने वाली सब्जी है।-(लेखक)

509. बाढलि परिति हि दुर गोल

नयनक काजर मुह मसि भेलि।

टे अवमादे अवसिन भेल देह खड कुमढा सन बुझल सिनेह।।
-(परिषद् पदावली, पद-152)
मैथिली में कुम्हड़ा को लेकर एक लोकोक्ति भी प्रचलित है-"भोज घरी कुम्हड़ा रोपव।"
– (लेखक)

510. तकि वाहिविलग्गा मा विअसउ तुबिणी कवि।
-('सन्देश रासक' ।4।14.।

511. 'पदमावत' नागमती वियोग-खण्ड; दोहा 4 के ऊपर, पृ. 152; आचार्य शुक्ल का संस्करण।

512. द्रष्टव्य: 'मिथिला-गीत-संग्रह,' भाग 4, पृ. 9. 513, मुख मनोहर अधर रंगे। फूललि मधुरी कमल संगे।। 6।।
:-(बेनीपुरी, पद-10)

514. सामर वरन, नयन अनुरंजित, जलद-जोग फुल कोका। कट-कट विकट ओठ-पुट पाँड़रि लिधुर-फेन उठ फोका।6ध

515. जुलाहा जाति: नृतत्त्वविशारदों और समाजशास्त्र के जिज्ञासुओं के लिए बहुत महत्त्वपूर्ण है। 'सन्देशरासक' का कवि अद्दहमाण और विद्यापति के परवर्ती कबीर, ये दोनों ही जुलाहा जाति से संबद्ध थे। डॉ पीताम्बरदत्त बड़थ्वाल के अनुसार "कोरी ही मुसलमान धर्म में दीक्षित हो जाने पर जुलाहे हो गए "('कहै कबीरा कोरी' तथा 'सूर्तसूत मिलाए कोरी)। वे कहते हैं-"मेरी समझ से कबीर भी किसी प्राचीन तथा कोरी, किन्तु तत्कालीन जुलाहा कुल के थे जो मुसलमान होने के पहले जोगियों का अनुयायी था।"

516. "नागल, तोगल, तपसि, तेलि, ताति, तिवर,
तुरिया, तुलुक, तुरुकटारुअ......" ('वर्णरत्नाकर' 1पृ. 1)

517. भल कए पुछलए धुरि संसार तर सूते गढि काट कुम्भार
-(प.प., पद-103)

518. बड सुपुरुष बोलि सिनेह बढाओल दिने दिने होइति बड़ाई। तेली बलद थान भल देपिअ पालव नहि उजिआइ।
-(10प., पद-223)

519. परिषद-पदावली, पद-72.

520. फूल एक फुलवारि लाओन मुरारि जतने पटाओल सुवचन-वारि।2.। चोदिस बान्हल सीलक आरि। जिबे अवलम्बन करु अवधारि।4.। ततहु

फुलल फुल अभिनव पेम। जसु मूल लहए न लाखहु हेम।।6.।
XX
पिसुन कीट नहि लागल ताहि।
साहस फल देल बिहि निखाहि।।10.।
–(बेनीपुरी, पद–257)

521 "टेना-मछली बझाने के लिए डाला गया मिट्टी, सिरकी आदि का घेरा।
–(विद्यापति पदावली, भाग 1, पृ. 118, शब्दार्थ-पद–85: बिहार राष्ट्रभाषा परिषद्)

522. नाव डोलाव अहीरे जि वइत न पाओब तीरे खर नीरे लो खेबा न लेअए मोले हँसि हँसि कीदहु बोले जिब डोले लो।2।
–(बेनीपुरी, पद–61)
इस पद में छन्द की त्वरा भी विचारणीय है। छन्द की गति में नदी की लहरों के उत्थान और पतवार के चलाने की गति की प्रतीति होती है। ऐसा लगता है कि इस पर मल्लाहों के लोकगीतों की धुन का प्रभाव पड़ा है।
–(लेखक)

523. कर धरु करु मोहे पारे
देब में अपरुव हारे, कन्हैया।2।
सखि सब तेजि चलि गेली।
न जानू कौन पथ भेली, कन्हैया।4।
हम न जाएव तुअ पासे
जाएब औघट घाटे, कन्हैया।6।
विद्यापति एहो भाने।
गूजरि भजु भगवाने, कन्हैया।8।
–(बेनीपुरी, पद–5–)
इस पद के छन्द में भी चतुओं और लहरों की छप-छप का संगीत ध्वनित होता है।
–(लेखक)

524. तुअ गुन गौरव सील–सोभाव।
सुनि कए चढ़लिहुँ नोहरि नाव।।2.।
हठ न करि कान्हु कर मोहि पार।
सब त बढ़ कि पर–उपकार।।4.।

-(बेनीपुरी, पद-60)

525. बढ़ कोसलि तुअ राधे।
किनल कन्हाई लोचन आधे।।2।।
ऋतुपति हटवाए नहि परमादी।
मनमथ मधय उचित मूल बादी।4.।
द्विज पिक लेखक मसि मकरंदा।
काँप भमर-पद साखी चन्दा।6.।
बहि रति रंग लिखापन माने।
श्री सिव सिंघ सरस कवि भाने।।8।
-(बेनीपुरी, पद-104)

526. 'विद्यापति ठाकुर' (डॉ. उमेश मिश्र), पृ. 132-133 पर उद्धृत।

527. प्रथमहि सुन्दरि कुटिल कटाख
जिव जोख नागर दे दस लाख।। 2।।
केओ दे हास सुधा-सम नीक।
जइसन परहोंक तइसन बीक।।4.।
सुनु सुन्दरि नव मदन-पसार।
जनि गोपइ आओव बनिजार।।6.।
रोस दरस रस राखब गोए।
घएले रतन अधिक मूल होए।8.।
भलहि न हृदय बुझाओब नाह।
आरति गाहक महँग बेसाह।।10.।
-(बेनीपुरी, पद-63)

528. "O damsel, beauty is superior even to quality: there is, no beginning or end to the market (value of beauty)- III (Songs of Vidyapati, Page 109)-

529. द्रष्टव्य: 'विद्यापति ठाकुर, पृ. 161, पा.टि. 2. लो.सं. 17 के क्रम में।

530. तोर साजनि पहिल पसार
हमरे वचने करिज बेबहार।
XX
पहिल पढञोक भला के हाथ
ते उपहस नहि गोपी साथ

-(परिषद् पदावली, पद-129)

531. (क) सगर ससारक सारे
अछए सुरत रस हमर पसारे।
-(प.प., 64)
(ख) मदन के पसार का प्रसंग भी मिलता है-
"उसरत मदन पसारे।" (प. प., पद-242)

532. दुरहि रहओ मोरि सेवा
पहिल पढओक उधारि न देवा।।
-(प. प., पद--64)

533. हरि सओ कैसन रोक उधारी।
-(परिषद् पदावली, 1, पद-64)

534. मधयथहू न बुझल तुअ परिपाटी
बाउल बनिक घरहि घर साटी।
-(वही, पद-251)
डॉ श्री सुमद्र झा राउल बनिक पाठ रखकर 'धनी बनिया यह अर्थ करते हैं-(दुष्टव्य: 'दि सोंग्स आफ विद्यापति पद-250)।

535. हृदय हार मोर देषी,
लोमे निकट नहि होएब विशेषी।
मिलत उचित परिपाटी
मधथ मनोज घरहि घर साटो।।
-(वही, पद-64)

536. कुलवति धरम काँच समतूल। मदन दलाल भेल अनुकूल।। 8.।
-(बेनीपुरी, पद-48)

537 से अति नागरि तये सब सार
पसरत्रो मल्ली पेम पसार।
जौवन नगरि बेसाहब रूप
ततें मुलइहट जते सरूप।।ध्रु 0.।
साजनि रे हरि रस बनिजार
गोप भरमे जनु बोलह गमार।
XXX
तोह हुनि उचित रहत नहि भेद
मनमथ मधथे करब परिछेद। (परिषद्-पदावनी, 1, पद-111)

538. सुन्दरी अवे की देषह देह।
बिनु हटबइ अरथ बिहुन जेसन हाटक गेह।।
---(परिषद्-पदावली 1, पद-83)

539. कउड़ि पठाधोले पाव नहि घोर। धीव उधार मांग मतिभोर।। 2।।
-(बेनीपुरी, पद-106)

540. साजनि ओ नागर-सामराज। मूल बिनु परधन मांग बेआज।। 6।।
-(बेनीपुरी, पद-44)

541. खेत कएल रषवारे लूटल
ठाकुर सेवा भोर।
बनिजा कएल लाभ नहि पओले
अलप निकट भेल थोक।।ध्रु0।
रामधन बनिजहु
बेज, अछ लाभ अनेक।।
मोति मजीठ कनक हमे बनिजल
पोसल मनमथ चोर।
जोषि परेषि मनहि हमे निरसल
धन्ध लागल मन मोर।।
इ संसार हाट कए मानह
सबो नेक बनिजेआर।
जो जस बनिजए लाभ तस पाबए
मुरुष मरहि गमारं।।
विद्यापति कह सुनह महाजन
राम भगति अछ लाभ।।
-(प. प., पद-131)

542. पाण्डुच्छायोपावनवृतयः केतकैः सूचिभिन्नै-
र्नीडापभैगृ हबलिभुजामाकुलग्राम चैत्याः
त्वय्यासन्ने परिणतफलश्यामजम्बुवनान्ताः
संपत्स्यन्ते कतिपयदिनस्थायिहंसा दशार्णाः।।
– (पूर्वमेध। 23)

543. द्रष्टव्यः 'कवि-कण्ठाभरण', द्वितीय संधि।

544. "8. व्रतियों की सेवा, घोंसले से लेकर महलों तक सभी निवास-स्थान देखना, मीठा और स्निग्ध भोजन करना, धातुसाम्य अर्थात् वात पित्त को

समता, शोक न करना।"
--('कविकंठाभरण,' 2, संधि अनुवाद, पृ. 61; 'आचार्य क्षेमेन्द्र, डॉ. मनोहर लाल गौड़)

545. अवे हमे तु सिनेह जान
ओन उपमा देव
ए हरि चोचक खोन्ध अइसन
किछु न बानिव।।
-(प. प.-34)
रेखांकित शब्दों के पाठ प. प. के सं.अ. से इस प्रकार हैं-जानल, चोचक खाँता बानि खेव।

546. "Songs of Vidyapati, Page 245 F: N- 1-Cataria -a Class of beggars."

547. "जगा, योगी, नगारि, भरहरु, भण्डुआ, चेङ्गा, चतरिया, सुरतरीआ, महीर, गोरइया, वाहिलि, परमा प्रभृति ये अनेक भारि ते भरल।ष
–('वर्णरत्नाकर'। 1,नगर वर्णनो, पृ. 2)

548. "You have, like a cataria, his gold, discarded love that was so deep just on account of your whim- II-"-Songs of Vidyapati", Page 245, Song-242)

549. "चतरिआ = (चमत्कारी-सं.) बाजीगर।"-(प. प., पद-243, शब्दार्थ, पृ. 344)। पूरे प्रसंग का अर्थ प. प. में इस प्रकार किया गया है-पहले तो (मुझे अपने) हृदय का हार बनाया (और) कहा (कि) तुम मेरे जीवन का आधार हो।
"ऐसा होते हुए भी हठात् प्रेम को विघटित कर डाला; जैसे कि जादूगर के हाथ का सोना विघटित हो जाता है।"
-(प. प., पद-243, अर्थ-प्रकरण, पृ. 344)

550, द्रष्टव्य: 'वर्णरत्नाकर' ।4। 'अथ त वर्णना', पृ. 23-26.

551. (क)"वैदेशिक आमनेकादि अनेक व्यसनी अर्थी जुआर सङ्ग खेलइतेह देषुअ xxx महिषाधुर खेलवार जुथार दण्डगाह दिधोय"
-('वर्ण. 4. पृ. 25)
(ख) "तरँ उपर डाण्ड देइतें आह अनेक जुआर देषुअह"x
"मारि गंजन सहइतें आह अनेक असत्य वाक्य वेलइते
आह एवम्विध वन्दी मर्क्कटन्याय जुआर हरवार देषुअह।।"

–('वर्णरत्नाकर' 141 पृ. 26)

(ग) "आओर कइसन निवाओल मेलल बहल भासल
ढारल हथवार पइत पाढ विलग लाग
–('वर्णरत्नाकर' ।4। पृ. 25)

552. कंचन गढ़ल हृदय हथिसार।
ते थिर थम्भ पयोधर भार।।2.।
लाज-सिकर घर दृढ़ कए गोए।
आनक वचन हलह जनु कोए।4।
दूर कर अगे सखि चिन्ता आन।
जओबन हाथि करिय अबधान।।6.।
मनसिज-मदजल जओँ उमताए।
धरिहसि पियतम आकुस लाए।।8.।
जावे न सुगत ताबे अगोर।
मुसइत मनिहसि मानस चोर।।10.।
भन बिद्यापति सुनु मतिमान।
हाथि महते नव के नहि जान।।12.।
–(बेनीपुरी,पद-105)

553. दखिन पवन वह दस दिस रोल।
से जनि बादी भाषा बोल।2.।
मनमथ काँ साधन नहि आन।
निरसाएल से माननि मान।4।
माइ हे सीत बसंत बिबाद।
कओन विचारव जय अबसाद।।6।
दुइ दिस मधथ दिवाकर भेल।
दुजवर कोकिल साखी देल।।8।
नव पल्लब जयपत्रक भाँति।
मधुकर-माला आखर-पांति।10।
बादी तह प्रतिबादी भीत।
सिसिर-बिन्दु हो अन्तर सीत।।12।
कुन्द कुसुम अनुपम विकसंत।
सतत जीत बेकताओं बसंत।।1.।–(बेनीपुरी, पद-180)

554. फल पाओल कए तोह सनि सीट

कएलह हाडी बासक वीट।।
-(परिषद्-पदावली, पद-57)

555. हम तह के विषहू आगर ढोढहु की चिक मान।
-(न, गु., पद-216

556. वायसपूजा च।56.।
वायसेति। यन्मथा प्रतिज्ञात, संक्राम वायस! वल्लमे समागते
पिण्डं ते दास्यामीति, तदिद प्रतिज्ञातं गृहाणेति।51।
-('कामसूत्र', अधिकरण 6, अ. 2, सूत्र 51, जयमङ्गला टीका)

557. बन्धव मरणें विवाह दुग्गयधरिणीएँ। विनताहा रूणं। अप्पत्त बलि
विलक्खे वल्लहकाएँ समुड्डीणे।।
('वज्जालाग्गं' (सुधरिणी वज्जा), 469)

558. दृष्टाव्य: पउमसिरी चरिउ : 3.4 डॉ. हरिवंश कोछड़ ने इस प्रसंग का अनुवाद इस प्रकार किया है-पद्मश्री कभी ज्योतिषियों से पूछती है कि मेरा पति कब लौटेगा। कभी कौए को संबोधन करती है कि यदि तुम्हारे शब्द से पति आ गया तो मैं तुम्हें दही भात खिलाऊँगी। आँखों से गालों पर बहते बड़-बड़े आंखों से पद्मश्री दिन-प्रतिदिन क्षीण होने लगी और कृष्णपक्ष की निस्तेज-चंद्रलेखा के समान हो गई।"
-('अपभ्रंश-साहित्य', पृ. 203)

559. वायसु उड्डावन्तिजए पिउ दिठ्ठउ सहसत्ति। अद्धावलया महिहिगय
अद्धाफुट्टतऽत्ति।।।4.। 352।।1.।-(सिद्धमशब्दानुशासन')
इस अपभ्रंश मुक्तक के वजन का एक राजस्थानी सुभाषित भी है-
काग उडावण धण खड़ी आयो पीव भड़क्क।
आधी चूड़ी काग-गक आधी गई तड़क्क।।

560. काण वि विरह करालिइ पइ उड्डावियउ।
सहि अच्चभूउ दिट्ठ मइ कण्ठि विलुल्लइ काउ।।
गुलेरीजों ने इस दोहा का अर्थ श्री जगन्नाथदास 'रत्नाकर' के अनुसार इस प्रकार किया है-
'विरहाकुलिता कौए को उड़ाया करती हैं कि हमारा पति आज आता हो तो उड़जा। जहाँ कई विरहाकुलित हों वहाँ कौए की शामत आ जाय। इधर गया तो एक उड़ावे उधर गया तो दूसरी कहीं बैठने को ठौर ही नहीं पाये बेचारा कष्ट में अधर झूल रहा है कि किधर जाऊँ।"
-('पुरानी हिन्दी' परिशिष्ट, पृ. 216)

स्वल्प पाठांतर के साथ यह पद 'प्रबन्धचिन्तामणि' में उद्धृत है। नामवर सिंह ने इसका गुलेरी जी से अच्छा अर्थ दिया है। द्रष्टव्यः 'हिन्दी के विकास में अपभ्रंश का योग, पृ. 296.66)।

561. कउआ, दिऊँ बधाइयां, प्रीतम मेठ मुज्झ। काढि कजउ आपणउ भोजन दिउँली तुल्झ।
-('ढोला.'। 75).

562. बालभ, एक हिलोर दे, आइ सकइ तउ आइ।
बाँड़ियां बे थक्कियां काम उडाई उडाइ।
-(ढोला 0.167)

563. आँखि निर्माणी क्या करइ, कउवा लवइ निलज्ज। सउ जोइन साहिव बसइ, सो किम आवइ अज्ज।।
-('ढोला., 520.।)

564. काक भाख निज भाखई रे पहु आओत मोरा। खीर खाँड़ भोजन देव रे भरि कनक कटोरा।।10.।
-(बेनीपुरी, पद-190)

565. मोरा रे आँगनमा चनन केरि गछिया ताहि चढ़ि कुरुरय कागरे। सोने चोच बाँधि देब तोयँ बायस जओं पिया आओत आज रे।। 2।।
-(बेनीपुरी, पद-222)

566. फुरिए वामच्छि तुए जइ एहिइ सो पिओज्जता सुइरं।संमीलिअ दाहिणअं तुइ अवि एहं फ्लोइंस्स।।
-(गाथा सप्तशती।।237।)

567. यैनैव सूचितनवाभ्युदयप्रसंगा
मीनाहति स्फुटिततामरसोपमेन।
अन्यं निमील्य नयनं मुदितव राधा
वामेन तेन नयनेन ददर्श कृष्णम्।।
-('पद्यावली' हर कवि)

568. प्रणमति पश्यति चुम्बति संश्लिष्यति तुलक शुकुलितरङ्गी। प्रियसंगमाय स्फुरिता वियोगिनी वामबाहुलताम्।।
-('आर्या सप्तशती'। 347)

बिहारी ने भी शुभशकुन -सूच 'वामभुजा-स्फुरण का उल्लेख किया है–

बाम बाहु फरकत मिलै, जो हरि जीवन मूरि।

तौ तोही सों मेटिहौ राखि दाहिनी दूरि।

569. गुरुजन नयन अन्ध करि आओल
बाँधव तिमिर बिसेख।
तुअ उर फुरत बाम कुच लोचन
बहु मंगल करि लेख।।4।
-(बेनीपुरी, पद-107)

570. द्रष्टव्य: 'ढोला-मारुरा दूहा', सं. 516 से 520 तक।

571. गोरस बिरस बासी बिसेखल
छिकहु छाड़ब गेइ।
मुरलि धुनि सुनि मो मन मोहल
विकहू मेल संदेह।4।
तीर तरंगिनि कदम्बकानन
निकट जमुना-घाटे।
उलटि हेरइत उलटि परलओं
चरन चौरल काँट।6.।
-(बेनीपुरी, पद-37)

572. की हम सांझक एकसरि तारा भादव चौठिक ससी।
इथि दुहु माझ कओन मोर आनन जे पहु हेरसि न हसी।2।
-(बेनीपुरी, पद-158)
इस पद की पाठांतर इस प्रकार भी मिलता है-
की हमें सांझक एकसरि तारा, भादब चौठिक चन्दा
अइसन कए पिआ मोर मुख मानल, मो पति जीवन मन्दा।
-(प. प., 76, सं. अ. से)
भादो की चौथ का चाँद और अकेला तारा ये दोनों अदर्शनीय अथच अशुभ समझे जाते हैं। इसी लोक विश्वास का यहाँ काव्यात्मक प्रयोग हुआ है।
-(लेखक)

573. 'प्रसन्न राघव' क, पृ. 128.

574. चतुर्थी के चाँद और पर-नारी के मुखचंद्र की ओर दृष्टिपात करना अकल्याणकारी होता है। विभीषण रावण को समझाते हैं-
जो अपन चाहह कल्याना।
सुजस सुमति सुभ गति मुख नाना।।

सो पर नारि लिलारू गोसाई।
तजइ चौथि के चंद की नाई।
–('रामचरितमानस, 37.5,6)

575. गोकुल देवदेयासिनि आओल नगरहि ऐसे पुकारि
अरुन बसन पैन्हि जटिल बेस घरि कान्ह द्वार माझ ठारि।2.।
सुनि धनि जटिला तुरित चल आओल हरइत चमकित मेल।
हमर बँधुक रीति देखि जनि आनमति कहि मंदिर लइ गेल।।4.।
देवदेवासिनि कान।
जटिला बचन सुधामुखि नियरहि एक दीठि हेरड बयान।।6.।
कह तब अतनु देव इथे पाओल हृदि–मधि पइसल काल।
निरजन होइ मंत्र जब झाड़िए तब इह होएब भाल।।8.।
एत सुनि जटिला घर दोहे लेअल निरजन दुहु ए ठाम।
सब जन निकसल बाहर बइसल पुरल कान्ह मन काम।।10.।
बहु खन अतनु मंत्र पढ़ि झारल भागल तब सेहो देवा।
देवदेयासिनि घर सयँ निकसल चातुरि बूझब केबा।।12.।
जटिला बहुत भकति करि हरखित कतक भीख आनि देल।
कह कविसेखर भीख लिए तब सेहो देयासिनि गेल।। 14।।
–(बेनीपुरी, पद–162)

576. जटिला सास फुंकरि तहि बोलल बहुरि बेरि काहे ठाढ़ि।
ललिता कहल अमंगल सूनल सति पति भय अब गाढ़ि।।2.।
सुनि कह जटिला घटल की अकुसल घर सगँ बाहर होय।
बहुरिक पानि धरि हेरह जोगी किये अकुसल कह मोहि।।4.।
जोगेस्वर फेरि बहुरिक पानि घरि कुसल करब बन देव।
इहे एक अङक बंक बिसंकओबन मधि पसुपति सेव।।6।
पुजनक, तन्त्र–मन्त्र बहु आछए से हम किछु नहि जान।
जटिला कह आन देव कहाँ पाओब तुहु बीज करइह दान।।8.।
एत सुनि दुहुजन मन्दिर पइसल दुहु जन भेल एक ठाम।
मनमथ, मन्त्र पढ़ाओल दुहु जन पूरल हु जन मेल एक काम।।10.।
पुनु दुहु जन मंदिर सयँ निकसल जटिला सयँ कह भाखी।
जब इह गौरि अराधन जाब बिधयोजन घर राखी।।12.।
एत कहि सबहु चललि निज मन्दिर जोगी चरन प्रनाम।
विद्यापति कह नटवर सेखर साधि चलल मन काम।।14.।

-(बेनीपुरी, पद-161)

577. दूर कर गुनपन अरे भेषधारी
काँ डिठिओलए राजकुमारी।
केओ बोल देषए देहे जनु काहू
केओ बोल ओझा आनि (न) चाहू।।
-(प. प., पद-254)

578. हे हरि पेखली से बर नारि।
न जीवइ बिनु कर-परस तोहारि।।6.।
केओ-केओ जपय बेद दिठिजानि।
केओ नवग्रह पूज जोतिअ आनि।8.।
के ओ केओ कर धरि धातु बिचारि।
बिरह -बिखिन कोइ लखए न पारि।।10.।
-(बेनीपुरी, पद-54)

579. केओ बोल मन्त्र कान तर जोलि।
केओ कोकिल खेद डाकिनि बोलि।।5.।
अरे अरे अरे कान्हु की रभसि बोरि।
मदन भुजंग डसु बालहि तोरि।10।
भनइ विद्यापति एहो रस मान।
एहि विष गारुड़ एक पए कान।।12।
-(बेनीपुरी, पद-211)

580. (क) "परबोध न माने जनि बाल भुजङ्ग।
-(न. गु., पद-154)
(ख) "मन्त्र न सुनए जनि बाल भुजंग।
-(न. गु., पद-213)

581. भुजङ्गिनि दसि पुनहि यदि दंसय, तबहि समय विष जाह।
-(न. गु., पद-90)

502. तजे ओठपातरि कि बोलिबो तोहि
बडकए अपथ चलओलए मोहि।
तोरा करम धरम पए साखि
मन्दिउ खाए शउसिनि राखि।।
-(परिषद्-पदावली, पद-97)

583. माघ मास सिरि पंचमी गॅजाइलि नवम मास पंचम हरुलाई।

अति धन पीड़ा दुख बढ़ पाओल बनस्पति भेलि धाई है।। 2।।
सुभ खन बेरा सुकुल पक्ख हे दिनकर उदित समाई।
सोरह सम्पन बतिस लखन सह जनम लेल ऋतुराई हे।।4.।
नाचए जुबतिजना हरवित मन जनमल बाल मधाई है।
मधुर महारस मङ्गल गावए मानिनि मान उड़ाई है।। 6.
वह मलयानिल ओत उचित हे नव घन भयो उजियारा।
माधवि फूल मेल मुकुता तुल ते देल बन्दनवास।8.।
पीअरि पाँड़रि महुअरि गावए काहकार धतूरा।
नागकेसर-संख धूनि पूर तकर ताल समतूरा।।10.।
मधु लए मधुकर बालक दहलु कमल पंखरी लाइ
पनोनार तोरि सूत बांधल कटि केसर कएलि बघनाइ।। 12।।
नव नव पल्लव सेज ओछाओल सिर दल कदम्बक माला।
बैसलि भमरी हरउद गावए चक्का चन्द निहारा।। 14।।
कनल केसु सुति-पत्र लिखिएहलु रासि नछत कए लोला।
कोकिल गनित-गुनित भल जानए रितु वसंत नाम थोला।।16.।
XXX
बाल बसंत तरुन भए घाओल बढ़ए सकल संसारा।18.।
देखिन पवन वन अंग उगारए किसलय कुसुम परागे।
सुललित हार मजरि वन कज्जल अखित अंजन लागे।।20.।
नव बसंत रितु अगुसर जोबति विद्यापति कवि गांवे

584. लता तरुअर मंडप जीति।
-(बेनीपुरी, 174)
निरमल ससघर धवलिए भीति।।2।
अउँअनाल अइपन भल भेल। रात परीहन पल्व देल।।4.।
देखह माइ हे मन चित लाय।
बसन्त-विवाहा-कानन-थलि आय।।6.।
मधुकरि-रमनी मंगल गाव।
दुजबर कोकिल मंत्र पढ़ाव।8.।
करू मकरन्द हथोदक नीर।
विधुवरिआती धीर समीर।10.।
कनअ किसुक मुति तोरन तूल।
लाबा बिथरल बेलिक फूल।। 12.।

केसर कुसुम करू सिंदूर दान।
जओतुक पाओल मानिन मान।।14.।
खेलए कौतुक नव पंचबान।
विद्यापति कवि दृढ़ कए भान।।16.।
-(बेनीपुरी, पद-177)

585. अभिनव पल्लव बइसक देल।
धवल कमल फुल पुरहर भेल।2.।
करु मकरन्द मदानि पानि।
अरुन असोग दीप दहु आनि।।4.।
माइ हे आज दिवस पुनमंत।
करिए चुमाओन राय वसंत।।6.।
सपुन सुधानिधि दधि भल गेल।
भमि भमि भमरि हुकारइ देल।।8.।
टेसु कुसुम सिंदुर सम भासः।
केतिक-धुलि विथरहु पटवास।।10.।
-(बेनीपुरी-179)

586. यहि बिधिव्याहन आयो एहन बाउर जोगी।
टपर-टपर कए बसहा आयल खटर-खटर रुँडमाल।।
भकर-भकर सिव भांग भकोसथि डमरू लेल कर लाय।।
ऐपन मेटल पुहर फोरल वर किमि चौमुख दीप।।
घिआ ले मनाइनि मंडप बइसलि गाबिए जनु सखि गीत।।
भन विद्यापति सुनुए मनाइनि ईथिका त्रिभुवन ईस।
-(बेनीपुरी, पद-244)

587. द्रष्टव्य: 'मैथिली लोकगीतों का अध्ययन,' पृ.-68.

588. (क) द्रष्टव्य: 'वर्ण रत्नाकर 181 अथ विवाह वर्णना, पृ. 64-65
(ख) 'संवनन' या 'लाजाहोम' की वैवाहिक रीति
लोकाचार जन्य ही है। (लेखक)

589. द्रष्टव्य: बेनीपुरी, पद-176 (4, 6, 8) तथा पद 178.

590. 'झूमर' गा-गाकर नाचने का लोक-मनोरंजन मिथिला में आज भी प्रचलित है। यह नृत्य ही नहीं, गीत भी है अत: इसे 'नृत्य गीत' के अन्तर्गत रखा गया है।

591. द्रष्टव्य: बेनीपुरी, पद-222

592. वही, पद–164।
513. सुख सुखराति सबहुँ काँ भेस। हमें दुखसाल सोआमि दय गेल।6.।
-(बेनीपुरी, पद-208)
594. आडम्बर आदर हो सब तह। (वि. प. न. गु.। 510)
595. आनक वेदन नइ बुझ आन कुदिना हितजन अनहित रे थिक जगत सोभाव, धनिकक आदर सब तह होय, निरधन बापुर पुछए न कोय; समय दोघे आणि बस पानि आदि।
596. विद्यापति की आंचलिक लोकोक्तियों को इस प्रसंग में देखा जा सकता है----कुम्भी जलकएँ। जेहन पिरीति नख छेदन के लाब पिपिडी को जओ पाँखि जनमप अनल करए बानर झपान, बानर कण्ठे की मोतिम हार, बानरमुह की सोभए पन, सिआरकाँ जञो सींग जनमए गिरि उपारए चाह, हम तहँ के विषहू आगर ढोढँहु काँ थिकभान आदि।
597. जिव जञो जनि निग्धने निधि पाए खन हेरए खत राख झपाए, निरधन काँ जञो धन किछु हो करए चाहए उछाह आदि।
598. ओछेओ जाति जोलह जेओ ओल घरि नहि बुनए सेओ, तेली बलद थान भल देषि पालव नहि उजिआइ, तर सूते गढ़ि काट कुम्भार " आदि।
599. जुवति चरित बड विपरीत बुझए केदहू पार सकल काज हम बुझल बुझ एल, न बुझल अन्तर नारि आदि।
600 नन्वेष दोषः कथङ्करं पुनरुपनिबन्धनार्हः?" इति आचार्याः "कवि-मार्गानुग्राही कथमेष दोषः?" इति यायावरीयः निमित्तं तर्हि वाच्यम" इति आचार्यः। 'इदंममिधीयते' इति यायावरीयः।
पूर्वे हि विद्वांसः सहदूसशाखं साङ्ग' च वेदमवगाह्य, शास्त्राणि चावबुध्य देशान्त राणि द्वीपान्तराणि च परिभ्रम्य यानर्थानुपलम्य प्रणीतवन्तस्तेषां देशकालान्तरवशेन अन्यथात्वेपि तथात्वेनापनिबन्धोयः स कविसमयः कविसमयशब्दश्चायं मूलमपश्यद्भिः वदर्शिभि प्रयुक्तो रुदेश्च ('काव्य-मीमांसा', अ. 14, पृ. 190-91)
601. निर्हेतुता तु रूपातेत्थ दोषता नैव गच्छति।
यथा– 'संप्रति संध्या समयश्चद्वन्द्वानि विघटयति।
कवीना समये ख्याते गुणः ख्यातविरुद्धता।22।।
-(साहित्यदर्पण', 722)
602. असतोऽपि क्रियार्थस्य निबन्धन यथा। चक्रवाकमिथुनस्य निशि भिन्त टश्रवणं चकोराणां चन्द्रिकापानं च। (काव्य-मीमांसा' 4014, पृ. 198)

603. "संप्रति सध्या समयश्च क्रद्वन्द्वानि विघटयति।"
--('सा. दर्पण', 7722शा के अन्तगत)
604. 'कादंबरी' की टीका में यह कहानी उल्लिखित मिलती है।
605. सूत्रस्थान 46,-105.
606. ज्योत्सना पेया चकोरैर्जलधरसमये मानसं यान्ति हंसाः।
-('साहित्य दर्पण।7।23।)
607. अमरकोष', 5.35-टोका।
608. नियमस्तु तद्यथा। ग्रीष्मादौ सम्भवतोऽपि कोकिलानां विरुतस्य वसन्त एव,मयूराणां बर्षास्वेव बिरुतस्य नृत्तस्य च निबन्धः।
-('काव्य-मीमांसा', अ. 14, पृ. 200)
609. (क) कोकिल गनित-गुनित मल जानए रितु बसंत नाम थोला।।16।
-(बेनीपुरी, पद-174)
(ख) आएल रितुपतिराज वसंत।1 xx समुखहि कोहिल पञ्चम गाय।।।।
-(बेनीपुरी, पद-175)
(ग)बसन्त-बिबाहा कानन थलिआय।।6 xx दुजबर कोकिल मत्रं पढ़ाब।।8.।-(बेनीपुरी पद-177)
(घ) शीत वसंत-विवाद के क्रम में कवि ने कोकिल को वसंत का गवाह कहा है-"दुजवर कोकिल साखीदेल।।8.।
-(बेनीपुरी पद-180)
(ङ) "फुटल कुसुम नव कुज कुतिर बन कोकिल पंचम गाबे रे।"
-(बेनीपुरी, पद-201)
(च) "फागुन मास धनि जीव उचटा। बिरह-बिखिनभेल हेरओं बाट।। आयलमत्त पिक पंचम गाव।" (बेनीपुरी, पद, 208, पृ. 273)
(छ) "आएल उनमद समय बसंत xx आरे कुसुमित कानन कोकिल साद।"
(बेनीपुरी, पद-215) ज्योतिरीश्वर ने भी वसंत वर्णन में कोकिल के बोलने का निर्देश किया है-
...कोकिलाक कलरव "
-(वर्णरत्नाकर'।4.018)
610. "मेघध्वानेषु नृत्यं भवति च शिखिन"
-('साहित्य-दर्पण' 172.)
611. "असतो गुणस्य निबन्धनं यया। यशोहासप्रभृतेः शौक्त्यम्" आदि

–('काव्य-मीमांसा', अ. 15, पृ. 201)

612. यशाति धवलता वव्यंते हासकीत्यों"

–('साहित्य-दर्पण'। 7।23.।)

613. अलखित हम हेरि बिहसलि थोर। जनि रथनि भेल चांद ई जोर।।2.।

–(बेनीपुरी, पद–30)

614, हास–सुधारसे न कर उजोर।

धनिके बनिके धन बोलव मोर।।

–(प.प., पद–215)

615. "अथ नायिका हास्यवर्णना। कुमुद कुन्द कदम्ब कास. मास. कैलास. कर्प्पूर. पीयूसक कानि (कान्ति) प्रसारीसन xx अमृतक सरोवर तरङ्गक सहोदर सन. शरतक पूर्णिमाचान्दक ज्योत्स्ना अइसन।"

–('वर्णरत्नाकर' ।2। पृ. 7)

'मेघदूत' को कैलास वर्णन में कैलास की शुभ्रता को शिव का पुंजीभूत अट्टहास कहकर कालीदास ने भी इस कवि समय का चारु प्रयोग किया है।

–(द्रष्टव्य: पूर्वमेध 156)।

616: भौमवत्स्वर्ग्योऽपि कविसमय: विशेषस्तुचन्द्रमसि शशहूरिणयोरैक्यम्।

–('काव्य-मीमांसा', अ. 16, पृ. 209)

617. श्रवणपुरतमालउलाङ कुएं शशिकुरङगमुखे सखि निक्षिप।

किमपि तुन्दिलित: स्थगयत्यमु सदपि तेन तदुच्छवसिमिक्षणम्।।

–('नैषधचरितम्' सर्ग 4)

618. चान्द हरिन बह राहु कवल सह पेम पराबभव थोक।।

–(प.प. 56–240, सं. (अ.)

619. अनुभव राहु पराभव सजनी हरिन न तज हिमधाम।।6।

–(बेनीपुरी, पद–196)

620. गोपी हसलि अपन मुख हेरि

चान्द पलाएल हरिणक सेरि।।

विद्यापति ने अनेक चांद के 'शशधर पर्याय के भी प्रयोग करके 'शश'-संबंधी कवि समय का निबंधन किया है।–(लेखक)

–(प.प., पद–257)

621 विरह वियापि रयण भरि, प्रीतम विणु तन खीणा।

वीण अलापी देखि ससि, किस गुण मेल्ही वीण।। 569.।

वीण अलापी देखि ससि रयणी नाद सलीण।
ससिहर-मृगरथ मोहिगउ, तिणं हसि मेल्ही वीण।।570।
-(ढोलामारूरा दूहा')

622. (क) दूर करह बीना कर धरियो।
मोहे मृग नाही रथ हाँक्यों, नाहिब होत चन्द को ढरिबो।
(ख) मन राखन को बेनु लियो कर मृग थाके उड़पति न चरै।
अति आतुर हवैंसिंह लिख्यो कर जेहि यामिनि को करु न टरैं।।
-(सूरदास)

623. गहै बीन मकु रैनि बिहाई। ससि वाहन तहँ रहै ओनाई।।
पुनि धनि सिंघ उहे लागे। ऐसिहिविथा रैनि सब जागे'।।
-('पद्मावत' पदमावती-वियोग-खंड शुक्ल पृ. 73)

624. "कामकेतने मकरमत्स्ययोरैक्यं यथा-"
-('काव्य-मीमांसा', अ.16, पृ. 210)

625. "बहुकालजन्मनोरपि शिवचंद्रमसोबलित्वम्-"
-('काव्यमीमांसा', अ. 16, पृ.211)

626. "बालचंद विज्जावर भासा
दुहु नहि लग्गइ दुज्जन हासा।।10.।
ओ परमेसर हर सिर सोहइ"
-('कीत्तिलता', 11 श्री शिवप्रसाद सिंह, पृ. 30)

627. "कामस्य मूर्त्तत्वं च यथा-('काव्य-मीमांसा' (अ.) 16, पृ. 212

628. "धनुर्माला मौर्वी कूणदलिकुलं लक्ष्यमबला
मोनोद्य' शब्दप्रमृति य इमे पञ्च विशिखाः।
इयान् जतु यस्य विभुवनमनङ्गम्य विभवः
स वः कामः कामान्दिशतु दियतापाङ्गवसतिः।। "
-('काव्य-मीमांसा' (अ.) 16, पृ. 212)

1629. मोर्वी रौलम्बमाला धनुरय विशिखाः कोसुमाः पुष्पकेतोभिन्नं स्यादस्य
वाणैयुं वजनहृदयं स्त्रीकटाक्षेण तद्वत।
-('साहित्य दर्पण' ।7।24.।)
(630.(क) सिरिस कुसुम जिनि तनु। थोरि सहब फूल-धनु।।14.।
-(बेनीपुरी, पद-69)
(ख) प्रथम समागम भूखल अनङ्ग।
(बेनीपुरी, पद-70)

(ग) कन्त पाहूनकाम दारुन सधन खर सर हंतिया।4।।
-(बेनीपुरी पद-199)
(घ) पंचसर-सर छूटत रे कइसे जीअए बिरहिन नारि।।5.।
-(बेनी., पद-200)
(ङ) भौंहक-भंग अनंग चाप दिहू।
-('बेनी., पद-214)
(च) जारए मनसिज मार सर साधि।
-विद्यापति
(छ) तोरा अछ पचसर ते तोहि नहि डर मोह हृदय बरु कापे।।
-(प.प. पद-163)
(ज) एके अवला हे कुपुत पञ्चबान
मरम लखिए कर सर सन्धान।
-(परिषद् पदावली, पद-75)

631. (क) 'सखि हे हमर दुखक नहि ओर इस प्रसिद्ध विरह गीत में हृदय के फटने की चर्चा इस प्रकार मिलती है-
कुलिस कत सत पात, मुदित मयूर नाचत मातिया। मत दादुर डाक डाहुक फाटि जायत छतिया।।6.।
-(बेनीपुरी, पद-199)
(ख) हृदय मोर बड़े दारुन रे पिया बिनुबिहारिन जाए।। 3।। (बेनीपुरी, पद-189)

632. "भ्रू-वल्लि चावयं मणोहवस्स.." (हिंदी काव्यधारा', पृ. 370 पर उद्धृत हेमचंद्र)।

633. "भउहेहिं अगंग-घणु-लइवन' व" -('स्वयंभू हिन्दी काव्यधारा', पृ. 54)

634. ममहजुयल सन्नद्धउ कस्सव भाइयइ,
णाइ कोइ कोयंड णगि चडाइयइ
-('संदेश रासक'। 2.52)

635 "भुआ पास भो हाँ धेणूहा समाण..." ('प्राकृत पॅगलम्'; बब्बर)'
विद्यापति ने भी भौंका धनुष कहा है-
"कीर दूर भेल पास न आबए भोह धनुहि के भोरे।।"
-(बेनीपुरी, पद-103)

636. भ्रू जुगुलु जाणु द्वैधीकृत कंदर्टचापु।

नयननिज्जितु जाला पंजनु निःप्रतापु।।
-(रमा मंजरी', जवनिकान्तर 1)

637. साजनि तेजसि वचन रोध।
टाकुसन हिअ सोझो करति मानसि बांक विरोध।
-(प.प., पद-85)

638. भौह लता बड देषिअ कठोर
अंजने अँजि फासि गुन जोक।
(प.प., पद-204)

63', 'कीर्तिलता', 1.4., पृ. 4, डॉ. वासुदेव शरण अग्रवाल का संस्करण।

640. Final Cause-

641. प्रजानामेव भूत्यर्थं स ताभ्यो बलिमग्रहीत्।
सहस्रगुणमुत्स्रष्टुमादत्ते हि रसं रविः।
-('रघुवंशम्', 1.18)

(ख) प्रमुख संदर्भ-ग्रंथों की तालिका

संस्कृत

- अग्नि पुराण का काव्यशास्त्रीय भाग-व्यास, रामलाल वर्मा, नेशनल पब्लिशिंग हाउस, दिल्ली।
- अभिज्ञान शाकुन्तलम्-कालिदास, चौखम्बा, बनारस।
- अभिनव भारती-अभिनव गुप्त।
- अमरुशतकम्-अमरुक मित्र प्रकाशन प्रा. लि., इलाहाबाद, सन् 1962 ई.।
- आयसिप्तशती-गोवर्धनाचार्य निर्णय सागर प्रेस, बम्बई, सन 1886 ई।
- उत्तर रामचरितम्-भवभूति, चौखंबा।
- औचित्य विचार चर्चा-क्षेमेंद्र चौखंबा, सन् 1933 ई.।
- कवि कंठाभरणम्-क्षेमेंद्र, काव्यमाला गुच्छक-4, पृ. 123-39, बम्बई, 1887 ई.।
- कवीन्द्र वचन समुच्चयः-सं. एफ. डब्ल्यू. टामस, बिब्लियोथिका इंडिका, कलकत्ता, 1912 ई.।
- कामसूत्र-वात्स्यायन, जयमंगलाटीका यशोधर।
- कालिदास-ग्रंथावली-सीताराम चतुर्वेदी, काशी, सं. 2007 वि..
- काव्यादर्श-दण्डी, ओरियण्टल बुक सप्लाइंग एजेन्सी, पूना, 1924 ई।
- काव्यालंकार-सार-संग्रहः-उद्भट, भण्डारकर ओरियण्टल रिसर्च ई. प्रथम संस्करण, सन् 1952 ई.।
- काव्यालंकार-सूत्र-वृति-वामन, आत्माराम संस, दिल्ली, प्रथम संस्करण।
- काव्यालंकार-रुद्रट, निर्णय सागर प्रेस, बबई, तृतीय संस्करण, सन्

1928 ई.।

- काव्य-मीमांसा-राजशेखर, बिहार राष्ट्रभाषा परिषद्, पटना प्रथम संस्करण, सन् 1954 ई.।
- काव्य-प्रकाश-मम्मट, ज्ञान मण्डल लिमिटेड, वाराणसी, प्रथम संस्करण, संवत् 2017 वि..
- काव्यानुशासनम्-हेमचंद्र, निर्णय सागर प्रदेस बंबई, सन् 1901ई.।
- किरातार्जुनीयम्-भारवि, चौखंबा, बनारस
- कुमारसंभवम्-कालिदास, चौखंबा, बनारस
- कुट्टनीमतं काव्यम्-दामोदर गुप्त, मित्र प्रकाशन प्रा. लि., इलाहाबाद।
- गीतगोविन्द काव्यम-जयदेव, 'इन्दु' टोका, चौखंबा, बनारस।
- घटकर्पर काव्य घटकर्पर।
- चन्द्रालोक-जयदेव।
- चारुदत्तम्-भास, चौखंबा, बनारस
- चाणक्य नीति-दर्पण-चाणक्य।
- चौरपञ्चाशिका या बिल्हण चरित-बिल्हण सं. ताड़पत्रीकर, पूना ओरियण्टल सीरीज 86, सन् 1946 ई.।
- दशरूपक (नाट्यशास्त्र की भारतीय परंपरा और दशरूपक)-धनंजय (धनिक की वृत्ति के साथ), डॉ. हजारी प्रसाद द्विवेदी तथा पृथ्वी नाथ द्विवेदी, राजकमल प्रकाशन, दिल्ली, सन् 1963 ई.।
- ध्वन्यालोक-आनंदवर्धन, ज्ञानमंडल लि., वाराणसी, सन् 1962 ई.।
- ध्वन्यालोक-लोचन-अभिनवगुप्त।
- नागानन्द-हर्ष।
- नाट्यशास्त्रम्-भरत, चौखंबा, बनारस।
- नीति मंजरी-द्याद्विवेद, बनारस, सन् 1933 ई.।
- पंचतंत्रम्-विष्णु शर्मा, चौखंबा, बनारस।
- पंचसायक-ज्योतिरीश्वर।
- पुरुष-परीक्षा-विद्यापति, सं. श्री रामनाथ झा, पटना विश्वविद्यालय प्रकाशन, सन् 1960 ई.।
- प्रसन्नराघव-जयदेव, गीतगोविंदकार से भिन्न, मिथिलावासी, चौखबा,

बनारस।

- भामह-विचरित काव्यालंकार-भामह, बिहार राष्ट्र भाषा-परिषद, पटना।
- भारतीय काव्यशास्त्र की परंपरा-(संस्कृत तथा हिन्दी का संदर्भ-ग्रन्थ)-सं. डॉ. नगेन्द्र, नेशनल पब्लिशिंग हाउस, दिल्ली।
- महाभारत-व्यास, गीत प्रेस गोरखपुर।
- मालती-माधव-भवभूति, चौखंबा, बनारस।
- मेघदूतः एक अध्ययन-कालिदास की कृति का डॉ. वासुदेव शरण अग्रवाल-द्वारा अध्ययन, राजकमल प्रकाशन, दिल्ली, तृतीय मुद्रण, सन् 1960 ई.।
- मेघदूतः एक पुरानी कहानी-डॉ. हजारी प्रसाद द्विवेदी, हिन्दी ग्रंथ रत्नाकर प्रा. लि., बंबई, पहली बार, दिसंबर 1957 ई.।
- मेघदूतः एक अनुचिंतन-श्री रंजन सूरिदेव, पटना।
- रघुवंशम-कालिदास।
- रसमंजरी-भानुदत्त मिश्र, श्री हरि कृष्ण निबंधन भवनम् वाराणसी, द्वितीय संस्करण, सन् 1951 ई.।
- रसार्णव-सुधाकर-सिंगभूपाल या शिंगभूपाल, त्रिवेंद्रम् संस्कृत सीरीज, त्रिवेंद्रम्, सन् 1916 ई.।
- लटकमेलक-कबिराज शंखधर।
- वकोक्ति जीवितम्-कुंतक, आत्माराम एंड संस, प्रथम संस्करण, सन् 1955 ई.।
- वाग्भटालंकार-वाग्भट, चौखंबा, बनारस।
- विकमोर्वशियम-कालिदास, चौखंबा, बनारस।
- विद्धशाल भजिंका-राजशेखर।
- विद्याकर-सहस्त्रम्-इलाहाबाद विश्वविद्यालय, इलाहाबाद।
- वृषभानुजा नाटिका-मथुरादास कायस्थ।
- व्यक्ति विवेक-महिमभट्ट, चौखंबा, बनारस, सन् 1936 ई.।
- शतकत्रयम्-भृर्तहरि, मित्र प्रकाशन प्रा. लि., इलाहाबाद। (भृर्तहरि-विरचितम् श्रृंगार वैराग्य नीति शतकत्रयम्-पुस्तक मंदिर, मथुरा, तृतीय आवृत्ति, सन् 1958 ई.।

- शार्ङ्गधर पद्धतिः-सं. पीटसन, बंबई, सन् 1888 ई.।
- श्रृंगार तिलक-कालिदास।
- श्रृंगार तिलकम्-रुद्रट, सं. पिशेल, कील (जर्मनी), सन् 1886 ई.।
- श्रीमद् भागवत महापुराणम्-गीताप्रेस, गोरखपुर।
- संस्कृत-काव्यधारा-राहुल सांकृत्यायन, किताब महल, इलाहाबाद, सन् 1958 ई.।
- सादुक्ति कर्णामृतम्-श्री धारदास, सं. श्री रामवतार शर्मा तथा श्री हरदत्त शर्मा, लाहौर, सन् 1933 ई.।
- सरस्वती काण्ठभरणम्-भोजदेव, निर्णय-सागर प्रेस, बंबई, सन् 1938 ई.।
- साहित्य-दर्पण-विश्वनाथ, 'विमला' व्याख्या, श्री शालग्राम शास्त्री, मोतीलाल बनारसी दास, बनारस, चतुर्थ संस्करण, सन् 1961 ई.।
- सुभाषित-रत्नकोषः-विद्याकार, सं. डी. डी. कोसाम्बी, वी. वी. गोखले, हार्वर्ड ओरियंटल सीरीज–42, सन् 1957 ई.।
- सुभाषितावली-वल्लभदेवः पीटर्सन, दुर्गा प्रसाद, बंबई, सन् 1886 ई. ।
- सुभाषित-रत्न-भांडागार-नारायण राम आचार्य।
- सूक्ति-मुक्तावली-जल्हण, गायकवाड़ ओरियंटल सीरीज, बड़ौदा, सन् 1928 ई.।
- स्वपन्नवासवदात्तम्-भास, मोतीलाल बनारस दास, बनारस।
- हनुमन्नाटक-दामोदर मिश्र।
- हितोपदेश-नारायण पंडित।

प्राकृत, अपभ्रंश और अवहट्ट

- अपभ्रंश -व्याकरण-हेमचंद्र, अनुवादकः शालिग्राम उपाध्याय, राजकमल प्रकाशन, सन् 1958 ई.।
- अपभ्रंश-काव्यत्रयी-गायकवाड़ ओरियंटल सीरीज, संख्या 37, बड़ौदा, सन् 1927 ई.।
- अपभ्रंश-पाठावली-सं. मधुसूदन चिमनलाल मोदी, सन् 1935 ई.।
- कथाकोष-प्रकरण-सं. मुनिजिनविजय, भारतीय विद्याभवन, बंबई, सन्

1949 ई.।

- कर्पूरमंजरी-राजशेखर, चौखंबा, बनारस।
- कीर्त्तिलता-विद्यापति, डॉ. बाबूराम सक्सेना का संस्करण काशी नागरी-प्र. सभा, काशी, तृतीय संस्करण सवंत् 2014.
- कीर्त्तिलता-श्री शिवप्रसाद सिंह का संस्करण, साहित्य भवन प्रा. लि. , इलाहाबाद।
- कीर्त्तिलता-संजीवनी व्याख्या, डॉ. वासुदेव शरण अग्रवाल, साहित्य-सदन, चिरगाँव, प्रथम संस्करण, सन् 1962 ई.।
- कुपारपाल प्रतिबोध-सोमप्रभ, सं. मुनि जिन विजय, बड़ौदा, सन् 1920 ई.।
- गाहासत्तसई या गाथा सप्तशती-हाल, बंबई, सन् 1933 ई.।
- जसहर चरिउ-सं. डॉ परशुराम लक्ष्मण वैद्य, कारंजा, बरार, सन् 1931 ई.।
- दोहा कोश-सरहपा, राहुलजी का संस्करण, बिहार राष्ट्रभाषा-परिषद्, पटना।
- पउमचरिउ-स्वयंमु, सं. डॉ. हरिवल्लभ भायाणी, सिंघी जैनशास्त्र शिक्षापीठ, भारतीय विद्याभवन, बंबई, वि. सं. 2001.
- पाउमसिरीचारिउ-धाहिल, सं. मोदी और मायाणी, भारतीय विद्याभवन, बंबई, वि. सं. 2005.
- परमप्पयासु या परमात्मा-प्रकाश-जोइन्दु, सं. आदिनाथ नेमनाथ उपाध्ये, बंबई, सन् 1937 ई.।
- पाहुड़ दोहा-मुनिराम सिंह, सं. डॉ. हीरालाल जैन, कारंजा, बरार, वि. सं. 1990.
- पुरातन प्रबंध संग्रह-सं. मुनि जिन विजय, कलकत्ता, वि. सं. 1992.
- प्रबंधचिंतामणि-मेरुतुंग, सं. जिनविजयजी, शांतिनिकेतन, वि. सं. 1979.
- प्रबंधकोश-राजशेखर सूरि, सं. जिनविजयजी, शांतिनिकेतन, वि. सं. 1991.
- प्राकृत पैंगलम्-सं. श्रीचंद्रमोहन घोष, बिब्लियोथिका इंडिका सन् 1902 ई.।
- प्राकृत पैंगलम्-डॉ. भोलाशंकर ब्यास का संस्करण।

- बौद्धगान ओ दोहा-सं. म.म.पं. हरप्रसाद शास्त्री।
- भविसयत्त कहा-धनपाल, सं. दलाल तथा गुणं, बड़ौदा, सन् 1923 ई.।
- भावनासंधि-प्रकरण-सं. एम.सी. मोदी।
- महापुराण-तिसट्ठि महापुरिस गुणालंकार-पुष्पदंत, सं. पी.एल. वैद्य, बंबई।
- मृच्छकटिकम्-शुद्रक, चौखंबा, बनारस।
- योगसार-जोइन्दु, ए.एन. उपाध्य, सन् 1937 ई.।
- वज्जालग्गं-प्रो. एन.ए. गोरे का संस्करण, कंटीनेंटल प्रकाशन,पूना।
- संदेशरासक-अद्दहमाण, डॉ. हजारी प्रसाद द्विवेदी तथा विश्वनाथ त्रिपाठी का संस्करण, हिन्दी-ग्रंथ रत्नाकर, बंबई, सन् 1960 ई.।
- सावयधम्म दोहा-देवसेन, सं. डॉ. हीरालाल जैन।
- सुपासणाह चरिउ-लक्ष्मणगणि, सं. गोविन्ददास, काशी, सन् 1918 ई.।
- हिन्दी गाथा-सप्तशती-नर्मदेश्वर चतुर्वेदी, चौखंबा, बनारस, सन, 1961 ई.।

हिन्दी तथा मैथिली

- अच्छी हिन्दी-रामचंद्र वर्मा, साहित्य-रत्नमाला कार्यालय, बनारस 9वाँ संस्करण।
- अनुसंधान की प्रक्रिया-डॉ. सावित्री सिन्हा और डॉ. विजयेंद्र स्नातक, नेशनल पब्लिशिंग हाउस, दिल्ली, प्रथम संस्करण, जून 1960 ई.।
- अपभ्रंश-दर्पण-प्रो. श्री जगन्नाथ शर्मा, साहित्य-सुमनमाला कार्यालय, बांकीपुर, पटना, प्रथम संस्करण, वि. संवत् 1998.
- अपभ्रंश-साहित्य-डॉ. हरिवंश कोछड़, दिल्ली, सन् 1956 ई.।
- आचार्य क्षेमेंद्र-डॉ. मनोहर लाल गौड़, भारत प्रकाशन मंदिर, अलीगढ़।
- आलोचनाः इतिहास तथा सिद्धान्त-डॉ. एस. पी. खत्री, राजकमल प्रकाशन, दिल्ली।
- उपमा कलिदासस्य-डॉ. शशिभूषण दास गुप्त (हिन्दी संस्करण), नेशनल पब्लिशिंग हाउस, दिल्ली, प्रथम संस्करण, जून 1962 ई.।
- कला और संस्कृति-वासुदेवशरण अग्रवाल, साहित्य-भवन लि., इलाहाबाद।
- कल्पलता-डॉ. हजारी प्रसाद द्रिवेदी, ज्ञानमंडल लि., बनारस, तृतीय

संस्करण, संवत् 2016.

- कवि-रहस्य-म. म. डॉ. श्री गंगानाथ झा, हिंदुस्तानी एकेडेमी, इलाहाबाद, द्वितिय मुद्रण, सन् 1950 ई.।
- कविता-कौमुदी, भाग 5 (ग्रामगीत)-श्री रामनरेश त्रिपाठी, प्रयाग।
- काव्य-दर्पण-रामदहिन मिश्र, ग्रंथमाला-कार्यालय, पटना, चतुर्थ संस्करण, सन् 1960 ई.।
- काव्यशास्त्र-डॉ. भगीरथ मिश्र, विश्वविद्यालय प्रकाशन, गोरखपुर, प्रथम संस्करण, मार्च 1958 ई.।
- काव्यरूपों के मूल स्त्रोत और उनका विकास-डॉ. शकुन्तला दुबे, हिन्दी -प्रचारक पुस्तकालय, बनारस, प्रथम संस्करण, सितंबर सन् 1958 ई.।
- कीर्तिलता और अवहट्ट भाषा-शिवप्रसाद सिंह, साहित्य-भवन लि., इलाहाबाद, प्रथम संस्करण, सन् 1955 ई.।
- गीतिकाव्य का विकास-लालधर त्रिपाठी 'प्रवासी' हिन्दी-प्रचारक पुस्तकालय, वाराणसी, प्रथम संस्करण, नवम्बर सन् 1961 ई.।
- जायसी-ग्रंथावली-रामचन्द्र शुक्ल, ना. प्र. सभा, काशी, षष्ठ संस्करण, संवत् 2013 वि.।
- जैन साहित्य और इतिहास-श्री नाथूराम प्रेमी, बंबई, सन् 1958 ई.।
- ढोला-मारूरा दूहा-सं. रामसिंह, सूर्यकरण पारीक तथा नरोत्तम दास स्वामी, मा. प्र. सभा, काशी, द्वितीय संस्करण, संवत् 2011.
- तीसरा सप्तक-सं. अज्ञेय, भारतीय ज्ञानपीठ, काशी।
- ध्वनिसंप्रदाय और उसके सिद्धान्त-भोलाशंकर व्यास, ना. प्र. सभा, काशी, सन् 1956 ई.।
- नाकेन के प्रपद्य-श्री नलिन विलोचन शर्मा, श्री केसरी कुमार तथा श्री नरेश, मोतीलाल बनारसी दास, बनारस तथा पटना।
- नई कविता-2-सं. डॉ. जगदीश गुप्त, इलाहाबाद, सन् 1955 ई.।
- नाथ-संप्रदाय-डॉ. हजारी प्रसाद द्रिवेदी, हिन्दुस्तानी एकेडमी, प्रयाग।
- निशा-निमंत्रण-बच्चन, भारती-भंडार प्रयाग।
- प्राकृत और उसका साहित्य-डॉ. हरदेव बाहरी, राजकमल प्रकाशन,

दिल्ली।

- प्राकृत साहित्य का इतिहास–डॉ. जगदीश चंद्र जैन, चौखंबा, बनारस, प्रथम संस्करण, संवत् 2038 वि. (सन् 1961 ई.)।
- प्राकृत–विमर्ण–सरयू प्रसाद अग्रवाल, लखनऊ, संवत् 2000.
- प्राचीन भारत के कलात्मक विनोद–डॉ. हजारी प्रसाद द्रिवेदी, हिन्दी–ग्रंथ–रत्नाकर, बम्बई।
- प्राचीन कवियों की काव्य–कला–सं. प्रेमनारायण टंडन, हिन्दी–साहित्य–भंडार, लखनऊ, प्रथम संस्करण, फरवरी 1960 ई.।
- पुरातत्व–निंबंधावली–राहुल सांकृत्यायन, इंडियन प्रेस, प्रयाग, सन् 1937 ई.।
- पुरानी हिन्दी–श्री चंद्रधर शर्मा गुलेरी, ना. प्र. सभा, काशी, 2005 विकमाब्द।
- पुस्तक–भंडार रजत जयंती–स्मारक–ग्रंथ–पुस्तक–भंडार, पटना, लहौरियासराय।
- ब्रजलोक–साहित्य का अध्ययन–डॉ. सत्येन्द्र, साहित्य–रत्न–भंडार, आगरा, सन् 1949 ई.।
- बिहारी की सतसई पहला भाग–पं. पद्म सिंह शर्मा, प्रकाशक: काशीनाथ शर्मा काव्यतीर्थ, चाँदपुर, बिजनौर, तृतीय संस्करण, संवत् 1982 वि.।
- बिहारी–रत्नाकर–श्री जगन्नाथ दास रत्नाकर।
- बिहारी–आचार्य विश्वनाथ प्रसाद मिश्र वाणी–वितान, बनारस, संवत् 2010 वि.।
- भारतीय साहित्यशास्त्र–पं. बदलेव उपाध्याय, प्रसाद परिषद्, काशी, सं. 2005–2008.
- भारतीय लोके–साहित्य–डॉ. श्याम परमार, राजकमल प्रकाशन, नई दिल्ली सन् 1954 ई.।
- भारतीय काव्यशास्त्र की भूमिका भाग 2–डॉक्टर नगेंद्र, ओरिएंटल बुक डिपो, दिल्ली 1955 ई.।
- मध्यकालीन धर्म साधना–डॉ. हजारी प्रसाद द्विवेदी, साहित्य भवन लि. इलाहाबाद।

- मध्ययुगीन हिंदी साहित्य का लोकतात्विक अध्ययन–डॉ. सत्येंद्र, विनोद पुस्तक मंदिर, आगरा, सन् 1961 ई.।
- महाकवि विद्यापति–श्री शिवनंदन ठाकुर, पुस्तक-भंडार लहेरिया सराय, प्रथम संस्करण संवत् 1998 वि..
- मिथिला-भाषामय इतिहास–म. म. बख्शी मुकुंद शर्मा, चौखंबा, बनारस।
- मिथिला गीत-संग्रह–भोला झा, श्री रामेश्वर प्रेस, दरभंगा।
- मिथिला-तत्व-विमर्श–श्री परमेश्वर झा, श्री परमेश्वर पुस्तकालय, तरौनी, दरभंगा।
- मुहावरा-मीमांसा–डॉ. ओमप्रकाश गुप्त, बिहारी राष्ट्रभाषा परिषद, पटना, सन् 1960 ई.।
- मैथिली साहित्यक इतिहास–श्री कृष्णा मिश्र, मिथिला प्रकाशन, लहेरियासराय,प्रथम संस्करण, अगस्त 1955 ई.।
- मैथिली लोकगीत–श्री रामइकबाल सिंह 'राकेश', हिंदी-साहित्य सम्मेलन, प्रयाग, सन् 1955 ई.।
- मैथिली लोकगीतों का अध्ययन–डॉ. तेजनारायण लाल, विनोद पुस्तक-मंदिर, आगरा, प्रथम संस्करण, सन् 1962 ई.।
- योग-प्रवाह–डॉ. पितांबर दत्त बड़थ्वाल श्री काशी विद्यापीठ, बनारस।
- रस-मीमांस–आचार्य रामचंद्र शुक्ल, न.प्र. सभा, काशी।
- रस-सिद्धांत–डॉ. नगेंद्र दिल्ली।
- रहिमन विलास–सं. ब्रजरत्न दास, रामनारायण लाल, इलाहाबाद, द्वितीय वृत्ति, सन् 1948 ई.।
- रागत रंगिणी–लोचन, बलदेव मिश्र, राज प्रेस, दरभंगा।
- रास और रसान्वयी काव्य–डॉ. दशरथ ओझा तथा डॉ. दशरथ शर्मा, ना. प्र. समां, काशी।
- रीतिकाव्य की भूमिका–डॉ. नगेंद्र, गौतम बुक डिपो, दिल्ली, द्वितीय संस्करण सन् 1953 ई.।
- रीतिकालीन कविता और शृंगार रस का विवेचन–डॉक्टर राजेश्वर प्रसाद चतुर्वेदी, सरस्वती पुस्तक सदन आगरा, प्रथम संस्करण, सन् 1953 ई.।
- रीतिकालीन कवियों की प्रेम-व्यंजना–डॉ. बच्चन सिंह. ना.प्र. सभ, काशी, वि. सं 2015.

- लोक-साहित्य-विज्ञान–डॉ. सत्येंद्र, शिवलाल अग्रवाल एंड संस, आगरा, सन् 1962 ई.।
- लोकोक्तियां और मुहावरे–श्री गुलाब राय।
- वर्णरत्नाकर–ज्योतिरिश्वर कविशेखरार्चाय, सुनीति कुमार चटर्जी तथा बाबुआजी मिश्र का संस्करण, रॉयल एशियाटिक स्पेसायटी, कलकत्ता, सन् 1940 ई.।
- घनपारखी! सुनो!!–नरेश मेहता राजकमल प्रकाशन, दिल्ली।
- वाङमय-विमर्श–आचार्य विश्वनाथ प्रसाद मिश्र, काशी।
- विचार और वितर्क–डॉ. हजारी प्रसाद द्विवेदी
- विद्यापति की पदावली–संकलयिता श्री रामवृक्ष शर्मा बेनीपुरी, पुस्तक भंडार, पटना, लहेरिया सराय, द्वितीय संस्करण।
- विद्यापति-काव्यालोक–नरेंद्रनाथ दास, पुस्तक-भंडार, पटना।
- विद्यापति की पदावली–नगेंद्रनाथ गुप्त, इंडियन प्रेस, प्रयाग।
- विद्यापति-विशुद्ध-पदावली–श्री शिवनंदन ठाकुर, मैथिली साहित्य-परिषद्, लहेरियासराय, दरभंगा।
- विद्यापति–खगेंद्रनाथ मित्र और बिमान बिहारी मजुमदार, दि यूनाइटेड प्रेस लि., वि. सं. 2010.
- विद्यापति-पदावली–कुमुद विद्यालंकार, रीगल बुक डिपो, दिल्ली।
- विद्यापति ठाकुर–म. म. डॉ. श्री उमेश मिश्र, हिंदुस्तानी एकेडेमी, इलाहाबाद, तृतीय संस्करण, सन् 1960 ई.।
- विद्यापति–श्री शिव प्रसाद सिंह, हिंदी-प्रचारक पुस्तकालय, वाराणसी, प्रथम संस्करण, नवंबर, सन् 1957 ई.।
- विद्यापति–श्री जनार्दन मिश्र, राम नारायण लाल बेनी माधव, इलाहाबाद तृतीय संस्करण, संवत् 2016 वि..
- विद्यापति-पदावली (प्रथम भाग)–बिहार राष्ट्रभाषा-परिषद्, पटना सन् 1961 ई.।
- विद्यापतिः-एक तुलनात्मक समीक्षा–जयनाथ 'नलिन' बंसल एंड कंपनी, दिल्ली, प्रथम संस्करण, सन् 1961 ई.।
- विद्यापति की काव्य सधना–श्री देशराज सिंह भाटी, हिंदी-साहित्य-संसार,

दिल्ली, प्रथम संस्करण, नवंबर 1962 ई.।

- शास्त्रीय समीक्षा के सिद्धांत (प्रथम भाग)–डॉ. गोविंद त्रिगुणायत, भारती साहित्य मंदिर, दिल्ली।
- श्री भद्भगवद्भीता रहस्य अथवा कर्मयोग-शास्त्र–बाल गंगाधर तिलक, अनुवादक: श्री माधव राव सप्रे, प्रकाशक: जयंत श्रीधर तिलक, पुना, दशम मुद्रण, सन् 1955.
- श्री राधा का कम-विकास–डॉ. शशिभूषण दास गुप्त, हिन्दी-प्रचारक पुस्तकालय, वाराणसी, प्रथम संस्करण, सन् 1956 ई.।
- संस्कृत-कवि-दर्शन–डॉ. भोलाशंकर व्यास, चौखंबा, काशी, प्रथम संस्करण, संवत् 2012 वि..
- संस्कृत-साहित्य का इतिहास–बलदेव उपाध्याय शारदा मंदिर, बनारस, पंचम संस्करण, सन् 1958 ई.।
- संस्कृत-साहित्य का इतिहास–वाचस्पति गैरोल, चौखंबा, बनारस।
- संस्कृत-साहित्य का इतिहास (दो भाग)–कन्हैयालाल पोद्दार।
- सभाश्रृंगार–संकलानकर्ता तथा संपादक: श्री अगर चंद नाइटा, ना. प्र. सभा, काशी, प्रथम संस्करण संवत् 2019.
- साहित्य (शास्त्रीय समाधान)–श्री शंकर देव अवतरे, प्रकाशक: शंकर देव अवतरे, बनारस हिंदू विश्वविद्यालय, बनारस, प्रथम संस्करण, नवंबर, 1957 ई.।
- सिद्ध साहित्य–डॉ. धर्मवीर भारती, किताब महल इलाहाबाद।
- सिद्धांत और अध्ययन–गुलाबराय, प्रकाशक: प्रतिभा, प्रकाशन दिल्ली, द्वितीय संस्करण सन् 1955 ई.।
- सूरपूर्व ब्रजभाषा और उसका साहित्य–डॉ. शिवप्रसाद सिंह, हिंदी प्रचारक पुस्तकालय, वाराणसी, प्रथम संस्करण, अक्तूबर 1958 ई.।
- हमारा ग्राम साहित्य–श्री रामनरेश त्रिपाठी, प्रयाग।
- हिन्दी-साहित्य का इतिहास–आचार्य रामचंद्र शुक्ल, ना. प्र. सभा, काशी, 9वाँ, संस्करण, संवत् 2009 वि..
- हिन्दी-साहित्य–डॉ. श्याम सुंदर दास, इंडियन प्रेस, प्रयाग, सन् 1944 ई.।
- हिंदी भाषा और उसके साहित्य का विकास–अयोध्या सिंह उपाध्याय

'हरिऔध'।

- हिंदी-साहित्य का आलोचनात्मक इतिहास–डॉ. रामकुमार वर्मा, रामनारायण लाल, इलाहाबाद, चतुर्थ संस्करण, सन् 1958 ई.।
- हिंदी-साहित्य की भूमिका–डॉ. हजारी प्रसाद द्रिवेदी, हिंदी-ग्रंथ रत्नात्मक, बंबई, पाँचवी बार, दिसम्बर 1954 ई.।
- हिन्दी-साहित्य का आदिकाल–डॉ. हजारी प्रसाद द्रिवेदी, बिहार राष्ट्रभाषा परिषद्, पटना, द्वितीय संस्करण, सन् 1957 ई.।
- हिंदी-साहित्य (उसका उद्‌भव और विकास)–डॉ. हजारी प्रसाद द्विवेदी, अत्तरचंद कपूर एंड ज, दहेली, सन् 1955 ई.।
- हिंदी साहित्य का अतीत 1–अचार्य विश्वनाथ प्रसाद मिश्र, वाणी वितान, काशी, प्रयम संस्करण, संवत् 2015 वि.।
- हिंदी-भाषा और साहित्य का इतिहास–चतुरसेन शास्त्री।
- हिन्दी-साहित्य का इतिहास, प्रथमभाग–सं. डॉ. राजबली पांडेय, काशी नागरी प्र. सभा, बनारस।
- हिंदी-साहित्य का वृहत इतिहास, षोडश भाग प्र. सभा,– सं. महापंडित राहुल सांकृत्यायन तथा डॉ. संस्कृत्यायन तथा डॉ. कृष्ण देव उपाध्याय, ना. काशी, संवत् 2017 वि..
- हिंदी साहित्य और बिहार (प्रथमखंड)–सं. शिवपूजन सहाय, बिहार राष्ट्रभाषा परिषद् पटना, प्रथम संस्करण, सन् 1960 ई.।
- हिंदी जैन साहित्य का संक्षिप्त इतिहास–कामता प्रसाद जैन, भारतीय ज्ञानपीठ, काशी।
- हिंदी काव्य में निर्गुण संप्रदाय–डॉ. पीताम्बर दत्त बड़थ्वाल।
- हिंदी-काव्यशास्त्र का इतिहास–डॉ. भगीरथ मिश्र, लखनऊ विश्विद्यालय, द्वितीय संस्करण, संवत् 2015 वि..
- हिंदी-नीतिकाव्य–डॉ. भोलानाथ तिवारी, विनोद पुस्तक-मंदिर, आगरा, प्रथम संस्करण, मई 1958 ई.।
- हिन्दी में नीति-काव्य का विकास–डॉ. राम सरुप शास्त्री 'रसिकेश'।
- हिन्दी आलोचना: उद्‌भव और विकास–डॉ. भगवत स्वरूप मिश्र, साहित्य-सदन, देहरादून, सन् 1961 ई.।
- हिन्दी काव्य-धारा–राहुल सांकृत्यायन, किताब महल, इलाहाबाद, सन्

1945 ई. के संस्करण।

- हिंदी के विकास में अपभ्रंश का योग–डॉ. नामवर सिंह, लोक-भारती प्रकाशन, इलाहाबाद, तृतीय परिवद्धित संस्करण, सन् 1961 ई.।
- हिन्दी भक्ति शृंगार का स्वरूप–डॉ. मिथिलेशकांति, चौतन्य प्रकाशन, कानपुर संस्करण, जनवरी, सन् 1963 ई.।
- हिंदी साहित्यकोश -1–प्रधान संपादक डॉ. धीरेंद्र वर्मा, ज्ञानमंडल लि, बनारस, प्रथम सां संस्करण, संवत् 2015 वि.

पत्र-पत्रिकाएँ

हिन्दी-मैथिली

1. 'आलोचना' के अंक।
2. 'नागरी प्रचारिणी पत्रिका' के अंक।
3. परिषद्-पत्रिका' के अंक, विशेषत: जुलाई 1961 अप्रैल 1962 जुलाई 1962 तथा जनवरी 1963 के अंक।
4. 'मिथिला-मिहिर' के अंक; विशेषत: 'मिथिलांक', 1936, राजप्रेस दरभंगा।
5. "राजस्थान भारती' के अंक।
6 'विशाल भारत' के अंक।
7. "साहित्य संदेश' के अंक 1
8. 'हिन्दी अनुशीलन' के अंक।
9. 'हिन्दुस्तानी' के अंक।

ENGLISH BOOKS

1. A History of Sanskrit Literature, A. B. Keith, 1928.
2. A History of Indian Literature, vol- I and II, M. Winternity, calcutta Uni&versity Publication, 1933.
3. A History of Maithili Literature, Vol- I, Dr. Jayakant Mishra, Tirabh&ukti Publications,Allahabad, 1949.
4-. Classical Sanskrit Literature, A.B. Keith, 93.
5. Encyclopaedia Britanica, Vol- X.
6. Hindu Manners Customs and Ceremonies, A.J.A. Dubois, 1909.
7. History of Sanskrit Literature, S.N. Das Gupta and S.K. De, Calcutta, 1947.
8. History of Sanskrit Poetics, P.V.Kane, Bombay, 1951.

9. History of Mithila- Vol- I and II, Upendra Thakur, Mithila Research Institute, Darbhanga, 1956.
10-. Introduction to the Folk Literature of Mithila, Part I and II, Jayakant Mishra, Allahabad University, Allahabad, 1950-51.
11. Kamasutra: The Hindu Art of Love, Vipin Shastri and prof. B. Nath, A Kiran Publication, Delhi.
12. Maithili chrestomathy, P.A. Grierson, J.R.A. Society, Bengal, 1880-82.
13. Peasant Life of Behar, P.A. Grierson, 1926.
14. Sanskrit Drama, A.B. Keith.
15. Selected Essays, T. S. Eliot.
16. Some Concepts of Alankar Shastra. Dr. Raghwan.
17. Studies in the History of Sanskrit Poetics, S.K. De, London, 1925-
18. The Folk Element in Hindu Culture, Vinaya Kumar Sarkar, London, 1917.
19. The Hand Book of Folk-Lore, C.S. Burne, 1914.
20. The History of Classical Sanskrit Literature,. M. Krishnamachariar, Madras, -1937.
21. The Songs of Vidyapati, Dr. Subhadra Jha, Motilal Banarasi Dass, Banaras, 1954.

JOURNALS

22-. Journal of the Department of Letters, Calcutta.
23. Journal of the Royal Asiatic Society Bengal.

www.ingramcontent.com/pod-product-compliance
Lightning Source LLC
LaVergne TN
LVHW040548051026
849519LV00004B/1269

* 9 7 8 9 3 5 8 6 9 8 2 9 9 *